mapa: Pablo Uría Diez

A TORRE DA ANDORINHA

A TORRE DA ANDORINHA

Andrzej Sapkowski

Tradução do polonês
OLGA BAGIŃSKA-SHINZATO

wmf martinsfontes

SÃO PAULO 2022

1ª edição *2020*
6ª tiragem *2022*

Tradução
OLGA BAGIŃSKA-SHINZATO

Preparação de texto
Márcia Menin
Cristina Yamazaki
Acompanhamento editorial
Cecilia Bassarani
Revisões
Maria Luiza Favret
Ana Maria de O. M. Barbosa
Produção gráfica
Geraldo Alves
Paginação
Studio 3 Desenvolvimento Editorial
Capa
Gisleine Scandiuzzi
Ilustração da capa
Ezekiel Moura

Dados Internacionais de Catalogação na Publicação (CIP)
(Câmara Brasileira do Livro, SP, Brasil)

Sapkowski, Andrzej
A torre da andorinha / Andrzej Sapkowski ; tradução do polonês Olga Bagińska-Shinzato. – São Paulo : Editora WMF Martins Fontes, 2020.

Título original: Wieża Jaskółki.
ISBN 978-85-469-0318-4

1. Ficção polonesa I. Título.

19-32036 CDD-891.853

Índice para catálogo sistemático:
1. Ficção : Literatura polonesa 891.853

Maria Paula C. Riyuzo – Bibliotecária – CRB-8/7639

Editora WMF Martins Fontes Ltda.
Rua Prof. Laerte Ramos de Carvalho, 133 01325-030 São Paulo SP Brasil
Tel. (11) 3293.8150 e-mail: info@wmfmartinsfontes.com.br
http://www.wmfmartinsfontes.com.br

ÍNDICE

ÍNDICE

Numa noite negra como a mortalha, a Dun Dâre chegaram;
era lá que a jovem bruxa se escondia.
De todos os lados a vila cercaram,
pois ela fugir pretendia.
Numa noite negra como a mortalha, por engodo queriam pegá-la,
mas isso não conseguiam.
Antes de o sol pálido nascer, sobre a estrada de terra gelada,
trinta cadáveres jaziam.

Canto dos andarilhos sobre a horrenda carnificina
que se passou na noite de Saovine em Dun Dâre

CAPÍTULO PRIMEIRO

– Posso lhe dar tudo o que desejar – disse a feiticeira. – Riqueza, poder e cetro, fama, vida longa e feliz. Escolha.

– Não quero riqueza nem fama, tampouco poder e cetro – respondeu a bruxa. – Quero um cavalo negro, veloz como o vento noturno. Quero uma espada afiada, luminosa como um raio da lua. Quero atravessar o mundo pela noite escura no cavalo negro e estraçalhar as forças do Mal e da Escuridão com a espada luminosa. É o que eu quero.

– Eu lhe darei um cavalo que será mais veloz que o vento noturno – prometeu a feiticeira. – Eu lhe darei uma espada que será mais luminosa que um raio da lua. No entanto, esse não é um pedido qualquer, bruxa, e por isso lhe custará caro.

– Mas com que pagarei? Não tenho nada.

– Pagará com seu sangue.

Flourens Delannoy, *Contos e lendas*

Como todos sabem, o Universo, à semelhança da vida, é regido pelo movimento circular. Trata-se de uma roda em cujo anel há oito pontos mágicos, que, completando uma volta, resultam no ciclo anual. Esses pontos estão posicionados com exatidão aos pares, um de frente para o outro. Quatro deles são: Imbaelk, ou Germinação; Lammas, ou Maturação; Belleteyn, ou Florescimento; e Saovine, ou Estiolamento. Os outros representam dois solstícios – o de inverno, chamado Midinvaerne, e o de verão, Midaëte – e dois equinócios – Birke, de primavera, e Velen, de outono. A roda, portanto, é dividida em oito partes, e é assim que se divide o ano no calendário élfico.

Os humanos que desembarcaram nas praias próximas da foz do Jaruga e da do Pontar trouxeram o próprio calendário, baseado no movimento lunar, que divide o ano em doze meses, formando o ciclo do trabalho agrícola – desde as primeiras tarefas realizadas em janeiro até o momento em que o frio transforma a terra num torrão duro. E, embora os humanos dividissem o ano e contassem o tempo de maneira distinta, aceitaram a roda élfica e os oito pontos em seu anel. Imbaelk e Lammas, Saovine e Belleteyn, os dois solstícios e os dois equinócios emprestados do calendário élfico tornaram-se importantes datas festivas, destacando-se das outras da mesma forma que uma árvore solitária no prado.

O que distingue essas oito datas é a magia. Nunca foi nem é mistério que elas constituem dias e noites durante os quais se intensifica a aura mágica. Ninguém estranha os fenômenos mágicos ou as manifestações misteriosas que as acompanham, particularmente os equinócios e os solstícios. Todos já se acostumaram a fenômenos desse tipo e, portanto, é raro que provoquem espaventos.

No entanto, esse ano foi diferente.

Esse ano os humanos, como sempre, celebravam o equinócio de outono no seio da família com uma solene ceia, na qual convinha haver o maior número de produtos da safra do ano, pelo menos uma pequena quantidade de cada um deles. Assim exigia o costume. Depois de consumirem a ceia e agradecerem a colheita à deusa Melitele, eles se recolheram. Foi então que começaram as manifestações macabras.

Pouco antes da meia-noite, levantou-se uma hórrida tempestade. Terríveis lufadas de vento dispersavam sons de assombrados uivos, gritos e ganidos por entre o cicio das árvores inclinadas quase até o chão, o ranger dos caibros e o estampido das venezianas. As nuvens, arrastando-se velozmente no céu, tomavam formas fantásticas, sobretudo as de cavalos e unicórnios em disparada. A ventania durou mais de uma hora, e, no repentino silêncio que a seguiu, a noite ressuscitou com a agitação das asas e o trilo de centenas de noitibós – aves misteriosas que, de acordo com as crendices populares, agrupavam-se para cantar uma ladainha demoníaca sobre um moribundo. Dessa vez o coro dos noitibós foi tão grande e tão alto que parecia que o mundo todo ia desabar.

Enquanto os noitibós cantavam a ladainha fúnebre com vozes bravias, o horizonte cobria-se de nuvens, apagando os últimos raios da lua. Foi então que a horrenda beann'shie ganiu, anunciando a morte repentina e brusca de alguém, e a Caçada Selvagem atravessou o céu negro a galope. Era o cortejo de espectros de olhos flamejantes montados sobre carcaças de cavalos, com suas capas e estandartes esfarrapados e farfalhantes. Como acontecia de tempos em tempos, a Caçada Selvagem colheu sua safra, mas a dessa vez foi a mais horrenda em décadas – só em Novigrad o número de desaparecidos sem deixar rastros chegou a mais de vinte.

Depois da passagem galopante da Caçada Selvagem, as nuvens se alastraram e os humanos viram a lua minguante, comum na época do equinócio. Essa noite, porém, a lua tinha a cor de sangue.

A plebe dava várias explicações para os fenômenos equinociais, que variavam bastante, de acordo com as peculiaridades das demonologias regionais. Os astrólogos, druidas e feiticeiros também tinham suas interpretações, erradas e exageradas em sua grande maioria. Pouquíssimas pessoas capazes de relacionar esses fenômenos com os fatos reais. Nas ilhas de Skellige, por exemplo, algumas, exageradamente supersticiosas, viam nos estranhos eventos a previsão de Tedd Deireádh, o Tempo do Fim, antecipado pela batalha de Ragh nar Roog, a luta final entre a Luz e as Trevas. Segundo elas, a violenta tempestade no mar que chacoalhou as ilhas na noite do Equinócio outonal havia resultado de uma onda provocada pela proa do monstruoso dracar *Naglfar*, de Morhögg, que tinha os bordos feitos das unhas de cadáveres e que transportava um exército de espectros e demônios do Caos. No entanto, os humanos um pouco mais sábios ou mais bem informados relacionavam os desvarios dos céus e do mar com a pessoa da malvada feiticeira Yennefer e sua morte horrível. Outros, ainda, muito mais bem informados, viam no mar agitado o sinal de que morria alguém em cujas veias corria o sangue dos reis de Skellige e Cintra.

Ao redor do mundo, a noite do Equinócio outonal era a das assombrações, pesadelos e alucinações, do despertar repentino, sufocante, o coração palpitando de pavor, entre lençóis revoltos e encharcados de suor. Nem os mais ilustres eram poupados das alucinações e do despertar. Em Nilfgaard, na Cidade das Torres Douradas, o próprio imperador Emhyr var Emreis acordou aos gritos. No Norte, em Lan Exeter, o rei Esterad Thyssen saltou da cama, despertando sua esposa, a rainha Zuleyka. Em Tretogor, o arquiespião Dijkstra levantou-se subitamente e estendeu a mão para pegar o punhal, acordando a mulher do ministro do Tesouro. No castelo de Montecalvo, a feiticeira Filippa Eilhart agitou-se entre os lençóis de damasco sem despertar a esposa do conde de Noailles. Acordaram, mais ou menos repentinamente, o anão Yarpen Zigrin em Mahakam, o velho bruxo Vesemir na fortaleza montanhosa de Kaer Morhen, o funcionário de banco Fábio Sachs na cidade de Gors Velen, o duque Crach an Craite a bordo do dracar *Ringhorn*. Acordaram a feiticeira Fringilla Vigo no castelo de Beauclair e a sacerdotisa Sigrdrifa no templo da deusa Freya na ilha de Hindarsfjall. Acordaram Daniel Etcheverry, conde de Garramone, na sitiada fortaleza de Maribor, Zyvik, decurião do Destacamento Pardo, no forte de Ban Gleán, o mercador Dominik Bombastus Houvenaghel na cidade de Claremont e muitos, muitos mais.

No entanto, pouquíssimas pessoas eram capazes de relacionar esses fenômenos e ocorrências com um fato concreto, específico, com uma pessoa específica. Por acaso, três dessas pessoas passavam a noite do Equinócio outonal sob o mesmo teto, no templo da deusa Melitele em Ellander.

– Noitibós... – gemeu o escriba Jarre, fitando a escuridão que cobria o parque do templo. – Parece que há milhares deles, revoadas inteiras... Estão gritando, anunciando a morte de alguém... A morte dela... Ela está morrendo...

– Não fale besteiras! – Triss Merigold virou-se subitamente e ergueu o punho fechado, por um momento parecendo que ia empurrar o rapaz ou atingi-lo no peito. – Você acredita em superstições bobas? Setembro está chegando ao fim, e os noitibós agrupam-se em bandos antes de partir! Isso é natural!

– Ela está morrendo...

– Ninguém está morrendo! – gritou a feiticeira, empalidecendo de raiva. – Ninguém, entendeu? Pare de dizer tolices!

No corredor da biblioteca, juntavam-se cada vez mais noviças, acordadas pelo alarme noturno. Estavam sérias e pálidas.

– Jarre – Triss, mais calma, colocou a mão no ombro do rapaz e apertou com força –, você é o único homem no templo.

Todas nós estamos olhando para você, em busca de paz e apoio. Não pode sentir medo, não pode se desesperar. Contenha-se. Não nos decepcione.

Jarre respirou fundo, tentando controlar o tremor das mãos e dos lábios.

– Não é medo... – sussurrou, evitando o olhar da feiticeira. – Não estou com medo, apenas preocupado! Preocupado com ela! Eu vi no sonho...

– Também vi. – Triss cerrou os lábios. – Tivemos o mesmo sonho, você, eu e Nenneke. Mas nem uma palavra sequer sobre isso.

– Sangue no rosto dela... Tanto sangue...

– Pedi que você se calasse. Nenneke está vindo.

A arquissacerdotisa aproximou-se deles. Seu rosto apresentava traços de cansaço. Respondeu a uma pergunta muda de Triss com um gesto negativo da cabeça. Quando notou a boca de Jarre se abrindo, antecipou-se:

– Infelizmente, nada. Quando a Caçada Selvagem sobrevoava o templo, quase todas acordaram, mas nenhuma teve visões, muito menos uma tão nebulosa quanto a nossa. Vá dormir, rapaz. Não há o que fazer. Meninas, ao dormitório, por favor! – Esfregou as duas mãos no rosto e nos olhos.

– Ah... Equinócio! Maldita noite... Vá deitar, Triss. Não há nada que possamos fazer.

– Essa impotência – a feiticeira fechou o punho – está me deixando louca. Só de pensar que ela possa estar em algum lugar sofrendo, sangrando, que corre o risco de... Droga, se eu soubesse o que fazer!

Nenneke, a arquissacerdotisa do templo de Melitele, virou-se.

– Você tentou rezar?

No Sul, além dos Montes Amell, em Ebbing, na terra chamada Pereplut, no extenso pantanal cortado pelos rios Velda, Lete e Arete, afastado da cidade de Ellander e do templo de Melitele por oitocentas milhas de voo de gralha, de madrugada, um pesadelo despertou bruscamente Vysogota. Acordado, o velho eremita não conseguia, por mais que tentasse, lembrar o teor do sonho, mas uma estranha ansiedade não o deixava cair no sono de novo.

– Frio, frio, frio... brrr – dizia a si mesmo Vysogota, andando pela trilha no meio do caniçal. – Frio, frio... brrrr.

Mais uma armadilha estava vazia. Nem um único rato-almiscarado. Uma caçada excepcionalmente malsucedida. O eremita limpou a ratoeira do lodo e da lemna, murmurando palavrões e fungando por causa do resfriado.

– Frio... brrr... u-ha... – falava, andando rumo à extremidade do pântano. – E quem diria que ainda é setembro! Apenas quatro dias após o equinócio! Ah, não me lembro de ter passado na vida tanto frio no fim de setembro. E olhe que sou bem velho!

A armadilha seguinte, a penúltima, também estava vazia. Vysogota já nem tinha vontade de xingar.

– Infelizmente – monologava, enquanto caminhava –, parece que o clima está cada ano mais frio. E agora, pelo visto, o esfriamento vai acelerar drasticamente. Ah, os elfos previram isso há muito tempo, mas quem é que acredita em suas profecias?

Outra vez asas rumorejaram acima da cabeça do ancião. Vultos cinzentos atravessaram o céu num lampejo. A névoa que cobria o pantanal foi tomada novamente pelo trilo selvagem, cortado, dos noitibós e pela agitação rápida de suas asas. Vysogota não prestava atenção aos pássaros. Não era supersticioso e sempre havia muitos noitibós no pantanal. Juntavam-se, sobretudo de madrugada, em revoadas tão grandes que temia que fossem se chocar contra sua cabeça. Talvez nem sempre houvesse tantos como nesse dia, talvez nem sempre gritassem de maneira tão horripilante... Não havia o que fazer; ultimamente a natureza vinha surpreendendo com sucessivos fenômenos fora do comum, uma bizarrice mais estranha do que a outra.

O eremita tirava da água a última armadilha vazia quando ouviu um cavalo relinchando. Os noitibós silenciaram de repente, como se obedecessem a um comando.

Entre os pântanos de Pereplut, havia ilhotas secas, sobre as quais cresciam bétulas pretas, amieiros, cornisos, sanguinhos e abrunheiros. A maioria delas estava de tal modo rodeada de tremedais que era absolutamente impossível a um cavalo ou um cavaleiro que não conhecesse as trilhas chegar ali. No entanto, o relincho, que novamente chegou aos ouvidos de Vysogota, vinha de uma dessas ilhotas.

A curiosidade venceu a cautela.

O ancião tinha pouco conhecimento sobre cavalos e suas raças, mas era esteta; sabia, portanto, reconhecer e apreciar a beleza. E o cavalo negro de pelugem que brilhava como antracito que ele viu ao fundo dos troncos de bétulas era extraordinariamente belo. Constituía a essência da beleza. Era tão belo que parecia irreal.

Contudo, era real. E também era real que caíra numa armadilha, com as rédeas e a cabeçada presas entre os galhos carmesins de sanguinho que o agarravam. Quando Vysogota se aproximou, o cavalo empinou as orelhas, bateu os cascos de tal modo que a terra tremeu, sacudiu a cabeça fina e virou-se. Agora o velho eremita podia ver que era uma égua. Então percebeu mais uma coisa, algo que fez com que seu coração começasse a bater feito louco e as garras invisíveis de adrenalina lhe prendessem a garganta.

Atrás do animal, numa cova formada por uma árvore derrubada, jazia um cadáver.

Vysogota jogou o saco no chão e se envergonhou com a primeira ideia que lhe surgiu: dar meia-volta e fugir. Aproximou-se com cautela, pois a égua negra pateava o chão, encolhia as orelhas e punha os dentes à mostra no freio, só esperando a oportunidade de mordê-lo ou lhe dar um coice.

O cadáver era de um adolescente. Estava de bruços, com um braço preso sob o peso do corpo, o outro estendido para o lado, com os dedos encravados na terra. Usava gibão de camurça, calça de couro justa e botas élficas de cano alto com fivelas.

Vysogota inclinou-se, e nesse momento o cadáver gemeu em voz alta. A égua negra relinchou demoradamente e bateu os cascos com força.

O ancião ajoelhou-se e virou o ferido com cuidado. Ao ver a máscara horrível formada por sujeira e sangue coagulado em seu rosto, instintivamente jogou a cabeça para trás e sibilou. Retirou com delicadeza o musgo, as folhas e a areia dos lábios cobertos de muco e saliva e tentou arrancar da bochecha o emaranhado de cabelo colado pelo sangue. O ferido gemeu baixinho, retesou o corpo e começou a tremer. Vysogota conseguiu descolar os fios de cabelo do rosto.

– É uma garota – disse em voz alta, não conseguindo acreditar no que tinha diante dos olhos. – É uma garota.

Se naquele dia, depois do anoitecer, alguém conseguisse aproximar-se sorrateiramente da choupana perdida no meio do pantanal, com o telhado de palha afundado coberto de musgo, e espreitasse pelas venezianas, veria, no interior mal iluminado por lamparinas a óleo, uma garota com a cabeça enfaixada com uma grossa camada de ataduras, deitada imóvel num leito forrado de peles feito uma moribunda ou um cadáver. Distinguiria também um ancião de barba branca cuneiforme e longos cabelos brancos que caíam sobre os ombros e as costas a partir do limiar de uma extensa calva, que alongava a testa enrugada até bem depois da abóbada craniana. Notaria o ancião acender mais uma lamparina, colocar uma ampulheta sobre a mesa, afiar a pena, debruçar-se sobre uma folha de pergaminho. E o observaria, por fim, ficar pensativo e dizer algo a si mesmo, concentrado, sem tirar os olhos da garota deitada no leito.

No entanto, isso não era possível. Ninguém poderia vê-los. A choupana do eremita Vysogota ficava bem escondida entre os pântanos, num ermo eternamente enevoado, onde ninguém se atrevia a adentrar.

– Vamos anotar – o velho eremita mergulhou a pena no tinteiro – o que se passa. É a terceira hora após o tratamento. Diagnóstico: *vulnus incisivum*, ferida incisa, causada com grande impacto por uma afiada ferramenta desconhecida, provavelmente de gume enviesado. Cobre o lado esquerdo do rosto; começa na região temporal, passa pela bochecha e termina na região mandibular. A parte inicial da ferida, abaixo da arcada orbitária, no osso zigomático, é a mais funda, chegando ao periósteo. Tempo aproximado que se passou desde a execução do ferimento até o primeiro tratamento: dez horas.

A pena arranhou o pergaminho, emitindo um chiado que não durou mais que alguns segundos. Só mais algumas linhas. Vysogota achava que não era necessário anotar tudo o que dizia a si mesmo.

– Voltando ao tratamento – retomou o ancião depois de um instante, fixando o olhar na vacilante e fumegante chama da lamparina –, vamos registrar o que se passa. Não secionei as bordas da ferida; limitei-me a retirar alguns corpos estranhos que impediam a circulação de sangue e, obviamente, a coagulação. Lavei a ferida com extrato de casca de salgueiro e a suturei com cânhamo. Que fique registrado que não disponibilizava de outro tipo de linha. Apliquei compressa de arnica-silvestre e fiz um curativo com bandagem de musselina.

Um rato correu para o meio do cômodo. Vysogota jogou-lhe um pedaço de pão. A garota no leito respirava de maneira agitada, gemia sonhando.

– Oitava hora após o tratamento. Estado da paciente: sem alterações. Estado do médico, ou seja, meu: melhor, pois consegui dormir um pouco... Posso seguir com as anotações. Afinal, vale registrar nestas folhas algumas informações sobre minha paciente. Para as futuras gerações. Caso um de seus representantes chegue a este pantanal antes que tudo aqui apodreça e se transforme em pó.

Vysogota respirou pesadamente, molhou a pena e limpou-a na borda do tinteiro.

– No que se refere à paciente – murmurou –, que seja registrado o seguinte: tem, ao que parece, uns dezesseis anos, é alta, esbelta, mas não exageradamente magra, e não apresenta indícios de subnutrição. A musculatura e a constituição física são típicas de uma jovem elfa, porém não se detecta nenhuma característica de mestiça... nem de quarterona. Uma pequena porcentagem de sangue élfico pode, como se sabe, não deixar traços.

Só então Vysogota percebeu que não anotara na folha de pergaminho nenhuma runa, nenhuma palavra. Apoiou a pena no papel, mas a tinta havia secado. O ancião não se deu conta disso e retomou:

– Que seja registrado também o seguinte: que a garota nunca deu à luz. E também que não possui no corpo nenhum tipo de marca antiga, cicatriz, cesura, nenhum sinal deixado pelo trabalho duro, acidentes, vida arriscada. Sublinho: falo de marcas antigas. Não faltam marcas recentes em seu corpo. Ela foi agredida. Chicoteada, com certeza não pela mão paterna. É provável que tenha sido chutada também. Achei, inclusive, uma marca bastante estranha em seu corpo... Hummm... Vamos anotá-la, para o bem da ciência. Na virilha, junto do monte púbico, a garota tem uma tatuagem de rosa vermelha.

Vysogota examinou, concentrado, a ponta afiada da pena e logo em seguida molhou-a no tinteiro. Dessa vez, no entanto, não esqueceu com que fim o fizera: rapidamente começou a encher a folha de pergaminho com linhas retas de caligrafia inclinada. Escrevia até que a pena secasse.

– Semiconsciente, falava e gritava – continuou. – Seu sotaque e a maneira de se expressar, sem considerar a abundância de termos de um obsceno jargão de criminosos, são bastante confusos, difíceis de identificar, mas arriscaria dizer que são mais do Norte que do Sul. Algumas palavras...

Novamente a pena arranhou o pergaminho, mas por pouco tempo, o suficiente para que ele anotasse tudo o que dissera havia pouco. Logo em seguida, porém, retomou o monólogo, exatamente no ponto em que o interrompera:

– Algumas palavras, nomes próprios e de localidades balbuciados pela garota em delírio devem ser lembrados. E pesquisados. Tudo indica que uma pessoa muito, muito incomum encontrou o caminho até a choupana do velho Vysogota...

Ficou em silêncio por um momento, ouvindo.

– Tomara que a choupana do velho Vysogota não se torne o ponto final de seu caminho – murmurou.

O ancião debruçou-se sobre o pergaminho e até apoiou a pena nele, mas não anotou nada, nenhuma runa. Jogou a pena sobre a mesa. Ficou bufando por um momento, murmurando raivosamente, fungando. Olhava para o leito, prestava atenção aos sons que vinham dali.

– É preciso admitir e registrar – disse com voz cansada – que ela está muito mal. Todos os meus esforços e cuidados talvez sejam insuficientes, e meu empenho, inútil. Minha apreensão se justifica. A ferida está infeccionada. A garota está com febre alta. Já foram detectados três dos quatro sintomas principais de uma infecção grave: *rubor*, *calor* e *tumor*, fáceis de constatar apenas por observação e apalpação. Quando o choque pós-tratamento passar, aparecerá o quarto sintoma: *dor*. Que seja anotado que há cerca de meio século não me dedico à prática da medicina e sinto que esses anos pesam sobre minha memória e a habilidade de meus dedos. Sei fazer pouco, menos ainda posso fazer. Não tenho recursos e medicamentos suficientes. Toda a esperança está nos mecanismos de defesa do jovem organismo...

– Décima segunda hora após o tratamento. De acordo com o que eu esperava, apareceu o quarto sintoma principal de uma infecção: *dor*. A paciente grita de dor, a febre e os calafrios aumentam. Não tenho nada, nenhum medicamento que possa lhe administrar. Disponho de uma pequena quantidade de elixir de estramônio, porém a garota está demasiado fraca para sobreviver a sua ação. Tenho, também, um pouco de acônito, mas ele a mataria instantaneamente.

– Décima quinta hora após o tratamento. Amanhece. A enferma está inconsciente. A febre sobe cada vez mais, os calafrios aumentam. Além disso, surgiram fortes contrações nos músculos da face. Se for tétano, a garota estará perdida. No entanto, esperemos que seja apenas o nervo facial... ou o trigêmeo... ou os dois... Nessa situação, ela ficará desfigurada... mas com vida...

Vysogota olhou para o pergaminho, em que não anotara nenhuma runa, nenhuma palavra.

– Se sobreviver à infecção – falou surdamente.

– Vigésima hora após o tratamento. A febre continua aumentando. Rubor, calor, tumor e dor estão chegando, ao que parece, a seu nível máximo. No entanto, a garota não tem chance de sobreviver, de chegar a esse estado. Anoto, então... Eu, Vysogota de Corvo, não acredito na existência dos deuses. Porém, se por acaso existirem, que cuidem dessa garota e me perdoem o que fiz... se o que fiz resultar em erro.

O ancião pôs a pena de lado, coçou as pálpebras inchadas, apertou os punhos nas têmporas.

– Administrei-lhe uma mistura de datura e acônito – murmurou. – As próximas horas serão decisivas.

Não dormia, apenas cochilava, quando foi acordado por uma batida e um estrondo, acompanhados de um gemido causado mais pela raiva do que pela dor.

Amanhecia lá fora, uma luz fraca atravessava as venezianas. A areia na ampulheta descera completamente havia muito tempo. Como sempre, Vysogota se esquecera de virá-la. O lume das lamparinas a óleo estava enfraquecendo, a brasa cor de rubi do fogareiro mal iluminava o canto do cômodo. O ancião levantou-se e afastou o improvisado biombo feito de mantas com o qual separara o leito do resto da sala para que a paciente tivesse tranquilidade.

Ela já havia conseguido se levantar do chão, no qual caíra pouco antes. Estava sentada, encolhida na beira do leito, tentando coçar o rosto embaixo da bandagem. Vysogota pigarreou.

– Eu lhe pedi que não se levantasse. Você está muito fraca. Se precisar de alguma coisa, é só me chamar. Estou sempre por perto.

– Justamente o que não quero é que você esteja por perto – disse ela em voz baixa, mas explicitamente. – Quero fazer xixi.

Quando o ancião voltou para pegar o penico, a garota estava no leito, deitada de costas, apalpando o curativo preso à bochecha com as ataduras que lhe enfaixavam a testa e o pescoço. Ao retornar após um momento, ele a encontrou na mesma posição.

– Quatro dias? – perguntou ela, olhando para o teto de madeira.

– Cinco. Passaram-se quase vinte e quatro horas desde nossa última conversa. Você dormiu esse tempo todo. É bom. Precisa descansar.

– Estou me sentindo melhor.

– Fico feliz em ouvir isso. Vamos tirar o curativo. Vou ajudá-la a se sentar. Segure minha mão.

A ferida cicatrizava bem e estava seca. Dessa vez, Vysogota quase conseguiu tirar a bandagem sem causar dor e sem arrancar a crosta. A garota passou os dedos na bochecha com cuidado. Franziu o cenho, mas o ancião sabia que o gesto não fora provocado apenas pela dor. Cada vez mais ela se dava conta da dimensão da ferida, da seriedade da lesão. Percebia, horrorizada, que o que sentia ao toque não era apenas um pesadelo provocado pela febre.

– Você tem um espelho?

– Não tenho – mentiu ele.

A garota olhou para Vysogota, provavelmente pela primeira vez com total consciência.

– Isso significa que está muito mal? – perguntou, tocando levemente a sutura.

– É um ferimento extenso – balbuciou ele, com raiva de si mesmo pelo fato de estar se justificando diante de uma pirralha. – Seu rosto ainda está muito inchado. Daqui a alguns dias tirarei os pontos. Enquanto isso, vou fazer compressas de arnica e extrato de salgueiro. Não vou mais enfaixar toda a cabeça. Está cicatrizando bem. Realmente bem.

Ela ficou calada. Abria os lábios e mexia a mandíbula, franzia e retorcia a face, verificando o que a ferida lhe permitia ou não fazer.

– Preparei canja de pombo. Você vai comer?

– Vou. Mas desta vez vou tentar sozinha. É humilhante comer feito paralítica.

Demorou para comer. Levava a colher de madeira até a boca com cuidado e com esforço tão grande como se pesasse duas libras, não precisando da ajuda de Vysogota, que a observava atentamente. O ancião ardia de curiosidade. Sabia que, quando a garota estivesse melhor, haveria uma troca de ideias que poderia esclarecer esse assunto misterioso. Sabia disso e esperava por esse momento com ansiedade. Por muito tempo havia vivido sozinho no ermo.

Quando a garota acabou de comer, jogou-se sobre o travesseiro. Ficou parada por um momento, olhando para o teto, e então virou a cabeça. Vysogota constatou pela enésima vez que seus enormes olhos verdes davam a seu rosto um ar inocente e infantil, contrastando agora, de maneira gritante, com a bochecha horrivelmente mutilada. Ele conhecia esse tipo de beleza, uma eterna criança de olhos enormes com uma fisionomia que instintivamente despertava simpatia. Uma eterna menina, mesmo depois que o vigésimo ou até o trigésimo aniversário tivessem passado sem deixar lembranças. Sim, Vysogota conhecia bem esse tipo de beleza. Sua segunda mulher era assim; sua filha também.

– Preciso fugir daqui – disse a garota de repente. – E com urgência. Estou sendo perseguida. Você sabe disso.

– Eu sei. – Ele acenou com a cabeça. – Essas foram suas primeiras palavras, que, apesar das aparências, não eram delirantes. Para ser preciso, foram quase as primeiras palavras. Primeiro, você perguntou por sua montaria e por sua espada, nessa ordem. Quando lhe assegurei que tanto a montaria como a espada estavam sob bons cuidados, você começou a desconfiar de que eu era cúmplice de um tal de Bonhart e que não estava cuidando de você, mas submetendo-a a torturas de lhe dar esperança. Quando, depois de muito esforço, consegui convencê-la de que estava errada, você se apresentou como Falka e me agradeceu o socorro.

– Que bom... – A garota virou a cabeça no travesseiro, como se quisesse evitar encará-lo. – Que bom que não esqueci de lhe agradecer. Eu me lembro disso como através de um véu de fumaça. Não consigo distinguir o que foi real e o que foi um sonho. Temia que não tivesse agradecido. Não me chamo Falka.

– Soube disso também, embora tenha sido por acaso. Você pronunciou seu nome quando estava com febre.

– Sou fugitiva – continuou ela, sem virar-se. – Desertora. É perigoso abrigar-me. É perigoso saber meu verdadeiro nome. Preciso montar o cavalo e fugir antes que me achem aqui...

– Há pouco – disse Vysogota suavemente – você tinha dificuldades para sentar-se no penico. Não a vejo montando um cavalo. Garanto-lhe que está segura aqui. Ninguém vai encontrá-la neste lugar.

– Com certeza estão atrás de mim. Estão seguindo as pistas, vasculhando as redondezas...

– Acalme-se. Chove todos os dias, ninguém vai achar os rastros. Você está num lugar ermo, na casa de um eremita que se isolou do mundo para que o mundo não pudesse encontrá-lo com facilidade. No entanto, se quiser, posso descobrir uma forma de você avisar seus próximos ou amigos.

– Você nem sabe quem eu sou...

– Você é uma moça ferida – interrompeu ele – fugindo de alguém que não hesita em ferir moças. Quer que eu avise alguém?

– Não há quem avisar – respondeu ela após um momento, e Vysogota percebeu uma mudança no tom da voz. – Meus amigos estão mortos. Todos foram assassinados.

Ele não comentou.

– Eu sou a morte – retomou a garota com a voz soando de maneira estranha. – Todos que entram em contato comigo morrem.

– Nem todos – negou o ancião, fitando-a atentamente. – Aquele Bonhart, cujo nome você gritava quando estava com febre, de quem você quer fugir agora, não morreu. O contato foi mais prejudicial para você do que para ele. Foi ele... que feriu seu rosto?

– Não. – Ela cerrou os lábios para abafar algo que poderia ser um gemido ou um xingamento. – Foi o Coruja que feriu meu rosto. Stefan Skellen. E Bonhart... Bonhart deixou um ferimento muito mais grave. Mais profundo. Também falei sobre isso quando estava com febre?

– Acalme-se. Você está fraca, deve evitar emoções fortes.

– Meu nome é Ciri.

– Vou lhe fazer uma compressa de arnica, Ciri.

– Espere... um momento. Me dê um espelho.

– Falei para você...

– Por favor!

Vysogota obedeceu, chegando à conclusão de que era o certo a fazer, que não deveria esperar mais. Trouxe até uma lamparina a óleo, para que ela pudesse ver melhor o que haviam feito com seu rosto.

– Pois é... – disse Ciri com voz trêmula. – Pois é... Exatamente como eu imaginava. Quase como eu pensava.

O ancião saiu, fechando atrás de si o improvisado biombo de mantas.

A garota tentou soluçar baixinho para que ele não ouvisse. Esforçou-se muito mesmo.

No dia seguinte, Vysogota tirou a metade dos pontos. Ciri apalpou a bochecha e sibilou como uma víbora, reclamando da forte dor de ouvido e de hiperestesia na região da mandíbula. Mesmo assim, levantou-se, vestiu-se e decidiu ir para fora. Vysogota não protestou. Acompanhou-a. Não precisava nem ajudá-la, nem lhe servir de apoio. Ela estava quase curada, muito mais forte do que se poderia suspeitar. Perdeu o equilíbrio apenas quando estava prestes a sair, mas apoiou-se no batente da porta.

– Que... – engasgou, ao inspirar o ar. – Que frio! Está tudo congelado! Já é inverno? Quanto tempo passei aqui? Algumas semanas?

– Exatamente seis dias. É o quinto dia de outubro. Parece que este mês vai fazer muito frio.

– Cinco de outubro? – Ciri franziu o cenho e gemeu de dor. – Como assim? Duas semanas...

– O quê? Duas semanas?

– Não importa. – Ela deu de ombros. – Talvez eu esteja enganada... Ou talvez não. Diga-me: o que fede tanto aqui?

– Peles. Caço ratos-almiscarados, castores, martas e lontras, curto peles. Até os eremitas têm de se sustentar com alguma ocupação.

– Onde está minha montaria?

– No estábulo.

Quando entraram, a égua negra os cumprimentou relinchando alto e a cabra de Vysogota a acompanhou com um berro em que ressoava a grande insatisfação causada pela necessidade de dividir o local com outro inquilino. Ciri abraçou seu animal pelo pescoço, deu-lhe uns tapinhas, acariciou-lhe a crina. A égua resfolegava e remexia a palha com o casco.

– Onde está minha sela? E o xairel? E o arreio?

– Aqui.

O ancião não protestava, não comentava, não opinava. Permanecia calado, apoiado num cajado. Não se mexeu quando ela arfou, tentando levantar a sela, tampouco quando ela perdeu o equilíbrio sob o peso e caiu vagarosamente no chão de barro coberto de palha, emitindo um gemido plangente. Não se aproximou, não a ajudou a se levantar. Observava atentamente.

– Bem... – falou ela, com os dentes cerrados, afastando a égua, que tentava enfiar o focinho atrás da gola de sua blusa. –

Tudo está claro. Mas, droga, eu preciso fugir daqui! Simplesmente preciso!

– Para onde? – perguntou ele friamente.

Ciri apalpou a face, ainda sentada na palha ao lado da sela derrubada.

– Para o mais longe possível.

Vysogota acenou com a cabeça, como se a resposta fosse satisfatória e esclarecesse tudo, não deixando espaço para dúvidas. Ciri levantou-se com dificuldade. Nem tentou se abaixar para pegar a sela ou o arreio. Apenas verificou se na manjedoura havia feno e aveia para a égua e começou a limpar com um feixe de palha o lombo e os flancos do animal. O ancião esperou em silêncio, não por muito tempo. A garota cambaleou e se apoiou na pilastra que sustentava o teto, empalidecendo. Vysogota entregou-lhe seu cajado sem dizer uma palavra sequer.

– Não foi nada. Só...

– Só ficou tonta porque está doente e tem menos forças que um recém-nascido. Vamos voltar. Você tem de se deitar.

Ciri saiu novamente ao pôr do sol, depois de dormir por algumas horas. Vysogota, que retornava do rio, encontrou-a perto da cerca viva de amoreiras.

– Não se afaste muito da casa – repreendeu-a. – Primeiro, você está muito fraca...

– Estou me sentindo melhor.

– Segundo, é perigoso. Em volta há um pantanal enorme, um caniçal sem fim. Você não conhece as trilhas, pode se perder ou se afogar num charco.

– E você, claro – ela apontou para o saco que o ancião carregava –, conhece as trilhas e se desloca por elas, então o pantanal não é tão grande. Você curte peles para sobreviver. Kelpie, minha égua, tem aveia, porém não vejo nenhum campo aqui. Comemos galinha e grãos. E pão. Pão fresco, não seco. Você não conseguiria pão de um caçador. Portanto, há uma vila nas redondezas.

– Dedução perfeita – confirmou ele com calma. – Realmente recebo o provimento da vila mais próxima. É a mais próxima, embora não fique muito perto, e sim na margem do pantanal. Ali há um rio adjacente. Troco as peles pelos alimentos que trazem num barco. Pão, grãos, farinha, sal, queijo, de vez em quando um coelho ou uma galinha. E também notícias.

Como Ciri não fez perguntas, Vysogota continuou:

– Um bando de homens a cavalo passou duas vezes pelo povoado a sua procura. Na primeira, avisaram os camponeses que não a escondessem e ameaçaram a vila com fogo e espada caso você fosse capturada ali. Na segunda, prometeram uma recompensa por seu cadáver. Seus perseguidores estão convencidos de que você jaz morta na floresta, em algum barranco ou ravina.

– E não vão sossegar – murmurou ela – até acharem o corpo. Tenho consciência disso. Precisam de uma prova de minha morte. Não vão desistir sem ela. Vão vasculhar em todos os lugares. Finalmente chegarão até aqui...

– Estão muito determinados – observou o ancião. – Diria que muito mesmo...

Ciri cerrou os lábios.

– Não tenha medo. Partirei antes que eles me encontrem. Não vou expô-lo ao perigo... Não tenha medo.

– Por que pressupõe que estou com medo? – Ele deu de ombros. – Por que eu temeria algo? Ninguém vai conseguir rastreá-la até este lugar. No entanto, se você botar seu nariz para fora do caniçal, cairá diretamente nas mãos de seus perseguidores.

– Em outras palavras – ela empinou a cabeça presunçosamente –, tenho de ficar aqui. Foi isso o que quis dizer?

– Não a estou forçando a nada. Você pode partir quando quiser, ou melhor, quando conseguir. Mas pode também ficar em meu casebre e esperar. Os perseguidores desistirão um dia. Sempre desistem, mais cedo ou mais tarde. Sempre. Acredite. Sei o que estou falando.

Quando Ciri o encarou, seus olhos verdes brilharam.

– De qualquer maneira – disse Vysogota rapidamente, dando de ombros e desviando o olhar –, faça o que quiser. Repito, não a estou forçando a nada.

– Acho que hoje não vou partir mesmo – suspirou ela. – Estou fraca... E daqui a pouco o sol vai se pôr... E não conheço as trilhas. Vamos para casa, então. Estou com frio.

– Você disse que estou aqui há seis dias. É verdade?

– E por que eu mentiria?

– Não se exalte. Estou tentando contar os dias... Fugi... Feriram-me... no dia do equinócio. Em vinte e três de setembro. Se preferir contar de acordo com o calendário élfico, no último dia de Lammas.

– É impossível.

– E por que eu mentiria? – gritou ela e gemeu, tocando o rosto.

Vysogota olhou para ela com calma.

– Não sei por que – disse friamente. – Eu já fui médico, Ciri, há muito tempo, mas ainda sei distinguir um ferimento causado há dez horas de um causado há quatro dias. Eu a encontrei em vinte e sete de setembro. Então você foi ferida no dia vinte e seis, no terceiro dia de Velen, se preferir contar de acordo com o calendário élfico. Três dias após o equinócio.

– Eu fui ferida exatamente no dia do equinócio.

– É impossível, Ciri. Você deve ter confundido as datas.

– De jeito nenhum. Você é que usa um calendário eremítico obsoleto.

– Tudo bem, então. Isso é tão importante assim?

– Não. Não tem nenhuma importância.

Três dias depois, Vysogota tirou os últimos pontos. Tinha todos os motivos para estar contente e orgulhoso de sua obra: a linha da sutura estava reta e limpa, e não havia motivos para recear que ela ficasse impregnada de sujeira. O que diminuía a satisfação do cirurgião era ver Ciri num silêncio soturno contemplando a cicatriz no espelho sob vários ângulos e tentando escondê-la, sem êxito, atrás dos cabelos penteados de tal maneira que cobrissem a bochecha. A cesura a enfeava. Era um fato inegável. Não havia o que fazer. Não adiantava fingir que era diferente. A cicatriz, ainda vermelha, inchada como uma corda, pontuada com picadas de agulha e marcada com impressões de linha, apresentava um aspecto macabro. Vysogota sabia que era possível esse estado melhorar gradativa e rapidamente, porém não havia nenhuma chance de o sinal desaparecer ou ficar imperceptível.

Ciri sentia-se muito melhor e, para surpresa e satisfação do ancião, não falava nada sobre sua partida. Guiou Kelpie para fora do estábulo. Vysogota sabia que no Norte "kelpie" era a denominação de um espírito aquático, um monstro perigoso que, segundo a crendice popular, podia tomar a forma de um cavalo de beleza admirável, de um golfinho ou até de uma mulher formosa, mas que na realidade se parecia com um amontoado de algas. Ciri selou a égua e trotou um pouco em volta da casa e do quintal. Em seguida, Kelpie retornou ao estábulo para fazer companhia à cabra e Ciri voltou à choupana para fazer companhia a Vysogota. Ela o ajudava, provavelmente por estar entediada, até nas tarefas com as peles. Enquanto ele separava as peles de lontra de acordo com o tamanho e as tonalidades, ela desprendia as de rato-almiscarado pelo dorso e pela barriga com a ajuda de uma faca e as estendia sobre uma mesa que eles haviam levado para casa. Tinha dedos extraordinariamente hábeis.

E foi durante essa atividade que surgiu uma conversa um tanto estranha.

– Você não sabe quem eu sou. Nem imagina quem eu sou.

Ciri repetiu essa declaração banal algumas vezes, deixando o um pouco irritado. É claro que ele não deixou transparecer a irritação; ficaria humilhado se expusesse seus sentimentos diante de uma pirralha como ela. Não, não poderia deixar chegar a esse ponto, como também não poderia deixar transparecer a curiosidade que o afligia.

Era uma curiosidade um tanto boba, pois poderia suspeitar, sem esforço, quem ela era de verdade. Nos tempos de Vysogota, bandos de jovens também não constituíam uma raridade. Os anos que se passaram tampouco poderiam eliminar a força magnética com a qual essas quadrilhas atraíam garotos movidos por uma sede insaciável de aventuras e emoções fortes. Na maioria dos casos, era o que os levava à perdição. Aqueles que conseguiam se safar com uma cicatriz no rosto podiam ser considerados sortudos. Quanto aos azarentos, o que os aguardava eram torturas, a forca, o guincho ou a estaca.

Ah! Desde os tempos de Vysogota, apenas uma coisa havia mudado: a sucessiva emancipação. Os bandos atraíam não apenas rapazinhos, mas também molecas abobalhadas que preferiam o cavalo, a espada e a aventura à agulha de crochê, à roca e às visitas dos pretendentes.

Vysogota não lhe disse tudo isso diretamente. Transmitiu nas entrelinhas, mas de maneira que ela pudesse se dar conta de que ele sabia, para deixar claro que, se havia alguém ali misterioso, com certeza não era ela, uma bandoleira pirralha proveniente de um bando de adolescentes salteadores que escapara por milagre de uma perseguição. Uma fedelha que tentava se envolver num ar de mistério...

– Você não sabe quem eu sou. Mas não tenha medo. Logo irei embora. Não vou expô-lo ao perigo.

O ancião estava farto.

– Não corro perigo – disse secamente. – Que perigo seria? Mesmo que os perseguidores apareçam aqui, o que é duvidoso, que mal podem me fazer? Auxiliar criminosos fugitivos é um ato que pode receber punição, mas não no caso de eremitas, pois um eremita não tem conhecimento dos assuntos do mundo. Tenho o privilégio de poder receber qualquer pessoa que aparecer em meu eremitério. Você falou bem: não sei quem você é. De onde um eremita, como eu, poderia saber quem você é, o que fez de errado e por que está sendo perseguida pela lei? E que lei? Pois eu não sei sequer que lei se aplica nestas redondezas e quais as competências desta jurisdição. E nem quero saber. Sou eremita.

Percebeu que havia falado demais sobre o eremitismo, mas não cedeu. Os olhos alucinadamente verdes dela picavam-no feito esporas.

– Sou um humilde eremita. Morri para o mundo e para seus problemas. Sou um homem simples e inculto, sem consciência daquilo que acontece no mundo...

Exagerou.

– Com certeza! – gritou Ciri, jogando a pele e a faca no chão. – Você acha que sou burra ou o quê? Não sou burra, não! Nem que isso passe por sua cabeça, anacoreta, eremita humilde! Quando você estava fora, dei uma espiada na casa. Olhei ali, ó, no canto da sala, atrás daquela cortina não muito limpa. De onde provêm aqueles livros sábios na estante, hein, homem humilde e inconsciente?

Vysogota jogou a pele de lontra por cima da pilha.

– Viveu aqui, há muito tempo, um fiscal da receita – disse, despreocupado. – São cadastros públicos e livros de contabilidade.

– Está mentindo. – Ciri franziu o cenho e massageou a cicatriz. – Está mentindo descaradamente!

Ele não respondeu, fingindo que avaliava a tonalidade de mais uma pele.

– Você deve pensar – retomou ela após um momento – que, por ter barba branca, rugas e quase cem anos, pode facilmente enganar uma garota ingênua, hein? Então vou lhe dizer o seguinte: talvez consiga ludibriar qualquer uma por aí, só que eu não sou qualquer uma.

O ancião ergueu as sobrancelhas numa pergunta muda, mas provocativa. Ela não o deixou esperar por muito tempo.

– Eu, meu eremita, estudei em lugares onde havia muitos livros. A propósito, conheço muitos dos títulos que estão em sua estante.

Vysogota ergueu ainda mais as sobrancelhas. Ela o fitou diretamente nos olhos.

– Que coisas estapafúrdias – falou, arrastando as palavras – diz uma porcalhona, órfã maltrapilha, ladra ou bandoleira encontrada no mato com o rosto desfigurado! No entanto, saiba, eremita, que li a *História* de Roderick de Novembre. Folheei, inúmeras vezes, a obra *Materiae medicae*. Conheço *Herbarius*, igual àquele da sua estante. Sei, aliás, o que simboliza a cruz de arminho sobre o escudo vermelho na lombada dos livros. Ela indica que o livro foi publicado pela Universidade de Oxenfurt. – Interrompeu-se, ainda observando-o atentamente.

O ancião permaneceu em silêncio, tentando controlar as expressões faciais para não revelar nada.

– Por isso acho – continuou Ciri, erguendo a cabeça num gesto que lhe era comum, orgulhoso e um pouco brusco – que você não é tolo nem eremita. Que você não morreu para o mundo, mas fugiu dele. E que você está se escondendo aqui, neste ermo, camuflado pelas aparências e por um caniçal infinito.

– Se for assim – sorriu Vysogota –, então realmente o acaso cruzou nossos caminhos de maneira estranha, minha jovem erudita. O destino nos une de modo muito misterioso, já que você também está se escondendo aqui. Você também, Ciri, cria a sua volta um ar de mistério. Eu, no entanto, sou um homem velho, cheio de suspeição, amargurado pela desconfiança por causa da idade...

– Desconfiança de mim?

– Do mundo, Ciri. Falando por metáforas, de um mundo em que as aparências enganosas usam a máscara da verdade para iludir outra verdade, falsa, que também tenta enganar. De um mundo em que o brasão da Universidade de Oxenfurt aparece nas portas de prostíbulos. De um mundo em que bandoleiras feridas se passam por jovens instruídas, cultas, talvez até de origem nobre, intelectuais e eruditas que leem Roderick de Novembre e se mostram familiarizadas com o brasão da Academia. Apesar das aparências. Apesar de elas usarem outro sinal, uma tatuagem de bandido, uma rosa vermelha marcada na virilha.

– Sim, você tem razão. – Ciri mordeu os lábios, e seu rosto enrubesceu com tanta intensidade que a linha da cicatriz pareceu negra. – Você é um velho amargurado. E um intrometido desavergonhado.

– Em minha estante atrás da cortina – apontou Vysogota com um gesto da cabeça – está *Aen N'og Mab Taedh'morc*, uma coletânea de lendas e parábolas élficas em versos. Encontrará lá a história de um corvo vetusto e uma andorinha jovem que combina de maneira impressionante com nossa situação e com nossa conversa. Sou erudito, assim como você, Ciri, e permito-me lembrar o fragmento adequado. O corvo, como certamente você se recorda, acusa a andorinha de imprudência e inquietação indecente: *Hen Cerbin dic'ss aen n'og Zireael / Aark, aark, caelm foile, te veloe, ell? / Zireael*... – Interrompeu-se, apoiou os cotovelos sobre a mesa e o queixo sobre os dedos entrelaçados.

Ciri ergueu a cabeça, endireitou-se e lançou-lhe um olhar provocador.

Ele terminou:

– ... *Zireael veloe que'ss aen en'ssan irch / Mab og, Hen Cerbin, vean ni, quirk, quirk!* – Vysogota fez uma pequena pausa e por fim disse, sem mudar de posição: – O velho amargurado e desconfiado pede desculpas à jovem erudita. O corvo vetusto, que vê mentiras e ardis por toda parte, pede desculpas à andorinha, cuja única culpa é ser jovem, cheia de vida e graciosa...

– Agora você está falando besteiras – irritou-se ela, instintivamente cobrindo a cicatriz na bochecha com a mão. – Poupe-me desse tipo de elogios, porque eles não vão reparar o estrago que você fez quando suturou minha pele. Tampouco pense que dessa maneira ganhará minha confiança. Continuo não sabendo quem você é de verdade e por que me enganou a respeito daquelas datas. E com que intenção olhou entre minhas pernas, embora só tivesse um ferimento no rosto. E se você apenas olhou.

Dessa vez conseguiu tirá-lo do sério.

– O que está imaginando, pirralha?! – gritou Vysogota. – Eu poderia ser seu pai!

– Avô – corrigiu-o ela friamente. – Ou até bisavô. Mas você não é. Não sei quem você é, mas com certeza não é a pessoa por quem quer passar.

– Fui eu quem a encontrou no pantanal, quase congelada e presa ao musgo, com uma crosta negra no lugar do rosto, desmaiada, suja, imunda. Fui eu quem a trouxe para casa, embora não soubesse quem você era e pudesse suspeitar o pior. Fui eu quem a pousou sobre a cama. Fui eu quem tratou de você quando delirava em febre e a curou. Fui eu quem a lavou. Com muito cuidado, inclusive na região da tatuagem.

Ciri corou novamente, mas continuou a desafiá-lo com um olhar provocador.

– Neste mundo – resmungou –, às vezes as aparências enganosas usam a máscara da verdade, como você mesmo disse. Imagine que eu também já conheço o mundo um pouco. Você me salvou, cuidou de mim, me curou. Sou grata por isso. Agradeço sua... bondade. No entanto, sei que não existe bondade sem...

– Sem interesse e sem esperar recompensa – completou ele, sorrindo. – É verdade, sim, sou um homem viajado. Talvez até conheça o mundo tão bem quanto você, Ciri. Como sabe, moças feridas são privadas de tudo o que possa ter valor. Se estiverem inconscientes ou fracas demais para se defender, ficam suscetíveis à luxúria e à lascívia, muitas vezes de maneiras perversas e ilícitas. Não é assim?

– As aparências enganam – respondeu ela, enrubescendo mais uma vez.

– Que constatação precisa! – Ele jogou mais uma pele sobre a pilha certa. – E ela nos leva impiedosamente a uma conclusão: a de que nós, Ciri, não sabemos nada um sobre o outro. Conhecemos apenas as aparências. No entanto, elas enganam.

Esperou por um momento, mas ela não se apressou a dizer nada.

– Embora nós dois tenhamos conseguido fazer uma espécie de inquérito inicial, continuamos não sabendo nada um sobre o outro. Eu não sei quem você é, você não sabe quem eu sou...

Dessa vez, foi calculista. Ciri olhava para ele, e em seus olhos escondia-se a pergunta que ele aguardava. Um estranho brilho reluziu em seus olhos quando ela a fez.

– Quem começará?

Se naquele dia, depois do anoitecer, alguém conseguisse aproximar-se sorrateiramente da choupana com o telhado de palha afundado coberto de musgo e espreitasse o interior dela, veria, à luz das chamas e da brasa do fogareiro, um ancião de barba branca debruçado sobre uma pilha de peles. Distinguiria também uma garota de cabelos cinzentos com uma horrenda cicatriz na bochecha que não combinava nem um pouco com os olhos verdes tão grandes como os de uma criança.

No entanto, ninguém poderia vê-los. A choupana ficava no meio de um caniçal, entre os pântanos, onde ninguém se atrevia a adentrar.

– Chamo-me Vysogota de Corvo. Fui médico. Cirurgião. Alquimista, pesquisador, historiador, filósofo, eticista. E também professor da Universidade de Oxenfurt. Tive de fugir de lá depois de publicar uma obra considerada ímpia, razão pela qual, naquela época, cinquenta anos atrás, poderia ter sido condenado à pena de morte. Tive de emigrar. Minha esposa não concordou com a ideia, por isso me deixou. Interrompi minha jornada apenas quando cheguei ao longínquo Sul, domínio do império nilfgaardiano. Passado algum tempo, fui nomeado professor de ética na Academia Imperial em Castell Graupian, cargo que ocupei por aproximadamente dez anos. No entanto, tive de fugir dali também, depois de publicar um tratado sobre o poder totalitário e o caráter criminoso das guerras de conquista, embora oficialmente eu e minha obra tenhamos sido acusados de misticismo metafísico e cisma clerical. Chegou-se à conclusão de que atuei incitado por grupos de sacerdotes de caráter expansivo e revisionista que de fato governavam os reinos dos nortelungos. Foi algo bastante engraçado, considerando o fato de eu ter sido condenado à morte por ateísmo vinte anos antes! Acontece que no Norte os sacerdotes expansivos já haviam sido esquecidos, embora em Nilfgaard não se admitisse isso. A ligação do misticismo e da superstição com a política era perseguida e punida severamente.

"Hoje, analisando da perspectiva do tempo passado, acredito que, se eu tivesse me mostrado submisso e arrependido, o caso teria sido abafado. O imperador se limitaria a não conceder o ato de clemência, sem recorrer a meios drásticos. No entanto, eu estava indignado, certo de minhas razões, que eu considerava atemporais, superiores a qualquer governante ou à política. Sentia-me injustiçado pela tirania. Portanto, entrei em contato com os dissidentes que combatiam o tirano secretamente. Antes que eu percebesse, estava preso com eles num calabouço, e alguns, quando foram apresentados às ferramentas de tortura, me apontaram como o principal idealizador do movimento.

"O imperador concedeu o indulto, mas fui condenado ao desterro, sob a ameaça de uma condenação imediata à pena de morte caso voltasse às terras imperiais.

"Foi então que fiquei ressentido com o mundo todo, com reinos, impérios, universidades, dissidentes, funcionários públicos, juristas. Com colegas e amigos, que de uma hora para outra deixaram de sê-lo. Com minha segunda mulher, que, como a primeira, achava que os problemas do marido eram motivo suficiente para o divórcio. Com os filhos, que renunciaram a mim. Tornei-me eremita. Aqui, em Ebbing, nos pântanos de Pereplut. Ocupei o casebre de um eremita que conhecera havia algum tempo. Por azar, Nilfgaard anexou Ebbing e, de repente, eu estava em território nilfgaardiano novamente. Não tenho mais forças nem vontade de vagar por aí, então preciso me esconder. A sentença de morte mantém-se vigente, pois decisões imperiais não prescrevem, mesmo que o imperador que as emitiu esteja morto e o atual não tenha motivos para gostar dele ou compartilhar suas convicções. Essa é a lei e o costume em Nilfgaard. As sentenças por alta traição não prescrevem, nem são sujeitas à anistia, que é declarada por todos os imperadores após sua coroação. Ao subir ao trono, o novo imperador anistia todos aqueles que seu antecessor condenou... exceto os culpados por alta traição. Não importa quem governe em Nilfgaard: se for descoberto que estou vivo e violando a sentença de desterro por manter-me no território imperial, serei decapitado no cadafalso.

"Assim, Ciri, como você está vendo, nós nos encontramos numa situação muito parecida."

– O que é ética? Sabia, mas esqueci.

– É a ciência da moralidade, dos preceitos que envolvem a conduta moral, nobre, benevolente e honesta, que ensina sobre a alteza do bem, para a qual a alma humana é elevada pela justiça e moralidade, e sobre o abismo do mal, para o qual empurram a injustiça e a imoralidade...

– A alteza do bem! – bufou Ciri. – Justiça! Moralidade! Não me faça rir, ou minha cicatriz vai arrebentar. Você teve sorte de não ser perseguido, de não mandarem um caçador de recompensas atrás de você, como... Bonhart. Veria então o que é o abismo do mal. Ética? Vysogota de Corvo, sua ética vale o mesmo que uma bosta. Não se atiram para o abismo os maus e imorais, não! De jeito nenhum! São os maus, porém determinados, que empurram para lá os que são justos, honestos e nobres, mas desajeitados, vacilantes e cheios de escrúpulos.

– Obrigado pela lição – ironizou o ancião. – Acredito que, mesmo que se viva um século, nunca é demasiado tarde para aprender algo. De fato, sempre vale a pena ouvir pessoas maduras, vividas, experientes.

– Deboche quanto quiser. – Ela balançou a cabeça. – Deboche enquanto pode. Agora é minha vez. Agora vou entretê-lo com minha história. Vou lhe contar o que passei. E, quando acabar, veremos se você ainda terá vontade de debochar.

Se naquele dia, depois do anoitecer, alguém conseguisse aproximar-se sorrateiramente da choupana perdida no meio do pantanal, com o telhado de palha afundado coberto de musgo, e espreitasse pelas venezianas, veria, no interior mal iluminado, um ancião de barba branca ouvindo, concentrado, o relato de uma garota de cabelos cinzentos sentada sobre uma tora perto do fogareiro. Notaria que ela falava devagar, como se tivesse dificuldade em encontrar as palavras certas, que esfregava nervosamente a bochecha desfigurada por uma horrenda cicatriz, que entrelaçava a história de sua vida com longos momentos de silêncio. Era a história sobre como os ensinamentos lhe foram transmitidos e se revelaram ilusórios e enganosos, promessas que lhe foram feitas e não se cumpriram. A história sobre como o destino no qual a fizeram acreditar a havia traído infamemente, despojando-a de sua herança. A história sobre como, toda vez que começava a ter esperança, caíam sobre ela adversidades, dor, injúria e humilhação. A história sobre como aqueles que ela amava e em quem confiava a traíram, não a auxiliaram quando sofria, quando corria risco de desonra, tortura ou morte. A história sobre como os ideais aos quais a aconselharam a permanecer fiel falharam quando mais precisava deles, comprovando apenas quão pouco valiam. A história sobre como, finalmente, encontrou ajuda, amizade e amor com aqueles que, pelas aparências, não tinham condições de oferecer ajuda, amizade, tampouco amor.

No entanto, ninguém poderia vê-los ou ouvi-los. A choupana com o telhado afundado coberto de musgo ficava bem escondida entre os pântanos, num ermo eternamente enevoado, onde ninguém se atrevia a adentrar.

CAPÍTULO SEGUNDO

Quando entra na adolescência, a jovem inicia as tentativas de penetrar esferas da vida antes inacessíveis a ela, o que nos contos de fadas é simbolizado pela entrada numa torre misteriosa em busca de uma câmara oculta. A moça sobe até o cume da torre por uma escada em espiral – as escadas nos sonhos simbolizam experiências eróticas. A câmara vedada, esse pequeno aposento fechado à chave, simboliza a vagina. Girar a chave na porta é símbolo do ato sexual.

Bruno Bettelheim, *The uses of enchantment: the meaning and importance of fairy tales*

O vento que soprava do oeste trouxe uma tempestade noturna.

O céu em tons de negro e púrpura arrebentou ao longo da linha de raios, explodiu com o estrondo prolongado do trovão. Uma chuva repentina bateu contra a poeira da estrada com gotas espessas como óleo, rumorejou nos telhados, espalhou sujeira nas folhas das janelas. Porém um vento forte logo varreu a bátega, arredou a tempestade para bem longe, além do horizonte, que ardia cortado por relâmpagos.

Foi então que os cães começaram a latir. Ouviram-se o estrépito de cascos e o estridor de armas. Uma gritaria selvagem e assovios acordaram os camponeses e os fizeram levantar-se em pânico para barrar as portas e as venezianas com estacas. As mãos suadas apertavam os cabos dos machados e forcados. Apertavam com força, embora impotentemente.

O terror, o terror estava atravessando a vila. Seriam fugitivos ou perseguidores? Cruéis e enlouquecidos de raiva ou de pavor? Passariam sem parar os cavalos? Ou dali a pouco a noite seria iluminada pelas chamas dos telhados de palha flamejantes?

– Fiquem quietinhas, crianças...

– Mamãe, são os demônios? É a Caçada Selvagem? Espectros vindos do inferno? Mamãe, mamãe!

– Fiquem quietinhas, crianças. Não são os demônios, não é o diabo... É algo pior. São os humanos.

Os cães ganiam. Ventava às lufadas. Os cavalos relinchavam, as ferraduras troavam.

Uma companhia armada atravessava a vila e a noite.

Hotsporn cavalgou até o outeiro, parou e virou o cavalo. Era perspicaz e cauteloso. Não gostava de arriscar, especialmente quando a precaução não custava nada. Não se apressou a descer do montículo até o rio, até o posto dos correios. Preferia primeiro observar bem.

Não havia cavalos nem carruagens diante do posto, apenas uma carroça com uma parelha de mulas, coberta por uma lona com um letreiro que Hotsporn não conseguia ler de longe. Mas não cheirava a perigo. Ele conseguia pressentir o perigo. Era perito nisso.

Desceu do outeiro para a margem coberta de mato e amieiros, guiou o cavalo decididamente para dentro do rio e o atravessou a galope, com a água respingando até a altura da sela. Os marrecos que chapinhavam na beirada fugiram grasnando veementemente.

Hotsporn apressou o cavalo e adentrou o pátio do posto pela cerca aberta. Agora conseguiu ler o letreiro na lona da carroça: "Mestre Almavera, Tatuador Artístico". Cada palavra da inscrição estava pintada de uma cor e começava com uma letra exageradamente grande, ornada com iluminuras. E no vagão da carroça, acima da roda frontal direita, havia o desenho de uma pequena flecha purpúrea quebrada.

– Desça do cavalo! – ouviu uma ordem vinda de trás. – No chão, agora! Mantenha as mãos longe do cabo!

Chegaram à socapa e cercaram-no sem fazer nenhum barulho, Asse pela direita, de casaco de couro preto rebitado com prata, e Falka pela esquerda, de gibão de camurça verde e boina com penas. Hotsporn tirou o capuz e o pano que cobria seu rosto.

– Ah! – Asse abaixou a espada. – É você, Hotsporn. Eu o reconheceria, mas esse cavalo negro me confundiu!

– Que égua linda! – exclamou Falka, ajeitando a boina sobre as orelhas. – Negra e reluzente como carvão, não tem nem um único pelo mais claro. Que graça! Ehhh, lindona!

– Pois é, eu a consegui por menos de cem florins. – Hotsporn sorriu sem jeito. – Onde está Giselher? Lá dentro?

Asse acenou afirmativamente com a cabeça. Falka, olhando para a égua encantada, deu uns tapinhas em seu pescoço.

– Quando atravessava a água correndo – ergueu os enormes olhos verdes para Hotsporn –, parecia uma verdadeira kelpie! Se tivesse emergido do mar, e não do rio, diria que era uma autêntica kelpie.

– A senhorita Falka já viu uma kelpie?

– Só numa imagem. – Ela ficou soturna de repente. – Poderia falar muito sobre isso, mas não agora. Entre. Giselher está a sua espera.

Havia uma mesa ao lado da janela, pela qual entrava um pouco de luz. Mistle estava semideitada sobre ela, apoiada nos cotovelos, seminua da cintura para baixo, sem nada além das meias finas pretas. Entre suas pernas escarranchadas despudoradamente encontrava-se, de joelhos, um indivíduo magro e de cabelos compridos, vestindo gabardina parda. Só podia ser mestre Almavera, tatuador artístico, pois estava ocupado gravando um desenho colorido na coxa de Mistle.

– Aproxime-se, Hotsporn – convidou Giselher, afastando um banco da mesa à qual estava sentado ao lado de Faísca, Kayleigh e Reef.

Os dois últimos, assim como Asse, usavam casaco de couro de novilho preto, cheio de fivelas, tachões, correntes e outros sofisticados adornos de prata. "Algum artesão deve ter ficado rico graças a eles", pensou Hotsporn. Os Ratos, quando queriam se enfeitar, remuneravam alfaiates, sapateiros e coureiros como faria um rei. E, claro, exercendo seu ofício, se algo lhes agradasse, também não se importavam nem um pouco de simplesmente se apoderar da roupa ou das joias de alguém.

– Pelo visto, você encontrou nossa mensagem nas ruínas do antigo posto. – Giselher espreguiçou-se. – Ah! O que estou dizendo! Do contrário você não estaria aqui. Tenho de admitir que chegou rápido.

– Porque a égua é linda – intrometeu-se Falka. – Aposto que também é veloz!

– Eu encontrei sua mensagem. – Hotsporn não tirava os olhos de Giselher. – E a minha? Você a recebeu?

– Recebi... – gaguejou o líder dos Ratos. – Mas... Então, em breves palavras... Não deu tempo. Nós bebemos um pouco e tivemos de descansar um bocado. E depois surgiu outro destino...

"Moleques safados!", pensou Hotsporn.

– Indo direto ao ponto: você não cumpriu as ordens?

– Não cumpri. Perdoe-me, Hotsporn. Não foi possível... Mas na próxima vez, hein! Com certeza!

– Com certeza! – afirmou Kayleigh com ênfase, embora ninguém pedisse que afirmasse nada.

Moleques irresponsáveis! Ficaram bêbados. E depois surgiu outro destino. Certamente foram visitar os alfaiates atrás de roupinhas requintadas.

– Aceita beber conosco?

– Não, obrigado.

– E que tal provar isso? – Giselher apontou para um estojo de laca que estava no meio dos garrafões e das canecas.

Hotsporn entendeu então por que os olhos dos Ratos tinham um brilho esquisito e seus movimentos eram tão nervosos e rápidos.

– Pó de primeira qualidade – garantiu Giselher. – Não quer nem uma pitada?

– Não, obrigado. – Hotsporn olhou enfaticamente para a mancha de sangue e o rastro na serragem que desaparecia num compartimento, indicando para onde havia sido arrastado o cadáver. Giselher notou o olhar.

– Um peão queria se passar por valente – bufou –, a tal ponto que Faísca teve de castigá-lo.

Faísca deu uma gargalhada. Era nítido que estava bastante excitada pelo narcótico.

– Eu o castiguei tanto que se engasgou com o próprio sangue – gabou-se. – Aí logo os outros ficaram mansinhos de vez. Isso é que se chama terror!

Estava, como sempre, carregada de joias; usava até um brinco de diamante no nariz. Não vestia casaco de couro, mas um gibão cor de cereja com um ornamento de brocado, tão famoso que havia virado o último grito da moda entre a juventude dourada de Thurn, assim como o lenço de seda que Giselher usava na cabeça. Hotsporn até ouvira falar das meninas que cortavam os cabelos "ao estilo de Mistle".

– Isso é que se chama terror – repetiu, pensativo, olhando novamente para a mancha de sangue no chão. – E o superintendente do posto? E sua mulher? E o filho?

– Não, não. – Giselher franziu o cenho. – Você acha que matamos todos? Nada disso. Nós os prendemos temporariamente na despensa. Agora, como você pode ver, o posto é nosso.

Kayleigh lavou a boca com o vinho, gargarejou e o cuspiu no chão. Tirou com uma colherinha um pouco do fisstech do estojo, polvilhou a droga cuidadosamente sobre a ponta do dedo indicador umedecido com saliva e a esfregou na gengiva. Passou o estojo a Falka, que repetiu o ritual e entregou o fisstech a Reef. O nilfgaardiano recusou, ocupado em folhear o catálogo de tatuagens coloridas, e devolveu o estojo a Faísca. A elfa passou-o a Giselher sem tê-lo usado.

– Terror! – resmungou ele, semicerrando os olhos e fungando o nariz. – Tomamos o posto e o mantemos sob terror! O imperador Emhyr dominou o mundo todo dessa maneira, e nós apenas o fizemos com este barracão. Mas a regra que vale é a mesma!

– Aiiiiii, porra! – Mistle berrou da mesa. – Preste atenção onde você espeta essa agulha! Faça isso de novo e eu o espeto também! De um lado a outro!

Os Ratos, salvo Falka e Giselher, soltaram uma gargalhada.

– Se você quer ser bonita, tem de sofrer! – gritou Faísca.

– Espete, mestre, espete – acrescentou Kayleigh. – Ela é rija entre as pernas!

Falka soltou um palavrão e jogou uma caneca contra ele. Kayleigh esquivou-se, e outra vez os Ratos gargalharam.

– Então – Hotsporn decidiu acabar com a alegria – vocês mantêm o posto sob terror. Para quê? Apenas para sentirem a satisfação de aterrorizar?

– Aqui, nós estamos de tocaia – respondeu Giselher, esfregando o fisstech na gengiva. – Quando alguém faz uma parada para trocar os cavalos ou descansar, nós o assaltamos. É mais cômodo que ficar numa encruzilhada ou no mato à beira da estrada. E a regra que vale, como Faísca acabou de dizer, é a mesma.

– Mas hoje, desde o amanhecer, a única pessoa que apareceu foi esse rapaz aí – intrometeu-se Reef, apontando para o mestre Almavera, escondido quase até a cabeça entre as pernas escarranchadas de Mistle. – Está duro, como todos os artistas. Não tinha nada que pudéssemos roubar, por isso estamos roubando sua arte. Olhe só como ele é bom no desenho.

Deixou o braço à mostra, exibindo a tatuagem de uma mulher nua que movia as nádegas quando ele fechava o punho. Kayleigh também se gabou: em volta de seu braço, acima da pulseira de cravos, contorcia-se uma serpente com a boca aberta exibindo uma língua bifurcada escarlate.

– Bom gosto – respondeu Hotsporn, impassível. – Útil na hora de identificar os cadáveres. Infelizmente o roubo não deu certo, caros Ratos. Terão de pagar ao artista por sua arte. Não havia como avisá-los: há sete dias, desde primeiro de setembro, o sinal é uma flecha purpúrea quebrada. Ele tem uma pintada na carroça.

Reef xingou baixinho. Kayleigh riu. Giselher acenou com a mão, num gesto de indiferença.

– Bem, já que é assim, pagaremos por suas agulhas e tintas. Você diz que é uma flecha purpúrea, não é? Vamos nos lembrar disso. Se até amanhã outro aparecer por aqui com esse sinal, não lhe causaremos nenhum prejuízo.

– Vocês pretendem ficar aqui até amanhã? – surpreendeu-se Hotsporn. – É imprudente, Ratos. Arriscado e perigoso!

– O quê?

– É arriscado e perigoso.

Giselher deu de ombros. Faísca bufou e assoou o nariz, despejando o conteúdo no chão. Reef, Kayleigh e Falka olhavam para o mascate como se ele acabasse de informá-los de que o sol caíra no rio e era necessário pescá-lo o mais rápido possível antes que os caranguejos o pinicassem. Hotsporn deu-se conta de que havia apelado ao juízo de uma molecada insensata e falado do risco e perigo a fanfarrões cheios de bravura desenfreada completamente alheios a esses conceitos.

– Estão perseguindo vocês, Ratos.

– E daí?

Hotsporn suspirou.

A conversa foi interrompida por Mistle, que se aproximou deles sem fazer questão de se vestir. Pôs a perna no tampo da mesa e, rebolando os quadris, apresentou a todos, sem exceção, a obra do mestre Almavera: uma rosa carmim com caule e duas folhas verdes localizada na coxa, junto da virilha.

– Que tal? – perguntou, colocando as mãos na cintura. Suas pulseiras de brilhantes, que chegavam quase até os cotovelos, reluziram. – O que acham?

– Linda! – resfolegou Kayleigh, jogando os cabelos para trás. Hotsporn notou que o Rato tinha as orelhas furadas e usava brincos. Não havia dúvida de que em pouco tempo esse tipo de brinco, assim como o couro rebitado com metal, estaria na moda entre a juventude dourada de Thurn e de todo o Geso.

– Chegou sua vez, Falka – falou Mistle. – O que vai querer tatuar?

Falka tocou sua coxa, inclinou-se e observou a tatuagem com atenção. De perto. Mistle bagunçou seus cabelos cinzentos com carinho. Falka riu baixinho e começou a se despir sem nenhum pudor.

– Eu quero uma rosa igual – declarou. – No mesmo lugar que a sua, querida.

– Quantos ratos por aqui, Vysogota! – Ciri interrompeu o relato, olhando para o chão, onde, dentro do círculo da luz emitida pela lamparina a óleo, disputava-se um verdadeiro torneio de ratos. Podia-se imaginar o que provavelmente se passava fora do círculo, na escuridão. – Um gato seria útil, ou melhor, dois.

– Os roedores – o eremita pigarreou – entram na casa porque o inverno está chegando. Eu tinha um gato, mas o ingrato foi embora, sumiu.

– Provavelmente foi comido por uma raposa ou uma marta.

– Você não viu esse gato, Ciri. Se alguma coisa o comeu, deve ter sido um dragão. Nada menor do que isso.

– Era tão grande assim? Ah, que pena! Ele não deixaria esses ratos subirem em minha cama. Lamento muito.

– É pena mesmo, mas eu acho que ele vai voltar. Os gatos sempre voltam.

– Vou colocar mais lenha no fogo. Está frio.

– Está mesmo. As noites estão horrivelmente frias agora... E olhe que não estamos nem na metade de outubro... Continue contando a história.

Ciri permaneceu imóvel por um momento, com o olhar fixo no fogareiro. As chamas reavivaram-se na madeira colocada ao fogo, crepitando e lançando um brilho dourado e sombras agitadas no rosto deformado da garota.

– Continue.

O mestre Almavera tatuava e Ciri sentia as lágrimas acumulando-se no canto dos olhos. Embora o vinho e o pó branco a tivessem entorpecido, a dor era insuportável. Cerrava os dentes para não gemer. E, claro, não gemia. Fingia que não prestava atenção à agulha e que desprezava a dor. Procurava, como se não estivesse acontecendo nada, participar da conversa dos Ratos com Hotsporn, um indivíduo que queria se passar por mascate e que, embora ganhasse a vida dependendo de mascates, não tinha nada a ver com o comércio.

– Nuvens negras encobrem a cabeça de vocês – disse Hotsporn, passando os olhos pelo rosto de todos os Ratos. – Não é apenas o prefeito de Amarillo que os persegue. Os Varnhagens e o barão Casadei também...

– Aquele barão? – Giselher franziu o cenho. – Entendo os motivos do prefeito e dos Varnhagens, mas por que esse Casadei está tão determinado a nos pegar?

– O lobo vestiu pele de cordeiro – Hotsporn sorriu – e berra lamentando: "Béé, béé, ninguém gosta de mim, ninguém me entende. Para onde eu vou, jogam pedras em mim, gritam 'Fora daqui!' Por que isso? Por que essa injustiça e essa crueldade?" A filha do barão Casadei, caros Ratos, continua fraca, com febre, depois daquela aventura à beira do rio Pliszka...

– Ahhh – lembrou Giselher. – A carruagem com os quatro tordilhos! Trata-se daquela moça?

– Dela mesmo. Como falei, continua doente; acorda à noite aos gritos lembrando-se do senhor Kayleigh... e especialmente da senhorita Falka. E do camafeu, herança da mãe falecida, que a senhorita Falka arrancou à força de seu vestido, proferindo palavras diversas.

– Não é nada disso! – berrou Ciri da mesa, aproveitando a possibilidade de reagir à dor. – Demonstramos despeito e menosprezo à baronesa deixando que saísse de lá ilesa! Era para fodê-la!

– Realmente. – Ciri sentiu o olhar de Hotsporn em suas coxas nuas. – É uma verdadeira desonra não ter aproveitado a ocasião para desgraçá-la. Não é de estranhar que o barão Casadei, ofendido, tenha juntado uma companhia armada e determinado uma recompensa. Jurou publicamente que todos vocês serão pendurados das consolas dos muros de seu castelo com a cabeça para baixo. Avisou também que esfolará, com cintas, a senhorita Falka por roubar o camafeu de sua filha.

Ciri xingou e os Ratos caíram numa gargalhada selvagem. Faísca espirrou e melou-se toda; o fisstech irritava sua membrana mucosa.

– Estamos cagando para essas perseguições – declarou, limpando o nariz, a boca, o queixo e a mesa com um cachecol. – O prefeito, o barão, os Varnhagens! Eles nos perseguem, mas não conseguirão nos pegar! Somos os Ratos! Depois do Velda, fizemos três zigue-zagues e agora esses idiotas estão desnorteados atrás do rastro frio. Quando eles se derem conta, já estarão longe demais para retornar.

– Se retornarem, hein! – disse impetuosamente Asse, que voltara havia algum tempo do posto de sentinela, no qual ninguém o substituíra nem pretendia fazê-lo. – Vamos lascá-los, só isso!

– Claro! – gritou Ciri da mesa, esquecida de como na noite anterior fugiram da perseguição pelas vilas localizadas à margem do Velda e de quanto medo sentira.

– Chega! – Giselher bateu na mesa com a palma aberta, encerrando bruscamente a conversa barulhenta. – Desembuche, Hotsporn, pois vejo que você quer nos falar sobre algo mais importante que o prefeito, os Varnhagens, o barão Casadei e sua filha sensível.

– Bonhart os persegue.

Caiu um silêncio extremamente longo. Até o mestre Almavera parou de tatuar por um momento.

– Bonhart – repetiu Giselher devagar. – Aquele velho malandro de cabelos brancos. Provavelmente alguém ficou seriamente aborrecido conosco.

– Alguém rico – constatou Mistle. – São poucos os que conseguem pagar pelo serviço de Bonhart.

Ciri estava prestes a perguntar quem era o tal Bonhart quando Asse e Reef se anteciparam quase simultaneamente, em uníssono.

– É um caçador de recompensas – esclareceu Giselher de forma soturna. – Dizem que foi soldado, depois vendedor ambulante, até finalmente começar a matar gente para ganhar recompensas. É um filho da puta como há poucos neste mundo.

– Contam – disse Kayleigh, um tanto despreocupado – que, se enterrassem todos os que foram mortos por Bonhart num cemitério só, seria necessária uma área de pelo menos meio hectare.

Mistle colocou uma pitada do pó branco entre o polegar e o dedo indicador e aspirou com força.

– Bonhart derrubou a companhia do Grande Lothar – disse. – Matou-o com seu irmão, aquele apelidado de Cogumelo.

– Dizem que o esfaqueou nas costas – acrescentou Kayleigh.

– Matou Valdez também – adicionou Giselher. – E, quando Valdez morreu, sua companhia se dispersou. Era uma das melhores. Uma companhia boa e forte. Com bons companheiros. Pensei uma vez em juntar-me a eles, antes de nos conhecermos.

– Tudo isso é verdade – disse Hotsporn. – Nunca houve nem haverá uma companhia igual à de Valdez. Há cantos que contam como conseguiram fugir da perseguição nas redondezas de Sarda. Que cabeças criativas, que imaginação cavaleiresca! Poucos podiam se igualar a eles!

De repente os Ratos ficaram calados e fitaram-no com seus olhos maus e relampejantes.

– Uma vez – falou Kayleigh devagar, após um momento – nós seis conseguimos passar por um esquadrão da cavalaria nilfgaardiana!

– Conseguimos retomar Kayleigh dos nissírios! – rosnou Asse.

– Conosco – rosnou Reef – também não se brinca!

– É isso mesmo, Hotsporn – Giselher encheu o peito. – Os Ratos não são piores que nenhum outro bando, nem piores que a companhia de Valdez. Você disse "imaginação cavaleiresca"? Então vou lhe contar sobre a imaginação feminina. As três moças que estão aqui sentadas, Faísca, Mistle e Falka, atravessaram a vila de Druigh durante o dia. Souberam que os Varnhagens estavam na taberna, passaram também por lá! A galope, cruzaram bem pelo meio! Entraram pela frente e saíram pelo quintal. E os Varnhagens ficaram boquiabertos, as canecas se despedaçaram no chão e a cerveja ficou toda derramada. Vai me dizer que isso é pouca imaginação?

– Não, não vai dizer – Mistle antecipou a resposta, com um sorriso malicioso. – Não vai dizer isso porque conhece os Ratos. Seu grêmio também nos conhece.

O mestre Almavera terminou a obra. Ciri agradeceu com uma cara de orgulho, vestiu-se e sentou-se junto da companhia. Bufou sentindo sobre si um olhar estranho, crítico e um tanto irônico de Hotsporn. Olhou para ele com desdém, envolvendo o braço de Mistle com um gesto exagerado, ostensivo. Já conseguira praticar e comprovar que esse tipo de manifestação envergonhava e esfriava as intenções luxuriosas dos homens. Mas no caso de Hotsporn agiu com um pouco de exagero, pois o suposto mascate não manifestara nenhum sinal de atrevimento nessa questão.

Para Ciri, Hotsporn era um mistério. Vira-o apenas uma vez, o que sabia dele Mistle havia lhe contado. Hotsporn e Giselher, esclareceu, conheciam-se e mantinham uma amizade de longa data, combinavam sinais, senhas e pontos de encontros. Durante esses encontros, Hotsporn passava informações e então era preciso ir até determinado local e assaltar o comerciante, o comboio ou a caravana indicados. Às vezes se matava a pessoa. Sempre se combinava um sinal. Os comerciantes que usassem esse sinal nas carroças não podiam ser assaltados.

De início, Ciri ficara surpresa e levemente decepcionada – considerava Giselher um ídolo. Os Ratos eram um exemplo de liberdade e independência, ela própria chegara a venerar aquela liberdade, aquele desprezo por tudo e por todos. Até que, de repente, foi necessário fazer serviços encomendados. Como mercenários, cumpriam as ordens de alguém que determinava quem deveria ser atacado. Não só isso: esse sujeito também determinava quem não deveria ser atacado e eles obedeciam de orelhas baixas.

Sempre se tratava de uma troca de favores, dissera Mistle, dando de ombros. Hotsporn nos dá ordens, mas também informações graças às quais sobrevivemos. A liberdade e o desprezo têm seus limites. No fim das contas sempre se acaba como ferramenta nas mãos de alguém.

A vida é assim, falcãozinho.

Ciri estava surpresa e desiludida, mas logo passou. Aprendia rápido, e aprendeu também a não estranhar demais e a não nutrir grandes esperanças, assim a desilusão seria menos dolorosa.

– No entanto, eu tenho uma solução para todos os problemas de vocês – disse Hotsporn. – Para os nissírios, barões, prefeitos, até para Bonhart. Isso mesmo, eu tenho a solução. Pois, embora exista uma corda apertando o pescoço de vocês, sei como se livrar dela.

Faísca bufou, Reef soltou uma gargalhada. Mas Giselher os silenciou com um gesto e deixou que Hotsporn continuasse.

– Circula uma notícia – disse o mascate após um momento – de que será anunciada uma anistia qualquer dia desses. Todos os sentenciados serão anistiados, mesmo os condenados à pena de morte, sob a condição de se revelarem e confessarem seus crimes. Isso também vale para vocês.

– Papo furado! – gritou Kayleigh lacrimejando, pois acabara de aspirar uma pitada de fisstech pelo nariz. – É um truque nilfgaardiano, um ardil! Nós, macacos velhos, não cairemos nesse tipo de armadilha!

– Peraí – Giselher o segurou. – Não se apresse, Kayleigh. Hotsporn, que conhecemos bem, não costuma falar por falar nem vir com conversa fiada. Sabe o que fala e por quê. Por isso, decerto sabe e vai nos dizer de onde surgiu essa inesperada indulgência nilfgaardiana.

– O imperador Emhyr – disse Hotsporn em tom calmo – vai se casar. Daqui a pouco teremos uma imperatriz em Nilfgaard.

Por isso vão declarar a anistia. Dizem que o imperador está extremamente feliz, portanto deseja a felicidade de todos.

– Cago para a felicidade do imperador – declarou Mistle com soberba. – E me permito não desfrutar da anistia, pois essa indulgência nilfgaardiana me cheira a serragem fresquinha. Como se estivessem aparando a ponta de uma estaca!

– Duvido que seja um ardil – Hotsporn deu de ombros. – É assunto político. De grande importância. Maior do que vocês, Ratos, maior do que todas as companhias aqui juntas. Trata-se de política.

– Como assim? Exatamente do quê? – Giselher franziu o cenho. – Não entendi porra nenhuma.

– O casamento de Emhyr é político e por meio dele serão conquistados alguns objetivos políticos. O intuito do imperador é criar uma aliança através do casamento. Ele quer unir o império, acabar com os tumultos fronteiriços, estabelecer a paz. Vocês sabem com quem Emhyr vai se casar? Com Cirilla, a herdeira do trono de Cintra.

– Mentira! – gritou Ciri. – Absurdo!

– E por qual motivo a senhora Falka me chama de mentiroso? – Hotsporn fixou os olhos nela. – Será que está mais bem informada que eu?

– Claro!

– Fique quieta, Falka – Giselher franziu o cenho. – Quando a espetaram na bunda lá na mesa você estava quieta, e agora você grita? Que Cintra é essa, Hotsporn? Que Cirilla é essa? Por que isso seria tão importante?

– Cintra – interrompeu Reef, povilhando fisstech sobre o dedo – é um país no Norte, e o império o disputava com os governantes locais. Isso foi há uns três ou quatro anos.

– É isso mesmo – confirmou Hotsporn. – Os imperiais conquistaram Cintra e até conseguiram atravessar o rio Yarra, mas depois tiveram que recuar.

– Porque apanharam nos arredores do Monte de Sodden – resmungou Ciri. – Recuaram com tanta pressa que quase perderam as calças!

– Pelo visto, a senhorita Falka tem conhecimento da história contemporânea. É de elogiar, uma pessoa tão nova ter tantos conhecimentos. Posso perguntar que escolas a senhorita Falka frequentou?

– Não, não pode!

– Chega! – Giselher chamou a atenção. – Hotsporn, continue, fale mais sobre essa Cintra. E sobre a anistia.

– O imperador Emhyr – continuou o mascate – decidiu transformar Cintra num país trepadeiro...

– Como?

– Um país trepadeiro. Como uma planta trepadeira que não consegue sobreviver sem um tronco firme em volta do qual possa se enrolar. E esse tronco, lógico, seria Nilfgaard. Já existem países desse tipo, como Metinna, Maecht, Toussaint... Governados por dinastias locais. De forma mascarada, claro.

– Isso se chama automonia assemelhada – gabou-se Reef. – Já ouvi falar.

– O problema com essa Cintra foi o seguinte... A linha real de lá se extinguiu...

– Extinguiu?! – Ciri parecia pronta para soltar faíscas verdes. – Extinguiu-se porra nenhuma! Os nilfgaardianos assassinaram a rainha Calanthe! Simplesmente a assassinaram!

Com um gesto, Hotsporn conteve Giselher, que queria dar bronca em Ciri por se intrometer.

– Tenho que admitir que a senhorita Falka nos deslumbra com um conhecimento fora do comum. A rainha de Cintra de fato pereceu durante a guerra. Sua neta Cirilla, a última representante da família real, também teria morrido, é o que se acreditava. E então o imperador Emhyr não teve como estabelecer, como o senhor Reef disse sabiamente, uma autonomia simulada. Foi então que, de repente, acharam Cirilla.

– Que lendas são essas? – bufou Faísca, apoiando-se no ombro de Giselher.

– De fato – Hotsporn fez um aceno com a cabeça –, sou obrigado a admitir que parece mesmo lenda. Dizem que essa Cirilla foi presa por uma bruxa má em algum lugar no Norte distante, numa torre mágica. Mas Cirilla conseguiu fugir e pedir refúgio no império.

– É uma porra de uma mentira! Tudo conversa fiada! – berrou Ciri, estendendo as mãos trêmulas para pegar o estojo com fisstech.

– No entanto, de acordo com os boatos – continuou Hotsporn, sem se intimidar –, o imperador Emhyr, no momento em que viu Cirilla, apaixonou-se perdidamente e deseja se casar com ela.

– O falcãozinho tem razão – disse Mistle com firmeza, e acentuou a constatação batendo com o punho na mesa. – É pura conversa fiada! E não consigo entender merda nenhuma dessa porra aqui. Apenas uma coisa é certa: seria bobagem nutrir esperanças a respeito da clemência nilfgaardiana com base nessa tolice.

– É isso aí! – Reef a apoiou. – Não temos nada a ver com o casamento imperial. Não importa com quem o imperador vai se casar, haverá sempre outra noiva nos esperando: a corda!

– Não se trata do pescoço de vocês, caros Ratos – relembrou Hotsporn. – Trata-se de política. Rebeliões, revoltas e levantes continuam na fronteira no Norte do império, especialmente em Cintra e nas redondezas. Se o imperador se casar com a herdeira da coroa de Cintra, então Cintra se acalmará. Haverá uma anistia solene e as companhias dos rebeldes descerão das montanhas, interromperão as lutas contra os imperiais e os prejuízos cessarão. Ah, e se a cintrense for coroada, os rebeldes vão aderir ao exército imperial. Com certeza vocês sabem que no Norte, do outro lado do rio Yarra, a guerra continua e cada soldado vale ouro.

– Humm – Kayleigh franziu o cenho. – Agora entendi a tal anistia! Haverá escolha: aqui uma estaca bem afiada, lá a bandeira imperial. A estaca no cu ou a bandeira nas costas. E todos serão mandados para a guerra para morrer pelo império!

– Participar da guerra – disse Hotsporn devagar – nem sempre significa a mesma coisa. Pois nem todos são obrigados a lutar, caros Ratos. Existe a possibilidade, claro, depois de cumprir os requisitos da anistia – ou seja, revelar-se e confessar a culpa –, de cumprir um tipo de... serviço alternativo.

– Tipo de quê?

– Eu sei de que se trata – os dentes de Giselher brilharam no rosto bronzeado e um pouco machucado de barba recém-feita. – Filhotes, o grêmio dos mascates gostaria de nos acudir. Abraçar e cuidar de nós. Como se fosse uma mãe.

– Você quis dizer uma puta – resmungou Faísca em voz baixa.

Hotsporn fingiu que não ouviu.

– Você tem toda a razão, Giselher – disse em tom gélido. – O grêmio pode, se quiser, contratá-los. Oficialmente, para variar. E acudi-los, providenciar segurança, também oficialmente, e também para variar.

Kayleigh quis dizer algo, Mistle também, mas um olhar rápido de Giselher fez com que os dois ficassem calados.

– Diga ao grêmio, Hotsporn – disse o líder dos Ratos com frieza –, que somos gratos pela proposta. Vamos pensar, ponderar, conversar. Decidiremos que atitude tomar.

Hotsporn levantou-se.

– Vou embora.

– Agora à noite?

– Vou pernoitar na vila. Não me sinto à vontade aqui. E amanhã seguirei diretamente para a fronteira com Metinna, depois pela estrada de terra batida até Forgeham, onde ficarei até o Equinócio, ou até mais, quem sabe. Lá esperarei por aqueles que já tomaram a decisão e que estão prontos para se revelar e aguardar a anistia sob minha proteção. Sugiro que vocês também não se demorem nessa ponderação e na tomada de decisão. Já que Bonhart é capaz de antecipar a anistia.

– Você continua nos amedrontando com esse Bonhart – disse Giselher devagar, levantando-se também. – Alguém poderia até pensar que o diabo já está esperando na esquina... E ele provavelmente deve estar distante, lá onde Judas perdeu as botas...

– Ele está em... Ciúme – Hotsporn terminou a frase com calma. – Na taberna A Cabeça da Quimera, a cerca de trinta milhas de distância daqui. Se vocês não tivessem feito aqueles ziguezagues à beira do Velda, provavelmente teriam dado de cara com ele ontem. Mas vocês não ficam preocupados com isso, eu sei. Passe bem, Giselher. Passem bem, Ratos. Mestre Almavera? Vou a Metinna e sempre gosto de viajar acompanhado... O que foi que disse, mestre? Que sim? Foi isso o que eu pensei. Junte então seus pertences. Paguem ao mestre, Ratos, por seu esforço artístico.

•

O posto dos correios cheirava a cebola frita, a sopa de centeio e batata preparadas pela mulher do superintendente do posto, temporariamente solta. A vela sobre a mesa soltava fagulhas, faiscava, varria o ar com sua chama. Os Ratos debruçaram-se sobre a mesa para a chama aquecer suas cabeças, que quase se tocavam.

– Está em Ciúme – falou Giselher em voz baixa. – Na taberna A Cabeça da Quimera. A um dia daqui, apenas. O que acham disso?

– O mesmo que você – resmungou Kayleigh. – Vamos até lá matar o filho da puta.

– Vingaremos Valdez – disse Reef. – E Cogumelo.

– E não deixaremos – rosnou Faísca – que nenhum Hotsporn nos provoque falando sobre a fama e a imaginação alheias. Massacraremos esse Bonhart, esse zumbi, esse lobisomen. Pregaremos sua cabeça sobre a porta da taberna para que combine com o nome dela! E para que todos possam ver que não era um kharakternik, e sim apenas um mortal como todos os outros, um mortal que foi se arriscar contra gente mais forte que ele. Dessa forma ficará comprovado qual das companhias, desde Korath até Pereplut, é a melhor!

– Entoarão canções sobre a gente nas feiras! – disse Kayleigh com impetuosidade. – Até nos castelos!

– Vamos – Asse bateu com a mão aberta contra o tampo da mesa. – Vamos matar esse filho da mãe.

– E depois – Giselher parecia pensativo – consideraremos essa anistia... No grêmio... Por que você está fazendo careta, Kayleigh, como se estivesse mastigando um percevejo? Estão nos perseguindo, chegando cada vez mais perto, e o inverno se aproxima. Minha ideia é esta, Ratinhos: passaremos o inverno aquecendo a bunda perto do fogareiro, cobertos e protegidos do frio pela anistia, tomando a cervejinha quente da anistia. Aguentaremos nessa, decentemente, e permaneceremos bem comportadinhos... até, digamos, a primavera. E na primavera... Quando a neve derreter e a grama aparecer...

Os Ratos riram em coro, baixinho, em tom ameaçador. Seus olhos fulminavam como os de verdadeiros ratos que à noite se aproximam de um humano ferido, incapaz de se defender num beco escuro.

– Bebamos à desgraça de Bonhart! – exclamou Giselher. – Tomaremos esta sopa e depois dormiremos para descansar e poder sair à luz do dia.

– Claro – bufou Faísca. – Tomem como exemplo Mistle e Falka, que estão na cama há uma hora.

Entretida com as panelas, a mulher do superintendente do posto dos correios sentiu um calafrio pelo corpo todo, ao ouvir novamente uma risada baixa, sinistra e vil vinda da mesa.

•

Ciri ergueu a cabeça e permaneceu calada por um longo momento, com o olhar fixo na chama da lâmpada, que mal flamejava, queimando o restinho do óleo.

– Saí fugindo do posto dos correios como se fosse ladra – retomou a história. – De madrugada, em completa escuridão... Mas não consegui fugir despercebida. Mistle deve ter acordado quando eu me levantava da cama. Foi ao meu encontro na estrebaria quando selava o cavalo. Porém não demonstrou surpresa. Nem tentou me deter... Começava a amanhecer...

– Agora também já está quase amanhecendo – Vysogota bocejou. – Está na hora de dormir, Ciri. Amanhã você retomará a história.

– Talvez você tenha razão – bocejou também, levantou-se e espreguiçou-se com agilidade. – Meus olhos já estão se fechando, mas se eu continuar neste passo nunca conseguirei terminar a história. Quantas noites já se passaram? Pelo menos dez. Receio que toda a história possa ocupar mil e uma noites.

– Temos tempo, Ciri. Temos tempo.

•

– Você quer fugir de quem, falcãozinho? De mim ou de você mesma?

– Eu deixei de fugir. Agora quero apanhar algo. Por isso preciso voltar... ao lugar onde tudo começou. Preciso. Me entenda, Mistle.

– Foi por isso... Foi por isso que hoje você foi carinhosa comigo. Pela primeira vez há tantos dias... Foi a última vez, a despedida? E depois você vai se esquecer?

– Eu nunca a esquecerei, Mistle.

– Esquecerá, sim.

– Nunca. Eu lhe prometo. E essa não foi a última vez. Eu a encontrarei. Voltarei para pegá-la. Voltarei numa carruagem de ouro puxada por seis cavalos. Com um séquito de cortesãos. Você vai ver. Daqui a pouco isso será... possível. Bem possível. Farei com que seu destino mude... Você vai ver. Vai acreditar ao ver o que serei capaz de fazer, o quanto poderei mudar.

– Para isso seria preciso uma força muito grande – suspirou Mistle. – E uma magia poderosa...

– Isso também é possível – Ciri lambeu os lábios. – A magia também... Posso recuperar... tudo o que perdi... Isso pode voltar... E ser meu outra vez. Eu lhe prometo, vai estranhar quando nos encontrarmos de novo.

Mistle virou a cabeça raspada, olhou para o rastro em tons de rosa e azul que a alvorada pintara no confim oriental do mundo.

– Verdade – disse baixinho. – Ficarei muito surpresa se ainda nos encontrarmos um dia. Se eu ainda voltar a vê-la, minha pequena. Mas agora vá. Não prolonguemos isso.

– Me espere – Ciri fungou o nariz. – E não deixe que a matem. Pense nessa anistia mencionada por Hotsporn. Mesmo se Giselher e os outros não quiserem... Mistle, você deve pensar nisso. Pode ser uma forma de sobreviver, porque eu voltarei para resgatá-la. Prometo.

– Me beije.

Amanhecia. A claridade aumentava, o frio também.

– Te amo, Visguinha.

– Te amo também, falcãozinho. Mas agora vá.

•

Claro que ela não acreditava. Estava convencida de que eu vacilara, de que correra atrás de Hotsporn para procurar socorro, implorar por aquela anistia com a qual nos aliciava tanto. Como ela poderia saber que sentimentos tomaram conta de mim quando ouvi o que Hotsporn dizia a respeito de Cintra, de minha avó Calanthe... E que uma tal de "Cirilla" se converteria em esposa do imperador de Nilfgaard. O mesmo imperador que matara a avó Calanthe. E que mandou atrás de mim aquele cavaleiro com um elmo com penacho negro. Eu já lhe contei sobre isso, lembra? Na ilha de Thanedd, quando estendeu as mãos para me pegar, eu tirei um pouco do sangue dele! Deveria tê-lo matado naquele dia... Mas por algum motivo não consegui... Fui estúpida! Mas já era, talvez ele tenha sangrado até a morte... Por que você está olhando para mim desse jeito?

– Conte. Conte como você foi atrás de Hotsporn para recuperar a herança, recuperar o que você merecia.

– Você está falando com desnecessária ironia, debochando de mim sem motivo. Sim, sei que agi de forma impensada, agora eu sei, naquela hora também percebi... Fui mais sábia em Kaer Morhen e no templo de Melitele. Lá eu sabia que aquilo que passou não voltaria mais, que eu não era mais a princesa de Cintra, mas alguém completamente diferente, que não tinha mais nenhuma herança, que tudo estava perdido e que era preciso aceitar esse fato. Explicaram-me isso de forma clara e sagaz e eu aceitei, com serenidade. E, de repente, tudo começou a voltar. Primeiro, quando queriam me impressionar com o título daquela baronesa Casadei... Nunca ficara preocupada com esse tipo de coisa, e naquele dia, de repente, me enfureci, empinei o nariz e gritei que eu detinha mais títulos e vinha de uma família mais nobre ainda. E desde então comecei a pensar naquilo. Sentia a raiva crescer dentro de mim. Você me entende, Vysogota?

– Entendo.

– E a história contada por Hotsporn apenas complementou tudo isso. Quase fervi de raiva... Antigamente, falavam tanto sobre o destino... E agora outra pessoa vai tirar proveito dele graças a uma fraude. Alguém se passou por mim, por Ciri de Cintra, e terá tudo, uma vida cheia de luxo. Não, não podia pensar em outra coisa. De repente, conscientizei-me de que andava com fome, de que sentia frio dormindo ao céu aberto, de que tinha que lavar as partes íntimas em riachos gelados... Eu! Eu deveria ter uma banheira de ouro! Água perfumada com nardos e rosas! Toalhas aquecidas! Lençóis limpos! Você entende, Vysogota?

– Entendo.

– De repente, estava disposta a ir até a prefeitura mais próxima, até o forte mais próximo, até aqueles nilfgaardianos negros que eu temia e odiava tanto... Estava pronta para falar: "Eu sou Ciri, seus imbecis nilfgaardianos, eu é que deveria ser esposa de seu ignorante imperador. Alguém lhe entregou uma caloteira sem vergonha e esse idiota nem percebeu a fraude." Estava tão determinada que teria tomado essa atitude, se tivesse surgido a possibilidade. Sem refletir. Você me entende, Vysogota?

– Entendo.

– Felizmente, consegui me acalmar.

– Para sua sorte – fez um aceno com a cabeça, num gesto bem sério. – O assunto desse casamento imperial apresenta todos os vestígios de um golpe de Estado, de luta entre partidos ou facções. Se você se revelasse e entrasse no jogo, alterando os planos de alguma força influente, não conseguiria evitar o punhal ou o veneno.

– Também me dei conta disso. E registrei na memória. Registrei bem. Confessar quem eu era significava a morte. Tive a ocasião de prová-lo. Mas não antecipemos os fatos.

Ficaram em silêncio por algum tempo trabalhando com as peles. Alguns dias antes a caça fora excepcionalmente bem-sucedida. Caíram nas armadilhas e ratoeiras muitos ratos-almiscarados e caxinguis, duas lontras e um castor. Tinham, então, bastante trabalho pela frente.

– Você conseguiu alcançar Hotsporn? – perguntou Vysogota enfim.

– Consegui – Ciri passou a mão na testa. – Foi até rápido, porque ele não estava com pressa no caminho. E não ficou surpreso quando me viu!

•

– Senhorita Falka! – Hotsporn puxou as rédeas e virou a égua negra com um gesto que lembrava uma dança, de tão gracioso. – Que boa surpresa! Embora tenha que admitir que não seja uma surpresa tão grande. Confesso que esperava vê-la, sim. Sabia que a senhorita tomaria uma decisão. Uma decisão sábia. Percebi o brilho de inteligência em seus olhos lindos e cheios de graça.

Ciri aproximou-se tanto dele que os estribos quase se tocaram. Depois pigarreou prolongadamente, curvou-se e cuspiu sobre a areia da estrada de terra batida. Aprendeu a cuspir desse jeito – grosseiro, mas eficaz, quando havia a necessidade de esfriar o ânimo sedutor de alguém.

– Imagino – Hotsporn sorriu levemente – que você quer aproveitar a anistia?

– Você imaginou errado.

– A que devo, então, a alegria de ver seu formoso rostinho?

– E precisa ter um motivo? – bufou. – Você disse no posto que queria companhia no caminho.

– É mesmo – lançou um sorriso ainda mais largo. – Mas se eu estiver equivocado a respeito da anistia, então não tenho certeza se lhe convém o mesmo caminho. Como a senhorita está vendo, estamos numa encruzilhada... quatro pontos cardeais, a necessidade de escolher... Trata-se de simbologia, como nessa lenda famosa. Se seguir para o leste, não voltará... Se seguir para o oeste, não voltará... Se for para o norte... Humm... Ao norte deste poste é onde se encontra a anistia.

– Dane-se com essa sua anistia.

– O que a senhorita mandar. Para onde, se me permite perguntar, leva então o caminho? Qual dos caminhos da encruzilhada simbólica escolherá? O mestre Almavera, o artista de tatuagem, apressou suas mulas para o oeste, para a vila Fano. A estrada que segue para o leste leva à vila Ciúme, mas, com toda a sinceridade, eu desaconselharia essa direção...

– O rio Yarra – falou Ciri devagar – mencionado no posto é o nome nilfgaardiano do rio Jaruga, não é?

– A senhorita é tão sábia – inclinou-se e mirou em seus olhos – e não o sabe?

– Você não pode ser direto quando alguém lhe faz uma pergunta bem direta?

– Estava brincando, por que ficar brava? É, é o mesmo rio. Na língua dos elfos e nilfgaardianos chama-se Yarra, no Norte chama-se Jaruga.

– E a foz desse rio é Cintra? – continuou Ciri.

– Exatamente. É Cintra.

– Daqui, de onde estamos agora, qual é a distância até Cintra? Quantas milhas?

– Muitas. E depende do tipo de milhas em que se conta. Cada povo tem sua medida, é fácil errar as contas. O mais conveniente é usar o método de todos os mascates ambulantes, contar a distância em dias. Para chegar a Cintra são precisos aproximadamente vinte e cinco, trinta dias.

– Por onde? É só seguir reto para o norte?

– A senhorita Falka interessa-se muito por essa Cintra. Por quê?

– Quero ser entronizada lá.

– Tudo bem – Hotsporn ergueu a mão num gesto de defesa. – Entendi essa alusão delicada, não farei mais perguntas. O caminho mais curto para Cintra não leva, paradoxalmente, direto para o Norte, pois nele há lugares ermos e pantanais atrapalhando. Primeiro, é preciso dirigir-se à cidade de Forgeham, depois seguir para o noroeste, até Metinna, a capital do país com o mesmo nome. Em seguida se atravessa a planície Mag Deira, pela rota comercial, até a cidade de Neunreuth. E só a partir daquele lugar é que é possível dirigir-se à rota norte que passa pelo vale do rio Yelena. Dali já é fácil chegar: no caminho há um movimento constante de unidades e transportes militares que passam por Nazair e as Escadas de Marnadal, o passo nas montanhas que leva em direção ao Norte, até o vale de Marnadal. E o vale de Marnadal já é Cintra.

– Hummm... – Ciri fixou os olhos no horizonte enevoado, na linha embaçada de montes negros. – Até Forgeham e depois para o noroeste... Ou seja... por onde?

– Sabe de uma coisa? – Hotsporn deu um leve sorriso. – Eu vou exatamente até Forgeham e depois para Metinna. Por aqui, por esta trilha de areia dourada que passa pelos pinheiros. Siga-me e não vai se perder. A anistia é importante, mas terei grande prazer em viajar acompanhado de uma moça tão formosa.

Ciri lançou o olhar mais gélido de que era capaz. Hotsporn mordeu o lábio num sorriso astuto.

– E então?

– Vamos.

– Parabéns, senhorita Falka. Tomou uma sábia decisão. Eu já havia falado que a senhorita é tão sábia quanto bela?

– Pare de me chamar de senhorita, Hotsporn. Pronunciada por você, isso soa um tanto ofensivo, e eu não deixo que ninguém me ofenda impunemente.

– Faço tudo o que a senhorita mandar.

•

O amanhecer lindo não cumpriu as expectativas, pelo contrário, enganou-os. O dia que o seguiu estava nublado e impregnado de água. A névoa úmida encobria as cores vivas da folhagem outonal das árvores, que resplandeciam em mil tons de ocre, vermelho e amarelo, ladeando a estrada.

O ar úmido recendia a casca de árvores e cogumelos.

Cavalgavam devagar sobre um tapete de folhas caídas, porém Hotsporn fincava as esporas em sua égua negra com frequência, forçando-a a um leve trote ou galope. Ciri observava o animal com admiração.

– Ela tem nome?

– Não – Hotsporn sorriu, deixando os dentes à mostra. – Eu trato os corcéis de forma útil, troco-os com muita frequência, sem me apegar a eles. Acho pretensioso o costume de dar nome a um cavalo, sem administrar um haras. Não concorda comigo? Cavalo Trovão, cachorro Tobi, gato Mimi. Pretensioso!

•

Ciri não gostou daquele olhar e dos sorrisos ambíguos, especialmente o tom irônico com o qual fazia as perguntas e respondia. Adotou então uma tática simples: ficava calada, dava respostas breves, evasivas, não o provocava. No entanto, nem sempre era possível, especialmente quando ele falava da anistia. Quando, mais uma vez, e de forma bastante rude, expressou sua aversão ao assunto, para sua surpresa Hotsporn mudou de estratégia: de repente, passou a argumentar que no caso dela a anistia era desnecessária e que nem a afetava. A anistia abrangia criminosos, disse ele, e não as vítimas dos crimes. Ciri caiu na gargalhada.

– Você próprio é uma vítima, Hotsporn!

– Eu estava falando sério – garantiu. – Não falei aquilo para despertar sua alegria de passarinho, mas para lhe sugerir uma maneira de salvar sua pele em caso de captura. Claro que algo assim não ia funcionar com o barão Casadei, tampouco teria sentido esperar a clemência dos Varnhagens, pois, no mais favorável dos casos, eles mandariam linchá-la na hora, rapidamente, e, se tudo corresse bem, sem dor. No entanto, se você cair nas mãos do prefeito e for levada perante a severa mas justa lei imperial... Humm, nesse caso sugeriria exatamente esta linha de defesa: cair em prantos e declarar-se vítima inocente de um conjunto de circunstâncias.

– E quem acreditaria nisso?

– Todos – Hotsporn inclinou-se na sela e a encarou. – Pois esta é a verdade. Você é uma vítima inocente, Falka. Nem fez dezesseis anos, e então, de acordo com as leis do império, ainda é menor de idade. Você acabou no bando dos Ratos por acaso. Não foi por sua culpa que Mistle, uma das bandoleiras, cujas preferências não são segredo, gostou de você. Você foi dominada por Mistle, abusada sexualmente e forçada a...

– Aí, enfim, ficou claro – Ciri interrompeu, estranhando a própria calma. – Finalmente suas intenções estão claras, Hotsporn. Já vi homens como você.

– Sério?

– Como em todo galo – continuou com calma –, sua crista se levanta só de pensar em mim e Mistle. Como todo macho ignorante, você pensa na possibilidade, nessa sua cabeça imbecil, de tentar me curar dessa doença aberrante às leis da natureza e converter a tarada para o caminho da verdade. Mas você sabe o que tem de horrível e contra a natureza nisso tudo? Exatamente esse tipo de raciocínio!

Hotsporn fitava-a calado, exibindo um sorriso um tanto misterioso em seus lábios finos.

– Meus pensamentos, cara Falka – disse após um momento –, talvez não sejam decentes, ou bonitos, e obviamente não são inocentes... Mas, pelos deuses, estão em harmonia com as leis da natureza. E com minha natureza. Você me faz despeito supondo que a atração que sinto por você tem base em algum tipo de... curiosidade perversa. Além disso, você causa despeito a você mesma ao não perceber ou não aceitar o fato de que seu charme avalassador e sua beleza incomum são capazes de abalar qualquer homem. E que o charme de seu olhar...

– Espere aí, Hotsporn – interrompeu. – Por acaso você está querendo transar comigo?

– Que inteligência – estendeu e abriu as mãos. – Simplesmente você me deixou sem palavras.

– Então vou ajudá-lo. – Apressou levemente o cavalo para poder olhar para ele por sobre o ombro. – Pois tenho muita coisa para lhe dizer. Sinto-me lisonjeada. Sob quaisquer outras condições, quem sabe... Se fosse outra pessoa! No entanto, não me sinto nem um pouco atraída por você, Hotsporn. Não há nada em você que me atraia. Eu diria até que, pelo contrário, tudo em você me repele. Então, como pode ver, nessas condições um ato sexual seria contrário às leis da natureza.

Hotsporn riu também e apressou o cavalo. A égua negra dançou na estrada, erguendo graciosamente sua cabeça elegante. Ciri mexeu-se na sela, lutando contra um sentimento estranho que, de repente, avivou-se em seu corpo, na parte inferior do ventre, e que queria despregar-se, manifestando-se por fora, na pele irritada pela roupa. "Eu lhe disse a verdade", pensou. "Droga, não me sinto atraída por ele. É seu cavalo que me atrai, essa égua negra. Não é ele, é o cavalo... Que burrice maldita é essa! Não, não, não!" Mesmo que eu não levasse Mistle em consideração, seria ridículo e estúpido entregar-se a ele só porque fico com tesão olhando para a égua negra dançando na estrada.

Hotsporn deixou que ela se aproximasse e encarou-a, exibindo um sorriso esquisito. Depois puxou as rédeas novamente, forçou ainda a égua a dar passos pequenos com as pernas, a girar e andar para o lado. "Ele sabe", Ciri pensou, "o velho safado sabe o que estou sentindo."

Porra. Estou só curiosa!

– Agulhas de pinheiros – falou Hotsporn com delicadeza, chegando mais próximo dela e estendendo a mão – caíram em seu cabelo. Vou tirá-las, se você permitir. Ressalto que o gesto é um sinal de galanteio, e não de luxúria perversa.

Não ficou surpresa com o fato de o toque lhe ter propiciado prazer. Estava ainda muito indecisa, mas para se certificar contou os dias que se passaram desde sua última regra. Foi Yennefer que a ensinara a fazer isso – contar antecipadamente e com a cabeça fria, porque depois, quando o corpo esquentava, aparecia uma estranha aversão a contar, assim como uma tendência a ignorar o resultado.

Hotsporn encarava-a e sorria, exatamente como se soubesse que as contas lhe resultaram favoráveis. Quem me dera não fosse tão velho, Ciri suspirou às escondidas. Mas ele deve ter uns trinta anos...

– Turmalinas – os dedos de Hotsporn tocaram delicadamente em sua orelha e seu brinco. – Bonitas, mas são apenas turmalinas. Gostaria de presenteá-la com esmeraldas e colocá-las no lugar dessas. Seriam mais preciosas e de um verde mais intenso, combinariam muito mais com sua beleza e a cor de seus olhos.

– Saiba – falou devagar, encarando-o com um olhar insolente – que, se realmente chegássemos a fazer algo, exigiria esmeraldas à vista, pois você deve tratar não apenas os cavalos de forma utilitária, Hotsporn. De manhã, depois de uma noite intensa, você consideraria a necessidade de se lembrar de meu nome como algo pretensioso. Cachorro Tobi, gato Mimi e a moça: Maria!

– Juro – soltou um riso dissimulado. – Você consegue gelar até o desejo mais ardente, Rainha das Neves.

– Fui bem treinada.

•

A neblina subiu um pouco, mas o tempo ainda continuava sombrio e sonolento. A sonolência foi interrompida de forma brusca por uma gritaria e batida de cascos. Homens a cavalo apareceram por detrás dos carvalhos onde eles haviam acabado de passar.

Os dois agiram com tanta rapidez e com tamanha coordenação que pareciam ter ensaiado isso por semanas. Frearam e viraram os cavalos, e num instante passaram ao galope, e logo em seguida a uma corrida desenfreada, grudados nas crinas, apressando os ginetes aos gritos e com fincos executados com os calcanhares. Flechas passaram zunindo sobre a cabeça deles. Ouviam-se gritos, estrépito de cavalos.

– Para dentro da floresta! – gritou Hotsporn. – Entre na floresta! Para a mata!

Fizeram a curva sem diminuir a velocidade. Ciri encostou mais ainda no pescoço do cavalo, estirou-se no animal, segurando-o com força, pois os galhos que a chicoteavam ao galope constituíam um perigo. Ela podia cair da sela. Viu a seta de uma besta cindir o tronco grosso de um amieiro. Apressou o cavalo aos gritos, esperando, a qualquer momento, ser atingida nas costas pela ponta de uma seta. Hotsporn, que cavalgava logo diante dela, de repente soltou um gemido esquisito.

Saltaram por cima de uma cova funda formada por uma árvore caída, desceram por um precipício perigoso até um mato cheio de espinhos. E foi então que Hotsporn caiu por entre os oxicocos. A égua negra relinchou, deu um coice, arremessou o rabo para trás e correu. Ciri desceu da sela e, sem pensar, deu um tapa na garupa de seu cavalo, que correu atrás da égua negra. Ela ajudou Hotsporn a levantar-se, e juntos caminharam por entre os amieiros, mas tropeçaram e rolaram por um declive e caíram entre samambaias altas no fundo do barranco. O musgo amorteceu a queda.

O estrépito dos cascos dos cavalos da perseguição ressoava de cima do precipício. Por sorte, seguiram pela parte superior da floresta, perseguindo os cavalos que fugiam. Parecia que não haviam notado os dois entre as samambaias.

– Quem são eles? – sussurrou Ciri e saiu rastejando sob o corpo de Hotsporn, sacudindo o cabelo para tirar as rússulas eméticas esmagadas. – Os homens do prefeito? Os Varnhagens?

– Bandidos comuns... – Hotsporn cuspiu as folhas. – Salteadores...

– Então, proponha-lhes a anistia – a areia rangeu entre seus dentes. – Prometa-lhes...

– Fique quieta. Vão ouvir.

– Aquiiiiii! – ouviam-se os gritos vindos de cima. – Vá pela esquerdaaaaa! Pela esquerdaaaa!

– Hotsporn?

– O quê?

– Você tem sangue nas costas.

– Eu sei – respondeu com frieza, tirou de dentro do bolso um pano de linho e virou-se de lado para ela. – Enfie isto debaixo da camisa. Na altura da escápula esquerda...

– Onde você foi atingido? Não consigo ver a seta...

– Foi uma arbaleta... Uma lasca de ferro, provavelmente um cravo de ferradura cortado. Deixe, não toque. Está junto da coluna...

– Droga. O que você quer que eu faça, então?

– Fique quieta. Estão voltando.

Os cascos ressoavam. Alguém emitiu um assovio penetrante. Uma pessoa gritava, chamava, ordenava outro a voltar. Ciri aguçou o ouvido.

– Estão partindo – murmurou. – Desistiram da perseguição. Não conseguiram pegar os cavalos.

– Ainda bem.

– Nós também não conseguiremos alcançar os cavalos. Você consegue andar?

– Não vou precisar – sorriu, mostrando-lhe uma pulseira um tanto cafona amarrada no braço. – Comprei este penduricalho junto com o cavalo. É mágico. A égua a usava desde potro. Quando o esfrego assim, é como se eu estivesse chamando-a, como se ela estivesse ouvindo minha voz. Vai voltar aqui. Pode demorar um pouco, mas voltará, com certeza. Com um pouco de sorte seu cavalo vai segui-la.

– E com um pouco de azar? Vai partir sozinho?

– Falka – disse, sério. – Eu não partirei sozinho. Conto com sua ajuda. Será preciso me segurar na sela. Os dedos dos meus pés já estão ficando dormentes. Posso desmaiar. Escute: este barranco vai levá-la até o vale de um riacho. Vai subir, contra a correnteza, em direção ao norte. Vai me levar até uma localidade chamada Tegamo. Lá acharemos alguém que saberá arrancar este ferro de minhas costas sem que eu morra ou fique paralítico.

– Essa é a localidade mais próxima?

– Não. Ciúme fica mais perto, a umas vinte milhas de distância pela bacia do rio, na direção contrária, na direção da correnteza do riacho. Mas não vá lá sob nenhuma condição.

– Por quê?

– Sob nenhuma condição – repetiu, franzindo o cenho. – Não tem a ver comigo, mas com você. Ciúme, para você, significa a morte.

– Não entendo.

– Não precisa. Simplesmente confie em mim.

– Você disse a Giselher...

– Esqueça Giselher. Se você quiser permanecer viva, esqueça todos eles.

– Por quê?

– Fique comigo. Vou cumprir a promessa, Rainha das Neves. Eu a enfeitarei de esmeraldas... Eu a cobrirei de esmeraldas...

– Com certeza, é uma boa hora para fazer graça.

– Sempre é uma boa hora para fazer graça.

De súbito, Hotsporn abraçou-a, apertou-lhe os braços e começou a desabotoar sua blusa. Sem cerimônias, embora sem pressa. Ciri afastou a mão dele.

– Com certeza é uma ótima hora para isso também!

– Para isso qualquer hora é boa. Especialmente para mim, agora. Já lhe disse, é a coluna. Amanhã podem surgir dificuldades... O que você está fazendo? Diabos...

Dessa vez afastou-o com mais força, força demasiada. Hotsporn empalideceu, mordeu os lábios, gemeu de dor.

– Desculpe. Se alguém está ferido, deve permanecer deitado tranquilamente.

– A proximidade de seu corpo faz com que eu me esqueça da dor.

– Pare, porra!

– Falka... Seja mais gentil com uma pessoa que está sofrendo.

– Você vai sofrer se não tirar a mão. Agora!

– Fale mais baixo... Os salteadores podem nos ouvir... Sua pele é que nem cetim... Não se mexa, droga.

"Com os diabos", pensou Ciri, "que seja como for. Que importância tem isso? Estou curiosa. Posso estar curiosa. Não haverá nenhum sentimento nisso. Vou tratá-lo de forma utilitária, e pronto. E vou me esquecer dele despretensiosamente."

Entregou-se ao toque e ao prazer que lhe dava. Virou a cabeça, mas considerou o gesto demasiado modesto e falsamente púdico – não queria ser vista como uma puritana seduzida. Olhou nos olhos dele, mas achou aquilo muito atrevido e provocador. Também não queria passar por alguém assim. Então simplesmente fechou as pálpebras, abraçou-o pelo pescoço e ajudou com os botões, pois ele estava com dificuldade e perdia tempo.

O toque dos lábios juntou-se ao toque dos dedos. Já estava quase esquecendo o mundo quando, de repente, Hotsporn ficou parado, paralisado. Permaneceu deitada, paciente, por um momento, sabendo que estava ferido e que o ferimento o incomodava. Mas foi demorado demais. A saliva esfriava em seus mamilos.

– Hotsporn? Você está dormindo?

Algo derramou-se em seu seio. Tocou com os dedos. Era sangue.

– Hotsporn! – empurrou-o para o lado. – Hotsporn, você morreu?

"Que pergunta imbecil", pensou. "Estou vendo que sim.

Estou vendo que está morto."

•

– Morreu com a cabeça nos meus seios – Ciri virou a cabeça.

A brasa do fogareiro resplandeceu, emitindo uma luz rubra em sua bochecha. Talvez estivesse corada também. Vysogota não tinha certeza disso.

– A única coisa que senti naquele momento – acrescentou, ainda com a cabeça virada – foi decepção. Você está chocado?

– Não. Isso, no caso, não me choca.

– Entendo. Estou tentando ser fiel à história, não mudar nada, não esconder nada, embora às vezes tenha vontade de fazer isso, esconder detalhes.

Fungou e coçou o canto do olho com o dedo.

– Enterrei-o debaixo de galhos e pedras. Confesso que enterrei de qualquer jeito. Escurecia e tive que pernoitar lá. Os bandidos continuaram nas redondezas, ouvia seus gritos e já tinha certeza de que não eram simples salteadores. Só não sabia quem estavam procurando: eu ou ele. Mas tive que ficar quieta. A noite inteira, até o amanhecer. Ao lado de um cadáver.

– De madrugada – retomou após um momento –, os perseguidores já tinham ido embora fazia muito tempo e eu pude continuar a viagem. Consegui o corcel. A pulseira mágica que retirei do braço de Hotsporn realmente funcionava. A égua negra voltou. Agora pertencia a mim. Foi-me presenteada. Há um costume nas ilhas de Skellige, sabia? As moças merecem um presente de grande valor de seu primeiro amante. E o que importa se meu primeiro amante morreu antes de consumar o ato?

•

A égua bateu os cascos frontais contra a terra, relinchou, virou-se de lado como se pedisse para se admirada. Ciri não conseguiu segurar o suspiro de admiração ao ver esse pescoço de golfinho, reto e esbelto, mas musculoso e vigoroso, a cabeça pequena e bem formada, com uma testa saliente, uma cernelha alta. O físico que encantava pelas proporções.

Aproximou-se com cautela, mostrando à égua a pulseira em seu antebraço. A égua resfolegou lentamente, abaixou as orelhas agitadas, mas permitiu que Ciri pegasse na sua cabeça e acariciasse seu focinho de veludo.

– Kelpie – Ciri disse. – Você é negra e ágil que nem uma kelpie do mar. Você é encantada que nem uma kelpie. Por isso vai se chamar Kelpie. E não me importa se isso é pretensioso ou não.

A égua resfolegou, ergueu as orelhas, arremessou o sedoso rabo que chegava até as quartelas. Ciri, que gostava de montar em assento leve, encurtou os loros, apalpou a sela rasa, atípica, sem a base nem a saliência do cepilho. Ajustou o sapato ao estribo e agarrou o cavalo pela crina.

– Com calma, Kelpie.

A sela, apesar de todas as aparências, era bastante confortável. E, por razões óbvias, muito mais leve que as selas militares comuns.

– Agora – Ciri disse, dando tapinhas em seu pescoço quente – vamos ver se você é tão rápida quanto bela, se você é um verdadeiro corcel ou um quarto de milha. Que tal vinte milhas a galope, Kelpie?

•

Se naquela noite escura alguém se aproximasse sorrateiramente da choupana perdida no meio do pantanal, com o telhado de palha afundado coberto de musgo, e se espreitasse pelas venezianas, veria um ancião de barba branca ouvindo a história de uma garota de olhos verdes e cabelo cinzento. Veria que a brasa quase apagada se revigorava, fulgurando, como num pressentimento do que ia ser contado em seguida.

No entanto, isso não era possível. Ninguém poderia vê-los. A choupana do eremita Vysogota ficava bem escondida entre os pântanos, num ermo eternamente enevoado, onde ninguém se atrevia a adentrar.

•

– O vale do riacho era plano, bom para montar, então Kelpie corria que nem o vento. Claro que não me levava rio acima, mas rio abaixo. Lembrava do nome diferente: Ciúme. Lembrei do que Hotsporn falou a Giselher no posto. Entendi por que me alertava a não ir lá. Provavelmente havia uma armadilha em Ciúme. Quando Giselher não levou a sério a oferta da anistia e da prestação de serviços para o grêmio, Hotsporn mencionou, de propósito, o caçador de recompensas hospedado no local. Sabia que os Ratos engoliriam aquela isca, iriam até lá e cairiam na armadilha. Tinha que chegar aos arredores de Ciúme antes deles, cortar caminho e avisá-los, fazê-los dar meia-volta. Todos. Ou pelo menos a própria Mistle.

– Suspeito – Vysogota murmurou – que você não conseguiu.

– Pensava então – disse baixinho – que em Ciúme havia uma grande unidade armada. Jamais passou pela minha cabeça que essa armadilha se resumisse a apenas um homem...

Ficou calada, fitando a escuridão.

– Também não tinha a menor ideia de quem era esse homem.

•

Antigamente, Birka era uma vila rica, bonita, situada num local excepcionalmente pitoresco – seus telhados de palha amarelos e alaranjados e suas telhas rubras preenchiam hermeticamente a bacia de encostas íngremes, cobertas de florestas que mudavam de cor de acordo com a estação do ano. Especialmente no outono, as paisagens de Birka alegravam os olhos dos estetas e o coração dos sensíveis.

Foi assim até o momento em que o povoado mudou de nome. Aconteceu o seguinte:

Um jovem agricultor, um elfo da colônia élfica das redondezas, apaixonou-se perdidamente por uma moleira de Birka. A moleira galhofeira debochava dos cortejos do elfo e entregava-se a folguedos com vizinhos, conhecidos e até com parentes, que começaram a zombar do elfo e de seu amor cego como uma topeira. O elfo agiu de maneira atípica para um elfo – explodiu de raiva e vingança, explodiu de forma terrível. Numa noite em que soprava um vento muito forte, incendiou a vila, e Birka ficou toda em cinzas.

Os sobreviventes do incêndio caíram em desgraça. Uns perambularam mundo afora, outros foram tomados pela preguiça e bebedeira. O dinheiro recolhido para a reconstrução da vila era regularmente defraudado e gasto em bebedeiras. O povoado ficava num estado digno de pena e lástima: um conjunto de barracões horrorosos montados às pressas ao pé de uma encosta preta e nua do vale. Antes do incêndio, a vila de Birka tinha formato oval, com uma praça central. Agora constituiu-se algo parecido com uma rua comprida formada por algumas casas reconstruídas com mais cuidado, silos e destilarias, tudo encerrado pela fachada da taberna A Cabeça da Quimera reedificada pelo esforço comunitário e administrada pela viúva Goulue.

E há sete anos ninguém mais usava o nome Birka. Dizia-se Ciúme Ardente, ou usava-se o nome abreviado: Ciúme.

Os Ratos atravessavam a rua principal de Ciúme. Era uma manhã fria, nublada e sombria.

As pessoas corriam para as casas, escondiam-se nos barracões e choças. Quem tinha veneziana fechava-a com estrondo, quem tinha porta travava-a com estacas, quem ainda tinha vodca bebia para tomar coragem. Os Ratos montavam a passo lento, exageradamente devagar, estribos colados um ao outro. No rosto deles via-se um desprezo indiferente, mas os olhos semicerrados observavam atentamente as janelas, os alpendres e cantos dos casebres.

– Uma seta de besta! – Giselher avisou, em voz alta. – Apenas um tinir de corda e haverá um massacre aqui!

– E mais uma vez queimaremos tudo! – Faísca acrescentou com voz alta e melodiosa de soprano. – Deixaremos apenas a terra e a água!

Alguns moradores certamente tinham bestas, mas ninguém queria se certificar se os Ratos estavam jogando palavras ao vento.

Desceram dos cavalos. Atravessaram a pé a meia milha que os separava da taberna A Cabeça da Quimera, todos lado a lado, ressoando e tilintando as esporas, os adornos e as joias.

Ao vê-los, três moradores de Ciúme, que estavam na escada da taverna aliviando a ressaca do dia anterior com cerveja, fugiram.

– Tomara que ele ainda esteja aqui – Kayleigh murmurou. – Perdemos tempo. Não deveríamos ter folgado tanto, era melhor ter vindo aqui à noite...

– Burro! – Faísca mostrou os dentes. – Se queremos que os trovadores cantem sobre isso, então não podemos agir à noite, às escuras. As pessoas precisam ver tudo! A manhã é a melhor hora, pois todos ainda estão sóbrios, não é, Giselher?

Giselher não respondeu. Levantou uma pedra, lançou o braço para trás e jogou-a com ímpeto contra a porta da taberna.

– Saia, Bonhart!

– Saia, Bonhart! – os Ratos gritaram em coro. – Saia, Bonhart!

Ouviram-se passos vindos de dentro. Lentos e pesados. Mistle sentiu calafrios percorrerem a nuca e os braços.

Bonhart ficou imóvel junto à porta.

Os Ratos, por instinto, deram um passo para trás, afundaram o salto das botas no solo e suas mãos foram procurar o cabo da espada. O caçador de recompensas segurava sua espada sob o braço. Dessa maneira mantinha as mãos livres – em uma segurava um ovo descascado, na outra uma fatia de pão.

Aproximou-se lentamente do parapeito, olhou para eles de cima, do alto. Estava parado na varanda e era enorme. Gigantesco, embora magro que nem um ghoul.

Olhava para os Ratos. Passeou os olhos vidrados em cada um deles. Depois mordeu um pedaço do ovo e em seguida um pedaço do pão.

– E onde está Falka? – balbuciou.

Migalhas da gema caíram do bigode e dos lábios.

•

– Corra, Kelpie! Corra, lindona! Corra com toda a força!

A égua negra relinchou alto, esticando o pescoço num galope arriscado. O cascalho voou pelos ares, lançado pelos cascos que mal tocavam o solo.

•

Bonhart espreguiçou-se com gestos lentos. Foi possível até ouvir o som do casaco de couro se movimentando com ele. Vestiu devagar as luvas e ajeitou-as cuidadosamente.

– Como assim? – franziu o cenho. – Vocês querem me matar? Qual o motivo?

– Para vingar Cogumelo, por exemplo – respondeu Kayleigh.

– E para se divertir – acrescentou Faísca.

– E para ter a santa paz – completou Reef.

– Ah! – falou Bonhart devagar. – É por isso. E se eu prometer deixá-los em paz, vão desistir de seus planos?

– Não, seu cachorro sarnento, não desistiremos – Mistle lançou um sorriso enorme. – Nós o conhecemos. Sabemos que você não vai nos poupar, que vai nos perseguir e esperar a primeira oportunidade para esfaquear um de nós pelas costas. Saia daí!

– Peraí, peraí – Bonhart lançou um sorriso agourento debaixo do bigode branco. – Sempre podemos dançar, não se exaltem. Primeiro, Ratos, vou lhes fazer uma proposta. Permitirei que façam uma escolha, e poderão fazer o que desejarem.

– O que você está balbuciando, sapo velho? – Kayleigh gritou, curvando-se. – Seja mais claro!

Bonhart acenou com a cabeça e coçou a coxa.

– Há uma recompensa por vocês, Ratos. E não é pequena. E é preciso dinheiro para viver.

Faísca bufou e abriu os olhos. Perecia um animal bravo. Bonhart cruzou os braços no peito, segurando a espada na dobra de um braço.

– Uma grande recompensa – repetiu – foi oferecida por vocês mortos. E um pouco maior ainda por vocês vivos. Quanto a mim, então, sinceramente, tanto faz. Não tenho nada pessoal contra vocês. Ainda ontem pensei que os mataria assim, ó, por pura diversão e prazer, mas vocês próprios vieram até aqui, poupando-me o esforço. Estou comovido com esse gesto. Por isso vou deixar que escolham. O que vocês preferem: que eu os mate por bem ou por mal?

Os músculos na mandíbula de Kayleigh tremeram. Mistle curvou-se, pronta para dar um salto. Giselher segurou seu braço.

– Ele quer nos deixar com raiva – rosnou. – Deixe o canalha falar.

Bonhart bufou.

– E aí? – repetiu. – Por bem ou por mal? Eu aconselho o primeiro. Vejam só: por bem dói muito, muito menos.

Os Ratos pegaram as armas como por um comando. Giselher cortou o ar com a lâmina num movimento cruzado e ficou imóvel, em postura de esgrima. Mistle deu uma cusparada no chão.

– Venha cá, seu velho ossudo – disse com aparente calma. – Venha cá, seu patife. Vamos matá-lo do jeito que se mata um cachorro velho.

– Então preferem por mal – Bonhart desembainhou a espada devagar, olhando para algum lugar acima dos telhados das casas. Em seguida, jogou a bainha para o lado. Desceu da varanda sem pressa, ressoando as esporas.

Num instante, os Ratos posicionaram-se transversalmente na rua. Kayleigh afastou-se mais para a esquerda, quase encostando no muro da destilaria. Faísca ficou ao seu lado, contorcendo os lábios finos em seu sorriso comum, horripilante. Mistle, Asse e Reef afastaram-se para a direita. Giselher permaneceu no meio, fitando o caçador de recompensas com os olhos semicerrados.

– Vamos lá, Ratos – Bonhart olhou para os lados, para o céu, depois ergueu a espada e cuspiu no gume.

– Se é para dançar, então vamos lá. Que toque a música!

Lançaram-se contra ele feito lobos, ágeis como um relâmpago, silenciosamente, sem aviso. As lâminas uivaram no ar, enchendo a rua com um tinir agudo de aço. De início ouvia-se apenas o zunir das lâminas, suspiros, gemidos e respiração ofegante. Depois, repentina e inesperadamente, os Ratos começaram a gritar. E morrer.

Reef foi o primeiro a cair fora do turbilhão, com as costas esmagadas contra o muro, espirrando sangue na cal cinza. Atrás dele Asse saiu cambaleando, curvou-se e caiu de lado, com os joelhos tremendo.

Bonhart girava e saltava feito um pião rodeado pelo brilho e pelo sibilo da lâmina da espada. Os Ratos recuavam diante dele, saltavam, cortavam e retiravam-se com raiva. Agiam obstinados, sem piedade. E sem efeitos. Bonhart se defendia e golpeava, se defendia e golpeava, atacava sem pressa, impondo o ritmo. E os Ratos recuavam. E morriam.

Faísca, atingida no pescoço, caiu na lama, encolhendo-se feito um gatinho. O sangue da aorta jorrou, respingando sobre as canelas e o joelho de Bonhart, que passava por cima dela. O caçador aparou os ataques de Mistle e Giselher num golpe certeiro e em seguida girou e dissecou Kayleigh num golpe instantâneo, passando a ponta da espada desde a clavícula até o quadril. Kayleigh soltou a espada, mas não caiu. Contorceu-se segurando o peito e a barriga com as duas mãos, segurando o sangue que jorrava. Bonhart conseguiu esquivar-se mais uma vez do golpe de Giselher, aparou o ataque de Mistle e de novo golpeou Kayleigh, dessa vez transformando a lateral de sua cabeça numa massa escarlate. O Rato de cabelos claros caiu numa poça, respingando sangue com lama para todos os lados.

Mistle e Giselher vacilaram por um momento. Em vez de fugir, soltaram um grito selvagem e raivoso em uníssono. E partiram para o ataque, jogando-se contra Bonhart.

Ao encontro da morte.

•

Ciri entrou na vila com ímpeto, galopando pela rua central. Respingos de lama eram lançados aos ares pelos cascos da égua negra.

•

Bonhart deu um chute em Giselher, caído junto do muro. O líder dos Ratos não dava sinal de vida. O sangue parara de jorrar de sua cabeça estraçalhada.

Mistle, de joelhos, tateava com as duas mãos a lama e o esterco, à procura de sua espada. Não notou que estava ajoelhada numa poça vermelha que crescia muito depressa. Bonhart aproximou-se dela devagar.

– Nããããããooo!

O caçador ergueu a cabeça.

Ciri saltou do cavalo, que ainda galopava, rodopiou e caiu ajoelhada.

Bonhart sorriu.

– Rata – disse. – A sétima rata. É bom que esteja aqui. Só faltava você para completar o grupo.

Mistle achou a espada, mas não tinha força para levantá-la. Pigarreou, caiu por baixo das pernas de Bonhart e encravou os dedos trêmulos no bico do sapato dele. Abriu a boca para gritar, mas no lugar do grito jorrou da sua boca um jato carmim. Bonhart chutou-a com força, empurrando-a para o esterco. Mistle, segurando com as duas mãos o rasgo na barriga, conseguiu levantar-se novamente.

– Nããããããooo! – Ciri gritou. – Miiiiiiistle!

O caçador de recompensas não deu atenção àquele grito, nem virou a cabeça. Rodou a espada e golpeou-a com ímpeto, como se a espada fosse uma foice, num lance tão violento que levantou Mistle do chão e a empurrou contra o muro, como se ela fosse uma boneca de pano, um farrapo sujo de sangue.

O grito se apagou na garganta de Ciri. Suas mãos tremiam quando foi pegar a espada.

– Assassino – disse, espantada com a estranheza de sua voz. E de seus lábios, que de repente ficaram extremamente secos. – Assassino! Canalha!

Bonhart observava-a com curiosidade, deitando ligeiramente a cabeça.

– Vamos morrer também? – perguntou.

Ciri foi na direção dele, cercando-o num semicírculo. Em suas mãos estendidas para o alto, a espada fazia movimentos grandes, confundindo-o. Parecia estar zombando dele.

O caçador de recompensas riu intensamente.

– Morrer! – repetiu. – A Rata quer morrer!

Girava devagar, permanecendo no mesmo lugar, sem se deixar cair na armadilha do semicírculo. Mas Ciri não dava mais importância. Fervilhava de raiva e ódio, tremia impulsionada pelo desejo de matar. Queria pegar aquele velho horrendo, sentir a lâmina atravessar seu corpo. Queria ver seu sangue espirrando das artérias, no ritmo dos últimos batimentos do coração.

– Então, Rata – Bonhart ergueu a espada manchada e cuspiu no gume. – Antes que você morra, mostre o que tem aí dentro! Música, maestro!

•

– Na verdade, não sei como eles não se mataram nesse primeiro embate – contou Nycklar, o filho do fabricante de caixões, seis dias depois. – Estava claro que desejavam muito se matar, ela a ele, ele a ela. Um voou sobre o outro, fizeram contato apenas por um instante e ressoou o tinir das espadas. Trocaram talvez dois ou três golpes. Ninguém era capaz de contar isso, nem com o olhar nem com o ouvido. Caríssimo senhor, executavam os golpes com tanta agilidade que nem os olhos, nem os ouvidos humanos conseguiam captar. Dançavam e saltavam feito duas doninhas!

Stefan Skellen, conhecido como Coruja, ouvia com atenção, brincando com o azorrague.

– Afastaram-se – o rapaz continuava – e nenhum deles tinha a menor incisão. Era visível que a Rata estava endiabrada, rosnava feito gato quando se quer lhe roubar um rato. E seu Bonhart estava completamente calmo.

•

– Falka – falou Bonhart, lançando um sorriso aberto e largo que nem um verdadeiro ghoul. – Você realmente sabe dançar e girar a espada! Você me deixou curioso, criança. Quem é você? Diga-me antes de morrer.

Ciri estava ofegante. Sentiu o pavor começar a dominá-la. Percebeu com quem estava lidando.

– Diga-me quem você é e eu pouparei sua vida.

Apertou a mão na empunhadura com mais força ainda. Tinha simplesmente que passar pelo bloqueio dele, golpeá-lo antes que se defendesse. Não podia deixar que ele aparasse seus golpes, ela tampouco podia aparar os golpes dele. Não podia arriscar sentir a dor e a paralisia que atravessavam seu cotovelo e antebraço quando bloqueava os golpes. Não podia perder a energia para esquivar-se passivamente de seus cortes, dos quais desviava por um triz. "Ultrapassar o bloqueio", pensou. "Agora. Neste embate. Ou morrer."

– Vai morrer, Rata – disse, aproximando-se dela com a espada estendida à frente dele. – Você não está com medo? É porque você não conhece a face da morte.

"Kaer Morhen", pensou, enquanto pulava. "Lambert. Pente. Salto."

Deu três passos e fez meia-pirueta. Quando ele atacou, negligenciando a finta, ela deu um salto para trás, caiu ajoelhada e logo se lançou sobre ele, mergulhando sob sua lâmina, envergando os quadris e torcendo o pulso para executar o terrível corte horrendo. De repente, foi tomada por uma euforia, quase sentiu o gume rasgando seu corpo.

Em vez disso houve um choque duro e plangente de metal contra metal. E um repentino brilho nos olhos, impacto e dor. Sentiu que estava caindo, sentiu que caíra. "Bonhart bloqueou o golpe e virou", pensou. "Vou morrer."

Bonhart chutou-a no abdômen. Com outro chute, doloroso e direcionado com precisão para o cotovelo, obrigava-a a soltar a espada. Ciri pôs a mão na cabeça. Sentia uma dor entorpecedora, mas sob os dedos não conseguiu tatear nem ferimentos nem sangue. "Ele me deu um soco", pensou com terror. "Simplesmente me deu um soco. Ou me golpeou com a empunhadura da espada. Não me matou. Surrou-me, como se faz com uma pirralha."

Abriu os olhos.

O caçador estava em pé, em cima dela, horroroso, magro que nem um cadáver, dominando-a como uma árvore doente e sem folhagem. Fedia a suor e sangue.

Pegou-a pelo cabelo na nuca, ergueu-a com violência, forçou-a a ficar em pé e logo em seguida puxou-a, desequilibrando-a e tirando o chão sob seus pés. Arrastou-a, gritando feito um condenado, em direção a Mistle, que jazia encostada no muro.

– Não tem medo da morte, não é? – resmungou, obrigando-a a abaixar a cabeça – Então olhe, Rata. Isto aqui é a morte. É assim que se morre. Olhe, estas são as tripas. Este aqui é o sangue. E aqui a merda. É o que o homem carrega dentro de si.

Ciri retesou-se e retorceu-se, presa à mão dele, e explodiu em vômitos secos. Mistle ainda estava viva, mas tinha os olhos embaçados, vidrados, olhos de peixe. Sua mão se abria e fechava, à semelhança das garras de um falcão, encravada na lama e no esterco. Ciri sentiu um odor forte e penetrante de urina. Bonhart soltou uma gargalhada.

– É assim que se morre, Rata. Em seu próprio mijo!

Soltou os cabelos de Ciri. Ela caiu de quatro, sacudida por soluços secos, entrecortados. Mistle estava junto dela. A mão de Mistle, delgada, delicada, macia, a sábia mão de Mistle...

Não se mexia mais.

•

– Não me matou. Amarrou minhas mãos ao poste.

Vysogota estava sentado, imóvel. Já fazia algum tempo. Até prendera a respiração. Ciri continuava a história e sua voz tornava-se cada vez mais surda, cada vez mais estranha e cada vez mais desagradável.

Aos que se juntaram no local, ordenou que trouxessem uma saca de sal e um barril de vinagre. E uma serra. Não sabia... Não podia entender o que ele planejava fazer... Naquele momento não sabia o que ele era capaz de fazer. Eu estava amarrada ao... poste. Chamou alguns peões e ordenou que segurassem meu cabelo... e minhas pálpebras... Mostrou-lhes como fazer... De um jeito que eu não pudesse virar a cabeça ou fechar os olhos... Para que eu visse tudo o que ele fazia. – É preciso assegurar que a mercadoria não estrague – disse. – Que não apodreça...

A voz de Ciri sumiu, ficou presa na garganta seca. Ciente do que iria ouvir de Vysogota, sentiu a saliva encher sua boca feito uma onda de dilúvio.

– Cortou a cabeça deles – Ciri falou surdamente. – Com a serra. Giselher, Kayleigh, Asse, Reef, Faísca... e Mistle. Cortava as cabeças... uma por uma. Diante de meus olhos.

•

Se naquela noite alguém se aproximasse sorrateiramente da choupana perdida no meio do pantanal, com o telhado de palha afundado coberto de musgo, e se espreitasse pelas fendas nas venezianas, veria, no interior mal iluminado, um ancião de barba branca vestido com um casacão de pele e uma moça de cabelo cinza com o rosto deformado por uma cicatriz na bochecha. Veria a menina tremer, aos prantos, e engasgar, aos soluços, nos braços do ancião, que tentava acalmá-la com palmadinhas e com gestos meio duros e desajeitados em seus ombros, tomados por convulsões.

No entanto, isso não era possível. Ninguém poderia vê-los. A choupana ficava bem escondida entre os pântanos, num ermo eternamente enevoado, onde ninguém se atrevia a adentrar.

CAPÍTULO TERCEIRO

Com frequência perguntam-me por que decidi escrever minhas memórias e em quais circunstâncias isso ocorreu. Parece que muitas pessoas se interessavam pelo momento em que minhas memórias começaram a tomar forma – que fato, ocorrência ou evento fora responsável pelo início de tudo ou o que instigava o processo de escrevê-las. Antigamente buscava diversas explicações e muitas vezes mentia. No entanto, agora prestarei honra à verdade, pois hoje, depois de meu cabelo alvejar e rarear, já sei que a verdade é um grão de grande valor, e a mentira, uma erva daninha.

Eis a verdade: o evento que me estimulou, ao qual devo as primeiras anotações que formaram a futura obra de minha vida, foi o encontro casual de papel e lápis entre os objetos que eu e meus companheiros roubamos dos acampamentos militares lyrianos. Isso ocorreu...

Jaskier, *Meio século de poesia*

... isso ocorreu cinco dias depois da lua nova de setembro, exatamente no trigésimo dia da nossa expedição, contando a partir da saída de Brokilon, e seis dias após a Batalha do Pontão.

Agora, caro futuro leitor, recuarei um pouco no tempo e descreverei os acontecimentos que ocorreram logo após a famosa e importantíssima Batalha do Pontão. No entanto, primeiro prestarei esclarecimentos ao vasto círculo de leitores que não sabem nada sobre a Batalha do Pontão, ora por terem outros focos de interesse, ora pela ignorância geral. Explico: a mencionada batalha teve lugar no último dia do mês de agosto do Ano da Grande Guerra em Angren, na ponte que ligava as duas margens do rio Jaruga, nas redondezas da doca chamada Pontão Vermelho. As partes que participaram desse conflito armado foram: o exército de Nilfgaard, o corpo militar de Lyria, comandado pela rainha Meve, e nós, nossa maravilhosa companhia – eu, ou seja, o abaixo assinado, assim como o bruxo Geralt, o vampiro Emiel Regis Rohellec Terzieff-Godefroy, a arqueira Maria Barring, chamada de Milva, e Cahir Mawr Dyffryn aep Ceallach, nilfgaardiano, determinado a provar, com uma insistência que mereceria causa maior, que não era nilfgaardiano.

Pode lhe parecer um fato um tanto obscuro, leitor, como surgiu em Angren a rainha Meve, considerada então, junto com seu exército, desaparecida e morta durante a incursão nilfgaardiana em Lyria, Rívia e Aedirn, incursão ocorrida em julho e levada a cabo com a dominação total e ocupação dessas terras pelo exército imperial. Porém, Meve não morrera no combate como se pensava, e não fora capturada pelos nilfgaardianos. A batalhadora Meve iniciou uma guerrilha contra Nilfgaard, tendo juntado sob seu estandarte a cavalaria do que sobrara do exército lyriano e admitindo quem surgisse, inclusive mercenários e bandidos comuns. O Angren agreste era o lugar perfeito para esse tipo de guerrilha – com armadilhas de onde se podia atacar e mato para se esconder, pois lá havia muito mato. Para dizer a verdade, nessa terra não há nada de valioso que se possa mencionar além de mato.

O esquadrão de Meve – chamada por seu exército de Rainha Branca – cresceu tanto em força e se tornou tão criativo que conseguia passar para o lado esquerdo do Jaruga sem medo, apenas para provocar algazarra e tumultos na funda retaguarda do inimigo.

Voltemos então à Batalha do Pontão. A situação tática era a seguinte: os guerrilheiros da rainha Meve que se alastravam pela margem esquerda do Jaruga queriam fugir para a margem direita. Contudo, se depararam com os nilfgaardianos que se alastravam pela margem direita do Jaruga e queriam fugir justamente para a margem esquerda. Nós entramos em cena na posição central da mencionada situação, ou seja, exatamente no meio do rio Jaruga, cercados por todos os lados – pela esquerda e pela direita – por dois povos armados. Não tendo para onde fugir, viramos heróis e ganhamos fama eterna. A batalha, a propósito, foi vencida pelos lyrianos, pois conseguiram fazer aquilo que pretendiam, ou seja, fugir para a margem direita. Os nilfgaardianos escaparam em direção indefinida e dessa forma perderam a batalha. Tenho consciência de que tudo isso pode soar um tanto confuso e não vou deixar de confirmar esse episódio com algum teórico de guerra antes de publicar este texto. Por enquanto, apoio-me na autoridade de Cahir aep Ceallach, o único soldado em nossa companhia – se bem que Cahir confirmou que ganhar uma batalha por meio de fuga rápida do campo de batalha é inadmissível do ponto de vista da maioria das doutrinas militares.

A participação de nossa companhia na batalha foi indubitavelmente honrosa, mas tinha também consequências negativas. Milva, que estava grávida, sofreu um trágico acidente. Quanto aos membros restantes da companhia, todos tiveram muita sorte e não sofreram ferimentos graves. No entanto, tampouco obtiveram lucro ou mesmo um simples agradecimento. O bruxo Geralt foi a única exceção. Apresentou na batalha um fervor muito grande, até demasiadamente espetacular. Em outras palavras: lutava com ostentação, para não dizer exibicionismo, contrariando a indiferença e a neutralidade declaradas inúmeras vezes – pelo que parece, de forma hipócrita. Porém destacou-se, e a própria Meve, rainha de Lyria, ordenou-o cavaleiro. Contudo, a ordenação resultou em mais complicações que vantagens.

Saiba, caro leitor, que o bruxo Geralt sempre foi um homem humilde, prudente e calmo, de índole simples e despretensioso, tal qual a ponta de uma alabarda. Porém, a inesperada ascensão e a aparente complacência da rainha Meve o transformaram. Se não o conhecesse, diria que até foi tomado pela soberba. Em vez de desaparecer rápida e anonimamente do palco, Geralt ficava perambulando junto do séquito real, alegrava-se com as honras, gozava dos favores e desfrutava a fama.

A fama e a notoriedade eram exatamente do que menos precisávamos naquele momento. Recordo àqueles que já não se lembram que esse mesmo Geralt, agora ordenado cavaleiro, foi procurado pelos órgãos de segurança de todos os Quatro Reinados por causa da rebelião dos feiticeiros na ilha de Thanedd. Houve tentativas de me acusar de traição, a mim, uma pessoa inocente e transparente que nem uma lágrima. Tampouco se pode esquecer a pessoa de Milva, que colaborava com as dríades e os Scoia'tael, envolvida, pelo que foi revelado, nos famosos massacres dos humanos nos limiares da Floresta de Brokilon. É preciso mencionar também Cahir aep Ceallach, nilfgaardiano, cidadão de uma nação inimiga, cuja presença do lado errado da frente não havia como ser facilmente explicada e justificada. O único membro de nossa companhia cuja biografia não fora manchada por assuntos políticos ou de natureza criminal era um vampiro. Dessa forma, o desvendamento e o reconhecimento de qualquer um de nós constituía um perigo para os membros restantes, que corriam o risco de serem empalados em estacas de choupo. Cada dia transcorrido – inicialmente, até de forma agradável, saciável e segura – à sombra dos estandartes lyrianos aumentava esse risco.

Geralt, quando lhe lembrei disso de maneira explícita, afligiu-se um pouco, mas apresentou seus motivos, que eram dois. Primeiro: Milva, após seu triste acidente, ainda precisava de cuidados e ajuda, e no exército havia médicos. Segundo: o exército da rainha Meve dirigia-se para o leste, rumo a Caed Dhu. E nossa companhia, antes de mudar de rumo e entrar na batalha descrita, também dirigia-se a Caed Dhu, pois esperávamos conseguir algumas informações que pudessem ajudar na procura de Ciri com os druidas que lá viviam. As incursões e os bandos que faziam arruaça em Angren nos afastaram do caminho reto que levava aos mencionados druidas. Agora, sob a proteção do simpático exército lyriano, com a graça e a benevolência da rainha Meve, o caminho para Caed Dhu era acessível, parecia fácil e seguro.

Eu avisava ao bruxo que a graça real era ilusória e caprichosa, que eram apenas aparências, um disfarce. O bruxo não queria escutar, mas logo se provou quem tinha razão. Quando surgiu a notícia de que uma numerosa expedição disciplinatória nilfgaardiana se aproximava de Angren a partir do leste, vindo do desfiladeiro Klamat, o exército lyriano recuou sem demora para o norte, em direção às montanhas de Mahakam. Para Geralt, como se pode supor com facilidade, essa alteração de rumo não convinha de jeito nenhum. Estava com pressa para chegar aos druidas, e não a Mahakam! Ingênuo como uma criança, foi logo até a rainha Meve com a intenção de conseguir uma dispensa do exército e uma bênção real para resolver seus interesses particulares. Foi nesse momento que o amor e a benevolência reais acabaram e o respeito e admiração perante o herói da Batalha do Pontão dissiparam-se feito fumaça. O cavaleiro Geralt de Rívia foi lembrado, em tom frio, embora duro, de suas responsabilidades perante a coroa. Ordenou-se que Milva, ainda fraca, o vampiro Regis e o abaixo assinado fossem incorporados à coluna dos fugitivos e civis que seguia atrás do comboio militar. Cahir aep Ceallach, jovem de grande postura que não tinha o mínimo aspecto de civil, foi identificado por uma faixa alvo-celeste e incorporado à tal companhia livre, ou seja, uma unidade de cavalaria composta de vagabundos de diversos tipos reunida ao longo do caminho pelo corpo militar lyriano. Dessa forma, fomos separados, e tudo indicava que nossa expedição terminaria de forma definitiva e inglória.

Mas como você, caro leitor, deve supor, esse não foi o fim, ora, não foi nem o início! Milva, quando soube do desenrolar dos acontecimentos, logo se declarou sã e hábil – e foi a primeira a lançar a ideia de fugir. Cahir jogou com ímpeto as cores reais no mato e fugiu da companhia livre. Já Geralt escapou sorrateiramente das tendas luxuosas da nobre cavalaria.

Não vou entrar em detalhes, e a modéstia não me permite expor exageradamente meus próprios méritos – embora consideráveis – na empreitada aqui descrita. Constatarei apenas um fato: na noite do dia cinco para o dia seis de setembro toda a nossa companhia deixou sorrateiramente o corpo militar da rainha Meve. Antes de nos despedirmos do exército lyriano, tomamos providências para nos abastecer com abundância, obviamente sem pedir permissão ao comandante da intendência. Considero a palavra "furto", usada por Milva, exagerada, pois merecíamos algum tipo de gratificação por nossa participação na histórica Batalha do Pontão. Ora, se não uma gratificação, então pelo menos uma indenização e compensação pelos prejuízos sofridos! Afora o acidente trágico de Milva, sem contar os ferimentos e as contusões de Geralt e Cahir, foram mortos ou feridos todos os nossos cavalos – salvo meu fiel Pégaso e a indócil Plotka, égua do bruxo. Portanto, como forma de recompensa, tomamos três corcéis cavalarianos puro-sangue e um cavalo jovem. Levamos também todo o equipamento que nossas mãos podiam carregar e, para ser justo, acrescento que foi preciso nos desfazer de metade dele depois. Como disse Milva, é o que acontece quando se rouba às escuras. O vampiro Regis levou a maior quantidade de coisas úteis das provisões do Estado, pois na escuridão enxerga melhor do que durante o dia. Além disso, Regis diminuiu o fator defensivo do exército lyriano, ao levar uma gorda mula cinzenta que conseguiu retirar do curral com tanta astúcia que nenhum dos animais relinchou nem bateu os cascos. Portanto, essas histórias sobre animais que sentem a presença de vampiros e reagem ao seu cheiro com medo desesperado, é preciso tratá-las como contos da carochinha ou talvez exceção, válida só para alguns animais ou alguns vampiros. Acrescento que a mula cinzenta nos acompanha até hoje. Depois de termos perdido o cavalo jovem, que desapareceu nas florestas de Trásrios, assustado pelos lobos, é a mula que carrega os nossos pertences, ou melhor: aquilo que sobrou deles. O nome da mula é Draakul. Foi chamada assim por Regis logo depois do furto e assim ficou. Regis, obviamente, acha esse nome engraçado, pois decerto tem algum significado engraçado na cultura e língua dos vampiros. No entanto, não queria nos explicar o motivo e dizia que era um jogo de palavras intraduzível.

Dessa maneira, nossa companhia voltou mais uma vez às trilhas, e a longa lista de pessoas que não gostavam de nós estendeu-se mais ainda. Geralt de Rívia, cavaleiro imaculado e sem imperfeições, deixou as fileiras do exército antes que a ordenação fosse confirmada com a patente e antes que o arauto real criasse seu brasão. No entanto, Cahir aep Ceallach conseguiu lutar no grande conflito entre Nilfgaard e os nortelungos em dois exércitos e desertar de ambos, ganhando sentença dupla de morte. A situação dos outros integrantes da companhia não era nada melhor. Enfim, a forca é sempre a mesma e o motivo pelo qual se é enforcado – a ânsia de honra cavaleiresca, a deserção ou o fato de chamar a mula militar com o nome de Draakul – já não fazia tanta diferença.

Portanto, não estranhe, caro leitor, que tenhamos feito um esforço titânico para aumentar a distância que nos separava do corpo militar da rainha Meve. Cavalgávamos, com todas as forças possíveis, em direção ao sul, rumo ao Jaruga, com o intuito de passar para a margem esquerda do rio, não só pelo fato de querer contornar a rainha e seus guerrilheiros, mas principalmente pelo fato de os ermos de Trásrios serem menos perigosos que Angren, tomado pela guerra. Paradoxalmente, era mais razoável chegar aos druidas de Caed Dhu pela margem esquerda do que pela direita, já que a margem esquerda do Jaruga pertencia ao inimigo império nilfgaardiano. O bruxo Geralt, que após sair da irmandade desses insolentes ordenados recuperou, em grande medida, o juízo, o pensamento lógico e sua prudência característica, foi o pai da concepção da margem esquerda. O futuro provou que o plano do bruxo foi decisivo e teve impacto sobre o destino de toda a expedição. Porém, falarei sobre isso mais tarde.

O Jaruga, quando lá chegamos, estava cheio de nilfgaardianos que atravessavam o rio pelo Pontão Vermelho reconstruído, continuando a ofensiva para Angren, e certamente para mais longe – Temeria, Mahakam e sabe-se lá diabos para onde mais, de acordo com o que planejara o Estado-maior nilfgaardiano. Não havia como atravessar o rio de primeira, portanto precisávamos nos esconder e esperar o exército passar. Ficamos plantados por umas duas horas, esperando nos vimeiros ribeirinhos, cultivando o reumatismo e alimentando os mosquitos. Para nosso azar, pouco depois o tempo fechou, chuviscava, ventava terrivelmente e não parávamos de tremer por causa do frio. Não me lembro de um setembro tão frio entre os inúmeros setembros gravados em minha memória. Foi exatamente então, caro leitor, que, com uma folha de papel e um lápis encontrado entre o equipamento que nos fora disponibilizado pelo comboio lyriano, comecei – para matar o tempo e esquecer os incômodos – a anotar e eternizar algumas de nossas aventuras.

A garoa enfadonha e a inércia forçada deixaram-nos de mau humor e instigaram vários pensamentos negativos. Especialmente no caso do bruxo. Havia algum tempo Geralt costumava fazer o balanço dos dias que o separavam de Ciri e, segundo ele, cada dia passado fora do caminho traçado o afastava cada vez mais da moça. Agora, no vime molhado, no frio e na chuva, o bruxo tornava-se cada vez mais soturno e fechado. Notei também que mancava bastante, e quando achava que ninguém estava olhando ou ouvindo, praguejava e uivava de dor. Pois saiba, caro leitor, que durante a rebelião dos feiticeiros na ilha de Thanedd os ossos de Geralt haviam sido quebrados. As fraturas já estavam consolidadas, curadas graças ao esforço mágico das dríades da Floresta de Brokilon, mas pelo visto não deixaram de incomodá-lo. Portanto, o bruxo sentia dores não só no corpo, mas também na alma, e por esse motivo soltava faíscas. Era melhor nem se aproximar dele.

E mais uma vez os sonhos começaram a persegui-lo. No dia nove de setembro, de manhã, enquanto dormia após passar a noite de sentinela, apavorou a todos, levantando-se aos gritos e desembainhando a espada. Parecia delirar, mas felizmente tudo passou num instante.

Afastou-se um pouco, mas voltou logo com cara fechada e declarou o seguinte: naquele exato momento estava dissolvendo a companhia e seguiria o caminho sozinho, pois em algum lugar algo horrendo estava acontecendo. O tempo corria, as coisas tornavam-se cada vez mais perigosas, e ele não queria que ninguém corresse risco, tampouco queria se responsabilizar. Discursava de forma tão chata e sem nenhuma convicção que ninguém queria discutir com ele. Até o vampiro, em geral eloquente, deu de ombros, indiferente. Milva o ignorou dando uma cusparada, e Cahir lhe relembrou secamente que era responsável apenas por ele mesmo e que, quanto ao risco, ele não usava espada que pesasse em sua cintura. No entanto, em seguida, todos ficaram imóveis, em silêncio, e fixaram os olhos enfaticamente no abaixo assinado, esperando, sem resultado, que fosse aproveitar a ocasião e voltar para casa. Não preciso acrescentar que tiveram grande decepção.

O acontecimento nos instigou a quebrar o marasmo e nos impeliu a uma ação valente: forçar o Jaruga. Confesso que essa empreitada despertou minha inquietação, pois o plano previa atravessar o rio à noite a nado. Como dizia Milva e Cahir: "na cola dos cavalos". Mesmo se fosse uma metáfora – embora suspeite o contrário –, não imagino me atrever a uma travessia dessas, nem a meu corcel, Pégaso, de quem eu dependeria. A natação, falando de modo geral, nunca foi nem é meu forte. Se a Mãe Natureza desejasse que eu nadasse, no ato de criação e processo evolutivo teria me equipado de membranas entre os dedos. O mesmo se refere a Pégaso.

Minha inquietação provou ser vã, pelo menos no que tange ao ato de nadar na cola de um cavalo. Atravessamos o rio de outro modo, talvez até mais insano. De modo realmente insolente, pelo Pontão Vermelho reconstruído, na presença dos guardas e patrulhas nilfgaardianas. A empreitada, que à primeira vista cheirava a impertinência e risco mortal, na realidade provou que podia ser executada com facilidade. Depois de passar pelas unidades da frente, um transporte atrás do outro, um veículo atrás do outro, uma manada atrás da outra, multidões diversas, misturadas, compostas até de civis que transitavam de um lado para o outro, nossa companhia não chamava a atenção, passamos despercebidos. Foi assim que no dia dez do mês de setembro passamos todos para a margem esquerda do Jaruga, apenas uma vez chamados pelos guardas, aos quais, após franzir as sobrancelhas imperiosamente, Cahir rosnou em tom ameaçador algo sobre o serviço imperial, sustentando sua declaração com um puta que o pariu militar, clássico e sempre eficaz. Antes que alguém ainda se interessasse por nós, já estávamos na margem esquerda do Jaruga, no meio das florestas de Trásrios, pois havia ali apenas uma estrada de terra batida que levava em direção ao sul, e não nos convinha o rumo, tampouco a abundância de nilfgaardianos que perambulavam por lá.

No primeiro acampamento nas florestas de Trásrios também tive um sonho estranho. Ao contrário de Geralt, não sonhei com Ciri, mas com a feiticeira Yennefer. O sonho foi estranho, inquietante – Yennefer, como sempre vestida de alvo e negro, levitava sobre um castelo sombrio nas montanhas, ao pé das quais outras feiticeiras ameaçavam-na com os punhos e xingavam. Yennefer bateu as mangas compridas do vestido e voou, feito um albatroz negro, sobre um mar sem fim, diretamente para o sol que nascia. A partir desse momento o sonho virou pesadelo. Depois de acordar, os detalhes desapareceram de minha memória, ficaram apenas fugidias imagens *embaçadas, sem muito sentido. No entanto, eram imagens horrendas – torturas, gritos, dor, pavor, morte... Simplesmente um horror.*

Não contei esse sonho a Geralt. Nem uma palavra. Pela experiência posterior, fiz bem em não ter falado nada.

•

– Chamava-se Yennefer! Yennefer de Vengerberg. Era uma feiticeira famosíssima! Que eu morra amanhã se estiver mentindo!

Triss Merigold estremeceu e virou-se, tentando enxergar através da multidão e da fumaça branca que dominavam o salão da taberna. Levantou-se enfim da mesa, lamentando o fato de ter que deixar o filé de linguado com manteiga de biqueirão, uma guloseima local. No entanto, ela percorria as tabernas e bodegas de Bremervoord não para comer guloseimas, mas para recolher informações. Além disso, tinha que cuidar da forma.

A roda de pessoas na qual ela se enfiara já estava espessa e cerrada. Em Bremervoord as pessoas adoravam saber histórias e não deixavam escapar nenhuma ocasião para saber uma novidade. E os navegadores, que chegavam aqui em grande número, nunca decepcionavam, sempre tinham um elenco novo e fresco de histórias e contos marítimos, claro – em grande maioria inventados, mas isso não tinha a menor importância. Uma história era sempre uma história, regida por suas próprias leis.

A contadora naquele momento – que mencionou Yennefer – era uma pescadora das ilhas de Skellige, gorda, de ombros largos e cabelo curto; usava um colete de pele de narval tão polido que brilhava tanto quando suas quatro companheiras.

– Foi no décimo nono dia do mês de agosto, de madrugada, após a segunda noite de lua cheia – a ilhoa começou a história levando a caneca de cerveja aos seus lábios.

Sua mão, como Triss notara, era da cor de tijolo antigo e seu braço nu, musculoso e nodoso, tinha no mínimo vinte polegadas de circunferência. A cintura de Triss tinha vinte e duas polegadas.

– De madrugada, cedinho – a pescadora retomou, passando os olhos por todos os ouvintes –, nosso barco saiu para o mar, para o estreito entre An Skellig e Spikeroog, uma área de pesca de ostras onde costumamos armar as redes para pescar salmão. Estávamos com muita pressa, pois uma tempestade se aproximava e o mar escurecia no oeste. Era necessário retirar o salmão das redes o mais rápido possível, pois vocês sabem que, se não se fizer isso, depois da tempestade, quando se puder sair novamente ao mar, nas redes sobram apenas as cabeças apodrecidas, abocanhadas. Toda a pescaria dá em nada.

Os ouvintes, na sua grande maioria habitantes de Bremervoord e Cidaris que viviam do mar e cuja existência dependia do mar, acenaram com a cabeça e concordaram com um murmúrio. Triss geralmente via os salmões como fatias cor-de-rosa, mas também acenou e murmurou, pois não queria se destacar. Estava ali incógnita, numa missão secreta.

– Chegamos... – a pescadora retomou a história, esvaziando a caneca e mostrando que um dos ouvintes poderia lhe pagar outra. – Chegamos e começamos a retirar as redes, quando, de repente, Gudrun, a filha de Sturla, soltou um grito! E apontou o dedo para estibordo! Olhamos e vimos algo voando, mas não era um pássaro! Até meu coração parou por um momento, pois logo pensei que era uma serpe ou um pequeno grifo. Às vezes, esse tipo de criatura vem até Spikeroog, é verdade que mais no inverno, trazida geralmente pelo vento que sopra do Ocidente. No entanto aquela coisa preta caiu direto no mar! E foi carregada pela onda! Direto para nossas redes. Ficou presa na rede, chapinhando na água feito uma foca. Aí todas nós, em conjunto, e éramos oito mulheres, pegamos a rede e puxamos para o bordo! E ficamos boquiabertas: era uma mulher! Vestida de preto, e ela própria preta que nem uma gralha. Envolta nas redes, entre dois salmões, um dos quais pesava quarenta e duas libras! Que um raio me parta se eu estiver mentindo!

A pescadora de Skellige assoprou para afastar a espuma da caneca e deu um longo gole. Nenhum dos ouvintes comentou ou expressou qualquer desconfiança, embora nem os mais velhos se lembrassem do fato de alguém ter pescado um salmão de peso tão imponente.

– E aí a de cabelo negro – a ilhoa retomou – tossia, cuspia a água salgada e debatia-se na rede. E Gudrun, nervosa, porque estava grávida, começou a gritar: "Kelpie! Kelpie! Havfrue!" Mas qualquer tolo sabia que não era uma kelpie, pois uma kelpie já teria rasgado a rede, nem deixaria ninguém puxá-la para dentro do barco! Também não era uma havfrue, pois não tinha cauda de peixe, e a dama do mar sempre tem cauda de peixe! Além disso, caiu no mar vinda do céu, e alguém já viu uma kelpie ou havfrue voar pelo céu? Mas Skadi, a filha de Una, essa que sempre esquenta, também gritou: "Kelpie!" E pegou um pau e foi para cima da rede! E, de repente, da rede saiu uma luz roxa! E Skadi soltou um gemido! O pau foi para a esquerda, e ela para a direita. Que um raio me parta se estou mentindo! Deu três cambalhotas e caiu de bunda no bordo! Ah! Aprendemos que uma feiticeira assim, presa numa rede, é pior que uma medusa, escorpena ou um poraquê! Como se isso fosse pouco, a bruxa começou a gritar e nos xingar de nomes que vou falar, hein? Xingava de filhas da puta e coisas piores! E a rede fedia e soltava vapores com a feitiçaria que ela praticava lá dentro! Não é brincadeira, não...

A ilhoa tomou o resto da cerveja da caneca e não hesitou em pegar outra.

– Não é pouca coisa, não – arrotou alto, limpou o nariz e a boca. – Catar uma feiticeira numa rede! Percebemos que por causa dessa magia o barco começou a se agitar com mais força. Não havia o que esperar! Britta, a filha de Karen, pressionou a rede com um croque e eu segurei no remo e pof! pof!!!

A cerveja respingou para o alto e derramou-se sobre o balcão, algumas canecas caíram ao chão. Os ouvintes secavam as bochechas e sobrancelhas, mas ninguém soltou nem uma palavra de reclamação ou advertência. História é história. Tem seus direitos.

– A feiticeira entendeu com quem estava lidando – a pescadora empinou o peito abundante e olhou em volta com um ar provocador. – E viu que não se pode brincar com a mulherada de Skellige! Disse então que se entregava de boa-fé e prometeu não lançar feitiços nem encantos. E falou seu nome: Yennefer de Vengerberg.

Os ouvintes cochicharam. Haviam se passado apenas dois meses desde os acontecimentos na ilha de Thanedd, lembravam-se ainda dos nomes dos traidores corrompidos por Nilfgaard. Do nome da famosa Yennefer também.

– Nós a levamos para Ard Skellig, até Kaer Trolde, até o duque Crach an Craite – a ilhoa continuou. – Nunca mais a vi. O duque estava numa expedição e dizem que, quando voltou, recebeu a feiticeira com frieza, mas depois a tratou com cortesia e gentileza. Humm... E eu estava só esperando para ver que surpresa a feiticeira ia me preparar por ter dado porrada nela com os remos. Pensei que fosse me denunciar ao duque. Mas não. Não deu nem um pio, não se queixou, não, tenho certeza. Mulherão de honra. Depois, quando se matou, até fiquei com pena dela...

– Yennefer está morta? – gritou Triss, impressionada, esquecendo-se de sua condição incógnita e de sua missão secreta. – Yennefer de Vengerberg está morta?

– Morreu, sim – a pescadora tomou o resto da cerveja. – Está morta, que nem uma sarda. Matou-se com seus próprios feitiços, usando os truques mágicos. Aconteceu faz pouco tempo, no último dia de agosto, pouco antes da lua nova. Mas isso já é outra história...

•

– Jaskier! Não durma na sela!

– Eu não estou dormindo. Estou concentrado em minhas criações!

•

Percorríamos então, caro leitor, as florestas de Trásrios, indo em direção ao leste, para Caed Dhu, à procura dos druidas que nos ajudariam a encontrar Ciri. Contarei como foi. Mas antes, para seguir a verdade histórica, falarei um pouco sobre nossa companhia – sobre cada um de seus membros.

O vampiro Regis tinha mais de quatrocentos anos. Se era verdade, isso significava que era o mais velho de todos nós. Claro, podia ser mentira. Quem poderia checar essa informação? No entanto, preferia supor que nosso vampiro era sincero, pois declarava também que deixara de beber sangue humano para sempre, irrevogavelmente. Graças a essa declaração, dormíamos com mais tranquilidade nos acampamentos noturnos. Notei que no início Milva e Cahir, depois de acordarem, tinham o costume de apalpar o pescoço com medo e inquietação – mas logo abandonaram esse hábito. Regis era – ou parecia ser – um vampiro absolutamente decente. Se falava que não ia beber sangue, então não bebia.

Possuía, porém, defeitos, que não tinham a ver com o fato de ser vampiro. Regis era intelectual – e gostava de demonstrá-lo. Tinha o costume chato de proferir verdades e afirmações apresentando o tom e a cara de profeta. Logo deixamos de reagir a isso, pois as afirmações proferidas eram de fato verdades, ou soavam verdadeiras, ou eram inaveriguáveis, o que dava na mesma. Mas algo realmente insuportável era a sua mania de responder às perguntas antes que a pessoa terminasse de formulá-las – ora, às vezes mesmo antes que começasse a formulá-las! Sempre achei essa mania, supostamente um indício de inteligência, uma demonstração de grosseria e arrogância, pois essas qualidades, que combinam com o meio universitário ou a corte, são difíceis de aturar num companheiro com quem se viaja cavalgando lado a lado durante dias seguidos e com o qual se passa as noites dormindo sob a mesma manta. No entanto, não chegamos a ter atritos sérios, graças a Milva. Ao contrário de Geralt ou Cahir, cujo oportunismo nato obrigava a se aderir às manias do vampiro, ou até a rivalizar com ele nesse aspecto, a arqueira Milva preferia soluções simples e despretensiosas. Quando Regis, pela terceira vez, respondeu à pergunta na metade de sua formulação, ela o xingou de forma sórdida, usando palavras e expressões capazes de fazer um soldado velho corar de vergonha. Estranhamente, o procedimento funcionou: o vampiro num instante abandonou o chato hábito, o que provou que a maneira de defesa mais eficaz contra a dominação intelectual era espinafrar vorazmente o sujeito que manifestava tentativas de dominação.

Milva, pelo que me parece, ficou abalada por seu trágico acidente – e pela perda. Escrevo "pelo que me parece" porque tenho consciência de que, sendo homem, não posso nem imaginar o que um acidente daqueles e aquele tipo de perda seria para uma mulher. Embora seja poeta e homem das letras, nesses momentos até minha imaginação treinada e exercitada falha e não posso fazer nada a respeito.

A arqueira recuperou a forma física em pouco tempo – o pior foi recuperar a forma psíquica. Havia dias em que não proferia nem uma palavra desde o amanhecer até o anoitecer. Costumava sumir e ficar longe, o que deixava todos preocupados. Até que finalmente chegou o momento decisivo. Milva reagiu como uma dríade ou elfa – de modo brusco, impulsivo e pouco inteligível. Um dia, de manhã, pegou uma faca em nossa presença e cortou sua trança na altura da nuca. "Não convém, pois não sou moça", disse, vendo-nos boquiabertos. "Como também não sou viúva", acrescentou, "dou fim ao luto." A partir desse momento passou a ser como antigamente – insolente, maliciosa, atrevida e propensa a palavras pouco diplomáticas. O que nos levou à conclusão de que felizmente já tinha superado a crise.

O terceiro membro da companhia, não menos estranho, era um nilfgaardiano que gostava de provar que não era nilfgaardiano. Dizia se chamar Cahir Mawr Dyffryn aep Ceallach...

•

– Cahir Mawr Dyffryn, filho de Ceallach – Jaskier declarou enfaticamente, apontando o lápis com a ponta de chumbo para o nilfgaardiano. – Nesta honrosa companhia fui obrigado a me conformar com muitas coisas das quais não gosto, ou as quais até detesto. Mas não com todas! Detesto quando alguém fica espiando pelo meu ombro enquanto escrevo! E não pretendo me conformar com isso!

O nilfgaardiano afastou-se do poeta e, após pensar um momento, pegou sua sela, seu casaco de pele e sua manta, e arrastou tudo para mais perto de Milva, que parecia cochilar.

– Peço desculpas – disse. – Perdoe-me minha insistência, Jaskier. Olhei por reflexo, por simples curiosidade. Pensei que você estava traçando um mapa ou fazendo contas.

– Não sou contabilista! – o poeta exaltou-se, metafórica e literalmente. – Nem cartógrafo! E mesmo que eu fosse, isso não justifica você espiar minhas anotações!

– Já pedi desculpas – Cahir lembrou-lhe em tom seco, ajeitando seu leito no novo lugar. – Nesta companhia me conformei com muitas coisas e me acostumei a muitas delas. Mas não a pedir desculpas mais de uma vez.

– De fato, você se tornou extremamente irritadiço, Jaskier – falou o bruxo, sem que ninguém, nem ele próprio, esperasse, tomando o partido do jovem nilfgaardiano. – Não há como esconder que, de alguma forma, isso tem a ver com o papel que você começou a sujar com um pedaço de chumbo nos acampamentos.

– É verdade – o vampiro Regis confirmou, colocando mais galhos de bétula no fogo. – Nosso trovador ultimamente tem se tornado neurastênico, além de fechado, discreto, solitário. Contudo, ao menos os testículos não o incomodam na hora de fazer as necessidades fisiológicas, o que não é de estranhar em nossa situação. A introversão e a inibição, assim como a irritabilidade causada pelo olhar alheio, referem-se ao papel coberto de letras minúsculas. Será que está nascendo um poema em nossa presença? Uma rapsódia? Uma epopeia? Um romance? Um canto?

– Não – Geralt contestou, aproximando-se da fogueira e cobrindo as costas com uma manta. – Eu o conheço. Não se pode tratar de lírica, pois ele não está xingando, balbuciando, nem conta as sílabas nos dedos. Escreve em silêncio, então trata-se de prosa.

– Prosa! – o vampiro sorriu, deixando os caninos pontudos à mostra, o que em geral evitava fazer. – Talvez um romance? Ou um ensaio? Fábula moral? Raios, Jaskier! Não nos torture! Revele o que você está escrevendo!

– Memórias.

– O quê?

– Essas anotações – Jaskier mostrou um tubo cheio de papéis – se transformarão na obra de minha vida. Em memórias, intituladas *Cinquenta anos de poesia*.

– Um título bobo – Cahir afirmou em tom seco. – A poesia não tem idade.

– E se achar que tem – o vampiro retrucou –, então é muito mais velha.

– Vocês não estão entendendo. O título indica que o autor da obra passou cinquenta anos, nem mais, nem menos, a serviço da Dama Poesia.

– Então, nesse caso, trata-se de uma bobagem maior ainda – afirmou o bruxo. – Pois você, Jaskier, nem chegou aos quarenta anos. A habilidade de escrever foi inculcada com pauladas em sua bunda no ensino básico que lhe foi administrado no templo, aos oito anos de idade. Então, mesmo supondo que já compunha rimas naquela época, você serve a sua Dama Poesia há menos de trinta anos. E eu sei bem disso, pois você próprio me contou, inúmeras vezes, que começou a rimar seriamente e compor melodias aos dezenove anos, inspirado pelo amor à condessa de Stael. Isso faz que a antiguidade em seu ofício seja inferior a vinte anos, Jaskier. De onde você tirou, então, esses cinquenta anos no título? Será que isso é alguma metáfora?

– Eu traço vastos horizontes com meu pensamento – o bardo se empertigou. – Descrevo o presente, mas recorro ao futuro.

Esta obra que comecei a escrever, pretendo publicá-la só daqui a vinte ou trinta anos. Até então, ninguém vai pôr em dúvida os cálculos titulares.

– Ah, agora entendo. Se há alguma coisa que me faz estranhar é a providência. Você não costumava ficar preocupado com o dia de amanhã.

– O dia de amanhã ainda pouco me preocupa – o poeta declarou com soberba. – Estou pensando nas futuras gerações. E na eternidade!

– Do ponto de vista das futuras gerações – observou Regis –, é pouco ético começar a escrever agora para depois. As futuras gerações, diante de um título assim, têm o direito de esperar uma obra realmente escrita sob a perspectiva de cinquenta anos, por uma pessoa que disponibiliza de experiência e conhecimento de cinquenta anos...

– Alguém cuja experiência conta meio século – Jaskier interrompeu de forma grosseira – tem que ser, pela própria natureza, um velho putrefato de setenta anos com o cérebro corroído pela filha da mãe da esclerose e cuja ocupação é viver sentado numa varanda soltando peidos ao vento, em vez de ditar memórias, pois assim faria as pessoas rirem. Eu não vou cometer esse erro, vou escrever minhas memórias antes, no auge de minhas forças criativas. Depois, pouco antes da publicação, farei apenas pequenas correções.

– Isso tem suas vantagens – Geralt massageou e dobrou o joelho dolorido com cuidado. – Especialmente para nós, pois sem dúvida estamos presentes em sua obra, e com certeza não nos poupou, portanto, daqui a meio século esse fato não nos fará nenhuma diferença.

– O que é meio século? – o vampiro sorriu. – Um instante, uma efemeridade... Hum, Jaskier, uma pequena observação: *Meio século de poesia* em minha opinião soa melhor que *Cinquenta anos.*

– Não nego – o trovador debruçou-se sobre a folha de papel e rabiscou algo nela com o lápis. – Obrigado, Regis. Finalmente algo construtivo. Alguém tem mais alguma observação a fazer?

– Eu tenho – Milva falou inesperadamente, colocando a cabeça para fora da manta. – Por que vocês estão arregalando os olhos?

Pelo fato de eu ser ignorante? Mas não sou burra! Estamos numa expedição, nosso objetivo é resgatar Ciri, caminhamos armados, atravessando as terras inimigas. Pode ser que esses rabiscos de Jaskier caiam nas mãos inimigas. E nós conhecemos o poetastro, não é nenhum segredo que ele é falastrão, tagarela, linguarudo. Então, que tenha cuidado com o que escreve. Para que não nos enforquem, por acaso, por causa desses seus rabiscos.

– Está exagerando, Milva – o vampiro falou com suavidade.

– E muito – Jaskier constatou.

– Também acho – Cahir acrescentou despreocupado. – Não sei como andam as coisas entre os nortelungos, mas no império o fato de ter a posse de manuscritos não constitui *crimen*, e a atuação literária não está sujeita a penalidades.

Geralt lhe lançou um olhar crítico e quebrou o pedaço de madeira com o qual estava brincando entre os dedos.

– Mas nas cidades conquistadas por esse povo tão culturalmente avançado as bibliotecas são queimadas – disse em tom claramente irônico, embora não agressivo. – Não importa. De qualquer modo, Maria, também acho que você está exagerando. O escrevinhar de Jaskier não tem, como sempre, nenhuma importância, inclusive para nossa segurança.

– Com certeza! – a arqueira ficou irritada e sentou-se. – Eu sei o que estou falando! Meu padrasto sumiu quando os fiscais da receita reais apareceram para fazer o censo demográfico lá em casa. Fugiu para a floresta e ficou lá por duas semanas sem botar o nariz para fora. Onde há pergaminho, há juramento, costumava dizer, e quem hoje foi gravado por meio da tinta amanhã será estraçalhado com a roda. Era um homem justo, mesmo sendo um sacana como poucos há neste mundo! Espero que queime no inferno, filho da puta!

Milva arremessou a manta e sentou-se perto da fogueira. Havia perdido o sono definitivamente. Tudo indicava que naquela noite teriam mais uma longa conversa noturna.

– Parece que você não gostava de seu padrasto – Jaskier observou depois de um momento de silêncio.

– Não gostava – Milva rangeu os dentes de modo que todos ouviram. – Era um sacana. Quando minha mãe não estava vendo, ele chegava metendo as mãos onde não devia. Não ouvia quando eu protestava, então um dia finalmente não aguentei, fui me defender com as próprias mãos, e quando ele caiu dei porrada nele, chutei-o uma ou duas vezes, nas costelas e na virilha. Depois passou dois dias deitado cuspindo sangue... Fugi de casa sem esperar que ele sarasse. E depois recebi notícias de que morrera, e minha mãe logo depois dele... Porra, Jaskier! Você está anotando isso? Nem se atreva! Não se atreva, ouviu o que eu falei?

•

Era incomum que Milva caminhasse conosco, e surpreendente que andássemos acompanhados de um vampiro. Porém, o mais estranho – e difícil de entender – era Cahir, que de inimigo virou, de repente, senão um companheiro, pelo menos um aliado. Foi na Batalha do Pontão que o jovem comprovou ser nosso aliado, quando, sem hesitar, lutou de espada na mão contra seus conterrâneos, ao lado do bruxo. Com esse feito ganhou nossa simpatia e tirou nossas suspeitas definitivamente. Por "nossas" entendo as minhas, do vampiro e da arqueira, pois Geralt, embora tivesse lutado lado a lado com Cahir e corrido risco de morte, ainda se mantinha desconfiado em relação ao nilfgaardiano e não nutria grande simpatia por ele. Procurava esconder seu ressentimento, mas por ser um indivíduo simples como a haste de uma lança – acho que já escrevi a esse respeito –, não sabia fingir, e a antipatia despontava a cada passo como uma enguia que evade de uma nassa de pescar furada.

O motivo era evidente: Ciri.

O destino fez que eu estivesse presente na ilha de Thanedd durante a lua nova de julho quando se deu o embate sanguíneo entre os feiticeiros fiéis aos reis e de outro lado os traidores incitados por Nilfgaard. Os traidores foram apoiados pelos Esquilos, os elfos rebeldes – e por Cahir, filho de Ceallach. Cahir estava em Thanedd, fora mandado para lá em missão especial – ordenaram-lhe que prendesse e capturasse Ciri, que o ferira quando se defendia. Cahir tem uma cicatriz na mão esquerda e toda vez que olha para ela fica com a boca seca. Deve ter sido tremendamente dolorido. E ainda hoje não consegue dobrar dois de seus dedos.

Depois disso tudo, fomos nós que o resgatamos, lá perto do Wstazka, quando seus próprios conterrâneos o levavam, preso e amarrado, para torturas horrendas. Qual foi o delito, pergunto, pelo qual queriam matá-lo? Foi só pela derrota em Thanedd? Cahir fala pouco, mas tenho ouvido sensível e ouço até conversas em meio-tom. O sujeito nem chegou ainda aos trinta anos, porém parece que no exército nilfgaardiano já foi oficial de alta patente. Pelo fato de ser fluente na língua comum, o que entre os nilfgaardianos não acontece com frequência, suspeito qual o tipo de exército em que Cahir teria servido, como teria avançado tão rápido, assim como por que teria sido mandado em missões tão estranhas. Entre elas, missões estrangeiras.

Pois fora Cahir que já uma vez tentara sequestrar Ciri cerca de quatro anos antes, durante a chacina de Cintra. Foi então que se manifestou pela primeira vez o destino que guia a vida dessa menina.

Por acaso, conversei acerca disso com Geralt. Foi no terceiro dia depois de atravessar o Jaruga, dez dias antes do Equinócio, durante a travessia pelas florestas de Trásrios. Aquela conversa, embora muito breve, fora preenchida por tons inquietantes e pouco agradáveis. E tanto na cara como nos olhos do bruxo já se podia notar a premonição dos acontecimentos horrendos que eclodiram posteriormente, na noite do Equinócio, depois que se juntou a nós Angoulême, a de cabelos claros.

•

O bruxo não olhava para Jaskier. Não olhava para a frente. Olhava para a crina de Plotka.

– Pouco antes de morrer – falou –, Calanthe forçou alguns cavaleiros a fazer um juramento. Seu papel era não deixar que Ciri caísse nas mãos dos nilfgaardianos. Durante a fuga, esses cavaleiros foram assassinados e Ciri ficou sozinha entre os cadáveres e o fogo, na armadilha dos becos da cidade em chamas. Não sairia de lá viva, quanto a isso não há dúvidas. Mas ele a achou. Ele, Cahir. Ele a tirou do abismo do fogo e da morte. Salvou-a. Como um herói! Que nobreza!

Jaskier conteve Pégaso. Andavam atrás, e Regis, Milva e Cahir estavam a aproximadamente um quarto de légua à frente deles, mas o poeta não queria que nenhuma palavra chegasse aos ouvidos dos companheiros.

– O problema – continuou o bruxo – é que nosso Cahir foi ordenado a comportar-se com nobreza. Foi nobre como um corvo-marinho: não engoliu o peixe, pois tinha um anel no pomo de adão. Sua missão era levar o peixe no bico até seu patrão. Não conseguiu, então o patrão ficou zangado com o corvo-marinho! E o corvo-marinho caiu na desgraça! Será que é por isso que procura a amizade e a companhia dos peixes? O que acha, Jaskier?

O trovador inclinou-se na sela, desviando de um galho de tília suspenso à frente, não muito alto. As folhas já estavam completamente amareladas.

– Mesmo assim, ele salvou a vida da menina, você mesmo disse. Graças a ele, Ciri conseguiu sair ilesa de Cintra.

– E à noite gritava, vendo-o em seus sonhos.

– Mesmo assim, foi ele quem a salvou. Pare de relembrar, Geralt. Muita coisa mudou; ora, todo dia muda algo. Não adianta relembrar, isso só provoca ressentimentos que obviamente não lhe fazem bem. Foi ele quem salvou Ciri. É fato. Foi e permanecerá sendo um fato.

Geralt enfim tirou o olhar da crina, levantou a cabeça. Jaskier olhou para o rosto dele e rapidamente desviou o olhar.

– Fato será sempre fato – o bruxo repetiu com uma voz zangada, metálica. – Ora, sim! Foi o que ele gritou em minha cara em Thanedd, e sua voz ficou presa na garganta de tanto horror, pois olhava para a lâmina de minha espada. Esse fato e esse grito supostamente deveriam ter sido argumentos a favor dele, para que eu não o matasse. Bom, provavelmente não há como mudar o que já aconteceu. Mas lamento isso, pois era necessário ter começado uma corrente naquela hora, em Thanedd. Uma longa corrente de morte, corrente de vingança, sobre a qual cem anos depois ainda seriam contadas histórias. Dessas que provocam pavor quando ouvidas depois do anoitecer. Entende, Jaskier?

– Não muito.

– Então vá para o inferno.

•

Foi uma conversa horrível, e a cara do bruxo também não era das melhores. Não gostava nem um pouco quando ele caía naquele estado e quando começava a falar daquela maneira.

No entanto, devo confessar que a comparação com o corvo-marinho deu resultado – comecei a ficar inquieto. Um peixe no bico, levado para onde será morto, esviscerado e frito! Uma analogia simpática, com perspectivas prazerosas...

Contudo, o juízo contestava essas inquietações. Enfim, se continuarmos fiéis às metáforas ictiológicas, então quem somos nós? Pardelhas, pequenas pardelhas cheias de espinhas. Cahir não podia contar com a clemência do imperador em troca de uma presa tão fraca. Ele mesmo não era um lúcio tão grande como queria se passar. Era uma pardelha, como nós. Nos tempos em que a guerra ara a terra e as vidas humanas com tanta avidez, quem presta atenção às pardelhas?

Aposto que ninguém em Nilfgaard se lembra mais de Cahir.

•

Vattier de Rideaux, o chefe do serviço de inteligência do exército nilfgaardiano, ouvia a reprovação do imperador com a cabeça baixa.

– Então – continuou Emhyr var Emreis seu discurso venenoso – uma instituição que consome o triplo dos gastos do país com a educação, a cultura e a arte juntas, uma instituição dessas não é capaz de encontrar uma pessoa. Essa pessoa simplesmente some, esconde-se, embora eu gaste quantias exorbitantes de dinheiro para sustentar uma instituição da qual nada deveria se esconder! Um traidor debocha escancaradamente de uma instituição para a qual dei privilégios e recursos suficientes com o fim de deixar até os inocentes em apuros. Pode crer, Vattier, na próxima vez que surgir no conselho o assunto de necessidade de cortes de gastos para o serviço secreto, ouvirei com atenção. Pode crer!

– Sua Alteza Imperial – Vattier de Rideaux tossiu – tomará, sem dúvida, a decisão certa, levando antes em consideração todos os argumentos contra e a favor, tanto os êxitos como os fracassos da inteligência. Sua Alteza Imperial pode ter certeza, também, que o traidor Cahir aep Ceallach não escapará da punição. Tomei as providências...

– Não lhe pago para tomar as providências, mas pelos efeitos delas. E esses são débeis, Vattier, débeis! E o assunto de Vilgefortz? Onde, diabos, está Cirilla? O que você está murmurando? Fale mais alto!

– Acho que Sua Alteza Imperial deveria desposar essa menina que permanece presa em Darn Rowan. Precisamos desse casamento, da legalidade do feudo autônomo de Cintra, do apaziguamento das ilhas de Skellige e dos rebeldes de Attre, Strept, Mag Turga e das Encostas. Precisamos de uma anistia popular, sossego na retaguarda e nas linhas de abastecimento... Precisamos da neutralidade de Esterad Thyssen de Kovir.

– Eu sei disso. Mas a moça de Darn Rowan não é a certa. Não posso desposá-la.

– Sua Alteza Imperial me perdoe, mas qual a importância de ela ser mais ou menos certa? A situação política requer um casamento solene. Com urgência. A noiva vestirá um véu. E quando por fim acharmos a verdadeira Cirilla, simplesmente... faremos uma troca.

– Você enlouqueceu, Vattier?

– A falsa foi mostrada aqui às pressas. A verdadeira não é vista por ninguém em Cintra há quatro anos. Além disso, falam que ela passava mais tempo em Skellige do que em Cintra. Garanto que ninguém vai se dar conta do embuste.

– Não!

– Sua Alteza...

– Não, Vattier! Encontre a verdadeira Ciri! Mexam-se! Achem Ciri. Achem Cahir. E Vilgefortz. Principalmente Vilgefortz. Pois é ele que tem Ciri, tenho certeza disso.

– Sua Alteza Imperial...

– Pois não, Vattier. Sou todo ouvidos!

– Num certo momento tive a suspeita de que esse tal assunto de Vilgefortz era uma simples provocação e que o feiticeiro foi morto ou preso. E que essa caça espetacular e barulhenta serve a Dijkstra para nos denegrir e justificar as repressões sanguinárias.

– Também suspeitei a mesma coisa.

– No entanto... na Redânia não se falou publicamente, mas sei por meio dos meus agentes que Dijkstra achou um dos esconderijos de Vilgefortz em que havia provas de experiências bestiais conduzidas pelo feiticeiro em humanos. Para ser mais preciso, em fetos humanos... e moças gestantes. Se então Vilgefortz estava em posse de Cirilla, temos que continuar a procura...

– Cale-se, diabos!

– Por outro lado – Vattier de Rideaux disse às pressas, olhando para o rosto do imperador alterado pela raiva descontrolada –, tudo isso pode ser uma simples desinformação. Para tornar o feiticeiro mais repugnante. Isso me cheira a Dijkstra.

– Vocês precisam achar Vilgefortz e tirar Ciri dele! Porra! Não divagar nem supor! Onde está Coruja? Ainda em Geso? Já revirou todas as pedras e verificou todos os buracos no chão? A menina não esteve e nunca teria estado lá? O astrólogo errou ou estaria mentindo? Isso tudo são citações de seus relatórios. Então, o que ele ainda está fazendo lá?

– O legista Skellen, atrevo-me a observar, está tomando providências pouco claras... Está recrutando sua unidade, aquela que Sua Alteza mandou que ele organizasse em Maecht, no forte Rocayne, onde estabeleceu a base. Essa unidade, permito-me acrescentar, é um bando que levanta muitas suspeitas. E o mais estranho é que no fim de agosto o senhor Skellen contratou um mercenário famoso...

– O quê?

– Contratou um mercenário e ordenou-lhe que aniquilasse um bando que fazia arruaça em Geso. Gesto louvável, mas será que é uma tarefa que cabe a um legista imperial?

– Será que você não foi tomado por inveja, Vattier? E será que não é ela que acrescenta cor e fervor ao seu relato?

– Estou apenas constatando fatos, Sua Alteza.

– Fatos – o imperador levantou-se bruscamente – é o que eu quero ver. Estou farto de ouvir sobre eles.

•

Foi um dia realmente difícil. Vattier de Rideaux estava realmente cansado. Para aquele dia ainda planejara uma hora ou duas de papelada, para não deixar que se afundasse nos documentos inconclusos, mas estremeceu só de pensar nisso. "Não", pensou, "nada à força. O trabalho não é lebre, não vai fugir. Vou para casa... Não, para casa, não. A esposa pode esperar. Vou visitar Cantarella. A doce Cantarella, que me deixa tão relaxado."

Não demorou muito pensando. Simplesmente se levantou, vestiu a capa e saiu. Com um gesto de repugnância, impediu o secretário que tentava enfiar-lhe uma pasta de guadameci com documentos a serem assinados com urgência. Amanhã! Amanhã também é dia de trabalho!

Saiu do palácio pela porta de trás, que dava para o jardim, e seguiu pela alameda de ciprestes. Passou pelo estanco artificial. Lá havia uma carpa introduzida pelo imperador Torres e que chegava agora à venerável idade de cento e trinta e dois anos, comprovada pela medalha comemorativa de ouro presa ao opérculo do peixe gigantesco.

– Boa noite, vice-conde.

Vattier, com um curto movimento do antebraço, soltou o punhal escondido na manga. O cabo acomodou-se sozinho na mão.

– Você está se arriscando demais, Rience – disse friamente. – Está se arriscando muito ao exibir sua cara queimada em Nilfgaard. Mesmo que seja numa teleprojeção.

– Você notou? Vilgefortz me garantiu que sem tocar você não adivinharia que era ilusão.

Vattier escondeu o punhal. Não adivinhara, mas agora já o sabia.

– Você é covarde demais, Rience, para aparecer aqui em pessoa, ao vivo. Sabe bem o que aconteceria.

– O imperador ainda está muito zangado comigo? E com meu mestre Vilgefortz?

– Sua insolência é incrível.

– Diabos, Vattier. Garanto que continuamos do seu lado, eu e Vilgefortz. Tudo bem, confesso que os enganamos entregando a falsa Cirilla, mas foi de boa-fé, de boa-fé, que me afoguem se estou mentindo. Vilgefortz apostou que uma falsa seria melhor do que nenhuma, dado que a verdadeira desaparecera. Pensávamos que para vocês não fazia nenhuma diferença...

– Sua insolência tornou-se insuportável e começou a me ofender. Não tenho a menor intenção de perder meu tempo conversando com uma miragem que está me ofendendo. Conversaremos quando eu o pegar em carne e osso. Será uma longa conversa, prometo. Até então... *Apage*, Rience.

– Não o estou reconhecendo, Vattier. Antigamente, mesmo se o próprio diabo aparecesse diante de você, antes de conduzir o exorcismo, você não hesitaria em verificar se seria possível tirar alguma vantagem.

Vattier não concedeu nem um olhar à imagem ilusória. Em vez disso, observava a carpa coberta de algas enturvando o lodo no tanque.

– Vantagem? – repetiu em tom de desprezo. – De você? O que você poderia me dar? Talvez a verdadeira Cirilla? Talvez seu patrão, Vilgefortz? Talvez Cahir aep Ceallach?

– Pare! – a imagem ilusória de Rience ergueu a mão ilusória. – Você disse.

– Disse o quê?

– Cahir. Nós lhes entregaremos a cabeça de Cahir. Eu e meu mestre, Vilgefortz...

– Poupe-me, Rience – bufou Vattier. – Altere a prioridade.

– Como você quiser. Vilgefortz, com minha humilde ajuda, lhe entregará a cabeça de Cahir, o filho de Ceallach. Sabemos onde ele está; podemos tirá-lo como se tira um coelho da cartola, se desejar.

– Suas possibilidades são grandes, hein? Têm informantes tão bons no exército da rainha Meve?

– Está me submetendo a uma prova? – Rience franziu o cenho. – Você realmente não sabe? Acho que é a segunda opção. Cahir, meu caro vice-conde, está... Nós sabemos onde está. Sabemos para onde vai, sabemos em que companhia. Quer sua cabeça? Vai recebê-la.

– A cabeça – Vattier sorriu – que não poderá contar o que realmente aconteceu em Thanedd.

– Talvez seja melhor assim – retrucou Rience com cinismo. – Para que dar a Cahir a possibilidade de falar? Nossa tarefa é amenizar, e não agravar as animosidades entre Vilgefortz e o imperador. Eu lhe entregarei a cabeça muda de Cahir aep Ceallach. Vamos resolver isso de um jeito que tudo pareça mérito seu, exclusivamente seu. A entrega será realizada dentro das próximas três semanas.

A carpa ancestral no estanco agitava a água com as barbatanas peitorais. "Uma béstia", Vattier pensou, "deve ser muito inteligente. Mas o que vai fazer com essa inteligência toda, já que o lodo e os nenúfares são sempre os mesmos?..."

– Seu preço, Rience?

– É um detalhe. Onde está Stefan Skellen e o que está tramando?

•

– Eu lhe disse o que queria saber – Vattier de Rideaux espreguiçou-se sobre as almofadas, brincando com a mecha de cabelo dourado de Carthia van Canten. – Você está vendo, meu doce de mel, é preciso tratar certos assuntos de forma sábia. E sábio significa com conformismo. Se agir de outra maneira, não terá nada. Apenas água podre e lodo fétido na piscina. E qual a importância de a piscina ser feita de mármore e estar localizada a apenas três passos do palácio? Você não acha que eu tenho razão, meu doce de mel?

Carthia van Canten, carinhosamente chamada de Cantarella, não respondeu. Vattier nem esperava por uma resposta. A moça tinha dezoito anos e, para ser gentil, não era um gênio. Seus interesses, naquele momento, limitavam-se a fazer amor, naquele momento, com Vattier. Cantarella, no que se refere ao sexo, era um talento nato que unia paixão e empenho com técnica e arte. Mas não era esse o elemento mais importante.

Cantarella falava pouco e raramente. Porém, ouvia muito bem e com vontade. Era possível contar tudo em sua presença, descansar, relaxar o ânimo e renovar as forças psíquicas.

– Nesse serviço só se pode esperar reprovações – Vattier falou com amargura. – Só porque não se achou uma tal de Cirilla! Pouco importa que o exército tenha tido êxito graças ao trabalho de meus homens? Nada significa o fato de o comando-geral conhecer cada movimento do inimigo? Foram poucas as fortalezas que meus agentes abriram ao exército imperial e que, em condições normais, demorariam semanas a ser conquistadas? Mas não, ninguém elogia esse tipo de coisa. O que importa é apenas uma tal de Cirilla!

Bufando de raiva, Vattier de Rideaux tirou das mãos de Cantarella um cálice cheio do excepcional Est Est de Toussaint, vinho que lembrava os tempos em que o imperador Emhyr var Emreis era um menino pequeno, terrivelmente ferido, privado dos direitos ao trono, e Vattier de Rideaux, um jovem oficial da inteligência com pouca importância na hierarquia.

Foi um bom ano. Para os vinhos.

Vattier bebia, brincava com os seios esculturais de Cantarella e contava. Cantarella sabia escutar.

– Stefan Skellen, meu doce de mel, aprecia intrigas e conspirações – o chefe da inteligência imperial murmurava. Mas eu vou descobrir o que ele está tramando antes que Rience chegue lá... Eu já tenho um homem lá... muito próximo de Skellen... Muito próximo...

Cantarella desamarrou o cinto que segurava o robe de Vattier e abaixou-se. Vattier sentiu a respiração dela e gemeu num pressentimento do prazer que receberia. "Um dom", pensou. E depois um toque macio e caloroso dos lábios de veludo varreu de sua cabeça todos os pensamentos.

Carthia van Canten, lenta, habilidosa e talentosamente dava prazer a Vattier de Rideaux, o chefe da inteligência imperial. No entanto, não era o único talento de Carthia. Mas Vattier de Rideaux nem suspeitava.

Não sabia que, embora não parecesse, Carthia van Canten dispunha de uma memória extraordinária e de uma inteligência viva que nem mercúrio.

Tudo o que Vattier lhe contava, todas as informações, todas as palavras que articulara em sua presença, Carthia passava, já no dia seguinte, à feiticeira Assire var Anahid.

•

Sim, aposto que em Nilfgaard todos já se esqueceram de Cahir há muito tempo, até a namorada dele, se é que tinha uma.

Mas vou escrever sobre isso depois, por enquanto voltemos ao dia e lugar em que atravessamos o Jaruga. Seguíamos, em passo acelerado, na direção leste, com o intuito de chegar às redondezas da Floresta Negra, conhecida na Língua Antiga como Caed Dhu. Pois era ali que viviam os druidas, capazes de profetizar o lugar de permanência de Ciri, talvez prever esse lugar a partir dos estranhos sonhos que atormentavam Geralt. Passávamos pelas florestas do Alto Trásrios, conhecido também como Margem Esquerda, uma terra selvagem e praticamente deserta situada entre o Jaruga e uma região localizada ao pé dos Montes Amell, chamada de Encostas, leste limitada pelo vale Dol Angra e a oeste por um pântano cujo nome me escapou da memória.

Ninguém nunca reivindicara direitos sobre essa terra, portanto nunca se soube a quem pertencia e quem a governava. Os governantes de Temeria que se seguiram,

Sodden, Cintra e Rívia, tinham algo para dizer sobre essa questão e tratavam a Margem Esquerda, com efeitos variados, como feudo de sua coroa e de vez em quando tentavam provar sua razão com ferro e fogo. E depois o exército de Nilfgaard chegou por detrás dos Montes Amell e ninguém nunca mais teve nada a dizer, nem expressou dúvidas com relação aos assuntos do feudo ou da posse da terra. Tudo ao sul do Jaruga pertencia ao império. No momento em que escrevo estas palavras, muitas terras ao norte do Jaruga também pertencem ao império. Pela falta de informações exatas, não sei quantas exatamente e o quanto se estendem para o norte.

Mas, voltando ao Trásrios, permita-me, caro leitor, uma digressão relativa aos processos históricos: com frequência, a história de determinado território é criada e formada um tanto por acaso, como um produto colateral de conflitos provocados por forças externas. Com frequência, a história de determinado país é criada por estrangeiros que são, portanto, a causa. Contudo, o povo local sempre e imutavelmente sofre as consequências.

Essa verdade se referia a Trásrios, sob todos os aspectos.

Trásrios tinha seu povo autóctone, os trasrienses. Os conflitos e as lutas constantes que duravam anos transformaram-nos em andarilhos e forçaram-nos a emigrar. As vilas e os povoados foram queimados, as florestas engoliram as ruínas de fazendas e campos foram transformados em pousios. O comércio entrou em declínio, as caravanas desviavam das rotas e as estradas estavam descuidadas. Os poucos trasrienses que ficaram viraram brutos selvagens. Diferenciavam-se dos glutões e ursos principalmente pelo fato de usarem calças. Pelo menos alguns. Ou seja: alguns usavam calças e outros se diferenciavam. Era, no geral, um povo imprestável, bárbaro e tosco. E totalmente privado de senso de humor.

•

A filha do apicultor de cabelos escuros arremessou para trás a trança que a incomodava e voltou a girar o moinho de mão com uma energia selvagem. Os esforços de Jaskier permaneciam inúteis – as palavras pareciam não chegar à destinatária. Jaskier piscou para os outros membros da companhia, fingiu suspirar e ergueu os olhos para o alto. Mas não desistia.

– Deixe – repetiu, lançando um largo sorriso e mostrando os dentes. – Deixe que eu moa e dê um pulo no porão para pegar a cerveja. Pois deve haver uma adega por aqui, e na adega deve haver um barril. Tenho razão, gatinha?

– Senhores, deixem a moça em paz – falou zangada a esposa do apicultor, uma mulher alta e esbelta, de beleza extraordinária, que se agitava na cozinha. – Pois eu já lhes disse que aqui não há cerveja.

– Senhor, já falamos isso pelo menos uma dúzia de vezes – o apicultor apoiou a mulher, interrompendo a conversa com o bruxo e o vampiro. – Prepararemos panquecas com mel para que comam algo. Mas antes deixem que a menina moa em paz os grãos para a farinha, pois sem farinha nem um feiticeiro será capaz de fazer uma panqueca! Não a incomodem, deixem que moa em paz.

– Jaskier, você ouviu? – o bruxo gritou. – Deixe a menina em paz e procure algo útil para fazer. Ou volte a escrever suas memórias!

– Estou com sede. Tomaria alguma coisa antes de comer. Tenho algumas ervas, vou preparar uma infusão. Vó, haveria água fervente nesta casa? Pergunto se haveria água fervente por aqui.

Encostada ao fogareiro, a anciã sentada, mãe do apicultor, ergueu a cabeça, tirando os olhos da meia que cerzia.

– Há, pombinho, há, sim – balbuciou. – Mas já arrefecida.

Jaskier gemeu, desanimado, sentou-se à mesa onde a companhia conversava com o apicultor encontrado de manhã cedinho na floresta. O apicultor era baixo, atarracado, moreno e extremamente peludo, portanto não é de estranhar que, ao emergir repentinamente da floresta, tivesse provocado medo – foi tido por um licantropo. E o mais engraçado foi que o primeiro a gritar "Lobisomem, lobisomem!" foi justamente o vampiro Regis. Houve uma pequena confusão, mas tudo se esclareceu logo, e o apicultor, embora parecesse rude à primeira vista, revelou-se gentil e hospitaleiro. A companhia logo aceitou o convite para visitar sua fazenda, que na gíria dos apicultores era conhecida como herdade. A fazenda estava localizada numa clareira, e o apicultor vivia lá com sua mãe, esposa e filha. A esposa e a filha eram mulheres de beleza extraordinária, embora um tanto estranha, indicando que entre os ancestrais havia uma dríade ou uma hamadríade.

Durante as conversas, o apicultor deixava a impressão de que se podia conversar com ele apenas sobre abelhas, cortiços (aqueles troncos ocos que servem de apiários), escadas de cordas usadas para chegar aos enxames, barreiras montadas em árvores para impedir que os ursos chegassem aos enxames, ceras, méis e colheitas de mel. Mas tudo isso era apenas aparência.

– Na política? E o que deve haver nela? O mesmo de sempre. É preciso pagar impostos cada vez mais altos. Três urnas de mel, um favo de cera inteiro. Mal consigo respirar para conseguir. Subo nas árvores pela escada de corda desde a madrugada até o anoitecer, limpando as colmeias... A quem pago os impostos? Àquele que clama. Ora, como vou saber quem está no poder? Nos últimos tempos tem se clamado em nilfgaardiano. Nós agora seríamos, supostamente, uma província imperial ou algo assim. Quando consigo vender algum mel me pagam com moeda imperial. Há uma imagem do próprio imperador gravada nela. Parece até bonito de rosto, embora severo, logo dá para reconhecer. Ora...

Os dois cães – o negro e o ruivo – sentaram-se na frente do vampiro e começaram a uivar. A hamadríade do apicultor, que estava junto ao fogão a lenha, virou-se e deu uma vassourada neles.

– É sinal de mau agouro – o apicultor disse – quando os cães uivam no meio do dia. Ora... sobre o que mesmo estava falando?

– Sobre os druidas de Caed Dhu.

– Então, vocês não estavam brincando? Querem mesmo ir até os druidas? Estão de mal com a vida? Pois lá encontrarão a morte! Os visguentos caçam todos que se atrevem a entrar em suas campinas, fecham em gaiolas de palha e queimam em fogo lento.

Geralt olhou para Regis, que piscou para ele. Ambos conheciam bem os boatos que circulavam acerca dos druidas, todos inventados. No entanto, Milva e Jaskier começaram a ouvir com um interesse maior do que haviam demonstrado até aquele momento. E estavam visivelmente ansiosos.

– Uns falam – continuou o apicultor – que os visguentos estão se vingando, pois os nilfgaardianos mexeram com eles primeiro, ao entrar nos carvalhais sagrados por Dol Angra e bater nos druidas sem motivo. Outros falam que os druidas começaram o conflito, caçando e torturando alguns dos imperiais até a morte, e que por isso Nilfgaard estaria tirando desforra. Não há como saber o que realmente aconteceu. Mas uma coisa é certa: os druidas caçam, depois colocam na Boneca de Palha e queimam. Ir até eles significa morte certa.

– Nós não temos medo – disse Geralt com calma.

– Certo – o apicultor fitou o bruxo, Milva e Cahir, que entrava na casa naquele mesmo instante, após ter dado um trato nos cavalos. – Dá para ver que vocês são pessoas corajosas, valentes e armadas. Com pessoas como vocês se pode viajar sem medo... Ora... Mas os visguentos já deixaram a Floresta Negra, então seu esforço e seu caminho foram em vão. Nilfgaard os pressionou, expulsou todos de Caed Dhu. Já não estão lá.

– Como assim?

– Foram embora.

– Para onde?

O apicultor olhou para sua hamadríade e ficou calado por um instante.

– Para onde? – o bruxo repetiu.

O gato listrado do apicultor sentou-se diante do vampiro e soltou um miado terrível. A hamadríade deu uma vassourada nele.

– É sinal de mau agouro quando um gato mia no meio do dia – balbuciou o apicultor, estranhamente confuso. – Quanto aos druidas... Ora... Fugiram para as Encostas. Sim, é isso. Para as Encostas.

– Umas boas sessenta milhas para o sul – estimou Jaskier com uma voz tranquila, até alegre. Mas calou-se imediatamente sob o olhar do bruxo.

No silêncio que se fez ouvia-se apenas o miado agourento do gato expulso para fora da casa.

– Em princípio – o vampiro falou –, que diferença isso faz para nós?

•

A manhã do dia seguinte trouxe mais surpresas. E mistérios, rapidamente desvendados.

– Droga – falou Milva, acordada pela barafunda e a primeira a arrastar-se do paiol. – Diabos! Olhe para isso, Geralt.

O povo todo juntava-se na clareira. À primeira vista dava para estimar que se reuniram lá cinco ou seis herdades de apicultores. O olho treinado do bruxo pescou, também na multidão, alguns caçadores e pelo menos um produtor de alcatrão. Em conjunto, a multidão podia ser estimada em aproximadamente doze homens, umas dez mulheres, dez adolescentes de ambos os sexos e o mesmo tanto de crianças. O equipamento do populacho constava de seis carroças, doze bois, dez vacas e quatro cabras, muitas ovelhas, cães e gatos cujos latidos e miados, nessas condições, deveriam ser considerados definitivamente sinal de mau agouro.

– Interessante – Cahir esfregou os olhos. – O que isso significa?

– Problemas – Jaskier falou, tirando o feno do cabelo.

Regis permanecia calado, mas fez uma cara estranha.

– Por favor, tomem o café – falou seu conhecido, o apicultor, aproximando-se do paiol acompanhado de um homem de ombros largos. – O café da manhã já está pronto. Aveia ao leite. E mel... E este aqui, deixem que eu lhes apresente, é Jan Cronin, o presidente do grêmio dos apicultores...

– Prazer – o bruxo mentiu, e não respondeu à saudação que os dois lhe prestaram, curvando-se diante dele, também por causa da terrível dor em seu joelho. – E essa multidão, de onde surgiu?

– Ora... – o apicultor coçou a cabeça. – Vejam, o inverno está chegando... Os cortiços já estão preparados para o frio, as tarefas terminadas... Está na hora de voltarmos para as Encostas, para Riedbrune... Deixar o mel descansar, passar o inverno... Mas as florestas estão perigosas... Sozinhos...

O presidente do grêmio dos apicultores pigarreou. O apicultor olhou para a cara de Geralt e parecia que havia encolhido levemente.

– Vocês têm armas e estão a cavalo – gemeu. – Valentes e prontos para a luta, dá para ver logo. É mais seguro andar com pessoas como vocês... E vocês estarão à vontade... Nós conhecemos todas as trilhas, todos os dutos, todas as florestas e todo o mato ribeirinho... E lhes providenciaremos comida...

– E os druidas – Cahir falou com frieza – saíram de Caed Dhu. Exatamente para as Encostas. Que incrível coincidência!

Geralt aproximou-se devagar do apicultor. Pegou-o com as duas mãos pelo gibão na altura do peito. Mas mudou de ideia após um momento, largou-o e alisou a vestimenta. Não disse nada. Não perguntou nada. Mesmo assim, o apicultor apressou-se com explicações.

– Disse a verdade! Juro! Que a terra desabe sob os meus pés se estou mentindo! Os visguentos saíram de Caed Dhu! Não estão lá!

– E estão nas Encostas, não é? – rosnou Geralt. – Lá para onde vocês estão indo, essa gentalha toda? Até onde vocês querem ter uma escolta armada? Diga, homem. Mas cuidado, pois a terra realmente pode desabar sob seus pés!

O apicultor baixou os olhos e olhou com inquietação para a terra sob seus pés. Geralt mantinha um silêncio enfático. Milva, tendo enfim compreendido a situação, xingou sordidamente. Cahir bufou com desdém.

– E aí? – o bruxo apressou. – Para onde foram os druidas?

– E quem pode saber, meu senhor, para onde – o apicultor balbuciou, por fim. – Mas podem estar nas Encostas... Como em qualquer outro lugar. Pois nas Encostas há uma abundância de grandes carvalhos, e os druidas costumam preferir os carvalhais...

Atrás do apicultor já estavam, além do presidente do grêmio Cronin, as duas hamadríades, a mãe e a filha. "Que bom que a filha puxou à mãe, e não ao pai", o bruxo pensou instintivamente. O apicultor combina com sua esposa como um javali com uma égua. Notou que mais algumas mulheres, bem menos formosas, mas que exibiam o mesmo olhar implorante, posicionaram-se atrás das hamadríades.

Olhou para Regis, não sabendo se ria ou xingava. O vampiro deu de ombros.

– A princípio – disse – o apicultor tem razão, Geralt. Pensando bem, realmente é bem provável que os druidas tenham saído para as Encostas. De fato, é um terreno adequado para eles.

– Essa probabilidade – o olhar do bruxo era muito, muito frio – é suficientemente grande para, de repente, mudar de rumo e andar à toa com este povo aqui?

Regis deu de ombros mais uma vez.

– E qual seria a diferença? Pense bem. Os druidas não estão em Caed Dhu, então é preciso excluir esse destino. A volta para o outro lado do Jaruga também, como suponho, não pode ser levada em conta. Então todos os destinos restantes são igualmente bons.

– Verdade? – A temperatura da voz do bruxo se igualou à temperatura do olhar. – E de todos os rumos restantes, qual, na sua opinião, seria o mais adequado? O mesmo que o dos apicultores? Ou um completamente diferente? Em sua infinita sabedoria, você se arrisca a dizê-lo?

O vampiro virou-se lentamente para o apicultor, o presidente do grêmio, as hamadríades e as outras mulheres.

– E o que vocês – perguntou com seriedade – temem tanto, boa gente, que procuram escolta? O que desperta medo em vocês? Digam com sinceridade.

– Meu senhor – gemeu Jan Cronin, e seus olhos revelaram um temor verdadeiro. – Vocês ainda nos perguntam... O caminho leva pelo Ermo Úmido. É uma terra que dá pavor! Lá, meu senhor, há vampiros brucolacos, filorrinos, endríagos, grifos e outros monstros! Pois faz dois domingos que um lechy mordeu meu genro, de um jeito que só deu tempo de ele tossir sangue e já estava morto. E vocês estranham ainda que estamos com medo de passar por lá com mulheres e crianças?

O vampiro olhou para o bruxo com o rosto muito sério.

– Minha infinita sabedoria – disse – aconselha-me a designar o rumo mais adequado como o mais apropriado a um bruxo.

•

Foi assim que nos dirigimos para o sul, para as Encostas, região localizada ao pé dos Montes Amell. Seguimos num grande séquito no qual havia de tudo: moças, apicultores, caçadores, mulheres, crianças, moças, aves domésticas, parafernália doméstica e moças. E uma porrada de mel. Tudo estava pegajoso por causa do mel, até as jovens.

O comboio seguia o passo dos homens a pé e das carroças, em fila indiana, e a velocidade da marcha não diminuía, porque não caminhávamos sem destino. Pelo contrário, os apicultores conheciam os caminhos, as trilhas e os diques por entre os lagos. E essa orientação foi útil, muito útil, pois começou a chuviscar e de repente todo o maldito Trásrios afundou-se numa neblina espessa como creme de leite. Sem os apicultores, com certeza nos perderíamos ou até teríamos nos afogado em algum pântano. Tampouco precisávamos perder tempo e energia para organizar e preparar a comida – eles nos alimentavam três vezes por dia, com fartura, embora se tratasse de comida pouco sofisticada. E nos permitiam descansar virados de barriga cheia por alguns instantes após as refeições.

Em breves palavras, tudo estava perfeito. Até o bruxo, aquele velho chato e carrancudo, passou a sorrir com mais frequência e aproveitar a vida, pois contou que fazíamos quinze milhas por dia e desde nossa partida de Brokilon nunca havíamos conseguido algo parecido. O bruxo não teve trabalho nenhum, e embora o Ermo Úmido fosse tão úmido que seria difícil imaginar algo mais úmido, não encontramos nenhum tipo de monstro. Apenas à noite os espectros uivavam, as carpideiras da floresta pranteavam e o fogo-fátuo dançava nos brejos. Nada sensacional.

O que de novo nos inquietava um pouco era o fato de prosseguir rumo a um destino escolhido aleatoriamente, e não determinado com precisão. Mas, como o vampiro Regis falou, é melhor seguir em frente sem um alvo específico do que ficar parado, e com certeza muito melhor do que regredir.

•

– Jaskier! Prenda melhor esse seu tubo! Seria uma pena se seu meio século de poesia se desamarrasse e se perdesse por entre as samambaias.

– Não se preocupem! Não vou perdê-lo, fiquem tranquilos. E não deixarei que ninguém o tire de mim! Qualquer pessoa que queira tirar esse tubo de mim terá que passar primeiro por cima de meu cadáver arrefecido. Posso saber, Geralt, o que provocou sua gargalhada? Deixe que eu adivinhe... sua idiotice nata?

•

Aconteceu que uma equipe de arqueólogos da universidade de Castell Graupian, durante as escavações em Beauclair, sob uma camada de carvão vegetal, vestígio de grande incêndio, chegou a uma camada ainda mais antiga, que se estimava ser do século XIII. Havia ali uma caverna, formada por restos de muros e isolada com barro e cal. Para grande entusiasmo dos cientistas, foram descobertos lá dentro dois esqueletos humanos maravilhosamente bem conservados: um homem e uma mulher. Ao lado dos esqueletos – além das armas e de numerosos artefatos miúdos – foi encontrado um tubo de trinta polegadas de comprimento feito de couro rijo no qual havia a gravação, já bem desgastada, de um brasão colorido com leões e losangos. O professor Schliemann, que dirigia a equipe, um excepcional especialista de sigilografia da Era das Trevas, identificou esse brasão como sendo de Rívia, reinado antigo sem localização confirmada.

A exaltação dos arqueólogos chegou ao auge, pois, na Era das Trevas, em tubos como esse guardavam-se manuscritos, e pelo peso do receptáculo podiam suspeitar que dentro havia muito papel ou pergaminho. O estado perfeito do tubo prometia que os documentos fossem legíveis e iluminassem o passado imerso em trevas. Os séculos estavam prestes a falar! Era uma sorte incrível, uma vitória da ciência que não se podia perder. Por precaução, foram chamados da universidade de Castell Graupian linguistas e pesquisadores de línguas mortas, assim como especialistas que pudessem abrir o tubo sem o mínimo risco de danificar seu valioso conteúdo.

No entanto, boatos sobre um "tesouro" espalharam-se entre a equipe do professor Schliemann. Por acaso essas informações chegaram a três indivíduos contratados para as escavações, conhecidos como Zdyb, Cap e Camilo Ronstetter. Certos de que o tubo estava literalmente cheio de ouro e joias, à noite os três cavadores mencionados roubaram o artefato de valor inestimável e fugiram com ele para dentro da floresta. Lá fizeram uma pequena fogueira e sentaram-se em volta dela.

– O que vocês estão esperando? – Cap falou para Zdyb. – Abra esse cano!

– Mas não estou conseguindo – Zdyb reclamou para Cap. – Está preso, filho da puta!

– Então, dê um chute nesse tubo filho da puta! – aconselhou Camilo Ronstetter.

O fecho da descoberta de valor inestimável soltou-se sob o salto do sapato de Zdyb e o conteúdo caiu no chão.

– Ó filha da puta! – gritou Cap, espantado. – O que é isso?

A pergunta não fazia sentido, pois à primeira vista estava evidente que se tratava de folhas de papel. Por isso Zdyb, em vez de responder, pegou uma das folhas na mão e a examinou por um longo momento, observando os símbolos, que pareciam estranhos.

– Há alguma coisa escrita aqui – afirmou, enfim, de forma autoritária. – São letras!

– Letras? – Camilo Ronstetter gritou, empalidecendo de horror. – Letras escritas? Caralho!

– Escritas, então é um feitiço! – Cap balbuciou, rangendo os dentes de espanto. – Letras, então se trata de magia! Não toquem nisso, caralho! Podem contrair alguma doença!

Zdyb não esperou nem um momento: arremessou a folha de papel para dentro da fogueira e esfregou as mãos na calça com nervosismo. Camilo Ronstetter empurrou o resto dos papéis para dentro das chamas com um chute – afinal, alguma criança poderia encontrar aquela merda. Depois disso os três deixaram às pressas o local perigoso.

O patrimônio de valor inestimável da Era das Trevas queimava em fogo claro e alto. Por uns breves instantes, os séculos sussurraram por meio do papel, que enegrecia por entre as chamas. E depois o fogo apagou-se e uma escuridão filha da puta encobriu a Terra.

CAPÍTULO QUARTO

*Houvenaghel, Dominik Bombastus, *1239, enriqueceu em Ebbing graças ao exercício de comércio em grande escala e estabeleceu-se em Nilfgaard. Respeitado já pelos imperadores anteriores, durante o governo do imperador Jan Calveit foi nomeado burgrave e administrador da região de mineração de sal de Venendal. Como prêmio por seus méritos, foi-lhe concedida a região administrativa de Neweugen. Assessor fiel do imperador, H. beneficiava de sua proteção e participou de vários assuntos públicos. † 1301. Ainda em Ebbing, H. dedicava-se a grandes obras de caridade, ajudava os necessitados e pobres, fundava orfanatos, hospitais e escolas para crianças órfãs, dispondo para esses fins de altos recursos financeiros. Grande admirador das belas-artes e do esporte, fundou na capital um teatro de comédia e um estádio, ambos honrados com seu nome. Considerado um exemplo clássico de justiça e honestidade, além de comerciante de conduta irrepreensível.*

Effenberg e Talbot, *Encyclopaedia Maxima Mundi, volume VII*

– O sobrenome e o primeiro nome da testemunha?

– Selborne, Kenna. Isto é, peço desculpas: Joanna.

– Profissão?

– Prestação de serviços variados.

– A testemunha está fazendo graça? Lembremos à testemunha de que foi posta diante do tribunal imperial para um processo por alta traição! A vida de muitas pessoas depende do depoimento da testemunha, pois a sentença pela traição é a morte! Lembremos à testemunha que durante o processo ela própria não respondeu em liberdade diante do tribunal. Muito pelo contrário, foi conduzida para cá diretamente da prisão, do local de reclusão, e o fato de voltar para lá ou ser liberta depende, entre outros fatores, do depoimento prestado pela testemunha. O tribunal permitiu-se essa longa peroração para expor à testemunha a inconveniência nesta sala de piadas ou anedotas de mau gosto e que podem ter consequências muito sérias. Demos meio minuto à testemunha para repensar. Depois desse tempo o tribunal repetirá a pergunta.

– Compreendi, Excelentíssimo Senhor Juiz.

– Por favor, pedimos que use a forma de tratamento "Meritíssimo Tribunal" quando se dirigir aos juízes. A profissão da testemunha?

– Sou sensível, Meritíssimo Tribunal. Mas principalmente presto serviços à inteligência imperial, isto é...

– Por favor, formule respostas curtas e concretas. Se o tribunal desejar explicações mais detalhadas, pedirá. O tribunal tem conhecimento da colaboração da testemunha com o serviço secreto imperial. Porém, pedimos que, para anotação no protocolo, esclareça o que significa a expressão "sensível" que a testemunha usou para descrever sua profissão.

– Tenho uma pê-pê-esse limpa, ou seja, psi do primeiro tipo, sem a capacidade de pê-cá. Falando claramente, tenho as seguintes habilidades: ouvir os pensamentos alheios, falar a distância com um feiticeiro, elfo ou outro ser sensível. E também consigo dar uma ordem por meio do pensamento. Ou seja, forçar alguém a fazer o que eu quero. Posso fazer também a pré-cog, mas só em estado de hipnose.

– Por favor, anote no protocolo que a testemunha Joanna Selborne é uma psiônica com o dom da percepção extrassensorial. É telepata e telempata, sob hipnose capaz de precognição, embora não possua o dom da psicocinese. Adverte-se a testemunha de que é estritamente proibido o uso de magia ou poderes extrassensoriais nesta sala. Continuemos o interrogatório. Quando, onde e em que circunstâncias a testemunha teve o primeiro contato com o assunto referente à pessoa que se passa por Cirilla, a princesa de Cintra?

– Foi já em cana que soube que se tratava de uma tal de Cirilla... Isto é, no local de reclusão, Meritíssimo Tribunal. Foi durante a investigação que me conscientizei de que era a mesma pessoa, chamada em minha presença de Falka ou Cintrense. Quanto às circunstâncias, preciso apresentá-las uma de cada vez para ser mais clara. Então foi assim: Dacre Silifant, esse que está sentado ali, cruzou comigo na taberna em Etolia...

– Por favor, anote no protocolo que a testemunha Joanna Selborne indicou o acusado Silifant sem ser chamada a fazê-lo. Continue, por favor.

– Dacre, Meritíssimo Tribunal, estava juntando uma companhia... Isto é, uma unidade armada. Apenas homens e mulheres fortes... Dufficey Kriel, Neratin Ceka, Chloe Stitz, Andres Vierny, Til Echrade... Todos eles estão mortos, Meritíssimo Tribunal... E daqueles que sobreviveram, a maioria está aqui sob guarda...

– Favor determinar quando exatamente teve lugar o encontro da testemunha com o acusado Silifant.

– Foi no ano passado, em agosto, mais ou menos no fim do mês, não me lembro exatamente. De qualquer forma, não foi em setembro, pois aquele setembro ficou bem gravado em minha memória! Dacre, que soube de mim em algum lugar, disse que precisava de uma psiônica na companhia, alguém que não temesse a magia, pois teria que lidar com feiticeiros. O serviço, dizia, seria prestado para o imperador e o império. Além disso, era bem pago, e o próprio Coruja comandaria a companhia.

– Quando fala do Coruja, a testemunha se refere a Stefan Skellen, o legista imperial?

– Refiro-me a ele mesmo.

– Favor anotar essa informação no protocolo. Quando e onde a testemunha se encontrou com o legista Skellen?

– Isso foi já em setembro, no dia catorze, no pequeno forte de Rocayne. Rocayne, Meritíssimo Tribunal, é uma guarnição localizada perto da fronteira responsável pela vigia da rota comercial que une Maecht, Ebbing, Geso e Metinna. Foi até lá que Dacre Silifant conduziu nossa companhia, em quinze cavalos. No total, éramos vinte e dois, pois os restantes já estavam prontos em Rocayne, sob o comando de Ola Harsheim e Bert Brigden.

•

O piso de madeira tamborilou sob as botas pesadas, as esporas tilintaram, retiniram as fivelas de metal.

– Continência, senhor Stefan!

Coruja não se levantou nem tirou as pernas de cima da mesa. Apenas acenou com a mão num gesto muito senhoril.

– Finalmente – disse em tom ácido. – Você demorou muito, Silifant.

– Muito? – Dacre Silifant riu. – Engraçado! O senhor me deu quatro semanas para que eu juntasse e trouxesse pelo menos uma dúzia dos melhores e mais corajosos homens que o império e suas províncias já produziram. Para que até em um ano eu juntasse uma companhia difícil de reunir! E eu consegui fazer isso em vinte e dois dias. Não mereceria um elogio?

– Não nos apressemos – Skellen falou com frieza. – Elogios só após ver essa sua companhia.

– Pode vê-la agora mesmo. Senhor Stefan, estes são meus, e agora seus coronéis: Neratin Ceka e Dufficey Kriel.

– Bom dia, senhores. Presto continência – Coruja finalmente decidiu levantar-se. Seus ajudantes de ordens também se levantaram. – Apresento os senhores... Bert Brigden, Ola Harsheim...

– Nós nos conhecemos bem – Dacre Silifant apertou com força a mão direita de Ola Harsheim. – Fomos nós que sufocamos a rebelião em Nazair sob o comando do velho Braibant. Foi magnífico, não, Ola? Magnífico! Os cavalos estavam imersos em sangue até acima das quartelas! E o senhor Brigden, se não me engano, é de Gemmera? Dos Pacificadores? Teremos colegas na unidade! Tenho ali mais alguns Pacificadores.

– Já estou ansioso – interrompeu Coruja. – Podemos ir?

– Um momento – Dacre falou. – Neratin, vá e ponha ordem na irmandade para que se apresentem com distinção ao excelentíssimo legista.

– É ele ou ela, Neratin Ceka? – Coruja apertou os olhos, seguindo com o olhar o oficial que saía. – É homem ou mulher?

– Senhor Skellen – Dacre Silifant tossiu, mas quando falou sua voz estava firme, e o olhar frio. – Não sei direito. Pelas aparências, é um homem, mas não tenho certeza. Quanto ao tipo de oficial que ele é, aí sim, tenho certeza. Sua pergunta teria sentido se eu tivesse planos de pedir sua mão em casamento. Mas não tenho esse intuito. Tampouco o senhor, suponho.

– Você tem razão – Skellen admitiu após um momento de reflexão. – O assunto morreu. Vamos ver seu bando, Silifant.

Neratin Ceka, indivíduo de gênero incerto, não perdia tempo. Quando Skellen e os oficiais saíram para o pátio do forte, a unidade estava agrupada e em ordem correta, alinhada de tal maneira que a cabeça de nenhum cavalo se salientasse mais que um palmo. Coruja pigarreou, satisfeito. "Um bom bando", pensou. "Ah, se não fosse pela política, reuniria uma companhia assim e iria até os terrenos fronteiriços roubar, estuprar, assassinar e queimar... Aí voltariam os bons tempos da juventude... se não fosse a política!"

– E então, senhor Stefan? – Dacre Silifant perguntou, corado por causa da excitação contida. – Como o senhor os avalia, meus distintos gaviões?

Coruja passava os olhos por todos os rostos e todas as silhuetas. Conhecia alguns pessoalmente – em maior ou menor grau. Outros reconhecia por ter ouvido falar. Sabia da reputação deles.

Til Echrade, um elfo de cabelos claros, fora responsável pelo reconhecimento dos Pacificadores. Rispat La Pointe, sargento da mesma formação. E mais um gemmeriano: Cipriano Fripp Júnior. Skellen presenciou a execução do Sênior. Os dois irmãos eram conhecidos por suas tendências sádicas.

Em seguida, inclinada livremente na sela da égua malhada estava a ladra Chloe Stitz, às vezes contratada e usada pelo serviço secreto. Coruja rapidamente desviou o olhar de sua mirada insolente e do sorriso malicioso.

Andres Vierny, um nortelungo da Redânia, assassino. Stigward, pirata, renegado de Skellige. Dede Vargas, assassino profissional, só o diabo sabe de onde ele era. Kabernik Turent, assassino por paixão.

E outros. Todos da mesma laia. "Todos parecidos", pensou Skellen. "Uma irmandade, uma confraria. Para eles, depois de matar os primeiros cinco homens, todos se tornam iguais. Os mesmos movimentos, os mesmos gestos, a mesma maneira de falar, de se mexer e se vestir."

Os mesmos olhos. Frios e indiferentes, sem profundidade e vazios, imóveis, como os olhos de uma serpente, cuja expressão não se altera por nada diante do horror mais terrível.

– Que tal? Senhor Stefan?

– Não está mal. É uma boa companhia, Silifant.

Dacre corou mais ainda e prestou continência ao estilo gemmeriano, com o punho junto do gorro.

– Eu pedi de propósito – relembrou Skellen – alguns homens que estivessem familiarizados com a magia, que não tivessem medo dos feitiços, nem dos feiticeiros.

– Não esqueci. Por isso temos Til Echrade! E, além dele, essa moça alta ali, montada na égua castanha galante, essa ao lado de Chloe Stitz.

– Depois você a traga até mim.

Coruja encostou-se no balaústre e bateu o cabo de ferro do azorrague contra ele.

– Continência, companhia!

– Continência, senhor legista!

– Muitos de vocês – falou Skellen, depois de ressoar o eco do berro em coro da banda – já trabalharam comigo, me conhecem e sabem as minhas exigências. Peço àqueles que me conhecem que expliquem aos outros o que espero de meus subordinados e o que não tolero, para que eu próprio não precise falar em vão.

– Hoje alguns de vocês já receberão ordens e amanhã de madrugada sairão para cumpri-las, no território de Ebbing. Lembro que oficialmente Ebbing é um reinado autônomo e não temos lá nenhuma jurisdição, portanto ordeno que ajam de forma discreta e prudente. Permanecem a serviço do imperador, mas proíbo que ostentem esse fato, que se gabem dele ou que tratem os governantes locais com arrogância. Ordeno que se portem sem chamar a atenção de ninguém. Fui claro?

– Sim, senhor legista!

– Aqui, em Rocayne, são convidados e devem se comportar como tal. Proíbo que saiam sem necessidade do aquartelamento concedido. Proíbo qualquer contato com o pessoal do forte. Para garantir que não façam isso, os oficiais vão pensar em algum tipo de divertimento de forma que não fiquem entediados. Senhor Harsheim, senhor Brigden, aquartelem a unidade!

•

– Mal consegui descer da égua, Meritíssimo Tribunal, e logo Dacre me pegou pela manga. "Senhor Skellen quer falar com você, Kenna", disse. O que eu pude fazer? Fomos. Coruja estava sentado à mesa, com as pernas em cima dela, açoitando os canos das botas com o azorrague. E foi direto ao ponto, me perguntando se eu era aquela Joanna Selborne envolvida no desaparecimento do navio *Estrela do Sul*. Respondi que ninguém havia me comprovado nada. E ele riu. "Gosto daqueles a quem não há como comprovar nada", disse. Depois perguntou se o dom pê-pê-esse, ou seja, o de sensível, era nato. Quando confirmei, ficou com ar soturno e disse: "Pensei que esse seu dom fosse útil na hora de lidar com os feiticeiros, mas antes você terá que lidar com outra pessoa, não menos misteriosa."

– A testemunha tem certeza de que o legista Skellen usou exatamente essas palavras?

– Tenho certeza, sim, pois sou sensível.

– Continue, por favor.

– A conversa foi então interrompida pelo estafeta, todo empoeirado. Era visível que não tinha poupado o cavalo. Trazia notícias urgentes para Coruja, e Dacre Silifant disse, quando íamos para o aquartelamento, que estava pressentindo que as notícias do estafeta fariam que ainda aquela noite precisássemos subir nas selas. E tinha razão, Meritíssimo Tribunal. Antes que alguém pensasse no jantar, metade da companhia já estava montada nas selas. Eu fui poupada, levaram Til Echrade, um elfo. Fiquei feliz, pois depois de alguns dias de caminho minha bunda estava doendo pra cacete... E, para variar, minhas regras também chegaram...

– Por favor, que a testemunha se contenha na hora de descrever suas indisposições íntimas. E que se restrinja ao assunto. Quando a testemunha soube quem era essa "misteriosa pessoa" mencionada pelo legista Skellen?

– Já, já digo, mas é preciso manter alguma ordem, senão vai se emaranhar tudo de um jeito que será impossível desemaranhar! Aqueles que naquele dia selaram os cavalos com tanta pressa antes do jantar correram de Rocayne até Malhoun e trouxeram de lá um moleque...

•

Nycklar estava com raiva de si próprio. Tanta raiva que tinha vontade de chorar.

Se tivesse lembrado dos avisos que lhe foram dados por pessoas sábias! Se tivesse lembrado dos provérbios ou pelo menos do conto sobre a gralha que não conseguia manter o bico fechado! Se tivesse resolvido o que era para resolver e voltasse para casa, para Ciúme! Mas não! Exaltado pela aventura, orgulhoso de estar em posse de um corcel, sentindo o agradável peso das moedas no saquitel amarrado ao cinto, Nycklar não se segurou. Em vez de voltar de Claremont diretamente para Ciúme, foi até Malhoun, onde tinha muitos conhecidos e algumas moças que ele cortejava. Em Malhoun pavoneava-se, fazia algazarra, vasculhava, andava presunçosamente pela praça, pagava rodadas na taberna, jogando o dinheiro no balcão com cara e postura de príncipe, ou pelo menos de marquês.

E falava.

Falava sobre o que acontecera quatro dias antes em Ciúme. Falava, constantemente alterando a história, acrescentando, inventando, enfim, mentindo na caradura – o que não incomodava nem um pouco os ouvintes. As pessoas que frequentavam a taberna, os locais e os de fora, ouviam com interesse. E Nycklar falava, fingindo que estava bem informado. E incluía com cada vez mais frequência sua própria pessoa no centro dos acontecimentos inventados.

Já na terceira noite sua língua lhe trouxe problemas.

Um silêncio ameaçador encheu o estabelecimento quando os presentes na taberna viram quem estava entrando. Nesse silêncio, o tilintar das esporas, o tinir das fivelas de metal e o som áspero das partes metálicas das armas ressoaram como um sino agourento que pressagia uma desgraça lá do topo de um campanário.

Nycklar nem teve chance de tentar se passar por herói. Foi pego e retirado da taberna com tanta rapidez que conseguiu roçar o chão da taberna apenas três vezes. Os conhecidos que ainda no dia anterior, bebendo às suas custas, declaravam amizade eterna, agora em silêncio quase enfiaram a cabeça debaixo dos tampos das mesas, como se lá, sob as mesas, houvesse algo muito interessante a procurar. Até o subxerife, presente na taberna, virou-se para a parede e não deu nem um pio.

Nycklar tampouco deu um pio, não perguntou quem, o que, para que ou por quê. O pavor transformou sua língua em um tronco duro e seco.

Meteram-no sobre a sela e mandaram seguir. Por algumas horas. Depois havia um forte com uma paliçada e uma torre. O pátio estava cheio de soldados arrogantes, barulhentos e carregados de armas. E um cômodo. No cômodo havia três pessoas. Dava logo para ver que eram o comandante e dois subordinados. O comandante tinha estatura média, era moreno, usava uma rica vestimenta, tinha a fala tranquila e era extremamente bem-educado. Nycklar ficou boquiaberto quando ouviu que lhe pedia desculpas pelo incômodo e por importuná-lo, além de garantir que não pretendia lhe causar nenhum tipo de dano. Mas Nycklar não se deixou enganar. Aquelas pessoas eram parecidas demais com Bonhart.

A associação foi surpreendentemente certeira, pois se interessavam exatamente por Bonhart. Nycklar poderia ter suspeitado de que isso aconteceria, já que sua própria língua o metera naquela cabala.

Chamado, começou a falar. Foi alertado a falar a verdade, a não acrescentar nada. Foi alertado com gentileza, mas com severidade e clareza, e aquele que o alertou, o de rica vestimenta, brincava com um azorrague com cabo de ferro, e seus olhos eram feios e maus.

Nycklar, o filho do fabricante de caixões do povoado Ciúme, contou a verdade. Toda a verdade e apenas a verdade sobre aquilo que aconteceu na manhã do dia nove de setembro no povoado Ciúme: como Bonhart, o caçador de recompensas, exterminou o bando dos Ratos, poupando a vida de apenas uma bandoleira, a mais nova, chamada de Falka. Contou como todo Ciúme se juntou para olhar Bonhart espancar e torturar a cativa, mas que o povaréu decepcionou-se tremendamente quando viu Bonhart, surpreendentemente, poupar a vida de Falka, e não torturá-la! Não fez nada além do que um homem comum faria a sua esposa num sábado à noite na volta da taberna: simplesmente deu-lhe uma série de chutes e bofetadas na cara – e mais nada.

O senhorzinho de vestimenta rica com o azorrague estava calado, então Nycklar contou que depois Bonhart cortou a cabeça dos Ratos mortos na presença de Falka e que retirava das cabeças, feito passas de um panetone, os brincos de ouro com pedras preciosas. Relatou que Falka, vendo isso, gritava desesperadamente e vomitava presa ao palanque.

Contou que depois Bonhart colocou uma gargalheira no pescoço de Falka, como se ela fosse uma cadela, e a guiou até a taberna A Cabeça da Quimera. E depois...

•

– E depois – o rapaz falou, lambendo os lábios com frequência – o senhor Bonhart pediu cerveja, pois suara tremendamente e estava com a garganta seca. Gritou então que tinha vontade de presentear alguém com um bom cavalo e cinco florins inteiros em espécie. Foi exatamente o que disse, com essas exatas palavras. Então me ofereci logo, sem esperar que alguém fizesse isso antes de mim, pois queria muito ter um cavalo e um pouco de dinheiro próprio. Meu pai não me dá nada, sempre gasta com bebida tudo o que ganha fabricando caixões. Então me ofereci e perguntei qual dos cavalos, certamente um dos que pertenciam aos Ratos, ele poderia pagar para mim. E o senhor Bonhart olhou de um jeito que me fez sentir calafrios no corpo todo. Disse-me que primeiro podia tomar um chute no traseiro e que, quanto às outras coisas, era necessário trabalhar para merecê-las. O que eu podia fazer? Os cavalos dos Ratos estavam amarrados ao poste e a égua negra de Falka, um cavalo de extraordinária beleza, estava ali, na cerca, dando sopa. Então eu me curvei e perguntei o que precisava fazer para ser digno de merecê-lo. E o senhor Bonhart retrucou que era necessário ir a Claremont e passar por Fano no caminho. A cavalo, de minha escolha. Deveria ter visto que meu olho brilhara quando vi aquela égua negra, mas logo me proibiu de pegá-la. Então escolhi uma égua castanha com um cordão branco...

– Fale menos sobre as pelagens dos cavalos – Stefan Skellen o repreendeu em tom seco. – E dê mais informações concretas. Diga o que Bonhart lhe ordenou.

– O senhor Bonhart escreveu uma carta e mandou escondê-la bem. Ordenou que eu fosse até Fano e Claremont e lá entregasse a carta nas mãos das pessoas que deviam recebê-las.

– Cartas? O que havia nelas?

– E como eu saberia, meu caro senhor? Não leio bem, e o senhor Bonhart havia aplicado seu sinete nelas.

– Você lembra quem era o destinatário delas?

– Claro que lembro. O senhor Bonhart mandou eu repetir pelo menos dez vezes para que não esquecesse. Cheguei ao lugar sem problemas e entreguei as cartas nas mãos das pessoas certas. Eles até me elogiaram, dizendo que eu era um serviçal inteligente, e aquele excelentíssimo senhor comerciante até me deu um denário...

– A quem você entregou as cartas? Seja mais claro!

– A primeira carta era para o mestre Esterhazy, mestre artesão de espadas e cuteleiro de Fano. A segunda era para o excelentíssimo senhor Houvenaghel, comerciante de Claremont.

– Eles abriram as cartas em sua presença? Talvez algum deles tenha comentado algo enquanto lia? Faça um esforço de memória, homem.

– Não consigo lembrar. Não prestei atenção na hora e agora não consigo lembrar...

– Mun, Ola – Skellen acenou para os ajudantes sem levantar a voz. – Levem o filho da mãe para fora, tirem a calça dele e contem trinta chibatadas.

– Eu me lembro! – o rapaz gritou. – Lembrei logo!

– A melhor coisa para a memória – Coruja abriu a boca num largo sorriso – são as nozes com mel ou um azorrague sobre a bunda. Fale.

– Quando o senhor comerciante lia a carta em Claremont, estava ali outro senhor, baixo, um verdadeiro metadílio. O senhor Houvenaghel disse-lhe... Humm... Disse que recebera informações de que na roda poderia haver uma diversão que o mundo nunca antes vira. Foi o que disse!

– Você não está inventando?

– Juro pela morte de minha mãe! Não bata em mim, excelentíssimo senhor! Tenha piedade!

– Então, levante-se, não babe em meus sapatos! Tome aqui um denário.

– Agradeço humildemente... misericordioso senhor...

– Já disse, não babe em meus sapatos. Ola, Mun, vocês entenderam aquilo que ele disse? O que pode ter de divertido em uma roda...

– É uma rinha de cães! – Boreas Mun falou, de repente. – Não é uma roda, mas uma rinha.

– Pois é! – o rapaz gritou. – Foi o que ele disse! Foi exatamente isso, excelentíssimo senhor.

– Rinha de cães e diversão! – Ola Harsheim bateu um punho contra o outro. – Um código combinado, mas não muito sofisticado. Fácil. Diversão e rinha é um aviso sobre uma perseguição ou incursão. Bonhart avisou que deveria fugir! Mas de quem? De nós?

– Quem sabe... – Coruja disse, pensativo. – Quem sabe... Teremos que mandar gente até Claremont... E até Fano também. Você vai tratar disso, Ola. Vai distribuir as tarefas entre os grupos... Ouça bem, homem...

– Às ordens, excelentíssimo senhor!

– Quando você estava saindo de Ciúme com as cartas de Bonhart, suponho que ele ainda estava lá. E preparava-se para seguir viagem? Estava com pressa? Disse, por acaso, para onde ia?

– Não disse nada. E não tinha como continuar viagem, pois sua roupa estava toda suja de sangue, então mandou lavar e limpar, e ele andava vestido só de camisa e ceroulas, mas com a espada presa na cintura. Pois acho que estava com pressa, já que matara os Ratos e cortara a cabeça deles para ganhar uma recompensa, então tinha que ir resgatá-la. E prendeu essa Falka por esse mesmo motivo, para entregá-la viva a alguém. Essa é a profissão dele, não é?

– Essa Falka... Você deu uma boa olhada nela? Por que você está rindo, imbecil?

– Excelentíssimo senhor! O senhor quer saber se eu olhei para ela? Claro que sim, e muito bem! Olhei para todos os detalhes!

•

– Dispa-se – Bonhart repetiu, e em sua voz havia algo que fez Ciri encolher instintivamente. Mas a rebeldia a dominou de imediato.

– Não!

Não viu o punho, nem conseguiu capturar com o olhar o movimento que a atingiu. Algo resplandeceu em seus olhos, a terra balançou, desabou sob seus pés e de repente sentiu o impacto do golpe nos quadris. A bochecha e a orelha queimavam que nem fogo. Percebeu que não havia sido um soco, mas um tapa dado com o dorso da mão aberta.

Ergueu-se sobre ela, encostou o punho fechado em seu rosto. Ciri viu o pesado anel em forma de caveira que a picara feito uma vespa.

– Você está me devendo um dente da frente – disse com frieza. – Por isso, na próxima vez, quando ouvir de você um "não", vou tirar logo dois dos seus. Dispa-se.

Levantou-se, tonta, e com as mãos trêmulas começou a desabotoar e desafivelar a roupa. Os moradores do povoado presentes na taberna A Cabeça da Quimera começaram a tossir, pigarrear e arregalaram os olhos. A dona do estabelecimento, a viúva Goulue, curvou-se atrás do balcão, fingindo que estava à procura de algo.

– Tire toda a roupa, até a última peça.

"Eles não estão aqui", pensou, despindo-se e olhando fixo para o chão. "Ninguém está aqui. E eu também não estou aqui."

– Abra as pernas.

"Não estou aqui. O que acontecerá daqui a pouco não tem nada a ver comigo. Nem um pouco."

Bonhart riu.

– Pelo que me parece, você se valoriza demais. Preciso acabar com essas suas fantasias. Eu mandei você se despir, idiota, para verificar se não escondeu nenhum tipo de sigla, encanto ou amuleto, e não para extasiar os olhos com sua nudez que desperta apenas pena. Não imagine nada demais. Você é uma pirralha magra, chata que nem uma tábua e feia que dói. Acredite, mesmo se eu estivesse com muito tesão, preferia foder um peru.

Aproximou-se, espalhou sua roupa com a ponta da bota e passou os olhos nela.

– Falei tudo! Brincos, anéis, colar, pulseira!

Recolheu as joias dela com minúcia. Chutou para o canto o gibão com o colar de raposa prateada, as luvas, os lenços coloridos e um cinto feito de correntes de prata.

– Você não vai andar por aí parecendo um papagaio ou uma meia-elfa que saiu de um bordel! Você pode vestir as roupas restantes. E vocês, estão olhando o quê? Goulue, traga uma sopa, fiquei com fome! E você, barrigudão, verifique como está minha roupa!

– Eu sou o prefeito deste povoado!

– Que boa coincidência – Bonhart falou devagar, e parecia que sob seu olhar o prefeito de Ciúme começara a perder peso. – Se alguma coisa for danificada durante a lavagem, você, por ser funcionário público, será o responsável. Vá até a lavanderia! E os outros, também, fora daqui! E você, pirralho, por que ainda está aqui? Recebeu as cartas, o cavalo está selado, vá para a estrada, voando! E lembre-se: se vacilar, perder as cartas ou confundir os endereços, eu o acharei e o estropiarei de tal forma que sua própria mãe não o reconhecerá!

– Já vou, excelentíssimo senhor! Já vou!

•

– Naquele dia – Ciri cerrou os lábios – ele me bateu ainda duas vezes, com socos e um azorrague. Depois perdeu a vontade. Apenas permaneceu sentado com o olhar fixo em mim, sem proferir nem uma palavra. Seus olhos eram como... olhos de peixe. Sem sobrancelhas, sem cílios. Duas bolas diluídas, com um núcleo preto mergulhado em cada uma delas. Fixava esses olhos em mim e permanecia calado. Quando fazia isso, me deixava mais apavorada do que quando me espancava. Não sabia o que ele estava tramando.

Vysogota permanecia em silêncio. Os ratos corriam pelo cômodo.

– Continuava a me perguntar quem eu era, e eu me mantinha calada. Do mesmo jeito que naquela vez, quando fui pega pelos Perseguidores no deserto de Korath, fugi para o fundo de mim mesma, para dentro, se você entende o que estou falando. Os Perseguidores diziam então que eu era um fantoche, e me tornei uma espécie de boneco de madeira, insensível e morta. De alguma maneira eu olhava, observava de fora tudo o que faziam com o fantoche. O que podia fazer se eles o espancavam, chutavam e colocavam uma gargalheira no pescoço como se ele fosse um cão? Pois não era eu, não estava lá... Entende?

– Entendo – Vysogota acenou com a cabeça. – Entendo, Ciri.

•

– Foi então, Meritíssimo Tribunal, que chegou nossa vez. A vez de nosso grupo. Neratin Ceka foi designado como nosso comandante e Boreas Mun como rastreador. Diziam que Boreas Mun, Meritíssimo Tribunal, conseguia rastrear um peixe na água. Dizem que uma vez Boreas Mun...

– Pede-se que a testemunha não faça digressões.

– Pois não? Ah, sim... Entendo. Isto é, mandaram que fôssemos voando até Fano. Isso foi no dia dezesseis de setembro, de manhã...

•

Neratin Ceka e Boreas Mun seguiam à frente. Atrás deles, lado a lado, cavalgavam Kabernik Turent e Cipriano Fripp Júnior, depois Kenna Selborne e Chloe Stitz e no fim Andres Vierny e Dede Vargas. Os dois últimos cantarolaram uma canção militar popular na época, patrocinada e lançada pelo Ministério de Guerra. Entre as canções militares, essa se destacava pela escassez de rimas e pela falta de respeito às normas gramaticais. O título era "Na guerra", pois o primeiro verso de todas as estrofes – que totalizavam mais de quarenta – terminava exatamente com estas palavras:

A fortuna muda na guerra
Sempre há alguém que se ferra
Um dia cortam a cabeça de outrem
E à noitinha avisam que estriparam alguém.

Kenna assobiava baixinho seguindo o ritmo. Estava contente por ter ficado entre colegas que já conhecera bem durante a longa viagem de Etolia a Rocayne. Após a conversa com Coruja, esperava ser delegada de forma aleatória, provavelmente em um grupo composto dos homens de Brigden e Harsheim. Til Echrade fora delegado em um grupo assim, mas o elfo conhecia a maioria de seus novos companheiros e eles o conheciam também.

Iam devagar, embora Dacre Silifant tivesse mandado correr à maior velocidade possível. Mas eles eram profissionais. Galoparam levantando poeira até o ponto em que podiam ser vistos do forte, depois diminuíram o passo. Forçar os cavalos e galopar feito doidos era bom para pirralhos ou inexperientes e, como se sabe, a pressa só é útil para catar piolhos!

Chloe Stitz, ladra profissional de Ymlac, contava a Kenna sobre sua antiga cooperação com o legista Stefan Skellen. Kabernik Turent e Fripp Júnior freavam os cavalos, ouviam e olhavam para trás com frequência.

– Eu o conheço bem. Já o servi algumas vezes...

Chloe gaguejou levemente, dando-se conta do caráter ambíguo de sua afirmação, mas logo riu com vontade e sem preocupação.

– Também servi sob seu comando – bufou. – Não, Kenna, não tenha medo. Ninguém é forçado a fazer essas coisas com Coruja. Ele não me importunava, eu própria procurava a melhor oportunidade e a achei. E para deixar as coisas claras: não é o melhor método para conseguir sua proteção.

– Não planejo nada desse tipo – Kenna fez bico e olhou de forma provocadora para os sorrisos nojentos de Turent e Fripp. – Não vou procurar nada, mas também não fiquei com medo. Não fico assustada com qualquer coisinha. E com certeza uma piroca não me assusta!

– Vocês só sabem falar sobre isso – constatou Boreas Mun, freando o garanhão baio e esperando que Kenna e Chloe o alcançassem.

– Aqui não se vai guerrear com pirocas, minhas senhoras! – falou, continuando ao lado das moças. – Há poucos tão bons de espada como Bonhart. Aqueles que o conhecem sabem disso. Estaria contente se fosse comprovado que não há entre ele e o senhor Skellen nenhum tipo de conflito ou desforra e que tudo se apaziguasse.

– E eu não consigo compreender nada disso – admitiu Andres Vierny. – Supostamente iríamos rastrear algum feiticeiro, foi por isso que nos delegaram uma sensível Kenna Selborne, presente aqui. No entanto, agora se fala sobre Bonhart e uma garota!

– Bonhart, o caçador de recompensas – pigarreou Boreas Mun –, tinha um acordo com o senhor Skellen. E vacilou. Embora tivesse prometido que mataria a garota, deixou-a viva.

– Porque provavelmente alguém lhe ofereceu mais dinheiro por ela viva do que Coruja por ela morta – Chloe Stitz deu de ombros. – Eles são assim, os caçadores de recompensas. Não procure honra com eles!

– Bonhart era diferente – Fripp Júnior falou, olhando para trás. – Bonhart sempre cumpria a palavra dada.

– Por isso parece muito estranho que, de repente, ele tenha começado a agir assim.

– E por que essa moça também seria tão importante? Essa que deveria estar morta e está viva?

– E o que nós temos a ver com isso? – Boreas Mun franziu o cenho. – Nós recebemos ordens! E o direito do senhor Skellen é reivindicar o interesse dele. Bonhart deveria ter matado a moça, mas não o fez. O direito do senhor Skellen é ordenar que ele lhe apresente um relatório acerca do assunto.

– Esse Bonhart – Chloe Stitz repetiu, asseverada – planeja receber mais dinheiro por essa moça viva que morta. Ora, esse mistério é simples assim.

– O senhor legista – Boreas Mun disse – também pensou nisso. Que Bonhart havia prometido a Falka viva a um barão de Geso, zangado com o bando dos Ratos, para acabar com ela, divertindo-se e punindo-a vagarosamente. Mas essa informação resultou sendo falsa. Não se sabe para quem Bonhart está mantendo Falka viva, mas com certeza não é para esse barão.

•

– Senhor Bonhart! – o gordo prefeito de Ciúme rolava taberna adentro, ofegando e arfando. – Senhor Bonhart, há gente armada no povoado! Todos a cavalo!

– Que notícia sensacional – Bonhart limpou o prato com uma fatia de pão. – Seria estranho se estivessem montados, por exemplo, em macacos. Quantos?

– Quatro!

– E onde está minha roupa?

– Acabou de ser lavada... Ainda está molhada...

– Que inferno! Será preciso receber os convidados de ceroulas. Bom, é verdade que cada convidado tem a recepção que merece.

Ajeitou o cinto com a espada, afivelado na cintura por cima da roupa íntima, enfiou as cintas das ceroulas nas gáspeas dos sapatos e puxou a corrente da gargalheira de Ciri.

– Levante-se, Rata.

Quando saiu com ela para a varanda, os quatro cavaleiros estavam próximos da taberna. Era visível que tinham feito um longo caminho por terrenos desertos e em condições meteorológicas pouco favoráveis – as roupas, os arreios e os cavalos estavam salpicados de poeira e lama endurecida.

Eram quatro, mas estavam acompanhados de um cavalo a mais. Quando Ciri o viu, sentiu uma onda de calor passar pelo corpo, apesar do frio daquele dia. Era sua própria égua tordilha, ainda arreada com a sela e os elementos de montaria. E com a testeira, presente de Mistle. Os cavalarianos pertenciam ao grupo que matara Hotsporn.

Pararam diante da taberna. Um deles, certamente o líder, chegou mais próximo e curvou-se diante de Bonhart, tirando da cabeça o gorro de marta. Era esbelto e tinha um bigode negro que parecia um risco desenhado com carvão sobre o lábio superior. O bigode, como Ciri notou, contraía de tempos em tempos, e o tique fazia o sujeito parecer sempre zangado. Bom, talvez estivesse zangado mesmo.

– Meus cumprimentos, senhor Bonhart!

– Saudação, senhor Imbra. Saudação aos senhores também. – Bonhart enganchou a corrente de Ciri no poste, sem pressa alguma. – Peço desculpas por estar de ceroulas, mas não esperava visitas. Percorreram um longo caminho, bem longo... Vieram de Geso até aqui, Ebbing? E como está o excelentíssimo barão? Com saúde?

– Está que nem um pepino – o sujeito esbelto respondeu com indiferença, contraindo de novo o lábio superior. – Mas não temos tempo para bater papo. Estamos com pressa.

– Eu não quero detê-los – Bonhart puxou o cinto e as ceroulas.

– Soubemos que matou os Ratos.

– É verdade.

– E de acordo com a promessa feita ao barão – o sujeito ainda fingia que não via Ciri na varanda – você manteve Falka viva.

– Isso também é verdade.

– Então teve sorte onde nós não tivemos – o sujeito olhou para a égua tordilha. – Muito bem. Ficaremos com a moça e voltaremos para casa. Rupert, Stavro, peguem-na.

– Peraí, Imbra – Bonhart ergueu a mão. – Não vão levar ninguém. Simplesmente porque eu não vou entregá-la a vocês. Mudei de ideia. Vou ficar com ela, para meu próprio uso.

O esbelto, chamado Imbra, inclinou-se na sela, pigarreou e cuspiu a uma distância impressionantemente grande, quase até as escadas da varanda.

– Mas você prometeu ao senhor barão!

– Prometi. Mas mudei de ideia.

– O quê? Por acaso estou ouvindo bem?

– Pouco me importa como está sua audição, Imbra.

– Sua recepção no castelo durou três dias, durante os quais você bebeu e se encheu de comida em troca de promessas feitas ao barão. Consumiu os melhores vinhos da adega, pavões assados, carne de corço, patês, carpa ao creme de leite. Dormiu por três noites em travesseiros e cobertores de pena. E agora mudou de ideia? É isso mesmo?

Bonhart permaneceu calado, mantendo expressão de indiferença e tédio no rosto. Imbra cerrou os dentes para abafar a contração do lábio.

– Você sabe, Bonhart, que podemos tirar a Rata de você à força?

A cara de Bonhart, até agora entediada e jocosa, congelou num instante.

– Tentem. Vocês são quatro, eu apenas um. E além de tudo estou de ceroulas. Mas não preciso vestir as calças para esse tipo de cagão.

Imbra cuspiu de novo, puxou as rédeas, virou o cavalo.

– Pfft... Bonhart, o que aconteceu? Você sempre teve fama de ser um homem direito, um profissional correto, que cumpria a palavra dada. E agora parece que suas palavras não valem mais que merda! E como se reconhece um homem por suas palavras, tudo nos leva a crer que...

– Se estamos falando de palavras – interrompeu Bonhart com frieza, apoiando as mãos na fivela do cinto –, então tenha cuidado,

Imbra, para não soltar por acaso um palavrão. Pois pode doer quando eu o estiver enfiando de volta para dentro de sua garganta.

– Você tem valentia para lutar contra quatro! Mas terá valentia suficiente para lutar contra catorze? Pois posso lhe garantir que o barão Casadei não vai perdoar a desforra!

– Eu lhe diria o que penso de seu barão, mas veja: a multidão está se juntando e há mulheres e crianças. Só vou lhe dizer que mais ou menos daqui a dez dias estarei em Claremont. Quem quiser reivindicar seus direitos, tirar desforra ou tomar Falka de mim, então que vá a Claremont.

– Irei até lá!

– Estarei aguardando. E agora dê o fora daqui.

•

– Estavam com medo dele. Muito medo. Exalavam medo, dava para sentir.

Kelpie deu um relincho intenso e puxou a cabeça.

– Eram quatro, armados até os dentes. E ele sozinho, vestido de ceroulas cerzidas e uma camisa frouxa de mangas excessivamente curtas. Seria ridículo, se.... se não fosse apavorante.

Vysogota permaneceu em silêncio, semicerrando os olhos, que lacrimejavam por causa do vento. Estavam num outeiro que se sobrepunha aos pântanos de Pereplut, não muito longe do lugar onde havia duas semanas o ancião encontrara Ciri. O vento achatava os caniços, fazia pressão sob a água no brejo formado pelo rio.

– Um desses quatro – Ciri retomou, deixando a égua entrar na água e beber – tinha uma pequena besta à sela e sua mão se estendia em direção dessa besta. Eu quase conseguia ouvir seus pensamentos, sentia o pavor dele. "Será que vai dar tempo de eu empinar a besta? Atirar? E o que acontece se eu não acertar?" Bonhart também viu a besta e a mão, também ouvia os pensamentos, tenho certeza. E tenho certeza, também, de que esse cavalariano não conseguiria empinar a besta a tempo.

Kelpie ergueu a cabeça, relinchou, tilintou as rodas do freio.

– Entendia cada vez melhor em que mãos havia caído, mas continuava a não entender os motivos. Ouvi a conversa, e lembrava do que Hotsporn dissera. Esse tal de barão Casadei me queria viva e Bonhart prometera isso a ele. E depois mudou de ideia. Por quê? Será que queria me entregar a alguém que pagasse mais? Ou será que ele reconheceu, de algum modo, quem eu era de verdade? E planejava me entregar aos nilfgaardianos?

– Partimos desse povoado antes do anoitecer. Deixou que eu montasse Kelpie. Mas amarrou minhas mãos e segurava a corrente presa à gargalheira. O tempo todo. E nós passamos praticamente a noite e o dia inteiro cavalgando, quase sem parar. Pensei que fosse morrer de esgotamento. E ele não parecia estar nem um pouco cansado. Ele não é humano. É um diabo encarnado.

– Para onde ele a levou?

– Para um povoado chamado Fano.

•

– Quando entramos em Fano, Meritíssimo Tribunal, já era noite, escura como o breu. Era dezesseis de setembro, mas o dia estava nublado e frio, parecia novembro. Não demoramos muito procurando a oficina do cuteleiro, pois era a maior propriedade de todas na vila, e além disso ressoava de lá o tinir constante dos martelos que forjavam o ferro. Neratin Ceka... O senhor escriba está anotando esse nome em vão, pois não me lembro se já mencionei que Neratin morreu, foi morto na vila Unicórnio...

– Favor não instruir o protocolador. Favor continuar o depoimento.

– Neratin bateu ao portão. Explicou gentilmente quem éramos e para o que estávamos lá e pediu que nos ouvissem. Deixaram-nos entrar. A oficina do artesão de espadas era uma edificação linda, uma fortaleza com paliçada de troncos de pinheiros, torres de tábuas de carvalho, paredes internas revestidas de cedro...

– O Tribunal não está interessado em detalhes arquitetônicos. Favor a testemunha passar ao assunto. Antes ainda, favor repetir o sobrenome do artesão de espadas para ser anotado no protocolo.

•

O artesão de espadas olhou prolongadamente para Boreas Mun, mas não se apressou a responder à sua pergunta.

– Pode ser que Bonhart tenha estado aqui – falou enfim, brincando com o apito de ossos – e pode ser que não... Quem sabe? Isto aqui, meus senhores, é uma oficina de produção de espadas. Responderemos com vontade, rápido, fluente e exaustivamente a qualquer pergunta relativa a espadas. Mas não vejo nenhum motivo para responder a perguntas acerca de nossos convidados ou clientes.

Kenna tirou um lenço da manga e fingiu limpar o nariz.

– Podemos achar um motivo – Neratin Ceka disse. – O senhor também pode achá-lo, mestre Esterhazy. Ou eu posso achá-lo. Queira escolher, então.

Apesar da aparência afeminada, o rosto de Neratin conseguia ser severo, e sua voz, agourenta. Mas o artesão de espadas só bufou, brincando com o apito.

– Escolher entre aliciamento e ameaça? Não quero. Para mim os dois valem o mesmo: uma cusparada.

– Apenas uma pequena informação – Boreas Mun tossiu. – É muito para o senhor? Nós nos conhecemos há bastante tempo, senhor Esterhazy, e o nome do legista Skellen tampouco lhe é estranho...

– Não é – o artesão interrompeu. – Não é nada estranho. Os atos e as obras com os quais esse nome se relaciona tampouco me são estranhos. Mas estamos em Ebbing, um reinado autônomo e independente. Apesar de só na aparência. Mas não lhe diremos nada. Vão embora daqui. Contudo, prometemos-lhes, só por gentileza, que caso daqui a uma semana ou um mês alguém nos pergunte sobre vocês, também não receberá nenhuma informação.

– Mas senhor Esterhazy...

– Preciso ser mais claro? Tudo bem, então. Fora daqui!

Chloe Stitz rosnou, e as mãos de Fripp e Vargas deslizaram em direção do cabo das espadas. Andres Vierny apoiou o punho sobre o machado suspenso em sua coxa. Neratin Ceka não se moveu, não havia nenhum sinal de terror em seu rosto. Kenna sabia que não tirava os olhos do apito de ossos. Antes de entrarem,

Boreas Mun os avisou: o apito era um sinal para os seguranças, espadachins ávidos, "controladores da qualidade dos produtos" que esperavam escondidos na oficina do artesão de espadas.

Mas tendo previsto tudo com antecedência, Neratin e Boreas planejaram o próximo passo. Tinham ainda um ás na manga: Kenna Selborne. A sensível.

Kenna já sondara o artesão de espadas antes, picando-o delicadamente com impulsos, penetrando com cuidado no emaranhado de seus pensamentos. Agora estava pronta. Cobriu o nariz com um lenço – sempre havia o risco de sangramento – e invadiu o cérebro através de pulsação e ordem. Esterhazy engasgou-se, enrubesceu, com as duas mãos segurou o tampo da mesa à qual estava sentado, como se estivesse com medo de que ela voasse aos trópicos junto com a pilha de faturas, o tinteiro e o pesa-papéis em forma de nereida que se entregava em folguedos com dois tritões simultaneamente.

Calma, Kenna ordenou, *não é nada, não está acontecendo nada. Simplesmente você está com vontade de nos falar o que nos interessa. Você sabe bem o que nos interessa e as próprias palavras querem se soltar. Vamos, então. Comece. Você vai ver que, quando começar a falar, sossegarão o chiado em sua cabeça, o ruído em suas têmporas e as picadas em seus ouvidos. A cãimbra na mandíbula passará também.*

– Bonhart – Esterhazy falou com rouquidão, abrindo os lábios mais do que a articulação silábica exigia – esteve aqui há quatro dias, em doze de setembro. Estava com ele uma moça chamada Falka. Eu aguardava a visita deles, pois dois dias antes eu recebera uma carta de Bonhart.

Um fino fio de sangue correu de sua narina esquerda. *Fale,* Kenna ordenou. *Fale. Fale tudo. Você verá que se sentirá aliviado.*

•

O artesão de espadas Esterhazy olhava para Ciri com curiosidade, mas sem se levantar da mesa de carvalho.

– Essa espada que você pediu na carta – adivinhou, batendo levemente a haste da caneta-tinteiro num pesa-papéis que apresentava um grupo estranho – é para ela. Não é, Bonhart? Então, avaliemos... Verifiquemos se corresponde ao que você escreveu.

A altura é de cinco pés e nove polegadas... É isso mesmo. Pesa cento e doze libras... Bem, digamos que pesa menos de cento e doze, mas é apenas um detalhe. A mão, você escreveu, veste uma luva de tamanho cinco... Mostre a mão, senhorita. Isso também confere.

– Eu sempre acerto – Bonhart disse em tom seco. – Você tem algum ferro bom para mim?

– Em minha firma – Esterhazy respondeu com orgulho – não se fabrica, nem se oferece outro ferro que não seja bom. Entendo que se trata de uma espada para lutar, e não para enfeite de gala. É verdade, você mencionou isso na carta. Claro, acharemos uma arma para esta senhorita, sem problemas. Para essa altura e esse peso são adequadas as espadas de trinta e oito polegadas, de acabamento padrão. Para sua estatura leve e mão pequena precisa de um minibastardo com a empenhadura estendida até nove polegadas e com o pomo esférico. Poderíamos também propor uma taldaga élfica ou saberra zerricana, talvez uma leve viroledana...

– Mostre a mercadoria, Esterhazy.

– Você está com pressa, hein? Então venha. Venha por aqui... Nossa, Bonhart! O que é isso, diabos? Por que você a mantém numa coleira?

– Tome conta de seu próprio nariz, Esterhazy. Não o enfie onde não deve, porque algo pode esmagá-lo sem querer!

Esterhazy, que brincava com o apito pendurado no pescoço, olhava para o caçador sem medo, nem respeito, embora tivesse que olhar bem para o alto. Bonhart enrolou o bigode e tossiu.

– Eu não me meto – disse um pouco mais baixo, embora ainda de forma agourenta – em seus assuntos ou negócios. Então por que estranha quando exijo o mesmo?

– Bonhart – nem sequer a pálpebra do artesão de espadas se mexeu –, eu vou respeitar sua privacidade e a peculiaridade de sua profissão, assim como guardar segredo acerca de seus negócios quando você sair de minha casa e de meu quintal, bem como quando fechar o portão atrás de si. Não vou me meter neles, tenha certeza. Mas não deixarei que ninguém desrespeite a dignidade humana em minha própria casa. Você me entendeu? Se quiser, você pode arrastar essa garota atrás do cavalo, mas longe do meu portão. E em minha casa você deve retirar essa gargalheira do pescoço dela. Agora.

Bonhart estendeu a mão até a gargalheira, abriu-a, mas antes deu um puxão que desequilibrou Ciri, quase derrubando-a de joelhos. Esterhazy fingiu que não viu e soltou o apito dos dedos.

– Assim está melhor – disse, em tom seco. – Vamos.

Passaram pela galeria para um segundo pátio, um pouco menor, que ficava junto dos fundos da forja e ao lado de um pomar. Sob um telhado sustentado por pilastras esculpidas, havia uma mesa comprida em que os serviçais acabavam de depositar as espadas. Com um gesto, Esterhazy indicou a Bonhart e Ciri que se aproximassem da exposição.

– Por favor, aqui está minha oferta.

Aproximaram-se.

– Eis minha obra – Esterhazy apontou para uma fileira maior de espadas sobre a mesa, todas as lâminas forjadas aqui. – Aliás, podem ver a ferradura, que é minha marca. Os preços começam em cinco e vão até nove florins, pois se tratam de armas padronizadas. No entanto, essas que estão aí, eu só monto e faço o acabamento. As lâminas são importadas. É possível ver pelas marcas os lugares de onde provêm. As de Mahakam têm dois martelos cruzados, as de Poviss, uma coroa ou a cabeça de um cavalo, e as de Viroleda, o sol ou a famosa inscrição da empresa. Os preços começam em dez florins.

– E vão até quanto?

– Depende. Por exemplo, essa linda viroledana – Esterhazy tirou a espada do balcão e prestou continência com ela, depois passou à posição de esgrima, girando a mão e o antebraço habilidosamente numa finta complicada chamada "angélica" –, esta custa quinze. Trabalho antigo, lâmina de colecionador. Dá para ver que foi feita por encomenda. O desenho gravado no forte indica que a arma foi destinada a uma mulher.

Girou a espada, suspendeu a mão na posição de terçar, com a parte achatada da lâmina virada em sua direção.

– Como em todas as lâminas de Viroleda, há uma gravura tradicional: "Não desembainhe sem motivo, não embainhe sem honra." Em Viroleda ainda se gravam inscrições desse tipo. E no mundo inteiro, em toda a sua extensão, quem desembainha essas lâminas são os tolos e ordinários. No mundo inteiro o preço da honra caiu significativamente, pois hoje é uma mercadoria que não se vende bem...

– Não fale tanto, Esterhazy. Dê essa espada à garota para que a segure na mão. Pegue a arma, garota.

Ciri pegou a espada leve, logo sentindo a empenhadura de lagartixa aderindo seguramente à sua mão e o peso da lâmina convidando o braço a dobrar e cortar.

– É um minibastardo – Esterhazy lembrou, mas sem necessidade. Sabia como manejar uma empenhadura mais comprida, com três dedos no pomo esférico.

Bonhart deu dois passos para trás, para o pátio. Desembainhou sua espada e rodou-a de tal forma que a arma silvou.

– Força! – disse para Ciri. – Mate-me. Você tem a espada e uma oportunidade. Tem chance de me matar. Aproveite. Pode demorar para que lhe dê outra.

– Vocês estão loucos?

– Cale-se, Esterhazy.

Ela o enganou com um olhar que lançou para o lado, e então um tremor fingido de seu braço bateu feito um raio, com um movimento rente executado pela esquerda. A lâmina tiniu contra algo com tanta força que Ciri perdeu o equilíbrio, fazendo que tivesse que recuar. Acabou batendo o quadril contra a mesa com as espadas. Instintivamente, deixou a espada cair na tentativa de recuperar o equilíbrio – sabia que, se ele quisesse, naquele momento poderia matá-la.

– Vocês estão loucos? – Esterhazy levantou a voz, e novamente estava com o apito na mão.

Os serviçais e os artesãos olhavam estarrecidos.

– Ponha a espada de lado – Bonhart continuava olhando para Ciri, sem prestar a mínima atenção ao artesão. – Deixe-a, ordeno. Ou cortarei sua mão!

Ouviu depois de hesitar por um momento. Bonhart soltou um sorriso aterrorizante.

– Eu sei quem você é, víbora. Mas vou forçar você própria a confessá-lo. Com as palavras ou ações! Vou forçá-la a confessar quem você é. E então a matarei.

Esterhazy emitiu um chiado, como se alguém o tivesse ferido.

– E essa espada – Bonhart nem olhou para ele – era pesada demais para você. Por isso estava tão lenta. Você estava lenta que nem uma lesma grávida. Esterhazy! A espada que você lhe deu era pesada demais, umas quatro onças a mais do que deveria.

O artesão de espadas estava pálido. Olhava para eles, passando os olhos de um para o outro, e seu rosto estava estranhamente diferente. Enfim, acenou para o serviçal e lhe deu uma ordem em voz baixa.

– Eu tenho algo – disse devagar – que deveria deixá-lo satisfeito, Bonhart.

– Por que, então, não me mostrou logo? – o caçador rosnou. – Escrevi para você que queria algo extraordinário. Talvez pense que não tenho condições de pagar por uma espada melhor?

– Eu sei quanto você pode pagar – Esterhazy disse enfaticamente. – Sei disso há muito tempo. E por que não mostrei logo? Não sabia quem você ia trazer até aqui... numa coleira, com uma gargalheira no pescoço. Não tinha como adivinhar para quem era a espada e para que serviria. Agora já entendi tudo.

O serviçal voltou, carregando uma caixa comprida.

– Aproxime-se, moça – Esterhazy falou em voz baixa. – Olhe.

Ciri aproximou-se. Olhou. E soltou um suspiro alto.

•

Desembainhou a espada com um movimento rápido. As chamas da lareira reluziram deslumbrantemente na linha ondulada do gume, refulgiram em tons de rubro nas gravuras intricadas do forte.

– É ela – Ciri disse. – Você deve ter adivinhado. Pegue na mão, se quiser. Mas tenha cuidado, é mais afiada que uma navalha. Você sente como a empunhadura adere à mão? Foi feita da pele de um peixe achatado que tem um espinho com veneno na ponta da cauda.

– Raia-lenga.

– Talvez. Esse peixe tem uns pequenos espinhos em sua pele, por isso a empenhadura não desliza na mão, mesmo quando fica suada. Veja o que está gravado na lâmina.

Vysogota debruçou-se e olhou com atenção, semicerrando os olhos.

– Uma mandala élfica – disse após um momento, erguendo a cabeça. – A *blathan caerme*, a guirlanda do destino: flores de carvalho, espireia e giesta estilizadas. A torre, atingida por um raio, para as Raças Antigas era o símbolo do caos e da destruição... E sobre a torre...

– Uma andorinha – Ciri terminou. – Zirael. Meu nome.

•

– De fato, um objeto bem bonito – falou Bonhart, enfim. – Trabalhada pelos gnomos, dá para ver logo. Só os gnomos forjavam ferro tão escuro. Só os gnomos afiavam as lâminas flamejantes e só eles rendilhavam as lâminas para diminuir o peso... Admita, Esterhazy. É uma réplica?

– Não – o artesão contestou. – É original. Um verdadeiro gwyhyr gnômico. Essa lâmina tem mais de duzentos anos. A moldura, claro, é muito mais nova, mas não a chamaria de réplica. Os gnomos de Tir Tochair fizeram-na por minha encomenda segundo as técnicas, os métodos e os padrões antigos.

– Diabos. Pode ser que realmente não tenha condições de pagar por ela. Qual é o preço que você vai pedir pela espada?

Esterhazy permaneceu calado por algum tempo. Seu rosto estava indecifrável.

– Eu a entregarei de graça, Bonhart – sussurrou, por fim. – De presente. Para que se cumpra o que precisa ser cumprido.

– Obrigado – Bonhart disse, visivelmente surpreso. – Obrigado, Esterhazy. É um presente real, real mesmo... Eu o aceito, aceito, sim. Terei uma dívida com você...

– Não terá. A espada é para ela, não para você. Aproxime-se, moça de gargalheira no pescoço. Observe os símbolos gravados na lâmina. Obviamente você não entende, mas eu lhe esclarecerei tudo. Veja. A linha marcada pelo destino é tortuosa, porém leva a essa torre: à aniquilação, à destruição dos valores estabelecidos e da ordem estabelecida. Mas está vendo o que há acima da torre? Uma andorinha. É o símbolo da esperança. Que se cumpra o que precisa ser cumprido.

Ciri estendeu a mão com cuidado e delicadamente alisou a lâmina escura de gumes que brilhavam como espelhos.

– Tome – Esterhazy disse devagar, com os olhos bem fixos em Ciri. – Tome. Pegue a espada na mão, moça. Pegue...

– Não! – de repente Bonhart gritou, pulou e segurou Ciri pelo braço, empurrando-a de forma brusca, com força. – Saia daqui!

Ciri caiu de joelhos. O cascalho do quintal machucou suas mãos, que usou para amortecer a queda.

Bonhart fechou a caixa.

– Ainda não! – rosnou. – Hoje não! O tempo ainda não chegou!

– Talvez – Esterhazy fez um aceno calmo com a cabeça, mirando-a nos olhos. – Sim, talvez o tempo ainda não tenha chegado. Que pena!

•

– Não adiantou muito, não, Meritíssimo Tribunal, ler os pensamentos desse artesão. Estivemos lá no dia dezesseis de setembro, três dias antes da lua cheia. E quando voltávamos de Fano para Rocayne, uma incursão nos alcançou, Ola Harsheim com sete cavalos. O senhor Ola mandou correr o mais rápido possível atrás do resto da unidade. Pois no dia anterior, em quinze de setembro, ocorrera um massacre em Claremont... Mas acho que não há necessidade de falar sobre isso, o Meritíssimo Tribunal certamente sabe do massacre em Claremont...

– Favor prestar depoimento e não se preocupar com o que o Tribunal sabe.

– Bonhart antecipou-se a nós por um dia. No dia quinze de setembro trouxe Falka a Claremont...

•

– Claremont – Vysogota repetiu. – Conheço essa vila. Para onde ele a levou?

– Para um casarão na praça principal. Com colunas e arcadas na entrada. Dava para ver logo que morava lá um ricaço...

•

As paredes das câmaras estavam cobertas de ricos gobelins e tapeçarias impressionantes com cenas religiosas, cenas de caça e de folguedos com mulheres nuas. Brilhavam as ornamentações e os puxadores dos móveis de latão. Os tapetes eram de tamanha suntuosidade que ao pisar neles o pé mergulhava até a altura do tornozelo. Ciri não teve tempo de observar os detalhes, pois Bonhart seguia logo atrás dela, puxando a corrente.

– Saudações, Houvenaghel.

Num arco-íris projetado pelo vitral, ao fundo da tapeçaria com o tema de caça estava um homem impressionantemente gordo, vestindo um cáftan e um sobretudo com acabamento de pele de cordeiro. Embora estivesse na flor da idade masculina, tinha uma calvície avançada e suas bochechas pendiam como as de um enorme buldogue.

– Saudações, Leo – disse. – E a senhora...

– Nada de senhora – Bonhart mostrou a corrente e a gargalheira. – Não precisa cumprimentá-la.

– A gentileza não custa nada.

– Salvo o tempo – Bonhart puxou a corrente, aproximou-se e deu um tapa singelo na barriga do gordão.

– Pegou um bom peso – avaliou. – Com toda a honra, Houvenaghel, quando você está em pé no meio de um caminho, é mais fácil saltar por cima do que passar pelo lado.

– Vida confortável – Houvenaghel explicou com jovialidade e chacoalhou as bochechas. – Saudações, saudações, Leo. Você é um convidado bem-vindo, pois hoje estou extremamente alegre. Os negócios estão indo surpreendentemente bem, tão bem que dá vontade de cuspir para afastar o mau agouro, e o dinheirro tilinta no bolso! Um capitão de reserva da cavalaria nilfgaardiana, responsável pela intendência e pelo transporte do equipamento, me vendeu só hoje e sem muito esforço seis mil arcos militares que vou revender no varejo por dez vezes mais. A caçadores, fugitivos, bandidos, elfos e outros que lutam pela liberdade. Comprei também o castelo de um marquês local por um preço baixo...

– E para que você quer um castelo?

– Preciso morar num lugar representativo. Mas, voltando aos negócios: eu lhe devo uma, Leo. Um devedor, supostamente desesperado, me pagou. Aliás, acabou de me pagar. Suas mãos tremiam quando me pagou. Esse cara o viu e pensou...

– Eu sei o que ele pensou. Você recebeu minha carta?

– Recebi – Houvenaghel sentou-se com um movimento pesado, esbarrando na mesa com a barriga e fazendo os cálices e jarros tinirem. – E já preparei tudo. Você não viu os cartazes? Provavelmente a gentalha tirou... As pessoas já estão se reunindo no teatro. O dinheirrro tilinta... Sente-se, Leo. Temos tempo. Vamos conversar, tomar vinho...

– Não quero seu vinho. Deve ser do Estado, roubado dos transportes nilfgaardianos.

– Você está debochando. É o Est Est de Toussaint. As uvas foram colhidas quando nosso misericordioso imperador Emhyr era um pirralho assim ó, pequeno, que ainda cagava na fralda. Foi um bom ano. Para os vinhos. À sua saúde, Leo.

Bonhart o saudou em silêncio com o cálice de prata adornado. Houvenaghel estalou a língua analisando Ciri com olhar perscrutador.

– Então essa corça de olhos enormes – falou, por fim – garantirá a diversão prometida na carta? Fiquei sabendo que Windsor Imbra já está nos arredores da cidade. E que vêm junto com ele uns bons sicários. Alguns dos fascínoras locais também viram os cartazes...

– Você já se decepcionou alguma vez com minha mercadoria, Houvenaghel?

– Nunca, é verdade. Mas já faz muito tempo que não recebo nenhuma mercadoria sua.

– Trabalho menos que antigamente. Estou pensando em me aposentar.

– Para isso precisa de capital, para ter com que se sustentar. Talvez eu possa ajudar a resolver esse problema... Vai me ouvir?

– Por falta de outras diversões – Bonhart puxou a cadeira com a perna e forçou Ciri a se sentar.

– Você não pensou em ir para o norte? Para Cintra, as Encostas ou detrás do Jaruga? Sabia que o Império garante sessenta hectares de terra a todos que queiram se mudar para lá e povoar as terras conquistadas? E que dá isenção de impostos por dez anos?

– Eu não presto para agricultor nem caçador – falou com calma. – Não poderia lavrar a terra nem criar gado. Sou sensível demais. Só de ver merda ou minhoca me dá vontade de vomitar.

– Que nem eu – Houvenaghel chacoalhou as bochechas. – Da agricultura toda tolero apenas a destilação caseira de bebidas alcoólicas. O resto é repugnante. Dizem que a agricultura é a base da economia e que garante a prosperidade. No entanto, considero indigno e humilhante que meu bem-estar econômico dependa de algo que fede a adubo. Fiz algum esforço nesse quesito. Não precisa cultivar a terra, nem criar gado, Bonhart. É suficiente ter apenas a posse da terra. Em posse de um bom pedaço de terra pode-se ter um bom lucro. Pode-se viver bem, acredite no que digo. Sim, fiz certo esforço nessa questão, daí minha pergunta acerca da viagem para o norte. Pois veja bem, Bonhart, eu teria ali uma boa ocupação para você. Uma ocupação fixa, bem paga e que exigisse pouco trabalho. Uma ocupação adequadíssima para um homem sensível: nada de merdas, nada de minhocas.

– Estou prestes a ouvi-lo. Mas sem compromissos, claro.

– Dos rateamentos que o imperador garante aos colonos, pode-se, com um bocado de empreendimento e capital relativamente pequeno, juntar um bom latifúndio.

– Entendo – o caçador mordeu o bigode. – Entendo seu raciocínio. Já sei que esforços são esses de que você está fazendo para garantir seu bem-estar econômico. Você não prevê dificuldades?

– Prevejo, sim. De dois tipos. Primeiro, é preciso achar mercenários que sigam para o norte e tomem posse das terras passando-se por colonos. Formalmente para eles próprios, na prática para mim. Mas eu é que vou cuidar da questão de achar mercenários. No entanto, a segunda dificuldade tem a ver com você.

– Sou todo ouvidos.

– Alguns mercenários tomarão posse das terras e não vão querer devolvê-las. Vão se esquecer do acordo e do dinheiro que receberam. Você não vai acreditar, Bonhart, como a enganação, a mesquinhez e a sacanagem estão enraizadas no caráter do ser humano.

– Acredito, sim.

– Então, será necessário convencer os desonestos de que não vale a pena ser desonesto. E de que a desonestidade está sujeita a penalidades. Você é que vai tratar disso.

– Parece maravilhoso.

– Parece e é. Eu já tenho experiência, já dei esse tipo de jeitinho depois da inclusão formal de Ebbing ao Império, quando se distribuíram terras. E depois, quando a Ata sobre as Cidades entrou em vigor. Foi desse jeito que Claremont, essa cidadezinha bonitinha, ficou alocada em minhas terras. E então pertence a mim. Todo este terreno me pertence. Até ali, longe, até o horizonte coberto de névoa prateada. Tudo isto é meu. Aproximadamente dois mil e quinhentos hectares, hectares imperiais, e não hectares de vilão. Isso dá seiscentos e trinta voloks. Isto é, dezoito mil e novecentas jeiras.

– Ó império despudorado, prestes a ser extinto – Bonhart recitou em tom de deboche. – O império em que todos roubam precisa cair. Sua fraqueza manifesta-se no egoísmo e no interesse próprio.

– Isso é o que constitui exatamente sua força – Houvenaghel chacoalhou as bochechas. – Bonhart, você confunde roubalheira com empreendimento individual.

– Com muita frequência – o caçador de recompensas admitiu com indiferença.

– Então, como vai ser a questão da nossa sociedade?

– Não estamos, por acaso, nos apressando demais ao dividir esses terrenos no Norte? Não seria melhor esperar Nilfgaard ganhar essa guerra, só para termos certeza?

– Ter certeza? Não brinque comigo. O resultado da guerra está definido. As guerras são vencidas por meio do dinheiro. O Império o tem; os nortelungos, não.

Bonhart tossiu enfaticamente.

– Já que estamos falando sobre dinheiro...

– Tudo resolvido – Houvenaghel mexeu nos documentos em cima da mesa. – Aqui está um cheque de banco no valor de cem florins. E aqui a ata do acordo sobre a cessão dos compromissos, com a qual conseguirei com os Varnhagens de Geso a recompensa pelas cabeças dos bandidos. Assine. Obrigado. Você receberá também a porcentagem do lucro do espetáculo, mas as contas ainda não foram fechadas, o dinheirrro ainda está tilintando. Há um grande interesse, Leo. Realmente grande. As pessoas em minha vila vivem entediadas e deprimidas.

Interrompeu e olhou para Ciri.

– Espero, de verdade, que você não esteja enganado acerca desta pessoa. E que ela nos providencie uma diversão digna... E que queira cooperar para o lucro comum...

– Para ela – Bonhart lançou um olhar indiferente para Ciri – não haverá nenhum lucro nisso. Ela sabe disso. – Houvenaghel franziu o cenho e se revoltou.

– Isso não é bom, diabos, nada bom, que saiba disso! Não deveria saber! O que está acontecendo com você, Leo? E se ela não quiser nos divertir? Se resolver não cooperar, só por teimosa? O que faremos então?

Bonhart não mudou a expressão facial.

– Então – disse – soltaremos seus bandogs sobre ela, na arena. Pelo que eu lembro, eles sempre entram em consenso na questão da diversão.

•

Ciri permaneceu calada por um longo tempo, esfregando a mão na bochecha ferida.

– Eu comecei a entender – disse por fim. – Comecei a entender o que queriam fazer comigo. Fiquei em alerta, estava decidida a fugir na primeira ocasião... Estava pronta para enfrentar qualquer risco. Mas não me deram oportunidade. Estavam sempre de olho em mim.

Vysogota permanecia em silêncio.

– Levaram-me para baixo. Lá esperavam os convidados desse gordo Houvenaghel. Outros excêntricos! De onde, Vysogota, surgem no mundo tantas aberrações esquisitas?

– Multiplicam-se. Pela seleção natural.

•

O primeiro dos homens era baixo e gordinho. Lembrava mais um metadílio do que um ser humano, até se vestia como metadílio – com simplicidade, elegância, bom gosto e cores em tons pastel. O outro homem, embora já não tão jovem, vestia farda militar e tinha postura de militar, estava equipado com uma espada e na ombreira de seu gibão negro brilhava um bordado de prata com a imagem de um dragão com asas de morcego. A mulher tinha cabelos claros e era magra, seu nariz era levemente adunco e os lábios, finos. Seu vestido cor de pistache era muito decotado, o que não foi uma boa escolha, já que o decote deixava pouca coisa à mostra, apenas sua pele enrugada e seca feito pergaminho, coberta de uma camada grossa de blush e pó.

– A ilustríssima marquesa de Nementh-Uyvar – Houvenaghel a apresentou. – Senhor Declan Ros aep Maelchlad, capitão de reserva da cavalaria de Sua Alteza Imperial, o imperador de Nilfgaard. Senhor Pennycuick, o prefeito de Claremont. E este é o senhor Leo Bonhart, meu parente e um antigo companheiro de armas.

Bonhart curvou-se com um gesto rígido.

– Ah, então esta é a tal pequena bandoleira que vai nos divertir hoje – constatou a delgada marquesa, fixando os olhos azul-claros em Ciri. Tinha uma voz rouca que vibrava de forma sedutora, mas estava extremamente desgastada pela bebida. – Diria que... não é muito bonita. Porém de boa estatura... Parece até ter um corpinho... bastante gostoso.

Ciri estremeceu, empalideceu de raiva e, sibilando feito uma cobra, empurrou para longe de si a mão insistente.

– Favor não tocar – Bonhart disse com frieza. – Não alimentar. Não irritar. Não me responsabilizo por ela.

– O corpinho – a marquesa lambeu os lábios, sem dar a menor bola a Bonhart – pode ser amarrado a uma cama, assim se torna mais acessível. Será que o senhor não a venderia para mim? O meu marquês e eu gostamos de corpinhos assim, e o senhor Houvenaghel nos reprova quando capturamos as pastoras locais e os filhos de camponeses. Além disso, o marquês já não pode caçar crianças. Não pode correr, por causa das úlceras venéreas e da exantema que surgiram na área da genitália...

– Chega, chega, Matilda – interrompeu Houvenaghel com delicadeza, embora firme, ao ver uma expressão de crescente desagrado na cara de Bonhart. – Precisamos ir já para o teatro. O senhor prefeito acabou de receber a informação de que Windsor Imbra entrou na cidade com uma unidade dos lansquenês do barão Casadei, o que indica que está na hora de irmos.

Bonhart tirou um frasco do saquitel, passou a manga no tampo da mesa de ônix e despejou nele um pó branco, formando um montículo. Puxou Ciri pela corrente presa à gargalheira.

– Você sabe como usá-lo?

Ciri cerrou os dentes.

– Aspire pelo nariz. Ou pegue num dedo molhado com saliva e esfregue nas gengivas.

– Não!

Bonhart nem virou a cabeça.

– Você vai fazer isso sozinha – disse em voz baixa – ou eu é que vou fazer por você, mas de um jeito que todos possam se divertir. Você tem mucosa não só na boca ou no nariz, Rata. Em alguns outros pontos também. Vou chamar os serviçais, mandar despi-la, segurá-la, e tirarei proveito desses pontos de diversão.

Marquesa de Nementh-Uyvar soltou um riso gutural ao ver Ciri estender a mão trêmula para pegar o narcótico.

– Pontos de diversão... – repetiu e molhou os lábios com a língua. Que ideia interessante! Vale a pena experimentar um dia! Ei, garota, cuidado, não desperdice um bom fisstech! Deixe um pouco para mim!

•

O narcótico era muito mais forte que aquele provado com os Ratos. Alguns instantes após consumi-lo, Ciri foi tomada por uma euforia ofuscante. Os contornos dos objetos ficaram mais nítidos, a luz e as cores machucavam os olhos, os cheiros irritavam o nariz, os sons tornaram-se insuportavelmente altos e tudo em volta tornou-se irreal, como se estivesse num sonho. Havia escadas, gobelins e tapeçarias que fediam a poeira acumulada, havia o riso rouco da marquesa de Nementh-Uyvar. Havia o pátio, gotas passageiras de chuva no rosto, um puxão da gargalheira ainda presa a seu pescoço. Havia um edifício grande com uma torre de madeira e uma enorme pintura de extremo mau gosto na fachada que mostrava cães mordendo um monstro. Não era nem dragão, nem grifo, nem serpe. Diante da entrada do edifício havia pessoas. Uma delas gritava e gesticulava.

– É horrível! É nojento e pecaminoso, senhor Houvenaghel, usar um estabelecimento que um dia foi templo para um procedimento tão ímpio, desumano e horrendo! Os animais também sentem, senhor Houvenaghel! Também têm sua dignidade! É crime soltar um contra o outro para a diversão do povaréu!

– Acalme-se, venerável homem! E não se meta em meu empreendimento privado! Além disso, não haverá brigas de animais aqui. Não haverá nenhum animal aqui hoje! Apenas gente!

– Então peço desculpas.

O interior do edifício estava cheio de pessoas sentadas em fileiras de bancos que formavam um anfiteatro. Em seu centro havia uma fossa escavada na terra, uma cavidade redonda de aproximadamente trinta pés de diâmetro, sustentada por grossos troncos e cercada por uma balaustrada. O fedor e o barulho entorpeciam. Ciri sentiu mais um puxão da gargalheira, alguém a segurou pelas axilas, alguém a empurrou. Nem percebeu quando ficou no fundo da fossa escorada pelos troncos, numa areia dura e batida.

Estava na arena.

O primeiro efeito do narcótico passou, agora só excitava e aguçava os sentidos. Ciri cobriu as orelhas com as mãos – a multidão que enchia os bancos do anfiteatro berrava, vaiava, assobiava. O barulho era insuportável. Viu que um protetor de couro apertava seu pulso direito e o antebraço, mas não se lembrava de quando ele havia sido colocado.

Ouviu uma voz conhecida, desgastada pela bebida. Viu a delgada marquesa vestida de pistache, o capitão nilfgaardiano, o prefeito em tons pastel, Houvenaghel e Bonhart, que ocupavam um camarote que se destacava sobre a arena. De novo tapou os ouvidos, porque de repente soou um gongo de cobre.

– Olhem, gente! Hoje na arena não temos lobos, goblins nem endríagos! Hoje na arena temos Falka, assassina do bando dos Ratos! Deixem suas apostas na caixxxa na entrada! Não neguem o dinheirrrrinho, gente! Com a diversão é assim: não se pode comê-la, nem bebê-la, mas se poupar com ela, não se ganhará. Pelo contrário, só se perderá!

A multidão berrava e batia palmas. O narcótico fazia efeito. Ciri tremia toda de euforia, seu olhar e sua audição registravam tudo, todos os detalhes. Ouvia a gargalhada de Houvenaghel, o riso da marquesa, desgastado pela bebida, a voz séria do prefeito, a voz grave e fria de Bonhart, os gritos do sacerdote defensor dos animais, o guincho das mulheres, o choro de uma criança. Viu as marcas escuras de sangue nos troncos que cercavam a arena, e o buraco fedorento e gradeado que se abria neles. Via as caras que brilhavam com o suor, caras de gado retorcidas sobre a balaustrada.

De repente, um alvoroço: vozes altas, palavrões. Homens armados, uma multidão esmagadora, estancada no muro da guarda armada de alabardas. Já vira um daqueles homens, lembrava-se do rosto fino e do bigode negro, daquela linha desenhada com carvão sobre o lábio superior trêmulo, tomado por um tique.

– Senhor Windsor Imbra? – ouviu a voz de Houvenaghel. – De Geso? O senescal do ilustríssimo barão Casadei? Sejam bem-vindos os nossos convidados estrangeiros. Ocupem um lugar, o espetáculo está prestes a começar. Mas não se esqueçam, por favor, de pagar na entrada!

– Eu não estou aqui para diversão, senhor Houvenaghel! Estou aqui a serviço! Bonhart sabe do que estou falando!

– É mesmo, Leo? Sabe do que o senhor senescal está falando?

– Sem deboche! Somos quinze aqui! Viemos para pegar Falka! Entreguem a garota ou tocaremos horror!

– Não entendo sua excitação, Imbra – Houvenaghel franziu o cenho. – Só queria chamar sua atenção para o fato de que aqui não é Geso. Tampouco estamos nas terras de seu barão todo-poderoso. Se fizerem barulho e incomodarem, vou mandar que os expulsem daqui com azorragues!

– Por obséquio, senhor Houvenaghel – Windsor Imbra tranquilizou-se. – Mas estamos no direito! Bonhart, presente aqui, prometeu Falka ao senhor barão Casadei. Deu sua palavra. Então que a cumpra!

– Leo? – Houvenaghel chacoalhou as bochechas. – Você sabe de que ele está falando?

– Sei e acho que está certo – Bonhart levantou-se e acenou com a mão com negligência. – Não vou contrariá-lo, nem provocar problemas. Todos veem onde está a garota. Quem quiser poderá tomá-la.

Windsor Imbra ficou pasmo. Seu lábio foi tomado por uma tremedeira súbita.

– Como é que é?

– A garota – repetiu Bonhart, piscando o olho para Houvenaghel – está ali para quem quiser tirá-la da arena. Viva ou morta, de acordo com o gosto ou a preferência.

– Como é que é?

– Porra, estou quase perdendo a paciência! – Bonhart habilidosamente fingiu estar com raiva. – Só repete: como é que é, como é que é! Diabos de realejo! Como? Do jeito que você quiser! Se desejar, pode envenenar carne e jogar para ela como faria com uma loba. Mas não sei se ela vai comer. Não parece tão burra, não é? Não, Imbra. Quem quiser pegá-la precisará chegar até ela sozinho. Ali na arena. Quer Falka? Então vá até ela!

– Você está me entregando essa Falka como se entregasse uma rã a um peixe numa vara de pescar – rosnou Windsor Imbra. – Não confio em você, Bonhart. Estou pressentindo que há um gancho de ferro nessa isca!

– Parabéns pelo nariz sensível a ferro – Bonhart levantou-se, tirou a espada presenteada em Fano e escondida sob o banco, desembainhou-a e jogou para a arena com tanta habilidade que conseguiu enfiar a lâmina verticalmente na areia, a dois passos diante de Ciri. – Ora, temos ferro, e evidentemente não está escondido. Pois eu não insistirei em ficar com a moça, pode levá-la quem quiser. Se conseguir pegá-la.

A marquesa de Nementh-Uyvar deu um sorriso nervoso.

– Se conseguir pegá-la! – repetiu com seu contralto desgastado pela bebida. – Pois agora o corpinho já está em posse da espada. Parabéns, senhor Bonhart. Achei abominável submeter esse corpinho indefeso à má vontade desses maltrapilhos.

– Senhor Houvenaghel – Windsor Imbra pôs as mãos na cintura sem conceder nem um olhar à delgada aristocrata –, é sob sua supervisão que se organiza essa encenação, pois o senhor é o dono do teatro. Só me diga: de acordo com que regras e leis deveríamos atuar aqui, as suas ou as de Bonhart?

– Segundo as convenções teatrais – Houvenaghel soltou uma gargalhada, chacoalhando a barriga e as bochechas de buldogue.

– Embora seja verdade que o teatro me pertença, o cliente é que manda. Ele paga, então é ele quem exige! É o cliente quem determina as regras. No entanto, nós, os comerciantes, precisamos nos adequar a elas, temos que providenciar o que o cliente exige.

– Cliente? Isto é, essas pessoas? – Windsor Imbra fez um gesto largo, apontando para o público apinhado nos bancos. – Essas pessoas todas vieram aqui e pagaram para admirar esse estranho espetáculo?

– Negócio é negócio – respondeu Houvenaghel. – Se há procura, por que não vender? As pessoas pagam para ver lutas de lobos? Ou lutas entre endríagos e aardvarks? Um cão solto lutar com um texugo num barril ou uma serpe? Por que você estranha tanto, Imbra? O ser humano precisa de circo e diversão, assim como precisa de pão. Ora, precisa até mais de circo do que de pão. Muitos dos que estão aqui passaram fome para poder estar aqui. E olhe para eles, como seus olhos brilham. Estão mortos de ansiedade para ver a diversão começar.

– Mas mesmo com a diversão – acrescentou Bonhart, com um sorriso sarcástico – pelo menos deve parecer um esporte, uma disputa. O texugo, antes que os cães o tirem do barril, pode morder, ameaçando-os com os dentes. Assim se mantém a competitividade. E a garota tem uma espada, então que haja disputa aqui também. Então, boa gente, tenho ou não razão?

A boa gente confirmou, expressando em coro alto e alegre, embora pouco uniforme, que Bonhart tinha razão em todos os aspectos.

– O barão Casadei – falou Windsor Imbra devagar – não vai gostar, senhor Houvenaghel. Garanto que não vai gostar. Não sei se vale a pena entrar em atrito com ele.

– Negócio é negócio – repetiu Houvenaghel, e mexeu as bochechas. – O barão Casadei sabe bem disso, sabe o que é o poder do dinheiro. Eu lhe emprestei dinheiro a uma taxa de juros baixa, e quando ele vier pedir para eu lhe emprestar mais, apaziguaremos a situação. Mas não deixarei que nenhum barão estrangeiro se meta em minha empresa privada e individual. Aqui as apostas foram feitas, o público pagou pelos ingressos. Aquela areia, ali na arena, precisa absorver sangue.

– Precisa? – berrou Windsor Imbra. – Merda nenhuma! Ora, estou com vontade de provar a vocês que não precisa, de jeito nenhum! Simplesmente sairei daqui e irei embora, sem olhar para trás. Aí terão que derramar seu próprio sangue! Fico com nojo só de pensar em providenciar diversão a essa ralé!

– Então que vá embora – soltou de repente um tipo com barba que chegava até os olhos e de gibão de pele de cavalo.

Ele deu um passo para a frente.

– Que vá embora se está com nojo. Eu não estou. Disseram que quem matar essa Rata ganhará um prêmio. Eu me candidato e entro na arena.

– Porra nenhuma! – gritou subitamente um dos homens de Imbra, não muito alto, mas musculoso e de estatura alta. Tinha cabelos abundantes, volumoso e cheios de nós. – Nós vamos primeiro! Não é, rapaziada?

– Mas é claro! – concordou outro sujeito magro, de barba pontiaguda. – Nós somos os primeiros! E você, Windsor, não seja orgulhoso! O que importa se a plebe está vendo? Falka está na arena, é só estender a mão e pegar. E pouco importa se a ralé ficar com os olhos esbulhados!

– E talvez a gente ainda ganhe algum dinheirinho extra! – relinchou o terceiro, que usava um gibão vermelho-amaranto bem vivo. – Se é para ser um esporte, então que seja, não é, senhor Houvenaghel? Se é para ser divertido, então que seja! Falou-se aqui de um prêmio, não é?

Houvenaghel lançou um largo sorriso e afirmou com um aceno de cabeça, chacoalhando as bochechas pendentes, num gesto de orgulho e altivez.

– E como estão as apostas? – o rapaz de barba interessou-se.

– Por enquanto – o comerciante riu – ainda não fizemos apostas quanto ao resultado! Por enquanto aposto de três a um que nenhum de vocês terá coragem de entrar na arena.

– Vixe! – Pele de Cavalo gritou. – Eu me atrevo! Estou pronto!

– Retire-se, eu já disse! – berrou Nó. – Fomos os primeiros e temos a preferência. Vamos lá, o que estamos esperando?

– Quantos podem entrar por vez nessa arena? – Vermelho-Amaranto amarrou a faixa na cintura. – Ou é um por vez?

– Filhos da puta! – do nada, o prefeito de tons pastel berrou com uma voz de touro que não correspondia à sua estatura. – Como é que é, vocês queram lutar em dez contra uma? Ou talvez a cavalo? Ou de carruagem? Talvez queiram que lhes emprestem uma catapulta do arsenal para que possam arremessar de longe pedras contra a garota? E aí?

– Tudo bem – interrompeu Bonhart, trocando ideias rapidamente com Houvenaghel. – Que haja esporte, mas alguma diversão também. Podem entrar dois. Isto é, em duplas.

– Mas o prêmio – Houvenaghel avisou – vai ser apenas um! Se entrarem em dois, então terão que dividir o prêmio.

– Que dois? Como assim, em duplas? – Nó tirou o casaco dos ombros com um movimento brusco. – Vocês não têm vergonha, gente? É apenas uma garota! Pft! Deixem-me passar. Vou acabar com ela sozinho. Grande coisa!

– Eu quero Falka viva! – Windsor Imbra protestou. – Que se danem suas lutas e seus embates! Eu não vou cair nessa brincadeira de Bonhart, quero a garota! Viva! Irão em dois, você e Stavro. E a arrastarão de lá.

– Para mim – repetiu Stavro, aquele de barba – é uma humilhação lutar em dois contra essa magrela.

– O barão adoçará essa humilhação com seus florins. Mas tem que estar viva!

– Isso significa que o barão é um pão-duro – Houvenaghel gargalhou, chacoalhando a barriga e as bochechas de buldogue. – E não tem o menor de espírito de competição, nem vontade de reconhecer esse espírito nos outros! Mas eu apoio a competitividade. E com esta declaração aumento o prêmio. A quem entrar sozinho nessa arena e sair dela com as próprias pernas, eu pagarei com esta mão, deste mesmo estojo, não vinte, mas trinta florins.

– Então, o que estamos esperando? – gritou Stavro. – Eu vou primeiro!

– Peraí! – o pequeno prefeito berrou novamente. – A garota tem apenas uma capa de linho fino nas costas! Tire você também a brigantina, soldado. Trata-se de uma disputa!

– Que se danem! – Stavro arrancou o gibão tachado de ferro e logo em seguida tirou a camisa pela cabeça, deixando à mostra o peito e os magros braços peludos como os de um babuíno. – Que se danem, junto com sua disputa de merda! Vou assim, pelado! E aí? Querem que eu tire a calça também?

– Tire até o calção! – a marquesa de Nementh-Uyvar disse em voz rouca e sedutora. – Só para comprovar que é tão másculo como fala!

Stavro, premiado com um pomposo aplauso, pelado até a cintura, pegou a arma, arremessou a perna pela barricada de troncos, observando Ciri com atenção. Ciri cruzou os braços no peito. Não deu nem um passo em direção à espada enfiada na areia. Stavro hesitou.

– Não faça isso – Ciri disse baixinho. – Não me force... Não deixarei que ninguém toque em mim.

– Não me leve a mal, moça – Stavro pulou pela barreira. – Não tenho nada contra você. Mas negócio é negócio...

Não terminou de falar, e Ciri já estava junto dele, já tinha a Andorinha na mão – foi assim que chamou o gwyhyr gnômico em pensamento. Aplicou o ataque mais fácil, infantil até, uma finta chamada "três passos". Mas Stavro caiu nessa. Deu um passo para trás, levantou a espada instintivamente, e nesse instante já estava à mercê dela. Após dar um pulo para trás, encostou nos troncos que cercavam a arena, e o gume da Andorinha ficou a uma polegada da ponta de seu nariz.

– Esse truque – Bonhart explicou à marquesa, gritando acima dos berros e aplausos – chama-se "três passos, esquiva e ataque na terça". É um truque banal, esperava dela algo mais sofisticado. Mas é preciso admitir que, se ela quisesse, o sujeito já estaria morto.

– Mate! Mate! – o público vociferava. Houvenaghel e o prefeito Pennycuick mostravam o polegar apontado para baixo.

O rosto de Stavro ficou pálido. As espinhas e marcas deixadas pela catapora tornaram-se visíveis em suas bochechas.

– Falei para você, não me force – Ciri rosnou. – Não quero matá-lo! Mas não deixarei que toque em mim. Volte ao lugar de onde veio.

Recuou, virou-se, abaixou a espada e olhou para cima, em direção do camarote.

– Vocês estão se divertindo comigo? – gritou com voz trêmula. – Vocês querem me forçar a lutar? A matar? Não vão conseguir! Não vou lutar!

– Você ouviu, Imbra? – a voz sarcástica de Bonhart ressoou no silêncio. – Lucro puro! E nenhum risco! Ela não vai lutar. Então pode tirá-la da arena e a levar viva para o barão Casadei para que se divirta com ela à vontade. Pode pegá-la sem risco nenhum! Com as próprias mãos!

Windsor Imbra cuspiu. Stavro, ainda encostado nos troncos, arfava, segurando a espada na mão. Bonhart riu.

– No entanto, Imbra, aposto brilhantes contra nozes que vocês não vão conseguir.

Stavro respirou fundo. Teve a impressão de que a garota virada de costas para ele estava desorientada, desconcentrada. Fervia de raiva, humilhação e ódio. E não aguentou. Atacou. De maneira rápida e traiçoeira.

O público não notou o esquivo e o contragolpe. Viu apenas Stavro jogar-se contra Falka, dar um pulo como no balé, e depois cair de bruços e cara na areia de um jeito pouco pitoresco. Num instante a areia ficou ensopada de sangue.

– Os instintos estão dominando! – Bonhart gritou mais alto que o público. – Os reflexos estão funcionando! E aí, Houvenaghel? Não falei? Você vai ver, não precisaremos dos bandogs!

– Que espetáculo lindo e lucrativo! – Houvenaghel até semicerrou os olhos de tanto prazer.

Stavro levantou, apoiando-se, nos braços que tremiam de tanto esforço, sacudiu a cabeça, soltou um grito, ficou rouco, vomitou sangue e caiu sobre a areia.

– Como se chamava esse golpe, senhor Bonhart? – a marquesa de Nementh-Uyvar perguntou com voz rouca e sedutora, esfregando um joelho contra o outro.

– Foi algo improvisado – dentes reluziram entre os lábios do caçador de recompensas, que nem olhava para a marquesa. – Uma linda improvisação, criativa, e diria até visceral. Ouvi falar de um lugar onde ensinam improvisações assim para a evisceração. Aposto que nossa senhorita conhece esse lugar. Eu já sei quem ela é.

– Não me forcem! – Ciri gritou, e um tom apavorante ressoou em sua voz. – Não quero! Entendem? Não quero!

– Sua filha da puta diabólica!

Vermelho-Amaranto pulou habilidosamente a barreira e num instante deu uma volta na arena para desviar a atenção de Ciri. Enquanto isso, Nó dava um salto para entrar do lado oposto. Pele de Cavalo pulou a barreira também e foi atrás de Nó.

– Jogo sujo! – berrou o prefeito Pennycuick, pequeno que nem um metadílio, sensível às regras dos jogos. Junto com ele berrava a multidão.

– Vão três contra ela! Jogo sujo!

Bonhart riu. A marquesa passou a língua nos lábios e começou a mexer as pernas com mais intensidade.

O plano dos três era simples: empurrar para trás, contra os troncos, a garota ficaria acuada, depois executar um bloqueio, efetuado por dois, e deixar que o terceiro a matasse. Mas não deu certo, por um simples motivo: a garota não recuou. Pelo contrário, foi para o ataque.

Enfiou-se entre eles numa pirueta de balé, com tanta graça que quase não tocou a areia. Golpeou Nó durante a passagem, exatamente no local que era necessário atingir. Isto é, na artéria carótida. O corte foi tão leve que ela sequer perdeu o ritmo, e num passo de dança esquivou-se para o lado com tanta rapidez que não lhe respingou nem uma gota do sangue que jorrava do pescoço de Nó a uma distância de quase dois metros. Vermelho-Amaranto, que estava atrás dela, queria golpeá-la na nuca, mas a pancada traiçoeira tiniu contra o bloqueio instantâneo da lâmina lançada pelas costas. Ciri virou-se feito uma mola, cortou com as duas mãos, fortalecendo o impacto do golpe, torcendo as ancas intensamente. A escura lâmina gnômica era como uma navalha, e rasgou a barriga emitindo um silvo e um estalo. Ele uivou e caiu na areia, encolhendo-se todo. Pele de Cavalo pulou até ela e apontou a arma para sua garganta, mas Ciri se esquivou, virou-se num movimento lânguido e, com um pequeno gesto, atingiu-o com a parte central da lâmina no rosto, estraçalhando-lhe o olho, o nariz, a boca e o queixo.

A plateia vociferava, assobiava, batia os pés contra o chão e vaiava. A marquesa de Nemeth-Uyvar pôs as duas mãos entre as coxas apertadas. Passava a língua nos lábios brilhosos e ria num contralto nervoso, desgastado pela bebida. O capitão de reserva nilfgaardiano estava pálido feito papel velino. Uma mulher tentava tapar os olhos de uma criança que fazia de tudo para se livrar daquelas mãos. Um ancião de cabelo branco sentado na primeira fileira vomitava violentamente, com a cabeça escondida entre os joelhos.

Pele de Cavalo soluçava segurando o rosto. O sangue misturado com saliva e muco jorrava sob seus dedos. Vermelho-Amaranto rastejava no chão e grunhia feito porco. Nó parou de arranhar os troncos escorregadios por causa do sangue que jorrava de seu corpo, no ritmo dos batimentos de seu coração.

– Socorrrrooooo! – Vermelho-Amaranto uivava, agarrando as vísceras que se despejavam de sua barriga. – Camaraaaadas! Socooorro!

– Pffftt... riinch...grrr... – Pele de Cavalo cuspia e expelia sangue pelo nariz.

– Ma-te! Ma-te! – a plateia vaiava, batendo os pés de modo ritmado.

O ancião que vomitava foi empurrado do banco e chutado para a galeria.

– Aposto brilhantes contra nozes – ressoou o baixo sarcástico de Bonhart por entre a barulheira – que ninguém se atreverá a entrar na arena. Brilhantes contra nozes, Imbra! Posso apostar até nozes ocas!

– Ma-tar! – Berros, pés batendo contra o chão, aplausos. – Ma-tar!

– Senhorita! – clamou Windsor Imbra, chamando seus subordinados através de gestos. – Deixe-nos retirar os feridos! Deixe-nos entrar na arena e retirá-los antes que sangrem até a morte! Seja humana!

– Humana – Ciri repetiu com dificuldade, sentindo só agora o impacto da adrenalina. Acalmou-se rapidamente, com uma série de respirações treinadas.

– Entrem e tirem-nos – disse. – Mas entrem desarmados. Também sejam humanos, pelo menos uma vez.

– Nãoooo! – a multidão berrava e vaiava. – Ma-tar! Ma-tar!

– Seus monstros desprezíveis! – Ciri virou-se num passo leve, passando os olhos pelas arquibancadas e pelos bancos. – Seus porcos ordinários! Seus canalhas! Seus filhos da puta miseráveis! Querem sangue? Venham cá, desçam, provem e sintam o cheiro do sangue! Venham lamber antes que seque! Monstros! Vampiros!

A marquesa gemeu, estremeceu, virou os olhos e encostou-se suavemente em Bonhart, sem tirar as mãos do meio das coxas. Bonhart franziu o rosto e afastou-a sem entregar-se a gentilezas. A multidão vaiava. Alguém jogou linguiça mordida na arena, outro sujeito lançou um sapato, um pepino, alvejando Ciri. Ela estraçalhou o pepino com um golpe da espada, despertando um berro ainda mais alto.

Windsor Imbra e seus homens levantaram Vermelho-Amaranto e Pele de Cavalo. Vermelho-Amaranto berrou quando tocaram nele. Pele de Cavalo desmaiou. Nó e Stavro não mostravam nenhum sinal de vida. Ciri recuou para ficar o mais longe possível que a arena permitisse. Os homens de Imbra também procuravam manter distância, afastando-se dela.

Windsor Imbra permanecia imóvel. Esperou até que carregassem os feridos e mortos para fora. Olhava para Ciri com os olhos semicerrados, segurando a mão na empunhadura da espada que, apesar da promessa, não guardara antes de entrar na arena.

– Não – avisou, mal conseguindo mexer os lábios. – Não me force, por favor.

Imbra estava pálido. A multidão batia os pés, berrava, vaiava.

– Não a escute! – de novo Bonhart conseguiu gritar mais alto que a plebe. – Pegue a espada! Caso contrário, todos vão saber que você é covarde e cagão! Desde o Alba até o Jaruga se espalhará a notícia de que Windsor Imbra fugiu de uma menor de idade e meteu o rabo entre as pernas que nem um vira-lata!

Imbra tirou a lâmina da bainha.

– Não – Ciri disse.

Imbra embainhou a lâmina de volta.

– Covarde! – alguém da multidão gritou. – Cagão! Covarde!

Imbra, com o rosto imóvel, aproximou-se da ponta da arena. Antes que pegasse nas mãos que seus companheiros estendiam, virou-se mais uma vez.

– Acho que você sabe o que a espera, moça – disse em voz baixa. – Você já deve saber quem é Leo Bonhart. Você já deve saber o que ele é capaz de fazer. E o que lhe dá tesão. Você vai ter que se apresentar em arenas. Você vai matar para a diversão de porcos e patifes como estes aqui. Ou até piores que eles. E quando matar deixar de diverti-los, quando Bonhart ficar entediado com a violência praticada contra você, então a matarão também. Soltarão na arena tantos que você não conseguirá se defender. Ou soltarão os cachorros. E eles a estraçalharão, e a ralé na plateia sentirá cheiro de sangue e aplaudirá. E você vai morrer como um animal na areia, numa poça de sangue. Do mesmo jeito que estes que você estraçalhou hoje. Lembrará minhas palavras.

Estranhamente, foi só agora que notou o pequeno brasão em sua gorjeira esmaltada.

Um unicórnio prateado empinado num campo negro.

Unicórnio.

Ciri abaixou a cabeça. Olhava para a lâmina rendilhada da espada.

De repente tudo ficou em silêncio.

– Pelo Sol Grandioso – falou, de repente, Declan Ros aep Maelchlad, o capitão de reserva da cavalaria nilfgaardiana. – Não. Não faça isso, moça. Ne tuv'en que'ss, luned!

Ciri girou a Andorinha na mão lentamente e apoiou o castão da espada sobre a areia. Dobrou o joelho. Segurando a lâmina com a mão direita, alvejou com precisão a ponta da espada na área debaixo do esterno. O gume momentaneamente furou a roupa, picou.

"Não posso chorar", Ciri pensou, encostando na espada com mais força. "Não posso chorar, não há por que e pelo que chorar. Um forte movimento e tudo vai se resolver... Vai acabar..."

– Não vai conseguir – a voz de Bonhart ressoou no silêncio absoluto. – Não conseguirá, bruxa. Em Kaer Morhen ensinaram-lhe a matar, por isso você mata mecanicamente. Por instinto. Para matar é preciso ter caráter, força, determinação e coragem. Mas eles não poderiam ter-lhe ensinado isso.

•

– Como você está vendo, ele tinha razão – Ciri falou com dificuldade. – Não consegui.

Vysogota permanecia calado. Segurava a pele de um caxingui. Imóvel. Havia muito tempo. Quase se esquecera dessa pele enquanto ouvia.

– Acovardei-me. Fui covarde. E paguei por isso. Do jeito que pagam os covardes. Com dor, desonra, terrível humilhação. E com um nojo terrível de mim mesma.

Vysogota permanecia em silêncio.

•

Se naquela noite alguém conseguisse aproximar-se sorrateiramente da choupana com o telhado de palha afundado, e se espreitasse para dentro dela, pelas venezianas, veria no interior mal iluminado um ancião de barba branca e uma moça de cabelo cinzento sentados perto do fogareiro. Notaria que os dois estavam calados, olhando para o carvão cor de rubi em brasa.

Mas ninguém poderia vê-los. A choupana com o telhado desabado, coberto de musgo, ficava bem escondida por entre a névoa e a bruma, em um caniçal infinito, no pantanal de Pereplut, onde ninguém se atrevia a adentrar.

CAPÍTULO QUINTO

– O que o bruxo está procurando no meu território? – Fulko Artevelde, o prefeito de Riedbrune, repetiu a pergunta, visivelmente inquieto por causa do silêncio que se prolongava. – De onde vem? Para onde vai? Com que objetivo?

"É assim que termina a brincadeira de prestar favores", pensou Geralt, olhando para a cara do prefeito, marcada por cicatrizes fundas. "É assim que termina a encenação do papel de um bruxo nobre cheio de misericórdia diante de um bando de silvícolas safados. É assim que termina a luxúria e o pernoitar em tabernas onde sempre há um espião. Essas são as consequências de viajar com um poetastro falastrão. Eis que agora estou sentado numa cadeira para interrogatórios, presa ao chão, num cômodo sem janelas que parece uma cela. É impossível não notar que há ganchos e cintas de couro no encosto da cadeira – para amarrar as mãos e imobilizar o pescoço. Por enquanto não foram usadas, mas estão aqui.

Diabos, como me safar dessa tramoia?"

•

Após caminharem cinco dias com os apicultores trasrienses, quando finalmente saíram da floresta e alcançaram a vegetação à beira do rio, a chuva parou, o vento dissipou a bruma e a neblina úmida, e o sol apareceu por entre as nuvens. Foi então que surgiram, iluminados pelo sol, os picos das montanhas alvejadas pela neve.

Até recentemente o rio Jaruga era para eles um limite claro, fronteira que, uma vez atravessada, constituía uma nítida passagem para a etapa seguinte da expedição, a mais séria. Foi então que pressentiram com mais força que estavam se aproximando do confim, de uma barreira, de um lugar onde a única possibilidade era recuar. Todos pressentiam, começando por Geralt. Não podia ser diferente: desde a manhã até a noite viam à frente uma enorme e pontiaguda cadeia de montanhas que resplandecia com a neve e os glaciais, e que se erguia ao sul como uma barreira intransponível. Eram os Montes Amell. E sobrepondo-se aos picos de Amell, ameaçadoramente majestoso, anguloso como a lâmina de um punhal, erguia-se o obelisco de Górgona: o Monte do Diabo. Não tocavam no assunto, não falavam nada, mas Geralt imaginava o que todos pensavam. Pois, quando olhava para a cadeia de Amell e Górgona, a ideia de continuar a marcha em direção ao Sul também lhe parecia verdadeira loucura.

Por sorte, de repente, souberam que não precisavam mais continuar o caminho para o Sul.

Quem trouxe a notícia foi o peludo apicultor silvícola, marido e pai das formosas hamadríades, ao lado das quais parecia um javali acompanhando éguas; o responsável por terem se posto no papel de escolta armada de um séquito durante os últimos cinco dias. Foi ele que tentara enganá-los afirmando que os druídas de Caed Dhu haviam seguido para as Encostas.

Foi no dia seguinte após chegarem à vila Riedbrune, tumultuada como um formigueiro e destino dos apicultores e caçadores de Trásrios. Foi um dia após despedirem-se dos apicultores, que já não precisavam mais do bruxo. Não esperava mais ver nenhum deles, por isso o encontro lhe causou surpresa ainda maior.

O apicultor começou agradecendo exageradamente e entregou a Geralt um saquitel cheio de moedas de pequeno valor, sua remuneração de bruxo. Aceitou, sentindo sobre si um olhar um tanto debochado de Regis e Cahir, a quem muitas vezes se queixava da ingratidão humana e ressaltava ora a tolice, ora a estupidez do altruísmo abnegado.

Foi então que o excitado apicultor anunciou a novidade, aos gritos: "Ora, os visguentos, isto é, os druidas, estão, querido senhor bruxo, ora nos carvalhais à beira do lago Monduirn, que fica a trinta e cinco milhas a oeste".

O apicultor conseguiu essas novidades no ponto de compra de mel e cera de um parente que vivia em Riedbrune, e o parente, por sua vez, obtivera informações com um conhecido que era caçador de diamantes. Quando, no entanto, o apicultor soube dos druidas, veio correndo o mais rápido possível para avisá-los. E agora estava todo alegre, cheio de orgulho. Sentia-se importante, como um mentiroso quando sua mentira por acaso acaba se tornando verdade.

A princípio, Geralt quis seguir para lago Monduirn sem demora, mas a companhia protestou veementemente. Regis e Cahir, dispondo do dinheiro recebido dos apicultores, afirmaram que era necessário complementar a provisão e o equipamento, já que estavam na cidade onde havia comércio de tudo. E comprar mais flechas, Milva acrescentou, pois todos solicitavam que ela providenciasse carne de caça, no entanto ela se negava a usar paus improvisados para esse fim. E mereciam passar pelo menos uma noite numa hospedaria, Jaskier adicionou, e deitar numa cama depois de tomar banho, sob o leve efeito relaxante de uma cerveja.

Todos protestaram em coro que os druidas não fugiriam.

– Embora seja mera coincidência – o vampiro Regis acrescentou sorrindo de forma estranha –, nossa companhia está no caminho certo e segue na direção mais do que correta. O que significa que nos foi predestinado chegar aos druidas, e um ou dois dias de atraso não farão nenhuma diferença. E no que se refere à pressa – adicionou filosoficamente –, a impressão de que o tempo corre costuma ser sinal de alarme: indica que se deve diminuir o passo, agir devagar e com o devido juízo.

Geralt não protestava nem discutia. Tampouco se importava com a filosofia do vampiro, embora os pesadelos que o assombrassem à noite o induzissem a ter pressa. Se bem que, depois de acordar, não conseguia se lembrar do sonho.

Era dezessete de setembro, lua cheia. Faltavam seis dias para o Equinócio outonal.

•

Milva, Regis e Cahir se responsabilizaram por fazer as compras e providenciar o equipamento. Geralt e Jaskier iam investigar e pedir informações na vila de Riedbrune.

Riedbrune, localizado nos meandros do rio Newi, era uma vila pequena, levando-se em conta a edificação de pedra e madeira erguida dentro da fortificação de terra protegida com uma paliçada. Mas as edificações concentradas dentro das fortificações constituíam, naquele momento, só o centro da vila onde morava apenas um décimo da população. Todos os outros se apinhavam numa desordem só: eram casebres, choupanas, palhoças, barracas, choças, tendas e carroças que serviam de vivendas.

O parente do apicultor fez o papel de cicerone do bruxo e do poeta. Era jovem, arrogante e esperto, típico exemplar de um malandro local que nasceu no esgoto, banhou-se no esgoto e até saciou a sede nele. Naquele tumulto, na multidão, na sujeira e no fedor da cidade, sentia-se uma truta num riacho de água cristalina nas montanhas. Percebia-se que a possibilidade de guiar alguém em sua repugnante cidade lhe propiciava alegria. O pivete providenciava as explicações com fervor e não se preocupava com o fato de ninguém lhe indagar nada. Explicou que Riedbrune constituía uma etapa importante para os povoadores nilfgaardianos que caminhavam para o Norte com o intuito de tomar as terras prometidas pelo imperador: por volta de setenta hectares e aproximadamente quinhentas jeiras. E dez anos de isenção de impostos. Pois Riedbrune ficava na saída do Vale do Newi, que cortava os Montes Amell, no desfiladeiro Theodula, que unia as Encostas e Trásrios com Mag Turga, Geso, Metinna e Maecht, países havia muito tempo dominados pelo Império nilfgaardiano. A cidade de Riedbrune, o pivete explicou, era o último lugar onde os povoadores podiam contar com algo além deles próprios, sua mulher e aquilo que tinham nas carroças. Por isso a maioria dos povoadores ficava acampada por muito tempo nos arredores da cidade, tomando coragem para fazer o último salto em direção ao Jaruga e por detrás do Jaruga. E muitos deles, acrescentou o pivete com orgulho de um patriota do esgoto, ficavam na cidade para sempre, pois a cidade era cultura, e não um buraco fedendo a merda no meio do campo.

A cidade de Riedbrune fedia, e muito, inclusive a merda.

Geralt já estivera ali um dia, havia anos, mas não reconhecia o lugar. Muitas coisas haviam mudado. Antigamente não se viam tantos cavalarianos de armadura e capa, com emblemas prateados nas brafoneiras. Antigamente não se ouvia a língua nilfgaardiana por toda parte. Antigamente não existia a pedreira nas proximidades da cidade, em que gente esfarrapada, suja, esquálida e ensaguentada transformava as pedras em blocos e brita, sob chicotadas de supervisores vestidos de preto.

O pivete explicou que havia ali muito exército nilfgaardiano estacionado, mas não de forma permanente. Ficavam apenas durante os intervalos das marchas e das perseguições dos guerrilheiros da organização Encostas Livres. Uma forte equipe nilfgaardiana seria mandada para lá depois de uma enorme fortaleza de pedra ter sido erguida no lugar da antiga vila. A fortaleza seria construída com o material extraído da pedreira. Aqueles que trabalhavam lá eram prisioneiros de guerra de Lyria, Aedirn e, ultimamente, de Sodden, Brugge, Angren. E de Temeria. Em Riedbrune havia cerca de quatrocentos prisioneiros trabalhando. Uns quinhentos em minas, na escavação de minérios, e em minas a céu aberto nas redondezas de Belhaven, e mais de mil construíam pontes e planavam as estradas no desfiladeiro Theodula.

Na praça central, nos tempos de Geralt, também existia um cadafalso, embora muito menor. Não havia aqueles aparelhos todos que despertavam tantas associações horríveis, e nas forcas, estacas, forcados e paus não pendiam tantos adornos que despertavam nojo e fediam a podridão.

– É obra do senhor Fulko Artevelde, o prefeito recém-nomeado pelo governo militar –, o pivete explicou olhando para o cadafalso e os fragmentos da anatomia humana que o adornavam. – O senhor Fulko entregou mais alguém ao carrasco. Não se brinca com o senhor Fulko – acrescentou. – É um senhor severo.

O caçador de diamantes – conhecido do pivete – que encontraram na taberna não causou boa impressão em Geralt, pois estava ainda tomado por aquele estado pálido e trêmulo, semissóbrio, semibêbado, semirreal, próximo de um sonho provocado por uma farra e bebedeira que duraram três dias e noites seguidos. O bruxo perdeu a esperança num instante. Parecia que as notícias sensacionais sobre os druidas poderiam derivar de um simples *delirium tremens*.

Contudo, o caçador embriagado respondia às perguntas conscientemente e de forma sensata. Rebateu Jaskier, que o acusou de não parecer um caçador de diamantes e o provocou dizendo que quando achasse pelo menos um diamante o homem teria a aparência adequada. O sujeito indicou com exatidão e concretamente o lugar nas proximidades do lago Monduirn onde estavam os druidas, sem confabulações e isento da vaidade característica dos mentirosos. Permitiu-se perguntar o que seus interlocutores estavam procurando com os druidas, e foi ignorado com silêncio – ante essa manifestação de desprezo, avisou que entrar no carvalhal dos druidas era morte certa, pois eles tinham o costume de captar intrusos, colocá-los dentro da Boneca de Palha e queimá-los vivos ao som de orações, cantos e encantamentos. Parecia que boatos e superstição boba viajavam junto com os druidas, acompanhando seu passo de perto.

O resto da conversa foi interrompido por nove soldados de uniforme negro, armados de bisarmas com o símbolo do sol nas brafoneiras.

– O senhor é o bruxo chamado Geralt? – perguntou o subofficial que comandava os soldados, batendo a haste de madeira de carvalho na canela.

– Sou – Geralt respondeu sem hesitação. – Sou, sim.

– Então queira vir conosco.

– E como tem tanta certeza de que irei? Estão me prendendo?

O soldado olhava para ele com um silêncio que parecia não ter fim, e seu olhar, estranhamente, era de despeito. Não havia dúvidas de que sua escolta, composta de oito pessoas, é que o instigava a olhar desse jeito.

– Não – falou finalmente. – Não está preso. Não recebi nenhuma ordem para prendê-lo. Se tivesse uma ordem assim, teria feito a pergunta de outra forma. De forma completamente diferente.

Geralt ajeitou o cinto da espada, com um gesto ostensivo.

– E eu responderia de outra forma – respondeu com frieza.

– Ei, senhores – Jaskier decidiu intrometer-se, mostrando no rosto um sorriso que esperava parecer o de um experiente diplomata. – Para que esse tom? Somos pessoas honestas, não precisamos ter medo dos governantes. Ora, temos muita vontade de ajudá-los. Claro, sempre que surgir uma oportunidade. Mas, em troca, merecemos algo da parte deles, não é, senhor militar? Pelo menos algo tão insignificante como a explicação de por que desejam limitar nossas liberdades civis.

– Estamos em guerra, senhor – respondeu o soldado, que não pareceu perturbado pelo longo discurso. – As liberdades, como a palavra sugere, são algo para os tempos da paz. Contudo, o prefeito é a pessoa que lhes explicará os motivos. Eu só cumpro ordens, portanto não discutam.

– Se bem que é verdade – o bruxo admitiu e piscou o olho para o trovador. – Então me levem à prefeitura, senhor militar. E você, Jaskier, retorne para a companhia e informe o que aconteceu. Façam o que for preciso. Regis vai saber do que se trata.

•

– O que o bruxo faz nas encostas? O que procura?

A pessoa que fez a pergunta era um homem de cabelo escuro, de ombros largos e um rosto marcado por sulcos de cicatrizes e um tapa-olho de couro que cobria a órbita esquerda. Numa rua escura, a aparição desse rosto de ciclope era capaz de provocar muitos gemidos de pavor, embora sem motivos, pois o rosto pertencia ao senhor Fulko Artevelde, o prefeito de Riedbrune, guardião da lei e da ordem, o mais alto na hierarquia de toda a região.

– O que o bruxo está procurando nas encostas? – repetiu o guardião da lei e da ordem, o mais alto na hierarquia em toda a região.

Geralt suspirou e deu de ombros, fingindo indiferença.

– Pois o senhor conhece a resposta, senhor prefeito. As únicas pessoas que poderiam tê-lo informado sobre o fato de eu ser bruxo são os apicultores de Trásrios que me contrataram para protegê-los no caminho. E sendo bruxo, nas encostas ou em qualquer outro lugar, procuro oportunidade de ganhar dinheiro. No entanto, sigo o rumo apontado por aqueles que me contratam.

– Parece lógico – Fulko Artevelde acenou com a cabeça. – Pelo menos aparentemente. O senhor se separou dos apicultores faz dois dias, mas planeja continuar a marcha em direção ao Sul, numa companhia um tanto estranha. Com que intuito?

Geralt não abaixou os olhos, aguentou o olhar ardente do único olho do prefeito.

– Estou preso?

– Não. Por enquanto não.

– Então o destino e o rumo de minha marcha são assuntos privados. Como suponho.

– Sugeriria, no entanto, sinceridade e franqueza. Até para comprovar que não se sente culpado e não teme nem a lei, nem o governo que a garante. Tentarei repetir a pergunta: qual é o objetivo de sua expedição, bruxo?

Geralt não demorou a pensar.

– Estou tentando chegar aos druidas que antigamente estavam em Angren e agora teriam se mudado para estas redondezas. Não foi difícil conseguir essa informação com os apicultores por mim escoltados.

– Alguém o contratou para acabar com esses druidas? Será que os defensores da natureza queimaram na Boneca de Palha uma pessoa a mais?

– Lendas, fofocas, superstições, coisas estranhas numa pessoa ilustrada. Eu procuro informações com os druidas, não quero sangue. Mas francamente, senhor prefeito, acho que já fui sincero demais para provar que não tenho culpa de nada.

– Não se trata de seus sentimentos de culpa. Pelo menos não só disso. Queria, contudo, que em nossa conversa começassem a dominar tons de gentileza mútua. Pois, apesar das aparências, o objetivo desta conversa é, entre outras coisas, salvar sua vida e a de seus companheiros.

– O senhor prefeito me deixou muito curioso – Geralt demorou a responder. – Entre outras coisas, ouvirei as explicações com verdadeira e total atenção.

– Não duvido. Chegaremos a essas explicações, mas gradativamente. Por etapas. O senhor bruxo já ouviu falar de delação premiada? Sabe do que se trata?

– Sei. Trata-se de alguém que quer se livrar da responsabilidade entregando seus camaradas.

– Simplificando muito, talvez seja isso – Fulko Artevelde disse, mantendo a seriedade. – Aliás, típico de um nortelungo. Vocês frequentemente mascaram a falta de conhecimento com simplificações sarcásticas ou caricaturais que consideram engraçadas. Aqui, nas encostas, senhor bruxo, funciona a lei do Império. Para ser mais exato, aqui funcionará a lei do Império quando acabarmos por completo com a anarquia. A melhor forma de acabar com a anarquia e o banditismo é o cadafalso que o senhor deve ter visto na praça central. Mas, às vezes, a delação premiada também funciona.

– Há pouco tempo – continuou o prefeito – conseguimos apanhar uma quadrilha de jovens delinquentes numa emboscada. Os bandidos resistiram e por isso morreram...

– Mas nem todos, não é? – Geralt, num instante, tirou a conclusão de uma forma um tanto grosseira, pois já estava um pouco entediado com aquela cantilena. – Um foi preso vivo. Foi-lhe prometido que seria perdoado se aceitasse participar da delação premiada. Isto é, se começasse a depor e entregar gente. E então me entregou.

– De onde tirou essa conclusão? O senhor teve algum contato com os criminosos do local? Agora ou no passado?

– Não. Não tive. Nem agora, nem antes. Por isso, perdoe-me, senhor prefeito, mas todo esse alvoroço é um completo desentendimento ou uma farsa. Ou uma provocação. Se for o último caso, então proponho não perdermos tempo e passarmos ao assunto em questão.

– A ideia de uma provocação contra o senhor parece não deixá-lo em paz – observou o prefeito, franzindo a sobrancelha deformada por uma cicatriz. – Será que o senhor, apesar das afirmações, tem motivos para temer a lei?

– Não, mas estou começando a temer que aqui a luta contra a criminalidade seja dirigida de forma tosca, sem rigor, sem investigação minuciosa sobre culpa ou inocência. Mas talvez seja apenas uma simplificação caricatural, típica de um nortelungo burro que continua não entendendo como o prefeito de Riedbrune está tentando salvar-lhe a vida.

Fulko Artevelde, calado, encarou-o por um momento. Depois bateu palmas.

– Tragam-na aqui – ordenou aos soldados.

Geralt acalmou-se com algumas respirações, pois de repente uma ideia lhe provocou taquicardia e um pico de adrenalina. Teve que fazer mais algumas respirações ritmadas; precisou, surpreendentemente, fazer até o sinal com a mão escondida sob a mesa. E, surpreendentemente, não obteve resultado. Sentiu uma onda de calor. E de frio.

Os guardas empurraram Ciri para dentro do cômodo.

– Ó, vejam só – falou Ciri, logo após ter sido sentada numa cadeira com as mãos algemadas atrás do encosto. – Vejam só o que o gato trouxe!

Artevelde fez um gesto curto. Um dos guardas, um homem enorme com rosto de criança estabanada, lançou a mão devagar e deu uma bofetada no rosto de Ciri, fazendo que o banco balançasse.

– Perdoe-lhe – disse o guarda num tom de súplica e de forma surpreendentemente suave. – É jovem, inexperiente e atrevida.

– Angoulême – Artevelde falou devagar, mas em voz alta –, eu prometi que a ouviria. Mas com isso quis dizer que ouviria as respostas às minhas perguntas. Não tenho a menor intenção de ouvir suas piadas. Será castigada por elas. Entendeu?

– Sim, titio.

Um gesto e uma bofetada. A cadeira balançou.

– É jovem – balbuciou o guarda, esfregando a mão na cintura. – E atrevida...

Um fino fio de sangue correu de seu nariz arrebitado. Geralt logo percebeu que não era Ciri e ficou espantado com seu erro. A moça fungou com força e soltou um riso ferino.

– Angoulême – repetiu o prefeito –, você me entendeu?

– Entendi, sim, senhor Fulko.

– Quem é este?

A moça fungou mais uma vez, inclinou a cabeça, arregalou os enormes olhos para Geralt. Seus olhos eram castanhos, não verdes. Depois balançou o cabelo castanho-claro com mechas indisciplinadas que caíam sobre as sobrancelhas.

– Nunca o vi antes – lambeu o sangue que caíra em seus lábios. – Mas sei quem é. Já disse, senhor Fulko. Agora o senhor sabe que não menti. Ele se chama Geralt. É bruxo. Há uns dez dias atravessou o Jaruga e está indo em direção a Toussaint. Não é, tiozinho de cabelo branco?

– É jovem... E atrevida... – falou o guarda com pressa, olhando para o prefeito com certo desassossego. Mas Fulko Artevelde só franziu o cenho e balançou a cabeça.

– Angoulême, você ainda terá oportunidade de fazer gracejos no cadafalso. Bom, vamos lá. Com quem, segundo você, esse bruxo Geralt viaja?

– Também já falei! Com um bonitão chamado Jaskier, que é trovador e carrega um alaúde. Com uma jovem mulher de cabelo louro-escuro, cortado na altura dos ombros. Não sei seu nome. E com um homem que não me foi descrito e cujo nome também não foi mencionado. São quatro no total.

Geralt apoiou o queixo nos dedos das mãos, fitando a moça com curiosidade. Angoulême não baixou os olhos.

– Mas que olhos você tem – disse. – Olhos estrambolhos!

– Continue, Angoulême – o senhor Fulko a apressou, franzindo o cenho. – Quem mais faz parte da companhia do bruxo?

– Mais ninguém. Já disse que eram quatro. Está surdo, titio?

Um gesto e uma bofetada. E mais sangue escorreu. O guarda massageou a mão na cintura, restringindo-se a fazer comentários sobre o atrevimento dos jovens.

– Você está mentindo, Angoulême – o prefeito falou. – Pergunto mais uma vez: quantos são?

– Como quiser, senhor Fulko. Como quiser. A vontade é sua. São duzentos. Trezentos! Seiscentos!

– Senhor prefeito – Geralt antecipou rápida e bruscamente a ordem de bater na moça –, deixemos o assunto, se for possível. Aquilo que disse é suficientemente preciso, de forma que não se pode falar de mentiras. Seria talvez uma questão de falta de informações. Mas como ela tem essas informações? Ela própria admitiu que me viu agora pela primeira vez na vida. Eu também a vejo pela primeira vez. Dou minha palavra.

– Obrigado – Artevelde lançou-lhe um olhar torto – pela ajuda na investigação. Trata-se de uma valiosa ajuda. Quando começar a interrogá-lo, espero que também seja cooperativo. Angoulême, você ouviu o que o senhor bruxo falou? Diga. E não me force a apressá-la.

– Foi dito – a moça lambeu o sangue que correu de seu nariz – que se informasse aos governantes algum assassinato planejado, se entregasse aqueles que planejam algum tipo de maldade, seria concedida clemência a mim. Então estou falando, não é? Tenho conhecimento de um assassinato que está sendo planejado, quero prevenir um ato de maldade. Ouçam o que vou dizer: Rouxinol e sua companhia estão esperando em Belhaven por esse bruxo e querem matá-lo lá. Essa ordem lhes foi dada por um meio-elfo, um estrangeiro que nem o diabo sabe de onde surgiu, pois ninguém o conhece. Quem providenciou essas informações todas foi esse meio-elfo: quem era, como era, de onde viria, quando viria, em que companhia. Avisou que se tratava de um bruxo, que não era um panaca qualquer. Pelo contrário, que era esperto e que não era para se fingir de sagaz, mas logo apunhalá-lo pelas costas ou meter uma seta ou, melhor ainda, envenenar quando fosse comer ou beber em algum lugar em Belhaven. Rouxinol recebeu dinheiro do meio-elfo para esse fim. Muito dinheiro. E prometeu mais após o serviço completado.

– Com o serviço completado – Fulko Artevelde observou. – Então esse meio-elfo ainda está em Belhaven? Com o bando de Rouxinol?

– Talvez. Não sei. Já faz duas semanas que fugi da companhia de Rouxinol.

– Então esse seria o motivo pelo qual você os está entregando? – o bruxo sorriu. – Trata-se de vingança pessoal?

A moça semicerrou os olhos e contorceu os lábios inchados com um movimento asqueroso.

– Fique fora de meus assuntos de merda, tiozinho! E lembre-se de que estou salvando sua vida pelo fato de estar entregando esses caras, certo? Convinha pelo menos me agradecer!

– Obrigado – Geralt mais uma vez antecipou a ordem de fazer a moça apanhar. – Só queria fazer uma observação: no caso de se tratar de vingança, sua credibilidade diminuirá, delatora premiada. As pessoas entregam os outros para salvar sua pele e sua vida, mas mentem quando querem se vingar.

– Nossa Angoulême não tem nenhuma chance de poupar sua vida – interrompeu Fulko Artevelde. – Agora, quanto à pele, claro que quer poupá-la. Para mim é um fator absolutamente indiscutível. Não é, Angoulême? Quer poupar sua pele, não é?

A moça cerrou os lábios. E empalideceu na hora.

– Coragem de bandida – falou o prefeito com desprezo. – E de pirralha. Assaltar tendo vantagem sobre a vítima, roubar os fracos, matar os indefesos, isso sim. Agora, olhar a morte nos olhos, isso já é mais difícil. Não consegue fazer isso.

– Vamos ver ainda – rosnou.

– Veremos então – concordou Fulko com ar sério. – E ouviremos. Você cuspirá seus pulmões no cadafalso, Angoulême.

– O senhor me prometeu que concederia clemência.

– E cumprirei a promessa. Se aquilo que você disse for verdade.

Angoulême contorceu-se toda no banco, apontando com todo o seu corpo magro para Geralt.

– E o que é isso? – gritou. – Não é verdade? Então que ele negue que não é bruxo e que seu nome não é Geralt! Vai me dizer que menti?! Que vá então a Belhaven e terá uma prova melhor ainda de que não estou mentindo! De manhã acharão seu cadáver no esgoto. Só então é que dirão que não avisei sobre esse crime e não concederão porra nenhuma de clemência! É isso? Vocês são uns malandros filhos da puta! Malandros, nada mais do que isso!

– Não batam nela – disse Geralt. – Por favor.

Em sua voz havia algo que fez que as mãos do prefeito e do guarda parassem no ar, no meio do gesto. Angoulême fungou e fixou os olhos em Geralt.

– Obrigada, titio – disse. – Mas o fato de baterem em mim não é nada. Podem bater, se quiserem. Batiam em mim desde pequena, já me acostumei. Se você quer fazer um ato de bondade, então confirme que estou dizendo a verdade. Para que cumpram a palavra. Para que me enforquem, porra.

– Tirem-na daqui – ordenou Fulko, calando Geralt, que tentava protestar com um gesto.

– Já não precisamos dela – esclareceu quando ficaram sozinhos. – Eu sei de tudo e darei as explicações. E depois pedirei que o senhor faça o mesmo.

– Primeiro – a voz do bruxo era fria – me esclareça do que se tratava no final barulhento que terminou com um pedido de enforcamento. A moça fez o que um delator premiado tinha que fazer.

– Ainda não.

– Como assim?

– Homer Straggen, chamado de Rouxinol, é um homem excepcionalmente vil. Cruel e petulante, sagaz e inteligente. E sortudo. Sua impunidade incentiva os outros. Preciso acabar com isso. Por esse motivo entrei num acordo com Angoulême. Prometi que se Rouxinol fosse preso e seu bando aniquilado como consequência de seu depoimento, Angoulême seria enforcada.

– Como? – O bruxo não exagerou com seu espanto. – É assim que se concebe a delação premiada aqui? A forca em troca da cooperação com as autoridades? E o que esperam aqueles que se recusarem a cooperar?

– Estaca. Mas antes se arrancam os olhos e se dilacera o peito com ferro em brasa.

O bruxo não proferiu nem uma palavra.

– Isso se chama dar o exemplo pelo terror – retomou Fulko Artevelde após um momento. – Algo absolutamente necessário no combate ao banditismo. Por que está apertando o punho? Quase ouço seus dedos estalando. Será que o senhor defende a morte humanitária? O senhor pode se dar a esse luxo, pois luta contra seres que, por mais estranho que pareça, também matam de forma humanitária. Não posso me dar a esse luxo. Já vi caravanas de comerciantes e casas assaltadas por Rouxinol e gente como ele.

Vi o que se fazia com pessoas para que revelassem onde estavam os cofres ou para que confessassem as senhas de porta-joias ou caixas. Vi Rouxinol ordenar que investigassem mulheres com uma faca para ver se escondiam preciosidades. Vi pessoas submetidas a coisas ainda piores, por pura diversão. Angoulême, cujo destino o comove tanto, com certeza participava desse tipo de diversão. Fez parte de um bando faz um bom tempo. E se não fosse por mero acaso, se não fosse pelo fato de ela ter fugido do bando, ninguém saberia da emboscada em Belhaven e o senhor a conheceria em outras circunstâncias. Talvez ela o tivesse acertado com uma seta nas costas.

– Não gosto de especulações. O senhor sabe por que ela fugiu do bando?

– Seu depoimento nessa questão era um emaranhado só, e meus subordinados não queriam perder tempo com divagações. Mas todos sabem que Rouxinol pertence a essa classe de homens que submetem as mulheres a um papel, digamos, primitivamente natural. Se não consegue de outra forma, impõe-lhes esse papel à força. Além disso, com certeza havia conflitos provocados por divergências geracionais. Rouxinol é um homem maduro, e a última companhia de Angoulême era composta de fedelhos que nem ela. Mas são só especulações; no fundo nada disso importa. E o senhor, por obséquio, por que se incomoda tanto? Por que desde a primeira vista Angoulême desperta no senhor emoções tão vivas?

– Que pergunta estranha... A moça denuncia um atentado que seria preparado contra mim por seus antigos camaradas a mando de um meio-elfo. Algo bastante esquisito, porque não tenho contas a prestar com nenhum meio-elfo. Além disso, a moça sabe em que companhia estou viajando. Conhece detalhes, como o nome do trovador Jaskier e o fato de a mulher ter uma trança cortada. Essa trança é que me faz desconfiar de mentira ou provocação nisso tudo. Não teria sido difícil pegar e interrogar algum dos apicultores silvícolas com quem viajei na última semana. E fazer uma encenação rápida...

– Chega! – Artevelde bateu o punho na mesa. – O senhor está se precipitando demais. Quer dizer que eu é que estaria fazendo aqui uma encenação? Com que objetivo? Para enganá-lo ou prendê-lo? Então quem é o senhor, que tanto teme uma provocação ou detenção? Está com a consciência pesada, senhor bruxo?

– Peço outra explicação, por favor.

– Não, o senhor que me dê outra explicação!

– Sinto muito, não tenho.

– Poderia lhe dar uma dica – o prefeito sorriu com malícia. – Mas para quê? Vamos esclarecer o assunto. Não me interessa quem quer vê-lo morto e por quê. Não me interessa de onde essa pessoa tem informações tão precisas sobre o senhor, inclusive relativas à cor e ao comprimento de seus cabelos. Direi mais ainda: eu poderia nem lhe dizer nada sobre esse atentado, bruxo. Poderia simplesmente tratar sua companhia como uma isca para pegar Rouxinol, que não imagina o que está sendo tramado. Seguir, esperar até Rouxinol engolir o anzol, a linha, o peso e a boia, e então prendê-lo com minhas próprias mãos. Pois é Rouxinol quem eu quero, é ele que me importa. E se até lá o senhor já estivesse mordendo a terra? Hummm, seria apenas um mal necessário.

Ficou calado. Geralt não fez comentários.

– Saiba, meu senhor bruxo – o prefeito retomou após um instante –, que jurei a mim mesmo que a lei governaria esta terra. A qualquer custo e com qualquer método, *per fas et nefas*. Pois a lei não se trata de jurisprudência nem de um livro grosso cheio de parágrafos. Não são tratados filosóficos, disparates pretensiosos sobre a justiça ou clichês desgastados sobre a moralidade ou a ética. O que constitui a lei são as estradas e os caminhos seguros, becos na cidade por onde se pode passear até depois do pôr do sol. São as tabernas e biroscas de onde se pode sair para a latrina deixando o saquitel sobre a mesa e a esposa à espera. A lei é o sono sossegado dos homens seguros que serão despertados com o canto do galo, e não com fogo! E para aqueles que violam a lei: forca, machado, estaca e ferro em brasa! Castigo que amendrontará os outros. Aqueles que violam a lei devem ser pegos e castigados com todos os meios e métodos disponíveis... Nossa, bruxo! A desaprovação em seu rosto tem a ver com o fim ou com os meios? Acho que com os meios! Pois é muito fácil criticar os meios, mas todos desejam viver num mundo seguro, não é? Responda, vamos!

– Não há o que falar.

– Acho que há, sim.

– Senhor Fulko – Geralt disse com calma –, até aprecio o mundo descrito de acordo com a sua visão.

– Verdade? A expressão em seu rosto diz outra coisa.

– O mundo de seus sonhos é o mundo perfeito para um bruxo, já que nunca faltaria serviço para um bruxo. No lugar de códigos, parágrafos e clichês pretensiosos sobre a justiça, seu ideal dá espaço para a injustiça, a anarquia, a desordem e os interesses particulares dos príncipes e autarcas, para o excesso de zelo de oportunistas que querem adular seus superiores. Abre espaço para a malícia cega dos fanáticos, a crueldade dos assassinos, a desforra e a vingança sádica. Sua visão retrata um mundo de medo, um mundo em que as pessoas temem sair após o anoitecer não por causa do pavor diante dos bandidos, mas diante dos guardas, pois o efeito de uma grande caça aos bandidos é o ingresso em grande escala de bandidos nas fileiras de guardiães da lei. Sua visão implica um mundo de corrupção, chantagem e provocação, um mundo de delatores premiados, depoimentos forçados e testemunhas falsas. De acusações e medo. E inevitavelmente chegaria um dia em que se dilaceraria a fórceps o peito da pessoa errada, se enforcaria ou se enfiaria na estaca alguém inocente. E aí seria um mundo de crimes. Em breves palavras – concluiu –, seria um mundo em que um bruxo se sentiria como um peixe na água.

– Que coisa! – falou Fulko Artevelde após um momento de silêncio, esfregando a órbita coberta com o tapa-olho. – Idealista! Um bruxo. Um profissional. Assassino profissional, mas mesmo assim idealista. E moralista. Isso é perigoso em sua profissão, bruxo. É sinal de que você está mudando de ofício. Um dia hesitará em cortar uma estrige, pois talvez possa ser inocente, pois talvez se trate de vingança cega e de fanatismo cego. Não queria que chegasse a esse nível. E se um dia... tampouco lhe desejaria isso, mas seria possível, se um dia alguém machucasse de maneira cruel e sádica um ente querido, então gostaria de retomar esta conversa, a problemática do castigo proporcional à culpa. Quem sabe se ainda haveria tantas divergências em nossas concepções? Mas hoje, aqui e agora, não será esse o tema debatido. Hoje falaremos de um assunto concreto, e esse assunto é você.

Geralt ergueu levemente as sobrancelhas.

– Embora você tenha debochado de meus métodos e de minha visão do mundo da lei, meu caro bruxo, você será usado para concretizar essa visão. Repito: jurei a mim mesmo que aqueles que violam a lei serão castigados. Todos. Começando com os pequenos que falsificam os pesos na feira e terminando com aquele que rouba em algum caminho o transporte de arcos e flechas destinados ao Exército. Assaltantes, bandidos, ladrões e bandoleiros. Terroristas que se autodenominam combatentes pela liberdade, membros de uma organização chamada Encostas Livres. E Rouxinol. Principalmente Rouxinol. Rouxinol tem que ser punido, e rápido. O método não importa. Antes que declarem anistia e permitam que ele saia ileso... Bruxo, espero há meses por algo que me deixe à frente dele, para que eu possa guiá-lo, fazer que cometa um erro, aquele único erro decisivo que levará a sua perdição. Preciso falar mais ou você já adivinhou?

– Adivinhei, mas continue.

– O meio-elfo misterioso, o suposto incitador e instigador do atentado, avisou Rouxinol sobre o bruxo, recomendou cautela, desaconselhou imprudência, arrogância e ostentação. Sei que não foi em vão. No entanto, o aviso será desperdiçado. Rouxinol cometerá um erro. Atacará um bruxo prevenido e pronto para se defender. Atacará um bruxo que espera por um ataque. E esse será o fim do salteador Rouxinol. Quero entrar num acordo com você, Geralt. Será meu bruxo premiado. Não interrompa. É um acordo simples, os dois lados se comprometem e cumprem o que será combinado. Você acabará com Rouxinol. Eu, em troca...

Calou-se por um instante, sorriu com astúcia.

– Não perguntarei quem você é, de onde vem, para onde e com que objetivo viaja. Não perguntarei por que um de vocês fala com um sotaque nilfgaardiano que quase passa despercebido e por que o outro às vezes desperta raiva nos cachorros e cavalos. Não mandarei tirar do trovador Jaskier o tubo com anotações, não verificarei do que se trata. E passarei ao serviço secreto imperial informações sobre vocês só depois que Rouxinol estiver morto ou em meu calabouço. Quem sabe, talvez até mais tarde... Para que se apressar tanto? Eu lhes darei tempo. E uma oportunidade.

– Que oportunidade?

– De vocês chegarem a Toussaint. A esse ridículo principado de contos de fadas cujos limites nem o serviço secreto nilfgaardiano se atreve ultrapassar. No entanto, mais tarde, muitas coisas poderão mudar. Haverá anistia. Talvez um cessar-fogo nas terras do outro lado do Jaruga. Talvez até paz duradoura.

O bruxo ficou calado por um longo momento. Olhou para o prefeito. Seu rosto marcado de cicatrizes estava imóvel, o olho ardia em chamas.

– Tudo bem – Geralt falou por fim.

– Sem barganha? Sem condições?

– Sob duas condições.

– Claro, sou todo ouvidos.

– Primeiro preciso me deslocar por uns dias para o Oeste. Até o lago Monduirn. Preciso chegar aos druidas...

– Você está debochando de mim? – interrompeu Fulko Artevelde. – Quer dar uma de esperto comigo? Que Oeste? Todos sabem para onde leva sua rota! Inclusive Rouxinol, que já está montando uma emboscada. Para o Sul, em Belhaven, no lugar onde o Vale Sansretour, que leva até Toussaint, corta o Vale do Newi.

– Isso significa que...

– ... os druidas não estão à beira do lago Monduirn. Já faz mais ou menos um mês. Foram pelo Vale Sansretour até Toussaint, para buscar proteção sob as asas da princesa Anarietta de Beauclair, que tem um fraco por sujeitos excêntricos, raros e aberrantes e que avidamente concede asilo a esse tipo de gente em seu micropaís de conto de fadas. Você sabe disso, bruxo. Não me faça de idiota e não tente dar uma de esperto comigo!

– Não vou tentar – Geralt falou devagar. – Prometo que não vou. Amanhã partirei para Belhaven.

– Por acaso não se esqueceu de nada?

– Não, não esqueci. Minha segunda condição: quero Angoulême. Você apressará a anistia e a soltará do calabouço. O bruxo premiado precisa de seu delator premiado. Seja rápido, você aceita ou não?

– Aceito – respondeu quase de imediato Fulko Artevelde. – Não tenho outra opção. Angoulême é sua, sei que você concordou em cooperar comigo só por causa dela.

•

O vampiro, que cavalgava junto de Geralt, ouvia com atenção, não interrompia. O bruxo não se decepcionou com a perspicácia de Regis.

– Somos cinco, não quatro – concluiu logo que Geralt terminou de contar. – Viajamos em cinco desde agosto, atravessamos o Jaruga em cinco. E Milva cortou a trança apenas em Trásrios. Há aproximadamente uma semana. Sua protegida de cabelos claros sabe sobre a trança de Milva. E não contou cinco. Estranho.

– É o elemento mais estranho nessa estranha história?

– Não. O mais estranho é Belhaven, a vila onde teria sido montada a emboscada. Fica no meio das montanhas, na rota do Vale do Newi e do desfiladeiro Theodula...

– Para onde nunca planejamos ir – completou o bruxo apressando Plotka, que começava a ficar para trás. – Há três semanas, quando esse bandoleiro Rouxinol aceitava o encargo desse tal de meio-elfo para me matar, estávamos em Angren, íamos para Caed Dhu, temendo os pântanos de Ysgith. Nem sabíamos que iríamos atravessar o Jaruga. Diabos, nem hoje de manhã sabíamos...

– Sabíamos – interrompeu o vampiro. – Sabíamos que procurávamos os druidas. Hoje de manhã, do mesmo jeito que três semanas antes. Esse misterioso meio-elfo está organizando uma armadilha na estrada que leva até os druidas, certo de que seguiremos por esse caminho. Ele simplesmente...

– ... sabe melhor do que a gente para onde esse caminho leva – o bruxo se vingou pelas interrupções do vampiro. – Como ele sabe disso?

– Será preciso perguntar a ele. Por isso você fez esse acordo com o prefeito, não foi?

– Foi, sim. Conto com a possibilidade de conversar um pouco com esse senhor meio-elfo – Geralt lançou um sorriso repugnante. – Mas, antes que isso aconteça, por acaso você não chegou a nenhuma conclusão? Não surgiu uma conclusão óbvia?

O vampiro o encarou por algum tempo em silêncio.

– Não estou gostando do que você diz, Geralt – disse, enfim. – Não estou gostando do que está pensando. Considero essa ideia pouco agradável. Uma ideia surgida às pressas, sem reflexão, resultado de preconceito e ressentimento.

– Então como explicar...

– Com qualquer coisa – Regis o interrompeu num tom que nunca antes usara com Geralt. – Com qualquer coisa, exceto essa. Você, por exemplo, não está levando em consideração a possibilidade de que sua protegida de cabelos claros esteja simplesmente mentindo?

– Ei, tiozinho! – Angoulême gritou, montando, atrás deles, a mula Draakul. – Não me chame de mentirosa se você não pode provar!

– Não sou seu tiozinho, minha filha.

– E eu não sou sua filha, tiozinho!

– Angoulême – o bruxo virou-se na sela –, cale-se.

– Como você ordenar – Angoulême sossegou num instante. – Você pode mandar. Foi você que me tirou daquela caverna, das garras do senhor Fulko. Agora eu lhe obedeço, você é o chefe, o cabeça da companhia...

"Cale-se, por favor", Angoulême murmurou em voz baixa, deixou de apressar Draakul e ficou para trás, até porque Regis e Geralt aceleraram, alcançando Jaskier, Cahir e Milva, que iam na frente. Seguiam em direção às montanhas, ao longo da margem do rio Newi, cujas águas corriam com pressa sobre as pedras das encostas, águas turvas e de cor marrom após as últimas chuvas. Não estavam sozinhos. Passavam ou ultrapassavam com frequência os esquadrões da cavalaria nilfgaardiana, assim como cavaleiros solitários, carroças de povoadores e caravanas de comerciantes.

No Sul erguiam-se os Montes Amell, cada vez mais próximas e mais ameaçadoras. E o cume pontudo de Górgona, o Monte do Diabo, mergulhado em nuvens que rapidamente cobriram todo o céu.

– Quando você vai falar para eles? – perguntou o vampiro, apontando com o olhar o trio que seguia na frente.

– No acampamento.

•

Jaskier foi o primeiro a falar quando Geralt terminou de contar.

– Corrija-me, se estiver errado – disse. – Essa moça, Angoulême, que você de bom grado e tranquilamente deixou que se juntasse à nossa companhia, é criminosa. Para poupá-la da pena, por acaso merecida, você concordou em colaborar com os nilfgaardianos. Deixou que o contratassem. Pior, não só que o contratassem, mas que nos contratassem também. Agora devemos todos ajudar os nilfgaardianos a pegar ou matar um assassino. Em breves palavras: você, Geralt, virou um mercenário nilfgaardiano, caçador de recompensas, pistoleiro. E nós assumimos o posto de seus acólitos... ou servos...

– Você tem um talento incrível para simplificar, Jaskier – murmurou Cahir. – Será que não entende mesmo do que se trata? Ou está falando por falar?

– Cale-se, nilfgaardiano. Geralt?

– Para começar – o bruxo jogou na fogueira o pedaço de madeira com o qual estava brincando fazia um tempo –, ninguém precisa me ajudar nos meus planos. Posso resolver sozinho. Sem acólitos e servos.

– Você é corajoso, tiozinho – falou Angoulême. – Mas a hansa de Rouxinol é composta de vinte e quatro homens bravos e bons que não ficarão com medo com tanta facilidade. Quanto à questão de lutar com a espada, mesmo se for verdade o que dizem sobre os bruxos, ninguém sozinho conseguirá enfrentar vinte e quatro homens. Você salvou minha vida, então devo o mesmo a você: aviso e ajuda.

– Que diabos é uma hansa?

– Na nossa língua, *Aen hanse* – esclareceu Cahir – significa uma organização armada, unida pelos laços de amizade...

– Uma companhia, então?

– Exatamente. A palavra, como vejo, faz parte da gíria local...

– Hansa é hansa – interrompeu Angoulême. – Em nossa língua, é uma comitiva ou hansa. Falar sobre o quê? Eu falei sério. Um contra toda a hansa não tem chances. E, para piorar, você não conhece nem Rouxinol, nem uma alma viva em Belhaven ou nas redondezas, nem os inimigos, nem os amigos ou aliados. Não tem conhecimento das estradas que levam até a vila, e são várias.

Eu digo o seguinte: o bruxo não conseguirá se virar sozinho. Não sei qual é o costume de vocês, mas eu não o deixarei sozinho. Foi ele que, como o tiozinho Jaskier falou, de bom grado e tranquilamente me aceitou na companhia, embora eu seja uma criminosa... E meu cabelo ainda fede a cadeia... não tive como lavar... Foi o próprio bruxo que me tirou dessa cadeia para a luz do dia. E lhe sou grata. Por isso não vou deixá-lo sozinho. Vou guiá-lo a Belhaven, até Rouxinol e a esse meio-elfo. Vou junto com ele.

– Eu também – declarou de imediato Cahir.

– E eu também! – falou Milva de repente.

Jaskier apertou no peito o tubo com as anotações que ultimamente não largava sequer por um instante. Abaixou a cabeça. Era visível que estava confuso, lutando contra seus próprios pensamentos. E os pensamentos estavam ganhando.

– Não medite, poeta – falou Regis com calma. – Pois não há nada de que possa se envergonhar. Você tem ainda menos aptidão do que eu para participar de um combate sanguíneo com espadas e facas. Não fomos ensinados a ferir o próximo com ferro. Além disso... Além disso, eu...

Ergueu os olhos reluzentes para o bruxo e Milva.

– Sou covarde – confessou logo. – Se não for preciso, não quero passar por aquilo que passei naquele dia, na embarcação e na ponte. Nunca. Por isso peço que me excluam do grupo de combate que vai até Belhaven.

– Você me tirou dessa embarcação nas costas – Milva falou baixo – e da ponte, quando a fraqueza não me deixava andar. Se você fosse mesmo covarde, com certeza teria me deixado sozinha ou teria fugido do local. Mas não foi covarde. Você me ajudou, Regis.

– Muito bem falado, tia – afirmou Angoulême, convencida. – Não sei exatamente do que se trata, mas falou bem.

– Não sou nenhuma tia para você! – os olhos de Milva tinham um brilho agourento. – Cuidado, moça! Me chame assim mais uma vez e você vai ver!

– Verei o quê?

– Calma! – gritou o bruxo com ímpeto. – Chega, Angoulême! Estou vendo que preciso botar ordem aqui. Acabou o tempo de viajar às cegas para o horizonte, pensando que talvez haja algo lá, atrás do horizonte. Chegou a hora de ações concretas. Hora de cortar gargantas. Pois finalmente há gargantas para cortar. Aqueles que até agora não entenderam, que entendam. Finalmente temos um inimigo concreto bem perto de nós. Um meio-elfo que quer nossa morte, então é agente das forças inimigas. Fomos avisados graças a Angoulême, e, de acordo com o provérbio, melhor prevenir do que remediar. Preciso pegar esse meio-elfo e forçá-lo a falar quem lhe dá ordens. Você entendeu, Jaskier?

– Parece que entendo mais e melhor que você – o poeta disse com calma. – Sem nenhuma necessidade de pegar e forçar ninguém a falar, acho que esse misterioso meio-elfo atua a serviço de Dijkstra, que você deixou manco em minha presença em Thanedd, ao massacrar a articulação do tornozelo dele. Dijkstra, após o relato do marechal Vissegerd, com certeza nos considera espiões nilfgaardianos. E depois de nossa fuga do corpo militar dos guerrilheiros lyrianos, sem dúvida a rainha Meve acrescentou alguns itens à lista de nossos delitos...

– Está errado, Jaskier – intrometeu-se Regis em voz baixa. – Não é Dijkstra, nem Vissegerd, nem Meve.

– Quem, então?

– Qualquer julgamento ou conclusão seriam precoces.

– Concordo – falou o bruxo devagar e com frieza. – Por isso precisamos investigar o assunto já no local. E tirar as conclusões usando autópsia.

– Mas ainda acho que é uma ideia estúpida e arriscada – Jaskier não se entregava. – É bom que tenhamos sido alertados sobre a cilada, que tenhamos conhecimento dela. Então, se sabemos disso, por que não nos desviamos? Assim esse elfo ou meio-elfo ficaria esperando por nós até cansar. Que possamos seguir nosso caminho...

– Não – interrompeu o bruxo. – Chega de discursos, meus queridos. Chega de anarquia. Chegou o tempo de nossa... hansa... ter um chefe.

Todos, junto com Angoulême, olhavam para ele envoltos num silêncio cheio de esperança.

– Eu, Angoulême e Milva – disse – vamos a Belhaven. Cahir, Regis e Jaskier vão para o Vale Sansretour em direção a Toussaint.

– Não – falou de repente Jaskier, apertando o tubo com mais força ainda. – De jeito nenhum. Não posso...

– Cale-se. Não é uma disputa. Foi uma ordem do chefe da hansa! Vocês vão para Toussaint; você, Regis e Cahir. Vão nos esperar lá.

– Toussaint para mim significa morte – declarou o trovador com uma voz débil. – Quando me reconhecerem em Beauclair, no castelo, serei condenado à morte. Preciso lhes confessar que...

– Não precisa – o bruxo o interrompeu. – Tarde demais. Poderia ter desistido, mas você não queria. Ficou na companhia para salvar Ciri. Não foi assim?

– Foi.

– Então seguirá com Regis e Cahir pelo Vale Sansretour. Vocês nos esperarão nas montanhas, sem atravessar a fronteira de Toussaint. No entanto... se for necessário, terão que atravessar. Pois os druidas, esses de Caed Dhu, os conhecidos de Regis, estarão em Toussaint. Se for preciso, conseguirão as informações com os druidas e seguirão o caminho para resgatar Ciri... sozinhos.

– Como assim, sozinhos? Você prevê a possibilidade...

– Não prevejo nada, estou levando em consideração a possibilidade. O tal chamado por acaso. Ou o último dos casos. Talvez tudo corra bem e não seja necessário passarmos por Toussaint. Mas qualquer coisa... O importante é que nenhuma perseguição nilfgaardiana os seguirá até Toussaint.

– Não seguirá mesmo – intrometeu-se Angoulême. – O estranho é que Nilfgaard respeita as fronteiras de Toussaint. Uma vez, também me escondi ali de uma perseguição. Mas os cavaleiros de lá são iguais aos Negros! Elegantes, de fala polida, mas rápidos no manejo da espada e da lança. E patrulham a fronteira o tempo todo. Chamam-se de fátuos. Andam sozinhos ou em dois ou três. E acabam com a bandalheira. Isto é: nós. Bruxo, há uma coisa a mudar em seus planos.

– O quê?

– Se queremos ir a Belhaven e confrontar Rouxinol, você e o senhor Cahir irão comigo. E a tia que vá com os outros.

– E por que assim? – Geralt acalmou Milva com um gesto.

– Para esse tipo de serviço, precisamos de homens. Por que você está se endiabrando, tia? Sei o que estou dizendo! Na hora agá talvez seja preciso ameaçar mais do que usar a própria força. E ninguém da hansa de Rouxinol ficará com medo de um trio com duas mulheres e um homem.

– Milva vai conosco. – Geralt apertou os dedos no antebraço da arqueira que estava furiosíssima. – Milva, sem Cahir. Não quero ir com Cahir.

– E por quê? – perguntaram Angoulême e Cahir quase simultaneamente.

– Pois é – Regis falou devagar. – Por quê?

– Porque não confio nele – respondeu em seguida.

Caiu um silêncio desagradável, pesado, quase pegajoso. Vozes altas, gritos e cantos chegavam da floresta, onde uma caravana de comerciantes e um grupo de viajantes acampavam.

– Esclareça – falou enfim Cahir.

– Alguém nos traiu – disse o bruxo em tom seco. – Depois da conversa com o prefeito e das revelações de Angoulême, não há dúvidas quanto a isso. E, se pensarmos bem, poderemos chegar à conclusão de que o traidor está entre nós. E para adivinhar de quem se trata não é preciso refletir muito.

– Pelo que me parece – Cahir franziu as sobrancelhas –, você se permitiu sugerir que eu sou o traidor?

– Não nego ter pensado isso, não – a voz do bruxo estava fria. – Há vários indícios. Isso esclareceria muitas coisas. Muitas mesmo.

– Geralt – falou Jaskier –, por acaso não está exagerando um pouco?

– Que ele fale – Cahir mordeu os lábios. – Que fale. Que não fique constrangido.

– Ficamos pensando como poderia ter surgido o erro nas contas – Geralt passou os olhos nos rostos dos companheiros. – Vocês sabem do que se trata: somos cinco, e não quatro. Imaginamos que alguém simplesmente errou: o misterioso meio-elfo, o bandoleiro Rouxinol ou Angoulême. E se excluir a versão do erro? Aí surge a seguinte versão: na companhia há cinco pessoas, mas Rouxinol precisa matar apenas quatro. Pois a quinta pessoa é um aliado dos assaltantes. Alguém que constantemente os informa sobre nossos movimentos. Desde o início, desde o momento em que a companhia se formou, depois de comer aquela famosa sopa de peixes. Aceitando um nilfgaardiano como um dos membros. Um nilfgaardiano que precisa chegar até Ciri, precisa entregá-la ao imperador Emhyr, pois é disso que depende sua vida e sua futura carreira...

– Então não estava enganado – falou Cahir sem pressa. – Contudo, sou traidor, então. Um inconfidente pérfido e mesquinho?

– Geralt – falou Regis –, perdoe-me a franqueza, mas sua teoria está furada que nem uma peneira velha. E sua ideia, como eu já havia falado, é maldosa.

– Sou traidor – repetiu Cahir, como se não tivesse ouvido as palavras do vampiro. – Mas, pelo que entendi, não existe nenhuma prova de minha traição, apenas traços obscuros e especulações do bruxo. Pelo que entendi, a tarefa de provar inocência é minha. Precisarei comprovar que não tenho duas caras, não é?

– Não seja patético, nilfgaardiano – Geralt resmungou, ficou na frente de Cahir e o atingiu com seu olhar. – Se eu tivesse provas de sua culpa, não perderia tempo falando. Simplesmente o cortaria em postas, como se faz com um arenque! Você conhece a regra *cui bono*? Então responda: quem, além de você, teria o menor motivo para recorrer à traição? Quem, além de você, lucraria qualquer coisa com a traição?

Um estampido alto e demorado ressoou no acampamento dos comerciantes. Fogos de artifício em tons dourados e vermelhos estouraram no céu negro. Pipocaram feito um enxame de abelhas douradas e caíram em forma de chuva multicolor.

– Não tenho duas caras – falou o jovem nilfgaardiano com uma voz forte e melodiosa. – Contudo, infelizmente, não posso provar. Mas posso fazer outra coisa. Aquilo que me cabe, que devo fazer quando sou ofendido e insultado, quando alguém mancha minha honra e tira minha dignidade.

Seu movimento foi rápido como um relâmpago. Mesmo assim, não conseguiria surpreender o bruxo se não fossem os joelhos doloridos que complicavam seus movimentos. Geralt não conseguiu se esquivar, e o soco dado por um punho revestido de luva de cavaleiro o atingiu na mandíbula com tanta força que perdeu o equilíbrio e caiu para trás, exatamente para dentro da fogueira, levantando faíscas. Ficou em pé com ímpeto, mas não com tanta rapidez, por causa da dor no joelho. Cahir já estava junto dele. E dessa vez o bruxo nem teve tempo de esquivar-se, o soco o atingiu na lateral da cabeça. Fogos de artifício reluziram diante de seus olhos, mais coloridos que aqueles dos comerciantes. Geralt soltou uma maldição e foi para cima de Cahir, lançou-o por cima dos ombros e jogou-o no chão. Rolaram por cima do cascalho, numa sova de socos.

E isso tudo sob a luz assombrosa e artificial dos fogos que pipocavam no céu noturno.

– Parem! – gritava Jaskier. – Parem, seus malditos idiotas!

Habilidosamente, Cahir deu uma rasteira em Geralt e um soco nos dentes na hora que ele tentou se levantar. Geralt encolheu-se, contraiu-se e deu um chute. Não acertou na virilha, mas pegou a coxa. Estavam grudados de novo, caíram, rolaram, batiam e acertavam em qualquer parte do corpo, cegos por causa dos golpes, da poeira e da areia que entravam em seus olhos.

E de repente separaram-se, rolaram em direções opostas, encolhendo-se e protegendo as cabeças dos golpes que zuniam no ar.

Milva havia tirado seu grosso cinto de couro das ancas. Segurara a fivela, enrolando no punho. Pegou os guerreiros e começou a dar uma surra neles, começando pela orelha, com toda a força, sem poupar a força da cinta e da mão. Com um estalo seco, o cinto zunia e atingia as mãos, os ombros, as costas e os braços, tanto de Cahir como de Geralt. Quando se separaram, Milva saltava de um para o outro como um gafanhoto, e continuava a espancá-los de forma justa – para que nenhum deles apanhasse nem mais nem menos que o outro.

– Seus idiotas burros! – gritou, estalando a cinta nas costas de Geralt. – Seus cretinos imbecis! Eu vou lhes mostrar como recuperar o juízo!

– Já? – gritou com mais força ainda, açoitando as mãos com as quais Cahir cobria a cabeça. – Já passou? Já se acalmaram?

– Já! – uivou o bruxo. – Chega!

– Chega! – repetiu Cahir, encolhido. – Chega!

– Chega – o vampiro disse. – Agora já chega, Milva.

A arqueira arfava, secando a testa com o punho envolvido no cinto.

– Parabéns – falou Angoulême. – Parabéns, tia.

Milva virou-se na ponta do calcanhar e atingiu a moça com o cinto, açoitando-a no ombro. Angoulême gritou, sentou-se e caiu em prantos.

– Eu falei – arfou Milva – para não me chamar assim. Eu avisei!

– Não aconteceu nada! – com uma voz um tanto trêmula, Jaskier acalmava os comerciantes e viajantes que acorreram das fogueiras vizinhas. – Foi apenas um desentendimento. Uma discussão amigável. Já está tudo resolvido!

O bruxo tocou com a língua o dente solto e cuspiu o sangue que corria do lábio cortado. Já sentia as costas e os braços inchados, e sua orelha, açoitada pela cinta, provavelmente já estava quase do tamanho de uma couve-flor. Cahir rastejava ao seu lado, estabanado, segurando a bochecha. Em questão de instantes, grandes vergões causados pelo flagelo surgiam e inchavam em seu braço nu.

A cinza do último fogo de artifício, uma chuva que cheirava a enxofre, caiu, atingindo o chão.

Angoulême soluçava, segurando seu ombro. Milva jogou o cinto para o lado e, após um momento de hesitação, ajoelhou-se junto dela e a abraçou sem proferir nem uma palavra.

– Proponho que vocês se apertem as mãos – falou o vampiro com voz fria. – Proponho nunca, absolutamente nunca mais voltarem a esse assunto.

De repente, o vento que descia das montanhas assobiou, lançando uma rajada que parecia carregar uivos, gritos e vozes fantasmagóricas. As nuvens que atravessavam o céu adquiriram formas fantásticas. A foice da lua tornou-se vermelha feito sangue.

•

Antes do amanhecer foram acordados pelo coro raivoso e pela agitação das asas dos curiangos.

Partiram logo após o nascer do sol, que com sua luz ofuscante derreteu a neve no cume das montanhas. Puseram-se a caminho antes que o sol surgisse por detrás das montanhas, antes que as nuvens cobrissem todo o céu.

Atravessaram florestas, e o caminho levava para cada vez mais alto, o que podia ser notado pelos tipos de árvores. De repente, os carvalhos e os carpinos rarearam e eles entraram nas sombras dos faiais, cujas folhas caídas formavam um extenso tapete constituído por fungo, teias de aranhas e cogumelos. Havia uma quantidade enorme de cogumelos. O fim do verão chuvoso trouxera abundância de cogumelos outonais. Em certos pontos, a camada mais baixa do faial desaparecia sob os chapéus de boletos, sanchas ou laranjinhas.

Os faiais estavam envolvidos em silêncio. Parecia que a maioria dos pássaros cantores já saíra em sua viagem outonal ao paraíso. Apenas as gralhas molhadas grasnavam nos confins da mata.

Depois acabaram as faias e apareceram os abetos. A floresta cheirava a resina.

Começaram a aparecer cada vez mais colinas e vales descampados, que os supreendiam com um forte vendaval que corria por entre eles. O rio Newi espumava nas encostas e nas cascatas, e suas águas – apesar das chuvas – estavam cristalinas.

Górgona erguia-se no horizonte, cada vez mais próximo.

O ano inteiro, neve e glaciais derretiam-se nas laterais angulosas da colossal montanha, que parecia sempre envolta em faixas brancas. O cume do Monte do Diabo permanecia encoberto por nuvens que lembravam a cabeça e o pescoço de uma noiva misteriosa. No entanto, de quando em quando, Górgona, feito dançarina, chacoalhava seu manto branco. A visão era deslumbrante, mas trazia morte: das paredes íngremes da montanha desciam avalanches que varriam tudo o que encontravam em seu caminho até os amontoados rochosos estendidos aos seus pés, e mais abaixo, pela encosta, até as linhas florestais de abetos sobre o desfiladeiro Theodula, sobre os vales do Newi e Sansretour e os negros olhos d'água serranos.

O sol, que apesar de tudo conseguira romper as nuvens, pôs-se cedo demais – simplesmente se escondeu atrás das montanhas no Oeste, inflamando-as com um fulgor dourado e púrpura.

Pernoitaram. O sol nasceu.

E chegou a hora de se separarem.

•

Envolveu a cabeça minuciosamente com o lenço de seda de Milva. Vestiu o chapéu de Regis. Mais uma vez verificou a posição do sihill nas costas e dos dois punhais por dentro das gáspeas.

Ao lado, Cahir afiava sua longa espada nilfgaardiana. Angoulême atou uma faixa de lã na cabeça, enfiou uma faca de caçador – presente de Milva – por dentro da gáspea. A arqueira e Regis selavam os cavalos. O vampiro ofereceu seu cavalo negro a Angoulême e pegou a mula Draakul em troca.

Estavam prontos. Faltava fazer só uma coisa.

– Venham aqui, todos.

Aproximaram-se.

– Cahir, filho de Ceallach – começou Geralt, tentando não ser patético. – Eu o magoei com suspeitas injustas e agi com desdém. Peço perdão, diante de todos aqui, abaixando a cabeça. Peço desculpas na presença de todos e gostaria que você me perdoasse. Peço perdão a todos vocês também, pois o que fiz foi lamentável, sujeitando-os a ver e ouvir tudo aquilo.

– Eu descarreguei em Cahir e em vocês minha raiva e minhas mágoas, por causa da necessidade de saber quem nos traiu e quem sequestrou Ciri, que estamos tentando resgatar. Minha raiva deriva do fato de se tratar de uma pessoa que já me foi muito próxima.

– O lugar onde estamos, nossos planos, o caminho que escolhemos e para onde seguimos... tudo foi detectado através da magia de escaneamento, de rastreamento. Para um mestre em magia, não é difícil detectar e observar de longe uma pessoa que ele conhece e que lhe é próxima ou com a qual tenha tido um contato psíquico duradouro, que tenha lhe permitido criar uma matriz. Mas a feiticeira e o feiticeiro de quem falo cometeram um erro. Denunciaram-se. Erraram ao contar os membros da companhia, e esse erro os revelou. Regis, explique a eles.

– Geralt pode ter razão – falou Regis devagar. – Como qualquer vampiro, permaneço invisível para uma sonda mágica visual e para o escaneamento, isto é, para o feitiço de rastreamento. Pode-se rastrear um vampiro por meio do feitiço analítico, de perto, mas não é possível detectar um vampiro usando um feitiço de rastreamento a distância. O feitiço de rastreamento não mostra o vampiro. No lugar onde ele está a varredura não mostra ninguém. Apenas um feiticeiro poderia ter errado diante de nosso grupo, detectando quatro pessoas onde havia cinco, ou seja, quatro pessoas e um vampiro.

– Aproveitaremos esse erro dos feiticeiros – o bruxo retomou o discurso. – Eu, Cahir e Angoulême conversaremos em Belhaven com o meio-elfo que contratou os assassinos para nos matar. Não lhe perguntaremos quem dá as ordens, pois já temos conhecimento disso. Perguntaremos onde estão os feiticeiros a mando de quem ele atua. Quando soubermos onde fica esse lugar, iremos para lá. E nos vingaremos.

Todos permaneceram calados.

– Paramos de contar os dias, por isso nem notamos que é vinte e cinco de setembro. Há dois dias foi a noite do equinócio. Sim, foi exatamente a noite que vocês pensam. Vejo o desalento de vocês, vejo-o refletido em seus olhos. Vocês captaram o sinal, naquela noite horrenda, quando os comerciantes acampados animavam-se com aguardente, cantos e fogos de artifício. Decerto captaram o pressentimento com menos nitidez que eu e Cahir, mas vocês estão desconfiados. Suspeitam de algo. E temo que estejam certos.

Grasnaram as gralhas que sobrevoavam o vale.

– Tudo indica que Ciri está morta. Morreu há dois dias, na noite do equinócio, em algum lugar distante, solitária, sozinha, entre pessoas inimigas e desconhecidas.

– E o que nos resta é apenas vingança, sanguínea e cruel, sobre a qual se contarão histórias daqui a cem anos. Histórias que despertarão medo nas pessoas que as ouvirão após o anoitecer. E as mãos daqueles que desejam cometer crime igual tremerão só de pensar em nossa vingança. Daremos um exemplo medonho! Usando os métodos do senhor Fulko Artevelde, o sábio senhor Fulko que sabe como bandidos e homens vis devem ser tratados. Até ele ficará abismado com nosso exemplo!

– Comecemos, então, e que o inferno venha nos ajudar! Cahir, Angoulême, aos cavalos. Vamos seguir o rio Newi acima até Belhaven. Jaskier, Milva, Regis, vocês se dirigirão a Sansretour, à fronteira de Toussaint. Não se perderão, pois Górgona indicará o caminho. Até logo.

•

Ciri acariciava um gato negro que, como todos os gatos no mundo, voltou à choupana no pantanal quando a paixão pela liberdade e pela safadeza foi incomodada pelo frio, pelo desconforto e pela fome. Agora estava deitado no regaço da garota, enfiava sua nuca sob a mão dela e ronronava, mostrando profundo deleite.

O gato não se importava nem um pouco com o que a moça contava.

– Foi a única vez que sonhei com Geralt – falou Ciri. – Desde aquela vez, desde a separação na ilha de Thanedd, desde a Torre da Gaivota, nunca o tinha visto em meus sonhos. Por isso achava que estivesse morto. E de repente tive esse sonho, como um daqueles de antigamente, que Yennefer chamava de premonições, presságios, que mostram o futuro ou o passado. Aquilo foi na noite que antecedeu o equinócio. Numa vila cujo nome não me lembro. No porão em que Bonhart me trancou. Depois de me espancar e forçar a confessar quem eu era.

– Você revelou quem é? – Vysogota ergueu a cabeça. – Você lhe disse tudo?

– Paguei com humilhação e desprezo a mim mesma – engoliu a saliva – pela covardia.

– Fale-me sobre seu sonho.

– Vi uma montanha enorme, íngreme, angulosa como uma faca de pedra. Vi Geralt. Ouvi o que dizia. Com nitidez. Todas as palavras, como se estivesse ali perto. Eu me lembro que queria gritar que não era bem assim, que tudo aquilo era mentira, que estava completamente enganado... Que confundiu tudo! Que ainda não passara o equinócio, e então, mesmo se eu morresse no equinócio, ele não poderia me declarar morta com antecedência, porque eu estava viva, e não poderia acusar Yennefer e dizer coisas desse tipo sobre ela...

Ficou quieta por um instante, acariciou o gato, fungou com força.

– Mas não conseguia falar nem uma palavra. Não conseguia nem respirar... Parecia que estava me afogando. E acordei. A última coisa que vi, que me lembro desse sonho, eram três cavaleiros, Geralt e mais dois, galopando por um barranco de cujas encostas caíam cascatas...

Vysogota permanecia calado.

•

Se naquela noite alguém conseguisse aproximar-se sorrateiramente da choupana com o telhado de palha afundado e se espreitasse pelas venezianas, veria no interior mal iluminado um ancião de barba branca que ouvia, concentrado, a história contada por uma garota de cabelo cinzento com o rosto deformado por uma cicatriz horrenda na bochecha.

Veria um gato negro deitado no regaço da garota, ronronando languidamente, pedindo carinho, para a alegria dos ratos que corriam pelo cômodo.

Mas ninguém poderia vê-los. A choupana com o telhado afundado, coberto de musgo, ficava bem escondida por entre os pântanos de Pereplut, num ermo eternamente enevoado onde ninguém se atrevia a adentrar.

CAPÍTULO SEXTO

> *Sabe-se que quando um bruxo provoca sofrimento ou morte, experimenta um gosto e um prazer parecidos apenas com o que é experimentado por um homem normal e devoto quando faz sexo com sua esposa legítima,* ibidem cum eiaculatio. *Isso comprova claramente que até nessa matéria o bruxo é uma criatura aberrante, um degenerado imoral e asqueroso nascido do fundo mais negro e mais fétido do inferno, pois apenas o diabo poderia sentir prazer com o sofrimento e o tormento.*
>
> Anônimo, *Monstrum, ou a descrição dos bruxos*

Saíram da rota principal que levava pelo Vale do Newi e cortaram caminho atravessando as montanhas. Deslocavam-se com a velocidade permitida pela vereda estreita, sinuosa, colada às rochas de formas fantásticas cobertas de musgo e líquen. Passavam entre precipícios rochosos dos quais se derramavam películas de cascatas e quedas-d'água. Atravessavam barrancos e ribanceiras, pontes pendentes sobre precipícios nos quais corriam riachos cheios de espuma branca.

A lâmina íngreme de Górgona parecia erguer-se sobre a cabeça deles. Não conseguiam ver o cume do Monte do Diabo, que mergulhara nas nuvens e névoas que cobriam o céu. O tempo, como normalmente acontece nas montanhas, fechou em poucas horas. Começou a chuviscar, um chuvisco insistente e forte.

Com o crepúsculo, os três começaram a procurar, um pouco nervosos e ansiosos, alguma choça de pastores, algum abrigo para ovelhas abandonado ou pelo menos uma caverna, qualquer coisa que os protegesse da água que caía do céu.

•

– Parece que a chuva parou – falou Angoulême, e havia esperança em sua voz. – Agora só está caindo chuva pelas goteiras no telhado do abrigo. Amanhã, felizmente já estaremos nas proximidades de Belhaven, e nas redondezas da vila sempre se pode passar a noite em alguma choupana ou estábulo.

– Não entraremos na cidade?

– Nem pensar. Pessoas a cavalo vindas de fora serão logo reconhecidas, e Rouxinol tem inúmeros informantes na cidade.

– Pensamos em executar um plano em que seríamos expostos de propósito como uma espécie de isca...

– Não – interrompeu. – É fraco. O fato de estarmos juntos vai levantar suspeitas. Rouxinol é esperto, e a notícia sobre minha detenção deve ter se espalhado. E se algo levantar as suspeitas de Rouxinol, então chegará também ao meio-elfo.

– O que você propõe, então?

– Circundaremos a cidade a partir do leste, da entrada do Vale Sansretour. Ali há minas de minérios. Tenho um conhecido numa delas, vamos visitá-lo. Quem sabe, se tivermos sorte, essa visita nos traga alguma surpresa.

– Você pode ser mais claro?

– Explicarei amanhã. Na mina. Para não dar azar.

Cahir colocou galhos de bétula na fogueira. Chovia o dia inteiro, portanto não dava para usar outro tipo de madeira. A bétula, apesar de molhada, estalou um pouco e logo começou a queimar com uma alta chama purpúrea.

– De onde você é, Angoulême?

– Sou de Cintra, bruxo. É um país banhado pelo mar, junto da foz do Jaruga...

– Sei onde fica Cintra.

– Então, se é tão sábio, por que pergunta? Por que eu o deixo tão curioso?

– Digamos que só um pouco.

Permaneceram calados. O fogo estalava.

– Minha mãe era uma fidalga cintrense – Angoulême por fim começou a falar, olhando para as chamas –, supostamente de linhagem nobre. No brasão da família havia o gato marítimo. Eu o mostraria para você, pois tinha um medalhão com esse gato maldito que recebi de minha mãe, mas o perdi jogando dados... E essa família, que o cão marítimo cague para eles, me renegou, pois minha mãe teria se envolvido com um babaca, supostamente um estribeiro, e eu era filha ilegítima, motivo de vergonha, desgraça e honra maculada. Entregaram-me a familiares distantes para me criarem, uma família que não tinha em seu brasão nem gatos, nem cães, nem puta alguma, mas pelo menos me tratavam bem. Mandaram-me estudar, batiam pouco em mim... Embora com bastante frequência me lembrassem quem eu era: uma bastarda concebida no meio do mato. Quando era criança, minha mãe me visitou no máximo três ou quatro vezes. Depois, nunca mais. E eu também estava cagando para isso...

– E como você acabou se envolvendo com os bandidos?

– Você parece um juiz num inquérito! – bufou, contorcendo o rosto de forma grotesca. – Envolvendo-me com os bandidos, ora! Desviando-me do caminho da virtude!

Resmungou, procurou alguma coisa por dentro da roupa e tirou algo que o bruxo não conseguia distinguir bem.

– Apesar de tudo, o caolho Fulko é boa gente – balbuciou, esfregando veementemente algo nas gengivas e aspirando pelo nariz. – Pelo menos deixou o pó. Você quer uma pitada, bruxo?

– Não, e preferia que você também não usasse.

– Por quê?

– Por que não.

– Cahir?

– Não uso fisstech.

– Que santinhos é que me caíram do céu – balançou a cabeça, num gesto de incredulidade. – Não me digam que vocês vão começar a pregar sermões dizendo que ficarei cega, surda ou calva por causa das drogas? Ou que darei à luz uma criança retardada?

– Deixe isso, Angoulême. E termine o que estava contando.

A moça deu um espirro forte.

– Tudo bem, como você quiser. Onde eu... Ah, já sei. A guerra contra Nilfgaard eclodiu, meus parentes perderam todos os bens, tiveram que sair de casa. Tinham três filhos próprios, e eu virei um peso, então me deixaram num orfanato de uns sacerdotes que ficava junto de um templo. Depois descobri que era um lugar divertido. Na verdade, era um prostíbulo, um bordel, um lugar para quem gosta de uma fruta ácida com um caroço branco, entende? Meninas novinhas. Meninos novinhos também. Quando cheguei lá eu já era crescida, adulta, não despertava interesse em ninguém...

Surpreendentemente, ficou corada, o que deu para notar à luz da fogueira.

– Quase em ninguém – acrescentou com os dentes cerrados.

– Quantos anos você tinha?

– Quinze. Conheci lá uma menina e cinco meninos, da minha idade e um pouco mais velhos. E logo nos demos bem. De qualquer forma, conhecíamos as lendas e histórias contadas sobre Deï, o Louco, Barba Negra, irmãos Casini... Queríamos seguir o mesmo caminho, ter liberdade, fazer farra! Prometemos a nós mesmos que não daríamos o cu a uns nojentos só porque nos alimentavam duas vezes por dia...

– Cuidado com o vocabulário, Angoulême. Não exagere!

A garota pigarreou longamente e lançou uma cusparada para dentro da fogueira.

– Até parece que você é um santinho! Tudo bem, vou direto ao ponto porque não estou a fim de falar. Achamos facas na cozinha do orfanato. Foi preciso afiá-las numa pedra e depois num cinto. Transformamos as pernas roliças da cadeira de carvalho em tacos. Precisávamos apenas de cavalos e dinheiro, então esperamos chegar dois fregueses, uns velhacos tarados, de uns quarenta anos. Chegaram, sentaram-se, tomaram vinho e como de costume esperaram até que os sacerdotes amarrassem uma pirralha escolhida a um curioso móvel especial... Mas não fornicaram naquele dia!

– Angoulême.

– Tudo bem. Indo direto ao ponto: demos porrada e matamos esses dois velhos tarados, os três sacerdotes e o pajem, o único que não fugiu e que tentou defender os cavalos. O administrador do templo, que não queria nos entregar as chaves do cofre, foi submetido a torturas com fogo até se render. Poupamos sua vida, pois era um velhinho simpático, sempre gentil e bom. E seguimos para a bandidagem, para as estradas. Nossa sorte variava bastante. Às vezes ganhávamos, às vezes perdíamos; ora batíamos, ora apanhavámos bastante. Passamos fome, mas havia também dias de fartura. Mesmo assim, em geral, a fome era o pão nosso de cada dia. Caralho, comi tudo que rastejava e que dava para caçar. E das coisas que voavam, uma vez comi até uma pipa, porque havia sido montada com cola feita à base de farinha.

Ficou calada e passou as mãos impetuosamente em seu cabelo clarinho, cor de palha.

– Ei, são coisas do passado. Só vou lhe dizer uma coisa: do grupo que fugiu comigo do orfanato, ninguém está vivo. Os dois últimos, Owen e Abel, foram mortos há poucos dias pelos capangas do senhor Fulko. Abel se entregou, que nem eu, mas o mataram mesmo assim, embora tivesse baixado a espada. Quanto a mim, me pouparam, mas não pense que tenha sido por piedade. Já estavam me posicionando deitada, em cruz, quando chegou um oficial que interrompeu a diversão. E foi você que me salvou do cadafalso...

Ficou em silêncio por um momento.

– Bruxo?

– Diga.

– Eu sei agradecer. Se você quiser...

– Como?

– Eu vou ver como estão os cavalos – disse Cahir rapidamente e levantou-se, cobrindo-se com a capa. – Vou dar uma volta... nas redondezas...

A moça espirrou, fungou e pigarreou.

– Não diga nada, Angoulême – avisou-a, realmente zangado, envergonhado e confuso. – Não diga nada!

Pigarreou de novo.

– Você realmente não sente tesão por mim? Nem um pouquinho?

– Você já apanhou com a cinta de Milva, pirralha. Se não se calar agora, apanhará de mim também.

– Então vou ficar quieta já.

– Isso mesmo, seja uma moça bem-comportada.

•

Na encosta coberta de pinheiros tortos e recurvados havia covas e cavernas escancaradas, escoradas e firmadas com tábuas, ligadas por passarelas, escadas e andaimes. Plataformas apoiadas em postes que se cruzavam saíam para fora das covas. Sobre algumas delas, pessoas apressadas puxavam carrinhos de mão e carretas. O conteúdo dos carrinhos e carretas, que à primeira vista parecia ser terra suja e pedregosa, era jogado das plataformas em um enorme fosso quadrado. Ou então em um complexo de fossos de tamanho cada vez menor, separados por tábuas. Uma corrente de água contínua e ruidosa, canalizada desde a colina no bosque, por meio de calhas de madeira apoiadas em cavaletes baixos, atravessava aquele complexo. E do mesmo jeito essa água era retirada, para baixo, para o precipício.

Angoulême desceu do cavalo e com um gesto avisou Geralt e Cahir, indicando que fizessem o mesmo. Deixaram os corcéis junto da cerca e dirigiram-se para as edificações, andando na lama junto das calhas e dos canos vazantes.

– Lixiviação do minério de ferro – falou Angoulême, apontando para o aparelho. – Dali, dos poços de extração da mina, retira-se o material, depois coloca-se nos fossos e lava-se com a água proveniente do riacho. Deposita-se o minério nos crivos e de lá retira-se o produto. Nas redondezas de Belhaven existem muitas minas e aparelhos como esses. E o minério é transportado para os vales, para Mag Turga, onde há forjas e aciarias, pois lá há mais florestas, e para fundir ferro é preciso ter madeira...

– Obrigado pela aula – interrompeu-a Geralt em tom ácido. – Eu já vi em minha vida algumas minas e sei o que é necessário para a fundição. Quando você finalmente vai nos revelar para que viemos até aqui?

– Para conversar com um conhecido meu que é capataz da mina. Venham comigo. Ah, estou vendo! Ali, perto da carpintaria. Vamos.

– É aquele anão?

– Sim, chama-se Golan Drozdeck. Como já disse, é...

– O capataz de mina aqui. Você já disse, mas não nos informou o que quer conversar com ele.

– Olhem para seus sapatos.

Geralt e Cahir obedeceram e olharam para seus calçados, imundos de uma lama de estranha cor avermelhada.

– Durante a conversa com Rouxinol, o meio-elfo que estamos procurando – Angoulême antecipou as perguntas – tinha a mesma laminha vermelhinha nas botas. Entendem?

– Agora sim. E o anão?

– Nem se atrevam a abrir a boca para falar com ele. Eu vou me encarregar da conversa. Ele precisa achar que vocês são do tipo que dá porrada. Façam cara de maus.

Não precisaram fazer cara especial. Alguns mineiros que olhavam para eles rapidamente desviavam o olhar, outros ficaram estarrecidos, literalmente com a boca aberta. Os que estavam no caminho saíam às pressas. Geralt imaginava por quê. Em seu rosto, e no de Cahir também, ainda se viam hematomas, esquimoses, cortes e inchaço – rastros pitorescos da briga entre os dois e da surra que Milva lhes deu. Pareciam, então, sujeitos que gostavam de dar porrada um no outro e que não precisavam de muita provocação para dar uma sova em terceiros.

O anão, conhecido de Angoulême, estava parado ao pé do edifício com o cartaz "Carpintaria" e pintava algo num quadro montado com duas tábuas aplainadas. Viu que estavam se aproximando, pôs de lado o pincel e o balde com a tinta e olhou desconfiado. Repentinamente, em sua fisionomia, marcada pela barba manchada, surgiu uma expressão de profundo assombro.

– Angoulême?

– E aí, Drozdeck?

– É você? – o anão abriu a boca barbuda. – É você mesma?

– Não, não sou eu. É o recém-ressurrecto profeta Lebioda. Faça mais uma pergunta, Golan. Uma mais inteligente, para variar.

– Não deboche, Clara. Eu não esperava vê-la mais. Há cinco dias Mulica esteve aqui. Disse que a pegaram e empalaram em Riedbrune. Jurou que era verdade!

– Com tudo se aprende – a moça deu de ombros. – Se Mulica pedir dinheiro emprestado e jurar que o devolverá, então você já sabe quanto valem seus juramentos.

– Eu já sabia antes – respondeu o anão, piscando os olhos rapidamente e mexendo o nariz como um coelho. – Eu não lhe emprestaria nem um xelim, mesmo que ele se cagasse todo aqui ou comesse terra. Mas, eita, estou contente, realmente contente de vê-la viva e com boa saúde. Talvez você possa até pagar a dívida que tem comigo, hein?

– Talvez. Quem sabe...

– E quem são esses caras que a acompanham, Clara?

– Bons companheiros.

– Eita, que carinhas borrachudas, hein?... E para onde os deuses a guiam?

– Como sempre, para a perdição – Angoulême aspirou uma pitada de fisstech pelo nariz e esfregou o resto na gengiva, ignorando o olhar de reprovação do bruxo. – Vai dar uma fungadinha, Golan?

– Mas é claro, né? – o anão estendeu a mão e aspirou a pitadinha do narcótico.

– Para ser sincera – continuou a moça –, quero ir até Belhaven. Você, por acaso, não sabe se Rouxinol está por lá com sua hansa?

Golan Drozdeck inclinou a cabeça para o lado.

– Clara, você tem que fugir de Rouxinol. Dizem que está com muita raiva de você, como um glutão quando acorda no inverno.

– Eita! E quando soube que fui empalada com a ajuda de uma parelha de cavalos atrelados, não ficou com o coração amolecido? Não ficou arrependido? Não verteu nem uma lágrima? Não melou a barba?

– Nada disso. Contam que disse o seguinte: "Era o que Angoulême merecia há muito tempo: uma estaca no cu."

– Grosso. Um babaca ordinário. O senhor prefeito Fulko diria: ralé. No entanto, eu digo: cloaca!

– Clara, é melhor você não falar essas coisas na cara dele. E não andar por Belhaven, rodear a cidade. E se entrar lá, então melhor usar um disfarce...

– Golan, por favor, macaco velho não aprende arte nova.

– Não me atreveria a ensinar macaco velho.

– Escute, anão – Angoulême apoiou o sapato sobre o degrau das escadas da carpintaria. – Vou fazer uma pergunta. Não se apresse com a resposta. Primeiro, pense bem.

– Faça, então.

– Você não viu, por acaso, um meio-elfo andando por aí ultimamente? Um estranho, alguém de fora?

Golan Drozdeck inspirou o ar, espirrou com força e limpou o nariz com o pulso.

– Você diz um meio-elfo? Que meio-elfo?

– Não se finja de burro, Drozdeck. Um tal que contratou Rouxinol para prestar um certo serviço. Um contrato fresquinho. Para matar um certo bruxo...

– Bruxo? – Golan Drozdeck riu, levantando sua tábua do chão. – Que coisa! Pois, curiosamente, estamos exatamente à procura de um bruxo, pintamos e montamos letreiros nas redondezas. Veja só: "Precisa-se de um bruxo, boa gratificação, providencia-se hospedagem e alimentação, maiores informações com a administração da mina Pequena Babette"... Como, na verdade, se escreve essa palavra: "informassões" ou "informações"?

– Se você não sabe, então escreva "detalhes". Mas para que vocês precisam de um bruxo na mina?

– Que pergunta é essa? Para matar monstros, ora!

– Que monstros?

– Hobgoblins e barbegazi. Invadiram as galerias inferiores.

Angoulême lançou um olhar para Geralt, que com um aceno da cabeça confirmou que sabia do que se tratava. E tossindo enfaticamente deu a entender que valeria a pena voltar ao assunto.

– Voltando ao assunto – a moça entendeu na hora –, o que você sabe sobre esse meio-elfo?

– Não sei nada sobre nenhum meio-elfo.

– Falei para você pensar bem.

– E foi o que eu fiz – de repente, Golan Drozdeck fez uma cara de quem lembrou algo. – E cheguei à conclusão de que não vale a pena saber nada sobre isso.

– Como assim?

– Aqui as coisas estão agitadas. O lugar está em alvoroço e os tempos não são de paz. Bandos, nilfgaardianos, guerrilheiros das Encostas Livres... E outros elementos estranhos, meio-elfos. Todos estão ansiosos para provocar alguma desgraça...

– Como assim? – Angoulême franziu o nariz.

– Vou explicar. Você me deve dinheiro, Clara. Em vez de pagar as dívidas, você quer contrair novas. E olha lá, são dívidas sérias, porque as informações que você deseja podem lhe custar caro. Uma porrada na cabeça, e não dessas com a palma da mão, mas com machado. Que vantagem eu teria nesse negócio? Lucrarei por ter alguma informação sobre o meio-elfo? Vou ganhar alguma coisinha? Pois se houver apenas risco, e nenhum lucro...

Geralt estava farto. A conversa o entediava, aquela ladainha o irritava. Com um movimento brusco, pegou o anão pela barba, puxou e empurrou-o. Golan Drozdeck tropeçou no balde com a tinta e caiu. O bruxo saltou até ele, apoiou o joelho em seu peito e apontou uma faca em sua cara.

– Você pode lucrar – rosnou – saindo daqui vivo. Fale o que você sabe.

Parecia que os olhos de Golan saltariam das órbitas para dar uma volta nas redondezas.

– Fale o que você sabe – repetiu Geralt. – Fale. Senão cortarei sua garganta de tal modo que se afogará antes de sangrar até a morte.

– Rialto... – gemeu o anão. – Na mina Rialto...

•

A mina subterrânea Rialto não era muito diferente da Pequena Babette, assim como das outras escavações de minérios e minas a céu aberto pelas quais Angoulême, Geralt e Cahir passaram pelo caminho e que se chamavam Manifesto Outonal, Minério Velho, Minério Novo, Minério Júlia, Celestina, Assunto Comum, Buraco de Sorte. Em todas, o trabalho fervia. Em todas, a terra suja extraída dos poços ou das escavações era despejada nos fossos e passava pelo processo de lixiviação. Em todas havia muita lama vermelha.

Rialto era uma mina grande, localizada perto do topo de uma montanha. O topo, cortado, formava uma escavação aberta, ou seja, uma mina a céu aberto. O próprio processo de lixiviação era conduzido num terraço cavado na encosta da montanha. Ali, ao pé de uma parede vertical com entradas de poços e túneis, havia fossos, crivos, calhas e toda a parafernália da indústria mineira. Ali também se formara um verdadeiro conjunto habitacional, composto de casas de madeira, barracas, choças e casebres de cortiça.

– Não conheço ninguém aqui – disse Angoulême amarrando as rédeas à cerca. – Mas tentaremos falar com o administrador. Geralt, se puder, não o pegue logo de cara pela garganta e não o ameace com a faca. Primeiro, vamos conversar...

– Macaco velho não aprende arte nova, Angoulême.

Não deu tempo de conversar. Não deu tempo nem de se aproximarem do edifício do administrador. Na pracinha onde os trabalhadores carregavam as carroças com o minério, deram de cara com cinco cavalarianos.

– Droga! – soltou Angoulême. – Droga! Vejam o que o gato trouxe.

– Do que você está falando?

– São os homens do bando de Rouxinol. Vieram recolher a extorsão. Já me viram e reconheceram... Porra! Já era...

– Você vai conseguir enganar?

– Não contem com isso.

– Por quê?

– Eu roubei Rouxinol quando estava fugindo de sua hansa. Não vão me poupar, mas vou tentar... Fiquem calados. Abram os olhos e estejam prontos para tudo.

Os homens a cavalo aproximaram-se. Havia dois à frente – um de cabelo longo e grisalho que usava pele de lobo e um jovem alto de barba bem grande para cobrir as cicatrizes causadas pela acne. Fingiam-se de indiferentes, mas Geralt notou o brilho de ódio disfarçado nos olhares que lançavam para Angoulême.

– Clara.

– Novosad. Yirrel. Bem-vindos. Temos um dia bonito hoje, não é? Pena que está chovendo.

O grisalho desceu do cavalo, saltando da sela, transpondo a perna direita com ímpeto sobre a cabeça do cavalo. Os outros também desceram. O grisalho passou as rédeas ao altão de barba, chamado de Yirrel, e chegou mais perto.

– Aí está – disse. – Nosso corvo falastrão. Você aqui viva e com saúde?

– E até consigo mexer as pernas.

– Pirralha rabugenta! Segundo os boatos, você deveria estar se mexendo, mas numa estaca. Dizem que caiu nas mãos do caolho Fulko. Dizem que durante as torturas você cantou que nem uma rola, falou tudo o que queriam saber!

– Segundo os boatos, Novosad – bufou Angoulême –, sua mãe pedia apenas quatro timpfs dos fregueses, mesmo assim ninguém queria pagar mais de dois.

O bandido lançou uma cusparada a seus pés, num gesto de desprezo. Angoulême rosnou de novo, como uma gata.

– Novosad – disse com insolência, colocando as mãos na cintura –, tenho um negócio para tratar com Rouxinol.

– Interessante, porque ele também tem um negócio para tratar com você.

– Cale a boca e escute, ainda estou com vontade de falar. Faz dois dias, a uma milha de distância de Riedbrune, eu e estes camaradas aqui matamos aquele bruxo para quem havia um contrato fresquinho. Entende?

Novosad lançou um olhar expressivo a seus companheiros, depois puxou as luvas e examinou Geralt e Cahir com o olhar.

– Seus novos camaradas – repetiu devagar. – Ha! Vejo pelas caras que não são sacerdotes. Você diz que mataram o bruxo? Como? Metendo um punhal nas costas? Ou enquanto estava dormindo?

– É um detalhe irrelevante – Angoulême fez uma careta, como se fosse uma macaca. – O detalhe importante é que esse bruxo jaz morto. Escute, Novosad, não quero brigar com Rouxinol ou me meter na parada. Mas negócio é negócio. O meio-elfo adiantou a entrada do contrato, mas eu a deixo para vocês, esse dinheiro é seu, para pagar os custos e o esforço. Porém a segunda parcela que o meio-elfo prometeu depois do serviço completo cabe, de acordo com a lei, a mim.

– De acordo com a lei?

– Exatamente! – Angoulême não prestou atenção ao tom sarcástico. – Pois cumprimos o contrato, matamos o bruxo e podemos mostrar as provas ao meio-elfo. Aí, pegarei aquilo que é meu e desaparecerei. Como já disse, não quero intrigas com Rouxinol, pois não há espaço suficiente para nós dois nas encostas. Pode lhe dizer isso, Novosad.

– Só isso? – falou, mais uma vez exprimindo venenoso sarcasmo.

– Pode mandar um beijo também – bufou Angoulême. – Pode mostrar a bunda para ele em meu nome, *per procura*.

– Eu tenho uma ideia melhor – afirmou Novosad, olhando de esguelha para os companheiros. – Levarei sua própria bunda até o Rouxinol, Angoulême. Eu a levarei amarrada, e aí ele acordará e acertará tudo com você. Fará as contas também. Todas. E resolverá a quem cabe o dinheiro pelo contrato com o meio-elfo Schirrú. E descontará o que você roubou. E resolverá o fato de que as encostas são demasiado estreitas para nós todos. Dessa maneira tudo se acertará. Nos mínimos detalhes.

– Há um problema – Angoulême abaixou as mãos. – Como você quer me levar até ele, Novosad?

– Assim, ó! – o bandido estendeu a mão. – Pela nuca!

Geralt desembainhou o sihill num relâmpago e colocou-o debaixo do nariz de Novosad.

– Desaconselho – vociferou.

Novosad saltou para trás e sacou a espada. Yirrel assobiou e tirou o sabre da bainha em suas costas. Os outros fizeram o mesmo.

– Desaconselho – repetiu o bruxo.

Novosad xingou e passou os olhos pelos companheiros. Não era perito em aritmética, mas pelas contas havia chegado à conclusão de que cinco é muito mais que três.

– Ataquem-no! – gritou, jogando-se sobre Geralt. – Matem-no!

O bruxo deu meia-volta, esquivou-se do golpe e revidou, cortando Novosad na têmpora. Antes que ele caísse, Angoulême abaixou-se num lance curto, a faca zuniu no ar, e Yirrel, que estava atacando, cambaleou. O cabo de ossos saltava debaixo de seu queixo. O bandido soltou o sabre, com as duas mãos arrancou a faca de seu pescoço, xingou, vomitando sangue. Angoulême saltou, chutando seu peito e derrubando-o no chão. Geralt estraçalhou o outro bandido. Cahir matou o seguinte, e algo parecido com uma porção de melancia se soltou do crânio do patife sob o golpe poderoso da espada nilfgaardiana. O último bandido fugiu, saltou até o cavalo. Cahir arremessou a espada para cima, segurou a lâmina e lançou-a feito um dardo, acertando-o exatamente entre as escápulas. O cavalo relinchou, puxou a cabeça, abaixou-se, bateu os cascos e arrastou pela lama vermelha o cadáver com a mão apertada nas rédeas.

Tudo durou menos de cinco batimentos cardíacos.

– Genteeeee! – alguém gritou por entre as edificações. – Genteee! Socorrooo! Assassinato, assassinato, estão assassinando!

– Exército! Chamem o exército! – gritou outro mineiro, afastando as crianças, que, como todas as crianças de qualquer lugar no mundo, surgiram ninguém sabe de onde para olhar e vaguear por entre as pernas dos presentes.

– Alguém corra a chamar o exército!

Angoulême levantou sua faca, limpou e embainhou-a.

– Que corra, sim! – gritou de volta, olhando para os lados. – Vocês, mineiros, são cegos ou o quê? Foi autodefesa! Eles nos assaltaram, canalhas! Por acaso não os conhecem? Foi pouco o mal que lhes causaram? Foi pouca a extorsão que praticaram?

Espirrou com força. Depois arrancou um saquitel do cinto de Novosad, que agonizava em tremores. Debruçou-se sobre Yirrel.

– Angoulême.

– O quê?

– Deixe.

– E por quê? É a recompensa! Você tem dinheiro sobrando?

– Angoulême...

– Ei, vocês – de repente, ressoou uma voz melodiosa. – Venham até aqui.

Na porta escancarada do barracão que servia de armazém das ferramentas havia três homens. Dois eram uns fortões de cabelo curto, testa pequena e, com certeza, inteligência limitada. O terceiro – o que gritou – era um vistoso homem extremamente alto, de cabelo escuro.

– Ouvi, sem querer, a conversa que antecedeu o ocorrido – falou o homem. – Não acreditei muito no assassinato do bruxo, pensei que se tratasse apenas de conversa fiada. Agora já mudei de ideia. Entrem aqui no barracão.

Angoulême inspirou forte. Olhou para o bruxo e acenou com a cabeça num gesto que quase passou despercebido.

O homem era um meio-elfo.

•

O meio-elfo Schirrú era alto – ultrapassava, tranquilamente, a altura de seis pés. Seu longo cabelo escuro estava preso num rabo de cavalo que lhe caía sobre as costas. Seus grandes olhos meio verdes, meio dourados e amendoados, como os de um gato, revelavam sangue mestiço.

– Então foram vocês que mataram o bruxo – repetiu, lançando um sorriso pouco agradável. – Antecipando Homer Straggen, o Rouxinol? Interessante. Realmente interessante. Vou direto ao ponto: então é a vocês que preciso pagar os cinquenta florins. A segunda parcela. Straggen recebeu seus cinquenta de graça, então. Não pensem que ele devolverá o dinheiro.

– Como vou acertar as contas com Rouxinol já é problema meu – falou Angoulême, sentada numa caixa, balançando as pernas. – O contrato relativo ao bruxo era de serviço prestado. E fomos nós que fizemos o serviço. Não foi Rouxinol, fomos nós. O bruxo já foi enterrado. Seus companheiros, todos os três, também já estão mortos. O que prova que o contrato foi cumprido.

– É o que vocês afirmam. E como foi?

Angoulême não parava de balançar as pernas.

– Quando ficar velha – afirmou em seu costumeiro tom rabugento –, escreverei a história de minha vida. Descreverei como isto, aquilo e todo o resto aconteceu. Precisa aguentar até lá, senhor Schirrú.

– A senhora tem tanta vergonha disso – observou o mestiço com frieza. – Então cumpriram o trato de forma muito traiçoeira e ordinária.

– E o senhor vê algum problema nisso? – Geralt perguntou.

Schirrú examinou-o atentamente.

– Não – respondeu após um instante. – O bruxo Geralt de Rívia não merecia destino melhor. Era ingênuo e tolo. Se tivesse uma morte mais bonita, honesta e honrosa, surgiriam lendas a respeito dele, e ele não merecia virar lenda.

– A morte é sempre igual.

– Nem sempre – o meio-elfo acenou com a cabeça, num gesto de negação, tentando ainda mirar os olhos de Geralt escondidos sob a sombra do capuz. – Garanto que nem sempre. Imagino que foi você que executou o golpe mortal.

Geralt não respondeu. Sentiu uma vontade incontrolável de pegar o mestiço pelo rabo de cavalo, lançá-lo no chão e arrancar dele todas as informações, tirando seus dentes com o pomo da espada. Mas conseguiu conter-se. O juízo lhe dizia que a história inventada por Angoulême poderia dar melhores resultados.

– Como quiserem – disse Schirrú, sem receber nenhuma resposta. – Não vou insistir que me relatem o ocorrido. Pelo visto, não querem falar sobre o que aconteceu; pelo que parece não há nada de que possam se gabar. Claro, se esse silêncio não for o resultado de algo completamente diferente... Por exemplo, não ter ocorrido nada. Vocês têm algo que possa provar sua declaração?

– Cortamos a mão direita do bruxo morto – respondeu Angoulême sem emoções. – Mas depois um gambá a furtou e comeu.

– Então temos apenas isto aqui – Geralt desabotoou a camisa lentamente e tirou o medalhão com a cabeça de lobo. – O bruxo usava isto no pescoço.

– Passe-o para mim.

Geralt não hesitou muito. O meio-elfo pesou o medalhão na mão.

– Agora acredito – falou devagar. – O bibelô emana uma forte magia. Algo assim poderia ter sido usado apenas por um bruxo.

– E um bruxo – concluiu Angoulême – não deixaria que ninguém o tirasse de seu pescoço se estivesse vivo. Ou seja, é uma prova definitiva. Então coloque, senhorzinho, o dinheiro sobre a mesa.

Schirrú escondeu o medalhão com cuidado, tirou de dentro da camisa um bolo de papéis, colocou sobre a mesa e alisou-o com a mão.

– Façam o favor.

Angoulême saltou da caixa, aproximou-se, macaqueando e rebolando as ancas. Debruçou-se sobre a mesa e num instante

Schirrú pegou-a pelo cabelo, jogou-a sobre o tampo da mesa e apontou a faca para sua garganta. Não deu tempo nem de ela gritar.

Geralt e Cahir seguravam as espadas nas mãos. Mas era tarde demais.

Os ajudantes do meio-elfo, os fortões de testa pequena, seguravam ganchos de ferro em suas mãos. Porém não se apressaram para atacar.

– Coloquem a espada no chão – vociferou Schirrú. – Os dois, espada no chão. Senão, alargarei o sorriso desta vadia.

– Não escute... – Angoulême começou a falar e terminou com um grito, pois o meio-elfo girou o punho agarrado em seu cabelo e cortou levemente a pele com o punhal. Um fio de sangue brilhoso escorreu em seu pescoço.

– Coloquem a espada no chão! Não estou brincando!

– Talvez a gente consiga fazer algum acordo? – Geralt, ignorando a raiva que lhe fervia por dentro, decidiu jogar uma isca. – Como pessoas bem-educadas?

O meio-elfo riu com malícia.

– Entrar em acordo? Com você, bruxo? Fui mandado para cá para acabar com você, e não para conversar. Foi, sim, aberração. Foi você que montou esse disfarce todo, essa peça de teatro, e eu o reconheci logo, à primeira vista. Você me foi descrito de forma detalhada. Pelo menos suspeita quem o descreveu com tantos pormenores? Quem me indicou precisamente onde e com quem eu o acharia? Com certeza deve ter alguma ideia.

– Solte a garota.

– Mas eu o conheço não apenas graças a essa descrição – continuou Schirrú, sem considerar a possibilidade de soltar Angoulême. – Eu já o vi antes. Até o segui uma vez. Em Temeria. Em julho. Eu o segui até a cidade de Dorian, à sede dos juristas Codringher e Fenn. Você se lembra?

Geralt girou a espada de tal maneira que a lâmina reluziu nos olhos do meio-elfo.

– Estou curioso – disse com frieza. – Como você pensa em sair deste embate, Schirrú. Vejo duas saídas. A primeira: você soltará logo a garota. A segunda: você matará a garota... E um segundo depois seu sangue vai compor uma linda decoração nas paredes e no teto.

– Vocês vão colocar a arma no chão – Schirrú puxou Angoulême pelo cabelo com brutalidade – antes que eu conte até três. Depois começarei a cortar a vadia.

– Vamos ver o quanto você conseguirá cortar. Acho que não muito.

– Um!

– Dois! – Geralt iniciou a contagem, girando o sihill num redemoinho sibilante.

Ouviram-se gritos, relinchos, bufadas e batida de cascos de cavalos vindos de fora.

– E agora? – riu Schirrú. – Esperava por isso. Já não é um empate, é um mate! Meus amigos chegaram.

– De verdade? – Cahir falou, olhando pela janela. – Vejo os uniformes da cavalaria leve imperial.

– Então é um mate, mas para você – disse Geralt. – Você perdeu, Schirrú. Solte a garota.

– Nem pensar.

A porta do barracão cedeu sob os chutes, e uma dezena de homens entraram, liderados por um barbudo de cabelo claro com um urso prateado na brafoneira. A maioria deles usava o mesmo uniforme negro.

– Que aen suecc's? – perguntou em tom ameaçador. – O que está acontecendo aqui? Quem é responsável por essa confusão? Por esses cadáveres no pátio? Falem agora!

– Senhor comandante...

– Glaeddyvan vort! Soltem as espadas!

Obedeceram, pois estavam na mira de bestas e arbaletes. Angoulême, solta por Schirrú, quis lançar-se para longe da mesa, mas, de repente, ficou presa nas garras de um soldado de estatura forte, com vestimenta colorida e Olhos de Sapo, arregalados. Queria gritar, mas o soldado cobriu sua boca com o punho enluvado.

– Vamos dispensar o uso de violência – Geralt fez uma proposta fria ao comandante com o urso. – Não somos bandidos.

– Que coisa!

– Agimos sob o consentimento e o conhecimento do senhor Fulko Artevelde, prefeito de Riedbrune.

– Que coisa! – repetiu o Urso, indicando a seus homens que levantassem e tirassem a espada de Geralt e Cahir. – Sob o consentimento e o conhecimento do senhor Fulko Artevelde. O importante senhor Artevelde. Vocês ouviram, rapazes?

Seus homens – os negros e os coloridos – caíram todos num coro de gargalhadas.

Angoulême sacudiu-se toda no aperto do Olhos de Sapo, tentando gritar em vão. E sem necessidade. Geralt já sabia, mesmo antes que Schirrú, sorridente, trocasse apertos de mão. Antes que quatro nilfgaardianos pegassem Cahir e outros três apontassem bestas diretamente para seu rosto.

O Olhos de Sapo empurrou Angoulême para as mãos dos camaradas. Ela ficou suspensa em suas garras feito uma boneca de pano. Nem tentou se defender.

O urso aproximou-se lentamente de Geralt e, de repente, deu um golpe em sua virilha com o punho encouraçado. Geralt curvou-se, mas não caiu. Ficou em pé graças à gélida raiva.

– Talvez fique contente com a notícia de que não são os primeiros tolos que o caolho Fulko usou para seus próprios fins – falou Urso. – O que o incomoda são os negócios lucrativos que faço aqui com o senhor Homer Straggen, chamado por alguns de Rouxinol. Fulko não consegue se conformar por eu ter aceitado Homer Straggen no serviço imperial e o ter nomeado comandante da companhia voluntária de segurança das minas. Já que não pode se vingar oficialmente, contrata vários salteadores.

– E bruxos – interrompeu Schirrú, sorridente, num tom malicioso.

– Lá fora – falou alto Urso – há cinco cadáveres pegando chuva. Assassinaram pessoas que estavam a serviço imperial! Perturbaram o trabalho na mina! Não tenho nenhuma dúvida: vocês são espiões, sabotadores e terroristas. Neste território as leis vigentes são as leis de guerra. Portanto, condeno-os à morte, via procedimento sumário.

O Olhos de Sapo soltou uma gargalhada. Aproximou-se de Angoulême, imobilizada pelos bandidos, pegou em seu seio num movimento rápido e apertou com força.

– E aí, Clara? – coaxou, e sua voz, como se descobriu, o fazia parecer ainda mais com um sapo. Seu apelido de bandido, caso tivesse sido dado por ele mesmo, comprovava seu senso de humor. E se era para ser um nome de guerra, então cumpriu seu papel de forma extraordinária.

– Então nos encontramos de novo! – o Rouxinol anfíbio coaxou novamente, beliscando Angoulême no peito. – Você está feliz?

A moça gemeu de dor.

– Onde estão as pérolas e as pedras que você me roubou, sua puta?

– O caolho Fulko as confiscou em depósito! – gritou Angoulême, que não conseguia esconder o medo. – Vá até ele e peça de volta!

Rouxinol coaxou e arregalou os olhos – agora parecia um verdadeiro sapo, era só esperar para vê-lo caçar moscas com a língua. Beliscou Angoulême com mais força ainda, ela sacudiu-se toda e gemeu mais alto, pois a dor que sentiu foi ainda maior. Ela mais uma vez começou a ficar parecida com Ciri, atrás da névoa rubra de raiva que cobriu os olhos de Geralt.

– Peguem os dois – ordenou Urso inquieto. – Levem para o pátio.

– É o bruxo – hesitou um dos bandidos da companhia de segurança das minas de Rouxinol. – Kharakternik! Como pegá-lo com a mão nua? Ele pode lançar algum feitiço ou outra coisa...

– Não tenha medo – Schirrú, sorridente, apalpou seus bolsos. – Sem o amuleto de bruxo não conseguirá lançar feitiços, e quem está em posse do amuleto sou eu. Podem pegá-lo sem medo.

•

No pátio esperavam mais nilfgaardianos armados de capas negras junto com a hansa colorida de Rouxinol. Reuniu-se também um grupo de mineiros. As crianças e os cachorros onipresentes rodeavam por lá também.

De repente, Rouxinol descontrolou-se, como se tivesse sido possuído pelo diabo. Começou a coaxar com raiva, deu um soco em Angoulême e, quando ela caiu, chutou-a sem parar. Geralt se soltou dos bandidos, mas foi atingido na nuca por algo duro.

– Diziam – coaxou Rouxinol, saltando por cima de Angoulême feito uma rã louca – que você foi empalada pelo cu em Riedbrune, sua vadiazinha! Então a estaca lhe foi predestinada! E você morrerá numa estaca que nem uma cadela! Eita, camaradas, procurem aqui algum pau e preparem-no. Mexam-se!

– Senhor Straggen – Urso franziu o cenho. – Não vejo motivo para execuções tão longas e bestiais. Os prisioneiros devem ser simplesmente enforcados...

Silenciou sob o olhar vil do Olhos de Sapo.

– Fique quieto, capitão – coaxou o bandido. – Eu lhe pago muito bem para ouvir esses comentários inadequados. Prometi uma morte cruel a Angoulême e agora vou brincar com ela. Se quiser, pode enforcar esses dois. Não me importo com eles.

– Mas eu me importo, sim – intrometeu-se Schirrú. – Preciso dos dois. Principalmente do bruxo. Principalmente dele. E já que o procedimento de empalar a moça vai durar algum tempo, vou aproveitar esse tempo.

Chegou mais perto e fincou seus olhos de gato em Geralt.

– Você deve saber, aberração – disse – que fui eu quem acabou com seu companheiro Codringher em Dorian. Fiz aquilo por ordem de meu senhor, o mestre Vilgefortz, a quem sirvo há anos. Mas fiz com enorme prazer.

– O velho canalha Codringher – retomou o meio-elfo o discurso sem despertar nenhuma reação – teve a cara de pau de enfiar o nariz nos assuntos do mestre Vilgefortz. Estripei-o com uma faca. E assei vivo aquele monstrinho nojento Fenn no meio de sua papelada. Poderia simplesmente tê-lo esfaqueado, mas dediquei um pouco de tempo e esforço para ouvi-lo gemer e gritar. E digo-lhe, gemia e gritava feito um porco num matadouro. Não havia nada, absolutamente nada de humano naquele grito.

– Você sabe por que lhe falo tudo isso? Porque poderia também simplesmente esfaqueá-lo ou mandar esfaqueá-lo. Mas vou dedicar um pouco de tempo e esforço. Vou ouvi-lo gritar. Você disse que morte é sempre igual? Logo verá que nem sempre. Rapazes, acendam o piche no caldeirão. E tragam uma cela.

Algo se estraçalhou contra o canto do barracão, provocando um tremendo estrondo, e explodiu na hora, lançando fogo.

O segundo recipiente com petróleo – Geralt reconheceu pelo cheiro – acertou diretamente o caldeirão, o terceiro estraçalhou-se junto daqueles que seguravam os cavalos. Ouviu-se um estrondo, as chamas estouraram, os cavalos entraram em pânico. Formou-se um redemoinho. Um cachorro em chamas, uivando, caiu para fora da voragem. Um dos bandidos de Rouxinol abriu os braços e caiu na lama com uma flecha nas costas.

– Vivam as Encostas Livres!

No topo da montanha, nos andaimes e passarelas passaram vultos de capas cinzentas e gorros de pele. Outros projéteis de fogo caíram sobre as pessoas, os cavalos e os barracões da mina feito fogos de artifício que arrastavam atrás de si tranças de labaredas e fumaça. Dois acertaram a oficina, no chão coberto de serradura e cavacos de madeira.

– Vivam as Encostas Livres! Morte aos ocupantes nilfgaardianos!

Zuniram flechas e setas pelo ar.

Um dos nilfgaardianos negros desabou do cavalo, tombou um dos bandidos de Rouxinol com uma flecha atravessada na garganta, derrubou um dos fortões de cabeça raspada com uma seta enfiada na nuca. Urso caiu, emitindo um grito macabro. A flecha o atingira no peito, abaixo do esterno e da gorjeira. A flecha – embora ninguém pudesse saber – fora roubada de um transporte militar, um exemplar-padrão do exército imperial, e estava um pouco alterada. A larga ponta bifacial fora aparada em alguns lugares para obter o efeito de estilhaçamento.

A ponta estilhaçou-se formosamente nas vísceras de Urso.

– Abaixo o tirano Emhyr! Encostas Livres!

Rouxinol coaxou, segurando seu braço atingido superficialmente por uma seta.

Uma das crianças cambaleou na lama vermelha, atravessada por uma flecha lançada por um dos lutadores pela liberdade que era menos habilidoso na arte de tiro. Desabou um dos sujeitos que seguravam Geralt. Tombou um dos que prendiam Angoulême. A garota safou-se do outro, imediatamente sacou a faca da gáspea do sapato e cortou-o com um golpe. Tomada pelo fervor, não acertou a garganta de Rouxinol, entretanto destruiu sua bochecha com maestria, quase atingindo seus dentes. Rouxinol coaxou ainda mais alto e ficou de olhos ainda mais arregalados. Caiu de joelhos, jorrando sangue por entre as mãos, com as quais segurava o rosto. Angoulême deu um uivo horroroso, saltou até ele para completar a obra, mas não conseguiu, porque outra bomba explodiu entre ela e Rouxinol, estourando em chamas e fedorentas nuvens de fumaça.

Ao redor, o fogo já crepitava e tudo foi tomado por um pandemônio de chamas. Desvairados, os cavalos relinchavam e davam coices. Os bandidos e nilfgaardianos berravam. Os mineiros corriam assustados – uns fugiam, outros tentavam apagar o fogo nos edifícios incendiados.

Geralt conseguiu levantar o sihill que Urso deixara cair. Cortou levemente a testa da mulher alta de cota de malha que se lançou com uma estrela-d'alva contra Angoulême, que tentava se erguer do chão. Dissecou a coxa de um nilfgaardiano que vinha correndo com um espontão. E dilacerou a garganta de mais um que simplesmente atravessou seu caminho.

Junto dele, um cavalo enlouquecido, queimado, que galopava à toa, derrubou e passou por cima de outra criança.

– Pegue o cavalo! Pegue o cavalo! – Cahir apareceu ao seu lado e abriu espaço para os dois com golpes impetuosos da espada.

Geralt não via nem ouvia. Matou outro nilfgaardiano. Procurava por Schirrú.

Angoulême, de joelhos, pegou a besta, ergueu-a a uma distância de três passos e meteu uma seta na barriga do bandido da companhia de segurança das minas que a atacava. Depois levantou-se com ímpeto e agarrou-se ao cabresto do cavalo que passava ao lado.

– Pegue algum, Geralt! – gritou Cahir. – E vamos embora daqui!

O bruxo dissecou mais um nilfgaardiano, com um corte executado de cima, do esterno até o quadril. Sacudiu a cabeça violentamente para tirar o sangue das sobrancelhas e dos cílios. "Schirrú! Onde você está, filho da mãe?"

Corte. Grito. Gotas quentes no rosto.

– Piedade! – uivou um rapaz de uniforme negro ajoelhado na lama.

O bruxo hesitou.

– Tenha juízo! – berrou Cahir, agarrando-o pelos ombros e sacudindo-o com força. – Tenha juízo! Você enlouqueceu?

Angoulême voltava a galope, segurando outro cavalo pelas rédeas. Perseguiam-na dois cavaleiros. Um caiu acertado pela flecha de um guerrilheiro das Encostas Livres. O outro foi varrido da sela pela espada de Cahir.

Geralt saltou para a sela. E foi então que viu Schirrú na luz do incêndio, chamando para si os nilfgaardianos, tomados por pânico. Rouxinol, que com o rosto ensaguentado parecia um trol comedor de gente, coaxava e vociferava sacrilégios.

Geralt berrou com raiva, virou o cavalo, rodopiou a espada.

Cahir, que estava junto dele, gritou e xingou, oscilou sobre a sela, e num instante o sangue cobriu seus olhos e seu rosto.

– Geralt! Ajude!

Schirrú concentrou um grupo de homens em torno de si. Ralhava, ordenava que atirassem das bestas. Geralt deu um tapa na garupa do cavalo com a parte achatada da espada, pronto para um ataque suicida. Schirrú tinha que morrer. O resto não tinha importância. Não importava nada. Cahir não importava. Nem Angoulême ...

– Geralt! – gritou Angoulême. – Ajude Cahir!

Acalmou-se e ficou com vergonha.

Segurou e apoiou-o. Cahir limpou os olhos com a manga, e o sangue logo os cobriu de novo.

– Não é nada, só uma fissura... – sua voz tremia. – Aos cavalos, bruxo... A galope, atrás de Angoulême... A galope!

Um grito horrendo ressoava ao pé da montanha de onde vinha correndo uma multidão munida de picaretas, pés de cabra e machados. Eram os mineiros vindos das minas vizinhas, Buraco de Sorte ou Assunto Comum, que se apressavam para ajudar seus colegas e companheiros da mina Rialto, ou de outras minas. Quem saberia?

Geralt apressou o cavalo fincando nele os calhancares. Galoparam, num louco *ventre a terre.*

•

Corriam sem olhar para trás, rentes aos pescoços dos cavalos. Angoulême ficou com o melhor corcel – um pequeno cavalo bandoleiro, mas ágil e de raça tártara. O cavalo de Geralt, um alazão com arreio nilfgaardiano, começou a roncar e engasgar, com dificuldade de manter a cabeça reta. O cavalo de Cahir, também militar, era mais forte e mais resistente, mas dava na mesma, pois o cavaleiro é que tinha dificuldade, balançava-se na sela, apertava as coxas de qualquer jeito e jorrava sangue em grandes quantidades sobre a crina e o pescoço do ginete.

Mesmo assim continuavam galopando.

Angoulême, que fora mandada à frente, já esperava por eles na curva, no lugar onde o caminho levava para baixo, serpeando entre as rochas.

– Perseguição… – arfou, espalhando a sujeira no rosto. – Vão perseguir-nos, não nos deixarão em paz… Os mineiros viram por onde fugimos. Não deveríamos ficar na estrada… Precisamos adentrar as florestas, os ermos… Despistá-los…

– Não – protestou o bruxo, ouvindo com preocupação os sons vindos dos pulmões do cavalo. – Precisamos seguir pela estrada… Pelo caminho mais fácil e mais curto até Sansretour…

– Por quê?

– Não temos tempo para falar agora. Vamos! Apressem os cavalos até tirar o fôlego deles…

Galopavam. E o alazão do bruxo roncava.

•

O alazão não prestava para continuar o caminho. Mal conseguia andar sobre as pernas, que estavam duras como tacos de madeira. Arfava, expirava o ar esbaforindo e com rouquidão. Por fim caiu de lado, deu um coice rígido, fitou o cavaleiro, e em seu olhar embaçado via-se reprovação.

O cavalo de Cahir estava um pouco melhor. Porém Cahir estava pior. Simplesmente caiu da sela, levantou-se, mas só conseguiu ficar de quatro. E vomitou com violência, embora não tivesse o que vomitar.

Gritou quando Geralt e Angoulême tentaram tocar em sua cabeça ensaguentada.

– Porra – ela falou. – Olhe só com que cabelinho eles o deixaram.

A pele sobre a testa e as têmporas do jovem nilfgaardiano, junto com o cabelo, estava em grande parte separada do crânio. Se não fosse pelo fato de o sangue já ter formado um coágulo pegajoso, o pedaço solto teria caído sobre a orelha. O aspecto era macabro.

– Como aconteceu isso?

– Lançaram um machadinho que atingiu certinho a cabeça dele. Para ser mais engraçado, não foi nenhum Negro, nem os homens de Rouxinol. Quem fez isso foi um dos mineiros.

– Tanto faz quem fez esta obra – o bruxo apertou a cabeça de Cahir com a manga que arrancou de sua camisa. – O importante é que, por sorte, era fraco. Só o escalpelou, mas poderia ter despedaçado sua cabeça. Mesmo assim, os ossos do crânio também foram bastante atingidos. Inclusive seu cérebro sentiu o impacto. Cahir não conseguirá se sustentar na sela, mesmo se o cavalo aguentar seu peso.

– Então o que vamos fazer? Seu cavalo morreu, o dele também está quase morto, e o meu está exausto... E há uma perseguição atrás de nós. Não podemos ficar aqui...

– Precisamos ficar aqui. Eu e Cahir. E o cavalo de Cahir. Você vai seguir caminho. O mais rápido possível. Seu cavalo é forte, aguentará a corrida. Você pode forçá-lo até ficar esgotado... Angoulême, lembre que Regis, Milva e Jaskier esperam por nós em algum ponto do Vale Sansretour. Não sabem de nada e podem cair nas mãos de Schirrú. Você precisa achar e avisá-los, e depois vocês quatro vão com toda a força dos cavalos até Toussaint. Ali ninguém vai persegui-los. Espero.

– E você e Cahir? – Angoulême mordeu os lábios. – O que vai acontecer com vocês? Rouxinol não é burro, quando vir um cavalo semimorto, vai revirar todos os buracos nas redondezas! E você não conseguirá se afastar para muito longe com Cahir!

– Schirrú, pois é ele que nos persegue, irá atrás de você.

– Você acha?

– Tenho certeza. Vá.

– O que a titia vai falar quando eu aparecer por lá sem vocês?

– Você vai explicar tudo. Mas não a Milva. Vai explicar a Regis. Ele saberá o que fazer. E nós... Quando a pele se prender um pouco mais ao crânio, iremos até Toussaint. Lá nos encontraremos de alguma maneira. Vá, não perca tempo, garota. Monte no cavalo e vá. Não deixe que a perseguição se aproxime demais. Não deixe que a persigam de perto e que estejam ao seu alcance.

– Macaco velho não aprende arte nova! Passem bem! Até logo!

– Até logo, Angoulême.

•

Não se afastou muito da estrada. Não resistiu a lançar um olhar para os perseguidores. E no fundo não temia nenhum tipo de ação da parte deles, pois sabia que seguiriam Angoulême sem demora.

Não estava enganado.

Os cavaleiros que entraram no passo da montanha menos de quinze minutos depois pararam para ver o cavalo estendido no chão. Gritaram, discutiram, examinaram os arbustos à margem da estrada e pouco tempo depois continuaram a perseguição pela estrada. Certamente acharam que, dos três fugitivos, dois montavam agora no mesmo cavalo e se não demorassem muito poderiam alcançá-los logo. Geralt viu que alguns dos corcéis da perseguição também não estavam bem.

Entre os perseguidores havia poucas capas negras da cavalaria leve nilfgaardiana. Dominavam os salteadores coloridos de Rouxinol. Geralt não conseguiu ver se o próprio Rouxinol participava da perseguição ou se ficara para tratar do rosto dilacerado.

Quando silenciou a batida de cascos da perseguição que se afastava, Geralt ergueu-se do esconderijo por entre as samambaias. Em seguida, levantou e segurou Cahir, que gemia e se queixava.

– O cavalo está fraco demais para carregá-lo. Você consegue andar?

O nilfgaardiano soltou um gemido que poderia ser tanto uma confirmação como uma negação. Ou outra coisa completamente diferente. Mas conseguia dar passos, e era isso o que contava.

Desceram até o barranco, ao leito de um riacho. As últimas dezenas de pés da encosta íngreme e escorregadia, Cahir atravessou-as num deslize descontrolado. Rastejou até o riacho, bebeu e molhou bastante o curativo na cabeça com a água gelada. O bruxo não o apressava, respirava fundo, juntando forças.

Andava riacho acima segurando Cahir e puxando o cavalo ao mesmo tempo, pisando na água rasa, tropeçando nas pedras e nos troncos derrubados. Após algum tempo, Cahir recusou-se a cooperar – não conseguia andar, nem mexer as pernas; o bruxo simplesmente o arrastava. Não havia possibilidade de continuar assim, até porque encostas e cascatas barravam o leito do riacho. Geralt gemeu e colocou Cahir em suas costas. O cavalo puxado tampouco facilitava as coisas. Então, quando enfim saíram do barranco, o bruxo simplesmente desabou na folhagem molhada e ficou deitado, ofegante, esgotado, ao lado de Cahir, que se queixava. Permaneceu deitado por muito tempo. O joelho voltou a pulsar com uma dor insuportável.

Depois de algum tempo, Cahir passou a mostrar sinais de vida e logo em seguida – para seu espanto – levantou-se, xingando e segurando a cabeça. Continuaram andando. No início, Cahir andava firme. Depois diminuiu o passo. E por fim tombou.

Geralt colocou-o nas costas e carregou-o, gemendo, desabando sobre as pedras. Foi invadido por uma dor aguda no joelho. Via negras abelhas fogosas diante de seus olhos.

– Um mês atrás... – gemeu Cahir –, ninguém imaginaria que você me carregaria nas costas...

– Cale-se, nilfgaardiano... Quando você fala, ganha peso...

Já havia escurecido quando chegaram às rochas e paredes rochosas. O bruxo não procurou uma caverna, nem conseguiu achar nenhum abrigo – sem forças, tombou junto do primeiro buraco que viu à frente.

•

Havia caveiras humanas, costelas, quadris e outros ossos espalhados por toda a superfície rochosa da caverna. Mas o mais importante é que havia ali galhos secos.

Cahir estava com febre, tremia todo com os calafrios. Aguentou corajosa e conscientemente a suturação da pele solta do crânio, o que Geralt realizou com um barbante e uma agulha torta. A crise chegou depois, à noite. Geralt acendeu uma fogueira na caverna, negligenciando as precauções de segurança. Lá fora chuviscava e ventava às lufadas, então era pouco provável que alguém andasse pelas redondezas à procura de reflexos de fogo. E Cahir tinha que se aquecer.

A febre perdurou durante toda a noite. Tremia, gemia, delirava. Geralt não conseguiu dormir. Manteve o fogo aceso. A dor no joelho era terrível.

•

Como era forte e jovem, de manhã Cahir já se sentia melhor. Ainda estava pálido e suado e a febre emanava de seu corpo. Rangia os dentes, o que complicava um tanto a articulação. Mas dava para entender o que dizia. E estava consciente. Queixava-se da dor de cabeça – sintoma normal para quem fora atingido por um machado que arrancou a pele do crânio.

Geralt dividia o tempo entre cochilos inquietos e tentativas de colher um pouco de água da chuva que caía das rochas, usando copos improvisados com casca de bétulas. Morriam de sede, os dois.

•

– Geralt?

– O que foi?

Cahir ajeitou a lenha na fogueira com a ajuda de um fêmur encontrado na caverna.

– Na mina, durante o embate... Fiquei com medo, sabe?

– Sei.

– Por um momento parecia que você fora tomado por uma raiva assassina e que nada mais contava para você... além de matar...

– Sei.

– Fiquei com medo – terminou com calma – que nesse desvario você acabasse com esse Schirrú. E nesse caso não conseguiríamos tirar nenhuma informação de um morto.

Geralt pigarreou. Gostava cada vez mais do jovem nilfgaardiano. Não era apenas corajoso, mas também inteligente.

– Você fez certo de mandar Angoulême – continuou Cahir, rangendo os dentes levemente. – Não é para garotas... Nem do tipo dela. Nós dois resolveremos sozinhos. Vamos atrás da perseguição. Mas não para assassinar tomados por uma fúria de berserk. Aquilo que você falou uma vez sobre a vingança... Geralt, até numa vingança é preciso ter método. Pegaremos esse meio-elfo... E o forçaremos a nos dizer onde está Ciri...

– Ciri está morta.

– Não é verdade. Não acredito na morte dela... E você também não acredita. Admita.

– Não quero acreditar.

Lá fora o vento zunia, a chuva rumorejava. A caverna era aconchegante.

– Geralt?

– O que foi?

– Ciri está viva. Sonhei de novo... É verdade que algo fatal aconteceu no Equinócio... Sim, com certeza, eu senti e vi... Mas ela está viva... Está viva, sem dúvida. Precisamos nos apressar... Não para vingar ou matar. Precisamos nos apressar para chegar até ela.

– Cahir, você tem razão.

– E você? Já não sonha mais?

– Sonho – falou com amargura. – Mas é cada vez mais raro desde que atravessamos o Jaruga. E não me lembro dos sonhos depois de acordar. Algo se apagou em mim, Cahir. Algo se extinguiu. Algo se foi...

– Não é nada, Geralt. Eu vou sonhar por nós dois.

•

Partiram de madrugada. A chuva parou, parecia até que o sol procurava algum buraco na nebulosidade cinzenta que cobria o céu.

Andavam devagar, os dois num único cavalo com o arreio militar nilfgaardiano.

O cavalo pisava lentamente sobre o pedregulho, à margem do ribeiro Sansretour, que levava a Toussaint. Geralt conhecia o caminho. Estivera lá muito tempo antes e várias coisas haviam mudado desde então. Mas nem o ribeiro, nem o Vale Sansretour mudaram, e quanto mais avançavam, mais o ribeiro se convertia no rio Sansretour. Tampouco mudaram os Montes Amell ou o obelisco de Górgona, o Monte do Diabo que dominava sobre eles.

•

– Um soldado não questiona as ordens – dizia Cahir, apalpando o curativo na cabeça. – Não analisa, não reflete sobre elas, não espera que alguém lhe esclareça seu sentido. Lá na minha terra é a primeira coisa que ensinam a um soldado. Então, você pode imaginar que não pensei sobre a ordem que me foi dada, nem por um segundo. Nem questionei por que fui eu que recebi a missão de prender essa princesa cintrense. Ordem é ordem. Estava com raiva, pois claro que queria ganhar fama lutando contra outros cavaleiros numa tropa regular... Mas, lá na minha terra, participar do serviço secreto também é considerado honroso. Quem me dera que se tratasse de uma tarefa mais difícil, de um preso mais importante... Mas uma mulher?

Geralt jogou a espinha dorsal de uma truta para dentro da fogueira. Antes do anoitecer, no riacho que desaguava em Sansretour, pescaram uma quantidade de peixes suficiente para ficarem plenamente satisfeitos. As trutas estavam na época de desova e era fácil apanhá-las.

Ouvia a história contada por Cahir, e a curiosidade se debatia nele com um sentimento de profunda desolação.

– De forma geral, foi um acaso – contava Cahir, olhando para as chamas. – Puro acaso. Como soube depois, tínhamos um agente na corte de Cintra, um camareiro. Quando conquistamos a cidade e nos preparávamos para cercar o castelo, esse agente saiu sorrateiramente e nos avisou que haveria uma tentativa de retirar a princesa da cidade. Formaram-se alguns grupos iguais ao meu. Mas foi o meu grupo que, por acaso, deparou com aqueles que levavam Ciri.

– Começou uma perseguição nas ruas e no quarteirão, que já estava incendiado. Era um verdadeiro inferno. Só chamas e paredes de fogo. Os cavalos não queriam prosseguir e os homens também não queriam apressá-los. Meus subordinados, que eram quatro, começaram a reclamar, a gritar que eu perdera o juízo, que estava levando-os à perdição... Mal consegui retomar o controle...

– Continuamos a persegui-los através desse caldeirão fulminoso e conseguimos alcançá-los. De repente, estavam diante de nós cinco cavalarianos cintrenses. E começou a chacina, antes que eu conseguisse gritar para terem cuidado com a garota, que instantaneamente caiu no chão, porque o sujeito que a levava na sela foi o primeiro a morrer. Um dos meus a levantou e a colocou em seu cavalo, mas não conseguiu se afastar muito, pois um dos cintrenses o esfaqueou nas costas e a arma atravessou seu corpo. Vi o gume passar a distância de uma polegada da cabeça de Ciri, que caiu mais uma vez na lama. Estava semiconsciente de medo. Vi-a encostar no morto, tentar se arrastar para debaixo dele... como se fosse uma gatinha junto de uma gata morta...

Ficou em silêncio, deu até para ouvi-lo engolir a saliva.

– Nem sabia que estava abraçando um inimigo, um repugnante nilfgaardiano.

– Ficamos sozinhos – retomou o discurso após um momento. – Ela e eu, e cadáveres e chamas em volta. Ciri rastejava numa poça, e a água e o sangue começaram a evaporar com intensidade. A casa desabou, quase não via nada através das faíscas e da fumaça. O cavalo não queria chegar perto de lá. Eu a chamava, pedia que viesse até mim. Fiquei rouco tentando ser ouvido naquele crepitar do fogo, que abafava tudo. Ela me via e ouvia, mas não reagia. O cavalo não queria prosseguir e eu não conseguia domá-lo. Tive que descer. Não consegui levantá-la com uma mão só e tinha que segurar as rédeas com a outra. No entanto, o cavalo começou a puxar com tanta força que quase me derrubou. Enquanto a levantava, começou a gritar. Depois esticou-se e desmaiou. Envolvi-a com a capa que molhei na poça, cheia de lama, esterco e sangue. E prosseguimos. Diretamente pelo fogo.

– Na verdade não sei como conseguimos sair de lá, mas, de repente, apareceu uma brecha na muralha e nos encontramos à beira do rio. Por azar, era o lugar escolhido pelos nortelungos em fuga. Tirei o elmo de oficial, porque poderiam me identificar rápido, apesar de as asas já estarem incendiadas. O restante do uniforme estava tão queimado que não havia como eu ser descoberto. Mas se a menina estivesse consciente, se gritasse, me trucidariam com as espadas. Tive sorte.

– Segui junto deles por umas cinco milhas, depois fiquei atrás e me escondi no mato, à beira do rio que carregava cadáveres.

Ficou calado, pigarreou, apalpou a cabeça enfaixada com ambas as mãos. E corou. Ou será que foi apenas o reflexo da chama em seu rosto?

– Ciri estava imunda. Tive que despi-la... Não se opunha, não gritava. Apenas tremia. Seus olhos estavam fechados. Todas as vezes que tocava nela para lavá-la ou secá-la, esticava-se e ficava toda rígida... Sei, deveria ter falado com ela, tentado acalmá-la... Mas, de repente, não conseguia achar as palavras em sua língua... Que é a língua de minha mãe, a língua que conheço desde o nascimento. Não consegui achar as palavras, queria acalmá-la através de carinho, delicadeza... Mas ela ficava dura e soluçava... Feito um pequeno pássaro...

– Era isso que a perseguia nos pesadelos – Geralt suspirou.

– Eu sei. A mim também.

– E o que aconteceu depois?

– Dormiu. E eu também. De cansaço. Quando acordei, ela já não estava lá. Não estava em canto nenhum. Não me lembro do resto. Os sujeitos que me acharam dizem que eu corria dando voltas e uivava feito lobo. Tiveram que me amarrar. Quando me acalmei, caí nas mãos do pessoal do serviço secreto, dos subordinados de Vattier de Rideaux. Estavam atrás de Cirilla. Queriam saber onde estava, para onde fugira, como fugira de mim, por que deixei que fugisse. E de novo, desde o início: onde estava, para onde fugira... Em cólera, gritei algo sobre o imperador, que era um gavião caçando meninas. Passei mais de um ano preso na cidadela por causa disso. E depois recuperei a graça do imperador porque precisavam de mim. Em Thanedd precisavam de alguém que falasse a língua comum e soubesse como era Ciri. O imperador queria que eu fosse a Thanedd... E que dessa vez não o decepcionasse. Que trouxesse Ciri.

Ficou calado por um momento.

– Emhyr me deu uma chance. Poderia ter negado, desistido da oportunidade. Isso implicaria desgraça e esquecimento definitivo, total e perpétuo, mas poderia ter negado, se quisesse. Porém não neguei. Pois veja, Geralt... Eu não conseguia me esquecer dela.

– Não vou mentir para você. Eu a via sempre em meus sonhos. E não como uma criança magra que ela era à beira do rio quando a despi e a lavei. Eu a via... e ainda vejo como mulher, formosa, consciente, provocadora... com pormenores, como o de uma rosa vermelha tatuada em sua virilha...

– Do que você está falando?

– Não sei, realmente não sei... Mas foi assim e continua assim. Eu ainda a vejo em meus sonhos, do mesmo jeito que então a via nos sonhos. Foi por isso que me alistei para a missão em Thanedd. Foi por isso que depois quis me juntar a vocês. Eu... eu quero vê-la... mais uma vez. Quero tocar em seu cabelo mais uma vez, olhar em seus olhos... Quero olhar para ela. Mate-me, se quiser. Mas não vou fingir mais. Eu penso... acho que a amo. Por favor, não ria de mim.

– Não estou com a menor vontade de rir.

– É por isso que eu continuo com vocês. Entende?

– Você a quer para você ou para seu imperador?

– Sou realista – suspirou. – Ela não vai me querer. E, como esposa do imperador, pelo menos poderia vê-la de vez em quando.

– Sendo realista – bufou o bruxo –, você deveria saber que primeiro precisamos achá-la e salvá-la. Supondo que seus sonhos não mentem e que Ciri ainda esteja mesmo viva.

– Eu sei disso. E quando a acharmos? O que faremos?

– Vamos ver. Vamos ver, Cahir.

– Não se esquive. Seja honesto, pois você não deixará que eu a leve comigo.

Não respondeu. Cahir não perguntou mais.

– Até então podemos ser companheiros? – perguntou com frieza.

– Podemos, Cahir. Mais uma vez peço desculpas por aquilo que aconteceu. Não sei o que deu em mim. No fundo nunca desconfiei de que você estivesse nos traindo ou fosse falso.

– Não sou traidor. Eu nunca o trairei, bruxo.

•

Cavalgavam pelo barranco fundo que o largo e vivo rio Sansretour esculpira por entre os montes. Andavam para o leste, rumo à fronteira do principado de Toussaint. Górgona, o Monte do Diabo, erguia-se sobre eles. Precisariam elevar as cabeças para ver seu cume.

Mas não elevavam.

•

Primeiro sentiram o cheiro de fumaça, logo em seguida viram uma fogueira e uma grelha posta sobre ela, onde se assavam filés de trutas.

Junto da fogueira viram um indivíduo solitário.

Pouco tempo antes Geralt debocharia, zombaria sem piedade e consideraria um completo idiota alguém que se atrevesse a dizer que ele, bruxo, ficaria muito feliz ao ver um vampiro.

– Ora, ora – disse Emiel Regis Rohellec Terzieff-Godefroy com calma, ajeitando a grelha. – Vejam só o que o gato trouxe.

CAPÍTULO SÉTIMO

Hobgoblin, conhecido também como knaker, coblynau, polterduk, karkonos, rubezahl, tesoureiro ou pustecki, é uma espécie de goblin que o **H.** supera em altura, tamanho e força. Normalmente os **H.** usam enormes barbas, costume não partilhado com os goblins. O **H.** vive em galerias e poços de minas, escombros, abismos, cavernas escuras, dentro das rochas, em toda espécie de grutas, lapas e ermos rochosos. Lá, onde vive, há sempre riquezas escondidas na terra, como metais preciosos, minérios, carvão, sal ou petróleo. Por isso o **H.** pode ser encontrado com frequência em minas, especialmente em minas abandonadas, mas gosta também de aparecer em minas ativas. Patife e devastador, peste e verdadeira calamidade para os mineiros que um folgado **H.** manipula, confunde e atemoriza batendo nas paredes, destruindo os túneis, furtando e quebrando ferramentas e todo tipo de bens. Não lhe é estranho o costume de bater na cabeça de alguém com um taco, escondido atrás de uma quina.

Para evitar que apronte muito, pode-se suborná-lo colocando em algum ponto escuro de uma galeria ou em um poço de uma mina: pão com manteiga, queijo das montanhas ou um grande pedaço de presunto defumado. Mas o melhor mesmo é um garrafão de aguardente, perante a qual o **H.** demonstra muita gula.

Physiologus

– Estão seguros – o vampiro confirmou, apressando a mula Draakul. – Todos os três. Milva, Jaskier e, claro, Angoulême, que nos alcançou na hora certa no Vale Sansretour e contou tudo usando diversas palavras pitorescas. Nunca consegui entender por que, entre vocês, humanos, a maioria dos xingamentos e palavrões se refere a sexo. O sexo é belo e deveria ser associado a beleza, alegria, prazer. Como é possível usar o nome de um órgão sexual como sinônimo grosseiro...

– Não desvie do assunto, Regis – interrompeu Geralt.

– Claro, peço desculpas. Alertados por Angoulême de que havia bandidos se aproximando, atravessamos imediatamente a fronteira de Toussaint. Na verdade, Milva não ficara muito feliz, estava prestes a retornar e ajudá-los. Consegui fazer que mudasse de ideia. E Jaskier, para minha surpresa, em vez de ficar feliz por causa do refúgio oferecido pelas fronteiras do principado, estava visivelmente assustado... Você não sabe, por acaso, o que ele teme tanto em Toussaint?

– Não sei, mas tenho minhas suspeitas – respondeu Geralt de forma ácida. – Pois não foi o primeiro lugar onde nosso amigo trovador aprontou. Agora leva uma vida mais estável, pois faz parte de uma companhia respeitável, mas quando era jovem não existia nada sagrado para ele. Diria que poupava apenas porcos-espinhos e mulheres que conseguiam subir até o topo de uma alta árvore. E não se sabe por que os maridos desconfiavam do trovador. Com certeza em Toussaint há algum marido cujas lembranças podem ressurgir quando encontrar Jaskier pela frente... Mas, na verdade, isso não importa. Voltemos aos assuntos concretos. E a perseguição? Espero que...

– Não acho – Regis sorriu – que tenham nos seguido até Toussaint. A fronteira está cheia de cavaleiros errantes extremamente entediados que procuram a oportunidade de provocar uma briga. Continuando, logo fomos com um grupo de peregrinos que conhecemos na fronteira até o bosque sagrado de Myrkvid. E esse lugar desperta medo. Mesmo os peregrinos e doentes que viajam de lugares distantes até Myrkvid à procura de cura hospedam-se num conjunto habitacional perto do bosque. Nem se atrevem a adentrá-lo. Segundo dizem, quem se atrever a entrar no carvalhal sagrado acabará assado a fogo lento na Boneca de Palha.

Geralt respirou fundo.

– Será...

– Claro – mais uma vez o vampiro não deixou que terminasse. – Os druidas estão no bosque de Myrkvid. Esses que antigamente viviam em Angren, em Caed Dhu, e depois se deslocaram até o lago Monduirn e finalmente para Myrkvid, em Toussaint. Fomos predestinados a chegar até eles. Não lembro, mas já falei que isso nos foi predestinado?

Geralt respirou fundo. Cahir, que estava atrás dele, também.

– Seu conhecido está entre esses druidas?

O vampiro sorriu de novo.

– Não é um conhecido, é uma conhecida – esclareceu. – Claro, está entre eles. Foi até promovida. Agora lidera todo o Círculo.

– Hierofanta?

– Flamínica. Este é o título mais alto dos druidas quando se trata de uma mulher. Só os homens é que podem ser hierofantes.

– É verdade, já havia me esquecido. Entendo que Milva e os outros...

– Estão agora sob os cuidados da flamínica e do Círculo – o vampiro, como de costume, respondeu à pergunta enquanto ela estava sendo formulada e logo em seguida continuou a responder às perguntas ainda não formuladas.

– No entanto, fui às pressas ao encontro dela, pois aconteceu algo misterioso. A flamínica, a quem comecei a apresentar nosso assunto, não deixou que eu terminasse o relato. Declarou que sabia de tudo e que já esperava nossa chegada fazia algum tempo ...

– Como?

– Eu também não consegui esconder o espanto – o vampiro parou a mula, ergueu-se nos estribos, olhou em volta.

– Está procurando algo ou alguém? – perguntou Cahir.

– Não, já achei. Vamos descer das selas.

– Preferia que nos apressássemos...

– Desçamos. Já explico tudo.

Tiveram que falar mais alto para se comunicar ao som da cascata que caía de uma grande altura sobre a parede rochosa de um precipício. Embaixo, onde a cascata formou um lago de tamanho considerável, abria-se o buraco negro de uma caverna.

– É lá mesmo – Regis confirmou a suspeita do bruxo. – Vim ao seu encontro, pois fui aconselhado a dirigi-lo até aqui. Você precisará entrar nessa caverna. Já lhe falei, os druidas sabiam de você, de Ciri, sabiam de nossa missão. E souberam de tudo isso da pessoa que vive ali, ó. Essa pessoa, se confia na druida, deseja falar com você.

– Se confia na druida – repetiu Geralt com ironia. – Eu já passei por estas terras. Sei o que vive nas cavernas profundas no Monte do Diabo. Essas cavernas têm vários moradores, mas não dá para conversar com a grande maioria deles, só se for com uma espada. O que mais essa sua druida falou? Em que mais devo acreditar?

– De forma muito clara – o vampiro fixou os olhos negros em Geralt – deu a entender que de maneira geral não gosta nada de sujeitos que destroem e matam a natureza, principalmente dos bruxos. Expliquei que no momento você poderia ser considerado um bruxo só no título e que não causa mais danos à natureza, se ela também não o prejudicar. Você deve saber que a flamínica é uma pessoa extremamente esperta e notou logo de início que você deixou de exercer o ofício de bruxo não por mudanças em sua mundividência, mas forçado pelas circunstâncias. "Eu sei muito bem", disse, "que uma pessoa muito próxima ao bruxo foi tocada pela desgraça. Por isso o bruxo foi forçado a deixar de exercer o ofício de bruxo e ir prestar socorro..."

Geralt não comentou, mas seu olhar era tão enfático que o vampiro apressou-se a prestar esclarecimentos.

– Declarou o seguinte: "O bruxo, que não exerce o ofício de bruxo, vai provar que é capaz de demonstrar humildade e sacrifício. Entrará no tenebroso abismo da terra. Indefeso. Deixará todas as armas, todo o ferro afiado. Todos os pensamentos afiados. Toda a agressão, raiva, fúria, arrogância. Entrará com humildade. E então, nesse abismo, o humilde não bruxo encontrará respostas às perguntas que o perturbam. Encontrará respostas a muitas perguntas. Mas se o bruxo permanecer bruxo, não encontrará nada."

Geralt cuspiu na direção da cascata e da caverna.

– É um simples jogo – afirmou. – Brincadeira! Ela quer pregar uma peça! Clarividência, sacrifício, encontros misteriosos em grutas, respostas... Esse tipo de truque banal é típico de contadores de histórias. No melhor dos casos, alguém está zombando de mim. Se não for puro deboche...

– De jeito nenhum debocharia de você – falou Regis com firmeza. – De jeito nenhum, Geralt de Rívia.

– Então do que é que se trata? De uma das famosas extravagâncias dos druidas?

– Não saberemos – falou Cahir – até ver. Venha, Geralt, entraremos lá juntos...

– Não – o vampiro reprovou com a cabeça. – A flamínica foi muito firme nessa questão. O bruxo tem que entrar ali sozinho.

Desarmado. Me dê sua espada. Tomarei conta dela durante sua permanência lá.

– Diabos... – começou Geralt, mas Regis interrompeu seu discurso com um gesto rápido.

– Me dê sua espada – estendeu a mão. – E se você tiver alguma outra arma, também pode deixá-la comigo. Lembre-se das palavras da flamínica. Nenhuma agressão. Sacrifício. Humildade.

– Você sabe quem eu encontrarei lá? Quem... ou o que me espera nessa caverna?

– Não, não sei. Várias criaturas habitam os túneis subterrâneos embaixo de Górgona.

– Que os diabos me carreguem!

O vampiro tossiu baixinho.

– Não podemos excluir essa possibilidade – falou com seriedade. – Mas você precisa correr esse risco. Sei que você aceitará esse desafio.

•

Estava certo. A entrada da caverna estava abarrotada com uma pilha imponente de caveiras, costelas, fêmures e ossos, do jeito que imaginava. No entanto, não se sentia cheiro de podridão. Os restos mortais eram antigos e, pelo que parecia, serviam para espantar os intrusos.

Pelo menos era o que parecia.

Adentrou na escuridão. Os ossos estalejavam e crepitavam sob seus pés.

Sua visão logo se acostumou à falta de luz.

Estava dentro de uma caverna gigantesca, uma cavidade rochosa cujo tamanho não podia ser avaliado pela visão, pois as proporções se desfaziam e desapareciam na floresta de estalactites que pendiam do teto, formando festões pitorescos. Do solo que brilhava com a umidade e reluzia com o cascalho multicolor cresciam estalagmites alvos e rosados, volumosos e consistentes na base e mais finos nas pontas. Alguns ultrapassavam e muito a altura do bruxo. Outros juntavam-se na parte superior com as estalactites, formando colunas. Ninguém o chamou. Os únicos sons que ressoavam era o eco da água que gotejava e corria pela caverna.

Foi entrando devagar, diretamente para dentro da escuridão, por entre as colunas. Sabia que estava sendo observado.

Era forte e insistente a sensação da falta da espada em suas costas – como a sensação da falta do dente quebrado havia pouco tempo.

Diminuiu o passo.

Aquilo que pouco antes ele pensara que fossem rochas redondas alocadas ao pé das estalagmites agora arregalava enormes olhos reluzentes. Numa massa consistente de pelagem parda, coberta de poeira, abriam-se maxilares enormes e tremeluziam caninos pontiagudos.

Barbegazi.

Andava devagar, pisava com cuidado. Os barbegazis estavam por toda parte, grandes, médios e pequenos, obstruíam seu caminho e nem cogitavam a possibilidade de ceder espaço. Até então se comportavam surpreendentemente bem, mas não sabia o que aconteceria se pisasse em algum deles.

As colunas pareciam formar uma floresta. Não havia como seguir reto, precisava constantemente desviar delas. Água gotejava de cima, do teto eriçado de estalactites.

Havia cada vez mais barbegazis que o acompanhavam em sua marcha, rodavam e rolavam no solo rochoso. Ouvia seu grulhar e arfar monótono. Sentia seu cheiro forte, ácido.

Precisou parar. No meio do caminho, entre duas estalagmites, num lugar que não podia ultrapassar, havia um grande equinope coberto de longos espinhos. Geralt engoliu em seco. Sabia muito bem que um equinope era capaz de atirar espinhos a uma distância de dez pés e que esses espinhos tinham uma característica especial: ao penetrarem no corpo, quebravam, e suas pontas afiadas mergulhavam cada vez mais fundo, até chegarem a um órgão sensível.

– Bruxo estúpido é! – ouviu na escuridão. – Bruxo covarde é! Está com medo, he-he!

A voz parecia peculiar e estranha, mas Geralt já ouvira aquele tipo de voz inúmeras vezes. Criaturas que não estão acostumadas a comunicar-se usando a fala articulada se expressavam assim: acentuavam as palavras de forma estranha e alongavam as sílabas de um jeito esquisito.

– Bruxo estúpido, ô! Bruxo estúpido, ô!

Segurou-se para não fazer nenhum comentário. Mordeu os lábios e passou pelo equinope com cuidado. Os espinhos do monstro ondearam feito tentáculos de uma anêmona-do-mar, mas só por um momento, pois logo em seguida o equinope ficou imóvel e voltou a parecer como um grande tufo de capim do pântano.

Dois enormes barbegazis rolaram, cortando seu caminho, gralhando e rosnando. De cima, do teto, ressoou a batida de asas membranosas e uma risada sibilante, sinal inequívoco da presença de filorrinos e vespertílios.

– Veio aqui, assassino, matador! Bruxo! – a mesma voz ressoou de novo na escuridão. – Meteu-se aqui! Atreveu-se! Mas não tem espada, matador. Como ele quer matar, então? Com o olhar? He-he!

– Talvez – ressoou outra voz, com uma articulação ainda mais esquisita. – Nós é que vamos matá-lo?

Os barbegazis gralharam num coro imponente. Um deles, grande que nem uma abóbora madura, rolou muito próximo, abriu e fechou os maxilares como se quisesse morder os calcanhares de Geralt. O bruxo abafou o palavrão que quase deixou escapar. Continuou andando. Água gotejava das estalactites e ressoava num eco cristalino.

Algo ficou preso a sua perna. Segurou-se para não afastá-lo com violência.

A criatura era pequena, um pouco maior que um cão pequinês. Aliás, parecia um pouco com um pequinês, pelo menos nas feições. Quanto ao resto, assemelhava-se a um macaco. Geralt não tinha a mínima ideia do que poderia ser. Nunca antes vira nada parecido.

– Bri-xo! – articulou o pequinês com estridor, mas de forma clara, agarrado ao sapato de Geralt. – Bri-xo-xo. Ba-ba-cu-cho!

– Cai fora – falou com os dentes cerrados. – Solte meu sapato, senão vou lhe dar um chute na bunda.

Os barbegazis gralharam com mais intensidade, de um jeito ameaçador. Algo berrou na escuridão. Geralt não sabia o que era. Parecia uma vaca, mas o bruxo poderia apostar que não era uma vaca.

– Bri-xo-xo. Ba-ba-cu-cho!

– Solte meu sapato – repetiu, à beira de se descontrolar. – Vim aqui desarmado, em paz. Você está me incomodando...

Cortou a fala ao engasgar com a onda de um fedor nojento que fazia seus olhos lacrimejarem e os cabelos se arrepiarem.

A criatura que parecia um pequinês de olhos arregalados estava defecando exatamente em seu sapato. O fedor nojento era acompanhado por barulhos ainda mais asquerosos.

Xingou à altura da situação e empurrou a criatura insistente com a perna, mas com muito mais delicadeza do que deveria. Mesmo assim, aconteceu o que esperava.

– Chutou o pequeno! – algo berrou na escuridão, acima do gemido e do gralhar dos barbegazis, e ressoou feito furacão. – Chutou o pequeno! Machucou um ser menor que ele!

Os barbegazis que estavam mais próximos de Geralt rolaram aos seus pés. Sentiu manzorras nodulosas e duras feito pedras o agarrarem e imobilizarem. Não se defendeu, estava completamente entregue. Limpou o sapato no pelo do maior e mais agressivo deles. Puxavam-no pela roupa, até que sentou.

Algo enorme deslizou de uma das colunas e saltou para o solo rochoso. Sabia o que era: um hobgoblin. Corpulento, rechonchudo, peludo, de pernas tortas, de ombros muito largos, com uma barba ruiva que era mais larga ainda.

Quando se aproximava, a terra tremia, não como se houvesse um hobgoblin, mas como se houvesse ali um cavalo percheron. Cada um dos pés calosos e largos do monstro – por mais engraçado que isso pareça – tinha um pé e meio de comprimento.

O hobgoblin debruçou-se sobre ele. Cheirava a vodca. "Esses malandros produzem aguardente aqui", Geralt pensou instintivamente.

– Você bateu em um ser menor que você, bruxo – o hobgoblin soltou uma baforada fétida em sua cara. – Sem nenhum motivo, atacou e machucou uma pequena criatura mansa e inocente. Sabíamos que não podíamos confiar em você. Você é agressivo. Você tem instinto assassino. Quantos de nós você já matou, canalha?

Não se achou na obrigação de responder.

– Óóóóó! – o hobgoblin soltou uma baforada ainda mais forte, impregnada com o odor de álcool ingerido. – Sonhei com isso desde criança! Desde criança! Finalmente meu sonho se realizará. Vire à esquerda!

E virou mesmo, como um idiota. E levou um soco nos dentes, executado pelo punho direito, tão forte que um clarão resplandeceu diante dele.

– Óóóóóó! – o hobgoblin deixou à mostra seus enormes dentes tortos por entre o emaranhado de barba fedorenta. – Sonhei com isso desde criança! Agora vire à direita!

– Chega! – a ordem em voz alta e melodiosa ressoou de algum ponto do fundo da caverna. – Chega de gozações e brincadeiras. Soltem o bruxo.

Geralt cuspiu sangue do lábio cortado. Lavou o sapato no veio de água que escorria pela parede rochosa. O gambá com as feições de pequinês olhava para ele com sarcasmo, abrindo a boca num largo sorriso, com os dentes à mostra, mas mantinha uma distância segura. O hobgoblin tinha a mesma expressão no rosto e massageava o punho.

– Vá, bruxo – rosnou. – Vá até lá, ele o está chamando. Eu espero, pois você vai voltar por este caminho.

•

Para sua surpresa, a caverna estava iluminada. Projeções de claridade entravam por vãos no teto de estalactites e cruzavam-se, fazendo as rochas e formações geológicas resplandecerem numa miríade de brilhos e cores. No ar pendia uma bola mágica fulgurante, que se destacava com os reflexos do quartzo nas paredes. Apesar dessa iluminação, o fundo da caverna estava imerso na escuridão, e no interior da colunata de espeleotemas estendia-se um abismo negro.

Uma enorme pintura rupestre estava sendo criada na parede. Parecia ter sido preparada pela natureza especialmente para esse fim. O artista plástico era um elfo alto, de cabelos claros, vestido com uma capa salpicada de marcas de tinta. Sua cabeça parecia rodeada de uma auréola luminosa.

– Sente-se – o elfo, com um movimento do pincel e sem desviar os olhos da obra, apontou uma pedra grande para Geralt. – Não o machucaram?

– Não, acho que não.

– Você deve perdoá-los.

– É verdade. Preciso.

– São que nem crianças. Estavam muito felizes por causa de sua visita.

– Notei.

O elfo olhou para ele apenas agora.

– Sente-se – repetiu. – Daqui a um momento estarei à sua disposição. Já estou terminando.

O que o elfo estava terminando era um animal estilizado, provavelmente um búfalo. Por enquanto, apenas o contorno estava pronto – desde os chifres imponentes até a cauda igualmente formosa. Geralt sentou-se na pedra indicada e jurou a si próprio que teria paciência e humildade até onde os limites lhe permitissem.

Assobiando baixinho pelos dentes cerrados, o elfo mergulhou o pincel numa vasilha com tinta e, com movimentos bruscos, pintou seu búfalo de roxo. Após um momento de reflexão, desenhou listras no flanco do animal.

Geralt observava em silêncio.

O elfo deu um passo para trás, para admirar o afresco rupestre, que apresentava uma cena de caça completa: figuras humanas magras munidas de arcos e lanças, desenhadas com movimentos pouco precisos de pincel, a perseguir o listrado búfalo roxo, que dava saltos loucos.

– O que a pintura representa? – Geralt não se conteve.

O elfo olhou para ele num relance e colocou a ponta limpa do pincel na boca.

– É uma pintura pré-histórica – afirmou – feita pelos humanos primitivos que viviam nesta caverna há milhares de anos e que se ocupavam principalmente da caça dos búfalos roxos, extintos há muito tempo. Alguns caçadores pré-históricos eram artistas, sentiam necessidade profunda de se expressar através da arte, eternizar os sentimentos que carregavam na alma.

– Fascinante.

– Claro que sim – concordou o elfo. – Faz anos que seus estudiosos investigam as cavernas à procura de vestígios do homem primitivo. E toda vez que acham algo, ficam extremamente fascinados, porque encontram provas de que não são apenas seres errantes. Conseguem provar que seus ancestrais viviam aqui muitos séculos antes, demonstrando que este mundo constitui sua herança. Pois todas as raças têm direito a algum tipo de raiz, até a sua, humana, cujas raízes, contudo, devem ser procuradas no topo das árvores. Ha! Um jogo de palavras engraçado, não acha? Merece um epigrama. Você gosta de poesia? O que você acha, o que mais deveria pintar aqui?

– Pode munir os caçadores pré-humanos de falos enormes e eretos.

– Ótima ideia – o elfo mergulhou o pincel na tinta. – O culto fálico era típico das civilizações primitivas. Pode ser útil para a criação da teoria sobre a degeneração física da raça humana. Os ancestrais tinham falos do tamanho de porretes e seus descendentes ficaram com uns pintinhos engraçados, em forma residual... Obrigado, bruxo.

– Não há de quê. Foi um simples reflexo de inspiração. A tinta parece muito fresca para ser pré-histórica.

– Daqui a três, quatro dias as cores vão clarear sob a influência do sal que a parede exala, e a pintura vai se tornar tão pré-histórica que você nem imagina. Seus estudiosos vão se mijar de alegria quando a virem. Aposto que niguém vai se dar conta de meu truque.

– Vai, sim.

– Como?

– Você não vai resistir a deixar a obra sem assinatura.

O elfo deu um riso abafado.

– Bem no ponto! Você me decifrou perfeitamente! Ó, fogo da vaidade, como é difícil um artista apagá-lo em sua alma. Eu já assinei a pintura. Aqui, ó.

– Isso não é uma libélula?

– Não. É um ideograma que representa meu nome. Chamo-me Crevan Espane aep Caomhan Macha. Por comodidade, uso o apelido Avallac'h, e é assim que você pode se dirigir a mim.

– Certo.

– E você se chama Geralt de Rívia e é bruxo. Mas atualmente não mata monstros nem feras, pois está ocupado procurando moças perdidas.

– As notícias espalham-se com velocidade impressionante. E para terras impressionantemente longínquas. E lugares impressionantemente profundos. Você teria previsto minha visita aqui. Então, pelo que entendi, você sabe prever o futuro?

– Todo mundo consegue prever o futuro – Avallac'h limpou as mãos com um pano. – E todos preveem porque é muito rápido. A previsão do futuro não é nenhuma arte. A arte é acertar a previsão.

– Um discurso conciso, que merece um epigrama. Com certeza você sabe prever de forma certeira.

– Com muita frequência, sim. Caro Geralt, sei fazer muitas coisas e tenho um vasto conhecimento. Meu título científico, como vocês humanos o chamariam, comprova isso. Em sua forma completa é: Aen Saevherne.

– Versado.

– Exatamente.

– E espero que esteja disposto a compartilhar esse conhecimento.

Avallac'h permaneceu calado por um momento.

– Compartilhar? – falou lentamente. – Com você? O conhecimento, meu caro, é um privilégio, e os privilégios podem ser compartilhados apenas com seres iguais. Por que motivo eu, elfo, Versado, membro das elites, deveria compartilhar qualquer coisa com um descendente de uma criatura que apareceu no universo há apenas cinco milhões de anos, e que evoluiu a partir de um macaco, uma ratazana, um chacal, ou algum outro mamífero? Uma criatura que precisou de cerca de um milhão de anos para descobrir que com suas duas mãos peludas podia fazer uma operação com um osso roído? E que logo em seguida enfiou esse osso no ânus e piou de felicidade?

O elfo virou-se, fixou os olhos em sua pintura e ficou em silêncio.

– Por que você se atreve a achar que compartilharei algum tipo de conhecimento com você, homem? Fale!

Geralt limpou o sapato dos restos da merda.

– Talvez porque seja algo inevitável – respondeu de um jeito seco.

O elfo virou-se com um movimento brusco.

– O que é inevitável? – perguntou com os dentes cerrados.

– Talvez o fato de que daqui a alguns anos – Geralt não estava com vontade de levantar a voz – as pessoas simplesmente vão se apoderar de qualquer tipo de conhecimento sem se preocupar se alguém quer compartilhá-lo com elas ou não? Inclusive do conhecimento que você, elfo e Versado, esconde com tanta esperteza atrás dos afrescos rupestres? Se, por acaso, os humanos não tiverem a ideia de destruir com picaretas essa parede na qual você pintou uma prova falsa da existência pré-humana... E aí, o que você tem para me dizer, meu caro fogo de vaidade?

O elfo bufou e riu.

– Realmente – disse. – Seria uma vaidade estúpida supor que vocês não o destruiriam. Vocês destroem tudo. Mas qual é a moral da história? Me diga, homem!

– Não sei. Me diga você. E, se não quiser dizer, então irei embora, de preferência por outra saída, pois por onde entrei esperam por mim seus companheiros folgados que desejam mexer com minhas costelas.

– Aí está – o elfo abriu as mãos num movimento brusco e a parede rochosa abriu-se, rangendo e estalando, dividindo brutalmente o búfalo roxo pela metade. – Saia por aqui. Pise em direção da luz. Metafórica ou literalmente, por regra, é o caminho certo.

– Fico com um pouco de pena – murmurou Geralt. – Estou falando do afresco.

– Deve estar brincando – o elfo disse após um momento de silêncio, de uma forma surpreendentemente meiga e amigável. – Não vai acontecer nada com o afresco. Eu vou fechar a rocha com o mesmo encanto, não haverá nem uma rachadura. Venha. Vou sair com você, vou guiá-lo. Cheguei à conclusão de que tenho algo para lhe dizer. E para mostrar também.

O interior estava imerso na escuridão, mas o bruxo sabia que a caverna era enorme – percebeu pela temperatura e pelo movimento do ar. O cascalho em que pisavam estava molhado.

Avallac'h usou a magia para iluminar tudo – do modo élfico, apenas por meio de um gesto, sem proferir o encanto. Uma bola luminosa subiu até o teto, e as formações de cristal de rocha nas paredes da gruta resplandeceram numa miríade de reflexos e brilhos. As sombras dançaram. O bruxo suspirou contra a vontade.

Não era a primeira vez que via as esculturas e estátuas élficas, mas a impressão era sempre a mesma – que as figuras de elfos e elfas retidas em movimento, durante a execução de um gesto, não eram obras criadas por um escultor, mas sim o efeito de um feitiço poderoso capaz de transformar o tecido vivo em mármore branco de Amell.

A estátua mais próxima era de uma elfa sentada sobre suas pernas encolhidas, em uma laje de basalto. A elfa virava a cabeça como se tivesse sido alertada de algo pelo sussurro dos passos que se aproximavam. Estava completamente nua. O mármore branco e polido, de um brilho leitoso, fazia que se sentisse o calor que emanava da estátua.

Avallac'h parou e encostou-se em uma das colunas que marcavam o caminho entre as estátuas.

– Pela segunda vez – falou em voz baixa – você me decifrou de forma inteligente, Geralt. Você tinha razão. A pintura do búfalo na parede era uma camuflagem para desencorajar alguém a quebrar a parede. Meu objetivo era proteger tudo isto de roubo e devastação. Todas as raças, inclusive a élfica, têm direito a raízes. O que você está vendo são nossas raízes. Por favor, pise com cuidado. Na verdade, isto é um cemitério.

Os reflexos da luz que dançavam por entre os cristais de rocha iluminavam outros detalhes que emergiam da escuridão. Atrás da aleia de estátuas viam-se colunatas, escadas, claustros de anfiteatros, arcadas e peristilos. Tudo de mármore branco.

– Quero que isto sobreviva – Avallac'h retomou o discurso, parou e apontou com a mão. – Mesmo se nós desaparecermos e todo o continente e todo este mundo ficarem enterrados sob uma camada de neve e gelo de uma milha de espessura, Tir ná Béa Arainne sobreviverá. Deixaremos este lugar, mas um dia voltaremos. Nós, elfos. Aen Ithlinnespeath, a profecia Ithlinne Aegli aep Aevenien nos promete isso.

– Vocês realmente acreditam nela? Nessa profecia? Seu fatalismo é realmente tão profundo?

– Tudo foi previsto e profetizado – o elfo não olhava para ele, mas para as colunas de mármore cobertas de baixos-relevos delicados como teias de aranhas. – Sua chegada ao continente, as guerras, sangue élfico e humano derramado. A ascensão de sua raça, a decadência da nossa. A luta entre os governantes do Norte e do Sul. Eis que se levantará o rei do Sul contra os reis do Norte e inundará suas terras como num dilúvio. Elas serão devastadas e seu povo, destruído... E assim começará o fim do mundo. Você se lembra do texto de Itlina, bruxo? Quem estiver longe morrerá de peste; quem estiver próximo será derrubado pela espada; quem se salvar morrerá de fome; quem sobreviver será derrotado pelo frio... Pois chegará Tedd Deireádh, Tempo do Fim, Tempo da Espada e do Machado, Tempo do Desprezo, Tempo do Frio Branco, a Época da Selvageria Lupina...

– Poesia.

– Você prefere que seja menos poético? Como consequência da alteração do ângulo de inclinação dos raios solares, haverá um deslocamento, e grande, do permafrost. Estas montanhas serão esmagadas e empurradas para o Sul pelo gelo vindo do Norte. Tudo será coberto por uma camada de neve branca que ultrapassará a grossura de uma milha. E fará muito, mas muito frio.

– Usaremos cuecas grossas – Geralt declarou sem emoção. – E também casacos e gorros de pele.

– Você tirou essas palavras da minha boca – concordou o elfo com calma. – E nessas cuecas e nesses gorros sobreviverão para um dia voltarem aqui, cavarem buracos e remexerem estas cavernas para destruir e roubar. A profecia de Itlina não fala sobre isso, mas eu sei. Não há como destruir os humanos e as baratas, sempre sobreviverá pelo menos um casal. Quanto a nós, elfos, Itlina é muito mais incisiva: sobreviverão apenas os que seguirem a Andorinha. A Andorinha, o símbolo da primavera, é a salvadora, aquela que abrirá a Porta Proibida e mostrará o caminho da salvação. E tornará possível o renascimento do mundo. A Andorinha, a Criança do Sangue Antigo.

– Então é Ciri? – Geralt não se aguentou. – Ou a criança de Ciri? Como? E por quê?

Avallac'h parecia não ouvir.

– A Andorinha do Sangue Antigo – repetiu. – De seu sangue. Venha. E olhe.

A estátua apontada por Avallac'h distinguia-se até das outras estátuas incrivelmente realistas, capturadas em movimento ou fazendo gestos. Era a estátua de uma elfa branca de mármore, semideitada numa laje. Parecia recém-desperta, prestes a sentar ou levantar. Seu rosto estava virado para um lugar vazio a seu lado e sua mão erguida parecia tocar em algo invisível.

No rosto da elfa percebia-se uma expressão de sossego e felicidade.

– Essa é Lara Dorren aep Shiadhal. Claro que não é um túmulo, apenas um cenotáfio. Você estranhou a posição da estátua? Pois não foi aceito o projeto para esculpir em mármore os dois lendários amantes: Lara e Cregennan de Lod. Cregennan era humano, seria um sacrilégio gastar o mármore de Amell para esculpir sua estátua. Seria profanação colocar a estátua de um humano aqui em Tir ná Béa Arainne. Porém seria um crime ainda maior destruir, com premeditação, a memória desse sentimento. Por isso se optou pelo meio-termo. Formalmente, Cregennan não está aqui. No entanto, ele está aqui, sim. No olhar e na pose de Lara. Os amantes estão juntos. Nada conseguiu separá-los. Nem a morte, nem o esquecimento... nem o ódio.

O bruxo teve a sensação de que a voz indiferente do elfo havia se alterado por um instante. Mas provavelmente isso não era possível.

Avallac'h aproximou-se da estátua e com um gesto cuidadoso e delicado acariciou o braço de mármore. Depois virou-se e em seu rosto triangular surgiu de novo o mesmo sorriso, levemente irônico.

– Você sabe, bruxo, qual é a maior desvantagem da longevidade?

– Não.
– Sexo.
– O quê?
– Você ouviu bem. Sexo. Após menos de cem anos começa a dar tédio. Não há nada nele que possa fascinar ou excitar, nada que teria o encanto estimulante de uma novidade. Tudo já foi experimentado... Deste jeito ou de outro, mas já foi. E de repente chega a Conjunção das Esferas e aparecem aqui vocês, humanos. Aparecem aqui os últimos humanos sobreviventes, vindos de outro mundo, de seu mundo antigo, que conseguiram destruir por completo, com suas próprias mãos, ainda peludas, apenas cinco milhões de anos após se formarem como espécie. Vocês são poucos, sua estimativa de vida é baixíssima, então sua sobrevivência depende do ritmo de procriação. Portanto a luxúria perversa sempre os acompanha, o sexo toma conta de vocês, torna-se uma força mais intensa ainda que o instinto de sobrevivência. Morrer, por que não, se antes dá para fornicar? A filosofia de vocês se limita a isso.

Geralt não interrompia nem comentava, embora tivesse enorme vontade de falar.

– E o que, de repente, acontece? – Avallac'h retomou o discurso. – Os elfos, entediados com as elfas entediadas, começam a se interessar por humanas sempre cheias de tesão, e as elfas entediadas entregam-se por curiosidade perversa aos humanos sempre cheios de vigor e força. E aconteceu algo que ninguém consegue explicar: as elfas, que normalmente ovulam uma vez a cada dez ou vinte anos, ao acasalarem com os humanos começaram a ovular a cada orgasmo intenso, pois acionou-se algum hormônio adormecido ou até uma combinação de hormônios. As elfas perceberam que, na prática, podem ter filhos com os humanos. Foi graças às elfas que não os exterminamos quando ainda éramos mais fortes. Depois, vocês já eram mais fortes e começaram a nos exterminar. Mas as elfas eram ainda suas aliadas. Elas é que eram as defensoras da convivência, cooperação e coexistência... e não queriam admitir que na verdade se tratava apenas de copulação.

Geralt tossiu.

– E o que isso tem a ver comigo?

– Com você? Absolutamente nada. Mas tem tudo a ver com Ciri, pois ela é descendente de Lara Dorren aep Shiadhal, e Lara Dorren era defensora da coexistência com os humanos. Principalmente com um deles, Cregennan de Lod, um feiticeiro humano. Lara Dorren coexistiu com esse Cregennan, com frequência e de forma efetiva. Indo direto ao ponto: engravidou dele.

Dessa vez o bruxo também manteve silêncio.

– O problema é que Lara Dorren não era uma simples elfa. Era uma carga genética especialmente preparada, resultado de anos de trabalho. Em conjunto com outra carga élfica, claro, daria à luz uma criança ainda mais especial. Enterrou essa chance ao conceber a criança a partir do sêmen humano. Desperdiçou resultados de centenas de anos de planejamento e preparações. Pelo menos foi o que se achava na época. Ninguém suspeitava que o mestiço concebido por Cregennan pudesse herdar algo positivo da mãe de sangue puro. Não, aquele tipo de incompatibilidade não poderia trazer nada de bom…

– Por isso – interrompeu Geralt – foi castigado com tanta severidade.

– Não foi assim, do jeito que você pensa – Avallac'h olhou para ele rapidamente. – Embora o relacionamento de Lara Dorren e Cregennan tivesse provocado muitos danos aos elfos, para os humanos poderia ser apenas benéfico. No entanto, não foram os elfos, mas os humanos que assassinaram Cregennan. Os humanos, e não os elfos, causaram a desgraça de Lara. Foi exatamente o que aconteceu, embora muitos elfos tivessem motivos para odiar os amantes. Inclusive motivos pessoais.

Foi a segunda vez que Geralt notou uma leve mudança na voz do elfo.

– De qualquer forma – Avallac'h retomou o discurso –, a coexistência se dissipou como bolha de sabão e as raças se atacaram mutuamente. Começou a guerra que dura até hoje. Entretanto, o material genético de Lara… existe, como você já deve ter deduzido. E até se desenvolveu. Infelizmente, passou por mutações. Sim, sim. Sua Ciri é um mutante.

Nem dessa vez o elfo foi lisonjeado com um comentário.

– Claro que seus feiticeiros estavam envolvidos nisso, formando casais a partir de espécimes criados, mas eles também perderam o controle. Poucas pessoas sabem como o material genético de Lara Dorren renasceu com tanta força em Ciri e o que foi o estopim. Acho que Vilgefortz sabe, aquele mesmo que quebrou seus ossos em Thanedd. Os feiticeiros que conduziram experiências com os filhos de Lara e Riannon e que durante algum tempo mantiveram uma criação regular não chegaram aos resultados desejados, ficaram entediados e desistiram da experiência. Mas a experiência continuou, embora dessa vez por conta própria. Ciri, a filha de Pavetta, neta de Calanthe, tetraneta de Riannon, era a verdadeira descendente de Lara Dorren. Vilgefortz soube disso, talvez por acaso. Emhyr var Emreis, o imperador de Nilfgaard, também sabe.

– E você também.

– Eu sei até mais do que eles dois. Mas isso não importa. O moinho do destino está funcionando, as mós da fortuna estão moendo... Aquilo que é predestinado tem que se cumprir.

– E o que precisa se cumprir?

– O que está predestinado. O que foi determinado lá em cima, no sentido metafórico, claro. Algo que é determinado pelo funcionamento de um mecanismo infalível em cujas bases se encontram o Fim, o Plano e o Resultado.

– É poesia ou metafísica. Ou as duas, porque às vezes é difícil separá-las. É possível saber algo concreto? Pelo menos minimamente concreto? Teria prazer em discutir com você sobre isso ou aquilo, mas infelizmente estou com pressa.

Avallac'h examinou-o com um olhar demorado.

– E por que tanta pressa? Ah, peço desculpas... Pelo que me parece, você não entendeu nada do que falei. Serei mais claro, então: sua grande expedição de socorro já não tem nenhum sentido. Perdeu completamente o sentido.

– Há alguns motivos para isso – retomou o elfo, olhando para o rosto imóvel do bruxo. – Primeiro, já está tarde demais, o mal substancial já foi feito, você já não é capaz de salvar a menina. Segundo, agora, já que está no caminho certo, a Andorinha conseguirá se virar sozinha, pois carrega em si uma força poderosa demais para temer qualquer coisa. Sua ajuda é dispensável. E terceiro... Hummm...

– Continuo ouvindo, Avallac'h. O tempo todo.

– Terceiro... Terceiro, outra pessoa vai ajudá-la agora. Você, por acaso, não é tão arrogante para achar que o destino juntou essa menina apenas com você?

– É tudo?

– É.

– Adeus, então.

– Espere.

– Já falei. Estou com pressa.

– Vamos supor por um momento – falou o elfo com calma – que eu sei de fato o que vai acontecer, que prevejo o futuro. E se eu lhe falar que o que tem que acontecer vai acontecer de qualquer jeito, independentemente dos seus esforços e das suas iniciativas? E se eu lhe comunicar que poderia procurar algum lugar sossegado no mundo e ficar lá, sem fazer nada, esperando pelas consequências inevitáveis dos acontecimentos, você decidiria fazer algo assim?

– Não.

– E se eu lhe comunicar que sua atividade, que comprova a falta de confiança nos mecanismos infalíveis do Fim, do Plano e do Resultado, pode mudar algo, embora a probabilidade seja mínima, pode de fato mudar algo, mas apenas para pior? Você repensará o assunto? Ai, já vejo pela sua cara que não. Então simplesmente perguntarei: por quê?

– Você quer mesmo saber?

– Quero.

– Porque simplesmente não acredito em seus lugares-comuns sobre fins, planos e resultados dos criadores. Tampouco acredito em sua famosa profecia de Itlina e em outros vaticínios. Saiba que os considero tão mentirosos quanto sua pintura rupestre. Um búfalo roxo, Avallac'h. Nada mais do que isso. Não sei se você não sabe ou não quer me ajudar. Mas não guardo rancor...

– Você diz que não sei ou não quero ajudá-lo. E como poderia ajudar?

Geralt pensou por um momento, absolutamente consciente do fato de que tudo dependia da formulação adequada da pergunta.

– Recuperarei Ciri?

A resposta foi instantânea.

– Recuperará. Só para perdê-la logo em seguida. E para sempre. Antes que isso aconteça, perderá todos que o acompanham. Você perderá um de seus companheiros dentro das próximas semanas, talvez até dias. Ou horas.

– Obrigado.

– Ainda não terminei. A consequência direta e instantânea de sua interferência nas mós do Fim e do Plano será a morte de dezenas de milhares de pessoas, o que, no fundo, não tem grande importância, já que logo depois dezenas de milhões de pessoas perderão a vida. O mundo, do jeito que você o conhece, simplesmente desaparecerá, deixará de existir, para renascer de forma completamente alterada após o tempo necessário. No entanto, ninguém tem nem terá nenhuma influência sobre isso. Ninguém pode prevenir ou reverter. Nem você, nem eu, nem os feiticeiros, nem os Versados. Nem Ciri. O que você acha disso?

– Um búfalo roxo. De qualquer forma, agradeço, Avallac'h.

– Mesmo assim – o elfo deu de ombros – estou um pouco curioso com o que uma pedrinha que cai dentro do mecanismo das mós é capaz de fazer... Posso ajudá-lo em mais alguma coisa?

– Acho que não. Pois, como suponho, você não pode me mostrar Ciri, não é?

– Quem falou isso?

Geralt segurou a respiração.

Avallac'h dirigiu passos rápidos em direção à parede da caverna, fazendo sinal para que o bruxo o seguisse.

– As paredes de Tir ná Béa Arainne têm propriedades excepcionais – apontou para os cristais de rocha reluzentes. – E eu, sem querer me gabar, tenho capacidades excepcionais. Coloque suas mãos em cima disto. Fixe o olhar. Concentre-se. Pense que ela precisa muito de você agora. E declare mentalmente a vontade de ajudá-la. Pense que você quer correr para socorrê-la, estar ao seu lado, algo assim. A imagem deverá surgir sozinha. E deverá ser nítida. Olhe, mas não tenha reações bruscas. Não diga nada. Será uma visão, e não uma comunicação.

Obedeceu.

As primeiras visões, apesar da promessa, não eram nítidas. Eram embaçadas, mas tão violentas, que recuou instintivamente. Uma mão cortada no tampo da mesa... O sangue borrifado numa superfície de cristal... Esqueletos em cima de carcaças de cavalos... Yennefer algemada...

Torre? Uma torre negra? E atrás dela, no fundo... Aurora boreal?

E de súbito, sem aviso, a imagem tornou-se nítida. Nítida demais.

– Jaskier! – Geralt gritou. – Milva! Angoulême!

– Hein? – Avallac'h interessou-se. – Pois é. Parece que você estragou tudo.

Geralt saltou para trás, afastando-se da parede da caverna, quase tropeçando no pedestal de basalto.

– Não importa, diabos! – gritou. – Escute, Avallac'h, preciso chegar o mais rápido possível até essa floresta dos druidas...

– Caed Myrkvid?

– Acho que sim. Meus companheiros estão em sério perigo! Estão lutando pela vida! Também há outras pessoas em perigo... Por onde posso chegar o mais rápido... Diabos! Preciso voltar para pegar o cavalo e a espada...

– Nenhum cavalo – o elfo interrompeu com calma – conseguirá levá-lo até o Bosque de Myrkvid antes do anoitecer...

– Mas eu...

– Ainda não terminei. Vá pegar essa sua famosa espada e eu lhe arrumarei um corcel. Um ótimo corcel para as trilhas nas montanhas. Diria que é um corcel um tanto atípico... Mas graças a ele você chegará a Caed Myrkvid em menos de meia hora.

•

O hobgoblin fedia que nem um cavalo – e ali terminavam as semelhanças. Uma vez Geralt assistiu a uma competição de montar muflões, organizada pelos anões em Mahakam, que parecia um esporte absolutamente radical. Mas apenas agora, sentado nas costas de um hobgoblin que corria feito louco, conhecia o verdadeiro radicalismo.

Encravava os dedos naquele pelo áspero e apertava os flancos peludos do monstro com suas coxas para não cair. O hobgoblin fedia a suor, urina e vodca. Corria feito louco, a terra tremia sob as batidas de seus pés gigantescos, como se as solas fossem feitas de bronze. Subia as encostas diminuindo a velocidade apenas minimamente e descia por elas com tanta velocidade que o ar zunia nos ouvidos do bruxo. Corria por arestas, trilhas e cornijas tão estreitas que Geralt apertava as pálpebras para não olhar para baixo. Galgava cachoeiras, cascatas, precipícios e fendas que um muflão não atravessaria, e cada salto bem-sucedido era acompanhado de um berro selvagem e ensurdecedor. Isto é, mais selvagem e mais ensurdecedor que de costume, pois o hobgoblin berrava praticamente sem parar.

– Não corra tão rápido! – a força do ar empurrava as palavras de volta para a garganta.

– Por quê?

– Você bebeu!

– Uuuaaahaaaaaaaa!

Corriam desatadamente. O ar silvava nos seus ouvidos.

O hobgobin fedia.

Silenciou o zunir dos pés gigantes sobre a rocha, chocalharam os amontoados rochosos e o cascalho solto. Depois o solo ficou menos pedregoso e num relâmpago passou algo que podia ser um pinheiro-das-montanhas. Depois houve relances de algo que era verde e castanho, pois o hobgoblin passava por uma floresta de abetos, galgando-a a passos loucos. O cheiro de resina misturou-se ao fedor do monstro.

– Uaaahaaaaaa!

Os abetos ficaram para trás, as folhas caídas farfalharam. Agora tudo estava coberto de tons de rubro, vinho, ocre e amarelo.

– Mais devagar!

– Uaaahahhahaha!

Com um salto, o hobgoblin galgou uma pilha de árvores caídas. Geralt quase perdeu a língua ao bater os dentes.

•

A corrida selvagem terminou de forma tão repentina como começou. O hobgoblin encravou os pés na terra, berrou e deixou o bruxo cair no solo coberto de folhas. Geralt ficou deitado por um momento, incapaz até de xingar, por causa da falta de ar. Depois levantou-se, uivando e massageando o joelho, que voltara a doer.

– Você não caiu – o hobgoblin observou, e sua voz demonstrava surpresa. – Parabéns.

Geralt não comentou.

– Chegamos – o hobgoblin apontou com a pata peluda. – Essa é Caed Myrkvid.

Abaixo deles havia um vale hermeticamente coberto de neblina. Apenas o topo das grandes árvores aparecia no meio da bruma.

– Essa névoa não é natural – o hobgoblin antecipou a pergunta, fungando. – Além disso, dá para sentir a fumaça que vem de lá. Eu me apressaria, se fosse você. Ehhh, iria junto... Fiquei até enjoado de tanta vontade de dar porrada em alguém! E desde criança sonhei com a possibilidade de atacar os humanos com um bruxo nas costas! Mas Avallac'h proibiu que eu me revelasse. Trata-se da segurança de toda a nossa comunidade...

– Eu sei.

– Não me leve a mal por ter dado um soco em você.

– Não se preocupe.

– Você é gente finíssima.

– Obrigado. Agradeço também por me dar carona.

O hobgoblin lançou um largo sorriso por entre a barba ruiva e soltou uma baforada de vodca.

– O prazer é meu.

•

A neblina que cobria a Floresta Myrkvid era espessa e tinha formato irregular. Lembrava cobertura de chantili em cima de um bolo confeitado por uma cozinheira descontrolada. Essa neblina lhe recordava Brokilon, pois a Floresta das Dríades com frequência cobria-se de uma bruma mágica espessa, que servia de proteção e camuflagem. O ambiente sóbrio e ameaçador da floresta também era parecido. Essa floresta, ao menos em suas bordas, era composta principalmente de amieiros e faias.

E exatamente como em Brokilon, já no limiar da floresta, numa estrada coberta de folhagem, Geralt quase tropeçou em cadáveres.

•

As pessoas brutalmente assassinadas não eram druidas, nem nilfgaardianos, tampouco pertenciam à hansa de Rouxinol ou Schirrú. Antes que Geralt notasse os contornos das carroças na neblina, lembrou-se de que Regis falara em peregrinos. Pelo que parecia, para alguns dos peregrinos a romaria terminara de modo pouco feliz.

O fedor da fumaça e do queimado, insuportável no ar úmido, ficava cada vez mais nítido, apontava o caminho. Logo em seguida o caminho foi indicado também por vozes – gritos – e por uma música desafinada que soava de guzlas.

Geralt apressou o passo.

Havia uma carroça parada na estrada, que estava lamacenta por causa da chuva. Junto das rodas havia mais cadáveres.

Um dos bandidos revirava a carroça, jogando objetos e equipamentos na estrada. Outro segurava os cavalos desaparelhados. Outro ainda arrancava um sobretudo de pele de raposa que estava em um dos peregrinos mortos. O quarto sujeito arranhava o arco nas guzlas encontradas provavelmente por entre os objetos saqueados, mas não conseguia emitir uma única nota limpa no instrumento.

A cacofonia foi de grande utilidade: abafou os passos de Geralt.

A música silenciou bruscamente, as cordas das guzlas soltaram um gemido aflito, o salteador desabou sobre a folhagem e sujou-a com sangue. O sujeito que segurava os cavalos nem teve tempo de gritar, pois o sihill cortou sua traqueia. O terceiro não conseguiu saltar da carroça, caiu berrando com a artéria femoral dilacerada. O último conseguiu até desembainhar a espada, mas não teve tempo de levantá-la.

Geralt tirou o sangue do sulco da espada com o polegar.

– Sim, filhotes – disse olhando para a floresta e para o lugar de onde vinha o cheiro de fumaça. – Não foi uma boa ideia. Não deveriam ter escutado Rouxinol nem Schirrú. Deveriam ter ficado em casa.

•

Pouco depois deparou-se com outras carroças e outros cadáveres. Entre os numerosos peregrinos perfurados e mortos a machadadas havia também druidas de vestimenta branca manchada com sangue. A fumaça proveniente de um incêndio não muito afastado rastejava próxima do solo.

Dessa vez os salteadores estavam mais atentos. Conseguiu surpreender por trás apenas um deles, ocupado em tirar anéis e pulseiras cafonas das mãos ensaguentadas de uma mulher assassinada. Geralt cortou o bandido sem pensar. O salteador berrou, e então os bandidos restantes misturados com nilfgaardianos saltaram em cima de Geralt aos gritos.

Fugiu para dentro da floresta, encostou-se na árvore mais próxima para que o tronco protegesse suas costas. Mas antes que os bandidos o alcançassem, ouviu-se o estrondo dos cascos de cavalos, e dos arbustos e da bruma emergiu um gigantesco cavalo revestido de chebraica xadrez aurirrubra posicionada transversalmente. O cavalo carregava um cavaleiro de armadura completa, com capa alva e elmo de viseira pontiaguda em formato de bico. Antes que os bandidos conseguissem retomar o fôlego, o cavaleiro já os havia alcançado, golpeava com a espada para todos os lados e o sangue jorrava em abundância. Era uma visão formosa.

No entanto, Geralt não tinha tempo para ficar olhando, pois fora atacado por dois outros bandoleiros – um de gibão cor de vinho e um nilfgaardiano vestido de preto. O bandido que não se resguardou durante o ataque teve seu rosto cortado transversalmente. O nilfgaardiano, quando viu dentes voando, fugiu e desapareceu no meio da neblina.

Geralt quase foi derrubado pelo cavalo de chebraica xadrez que corria solto sem o cavalariano.

Saltou pelo mato sem demora até o lugar de onde vinham gritos, maldições e estrondo.

Os três bandidos haviam puxado o cavaleiro de capa branca da sela e agora tentavam matá-lo. Um deles, em pé e com as pernas escarranchadas, executava golpes com um machado, outro com uma espada, e o terceiro – pequeno e ruivo – pulava junto deles feito uma lebre, procurando uma ocasião e uma fresta para enfiar uma lança. O cavaleiro derrubado berrava de forma incompreensível de dentro do elmo e defendia-se dos golpes com o escudo que segurava com as duas mãos. O escudo abaixava-se a cada golpe do machado, quase chegando a se apoiar sobre a gorjeira. Era óbvio que após mais um ou dois golpes desses as tripas do cavaleiro sairiam respingando por todas as brechas da armadura.

Geralt saltou até o redemoinho em três passos, cortou a nuca do ruivo que pulava com a lança e rasgou a barriga do sujeito que segurava o machado. O cavaleiro, ágil apesar da armadura, golpeou o terceiro bandido no joelho com a beira do escudo, e uma vez caído deu três socos na cara dele com tanta força que o sangue salpicou o broquel. Ficou de joelhos, foi apalpando o solo por entre as samambaias à procura da espada, zumbindo feito um enorme zangão de metal. De repente, viu Geralt e gelou.

– Estou nas mãos de quem? – buzinou de dentro do elmo.

– De ninguém. Esses que jazem aqui também são meus inimigos.

– Hummm... – o cavaleiro tentava levantar a viseira, mas a chapa estava toda torta e o mecanismo se travou. – Pela honra! Sou extremamente grato por sua ajuda.

– Eu é que agradeço, pois foi o senhor que veio me socorrer.

– O senhor está falando sério? Quando?

"Não viu nada", Geralt pensou. "Não me viu pelas perfurações dessa panela de ferro."

– Como o senhor se chama? – o cavaleiro perguntou.

– Geralt. De Rívia.

– Qual é seu brasão?

– Não é hora, senhor cavaleiro, para falar sobre heráldica.

– Pela honra, o senhor é justo, valente cavaleiro Geralt – o cavalariano achou sua espada e levantou-se. Em seu escudo todo rachado, assim como na chebraica do cavalo, via-se o ornamento de xadrez aurirrubra em cujo campo se alternavam as letras A e H.

– Não é meu brasão de família – falou em esclarecimento. – Essas são as iniciais de minha suserana, a duquesa Anna Henrietta. Eu me chamo Cavaleiro Xadrez. Sou um cavaleiro errante. Não posso revelar meu nome ou brasão. Prestei juramento de cavaleiro. Pela honra, mais uma vez agradeço por sua ajuda.

– O prazer é meu.

Um dos bandidos caídos gemeu e se remexeu nas folhas. O Cavaleiro Xadrez saltou até ele e encravou-o no chão com um golpe poderoso. O bandoleiro remexeu os braços e as pernas feito uma aranha atravessada por um alfinete.

– Precisamos nos apressar – falou o cavaleiro. – Ainda há assaltantes aqui. Pela honra, ainda não chegou a hora de descansar!

– É verdade – admitiu Geralt. – O bando ainda perambula pela floresta matando peregrinos e druidas. Meus amigos estão correndo risco...

– Dê licença por um instante, senhor.

O segundo bandido ainda dava sinais de vida. Também foi impetuosamente atravessado com a espada e deu uma cambalhota tão grande com as pernas erguidas que seus sapatos saíram voando.

– Pela honra! – o Cavaleiro Xadrez limpou a espada no musgo. – É difícil esses malandros se despedirem da vida! Não estranhe o fato, cavaleiro, de eu acabar com a vida dos feridos. Pela honra, antigamente não o fazia, mas esses canalhas se recuperam com tanta rapidez que a um homem honesto resta apenas invejá-los. Comecei a acabar com eles desde quando tive que lidar com o mesmo bandido três vezes seguidas. Quero dizer, acabar definitivamente.

– Entendo.

– Como o senhor está vendo, sou um cavaleiro errante. Mas, pela honra, não sou insensato! Ó, meu cavalo voltou. Venha cá, Bucéfalo.

•

A floresta tornou-se mais espaçosa e clara. Começaram a dominar carvalhos enormes de copas grandes, embora escassas. Agora já sentiam de perto a fumaça e o fedor. E viram o incêndio logo em seguida.

Um pequeno conjunto habitacional estava em chamas. Todos os seus casebres com telhado de palha queimavam. Estavam em chama as lonas das carroças entre as quais jaziam cadáveres, muitos deles de vestimenta branca de druidas, visível de longe.

Os bandidos e nilfgaardianos atacavam uma casa grande sustentada por pilotis e apoiada no tronco de um gigantesco carvalho. Emitiam gritos e escondiam-se atrás de carroças que empurravam. A casa fora construída com troncos firmes, e em seu telhado de madeira bem inclinado deslizavam, sem provocar nenhum dano, tochas jogadas pelos salteadores. A casa cercada defendia-se e revidava – Geralt viu um dos bandidos aparecer de trás da carroça e logo desabar no chão com uma flecha enfiada na cabeça, como se tivesse sido atingido por um relâmpago.

– Seus amigos – o Cavaleiro Xadrez brilhou com sua capacidade de dedução – devem estar nesse edifício! Pela honra, estão em apuros! Avante, precisamos socorrê-los!

Geralt ouviu gritos e ordens e reconheceu o bandido Rouxinol, com o rosto enfaixado. Viu também, por um instante, o meio-elfo Schirrú, que se escondia atrás das costas dos nilfgaardianos vestidos de capas negras.

De repente, ressoaram as cornetas. O som foi tão intenso que folhas começaram a cair dos carvalhos. Retumbaram os cascos dos corcéis da cavalaria, reluziram as armaduras e espadas da tropa em ataque. Os bandidos correram aos gritos, espalhando-se por todos os lados.

– Pela honra! – berrou o Cavaleiro Xadrez esporeando o cavalo. – São meus companheiros! Chegaram antes de nós! Ataquemos para que um pouco de fama também se derrame sobre nós! Atacar, matar!

O Cavaleiro Xadrez, galopando em Bucéfalo, foi o primeiro a alcançar os bandidos em fuga. Num instante dilacerou dois e dispersou os restantes como um açor dispersa os pardais. Dois viraram e deram de frente com Geralt, que chegava correndo e acabou com eles num átimo.

O terceiro bandido atirou nele com um gabriel.

Os gabriéis – as bestas em miniatura – foram inventados e patenteados por um tal de Gabriel, artesão de Verden. Fazia publicidade deles com o mote "Autodefenda-se". A criminalidade e a violência estão disseminando-se, dizia a propaganda. A lei é fraca e impotente. Autodefenda-se! Não saia de casa sem uma cômoda besta da marca Gabriel. Gabriel é seu guarda, gabriel defenderá você e toda a sua família contra o bandido.

As vendas batiam recordes. Em pouco tempo todos os bandidos usavam gabriéis que provaram ser de grande comodidade na hora dos assaltos.

Geralt era bruxo e sabia esquivar-se de uma seta. Contudo, esqueceu-se de seu joelho dolorido. Atrasou-se com a esquiva por um polegar, e a ponta em forma de folha acabou rasgando sua orelha. A dor o cegou, mas só por um momento. O salteador não conseguiu empinar a besta e autodefender-se. Geralt, enraivecido, golpeou-o nas mãos e em seguida estripou-o com um extenso corte do sihill.

Não deu tempo nem de limpar o sangue da orelha e do pescoço quando foi atacado por um tipo pequeno e ágil como uma doninha. Seus olhos tinham um brilho estranho, e ele estava munido de uma saberra zerricana recurvada. Girava-a de forma tão habilidosa que todos ficaram admirados. Conseguiu se defender de dois golpes de Geralt, e o aço nobre de ambas as lâminas tinia e soltava faíscas.

Doninha era esperto e observador. Notou, de imediato, que o bruxo mancava. De imediato, começou a cercá-lo e atacar a partir do lado que lhe era favorável. Era incrivelmente veloz, e o gume da saberra gania com os cortes executados com a perigosa arte cruzada. Geralt esquivava-se dos golpes com dificuldade cada vez maior. E mancava cada vez mais, forçado a apoiar-se sobre a perna dolorida.

De repente, Doninha encolheu-se, saltou, esquivou-se com habilidade, executou uma finta e cortou a partir da orelha. Geralt aparou o golpe transversalmente e rebateu. O bandido deu meia-

-volta numa esquiva habilidosa. Já procedia de uma posição de rebaixamento para a execução de um traiçoeiro corte baixo, quando, de súbito, arregalou os olhos, deu um espirro forte e se melecou todo, baixando a guarda por um momento. Num relâmpago, o bruxo cortou seu pescoço. O gume alcançou as vértebras.

– Quem disse que o uso de narcóticos não é nocivo? – arfou, olhando para o cadáver tomado por convulsões.

O bandido que o atacava com o porrete erguido tropeçou e desabou, enfiando o nariz na lama. Havia uma flecha encravada em seu occipício.

– Estou chegando, bruxo! – gritou Milva. – Estou chegando! Fique firme aí!

Geralt virou-se, mas não havia quem matar. Milva acertou o único bandido que ficara na área. Os restantes fugiram para dentro da floresta, perseguidos pelos cavaleiros coloridos. O Cavaleiro Xadrez foi caçar alguns deles montado em Bucéfalo. Conseguiu alcançá-los, pois ouviam-se suas ameaças proferidas em tons extremamente severos.

Um dos nilfgaardianos negros, que não fora golpeado com o devido cuidado, levantou-se de repente e desatou a fugir. No mesmo instante Milva levantou o arco e empinou-o. A flecha cantou, e o nilfgaardiano desabou sobre as folhas com uma flecha de plumagem cinza enfiada entre as escápulas.

A arqueira respirou de forma pesada.

– Vão nos enforcar – disse.

– Por que você acha isso?

– Estamos em Nilfgaard e já é o segundo mês que eu atiro principalmente contra os nilfgaardianos.

– Estamos em Toussaint, e não em Nilfgaard – Geralt apalpou o flanco da cabeça e em seguida tirou a mão toda coberta de sangue.

– Diabos. O que tem ali? Veja, Milva.

A arqueira olhou atenta e criticamente.

– Cortaram apenas sua orelha – constatou por fim. – Não se preocupe.

– É fácil falar. Eu gostava muito dessa orelha. Ajude-me a enfaixá-la com alguma coisa, o sangue está pingando por baixo da roupa. Onde estão Jaskier e Angoulême?

– Dentro da casa, junto dos peregrinos... Droga...

Ressoou o galope de cavalos. Emergiram da névoa, cavalgando corcéis de batalha, três cavaleiros com capas e flâmulas esvoaçantes. Antes de soar algum grito de guerra, Geralt encravou os dedos no braço de Milva e puxou-a para debaixo da carroça. Não podiam brincar com alguém que galopava munido de uma lança de catorze pés de comprimento e que alcançava uma distância de dez pés a partir da cabeça do cavalo.

– Saiam daí! Larguem as armas e saiam!

Os ginetes dos cavaleiros revolviam a terra em volta da carroça com as ferraduras.

– Vão nos enforcar – murmurou Milva.

Talvez tivesse razão.

– Vagabundos! – um dos cavaleiros, que usava o emblema de cabeça de touro num campo prateado em seu escudo, soltou um berro zunidor. – Canalhas! Pela honra, vocês serão enforcados!

– Pela honra! – outro, que carregava o escudo todo em tom azul-celeste, soltou com uma voz de jovem. – Vamos dilacerá-los aqui mesmo!

– Ei, ei! Parem!

O Cavaleiro Xadrez montado em Bucéfalo emergiu da névoa. Finalmente conseguiu levantar a viseira enviesada do elmo, sob a qual agora aparecia um bigode claro e abundante.

– Soltem eles, já! – gritou. – Não são salteadores, são gente justa e honesta. A moça defendeu os peregrinos com valentia. E esse senhor é um bom cavaleiro!

– Um bom cavaleiro? – Cabeça de Touro levantou a viseira e fitou Geralt com um olhar incrédulo. – Pela honra! Não pode ser!

– Pela honra! – O Cavaleiro Xadrez bateu o punho encouraçado contra o peitoral. – Pode ser, sim. Dou minha palavra! Este valente cavaleiro salvou minha vida quando estava em apuros, derrubado no chão pelos bandidos. Chama-se Geralt de Rívia.

– Qual é seu brasão?

– Não posso revelar – resmungou o bruxo – nem o verdadeiro nome, nem meu brasão. Fiz um juramento de cavaleiro. Sou Geralt errante.

– Óóó! – de súbito, ouviu-se o grito de uma conhecida voz insolente. – Vejam o que o gato trouxe! Eu lhe disse, titia, que o bruxo viria nos resgatar!

– E em boa hora! – gritou Jaskier, que vinha acompanhado de Angoulême e um grupo de peregrinos assustados e de seu alaúde e inseparável tubo. – Nem um segundo adiantado. Você tem bom senso de dramatismo, Geralt. Deveria escrever peças de teatro!

Repentinamente, ficou em silêncio.

Cabeça de Touro debruçou-se na sela e seus olhos brilharam.

– Vice-conde Julian?

– Barão de Peyrac-Peyran?

Mais dois cavaleiros emergiram de trás dos carvalhos. Um deles, que usava um elmo parecido com uma panela, adornado por uma efígie muito bem-feita de um cisne com as asas abertas, levava dois cativos presos num laço. O outro cavaleiro, errante, mas prático, preparava as forcas e procurava um galho adequado.

– Nem Rouxinol, nem Schirrú – Angoulême notou o olhar do bruxo. – Que pena!

– Que pena! – Geralt admitiu. – Mas nós tentaremos consertar isso. Senhor cavaleiro...

Porém Cabeça de Touro, ou melhor, barão de Peyrac-Peyran, não prestava atenção nele. Parecia que via apenas Jaskier.

– Pela honra – falou alongando as sílabas. – Não estou enganado! É o senhor vice-conde Julian em sua própria pessoa. A duquesa vai ficar feliz!

– Quem é o vice-conde Julian? – o bruxo ficou curioso.

– Sou eu – Jaskier disse em voz baixa. – Não se meta nisso, Geralt.

– A senhora Anarietta vai ficar feliz – repetiu o barão de Peyrac-Peyran. – Pela honra! Vamos levá-los todos ao castelo Beauclair. Mas sem desculpas, vice-conde. Não quero ouvir desculpas!

– Uma parte dos salteadores já fugiu – Geralt permitiu-se adotar um tom bastante frio. – Primeiro proponho apanhá-los. Depois é que pensaremos no que fazer com um dia que começou de forma tão interessante. O que acha, senhor barão?

– Pela honra – disse Cabeça de Touro –, não dará em nada! A perseguição é impossível. Os criminosos fugiram para o outro lado do riacho e nós nem podemos pisar lá, nem se fosse por um filete do casco do cavalo. Aquela parte da Floresta de Myrkvid constitui um santuário intocável, pelos acordos feitos entre os druidas e Sua Graça duquesa Anna Henrietta, que governa em Toussaint com toda a sua bondade...

– Os bandidos fugiram para lá, diabos! – interrompeu Geralt, tomado de raiva. – Eles vão matar nesse santuário intocável! E o senhor está falando de acordos...

– Nós demos nossa palavra de cavaleiro! – Pelo que parecia, o barão de Peyrac-Peyran mereceria uma cabeça de burro no escudo, no lugar da cabeça de touro. – Não se pode! Acordos! Não podemos nem pisar no território dos druidas!

– Quem não pode, não pode – bufou Angoulême, puxando os dois cavalos dos bandidos pelas rédeas. – Deixe de papo, bruxo. Vamos. Eu ainda tenho as contas para fazer com Rouxinol e você, pelo que me parece, ainda queria conversar com o meio-elfo!

– Eu vou com vocês – disse Milva. – Vou procurar uma égua para mim.

– E eu também – balbuciou Jaskier. – Eu também vou com vocês...

– De jeito nenhum! – clamou o barão Cabeça de Touro. – Pela honra, o senhor vice-conde Julian vai conosco para o castelo Beauclair! A duquesa não nos perdoaria se não o levássemos até ela depois de encontrá-lo. Não vou segurar os senhores restantes, estão livres para realizar seus planos e desejos. Por serem companheiros do vice-conde Julian, seriam recebidos com honras e dignamente por Sua Graça Anarietta, mas já que desprezam sua acolhida...

– Não é questão de desprezo – interrompeu Geralt, reprimindo com um olhar severo Angoulême, que fazia vários gestos ofensivos e desprezíveis com o cotovelo dobrado atrás das costas do barão. – Nem de longe se trata de desprezar. Não deixaremos de prestar reverência e as devidas honras à duquesa. Mas primeiro resolveremos uma coisa que precisamos resolver. Nós também demos nossa palavra. Pode-se dizer que também fizemos acordos. Quando os cumprirmos, nos dirigiremos imediatamente ao castelo Beauclair. Iremos até lá, com certeza.

– Até para averiguar que nenhuma desonra ou despeito sejam causados a nosso companheiro Jaskier – enfatizou o bruxo. – Perdão, Julian.

– Pela honra! – o barão riu de súbito. – Nenhum despeito ou desonra serão causados ao vice-conde Julian, posso assegurar com minha palavra! Esqueci de avisar, vice-conde, que há dois anos o duque Raimundo faleceu de apoplexia.

– Ah! – gritou Jaskier, de súbito irradiante. – O duque bateu as botas! Que notícia formidável! Isto é, quer dizer, fico triste e lamento, aceitem meus pêsames pela perda... Que descanse em paz... Se for assim, então vamos a Beauclair o quanto antes, senhores cavaleiros! Geralt, Milva, Angoulême, nos veremos no castelo!

•

Atravessaram o riacho, deixaram os cavalos na floresta, entre os extensos carvalhos e samambaias que chegavam até os estribos. Milva achou os rastros do bando em fuga sem dificuldades. Foram o mais rápido possível, pois Geralt estava preocupado com os druidas. Temia que os outros integrantes do bando, sentindo-se seguros, desejassem vingar-se dos druidas pela derrota causada a eles pelos cavaleiros errantes de Toussaint.

– Que sorte a de Jaskier, hein? – falou Angoulême de repente. – Quando fomos cercados naquela casa pelo bando de Rouxinol, ele me confessou o que temia em Toussaint.

– Eu imaginava isso – o bruxo falou. – Só não sabia que ele almejava tão alto. Senhora duquesa, hein!

– Aquilo aconteceu há alguns anos. E o duque Raimundo, aquele que esticou as canelas, teria jurado que arrancaria o coração do poeta, mandaria assá-lo, servi-lo à duquesa infiel no jantar e a forçaria a comê-lo. Jaskier teve sorte de não cair em suas mãos quando ainda estava vivo. Nós também temos sorte...

– Ainda veremos.

– Jaskier afirma que essa duquesa Anarietta morre de paixão por ele.

– Jaskier sempre diz a mesma coisa.

– Calem a boca! – rosnou Milva, apertou as rédeas e estendeu a mão para pegar o arco.

Um bandido corria à toa por entre os carvalhos. Ia em sua direção, sem gorro, desarmado, cegamente. Corria, tropeçava, caía, levantava-se e voltava a correr. E gritava com voz fina, de forma assustadora, horrível.

– O que está acontecendo? – estranhou Angoulême.

Milva esticou a corda do arco em silêncio. Não atirou, esperou até que o bandido, que corria exatamente em sua direção, como se não os visse, se aproximasse. Passou entre o cavalo do bruxo e de Angoulême. Viram seu rosto, branco e contorcido pelo horror, viram seus olhos esbugalhados.

– Que diabos...? – repetiu Angoulême.

Milva sacudiu-se, espantada, virou-se na sela e atirou uma flecha no lombo do fugitivo. O bandido berrou e desabou por entre as samambaias.

A terra tremeu tanto que os frutos caíram de um carvalho próximo.

– Fico me perguntando – falou Angoulême – do que ele estava fugindo...

A terra tremeu de novo. Os arbustos farfalharam, os galhos quebrados estalaram.

– O que é isso? – gaguejou Milva e ficou em pé nos estribos. – O que é isso, bruxo?

Geralt viu e suspirou em voz alta. Angoulême também viu. E ficou pálida.

– Cacete!

O cavalo de Milva também viu. Rinchou em pânico, empinou-se e em seguida deu um coice. A arqueira foi jogada para fora da sela e derrubada com ímpeto no chão. O cavalo fugiu para dentro da floresta. O corcel do bruxo seguiu instintivamente atrás dele. Infelizmente, escolheu passar por debaixo de um galho de carvalho suspenso numa altura baixa. O galho varreu o bruxo da sela. O choque e a dor no joelho quase fizeram que desmaiasse.

Angoulême foi quem conseguiu dominar o cavalo enraivecido por mais tempo, mas no fim ela também caiu no chão. Na fuga, seu cavalo fugiu e quase derrubou Milva, que estava tentando se levantar.

E foi então que viram o que ia na direção deles. E deixaram de estranhar o pânico dos animais.

O monstro lembrava uma árvore gigantesca, um extenso carvalho secular. Talvez até fosse mesmo um carvalho. Mas era um carvalho atípico. Em vez de ficar na clareira por entre as folhas e os frutos caídos, em vez de deixar que os esquilos subissem e os pintarroxos cagassem nele, esse carvalho marchava pela floresta, batia as roliças raízes e mexia os galhos. O tronco rechonchudo tinha aproximadamente quatro metros de diâmetro e a cavidade aberta dentro dele não parecia uma cavidade, mas uma boca, pois se abria e fechava emitindo um som que lembrava a batida de uma porta pesada.

Embora a terra tremesse sob seu espantoso peso e tornasse impossível manter o equilíbrio, o monstro ultrapassava os buracos com agilidade admirável. E não o fazia sem objetivo.

Viram o monstro agitar os ramos, dar uma varrida com os galhos e – com a mesma agilidade com que uma cegonha pesca um sapo escondido por entre o capim – retirar um bandido que se escondia numa cova. O bandoleiro preso pelos galhos ficou suspenso entre os ramos, uivando de um jeito que despertava pena. Geralt notou que o monstro já carregava três bandidos apanhados da mesma maneira. E um nilfgaardiano.

– Fujam... – gemeu, tentando levantar-se, mas sem efeito. Parecia que alguém estava metendo em seu joelho um prego incandescente com batidas rítmicas de um martelo. – Milva... Angoulême... Fujam...

– Não vamos deixá-lo!

O carvalho-monstro ouviu-os, bateu as raízes com alegria contra o solo e foi ao encontro deles. Angoulême tentava levantar Geralt, mas sem efeito. Soltou um palavrão excepcionalmente sórdido. Milva tentava posicionar a flecha na corda com as mãos trêmulas, de forma insensata.

– Fujam!

Já era tarde demais. O carvalho-monstro já estava junto deles. Paralisados pelo horror, viam agora com nitidez sua conquista – quatro bandidos suspensos e envoltos pelos galhos. Dois estavam vivos, pois vociferavam e remexiam as pernas. O terceiro, provavelmente desmaiado, pendia imóvel. Obviamente, o monstro tentava pegar bandidos vivos. Mas não conseguiu fazer isso com o quarto capturado, pois por omissão deve tê-lo apertado excessivamente, como se via pelos olhos esbugalhados da vítima e pela língua esticada até o queixo melado em sangue e vômito.

Num instante os três já estavam no ar, envoltos pelos galhos, gritando aos berros.

– Paz, paz, paz – ouviram de baixo, vindo das raízes. – Paz, paz, Arvorezinha.

Uma jovem druida de vestimenta branca e uma coroa de flores na cabeça andava atrás do carvalho-monstro, apressando-o com um ramo com folhas.

– Não machuque, Arvorezinha, não aperte. Delicadamente. Paz, paz, paz.

– Não somos bandidos... – gemeu Geralt de cima, com dificuldade, emitindo a voz de seu peito esmagado pelo aperto do ramalho. – Ordene-lhe que nos solte... Somos inocentes...

– Todos dizem a mesma coisa – a druida espantou a borboleta que sobrevoava sua sobrancelha. – Paz, paz, paz.

– Eu estou mijada... – gemeu Angoulême. – Diabos, estou toda mijada!

Milva só pigarreou. Sua cabeça caiu sobre o peito. Geralt soltou um xingamento. Era a única coisa que podia fazer.

O carvalho-monstro correu pela floresta, instigado pela druida. Durante a corrida, todos – os que estavam conscientes – batiam os dentes. O impacto do som ecoava ao ritmo dos saltos dados pelo monstro.

Após um breve momento, chegaram a uma ampla clareira. Geralt viu um grupo de druidas vestidos de branco e outro carvalho-monstro junto deles. Sua pesca não foi tão bem-sucedida – apenas três bandidos pendiam de seus ramos e somente um parecia vivo.

– Criminosos, bandidos, gente vil! – um dos druidas, um ancião apoiado num longo bastão, falou lá de baixo. – Olhem bem. Vejam que castigo espera os criminosos e homens vis no bosque de Myrkvid. Olhem bem e guardem essa imagem na memória. Vamos soltá-los para que possam contar aos outros o que verão num instante. Para advertência de todos vocês!

Bem no meio da clareira havia uma pilha amontoada de lenha e galhos secos e em cima dela, apoiada com varas, uma gaiola de palha em forma de um boneco rechonchudo. A gaiola estava cheia de gente que se agitava e gritava. O bruxo ouviu nitidamente o coaxar do bandido Rouxinol, um coaxar rouco de medo. Viu Schirrú entalado nas tramas de palha, o rosto contorcido de medo e pálido feito cal.

– Druidas! – vociferou Geralt, mobilizando nesse grito todas as forças para que pudesse ser ouvido por entre o alvoroço geral. – Senhora flamínica! Sou o bruxo Geralt!

– Como? – perguntou uma mulher alta e magra, de cabelos cor de aço que caíam sobre as costas, apertados sobre sua testa com uma coroa de visgo.

– Sou Geralt... o bruxo... o amigo de Emiel Regis...

– Repita, pois não ouvi bem.

– Geraaaaalt! O amigo do vampiiiiiro!

– Ah! Deveria ter falado antes!

O carvalho-monstro colocou-os no chão, após um gesto da druida de cabelos cor de aço. Contudo, não foi gentil. Caíram, e nenhum deles conseguia levantar-se com as próprias forças. Milva estava desmaiada, seu nariz sangrava. Geralt levantou-se com dificuldade e ajoelhou-se, debruçando-se sobre ela.

A flamínica de cabelo cor de aço ficou de lado, tossiu. Seu rosto era muito fino, até magro. Despertava associações pouco agradáveis, lembrava uma caveira encouraçada. Seus olhos azuis-celestes eram meigos e afáveis.

– Parece que suas costelas estão quebradas – disse, olhando para Milva. – Mas já vamos tratar disso. Nossos curandeiros logo lhe prestarão ajuda. Sinto muito pelo que aconteceu. Mas como eu poderia saber quem são vocês? Não os convidei a Caed Myrkvid e não lhes dei permissão para entrar em nosso santuário. É verdade que Emiel Regis atestou por vocês, mas a presença de um bruxo em nossa floresta, um assassino profissional de seres vivos...

– Eu vou me retirar daqui sem demora, venerável flamínica – garantiu Geralt. – Quando...

Calou-se quando viu druidas com tochas acesas se aproximarem da pilha de lenha e do boneco de palha.

– Não! – gritou, fechando os punhos. – Parem!

– Essa gaiola – falou a flamínica, como se não o tivesse ouvido – a princípio ia servir de alimentador de animais famintos no inverno e ficar na floresta, cheia de feno. Mas, quando apanhamos esses canalhas, lembrei das abjetas fofocas e calúnias que as pessoas andam espalhando sobre nós. "Tudo bem", pensei, "vocês terão sua Boneca de Palha." Vocês próprios o inventaram como um pesadelo que desperta terror. Então eu vou providenciar-lhes esse horror...

– Ordene que parem – disse o bruxo arfando. – Venerável flamínica... Não acendam... Um desses bandidos está em posse de informações importantes para mim...

A flamínica cruzou os braços no peito. Seus olhos azul-celeste ainda estavam meigos e afáveis.

– Não – disse em tom seco. – Nada disso. Eu não acredito na delação premiada. Qualquer tentativa de se safar de punição é imoral.

– Parem! – gritou o bruxo. – Não acendam! Par...

A flamínica fez um gesto brusco com a mão, e a Arvorezinha, que ainda estava parada por perto, bateu as raízes e pousou um ramo nos ombros do bruxo. Geralt sentou-se com tudo.

– Acendam! – ordenou a flamínica. – Sinto muito, bruxo, mas tem que ser assim. Nós, druidas, prezamos e veneramos a vida em todas as suas formas. Mas poupar os bandidos é tolice. Os bandidos temem apenas o terror. Portanto, vamos dar-lhes um exemplo de terror. Espero muito não ter que repetir mais esse exemplo.

Os galhos secos acenderam-se num átimo. A pilha de lenha foi tomada por chamas e fumaça. Os berros e clamores vindos da Boneca de Palha eram aterrorizantes. Obviamente, na cacofonia fortalecida pelos estalos do fogo era impossível ouvir os gritos, mas Geralt tinha a impressão de distinguir o coaxar desesperado de Rouxinol e os gritos altos e dolorosos do meio-elfo Schirrú.

"Tinha razão", pensou. "A morte nem sempre era igual."

E depois – após um intervalo extremamente longo – a fogueira e a Boneca de Palha explodiram piedosamente no inferno do fogo estrondoso, um fogo do qual nada poderia se safar.

– Seu medalhão, Geralt – falou Angoulême, que estava a seu lado.

– Como? – tossiu, pois sua garganta estava apertada. – O que você disse?

– Seu medalhão de prata com um lobo. Estava com Schirrú. Agora você o perdeu para sempre. Deve ter se fundido nessa brasa.

– Não há o que fazer – disse após um instante, olhando fixo para os olhos azul-celeste. – Já não sou bruxo. Deixei de ser bruxo em Thanedd, na Torre da Gaivota, em Brokilon. Na ponte sobre o Jaruga. Na caverna sob Górgona. E aqui, no bosque de Myrkvid. Não, eu já não sou bruxo. Então terei que me virar sem o medalhão de bruxo.

CAPÍTULO OITAVO

O rei amava incondicionalmente sua esposa, a rainha, e ela o amava com todo o seu coração. Algo assim só podia terminar em desgraça.

Flourens Delannoy, *Contos e lendas*

*Delannoy, Flourens, linguista e historiador, *1432 em Vicovaro, nos anos 1460-1475 foi secretário e bibliotecário na corte imperial. Incansável pesquisador de lendas e contos populares, autor de muitos estudos considerados monumentos da língua e da literatura antigas das regiões do Norte do Império. Entre suas obras mais importantes estão:* Mitos e lendas dos povos do Norte, Contos e lendas, Surpresa, ou o mito do Sangue Antigo, Saga sobre o bruxo, *e* Bruxo e bruxa: a eterna procura. *Desde 1476, professor na academia de Castell Graupian, onde †1510.*

Effenberg e Talbot, *Encyclopaedia Maxima Mundi, volume IV*

O vento que soprava às lufadas vinha do mar, agitava as velas, trazendo um chuvisco que feria o rosto feito granizo miúdo. A água no Grande Canal parecia óleo agitado pelo vento, salpicado pela garoa.

– Passe por aqui, senhor. O barco está à sua espera.

Dijkstra deu um suspiro pesaroso. Já estava farto de viagens marítimas e ficou contente com os poucos instantes em que pôde sentir a pedra dura e estável à beira-mar. Estava aborrecido só pela ideia de mais uma vez ter que enfrentar a instabilidade do convés. Mas não havia o que fazer. Lan Exeter, a capital de inverno de Kovir, era diferente das outras capitais mundiais. No porto de Lan Exeter, os viajantes que chegavam pelo mar desciam dos barcos no cais de pedra só para pegar outra unidade de navegação: um barco delgado movido a múltiplos remos, com proa empinada para o alto e popa de altura quase igual. Lan Exeter fora construída sobre a água, na larga foz do rio Tango. Em vez de ruas, a cidade tinha canais, e toda a comunicação era feita por meio de embarcações.

Cumprimentou o embaixador redânio que esperava por ele junto da escada de embarque e em seguida foi até o barco que desatracou do cais. Os remos bateram harmoniosamente contra a água, a embarcação zarpou e ganhou velocidade. O embaixador redânio permanecia calado.

"O embaixador", Dijkstra pensou automaticamente. "Há quantos anos a Redânia mandava embaixadores a Kovir? No máximo há cento e vinte anos. Já fazia cento e vinte anos que Kovir e Poviss constituíam território estrangeiro para a Redânia. Mas nem sempre tinha sido assim."

Houve séculos em que as terras localizadas no Norte, junto da baía de Prakseda, faziam parte do feudo da Redânia. Kovir e Poviss eram apanágios no domínio real – como se costumava dizer na corte de Tretogor. Os sucessivos condes de apanágio eram chamados de troidenos e descendiam – ou afirmavam descender – do mesmo ancestral, Troiden. O tal do príncipe Troiden era irmão do rei da Redânia, Radowid I, chamado posteriormente de Grande. Já na juventude esse Troiden era um tipo asqueroso e excepcionalmente vil. Despertava medo só de pensar que ao longo dos anos evoluiria. O rei Radowid – não constituindo nenhuma exceção nessa matéria – odiava o irmão como se odeia o diabo. Por isso, nomeou-o conde de apanágio de Kovir – para se livrar dele, afastá-lo para o mais longe possível. E não havia terras mais afastadas que Kovir.

Formalmente, o conde de apanágio Troiden era vassalo da Redânia, embora um vassalo atípico – não estava sujeito a nenhum tipo de obrigação feudal. Ora, nem mesmo o cerimonioso juramento feudal ele era obrigado a fazer, apenas o que se chamava "promessa de não prejudicialidade". Uns falavam que Radowid simplesmente fora misericordioso, sabendo que "o apanágio de Kovir no domínio real" não tinha fundos suficientes nem para o tributo nem para a servidão. Outros sustentavam que Radowid não queria nem ver o conde de apanágio – ficava com desgosto só de pensar que seu irmão poderia aparecer pessoalmente em Tretogor com o dinheiro ou ajuda militar. Ninguém sabia realmente o que acontecia, mas ficou desse jeito. A lei promulgada na época do grande rei permanecia vigente por muitos anos depois da morte de Radowid I. Primeiro, o condado de Kovir era vassalo, mas não precisava nem pagar, nem servir. Segundo, o apanágio de Kovir constituía um bem de mão-morta, e a sucessão estava na gestão exclusiva da casa dos troidenos. Terceiro, Tretogor não se envolvia nos assuntos da casa dos troidenos. Quarto, os membros da casa dos troidenos não eram convidados a Tretogor para as celebrações das festas nacionais. Quinto, nem em nenhuma outra ocasião.

No geral, poucas pessoas se interessavam e sabiam o que acontecia no Norte. As notícias sobre o conflito do ducado de Kovir com os feudos menores do Norte costumavam chegar à Redânia indiretamente, por Kaedwen. Eram notícias sobre as alianças e guerras com Hengfors, Malleore, Creyden, Talgar e outros países insignificantes com nomes difíceis de guardar. Lá um governante conquistava outro e anexava seu território, um sujeito se unia a uma moça para compor uma aliança dinástica, alguém derrotava outro alguém e transformava as terras em seu feudo – de forma geral, não se sabia bem quem, o que e por qual motivo.

No entanto, as notícias sobre a guerra e os conflitos armados atraíram ao Norte inúmeros assassinos, desordeiros, aventureiros e indivíduos de alma desassossegada que procuravam lucro e a possibilidade de aproveitar a vida. Vinham de todas as partes do mundo, até de países tão distantes como Cintra ou Rívia. Contudo, a grande maioria era constituída por cidadãos da Redânia e de Kaedwen. Comboios inteiros da cavalaria iam para Kovir, principalmente de Kaedwen. Segundo um boato, um deles foi liderado pela famosa Aideen, a rebelde filha ilegítima do monarca de Kaedwen. Na Redânia falava-se inclusive que na corte em Ard Carraigh surgia um projeto de anexar o condado nortista e de tirá-lo do domínio da Coroa redânia. Alguém até chegou a falar sobre a necessidade de intervenção militar.

Porém Tretogor declarou, de forma clara, que não estava interessado no Norte. Os juristas reais concluíram que a regra da reciprocidade continuava vigente, portanto o apanágio de Kovir não estava sujeito a nenhum tipo de deveres perante a Coroa, e então a Coroa não tinha obrigação de prestar auxílio a Kovir. Até porque Kovir nunca clamara por nenhum tipo de ajuda.

Entretanto, Kovir e Poviss tornaram-se mais fortes e poderosos em consequência das guerras no Norte, embora poucas pessoas soubessem disso naquela época. Um dos sinais mais nítidos do poder crescente do Norte era o aumento da exportação. Por décadas falava-se que a única riqueza daquela terra era areia e água do mar. A piada ressurgiu quando a produção das vidrarias e salinas de Kovir praticamente monopolizou o mercado mundial de vidro e sal.

Contudo, embora centenas de pessoas usassem copos com a marca das vidrarias de Kovir e salgassem a sopa com o sal de Poviss, na mente humana continuavam sendo países muito longínquos, inacessíveis, agrestes e inóspitos. E, acima de tudo, diferentes.

Na Redânia e em Kaedwen, em vez de dizer "vá para o inferno", dizia-se: "vá para Poviss". "Se vocês não estão satisfeitos trabalhando aqui, então vão para Kovir", dizia o mestre aos artífices teimosos. "Aqui as regras de Kovir não valem", gritava o professor, em debate com os alunos insolentes. "Vá para Poviss dar conselhos", vociferava o agricultor para o filho que se queixava da coivara e do escarificador herdado do bisavô.

"Quem não aceita a antiga e estabelecida ordem do mundo, que vá para Kovir!"

Os que faziam essas declarações começaram então a pensar com mais calma, a refletir, e notaram enfim que na verdade não havia obstáculos que interditassem o caminho para Kovir e Poviss. Mais uma onda migratória dirigiu-se para o Norte. Assim como a anterior, era composta de gente excêntrica, insatisfeita e inconformada. Mas dessa vez não eram desordeiros revoltados com a vida que não se encaixavam em nenhum lugar. Pelo menos não constituíam a maioria.

Estudiosos que acreditavam naquela teoria seguiram para o Norte, embora as tais teorias fossem consideradas infundadas e loucas. Seguiram-se técnicos e construtores convencidos, apesar da opinião geral, de que era possível construir máquinas e aparelhos inventados pelos estudiosos. Seguiram-se feiticeiros para quem o uso da magia para erigir quebra-mares não constituía nem despeito nem sacrilégio. Seguiram-se comerciantes para quem a perspectiva de aumentar as vendas ultrapassava as fronteiras fixas, estáticas e míopes do risco. Seguiram-se agricultores convencidos de que até as piores terras podiam ser transformadas em campos férteis e criados convencidos de que era possível encontrar espécies que se adaptassem bem a qualquer clima.

Seguiram-se também, para o mesmo rumo, mineiros e geólogos para quem a severidade das rudes montanhas e rochas de Kovir constituía um sinal inequívoco de riquezas subterrânes, já que na superfície havia tanta pobreza. Pois a natureza amava o equilíbrio.

Embaixo havia riquezas.

Passou-se um quarto de século, e Kovir extraía tantos minerais quanto a Redânia, Aedirn e Kaedwen juntos. No âmbito da extração e do processamento de minério de ferro, Kovir perdia apenas para Mahakam. Contudo, transportes de metais usados para fazer ligas metálicas saíam de Kovir rumo a Mahakam. Kovir e Poviss eram responsáveis por um quarto da extração mundial de prata, níquel, chumbo, estanho e zinco; por metade da extração de cobre e cobre nativo; por três quartos da extração de minérios de manganês, crômio, titânio e tungstênio, e pelo mesmo tanto de extração de metais em sua forma nativa: platina, ferroaurum, criobelito e dimerítio. E por mais de oitenta por cento da extração mundial de ouro – o ouro com o qual Kovir e Poviss compravam o que não se cultivava ou não se criava no Norte. E o que Kovir e Poviss não produziam, não pelo fato de não ser possível ou não saberem produzir, mas simplesmente pelo fato de a produção não ser rentável. Um artesão de Kovir ou Poviss, filho de um imigrante que ali chegou com uma trouxa nas costas, ganhava agora quatro vezes mais que seu colega na Redânia ou em Temeria.

Kovir desenvolvia o comércio e queria manter relações comerciais com todo o mundo, em escala cada vez maior. Mas não podia.

Radowid III – ligado pelo nome, assim como pela avareza e sovinice, a Radowid, o Grande, seu bisavô – virou o rei da Redânia. Esse rei, chamado pelos hagiógrafos e aduladores de Corajoso, e por todos os restantes de Ruivo, notou aquilo que antes dele ninguém quisera notar. Por que a Redânia não chegava a ter nem um xelim do comércio gigantesco exercido por Kovir? Pois Kovir era apenas um condado sem importância, um feudo, uma pequena joia na Coroa da Redânia. Estava na hora de o vassalo koviriano começar a servir seu suserano!

Surgiu uma ótima oportunidade para implementar a ideia. A Redânia tinha um conflito fronteiriço com Aedirn. Tratava-se, como sempre, do vale do Pontar. Radowid III estava decidido a declarar guerra e começou a preparação. Promulgou um imposto especial para fins militares, chamado de "dízimo de Pontar". Todos os servos e vassalos eram obrigados a pagá-lo. Todos, sem exceção. Inclusive o apanágio de Kovir. Ruivo nutria grandes esperanças, pois dez por cento da renda de Kovir era um ótimo negócio!

Os deputados redânios foram até Pont Vanis, então uma mera cidadezinha protegida por uma paliçada de madeira. Quando voltaram, comunicaram notícias surpreendentes a Ruivo.

Pont Vanis não era uma cidade pequena como imaginavam. Era enorme, a capital de verão do reinado de Kovir, cujo governante, o rei Gedovius, enviava ao rei Radowid a seguinte resposta:

– O reinado de Kovir não é vassalo de ninguém. As pretensões e reivindicações de Tretogor são desprovidas de razão e baseiam-se numa lei que nunca entrou em vigor. Os reis de Tretogor jamais foram suseranos dos governantes de Kovir, pois os governantes de Kovir, o que é fácil de verificar nos anais, nunca pagaram tributo a Tretogor, nunca prestaram assistência militar e, o mais importante, nunca foram convidados a participar de celebrações em festas nacionais, ou de qualquer outro tipo de celebração.

– Gedovius, o rei de Kovir lamenta – os deputados comunicaram –, mas não pode considerar o rei Radowid senhor e suserano, muito menos pagar-lhe o dízimo. Assim como nenhum dos vassalos ou subvassalos, que respondem apenas ao senhorio koviriano.

– Indo direto ao ponto: que Tretogor tome conta de seus assuntos e não se meta nos assuntos de Kovir, um reinado autônomo.

Ruivo foi tomado por uma raiva gélida. Reinado autônomo? Território estrangeiro? Tudo bem. Trataremos Kovir como domínio estrangeiro.

Redânia, Kaedwen e Temeria, instigados por Ruivo, aplicaram uma tributação de represália e boicote contra Kovir. Um comerciante de Kovir, que se dirigia para o Sul, era obrigado, contra a sua vontade, a pôr toda a sua mercadoria à venda em uma das cidades redânias e vendê-la ou voltar com ela. A mesma imposição foi aplicada ao comerciante do longínquo Sul que se dirigia a Kovir.

Redânia exigiu uma tributação escandalosa sobre as mercadorias que Kovir transportava por via marítima sem atracar nos portos redânios ou temerianos. Era óbvio, os navios não queriam pagar – só pagava quem não conseguia fugir. Nessa brincadeira de gato e rato logo ocorreu um incidente. Um navio de patrulha redânio tentou prender um mercante koviriano, chegaram duas fragatas kovirianas e o patrulheiro foi incendiado. Houve vítimas.

O limite foi extrapolado. Radowid, o Ruivo, decidiu dar uma lição de moral a um vassalo desobediente. O exército de quatro mil soldados da Redânia forçou o rio Braa, e o corpo expedicionário de Kaedwen entrou em Caingorn.

Após uma semana, dois mil sobreviventes redânios forçavam o Braa no sentido contrário, e os miseráveis sobreviventes do corpo de Kaedwen arrastavam-se para casa pelos Montes Desnudos. Assim ficou claro por que era de grande utilidade o ouro dos montes do Norte. O exército fixo de Kovir era composto de vinte e cinco mil profissionais experientes no campo de batalha – e assaltantes, mercenários trazidos das regiões mais longínquas do mundo, de uma lealdade total à Coroa de Kovir devido ao soldo excepcionalmente alto e à aposentadoria garantida por contrato, sempre prontos a enfrentar qualquer perigo, sempre reconhecido com uma gratificação excepcionalmente alta a cada batalha vitoriosa. Esses soldados ricos eram conduzidos à batalha por comandantes experientes, talentosos – e atualmente muito ricos – que Ruivo e o rei Benda de Kaedwen conheciam bem, pois eram os mesmos que até pouco tempo serviam em seus próprios exércitos, mas surpreendentemente foram para a reserva e emigraram.

Ruivo não era tolo e sabia aprender com os erros. Apaziguou os generais belicosos que queriam organizar uma cruzada, não ouviu os comerciantes que exigiam um bloqueio econômico, aplacou Benda de Kaedwen, faminto de sangue e vingança após o massacre de sua unidade de elite. Ruivo deu início às negociações. Não desistiu sequer quando foi humilhado, quando precisou engolir uma pílula amarga, pois Kovir concordou em negociar, mas apens em seu território, em Lan Exeter. A montanha teve que se deslocar até o profeta.

"Iam então a Lan Exeter como requerentes", Dijkstra pensou, agasalhando-se com a capa. "Como humildes suplicantes. Exatamente como eu hoje."

A esquadra redânia adentrou a baía de Prakseda e dirigiu-se para o litoral de Kovir. A bordo do navio-almirante *Alata*, Radowid, o Ruivo, Benda de Kaedwen e o hierarca de Novigrad que os acompanhava no papel de mediador observavam com espanto os quebra-mares sobre os quais se erguiam muralhas e baluartes rotundos da fortaleza que protegia a entrada da cidade Pont Vanis. E navegando de Pont Vanis em direção ao Norte, rumo à foz do rio Tango, os reis viram uma infinidade de portos, estaleiros e docas. Viram uma floresta de mastros e as velas alvejantes. Kovir, pelo que parecia, já estava preparado para bloqueios, retaliações e guerras tributárias. Kovir estava evidentemente pronto para dominar os mares.

Alata adentrou a extensa foz do Tango e lançou âncora nas mandíbulas de pedra dos anteportos. No entanto, para espanto dos reis, mais uma viagem de barco os aguardava. A cidade de Lan Exeter não tinha ruas, apenas canais, entre eles o Grande Canal, que constituía a artéria principal e o eixo da metrópole, o Grande Canal que se estendia desde o porto até a residência do monarca. Os reis entraram a bordo de galeras adornadas com um brasão e guirlandas áureo-escarlates nas quais Ruivo e Benda reconheceram, estarrecidos, a águia da Redânia e o unicórnio de Kaedwen.

Navegando pelo Grande Canal, os reis e seu séquito observavam e mantinham silêncio. Na verdade, deveria ser dito que ficaram pasmos. Estavam enganados, achando que sabiam o que era riqueza e opulência, que não se surpreenderiam com ostentação e demonstrações de luxo.

Navegaram pelo Grande Canal, passaram pela imponente sede do Almirantado e do Grêmio dos Comerciantes. Navegaram ao longo dos calçadões, cheios de uma multidão colorida que exibia rica vestimenta. Navegaram ao longo de magníficos palácios de magnatas e casas de comerciantes, residências que se refletiam nas águas do canal, num arco-íris de fachadas pomposas, apesar de incrivelmente estreitas, pois em Lan Exeter o imposto dependia do tamanho da fachada – aumentava à medida que ela se alargava.

Nas escadas do palácio Ensenada – a residência real de inverno e o único edifício de fachada larga – já os esperava o comitê de boas-vindas e o casal real: Gedovius, o monarca de Kovir, e sua esposa, Gemma. O casal acolheu os convidados com cortesia, polidez... e de forma atípica. "Caro titio", Gedovius dirigiu-se a Radowid. "Querido avô", Gemma sorriu para Benda Gedovius, que era, obviamente, um dos troidenos. E Gemma, pelo que descobriram, era descendente da rebelde Aideen que fugira de Kaedwen, em cujas veias corria o sangue dos reis de Ard Carraigh.

O parentesco comprovado levantou os ânimos e despertou simpatia, mas não ajudou nas negociações. As "crianças" apresentaram as exigências sem rodeios. Os "avós" ouviram. E assinaram um documento, chamado pelos descendentes de Primeiro Tratado de Exeter. Para distingui-lo dos acordos posteriores, o Primeiro Tratado também levava o nome derivado das primeiras palavras de seu preâmbulo: *Mare liberum apertum*.

O mar está livre e aberto. O comércio é livre. O lucro é sagrado. Ame o comércio e o lucro de seu próximo como se fosse seu. Dificultar o exercício de comércio e o ganho de lucro é equivalente a infringir as leis da natureza. E Kovir não é vassalo de ninguém. É um reinado autônomo, independente e neutro.

Não parecia que Gedovius e Gemma quisessem – até pela própria gentileza – fazer a menor concessão, algo que permitisse salvar a honra de Radowid e Benda. Mesmo assim, fizeram-no. Concordaram que Radowid, o Ruivo, usasse nos documentos oficiais o título vitalício de rei de Kovir e Poviss, e Benda, o título vitalício de rei de Caingorn e Malleore.

Claro, sob a condição de *non preiudicando*.

Gedovius e Gemma reinaram durante vinte e cinco anos. O ramo real dos troidenos extinguiu-se com seu filho, Gerard. Foi então que Esteril Thyssen, o fundador da casa dos Thyssenidas, subiu ao trono de Kovir.

Em pouco tempo, os reis de Kovir, ligados por laços de sangue com todas as outras dinastias do mundo, seguiam irrevogavelmente os tratados de Exeter. Nunca se metiam nos assuntos dos vizinhos. Nunca levantavam dúvidas sobre a sucessão alheia – embora muitas vezes os acontecimentos históricos fizessem que o rei ou o príncipe de Kovir tivesse todos os motivos para se considerar sucessor legal do trono da Redânia, de Aedirn, Kaedwen, Cidaris, ou até de Verden ou Rívia. O poderoso Kovir nunca tentou anexar nem conquistar outros territórios, não mandou canhoneiras armadas em catapultas nem balistas para águas territoriais alheias. Nunca usurpou o privilégio de "domínio sobre as ondas". Kovir satisfazia-se com *mare liberum apertum*, o mar livre e aberto para o comércio. Ele professava a santidade do comércio e do lucro.

E uma neutralidade absoluta, inabalável.

Dijkstra levantou a gola de castor do sobretudo, protegendo a nuca do vento e das lancinantes gotas de chuva. Olhou ao redor, desperto dos pensamentos. A água no Grande Canal parecia negra. Sob a bruma e a cerração, até o edifício do Almirantado, que constituía o orgulho de Lan Exeter, parecia um quartel. Até as casas dos comerciantes perderam a opulência costumeira – e suas estreitas fachadas pareciam mais estreitas do que o normal. "Ou talvez sejam, droga!, mais estreitas", pensou Dijkstra. Se o rei Esterad aumentou o imposto, os pães-duros dos burgueses podem ter estreitado as casas.

– Sua excelência, essas condições pestilentas continuam há muito tempo? – perguntou para interromper o silêncio irritante.

– Desde a metade de setembro, conde – respondeu o embaixador. – Desde a lua cheia. Tudo indica que o inverno chegará cedo. A neve já caiu em Talgar.

– Pensei – Dijkstra falou – que em Talgar a neve nunca derretia.

O embaixador olhou para ele, como se estivesse se certificando de que tinha sido uma piada, e não indício de ignorância.

– Em Talgar – ele próprio arriscou-se a usar seu senso de humor – o inverno começa em setembro e termina em maio. As outras épocas são a primavera e o outono. Existe também o verão... em geral inicia na primeira terça-feira depois da lua nova, em agosto. E dura até a quarta-feira de manhã.

Dijkstra não riu.

– Mas mesmo lá – o embaixador ficou soturno – é raridade cair neve no fim de outubro.

O embaixador, como a maioria da aristocracia redânia, detestava Dijkstra. Considerava um despeito pessoal a necessidade de receber e acolher o arquiespião, assim como um insulto mortal o fato de o Conselho de Regência delegar a Dijkstra as negociações com Kovir, e não a ele próprio. Incomodava-lhe que ele – de Ruyter, do ramo mais famoso da família de Ruyter –, conde havia oito gerações, precisasse conferir um título a esse arrivista e ordinário. Mas, por ser um diplomata experiente, conseguia esconder o ressentimento com maestria.

Os remos subiam e submergiam na água harmoniosamente, o barco deslizava fácil pelo canal. Acabaram de passar o minúsculo, mas excepcionalmente requintado Palácio da Cultura e da Arte.

– Vamos ao Ensenada?

– Sim, conde – confirmou o embaixador. – O ministro das Relações Exteriores ressaltou que queria vê-lo imediatamente após sua chegada, por isso estou levando-o direto para o Ensenada. Já à noite mandarei um barco até o palácio, pois gostaria de recebê-lo no jantar...

– Sua Excelência me perdoe – interrompeu Dijkstra –, mas os deveres não me permitirão aceitar o convite. Tenho muitos assuntos a tratar e o tempo é curto. Preciso dispor dele a custo dos prazeres. Jantaremos em outra ocasião. Em tempos mais felizes e mais tranquilos.

O embaixador curvou-se e, sem que ninguém percebesse, soltou um suspiro de alívio.

•

Obviamente, entrou no Ensenada pela porta dos fundos e ficou muito contente com esse fato. Uma escada de mármore branco imponente, mas extremamente comprida, levava até a entrada principal da residência de inverno, começando do próprio Grande Canal e terminando na exuberante fachada sustentada por esbeltas colunas. As escadas que levavam a uma das entradas do fundo eram incomparavelmente menos impressionantes, mas muito mais práticas. Mesmo assim, Dijkstra subia mordendo os lábios e xingando baixinho para que os guardas, os lacaios e o mordomo que o escoltavam não o ouvissem.

Dentro do palácio havia mais escadas e mais subidas à sua espera. Dijkstra disse mais um xingamento em voz baixa. Foi decerto a umidade, o frio e a posição desconfortável no barco que fizeram voltar a dor torpe e enfadonha no tornozelo destroçado e tratado com magia e que reavivaram as más lembranças. Dijkstra rangeu os dentes. Sabia que o bruxo, responsável pelo seu sofrimento, também teve seus ossos quebrados. Nutria grande esperança de que ele também sentisse a mesma dor e desejava-lhe secretamente que esse incômodo o perturbasse por mais tempo e com a maior intensidade possível.

Escurecia lá fora, e os corredores do Ensenada estavam imersos na penumbra. No entanto, o caminho percorrido por Dijkstra atrás do taciturno mordomo estava iluminado por uma ala de lacaios com candelabros. E, diante da porta da câmara à qual o mordomo o guiava, havia guardas com alabardas, tão eretos e rijos como se tivessem outra alabarda enfiada no rabo. Ali havia tantos lacaios posicionados com velas que a luminosidade chegava a ofuscar. Dijkstra estranhou a pompa daquela recepção.

Entrou na câmara, e de súbito o estranhamento passou. Fez uma longa saudação.

– Seja bem-vindo, Dijkstra – falou Esterad Thyssen, o rei de Kovir, Poviss, Narok, Velhad e Talgar. – Não fique aí, na porta. Aproxime-se. Desistamos da etiqueta, é uma audiência informal.

– Sua Majestade.

A esposa de Esterad, a rainha Zuleyka, sem interromper sequer por um momento seu trabalho de crochê, respondeu ao cortês gesto de Dijkstra com um aceno que demonstrava uma leve distração.

Não havia vivalma na enorme câmara além do casal real.

– Exatamente assim – Esterad notou o olhar. – Conversaremos a dois, perdão, a três pares de olhos. Pois algo me diz que assim será melhor.

Dijkstra sentou-se na cadeira indicada, de frente para Esterad. Os ombros do rei estavam cobertos com uma capa carmesim revestida de pele de arminho e na cabeça ele usava um *chapeau* de veludo que combinava com a capa. Assim como todos os homens do clã dos Thyssenidas, ele era alto, de estatura forte e extremamente vistoso. Sempre mostrava aparência saudável e vigorosa, feito um marinheiro que acaba de chegar do mar – sentia-se até a água salgada e a brisa fria. Assim como acontecia com todos os Thyssenidas, era difícil determinar sua idade exata. Olhando para o cabelo, a pele e as mãos – os aspectos que mais demonstravam a idade – era possível estimar que ela tivesse em torno de quarenta e cinco anos. Dijkstra sabia que o rei tinha cinquenta e seis.

– Zuleyka – o rei inclinou-se para a rainha –, olhe para ele. Se você não soubesse, diria que é espião?

A rainha Zuleyka tinha estatura baixa, era corpulenta e feia – mas de tal maneira que despertava simpatia. Vestia-se de uma forma bastante peculiar para mulheres com esse tipo de beleza – escolhia os elementos de vestimenta de tal forma que ninguém percebesse que não era sua própria avó. Conseguia esse efeito usando vestidos soltos, de corte indefiníveis, e de tonalidade opaca, além de uma coifa amarrada na cabeça, herdada dos ancestrais. Não se maquiava, nem usava adornos.

– O Bom Livro – falou em voz baixa e suave – nos ensina a ter moderação ao avaliar o próximo. Pois um dia ele também nos avaliará. E tomara que não se baseie nas aparências.

Esterad Thyssen lançou à esposa um olhar afetuoso. Era notório que o rei amava a rainha incondicionalmente, um amor que durante vinte e nove anos de casamento não diminuíra nem um pouco. Pelo contrário, ardia com uma chama cada vez mais fulgurante e mais intensa. Esterad, dizia-se, nunca traíra Zuleyka. Dijkstra não acreditava muito em algo tão improvável. Ele próprio três vezes tentou providenciar, ou até mesmo entregar, agentes atraentes, belíssimas, maravilhosas fontes de informação. Mas tudo em vão.

– Gosto de deixar as coisas claras – disse o rei –, por isso lhe direi logo, Dijkstra, por que decidi falar com você pessoalmente. Há várias razões. Primeiro, sei que você não se deixa seduzir pela corrupção. A princípio garanto a honestidade de meus funcionários, mas para que expô-los a tentações, provas difíceis? Que quantia você ia propor ao ministro das Relações Exteriores?

– Mil coroas de Novigrad – respondeu o espião sem pensar duas vezes. – Se ele barganhasse, ofereceria até mil e quinhentas.

– É por isso que eu gosto de você – disse Esterad Thyssen após um momento de silêncio. – Você é um tremendo filho da puta. Você me faz lembrar minha juventude. Olho para você e me vejo nessa idade.

Dijkstra agradeceu com um aceno da cabeça. Era apenas oito anos mais novo que o rei. Tinha certeza de que Esterad sabia disso perfeitamente.

– Você é um tremendo filho da puta – repetiu o rei, e ficou sério. – Mas um filho da puta honesto e decente, o que é raridade nestes tempos malditos.

Dijkstra fez mais uma reverência.

– Veja – continuou Esterad –, em qualquer país é possível encontrar pessoas fanáticas pela ideia de ordem social. Entregues a essa ideia, estão prontas a fazer tudo por ela, inclusive matar, pois, de acordo com o raciocínio delas, o fim justifica os meios e muda o significado dos termos. Elas não matam, simplesmente salvam a ordem. Elas não torturam, não recorrem à chantagem: garantem a razão do Estado e lutam pela ordem. A vida do ser humano, caso ele cometa alguma transgressão contra a ordem estabelecida, não vale nada, simplesmente lhes é indiferente. Esse tipo de gente não aceita que a sociedade à qual servem seja composta de seres humanos. Esse tipo de gente tem visão curta… e essa visão impede que enxerguem outros seres humanos.

– Nicodemus de Boot – Dijkstra não se aguentou.

– Quase, mas não acertou – o rei de Kovir lançou um largo sorriso, deixando à mostra os dentes brancos como mármore. – Vysogota de Corvo. Menos conhecido, mas também um bom ético e filósofo. Leia, recomendo muito. Talvez haja lá em sua terra algum livro dele, quem sabe ainda não tenham queimado todos? Mas vamos ao ponto, sejamos práticos. Você, Dijkstra, também faz uso de intrigas, corrupção, chantagem e tortura, sem nenhum escrúpulo. Não pensa duas vezes na hora de mandar assassinar ou condenar alguém à pena de morte. O fato de fazer tudo isso em nome do reinado ao qual serve fielmente não é justificativa e em minha percepção não o torna mais simpático. Pelo contrário. Quero que saiba disso. – O espião acenou com a cabeça em sinal de confirmação.

– No entanto, você é, como se fala, um filho da puta decente – continuou Esterad. – E por isso eu gosto de você e o respeito, e por isso lhe concedi esta audiência particular. Pois você, Dijkstra, mesmo com milhões de oportunidades, nunca fez absolutamente nada em nome de seus interesses e não roubou nem um xelim do Tesouro do Estado. Nem meio xelim. Olhe, Zuleyka! Estou enganado ou ele corou?

A rainha ergueu a cabeça por cima do trabalho de crochê.

– Os justos serão reconhecidos por sua modéstia – citou uma passagem do Bom Livro, embora soubesse que no rosto do espião não aparecera nenhum traço de rubor.

– Tudo bem – disse Esterad. – Vamos ao ponto. Está na hora de passar aos assuntos de Estado. Zuleyka, ele atravessou o mar, movido pela obrigação patriótica. A Redânia, sua pátria, está em perigo, tomada pelo caos após a morte do rei Vizimir. Quem governa a Redânia é um bando de aristocratas idiotas que se intitulam Conselho de Regência. Esse bando, minha Zuleyka, não fará nada pela Redânia. Diante do perigo, fugirão ou se entregarão a bajular o imperador nilfgaardiano, esfregando-se, feito cachorros, em seus sapatos revestidos de pérolas. Esse bando despreza Dijkstra, pois é espião, assassino, oportunista e ordinário. Mas foi Dijkstra que atravessou o mar para salvar a Redânia, demonstrando quem estava preocupado com o país.

Esterad Thyssen ficou calado e depois bufou, cansado com o discurso. Ajeitou o *chapeau* carmesim de pele de arminhos, que deslizou levemente por cima de seu nariz.

– Pois é, Dijkstra – retomou. – Qual é o mal que corrompe seu reinado? Claro, além da falta de dinheiro?

– Além da falta de dinheiro – o rosto do espião estava imóvel –, agradeço a preocupação, mas todos passam bem.

– Hummm – o rei acenou com a cabeça, o *chapeau* deslizou novamente sobre seu nariz e mais uma vez teve que ajeitá-lo. – Hummm. Entendo.

– Entendo – continuou. – E apoio a ideia. Quando se tem dinheiro, é possível comprar remédios para tratar todos os outros males. A questão é mesmo dispor do dinheiro. E vocês não têm. Se tivessem, você não estaria aqui. Meu raciocínio está correto?

– Perfeitamente.

– E de quanto vocês precisam?

– De pouco. Um milhão de besantes.

– Isso é pouco? – Esterad Thyssen segurou o *chapeau* com as duas mãos, num gesto exagerado. – Isso é pouco? Ai, ai!

– Para Sua Majestade – balbuciou o espião – essa quantia é apenas uma bagatela...

– Bagatela? – o rei soltou o *chapeau* e ergueu as mãos para o teto. – Ai, ai! Um milhão de besantes é uma bagatela. Você ouviu, Zuleyka, o que ele falou? E você sabe, Dijkstra, que ter um milhão e não ter um milhão, os dois juntos dá dois milhões? Eu entendo, compreendo que você e Filippa Eilhart estão procurando, às pressas e fervorosamente, um plano para se defender de Nilfgaard, mas o que vocês querem, então: comprar todo o Nilfgaard?

Dijkstra não respondeu. Zuleyka estava imersa no trabalho de crochê. Por um momento Esterad fingiu admirar as ninfas nuas na pintura do teto.

– Venha cá – levantou-se de súbito e acenou para o espião.

Aproximaram-se de uma enorme pintura em que o rei Gedovius, sentado num cavalo branco, apontava para algo com o cetro, mostrava à tropa algo que não cabia na tela, decerto o rumo correto. Esterad tirou do bolso uma pequena varinha dourada, tocou com ela na moldura do quadro e proferiu o encantamento em voz baixa. Gedovius e o cavalo branco desapareceram, e no lugar deles surgiu o mapa de relevo dos territórios conhecidos. O rei tocou com a varinha no botão prateado posicionado no canto do mapa e mudou a escala num passe de mágica, restringindo a superfície visível do mundo ao vale do Jaruga e aos Quatro Reinados.

– Nilfgaard está marcado em azul – esclareceu. – E vocês, em vermelho. O que está vendo? Olhe para cá!

Dijkstra desviou o olhar dos outros quadros – na grande maioria representavam arte erótica e cenas marítimas. Estava curioso para saber qual deles era uma camuflagem mágica para outro famoso mapa de Esterad, aquele que ilustra o sistema de inteligência militar e comercial de Kovir, uma rede inteira de informantes, pessoas chantageadas, confidentes, contatos operacionais, subversores, assassinos de aluguel, agentes em "licença" e residentes legais. Sabia da existência desse mapa e fazia muito tempo tentava chegar até ele.

– Vocês são os vermelhos – repetiu Esterad Thyssen. – Uma visão preocupante, não é?

"De fato é", Dijkstra concordou em pensamento. Nos últimos tempos via muitos mapas estratégicos, mas agora, no mapa de relevo de Esterad, a posição parecia ainda pior. Os quadradinhos azuis formavam terríveis mandíbulas de um dragão, prontas para pegar e destroçar os pobres quadradinhos vermelhos.

Esterad Thyssen olhou em volta à procura de algo que pudesse servir como um ponteiro para o mapa, e finalmente tirou da panóplia mais próxima uma espada ornamentada.

– Nilfgaard atacou Lyria e Aedirn declarando como *casus belli* o ataque contra o forte fronteiriço de Glevitzingen – começou a falar, apontando com a espada os pontos no mapa. – Não vou inquirir quem realmente atacou Glevitzingen e sob qual disfarce. Considero também absurdas as suposições sobre a quantidade de horas ou dias que a ação armada de Emhyr antecipou o empreendimento análogo de Aedirn e Temeria. Deixo isso para os historiadores. Estou mais interessado na situação atual e no que acontecerá amanhã. Neste momento Nilfgaard está estacionado em Dol Angra e Aedirn, protegido por um Estado-tampão com o domínio élfico em Dol Blathanna, que limita com essa parte de Aedirn e que, para dizer de maneira ilustrativa, o rei Henselt de Kaedwen arrancou dos dentes de Emhyr e devorou ele próprio.

Dijkstra não comentou.

– Deixo também aos historiadores a avaliação moral da ação do rei Henselt – retomou Esterad. – Mas só com uma olhada no mapa dá para ver que, com a anexação da Marca do Norte, Henselt barrou o caminho de Emhyr ao vale do Pontar. Protegeu o flanco de Temeria. E o da Redânia também. Deveriam agradecer-lhe.

– Eu agradeci – murmurou Dijkstra. – Mas não publicamente. Estamos recebendo o rei Demawend de Aedirn em Tretogor, e seu julgamento moral do ato praticado por Henselt é bastante preciso. Costuma expressá-lo por meio de palavras curtas e sonoras.

– Imagino – o rei de Kovir acenou com a cabeça. – Deixemo-lo por um momento e olhemos para o Sul, para o rio Jaruga. Com o ataque em Dol Angra, Emhyr assegurou o flanco, entrando simultaneamente num acordo separatista com Foltest de Temeria. Contudo, logo após terminar a ação militar em Aedirn, o imperador quebrou o pacto e lançou um ataque contra Brugge e Sodden. Foltest ganhou duas semanas de paz com suas negociações covardes. Exatamente dezesseis dias. E hoje é o dia vinte e seis de outubro.

– É, de fato.

– No entanto, a situação para o dia vinte e seis de outubro apresenta-se da seguinte forma: Brugge e Sodden conquistados, as fortalezas de Razwan e Mayena tomadas, o exército temeriano derrotado na batalha de Maribor, afastado para o Norte. Maribor está cercado. Hoje de manhã ainda conseguia resistir, mas agora já é noite, Dijkstra.

– Maribor vai resistir. Os nilfgaardianos não conseguiram nem fechar o cerco.

– É verdade. Foram longe demais, estenderam excessivamente as linhas de abastecimento, estão deixando os flancos perigosamente desprotegidos. Interromperão o cerco antes do inverno. Vão se retirar para mais perto do Jaruga e encurtarão a frente. Mas o que acontecerá na primavera, Dijkstra? O que acontecerá quando a grama surgir sob a neve? Aproxime-se. Olhe o mapa.

Dijkstra olhou.

– Olhe o mapa – repetiu o rei. – Eu lhe direi o que Emhyr var Emreis fará na primavera.

•

– Na primavera começará uma ofensiva numa escala nunca vista antes – afirmou Carthia van Canten, ajeitando seus cachos dourados diante do espelho. – Ah, eu sei que não é uma informação assim tão sensacional, até a mulherada que lava a roupa nos poços da cidade vive fuxicando sobre a ofensiva da primavera.

Assire var Anahid, hoje excepcionalmente nervosa e impaciente, conseguiu não perguntar à moça por que ela a importunava com bobagens. Mas conhecia Cantarella. Se Cantarella começava a falar algo, então tinha algum motivo. E costumava encerrar suas declarações com alguma conclusão.

– Contudo, eu sei um pouco mais que a plebe – retomou Cantarella. – Vattier me contou tudo, como ocorreu a reunião com o imperador. Além disso, trouxe consigo uma pasta cheia de mapas. Quando ele dormiu, olhei o material... Quer que eu continue?

– Claro que sim – Assire semicerrou os olhos. – Por favor, continue, minha querida.

– O ataque principal será dirigido contra Temeria. Primeiro a fronteira delineada pelo rio Pontar, a linha Novigrad–Wyzim–Ellander. Atacará a tropa Meio, sob o comando de Menno Coehoorn. O flanco será protegido pelo grupo do exército Leste, que atacará o vale do Pontar e Kaedwen desde Aedirn...

– Kaedwen? – Assire levantou as sobrancelhas. – Será então que na hora de dividir as conquistas a frágil amizade chegará ao fim?

– Kaedwen constitui um perigo para o flanco direito – Carthia van Canten mordeu levemente o lábio carnudo. Seu rosto de boneca contrastava com as sábias palavras sobre estratégia militar. – O ataque será preventivo. O papel das unidades isoladas do grupo da tropa Leste será prender o exército do rei Henselt e fazê-lo desistir da ideia de providenciar eventual ajuda a Temeria.

– No Oeste – retomou a loura –, o grupo especial Verden lançará um ataque com a tarefa de dominar Cidaris e bloquear Novigrad, Gors Velen e Wyzim. Pois o Estado-Maior precisa cercar essas três fortalezas.

– Você não mencionou os sobrenomes dos comandantes dos dois grupos militares.

– Ardal aep Dahy no comando do grupo Leste – Cantarella lançou um leve sorriso. – E Joaquim de Wett no comando do grupo Verden.

Assire levantou as sobrancelhas.

– Interessante – falou. – Dois príncipes zangados com Emhyr por ter retirado suas filhas dos planos matrimoniais. Nosso imperador é ora ingênuo demais, ora extremamente esperto.

– Se Emhyr tem algum conhecimento sobre o complô dos príncipes – disse Cantarella –, não conseguiu com Vattier essa informação. Vattier não lhe disse nada.

– Continue.

– A ofensiva vai ser conduzida numa escala até agora desconhecida. No total, contando com as unidades nas linhas da frente, reservas, tropas auxiliares e retaguarda, mais de trezentas mil pessoas participarão da operação. E elfos, claro.

– E quando começará?

– A data ainda não foi determinada. A questão mais importante é a intendência, o que implica a viabilidade das estradas, e ninguém consegue prever quando terminará o inverno.

– Vattier falou sobre mais o quê?

– Queixou-se, coitado – Cantarella lançou um sorriso. – O imperador brigou com ele e deu uma bronca na presença de terceiros. E outra vez o motivo foi o misterioso sumiço de Stefan Skellen e de toda a sua unidade. Emhyr chamou Vattier publicamente de bobo e incompetente, que, em vez de fazer as pessoas desaparecerem sem deixar vestígio, eram surpreendidas com esse tipo de desaparecimento. E criou em cima disso um jogo de palavras maldoso que Vattier não conseguia repetir com exatidão. Depois o imperador perguntou, em tom de brincadeira, se isso não significava a criação de outra organização secreta que lhe era desconhecida. Nosso imperador é esperto, acertou na mosca.

– Acertou, mesmo – murmurou. – Que mais, Carthia?

– O agente que foi infiltrado por Vattier na unidade de Skellen, e que também desapareceu, chamava-se Neratin Ceka. Vattier deve estimá-lo muito, pois está bem abalado com o desaparecimento dele.

"Eu também", Assire pensou, "estou triste com o desaparecimento de Jediah Mekesser. No entanto, ao contrário de Vattier de Rideaux, logo saberei o que aconteceu."

– E Rience? Vattier não se encontrou mais com ele?

– Não, não falou nada.

Ambas ficaram em silêncio por um momento. O gato sentado no colo de Assire soltou um miado intenso.

– Senhora Assire.

– Pois não, Carthia?

– Terei que fazer o papel de amante tola por muito tempo ainda? Queria voltar a estudar, dedicar-me à pesquisa científica...

– Não, falta pouco – interrompeu Assire. – Só mais um pouco. Aguente, filha.

Cantarella suspirou.

Terminaram a conversa e despediram-se. Assire var Anahid espantou o gato da poltrona e outra vez leu a carta de Fringilla Vigo, que estava em Toussaint. Ficou pensativa, pois era inquietante. Transmitia nas entrelinhas algum conteúdo que Assire podia pressentir, embora não compreendesse. Já passara de meia-noite quando Assire var Anahid, a feiticeira nilfgaardiana, ligou o megascópio e iniciou a telecomunicação com o castelo Montecalvo, na Redânia.

Filippa Eilhart estava com uma camisola curtinha de alças fininhas e em sua bochecha e no decote havia marcas de batom. Assire esforçou-se muito para conter a expressão de desgosto. "Nunca, absolutamente nunca conseguirei entender esse tipo de coisa", pensou. "E nem quero."

– Podemos falar à vontade?

Filippa fez um gesto largo com a mão, envolvendo-se com uma esfera mágica de discrição.

– Agora sim.

– Tenho informações – Assire começou a falar em tom seco – que não são assim tão sensacionais, pois até a mulherada que lava a roupa nos poços na cidade fuxica sobre o assunto. No entanto...

•

– Toda a Redânia – disse Esterad Thyssen olhando para seu mapa – consegue neste momento colocar trinta e cinco mil soldados na frente, e entre eles quatro mil da cavalaria pesada. Claro, são números aproximados.

Dijkstra acenou com a cabeça. A conta estava absolutamente certa.

– Demawend e Meve tinham um exército parecido. Emhyr acabou com eles em vinte e seis dias. O mesmo acontecerá com as tropas da Redânia e Temeria, se vocês não se fortalecerem. Apoio sua ideia, Dijkstra, sua e de Filippa Eilhart. Vocês precisam de tropas. Precisam de uma cavalaria pronta para lutar, bem treinada e bem equipada. Vocês precisam de uma cavalaria que valha por volta de um milhão de besantes.

O espião confirmou com um aceno da cabeça que essa conta também estava certa.

– Como você sem dúvida sabe, Kovir sempre foi, é e sempre permanecerá neutro. O que nos une ao império nilfgaardiano é um tratado assinado ainda por meu avô, Esteril Thyssen, e pelo imperador Fergus var Emreis. Esse tratado não admite que Kovir apoie os inimigos de Nilfgaard por meios militares. Nem com dinheiro dedicado a esse fim.

– Quando Emhyr var Emreis sufocar Temeria e a Redânia – Dijkstra tossiu –, olhará para o Norte. Emhyr não se satisfará apenas com o que já tem. Pode acontecer que, de repente, seu tratado não valha nada. Acabamos de falar de Foltest de Temeria, que através dos acordos com Nilfgaard conseguiu comprar apenas dezesseis dias de paz...

– Ó meu caro – revoltou-se Esterad. – Não se pode argumentar dessa maneira. Os tratados são que nem casamento: não se realiza um casamento pensando em traição, e depois de casado não se levantam suspeitas. E se alguém não se conformar com isso, que não se case. Pois não se pode virar corno sem ser casado, mas é preciso admitir que o medo de levar um chifre é uma desculpa ridícula e boba para uma solteirice forçada. E os chifres não são uma questão a ser analisada num casamento: "o que aconteceria se"... Você não analisa essa questão até de fato levar um chifre, e quando você levar não haverá nada a ser discutido.

E já que estamos abordando o assunto de chifres, como está o marido da formosa Marie, a marquesa de Mercey, o ministro do Tesouro da Redânia?

– Sua Majestade – Dijkstra fez uma mesura rígida – tem ótimos informantes.

– Tenho, sim – admitiu o rei. – Você ficaria surpreso se soubesse quantos e como são bons. Mas você não precisa envergonhar-se dos seus. Esses que você tem na minha corte, aqui e em Pont Vanis. Ó, juro que todos eles merecem os mais altos elogios.

Dijkstra nem piscou os olhos.

– Emhyr var Emreis também tem alguns bons agentes bem posicionados – Esterad continuou olhando para as ninfas na pintura do teto. – Por isso repito: a razão do estado de Kovir é a neutralidade e a regra *pacta sunt servanda*. Kovir não quebra os acordos realizados. Kovir não quebra um acordo nem para fazer que o outro antecipe a quebra de um acordo.

– Atrevo-me a observar que a Redânia não está tentando persuadir Kovir a quebrar os tratados – disse Dijkstra. – A Redânia não está de forma alguma procurando uma aliança ou ajuda militar de Kovir contra Nilfgaard. A Redânia quer... que Kovir lhe empreste uma pequena quantia em dinheiro que será devolvida...

– Já os vejo devolvendo o dinheiro – interrompeu o rei. – Mas isso é só um exercício intelectual, pois não lhes emprestarei nem um xelim. E não me venha com jogadas hipócritas, Dijkstra, pois elas combinam com você como um babador num lobo. Você tem algum outro argumento sério, sábio e certeiro?

– Não tenho.

– Você teve sorte – falou Esterad Thyssen após um momento de silêncio – de ter virado espião. Não faria sucesso no comércio.

•

Desde os primórdios do mundo, todos os casais reais tinham aposentos separados. Os reis visitavam os aposentos das rainhas com uma frequência indeterminada. E de vez em quando as rainhas faziam visitas inesperadas aos dormitórios dos reis. Após os encontros, os cônjuges voltavam às próprias câmaras e leitos.

O casal real de Kovir constituía exceção nesse aspecto. Esterad Thyssen e Zuleyka dormiam sempre juntos – no mesmo aposento, no mesmo leito enorme, com um dossel enorme.

Antes de adormecer, Zuleyka punha os óculos, que não usava em público por vergonha, e costumava ler seu Bom Livro. Esterad Thyssen costumava discursar.

Essa noite não foi diferente. Esterad vestiu a touca de dormir e pegou o cetro na mão. Gostava de segurar o cetro e brincar com ele. Oficialmente, não o fazia, pois temia que os súditos o considerassem pretensioso.

– Zuleyka, tenho tido sonhos estranhos ultimamente. Já pela enésima vez seguida aparece em meus sonhos a bruxa da minha mãe. Fica diante de mim e repete: "Achei uma esposa para Tancredo, achei uma esposa para Tancredo." E me mostra uma moça simpática, mas muito nova. E você sabe, Zuleyka, quem é essa menina? É Ciri, a neta de Calanthe. Você se lembra de Calanthe, Zuleyka?

– Lembro, meu querido esposo.

– Ciri é essa que Emhyr var Emreis supostamente quer esposar – Esterad continuou falando, brincando com o cetro. – Um matrimônio esquisito, surpreendente... Como, diabos, seria então a candidata a esposa de Tancredo?

– Tancredo precisava de uma esposa – a voz de Zuleyka ficou levemente alterada, como ficava sempre que falava do filho. – Talvez sossegasse, enfim...

– Talvez – suspirou Esterad. – Duvido, mas quem sabe. De qualquer forma, o casamento seria uma oportunidade. Hummm... Essa Ciri... Kovir e Cintra. O delta do Jaruga! Isso me soa bem, muito bem. Daria uma boa aliança... Uma boa coligação... Mas, se Emhyr está atrás dessa pequena... Por que, então, ela aparece em meus sonhos? E por que diabos eu sonho com essas bobagens? Na noite do Equinócio, você se lembra, quando também a acordei... Brrr, que pesadelo foi aquele. Felizmente não consigo me lembrar dos detalhes... Hummm... Será que deveria chamar algum astrólogo? Ou adivinho? Um médium?

– A senhora Sheala de Tancarville está em Lan Exeter.

– Não – o rei franziu o cenho. – Não quero essa bruxa. É sábia demais. Está surgindo uma nova Filippa Eilhart de meu lado! Essas mulheres sábias apreciam demais o poder, não se pode conquistá-las com privilégios e intimidades.

– Como sempre, você tem razão, meu esposo.

– Mas esses sonhos...

– O Bom Livro – Zuleyka virou algumas páginas – diz que, quando uma pessoa adormece, os deuses abrem seus ouvidos e falam com ela. E o profeta Lebioda ensina que num sonho aparece ora uma grande sabedoria, ora uma grande tolice. A arte está na habilidade de reconhecer isso.

– O casamento de Tancredo com a noiva de Emhyr não parece ser um ato de grande sabedoria – Esterad suspirou. – E, se estamos falando em sabedoria, então ficaria muito contente se ela se derramasse sobre mim nos sonhos. Trata-se do assunto abordado aqui por Dijkstra. Trata-se de um assunto muito sério. Você vê, minha amada Zuleyka, o juízo não deixa se alegrar quando Nilfgaard prossegue com ímpeto cada vez maior para o Norte e a qualquer momento estará prestes a ocupar Novigrad. De lá, tudo, inclusive nossa neutralidade, parece completamente diferente do que no longínquo Sul. Seria bom, portanto, que a Redânia e a Temeria parassem a ofensiva de Nilfgaard e afastassem o invasor de volta para a outra margem do Jaruga. Mas seria bom que o fizessem com nosso dinheiro? Você está me ouvindo, amada esposa?

– Estou, sim, esposo.

– E o que você acha disso?

– Toda a sabedoria está contida no Bom Livro.

– E seu Bom Livro diz o que fazer quando chega um tal de Dijkstra e pede que você lhe empreste um milhão?

– O Livro – Zuleyka piscou por cima dos óculos – não fala nada sobre o dinheiro sujo. Mas em uma das passagens lê-se o seguinte: maior é a felicidade de dar do que de receber, e nobre é ajudar o pobre com a esmola. Está escrito: distribua tudo, pois isso tornará sua alma nobre.

– E a braguilha e um barrigão o tornarão vazio – murmurou Esterad Thyssen. – Zuleyka, será que além das passagens sobre a distribuição dos bens e esmolas o Livro contém algum tipo de sabedoria que trate dos negócios? O que o Livro fala, por exemplo, de trocas equivalentes?

A rainha ajeitou os óculos e começou a folhear rapidamente o incunábulo.

– O que se oferecer aos deuses é o que será retribuído – leu.

Esterad permaneceu calado por um longo instante.

– E talvez – disse alongando as sílabas – alguma outra coisa?

Zuleyka voltou a folhear o Livro.

– Achei algo entre as sabedorias do profeta Lebioda – disse de repente. – Quer que eu leia?

– Leia, por favor.

– O profeta Lebioda diz: auxilie o pobre com uma esmola, mas em vez de lhe dar a melancia inteira, dê-lhe metade da melancia, para que o pobre não perca o juízo tomado pela felicidade.

– A metade da melancia – Esterad Thyssen enervou-se. – Quer dizer meio milhão de besantes? E você sabe, Zuleyka, que possuir meio milhão de besantes e não ter meio milhão de besantes no total dá um milhão inteiro?

– Você não deixou que eu acabasse – Zuleyka reprovou o marido com um olhar severo lançado por cima dos óculos. – O profeta continua dizendo: mas melhor ainda é dar um quarto da melancia ao pobre. E o melhor de tudo é fazer que outrem dê a melancia ao pobre. Pois vos digo que sempre haverá alguém que esteja em posse de uma melancia e esteja prestes a dividi-la com um pobre, não por ser nobre, mas por esperteza ou algum outro motivo.

– Ha! – o rei de Kovir bateu o cetro contra o criado-mudo. – Deveras, esse profeta Lebioda era um verdadeiro espertalhão. Em vez de dar, fazer que outrem dê? Gostei disso, essas palavras são como música para meus ouvidos! Investigue mais a sabedoria desse profeta, minha amada Zuleyka. Tenho certeza de que descobrirá algo que me permitirá resolver o problema da Redânia e das tropas que quer organizar com meu dinheiro.

Zuleyka folheou o livro por muito tempo até começar a ler.

– Um dia um aluno do profeta Lebioda disse-lhe: "Ensine-me, mestre, como agir. Pois um próximo meu desejou ficar com meu cão preferido. Se eu lhe entregar meu cão favorito, meu coração arrebentará de tristeza. E se eu não lhe der o cão, estarei infeliz, pois magoarei meu próximo com minha recusa. O que devo fazer?" O profeta perguntou: "Você tem algo que ame menos que seu cão favorito?" O aluno respondeu: "Tenho, mestre, um gato que apronta e dá constantes prejuízos. E não o amo nem um pouco." Então o profeta Lebioda disse: "Pegue esse gato que apronta e lhe dá constantes prejuízos e entregue-o a seu próximo. Você terá satisfação em dobro. Você se livrará do gato e fará seu próximo feliz. Pois na maioria dos casos o próximo não quer o presente, ele quer ser presenteado."

Esterad permaneceu calado por um tempo com o cenho franzido.

– Zuleyka? – perguntou enfim. – Será que foi o mesmo profeta?

– Pegue esse gato que apronta...

– Eu ouvi da primeira vez! – gritou o rei, mas baixou a voz logo em seguida. – Perdoe-me, amada. A questão é que não sei o que os gatos têm a ver com...

Calou-se. E mergulhou em seus pensamentos.

•

Após oitenta e cinco anos, quando a situação mudou e já era seguro falar sobre certos assuntos ou pessoas, Guiscard Vermuellen, o duque de Creyden, neto de Esterad Thyssen, o filho de sua filha mais velha, Gaudemunda, começou a discursar. O duque Guiscard já era ancião, mas guardava bem na memória os acontecimentos que testemunhara. Foi exatamente o duque Guiscard que revelou de onde surgiu o milhão de besantes com os quais a Redânia equipou a cavalaria para a guerra contra Nilfgaard. Esse milhão não provinha, como se achava, do tesouro de Kovir. Provinha do tesouro do hierarca de Novigrad. Guiscard revelou que Esterad Thyssen conseguiu o dinheiro de Novigrad pelas ações nas companhias de comércio ultramarino fundadas na época. Tratava-se de um paradoxo, pois essas companhias eram criadas mediante a cooperação ativa com os comerciantes nilfgaardianos. Constava, então, das revelações do duque ancião que de algum modo o próprio Nilfgaard pagou para organizar as tropas redânias.

– Meu avô falava algo sobre melancias, sorrindo astuciosamente – lembrava Guiscard Vermuellen. – Dizia que sempre haveria alguém disposto a presentear um pobre, mesmo se fosse por esperteza. Dizia também que se o próprio Nilfgaard contribuía para tornar o exército redânio mais forte e aumentar sua capacidade de luta, então não tinha o direito de reclamar dos outros, se eles agissem da mesma maneira.

– E depois disso – continuou o ancião – o avô chamou meu pai, que na época era o chefe do serviço secreto, e o ministro do Interior. Ficaram assustados quando souberam que tipo de ordem tinham que cumprir, pois tratava-se de liberar mais de três mil pessoas dos exílios, das prisões e dos campos de internação. Mais do que cem teriam a prisão domiciliar extinta.

– Não, não se tratava apenas de bandidos, simples criminosos ou mercenários. O ato de clemência abrangeu principalmente os dissidentes. Entre aqueles a quem se concedeu indulgência havia os partidários do abolido rei Rhyd e os seguidores do usurpador Idi, seus guerrilheiros fanáticos, e não só os que lutavam com a boca: a maioria havia sido presa por subversão, atentados, revoltas à mão armada. O ministro do Interior estava apavorado. E meu pai, inquieto.

– Quanto ao avô, ele ria como se fosse a maior piada – lembrava Guiscard Vermuellen. – E depois falou o seguinte, eu me lembro direitinho: "É uma pena, senhores, que não leiam o Bom Livro antes de dormir. Se vocês lessem, entenderiam as ideias de seu monarca. Por isso, cumprirão as ordens sem entender. Mas não se preocupem sem motivo e em demasia, seu monarca sabe o que faz. E agora, então, vão e soltem todos os meus gatos que aprontam e causam prejuízos."

– Foi exatamente o que ele disse: os gatos que aprontam e causam prejuízos. E tratava-se de futuros heróis, comandantes que ganharam glória e fama, o que ninguém, na época, poderia suspeitar. Os futuros famosos mercenários: Adam "Adieu" Pangratt, Lorenzo Molla, Juan "Frontino" Guttierez... e Julia Abatemarco, que se tornou célebre na Redânia pelo apelido de Doce Pateta... Esses eram os "gatos" de meu avô. Vocês, jovens, não se lembram disso, mas na minha época, quando brincávamos de guerra, todos os meninos queriam ser "Adieu" Pangratt e todas as meninas, Julia "Doce Pateta"... E para o avô eles eram gatos que causavam prejuízos...

– Depois o avô pegou em minha mão – balbuciava Guiscard Vermuellen – e me levou até o terraço de onde a avó Zuleyka alimentava as gaivotas. O avô disse-lhe... disse...

O ancião tentava, devagar, e com grande dificuldade, lembrar-se das palavras que o rei Esterad Thyssen proferira oitenta e cinco anos antes a sua esposa, rainha Zuleyka, no terraço do palácio Ensenada que dominava sobre o Grande Canal.

– Você sabe, minha amada esposa, que percebi mais uma sabedoria na sabedoria do profeta Lebioda? Uma que me providenciará uma vantagem a mais ao presentear a Redânia com os gatos que aprontam? Os gatos, minha Zuleyka, voltarão para casa. Os gatos sempre voltam para casa. E quando meus gatos voltarem, quando trouxerem o soldo, as conquistas, a riqueza... Eu vou meter um imposto neles!

•

A última conversa do rei Esterad Thyssen com Dijkstra ocorreu a sós, sem Zuleyka. No chão da sala gigantesca brincava um menino de mais ou menos dez anos, mas ele ainda não sabia contar e, além disso, estava tão ocupado com seus soldados de chumbo que não prestava nenhuma atenção aos participantes da conversa.

– Este é Guiscard – esclareceu Esterad, apontando para o menino com um aceno da cabeça. – Meu neto, filho de minha Gaudemunda e aquele vagabundo, príncipe Vermuellen. Mas esse pequeno, Guiscard, é a única esperança de Kovir, se Tancredo Thyssen for comprovadamente... Se alguma coisa acontecer com Tancredo...

Dijkstra conhecia o problema de Kovir. E o problema pessoal de Esterad. Sabia que algo já havia acontecido com Tancredo. O rapaz, se tinha alguma capacidade de ser rei, acabaria sendo um rei muito mau.

– Seu assunto já está praticamente resolvido – falou Esterad. – Você já pode começar a pensar em como usar da forma mais efetiva o milhão de besantes, que logo estará no tesouro de Tretogor.

Inclinou-se e pegou, às escondidas, um cavalariano com uma espada erguida – um dos soldados de chumbo pintados com cores intensas que pertenciam a Guiscard.

– Pegue isto e esconda bem. O sujeito que lhe mostrar outro soldado igual será meu emissário, mesmo se não parecer, mesmo se você não acreditar que ele é meu homem e está por dentro do assunto de nosso milhão. Todos os outros serão provocadores e devem ser tratados como tais.

– A Redânia não esquecerá esse gesto, Sua Majestade – Dijkstra fez uma mesura. – Eu também gostaria de declarar, pessoalmente, minha gratidão.

– Não declare, mas me dê esse mil que você planejava usar para garantir os favores de meu ministro. Então os favores do rei não merecem suborno?

– Sua Majestade se rebaixará...

– Se rebaixará, sim, senhor. Mê dê o dinheiro, Dijkstra. Possuir mil e não ter um mil...

– ... dá dois mil. Eu sei.

•

Na ala distante do Ensenada, numa câmara de dimensões muito menores, a feiticeira Sheala de Tancarville ouviu, concentrada e séria, o relato da rainha Zuleyka.

– Excelente – acenou com a cabeça. – Excelente, Sua Majestade.

– Fiz tudo do jeito que a senhora aconselhou.

– Agradeço por isso. E asseguro de novo que agimos em boa causa. Para o bem do país. E da dinastia.

A rainha Zuleyka tossiu e sua voz ficou levemente alterada.

– E... e Tancredo, senhora Sheala?

– Dei minha palavra – falou Sheala de Tancarville com frieza. – Dei minha palavra que retribuirei sua ajuda com minha ajuda. Sua Majestade pode dormir com calma.

– Queria muito – suspirou Zuleyka. – Muito mesmo. Mas quanto ao assunto dos sonhos... O rei começa a suspeitar de algo.

Acha os sonhos estranhos, e quando o rei acha algo estranho, começa a ficar desconfiado.

– Então pararei de lhe enviar sonhos por algum tempo – prometeu a feiticeira. – No entanto, voltando a seu sonho, repito, pode ficar tranquila. O príncipe Tancredo se livrará da má companhia. Não frequentará mais o castelo do barão Surcratasse. Nem se encontrará com a senhora de Lisemore, nem com a embaixatriz da Redânia.

– Não visitará essas pessoas? Jamais?

– Essas pessoas de quem falamos – um brilho estranho reluziu nos olhos escuros de Sheala de Tancarville – não se atreverão a convidar e desviar o príncipe Tancredo para o mau caminho. Jamais se atreverão a fazer isso. Estarão, pois, conscientes das consequências. Eu garanto. Garanto também que o príncipe Tancredo voltará a estudar e será um aluno assíduo, sério e um jovem tranquilo. Deixará também de correr atrás de um rabo de saia. Perderá o fôlego... até o momento em que lhe apresentarmos Cirilla, a princesa de Cintra.

– Ah, se eu pudesse acreditar nisso – Zuleyka fez um gesto de desespero e ergueu os olhos em súplica. – Se eu pudesse acreditar nisso!

– Sua Majestade, às vezes é difícil acreditar no poder da magia – Sheala de Tancarville sorriu, até para seu próprio espanto. – Aliás, deveria ser mesmo assim.

•

Filippa Eilhart ajeitou em sua camisola transparente as alças finíssimas como teia de aranha. Apagou do decote o vestígio de batom. "Uma mulher tão sábia", Sheala de Tancarville pensou com um leve desgosto, "e não consegue segurar os hormônios."

– Podemos conversar?

Filippa envolveu-se com a esfera de discrição.

– Agora sim.

– Tudo resolvido em Kovir, com resultados positivos.

– Obrigada. Dijkstra já partiu?

– Ainda não.

– Por que está demorando?

– Está no meio de uma longa conversa com Esterad Thyssen – Sheala de Tancarville contorceu os lábios. – Gostaram um do outro de forma estranha, o rei e o espião.

•

– Você conhece essas piadas sobre nosso clima, Dijkstra? E que em Kovir há apenas duas estações do ano...

– O inverno e agosto. Conheço.

– E você sabe como saber que começou o verão em Kovir?

– Não. Como?

– A chuva torna-se um pouco mais morna.

– Ha, ha.

– São piadas – disse Esterad Thyssen em tom sério –, mas esses invernos que começam cada vez mais cedo e duram cada vez mais me preocupam um pouco. Isso já apareceu nas profecias. Você deve ter lido a profecia de Itlina? Ali se diz que haverá décadas de frio incansável. Alguns afirmam que se trata de alguma alegoria, mas eu me preocupo um pouco. Em Kovir tivemos, uma vez, quatro anos de frio, chuva e nenhuma safra. Se não tivéssemos importado em grande escala alimentos de Nilfgaard, as pessoas teriam começado a morrer de forme. Você imagina isso?

– Sinceramente, não.

– E eu imagino, sim. O esfriamento do clima pode nos matar de fome. A fome é um inimigo contra o qual é extremamente difícil lutar.

O espião acenou com a cabeça, pensativo.

– Dijkstra?

– Sua Majestade?

– Você já conseguiu apaziguar o país internamente?

– Não muito, mas estou tentando.

– Eu sei, falam muito sobre isso. Daqueles que traíram em Thanedd, apenas Vilgefortz permaneceu vivo.

– Depois da morte de Yennefer, sim. Sua Majestade sabe que Yennefer morreu? Foi no último dia de agosto, em circunstâncias misteriosas, no famoso Abismo de Sedna, entre as ilhas de Skellige e o cabo Peixe de Mar.

– Yennefer de Vengerberg – disse Esterad devagar – não era traidora. Tampouco era cúmplice de Vilgefortz. Se quiser, providenciarei provas.

– Não quero – respondeu Dijkstra após um momento de silêncio. – Ou talvez eu queira, mas não agora. Agora é mais cômodo para mim considerá-la traidora.

– Entendo. Não confie nas feiticeiras, Dijkstra. Principalmente em Filippa.

– Nunca confiei nela, mas precisamos cooperar. Sem nós a Redânia será tomada por caos e sucumbirá.

– É verdade. Mas se posso aconselhar algo, pegue leve. Você sabe do que estou falando. Cadafalsos e salas de tortura em todo o país, atrocidades cometidas contra os elfos... E esse terrível forte, Drakenborg. Eu sei que você faz isso por patriotismo, mas está adquirindo má fama. Você será retratado como um lobisomem que se embebeda de sangue inocente.

– Alguém precisa fazer isso.

– E alguém terá que pagar o preço. Sei que está tentando ser justo, mas não evitará erros, pois não há como evitá-los. Tampouco há como permanecer limpo mergulhando em sangue. Sei que você nunca fez mal a ninguém por interesse próprio, mas quem acreditará nisso? Quem vai querer acreditar nisso? No dia em que a sorte virar, vão acusá-lo de assassinar os inocentes e de lucrar com isso. E a mentira é pegajosa, cola nas pessoas que nem piche.

– Eu sei.

– Não lhe darão nenhuma chance de se defender. Nunca se dá chance a pessoas como você. E depois... quando tudo acabar, vão sujá-lo de piche. Tenha cuidado, Dijkstra.

– Tenho, sim. Não vão me pegar.

– Pegaram seu rei, Vizimir. Ouvi falar que enfiaram o punhal em seu flanco até a empunhadura...

– O rei é um alvo mais fácil do que um espião. Não vão me pegar. Nunca vão me pegar.

– E não deveriam. Sabe por que, Dijkstra? Neste mundo é preciso que exista algum tipo de justiça, caralho.

Um dia lembraram-se da conversa, os dois. O rei e o espião. Dijkstra lembrou-se das palavras de Esterad em Tretogor quando ouviu os passos dos assassinos vindos de todos os lados, cercando-o por todos os corredores do palácio. Esterad lembrou-se das palavras de Dijkstra nas suntuosas escadas de mármore que levavam do Ensenada ao Grande Canal.

•

– Poderia ter lutado – os olhos embaçados, cegos de Guiscard Vermuellen estavam perdidos no abismo da memória. – Havia apenas três assassinos, e o avô era um homem forte. Poderia ter lutado, se defendido até o momento em que os guardas chegassem. Ou simplesmente poderia ter fugido. Mas a avó Zuleyka estava lá. O avô protegia e defendia Zuleyka, apenas Zuleyka, não se importava consigo mesmo. Quando por fim chegou ajuda, Zuleyka não havia levado nem o menor arranhão. Esterad fora apunhalado mais de vinte vezes. Morreu após três horas, sem recuperar a consciência.

•

– Você leu o Bom Livro, Dijkstra?

– Não, majestade. Mas sei o que está escrito lá.

– Ontem, imagine, abri-o ao acaso. E surgiu a seguinte frase: "No caminho para a eternidade cada um vai pisar em suas próprias escadas, carregando seu próprio fardo." O que você pensa disso?

– Chegou minha hora, rei Esterad. Está na hora de eu carregar meu próprio fardo.

– Passe bem, espião.

– Passe bem, rei.

CAPÍTULO NONO

Atravessamos uma distância de aproximadamente seiscentas léguas em direção ao Sul, desde a antiga e famosa cidade de Assengard até uma terra chamada Cem Lagos. Quem observa esse país de cima dos montes, vê inúmeros lagos salpicados de forma artificial, formando desenhos na paisagem. Nosso guia, o elfo Avallac'h, mandou procurar um que fosse parecido com a folha de um trevo. E de fato conseguimos achá-lo. No entanto, descobrimos que havia quatro, e não três lagos, pois um deles, comprido, que se estendia do Sul ao Norte, formava uma espécie de pecíolo do trevo. Esse lago, conhecido como Tarn Mira, é rodeado por uma floresta negra e em sua extremidade norte haveria uma torre misteriosa, chamada Torre da Andorinha. Na fala dos elfos: Tor Zirael.

Porém, não enxergávamos nada, apenas a bruma que cobria tudo. Já estava prestes a perguntar ao elfo Avallac›h, quando ele fez um sinal, pedindo silêncio, e disse: "Esperar e ter esperança. A esperança voltará com a luz e com o bom presságio. Prestem atenção ao abismo das águas, ali verão o sinal das boas notícias."

Buyvid Backhuysen

Peregrinações pelas rotas e pelos lugares mágicos

Esse livro é um embuste, do início ao fim. As ruínas sobre o lago Tarn Mira foram investigadas inúmeras vezes. Não são mágicas, e apesar dos enunciados de B. Backhuysen, não podem ser destroços da lendária Torre da Andorinha.

Ars Magica, Ed. XIV

– Estão vindo! Estão vindo!

Yennefer segurou o cabelo desarrumado pelo vento úmido, ficou junto do corrimão da escada e abriu caminho para as mulheres que corriam até o cais. As ondas empurradas pelo vento ocidental arrebentavam com estrondo à beira-mar, e das fendas entre as rochas surgiam penachos brancos de espuma.

– Estão vindo! Estão vindo!

Dos terraços superiores da cidadela Kaer Trolde, a fortaleza principal de Ard Skellig, via-se quase todo o arquipélago. An

Skellig ficava de frente, do lado oposto do estreito. No extremo sul era baixa e plana, e no lado norte, que não se via dali, era escarpada e cortada por fiordes. À esquerda, distante, as ondas quebravam na alta e verde Spikeroog, cujos picos estavam imersos nas nuvens. À direita viam-se as falésias íngremes da ilha Undvik, cheias de gaivotas, petréis, corvos-marinhos e gansos-patolas. O pico arborizado de Hindarsfjall, a menor ilha do arquipélago, emergia por detrás de Undvik. E se alguém subisse até o topo de uma das torres de Kaer Trolde e olhasse para o Sul, veria a solitária Faroe, distante de todas as outras ilhas, emergindo das águas feito o dorso de um gigantesco peixe para o qual o oceano é raso demais.

Yennefer desceu até o terraço inferior e parou ao lado das mulheres cujo orgulho e cuja posição social não permitiam correr desenfreadamente para o cais e misturar-se com a multidão excitada. A cidade portuária – negra e disforme como um enorme crustáceo arremessado pelas ondas – estava lá embaixo, aos seus pés.

Os dracares saíam, um por um, do estreito entre An Skellig e Spikeroog. As velas fulguraram à luz do sol em tons de branco e vermelho, o latão dos umbos dos escudos resplandeciam pendurados nos bordos.

– *Ringhorn* é o primeiro a entrar – afirmou uma das mulheres. – E atrás dele *Fenris*...

– *Trigla* – outra reconheceu com uma voz cheia de excitação. – Atrás dele está *Drac*... E depois *Havfrue*...

– *Anghira*... *Tamara*... *Daria*... Não, é *Scorpena*... *Daria* não está lá. *Daria* não está lá...

A jovem mulher com uma grossa trança clara que segurava com as duas mãos a barriga em gestação bem avançada gemeu baixinho, empalideceu e desmaiou, desabando nas lajes do terraço como uma cortina arrancada do varão. De imediato Yennefer saltou até ela, caiu de joelhos, apoiou os dedos na barriga da mulher e gritou o encantamento, abrandando os espasmos e as contrações, evitando com força e firmeza a ruptura do cordão umbilical e da placenta. Para maior segurança, jogou um feitiço para acalmar e proteger o bebê, cujos movimentos conseguia sentir com as mãos.

Para não gastar a energia mágica, acordou a mulher com um tapa no rosto.

– Tirem-na, mas com cuidado.

– Insensata... – disse uma das mulheres mais velhas. – Faltou pouco...

– Descontrolada... Seu Nils talvez esteja vivo, talvez esteja em outro dracar...

– Agradecemos sua ajuda, senhora feiticeira.

– Tirem-na – repetiu Yennefer ao se levantar. Xingou baixinho depois de perceber que seu vestido rasgara na hora de se ajoelhar.

Desceu ao terraço que ficava sob onde estava. Um a um, os dracares atracavam ao cais, os guerreiros pisavam em terra firme. Eram berserkers de Skellige – barbudos e adornados com armas. Muitos se destacavam pela alvura das bandagens; muitos, para poder andar, precisavam de ajuda de seus companheiros. Alguns precisavam ser carregados.

As mulheres de Skellige, amontoadas no cais, reconheciam, gritavam e choravam de felicidade, as que tinham sorte. Caso contrário, desmaiavam. Ou afastavam-se, devagar, em silêncio, sem se queixar. Às vezes olhavam para trás com esperança de ver se no estreito resplandeceria a vela alva e rubra de *Daria*.

Mas *Daria* não estava lá.

Yennefer viu a ruiva cabeleira de Crach an Craite, o duque de Skellige, que dominava sobre as outras cabeças e foi um dos últimos a descer de *Ringhorn*. O duque gritava, distribuindo ordens, certificando-se, cuidando de tudo. Duas mulheres – uma de cabelo claro, outra morena – choravam com o olhar fixo nele. Choravam de felicidade. O duque, enfim seguro de ter cuidado e ter dado conta de tudo, aproximou-se das duas mulheres, beijou-as e abraçou-as com força. E depois ergueu a cabeça e viu Yennefer. Seus olhos fulguraram, seu rosto bronzeado endureceu, tornou-se pedra de um arrecife ou o umbo de latão de um escudo.

"Já sabe", pensou a feiticeira. "As notícias espalham-se rapidamente. No caminho de volta o duque já sabia que dois dias antes eu caíra na rede e fora pescada no estreito depois de Spikeroog. Sabia que me encontraria em Kaer Trolde.

Magia ou pombos-correio?"

Aproximou-se sem pressa. Cheirava a mar, sal, piche e cansaço. Mirou em seus olhos claros, e em seus ouvidos ressoou imediatamente o grito de guerra dos berserkers, o estrondo dos escudos, o zunido das espadas e dos machados. O grito dos assassinados. O grito daqueles que saltavam do *Daria* em chamas para o mar.

– Yennefer de Vengerberg.

– Crach an Craite, o duque de Skellige – fez uma leve reverência diante dele.

Seu gesto não foi correspondido. "Mau sinal", pensou.

Imediatamente viu o hematoma, uma lembrança do golpe executado com o remo. Outra vez seu rosto ficou imóvel e seus lábios tremeram por um instante, deixando seus dentes à mostra.

– Quem bateu em você responderá por isso.

– Ninguém bateu em mim. Tropecei nas escadas.

Olhou fixo para ela e deu de ombros.

– Se não quer se queixar, a escolha é sua. Eu não tenho tempo para iniciar uma investigação. Mas agora ouça o que tenho para lhe dizer. Ouça com atenção, pois serão as únicas palavras que vou lhe dirigir.

– Pode falar.

– Amanhã você embarcará num dracar e será levada a Novigrad. Lá você será entregue às autoridades municipais e em seguida às autoridades temerianas ou redânias, dependendo de quem se manifestar primeiro. Eu sei que os dois procuram por você com a mesma veemência.

– É tudo?

– Quase. Só mais um esclarecimento, que você merece. As ilhas de Skellige com frequência providenciavam refúgio aos perseguidos pela lei. Não faltam nas ilhas possibilidades ou oportunidades de redimir as culpas mediante trabalho duro, valentia, sacrifício e sangue. Mas não é o seu caso. Não lhe concederei asilo. E se você contava com isso, estava enganada. Eu odeio pessoas como você. Odeio pessoas que provocam confusão, que correm atrás de seus próprios interesses, que entram em complôs com o inimigo e traem a quem devem servir e agradecer. Odeio-a, Yennefer, pois, quando você, instigada por Nilfgaard, iniciou a rebelião junto com seus companheiros rebeldes em Thanedd, meus dracares estavam perto de Attre e meus rapazes prestavam ajuda aos insurgentes de lá. Trezentos de meus rapazes confrontaram dois mil Negros! A valentia e a fidelidade devem ser recompensadas. A traição e a maldade devem ser castigadas! Como devo recompensar os que morreram? Com cenotáfios? Escrituras gravadas em obeliscos? Não! Recompensarei e honrarei os mortos de outra forma. Seu sangue, Yennefer, correrá pelas tábuas do cadafalso por aqueles que lutaram, aqueles cujo sangue foi derramado sobre as dunas de Attre.

– Eu não tenho culpa. Não participei do complô de Vilgefortz.

– Você apresentará provas aos juízes. Eu não serei responsável por seu julgamento.

– Você, além de ter executado meu julgamento, proferiu inclusive a sentença.

– Chega de papo! Já disse: amanhã, ao alvorecer, você navegará algemada até Novigrad para ser julgada diante do tribunal real. Para que lhe seja administrado um castigo justo. Mas prometa que não tentará usar a magia.

– E se eu me negar?

– Marquard, nosso feiticeiro, morreu em Thanedd e não temos nenhum mágico que possa controlá-la. Mas saiba que estará sob observação constante dos melhores arqueiros de Skellige. Se você mexer a mão de um modo que possa despertar suspeitas, será morta.

– Certo – acenou com a cabeça. – Então prometo.

– Ótimo. Obrigado. Passe bem, Yennefer. Não a acompanharei amanhã.

– Crach.

Virou-se com ímpeto.

– Pois não.

– Não tenho a menor intenção de embarcar no navio para Novigrad. Não tenho tempo para provar a Dijkstra que sou inocente. Não posso arriscar, pois já podem ter preparado as provas falsas de minha culpa. Não posso arriscar a ter um súbito derrame cerebral logo após ser presa ou cometer um suicídio espetacular na cela da cadeia. Não posso perder tempo e me arriscar dessa maneira. Também não posso prestar esclarecimentos a você ou explicar por que isso é tão arriscado. Não irei a Novigrad.

Ele a encarou por um longo momento.

– Não irá a Novigrad – repetiu. – O que lhe dá a liberdade de chegar a essa conclusão? Será que você age assim aproveitando-se do fato de que um dia nos afogamos num relacionamento cheio de paixão? Não conte com isso, Yennefer. O que passou, passou.

– Tenho consciência disso e não conto com nada. Não irei a Novigrad, duque, pois preciso ajudar, com urgência, uma pessoa a quem prometi nunca deixar sozinha e sem amparo. E você, Crach an Craite, duque de Skellige, me ajudará em minha missão, pois você também fez uma promessa assim há dez anos, exatamente neste local onde estamos, neste cais. Você fez a promessa à mesma pessoa: Ciri, a neta de Calanthe, Leoazinha de Cintra. Eu, Yennefer de Vengerberg, considero Ciri minha própria filha. Por isso exijo, em nome dela, que você cumpra sua promessa. Cumpra-a, Crach an Craite, duque de Skellige.

•

– De verdade? – assegurou-se Crach an Craite mais uma vez. – Você não quer provar nenhuma dessas guloseimas?

– Não quero, obrigada.

O duque não insistiu. Ele próprio tirou o lagostim da bandeja, colocou-o na tábua e partiu ao meio com um golpe poderoso, executado com precisão com um cutelo. Espremeu suco de limão em abundância, colocou molho de alho e começou a degustar o lagostim, tirando com os dedos a carne de dentro da carcaça.

Yennefer comia com elegância. Usava garfo e faca de prata. Comia filé de carneiro, preparado especialmente para ela pelo chefe, que estava surpreso e um pouco zangado por ela não aceitar nem ostras, nem mexilhões, nem o salmão marinado em seu próprio suco. Tampouco queria sopa de salmonete e berbigões, a cauda cozida de peixe-pescador, o peixe-espada assado, a moreia frita, polvos, caranguejos, lagostins ou ouriços. E sobretudo não queria algas frescas.

Tudo o que cheirava, mesmo levemente, ao mar, lembrava Fringilla Vigo e Filippa Eilhart, o arriscado teletransporte, a queda no mar, a água salgada com a qual se embebedou, a rede em que foi pescada, cheia de algas presas, iguais àquelas expostas no prato. Algas e sargaços, destroçados em sua cabeça e em seus ombros com golpes efetuados por um remo de pinheiro, golpes que doíam e paralisavam.

– Decidi confiar em você, Yennefer – Crach reiniciou a conversa, sugando a carne de lagostim de dentro das patas quebradas na altura das articulações. – Porém, saiba que não é por sua causa. Estou comprometido por bloedgeas, o juramento de sangue, que fiz perante Calanthe. Então, se seu desejo de ajudar Ciri é verdadeiro e sincero, e creio que é, não tenho outra saída: preciso ajudá-la...

– Obrigada, mas peço que você deixe de lado esse tom patético. Repito: não participei do complô em Thanedd, acredite.

– Será que interessa no que eu acredito? – enervou-se. – Pois era necessário começar pelos reis, por Dijkstra, cujos agentes a perseguem por todos os lados, por Filippa Eilhart e os feiticeiros fiéis aos reis, de quem você fugiu pra cá, como confessou. Seria importante apresentar-lhes as provas, em particular...

– Não tenho provas – interrompeu, enraivecida, picando com o garfo a couve-de-bruxelas que o chefe zangado preparou para acompanhar o filé de carneiro. – E se eu tivesse provas, não deixariam que eu as apresentasse. Não posso lhe prestar esclarecimentos, estou comprometida por uma ordem de silêncio. Mas peço que acredite em mim, Crach.

– Eu disse...

– Você disse – interrompeu. – Você declarou sua ajuda. Agradeço, mas você ainda não acredita em minha inocência. Acredite.

Crach afastou a carcaça sugada do lagostim e aproximou a vasilha com os mexilhões. Revirava-os, remexia e escolhia os maiores.

– Tudo bem – falou por fim, limpando as mãos na toalha de mesa. – Acredito, pois quero acreditar. Mas não lhe concederei nem asilo, nem refúgio. Não posso. No entanto, você pode partir de Skellige quando quiser e ir aonde quiser, mas sugiro que se apresse. Você chegou aqui, digamos, nas asas da magia. Outros podem segui-la até aqui, pois também conhecem os encantos.

– Duque, eu não procuro asilo, nem esconderijo seguro. Eu preciso socorrer Ciri.

– Ciri – repetiu, pensativo. – A leoazinha... Era uma criança estranha.

– Era?

– Ai – enervou-se de novo. – Expressei-me mal. Era, pois já não é criança. Foi isso que pensei. Só isso. Cirilla, a Leoazinha de Cintra... Passava os verões e os invernos em Skellige. E quantas vezes aprontou, hein! Era endiabrada, e não uma leoazinha... Droga, foi a segunda vez que falei "era"... Yennefer, diversos boatos chegam aqui lá da terra firme... Uns dizem que Ciri está em Nilfgaard...

– Não está em Nilfgaard.

– Outros dizem que a menina está morta.

Yennefer ficou calada, mordendo os lábios.

– Contudo, eu contestei – falou o duque com firmeza – esse segundo boato. Ciri está viva. Tenho certeza. Não houve nenhum tipo de sinal... Ela está viva!

Yennefer ergueu as sobrancelhas. Mas não perguntou nada. Ficaram calados por um longo momento, ouvindo o estrondo das ondas que se estraçalhavam nas rochas de Ard Skellig.

– Yennefer – falou Crach após um momento de silêncio. – Outras notícias chegaram, vindas do continente. Soube que seu bruxo, que após a confusão em Thanedd se escondia em Brokilon, partiu de lá com o intuito de chegar a Nilfgaard e libertar Ciri.

– Repito, Ciri não está em Nilfgaard. Não sei o que meu bruxo, como você disse, planeja fazer. Mas ele... Crach, não é nenhum mistério que eu... nutro simpatia por ele. Mas sei que ele não resgatará Ciri, não conseguirá nada. Eu o conheço. Ele se emaranhará, se perderá, começará a filosofar e a se vitimizar. Depois descarregará a raiva, golpeando com a espada todos e tudo que encontrar em seu caminho. A seguir, para se expiar, cometerá um ato nobre, embora desprovido de sentido. E, por fim, provavelmente será morto, de forma banal, com um golpe nas costas.

– Dizem – intrometeu-se Crach, assustado pela alteração na voz da feiticeira, que se tornava agourenta e estranhamente trêmula – que Ciri lhe foi predestinada. Eu próprio vi então, em Cintra, durante o noivado de Pavetta...

– A predestinação pode ser interpretada de várias maneiras – interrompeu Yennefer bruscamente. – Inúmeras maneiras. De qualquer forma, não percamos tempo com divagações. Repito, não sei o que Geralt quer fazer e se quer fazer alguma coisa. Eu planejo atuar sozinha, usando meus métodos, e de forma ativa, Crach, ativa. Não costumo ficar sentada chorando e segurando a cabeça com as duas mãos. Eu ajo!

O duque ergueu as sobrancelhas, mas não disse nada.

– Agirei – repetiu a feiticeira. – Eu já planejei tudo. E você, Crach, me ajudará, de acordo com o juramento que fez.

– Estou pronto para tudo – declarou com firmeza. – Os dracares estão atracados no porto. Dê as ordens, Yennefer.

Não conseguiu conter o riso.

– Sempre o mesmo. Não, Crach, não é preciso nenhuma prova de valentia e masculinidade. Não é preciso ir até Nilfgaard e bater com um machado nos ferrolhos da Cidade das Torres Douradas. Necessito de ajuda menos espetacular, mais concreta... Como se encontra o tesouro?

– Como?

– Duque Crach an Craite, a ajuda de que preciso pode ser em moeda.

•

Começou na madrugada do dia seguinte. Os aposentos oferecidos a Yennefer foram tomados por um tumulto controlado com grande dificuldade pelo senescal Guthlaf, que havia sido designado para servir à feiticeira.

Yennefer estava sentada à mesa, tão concentrada na papelada que quase não erguia a cabeça. Fazia contas, somava as colunas, preparava cálculos que eram imediatamente levados ao Tesouro e à filial do banco Cianfanellich, localizada na ilha. Fazia diagramas e desenhos que chegavam imediatamente às mãos de artesãos – alquimistas, ourives, vidraceiros e joalheiros.

Durante algum tempo tudo correu bem, depois começaram os problemas.

•

– Sinto muito, senhora feiticeira – falou lentamente o senescal Guthlaf –, mas se não tem, não tem. Já lhe demos tudo o que tínhamos. Não sabemos fazer milagres nem feitiços! E permito-me observar que o que tem diante de si são diamantes de um valor total de...

– E o que me importa o valor total? – bufou. – Eu preciso de um, mas suficientemente grande. Qual deveria ser o tamanho, artesão?

O cortador de pedras olhou para o desenho mais uma vez.

– Para fazer esse corte e essas facetas? No mínimo trinta quilates.

– Não existe uma pedra assim em todo o arquipélago Skellige – afirmou Guthlaf categoricamente.

– Errado – contestou o joalheiro. – Existe, sim.

•

– O que você imagina, Yennefer? – Crach an Craite franziu as sobrancelhas. – Você quer que eu mande a tropa armada para atacar e assaltar esse templo? Quer que eu ameace as sacerdotisas caso não entreguem o diamante? Isso é impossível. Não sou muito religioso, mas templo é sempre templo, e as sacerdotisas são sempre sacerdotisas. Posso apenas pedir com gentileza. Falar o quanto é importante para mim e mostrar a dimensão de minha gratidão. Mas isso é sempre só um pedido. Uma humilde súplica.

– Que pode ser recusada?

– Claro. Mas não custa nada tentar. O que arriscamos? Vamos juntos a Hindarsfjall para apresentar essa súplica. Eu apresentarei às sacerdotisas o que deve ser feito. E depois todo o resto estará em suas mãos. Negocie. Apresente os argumentos a favor. Tente corrompê-las. Brinque com as ambições. Recorra às razões superiores. Lamente, chore, caia em espasmos, procure despertar piedade... Diabos marinhos, preciso ensiná-la como agir, Yennefer?

– Tudo em vão, Crach. Uma feiticeira nunca conseguirá entrar em acordo com sacerdotisas. Na mundividência, certas divergências... são grandes demais. E quando se trata de deixar uma feiticeira usar um artefato ou uma relíquia "sagrada"... Não, é preciso desistir disso. Não há nenhuma chance...

– Para que você precisa desse brilhante?

– Para construir uma "janela", isto é, um megascópio de telecomunicação. Preciso me comunicar com certas pessoas.

– De forma mágica? À distância?

– Se fosse suficiente subir no topo de Kaer Trolde e gritar alto, não o incomodaria.

•

Gritavam as gaivotas e os petréis que sobrevoavam a água. Os ostraceiros de bicos vermelhos que faziam ninhos nas rochas íngremes e nos recifes de Hindarsfjall piavam chorosamente, os gansos-patolas de cabeças amarelas grasnavam e gritavam, soltando um som grave. Com seus olhos verdes e reluzentes, os negros corvos-marinhos de crista observavam o barco que passava, com o olhar atento.

– Essa grande rocha suspensa sobre a água – apontou Crach an Craite, apoiado na mureta – é Kaer Hemdall, o Mirante de Hemdall. Hemdall é nosso herói mítico. A lenda diz que, quando chegar Tedd Deireádh, o Tempo do Fim, O Tempo do Frio Branco e a Época da Selvageria Lupina, Hemdall confrontará as forças do mal vindas da terra de Morhögg, e os fantasmas, demônios e espectros do Caos. Permanecerá na ponte do Arco-Íris e tocará o corno para dar o sinal de que chegou a hora de pegar em armas e lutar em Ragh nar Roog, a Última Batalha que decidirá se cairá a noite ou se virá a alvorada.

O barco saltou ligeiramente nas ondas e entrou nas águas mais tranquilas da baía, entre o mirante de Hemdall e outra rocha de formas igualmente fantásticas.

– Essa rocha menor é Kambi – explicou o duque. – Em nossos mitos, Kambi é o nome usado por um galo mágico dourado que com seu canto avisará Hemdall da chegada de Naglfar, o infernal dracar que leva o exército das Trevas: os demônios e fantasmas de Moghögg. Naglfar foi construído com as unhas de cadáveres. Você não vai acreditar, Yennefer, mas em Skellige ainda há pessoas que cortam as unhas dos mortos antes do enterro para não providenciar material aos fantasmas de Morhögg.

– Acredito, pois conheço o poder das lendas.

O fiorde os protegeu um pouco do vento e a vela agitou-se.

– Toquem o corno – ordenou Crach à tripulação. – Atracaremos, é preciso avisar as veneráveis senhoras que chegou visita.

•

O edifício localizado no topo de uma longa escada de pedra parecia um gigantesco porco-espinho – estava coberto de musgo, plantas trepadeiras e arbustos. Yennefer notou que no telhado cresciam não só arbustos, mas até pequenas árvores.

– Eis o templo – confirmou Crach. – O bosque que o rodeia chama-se Hindar e também é um lugar sagrado. É daqui que se retira o visgo sagrado, e em Skellige, como você sabe, ele é usado para enfeitar e ornamentar tudo, começando pelo berço de um recém-nascido até o túmulo... Cuidado, a escada está escorregadia... A religião faz o musgo crescer em abundância, he-he... Deixe-me segurá-la pelo braço... Ainda usa o mesmo perfume... Yenna...

– Por favor, Crach. O que passou, passou.

– Desculpe, vamos.

Algumas noviças jovens e caladas esperavam diante do templo. O duque cumprimentou-as com gentileza e manifestou o desejo de falar com a supervisora delas, que chamou de Modron Sigrdrifa. Entraram num aposento iluminado por colunas de luz que se refletiam nos vitrais do alto. Uma dessas colunas iluminava o altar.

– Cem diabos marinhos – murmurou Crach an Craite. – Eu já tinha esquecido como era grande esse Brisingamen. Não venho aqui desde criança... Seria possível comprar todos os estaleiros de Cidaris só com ele. Junto com os funcionários e a produção anual.

O duque exagerou, mais não muito.

Sobre um altar simples de mármore, com estatuetas de gatos e falcões e uma pia de pedra para os sacrifícios votivos, dominava a figura de Modron Freya, a Grande Mãe, em seu aspecto maternal característico: uma mulher com roupa bem solta, que revelava uma gravidez exageradamente acentuada pelos escultores. Sua cabeça estava inclinada e o rosto coberto com um lenço. Sobre as mãos no peito via-se um brilhante, um elemento do colar de ouro. O brilhante, puríssimo, era grande e tinha coloração levemente azulada.

Parecia ter aproximadamente cento e cinquenta quilates.

– Nem precisaria ser cortado – sussurrou Yennefer. – Está lapidado em rosa, exatamente do jeito que eu preciso, com as facetas adequadas para a refração da luz...

– Isso significa que temos sorte.

– Duvido. Daqui a pouco chegarão as sacerdotisas e eu, ímpia, serei xingada e expulsa daqui.

– Por acaso não está exagerando?

– Nem um pouco.

– Bem-vindo, duque, ao templo da Mãe. Bem-vinda, também, Yennefer de Vengerberg.

Crach an Craite fez uma reverência.

– Meus cumprimentos, venerável mãe Sigrdrifa.

A sacerdotisa era alta, quase da altura de Crach – o que significava que ultrapassava a altura de Yennefer por uma cabeça. Tinha cabelos e olhos claros, e um rosto fino, pouco bonito e pouco feminino.

"Já a vi em algum lugar", Yennefer pensou. "Há pouco tempo. Mas onde?"

– Na escada de Kaer Trolde que leva até o porto – a sacerdotisa lembrou com um sorriso nos lábios. – Quando os dracares saíam do estreito. Estava atrás de você quando socorreu a mulher grávida que quase perdeu o bebê. Você estava de joelhos, nem se preocupou com seu vestido de chamalote, que é um tecido luxuoso. Eu presenciei aquilo. E nunca acreditarei em histórias sobre feiticeiras insensíveis e calculistas.

Yennefer tossiu e fez uma leve reverência.

– Você está diante do altar da Mãe, Yennefer. Que a graça dela se derrame sobre você.

– Venerável, eu... Queria pedir-lhe humildemente...

– Não diga nada. Duque, com certeza você tem muitos compromissos. Deixe-nos sozinhas, aqui em Hindarsfjall. Nós conseguiremos nos comunicar. Somos mulheres. Não importa do que nos ocupamos ou quem somos: sempre servimos à Virgem, Mãe e Velha Sábia. Yennefer, ponha-se de joelhos junto de mim. Façamos uma reverência diante da Mãe.

•

– Tirar o Brisingamen do pescoço da deusa? – repetiu Sigrdrifa, e em sua voz ouvia-se mais incredulidade do que indignação. – Não, Yennefer. É simplesmente impossível. Não é que eu não me atreveria... Mesmo se eu me atrevesse, não há como tirar o Brisingamen. O colar não tem fecho e está fixo à estátua para sempre.

Yennefer ficou calada por um longo momento, encarando a sacerdotisa com um olhar calmo.

– Se eu soubesse – respondeu friamente –, partiria logo com o duque para Ard Skellig. Não, não considero perdido o tempo que passei conversando com você. Mas meu tempo é curto. Muito curto mesmo. Confesso que fiquei um pouco desorientada com sua gentileza e cordialidade...

– Eu estou do seu lado – interrompeu Sigrdrifa sem emoções. – Apoio seus planos, com todo o meu coração. Conhecia Ciri, gostava dela, fico comovida com o que acontece com ela. E admiro a perseverança que você demonstra querendo socorrê-la. Cumprirei qualquer desejo seu, mas não o Brisingamen, Yennefer. Não o Brisingamen. Não me peça isso.

– Sigrdrifa, para socorrer Ciri, preciso conseguir certas informações com urgência. Algumas informações. Sem elas estarei indefesa. E a única maneira de ter esse conhecimento e essas informações é através da telecomunicação. Para poder me comunicar à distância, preciso construir, com a magia, um artefato mágico: um megascópio.

– É um aparelho parecido com sua famosa bola de cristal?

– Muito mais complicado. A bola possibilita a telecomunicação apenas com outra bola correspondente. Até o banco local dos anões tem uma bola para se comunicar com a bola na central. O megascópio é mais poderoso... Mas para que entrar na teoria? Não dará em nada sem o brilhante. Bom, vou me despedir...

– Não se apresse tanto.

Sigrdrifa levantou-se, passou pela nave e parou diante do altar e da estátua de Modron Freya.

– A deusa – disse – também é a padroeira das profetisas, videntes e telepatas, o que demonstra a simbologia de seus animais sagrados: o gato que ouve e vê o escondido, e o falcão que vê de cima. A joia da deusa – o Brisingamen – também é um símbolo, por ser o colar da clarividência. Yennefer, para que construir esses aparelhos para ver e ouvir? Não é mais fácil pedir a ajuda da deusa?

Yennefer se conteve no último momento para não soltar um palavrão. Afinal, era um lugar sagrado.

– A hora da oração noturna está chegando – retomou Sigrdrifa. – Vou me dedicar à meditação junto com outras sacerdotisas. Vou pedir à deusa que ajude Ciri, que várias vezes esteve neste templo e várias vezes olhou para o Brisingamen pendurado no pescoço da Grande Mãe. Yennefer, dedique mais uma hora ou duas de seu precioso tempo. Fique aqui conosco durante a oração. Apoie-me com seu pensamento e sua presença enquanto eu estiver rezando.

– Sigrdrifa...

– Por favor, faça isso por mim. E por Ciri.

•

A joia Brisingamen no pescoço da deusa.

Abafou um bocejo. "Se houvesse pelo menos cantos", pensou, "algum tipo de encantamento, algum tipo de mistério... algum tipo de folclore místico... seria muito menos tedioso, e não ficaria com tanto sono. Mas elas simplesmente ficam ajoelhadas, com as cabeças curvadas, sem se mover, sem proferir nenhum som."

"Contudo, quando querem, podem operar a Força, muitas vezes tão bem quanto nós, as feiticeiras. Ainda é um mistério como elas o fazem. Nenhum tipo de preparo, ciência, estudo... Apenas orações e meditação. Adivinhação? Uma espécie de auto-hipnose? Era o que dizia Tissaia de Vries... Elas captam a energia inconscientemente. Em transe ganham capacidade de processá-la, como acontece com nossos encantamentos. Processam a energia, tratando-a como uma dádiva e graça proveniente de uma divindade. A fé lhes dá força.

"Por que nós, feiticeiras, nunca conseguimos fazer nada parecido?

"Será que eu devo tentar, aproveitando-me da atmosfera e do ambiente deste lugar? Pois poderia entrar em transe por conta própria... Por exemplo, olhando para esse brilhante... O Brisingamen... Pensando com bastante força como ele exerceria seu papel em meu megascópio...

"O Brisingamen... brilha como a estrela-d'alva, ali, na penumbra, na fumaça do incenso e das velas fumegantes..."

Ergueu a cabeça bruscamente.

O templo estava imerso na escuridão e tinha um cheiro intenso de fumo.

– Dormi? Peço desculpas...

– Não há o que desculpar. Venha comigo.

Lá fora, o céu noturno resplandecia com uma luz trêmula que parecia instável como num caleidoscópio. Aurora boreal? Yennefer esfregou os olhos em espanto. Aurora boreal? Em agosto?

– Quanto você está prestes a sacrificar, Yennefer?

– Como?

– Você está prestes a sacrificar a si própria? A sua inestimável magia?

– Sigrdrifa – disse enraivecida. – Não tente usar esses truques espirituais comigo. Eu tenho noventa e quatro anos. Mas, por favor, trate isso como segredo de confissão. Estou me confessando com você para que compreenda que não pode me tratar como uma criança.

– Você não respondeu à minha pergunta.

– E não tenho a menor intenção de responder, pois trata-se de um misticismo que eu não aceito. Dormi em sua celebração, fiquei cansada e entediada, pois não acredito em sua deusa.

Sigrdrifa virou-se e Yennefer inspirou fundo, contra sua vontade.

– Sua falta de fé não me lisonjeia – disse a mulher de olhos cor de ouro. – Mas será que sua falta de fé muda alguma coisa?

A única coisa que Yennefer foi capaz de fazer foi soltar um suspiro.

– Chegará um tempo – falou a mulher de olhos dourados – em que absolutamente ninguém, nem as crianças, ninguém acreditará em feiticeiras. Digo isso de forma maliciosamente calculista, em revanche. Vamos.

– Não... – finalmente Yennefer conseguiu romper com a passividade. – Não! Não irei a lugar nenhum. Chega! É algum encanto ou hipnose. Ilusão! Transe! Meus mecanismos de defesa estão bem desenvolvidos... Posso desfazer tudo com apenas um feitiço, simples assim! Droga...

A mulher de olhos dourados aproximou-se mais ainda. O brilhante em seu colar fulgurava como a estrela-d'alva.

– O que você fala aos poucos deixa de servir ao entendimento – disse. – Começa a virar arte pela arte. Quanto mais incompreensível, mais profundo e mais sábio. De verdade, preferia quando vocês sabiam falar apenas "é-é" e "gu-gu". Venha.

– É uma ilusão, transe... Não vou a lugar nenhum!

– Não quero forçá-la, seria uma vergonha. Você é realmente inteligente e orgulhosa, tem caráter.

Uma planície. Um mar de capim. Uma charneca. Um rochedo sobressaindo da vegetação rasteira como se fosse o dorso de uma presa à espreita, em tocaia.

– Você desejou minha joia, Yennefer. Não posso lhe dar a joia antes de me certificar de algumas coisas. Quero verificar o que você carrega dentro de si. Por isso eu trouxe você para cá, para este lugar, que desde o início dos tempos é um lugar da Força e do Poder. Sua magia inestimável estaria em todo lugar. Bastaria apenas estender a mão. Você não está com medo de estendê-la?

Yennefer não conseguia proferir nenhum som. Sua garganta estava presa.

– A força capaz de mudar o mundo, de acordo com você – disse a mulher que não podia ser chamada pelo nome – é o Caos, a arte, a ciência? Maldição, bênção e progresso? E, por acaso, não seria Fé? Amor? Sacrifício?

"Está ouvindo? É o canto do galo Kambi. As ondas estraçalham-se à beira-mar, as ondas empurradas pela proa de *Naglfar*. Ressoa o corno de Hemdall, posicionado de frente para os inimigos no arco-íris de Bifrost. Vem o Frio Branco, vem o vendaval e a nevasca... A terra treme movida bruscamente pela Serpente...

"O lobo devora o Sol. A lua enegrece. Há apenas frio e escuridão. Ódio, vingança e sangue...

"Que partido você tomará, Yennefer? Você estará no confim oriental ou ocidental de Bifrost? Estará com Hemdall ou contra ele?

"O galo Kambi canta.

"Decida, Yennefer. Escolha, pois um dia você retornou à vida para poder escolher no momento certo.

"A Luz ou as Trevas?"

– O Bom ou o Mal, a Luz ou as Trevas, a Ordem ou o Caos? São apenas símbolos, na realidade não existe esse tipo de polaridade! Todos carregam a Luz e as Trevas, um pouco de um e um pouco do outro. Essa conversa não tem sentido. Não tem sentido. Não vou conseguir me convencer do misticismo. Para você e Sigrdrifa o Lobo devora o Sol. Para mim é um eclipse. E deixemos assim.

Deixar? O quê?

Sentiu a terra desabar sob seus pés, sentiu uma tremenda força torcer suas mãos, quebrar as articulações nos ombros e cotovelos, esticar as vértebras como durante a tortura do *strappado*. Gritou de dor, sacudiu-se, abriu os olhos. Não, não era um sonho. Não podia ser um sonho. Estava em cima de uma árvore, pendia em cruz nos ramos de um enorme freixo. Lá no alto rondava um falcão, e abaixo, na penumbra, ouvia o sibilo de serpentes, o rilhar de suas escamas friccionando contra ela.

Algo se mexeu junto dela. Um esquilo saltou sobre seu ombro tenso e dolorido.

– Você está pronta? – perguntou o esquilo. – Você está pronta para se sacrificar? O que está disposta a sacrificar?

– Não tenho nada! – A dor a cegava e paralisava. – E, mesmo se eu tivesse algo, não acredito nesse tipo de sacrifício! Eu não quero sofrer por milhões de pessoas! Eu não quero sofrer! Por ninguém e para ninguém!

– Ninguém quer sofrer. Mesmo assim, todos nós sofremos. Uns mais, nem sempre por escolha própria. A questão não é aguentar o sofrimento. A questão é saber sofrer.

•

Iana! Ianinha!

Tire este monstro corcunda de mim! Não quero olhar para ele!

A filha é sua, tão sua quanto minha.

Verdade? Os filhos que eu concebi são normais.

Como você se atreve... Como você se atreve a sugerir...

Foi em sua família élfica que houve bruxas. Foi você que abortou a primeira gravidez. Foi por isso. Corre em você sangue élfico envenenado e seu ventre foi amaldiçoado, mulher. Por isso você dá vida a criaturas monstruosas.

É uma criança infeliz... Essa foi a vontade dos deuses! É sua filha, tão sua quanto minha. O que eu poderia fazer? Asfixiá-la? Não amarrar o cordão umbilical? O que posso fazer agora? Levá-la para a floresta e abandoná-la? Pelos deuses, o que você quer que eu faça?

Pai! Mãe!

Saia daqui, aberração.

Como você se atreve! Como você se atreve a bater numa criança! Pare! Aonde você vai? Aonde? A ela, não é? A ela!

Sim, mulher. Sou homem, tenho o direito de satisfazer meus desejos onde eu quiser e quando quiser, é meu direito natural. E você me dá nojo. Você e o fruto desse ventre amaldiçoado. Não espere com o jantar. Não voltarei para passar a noite.

Mãe...

Por que você está chorando?

Por que você bate em mim e me repele? Eu me comportei bem...

•

Mãe! Mamãe!

•

– Você é capaz de perdoar?

– Eu já perdoei há muito tempo.

– Vingando-se primeiro.

– Sim.

– Você se arrepende?

– Não.

•

Dor, uma terrível dor nas mãos e nos dedos massacrados.

– Sim, tenho culpa! Era isso que você queria ouvir? Confissão e arrependimento? Você queria ouvir Yennefer de Vengerberg se arrepender e se humilhar? Não, não lhe propiciarei esse prazer. Confesso minhas culpas e espero ser castigada. Mas você não testemunhará meu arrependimento!

Aquilo que o homem é capaz de aguentar determina o limite da dor.

– Você está me cobrando pelos traídos, enganados, usados, por aqueles que morreram por minha causa, que se mataram sozinhos, que morreram assassinados por mim... O fato de eu, um dia, ter erguido minha mão contra você? Devo ter tido motivos! E não me arrependo de nada! Mesmo se eu pudesse voltar no tempo... Não me arrependo de nada.

O falcão sentou-se em seu ombro.

A Torre da Andorinha. A Torre da Andorinha. Filha, vá correndo até a Torre da Andorinha.

•

O galo Kambi está cantando.

•

Ciri cavalgando a galope na égua negra com o cabelo cinzento sacudido pelo vento. Sangue vivo e rubro corre e respinga em seu rosto. A égua negra levanta voo como um pássaro, desliza ligeiramente em um redemoinho. Ciri oscila na sela, mas não cai...

Ciri, no meio da noite, num lugar ermo cheio de pedras e areia, com a mão levantada... Uma bola luminosa solta-se de sua mão... Um unicórnio remexe o cascalho com seu casco... Muitos unicórnios... Fogo... Fogo...

Geralt numa ponte. Lutando. Em fogo. A chama reluz no gume da espada.

Fringilla Vigo, seus olhos verdes bem abertos tomados pelo prazer, sua cabecinha morena com o cabelo curto por cima de um livro aberto. No frontispício... um fragmento do título: *Observações sobre a morte inevitável...*

Os olhos de Geralt refletem-se nos olhos de Fringilla.

Abismo. Fumaça. Escadas que levam para baixo. Escadas que precisam ser percorridas. Algo acaba. Vem Tedd Deireádh, o Tempo do Fim...

Escuridão. Umidade. Um terrível frio emitido pelas paredes de pedra. O frio de ferro nos pulsos e nos tornozelos. A dor palpita nas mãos massacradas, dor cortante nos dedos mutilados...

Ciri segura sua mão. Um longo corredor escuro, colunas de pedra, talvez estátuas... Penumbra em que se ouvem sons delicados como o sussurro do vento.

Portas. Uma infinidade de gigantescas portas pesadas abre-se diante delas sem fazer nenhum barulho. E no fim, numa escuridão impenetrável, portas que não se abrirão sozinhas, que não podem ser abertas.

Se está com medo, volte.

Não é possível abrir essas portas. Você sabe disso.

Sei.

Mesmo assim, você está me levando até lá.

Se está com medo, volte. Ainda há tempo de voltar. Ainda não está tarde demais.

E você?

Para mim está.

O galo Kambi está cantando.

Chegou Tedd Deireádh.

Aurora boreal.

Alvorada.

•

– Yennefer, acorde.

Ergueu a cabeça com ímpeto. Olhou para as mãos. Ambas estavam no lugar, intactas.

– Sigrdrifa? Dormi...

– Venha.

– Para onde? – sussurrou. – Para onde desta vez?

– Como? Não a entendo. Venha. Você precisa ver uma coisa. Aconteceu algo... algo estranho. Nenhuma de nós sabe explicar. E eu tenho minhas suspeitas. Graça... Você foi abençoada pela deusa, Yennefer.

– Do que você está falando, Sigrdrifa?

– Veja.

Olhou. E suspirou alto.

O Brisingamen, a joia sagrada de Modron Freya, não pendia mais no pescoço da deusa. Estava a seus pés.

•

– Estou ouvindo bem? – assegurou-se Crach an Craite. – Você está transferindo sua oficina mágica para Hindarsfjall? As sacerdotisas lhe disponibilizarão o brilhante sagrado? Deixarão que você o use em sua máquina infernal?

– Isso mesmo.

– Yennefer, você, por acaso, não se converteu? O que aconteceu lá na ilha?

– Não importa. Estou simplesmente voltando para o templo.

– E os recursos financeiros que você pediu? Vai precisar deles ainda?

– Provavelmente sim.

– O senescal Guthlaf cumprirá todas as suas ordens quanto a essa questão. Mas, Yennefer, dê as ordens o mais rápido possível. Apresse-se, recebi notícias.

– Droga, era isso que eu temia. Já sabem onde estou?

– Não, ainda não sabem, mas fui avisado de que você poderia aparecer em Skellige e recebi a ordem de prendê-la imediatamente e de capturar prisioneiros durante as expedições e conseguir informações, qualquer informação, sobre você, sua presença em Nilfgaard ou nas províncias. Yennefer, você precisa se apressar. Se você for rastreada ou capturada aqui, em Skellige, minha situação se complicará um pouco.

– Vou fazer o possível também para não prejudicá-lo. Não tenha medo.

Crach deu um largo sorriso.

– Eu disse: um pouco. Eu não tenho medo deles, nem dos reis, nem dos feiticeiros. Não podem fazer nada comigo, porque precisam de mim. Além disso, fui obrigado pelo juramento feudal a ajudá-la. Sim, sim, você ouviu bem. Formalmente ainda sou vassalo da Coroa de Cintra. E Cirilla mantém o direito formal a ela. Já que você representa Cirilla, é sua única tutora, tem o direito formal de me dar ordens, exigir obediência e servidão.

– Sofismas casuísticos.

– Claro – bufou. – Eu próprio reclamarei veementemente se for verdade que Emhyr var Emreis a esposou à força. Também se Ciri for destituída dos direitos ao trono por meio de brechas ou emaranhados legislativos e se outra pessoa for colocada em seu lugar, por exemplo, esse babaca Vissegerd. Nesse caso eu rescindirei minha obediência e o juramento feudal.

– E se, apesar de tudo, descobrirmos que Ciri está morta? – Yennefer semicerrou os olhos.

– Ela está viva – disse Crach com firmeza. – Eu tenho certeza.

– Como?

– Você não acreditará.

– Me teste, então.

– O sangue das rainhas de Cintra – começou Crach – de alguma forma estranha está relacionado com o mar. Quando morre uma das mulheres em cujas veias corre esse sangue, o mar se revolta. Diz-se, então, que Ard Skellig lamenta as filhas de Riannon, pois a tempestade torna-se tão violenta que as ondas empurradas desde o Ocidente passam pelas fendas e cavernas do lado oriental e repentinamente arroios de água salgada rebentam das rochas. E toda a ilha treme. A plebe costuma dizer: "Ard Skellig chora aos prantos. Alguém morreu. Morreu o sangue de Riannon, o Sangue Antigo."

Yennefer permaneceu calada.

– Não é lenda – retomou Crach. – Eu testemunhei, vi com meus próprios olhos. Três vezes. Depois da morte de Adália Feiticeira, Calanthe... E depois da morte de Pavetta, a mãe de Ciri.

– Pavetta – observou Yennefer – morreu exatamente durante uma tempestade no mar, então é difícil falar...

– Pavetta – interrompeu Crach, pensativo – não morreu durante uma tempestade. A tempestade começou depois de sua morte. O mar, como sempre, reagiu à morte de alguém de sangue cintrense. Eu investiguei esse assunto por muito tempo. E tenho certeza.

– De quê?

– O navio em que estavam Pavetta e Duny desapareceu no famoso Abismo de Sedna. Não foi o primeiro navïo que sumiu lá. Você deve saber disso.

– Fábulas. Os navios passam por acidentes, é algo natural...

– Em Skellige – interrompeu bruscamente – temos um conhecimento bastante vasto sobre navios e navegação para saber se as catástrofes são naturais. No Abismo de Sedna os navios desaparecem de forma estranha, e não acidentalmente. Isso também acontece com o navio em que estava Pavetta e Duny.

– Não entro em polêmicas – suspirou a feiticeira. – Que diferença isso faz depois de quase quinze anos?

– Para mim faz – o duque cerrou os lábios. – Eu revelarei esse assunto. É só uma questão de tempo. Saberei... encontrarei explicações. Acharei explicações para todos os mistérios, inclusive para a chacina de Cintra...

– De que mistério se trata?

– Quando os nilfgaardianos invadiram Cintra – murmurou, olhando pela janela –, Calanthe ordenou que Ciri fosse evacuada em segredo da cidade, mas a questão é que a cidade já estava em chamas, os Negros estavam em toda parte e as chances de escapar do cerco eram mínimas. Desaconselharam a rainha a arriscar desse jeito, sugeriram que Ciri capitulasse formalmente diante dos comandantes nilfgaardianos, pois dessa maneira salvaria sua vida e a razão do Estado cintrense. Dizia-se que morreria inevitavelmente e de forma insensata nas mãos da multidão armada nas ruas tomadas pelo fogo. E a Leoa... Você sabe o que ela respondeu, de acordo com testemunhas?

– Não.

– "É melhor o sangue da menina corra pelas ruas de Cintra do que ela ser maculada." Maculada com o quê?

– Maculada com o casamento com o imperador Emhyr, um nilfgaardiano imundo. Duque, já está tarde. Começo amanhã de madrugada... Eu o informarei sobre o progresso.

– Conto com isso. Boa noite, Yenna... Hummm...

– O quê, Crach?

– Você não teria, hummm, vontade de...

– Não, duque. O que passou, passou. Boa noite.

•

– Veja só – Crach an Craite fitou a convidada, inclinando a cabeça. – Triss Merigold em pessoa. Que lindo vestido! E o casaco de pele... é de chinchila, não? Perguntaria o que a traz até Skellige... se eu não soubesse a resposta. Mas eu sei.

– Excelente – Triss lançou um sorriso sedutor ajeitando seu belo cabelo castanho. – Que bom que você sabe, duque. Isso nos poupará o tempo da introdução e dos esclarecimentos iniciais e permitirá que passemos diretamente ao assunto.

– Que assunto? – Crach cruzou os braços no peito e encarou a feiticeira com um olhar frio. – O que seria precedido por introduções e que esclarecimentos seriam esses? Quem você representa, Triss? Em nome de quem vem aqui? O rei Foltest, a quem você serviu, agradeceu por seu serviço com o exílio. Embora você não tivesse nenhuma culpa, expulsou-a de Temeria. Pelo que ouvi falar, foi Filippa Eilhart, que governa a Redânia junto com Dijkstra, quem estendeu sua proteção sobre você. Pelo visto, você retribui da melhor forma possível a gratidão pelo asilo concedido. Nem hesita em assumir o papel de agente secreta para rastrear sua ex-amiga.

– Está me ofendendo, duque.

– Peço desculpas humildemente se errei. Mas errei mesmo?

Ficaram calados por um longo momento, encarando um ao outro com um olhar desconfiado. Por fim Triss enervou-se, soltou um palavrão e bateu o salto contra o chão.

– Diabos! Deixemos de tentar enganar um ao outro! Que diferença faz agora quem serve a quem, com quem anda de mãos dadas, a quem é fiel e qual seria a motivação? Yennefer está morta.

Continuamos sem saber onde está Ciri e em posse de quem ela está... Qual é o sentido desse jogo de esconde-esconde? Não vim aqui como espiã, Crach. Vim aqui por iniciativa própria, como uma pessoa preocupada com Ciri.

– Todos estão preocupados com Ciri. A menina tem sorte.

Os olhos de Triss faiscaram.

– Não debocharia dessas coisas. Especialmente se fosse você.

– Perdoe-me.

Permaneceram em silêncio, olhando pela janela para o sol que se punha atrás dos cumes arborizados de Spikeroog.

– Triss Merigold.

– Pois não, duque?

– Convido-a para o jantar. O chefe mandou perguntar se todas as feiticeiras desprezam frutos do mar bem preparados...

•

Triss não desprezava os frutos do mar. Pelo contrário, comeu o dobro do que imaginara e começou a preocupar-se com sua cintura – as vinte e duas polegadas das quais tinha tanto orgulho. Decidiu ajudar a digestão com vinho branco, o famoso Est Est de Toussaint. Assim como Crach, tomava-o num corno.

– Portanto Yennefer apareceu aqui no dia dezenove de agosto – iniciou a conversa –, caindo de forma espetacular dentro das redes de pescar. E você, fiel vassalo de Cintra, concedeu-lhe asilo e ajudou a construir um megascópio... E obviamente não sabe com quem e sobre o que ela conversou...

Crach an Craite tomou um longo gole do corno e abafou um arroto.

– Não sei – lançou um sorriso cheio de astúcia. – Claro que não sei de nada. Como eu, um simples e pobre navegador, poderia saber qualquer coisa sobre os empreendimentos de poderosas feiticeiras?

•

Sigrdrifa, a sacerdotisa de Modron Freya, abaixou a cabeça pesarosamente, como se houvesse um peso de mil libras sobre ela, depois de Crach an Craite fazer a pergunta.

– Ela confiou em mim, duque – murmurou de forma quase inaudível. – Não exigiu que eu jurasse permanecer calada, mas obviamente se preocupava com a discrição. Eu realmente não sei se...

– Modron Sigrdrifa – interrompeu Crach an Craite com ar sério –, o que lhe peço não se encaixa no termo delação. Eu apoio Yennefer do mesmo jeito que você, e também quero que ela ache e resgate Ciri. Ora, eu prestei o Bloedgeas, o juramento de sangue! E quanto a Yennefer, simplesmente me preocupo com ela. É uma mulher extremamente orgulhosa. Mesmo arriscando muito, não se rebaixará a súplicas. Por isso não excluo a possibilidade de socorrê-la prestando ajuda mesmo que ela não solicite. E, para fazer isso, preciso de informações.

Sigrdrifa tossiu. Estava confusa, e quando começou a falar sua voz tremia levemente.

– Construiu aquela máquina... Na verdade não é bem uma máquina, pois não tem nenhum mecanismo, apenas dois espelhos, uma negra cortina de veludo, uma caixa, duas lentes, quatro luminárias e, claro, o Brisingamen... Quando ela profere o encanto, a claridade de duas das luminárias ilumina...

– Não entraremos em detalhes. Com quem ela se comunicou?

– Falou com algumas pessoas. Com feiticeiros... Duque, não ouvi tudo, mas aquilo que ouvi... Entre eles há pessoas realmente vis. Ninguém queria ajudar de forma desinteressada... Exigiam dinheiro... Todos exigiam dinheiro...

– Eu sei – murmurou Crach. – O banco me informou sobre as transferências que ela fez. Meu juramento está me custando um dinheirão! Mas o dinheiro é algo que se adquire. Recompensarei nas províncias nilfgaardianas o que gastei com Yennefer e Ciri. Mas continue falando, mãe Sigrdrifa.

– Alguns deles – a sacerdotisa abaixou a cabeça – foram simplesmente chantageados por Yennefer. Dava para entender que ela possuía informações que acabariam com a reputação desses indivíduos e que, caso se recusassem a cooperar, revelaria tudo a todos... Duque... ela é uma mulher boa e sábia... mas completamente desprovida de escrúpulos. É cruel e impiedosa.

– Eu sei disso. No entanto, não me interessam os detalhes relativos à chantagem e aconselho que você também esqueça tudo isso o mais rápido possível. Trata-se de informações perigosas. Quem está à margem não deve brincar com esse tipo de fogo.

– Eu sei, duque. Eu lhe devo minha obediência... e acredito que os fins justifiquem seus meios. Ninguém mais conseguirá de mim nenhuma informação sobre o assunto. Nem um amigo numa conversa, nem um inimigo durante torturas.

– Muito bem, Modron Sigrdrifa. Muito bem... Você se lembra do que tratavam as perguntas de Yennefer?

– Nem sempre entendia tudo, duque. Usavam um tipo de gíria que é difícil de entender... Falavam com frequência sobre um tal de Vilgefortz...

– Como podia ser diferente – Crach rangeu os dentes bem alto. A sacerdotisa o examinou com um olhar assustado.

– Falavam muito sobre os elfos e os Versados também – retomou. – E sobre portais mágicos. Falaram até sobre o Abismo de Sedna... Mas pelo que me parece falavam principalmente sobre torres.

– Torres?

– Sim, duas: a Torre da Gaivota e a Torre da Andorinha.

•

– Foi o que eu suspeitei – disse Triss. – Yennefer começou pelo relatório secreto da comissão de Radcliffe, que investigou o assunto dos acontecimentos em Thanedd. Não sei que notícias sobre esse caso chegaram aqui, a Skellige... Você ouviu falar sobre o teleportal na Torre da Gaivota? E sobre a comissão de Radcliffe?

Crach an Craite olhou para a feiticeira desconfiado.

– Nem a política, nem a cultura – franziu o cenho – chegam às ilhas. Somos atrasados.

– A comissão de Radcliffe – Triss achou importante não prestar atenção nem a seu tom de voz, nem à cara – investigou detalhadamente os rastros de teletransporte que saíam de Thanedd. O portal Tor Lara, enquanto existia na ilha, impossibilitava qualquer tipo de magia de teletransporte a longas distâncias. Mas, como você certamente sabe, a Torre da Gaivota explodiu e partiu-se, tornando possível o teletransporte. A maioria dos participantes dos acontecimentos em Thanedd conseguiu evacuar da ilha graças aos portais que se formaram lá.

– Realmente – o duque sorriu. – Você, para não procurar longe, foi diretamente a Brokilon, com o bruxo nas costas.

– Pois é – Triss mirou em seus olhos. – Nem a política, nem a cultura chegam, mas as fofocas sim. Deixemos esse assunto por um momento, voltemos aos trabalhos da comissão de Radcliffe. A comissão queria determinar exatamente quem se teletransportou de Thanedd e para onde. Foram usados os sinopses, feitiços capazes de recriar as imagens de acontecimentos passados e juntar os rastros existentes de teletransporte com as direções seguidas, e assim atribuí-las ao sujeito que abriu o portal. Tiveram sucesso em praticamente todos os casos, salvo um: um dos rastros de teletransporte não levava a lugar nenhum. Isto é, para ser mais exata, levava para o mar. Para o Abismo de Sedna.

– Alguém – suspeitou logo o duque – teletransportou-se para um navio que o esperava no lugar combinado. O interessante é que se trata de um lugar tão distante... e de fama tão ruim. Mas, quando é uma questão de vida e morte...

– Exatamente. A comissão também chegou a essa conclusão e formulou-a da seguinte maneira: Vilgefortz conseguiu capturar Ciri e não tinha para onde fugir, por isso usou a saída de emergência. Teletransportou-se para o Abismo de Sedna junto com a garota, para um navio nilfgaardiano que os esperava lá. Segundo a comissão, isso explicaria o fato de Ciri ter sido apresentada na corte imperial no lago Grim já em dez de julho, apenas dez dias após os acontecimentos em Thanedd.

– Pois é – o duque semicerrou os olhos. – Isso explica muita coisa, caso a comissão não tenha cometido nenhum erro.

– Claro – a feiticeira aguentou o olhar do duque, que a encarava, e até arriscou lançar um sorriso irônico. – No lago Grim podem ter apresentado uma sósia, e não a verdadeira Ciri. Isso também explicaria muita coisa. Não explica, porém, outro fato, apresentado pela comissão de Radcliffe. Um fato tão estranho que na primeira versão do relatório foi omitido por ser considerado improvável demais. No entanto, já na segunda versão, confidencial, foi incluído como hipótese.

– Continuo todo ouvidos, Triss.

– A hipótese da comissão é a seguinte: o teleportal localizado na Torre da Gaivota estava ativo, funcionava. Alguém passou por ele e a energia dessa passagem foi tão grande que o teleportal explodiu e foi destruído.

Triss ficou alguns minutos em silêncio.

– Yennefer deve ter conseguido informações sobre o que a comissão de Radcliffe descobriu e sobre o conteúdo do relatório secreto. Pois existe uma chance... uma chance mínima... de que Ciri tenha passado com segurança pelo portal Tor Lara e de que tenha fugido de Nilfgaard e de Vilgefortz...

– Então, onde ela estaria agora?

– Também queria saber.

•

Uma escuridão infernal cobria tudo. A lua escondida atrás das nuvens não emitia nenhuma luz, e, diferentemente das noites anteriores, não ventava tanto e por isso não fazia tanto frio. A canoa balançava um pouco na superfície da água enrugada por pequenas ondas. Cheirava a pântano e plantas podres. E a muco de enguias.

Em algum lugar à beira do rio, um castor bateu a cauda contra a água, de tal forma que ambos deram um pulo. Ciri estava segura de que Vysogota cochilara e de que o castor o acordara.

– Continue contando – disse, limpando o nariz na parte da manga que estava limpa, ainda não coberta pelo muco. – Não durma. Quando você dorme, eu também fico sonolenta, e precisamos ter cuidado para a correnteza não nos levar, senão acordaremos no meio do mar! Continue contando sobre esses teleportais!

– Após fugir de Thanedd – o eremita retomou o discurso – você passou pelo portal da Torre da Gaivota, Tor Lara. E Geoffrey Monck, provavelmente a maior autoridade em teletransportação e o autor da obra *A magia do povo antigo*, que é o *opus magnum* do conhecimento sobre os teleportais élficos, escreve que o portal Tor Lara leva à Torre da Andorinha, Tor Zirael...

– O teleportal de Thanedd estava danificado – interrompeu Ciri. – Talvez antigamente, quando ainda funcionava bem, levasse a alguma andorinha. Mas agora leva a um deserto. Isso é chamado de "portal caótico". Estudei sobre o assunto.

– Eu também – bufou o ancião. – Lembro-me de muitos desses ensinamentos. Por isso fico tão espantado com sua história... com alguns trechos. Especialmente os que têm a ver com o teletransporte...

– Você pode ser mais claro?

– Posso, Ciri, posso. Mas agora está na hora de tirar a rede. Já deve estar cheia de enguias. Está pronta?

– Estou – Ciri cuspiu nas mãos e segurou o croque.

Vysogota segurou a corda, que desaparecia na água.

– Tiramos. Um, dois... três! E para dentro da canoa! Pegue, Ciri, pegue! Coloque na cesta, senão, vão fugir!

•

Era a segunda noite que saíam de canoa para o afluente pantanoso do rio, deixavam as redes e nassas para pegar as enguias que seguiam em cardumes para o mar. Voltavam ao casebre bem depois da meia-noite, melados de muco de enguia da cabeça aos pés, molhados e esgotados.

Mas não deitavam logo em seguida. A pesca destinada à troca por produtos precisava ser guardada em caixas e bem protegida, pois se as enguias achassem a menor fenda de manhã não haveria nem um exemplar na caixa. Após as tarefas cumpridas, Vysogota tirou a pele de duas ou três enguias mais gordas, cortou-as em postas, passou em farinha e fritou em uma enorme frigideira. Depois os dois comeram e conversaram.

– Veja, Ciri, ainda fico aflito com uma coisa. Não esqueci que, logo depois de você se recuperar, não conseguíamos chegar a uma data, e o ferimento em seu rosto era a data mais concreta que tínhamos. O corte não podia ter sido executado mais de dez horas antes, no entanto, você insistia em dizer que havia sido ferida quatro dias antes. Embora eu tivesse certeza de que era um simples engano, não conseguia parar de pensar nisso e continuava a me perguntar: onde é que foram parar aqueles quatro dias?

– E aí? Na sua opinião, o que aconteceu?

– Não sei.

– Que maravilha!

O gato saltou para longe e enfiou as garras em um rato que guinchou baixinho. O gato pegou-o pela nuca, destroçou-o, e começou a comer as vísceras com gosto e sem demora. Ciri observava indiferente.

– O teleportal da Torre da Gaivota leva à Torre da Andorinha – Vysogota retomou o discurso. – E a Torre da Andorinha...

O gato comeu todo o rato, deixando apenas o rabo para a sobremesa.

– O teleportal de Tor Lara – disse Ciri, abrindo a boca num extenso bocejo – foi danificado e leva ao deserto. Eu já repeti isso uma centena de vezes.

– Não se trata disso, estou falando de outra coisa. Estou apenas falando que existe uma ligação entre os dois teleportais. Tudo certo, o portal de Tor Lara estava danificado, mas existe ainda o teleportal Tor Zirael. Se você chegar à Torre da Andorinha, pode se teletransportar de volta para a ilha de Thanedd. Você estaria longe do perigo, fora do alcance de seus inimigos.

– Ah! Isso seria conveniente. Mas há um pequeno detalhe. Eu não tenho a mínima ideia onde fica essa tal de Torre da Andorinha.

– Talvez eu possa achar uma solução para isso. Você sabe, Ciri, qual é a vantagem de ter formação acadêmica?

– Não. Qual?

– A habilidade de usar as fontes.

•

– Sabia que o encontraria – falou Vysogota com orgulho. – Procurei, procurei e... Ei, droga...

Suas mãos não conseguiram segurar uma pilha de livros pesados, os incunábulos caíram no chão, as páginas saíram voando das capas apodrecidas e espalharam-se desordenadamente.

– O que você achou? – Ciri ficou de cócoras junto dele para ajudar a recolher as páginas soltas.

– A Torre da Andorinha! – o eremita afastou o gato, que sem pudor algum se sentou em cima de uma das páginas. – Tor Zirael. Ajude-me.

– Quanta poeira! Está imundo! Vysogota? O que é isto aqui neste desenho? Esse homem pendurado na árvore?

– Isso? – Vysogota fixou o olhar numa folha solta. – É uma cena da lenda sobre Hemdall. O herói Hemdall ficou suspenso por nove dias e nove noites no Freixo Universal para adquirir o conhecimento e a força através do sacrifício e da dor.

– Sonhei com isso – Ciri esfregou a testa –, sonhei com algo assim. Uma pessoa suspensa numa árvore...

– A gravura caiu, ó, deste livro. Se você quiser, pode ler depois. No entanto, agora o que mais importa... Ó, achei, enfim. *Peregrinações pelas rotas e pelos lugares mágicos*, de Buyvid Backhuysen, considerado por alguns um livro apócrifo...

– Ou seja, uma enganação?

– Mais ou menos. Mas havia quem o considerasse um livro de valor... Ó, ouça... Droga, está escuro aqui...

– Há luz suficiente, você é que está ficando cego por causa da velhice – falou Ciri com uma indiferença cruel, característica da juventude. – Me dê o livro, vou ler. A partir de onde?

– Daqui – mostrou com o dedo ossudo. – Leia em voz alta.

•

– Esse tal de Buyvid escrevia em uma linguagem esquisita. Se não me engano, Assengard era um castelo. Mas que terra é essa: Cem Lagos? Nunca ouvi falar dela. E o que é um trifolium?

– É um trevo. E eu lhe contarei sobre Assengard e Cem Lagos quando você terminar de ler.

•

– Mal o elfo Avallac'h proferira essas palavras, saíram correndo de debaixo das águas do lago pequenos e negros passarinhos que durante o inverno se escondiam do frio no fundo do abismo. Pois a andorinha, como é de conhecimento de pessoas sábias, diferentemente dos outros pássaros, não sai no outono em migração para o paraíso. Portanto não volta na primavera, mas amontoa-se em bandos que se seguram com as garras e mergulha para o fundo das águas. Lá passa todo o inverno e só na primavera sai voando *de profundis* água. No entanto, esse pássaro é não só o símbolo da primavera e da esperança, mas também um exemplo da pureza imaculada, pois nunca se senta sobre a terra e não tem nenhum tipo de contato com a obscenidade e a sujeira mundana.

– Voltemos, contudo, a nosso lago: em revoadas, os passarinhos dispersaram a névoa, digamos, com suas asas, pois por entre a bruma surgiu *tandem*, repentinamente, uma torre mágica, encantada. Nós apenas suspiramos em uníssono e em admiração, pois parecia que essa torre tinha sido feita de névoa, tendo a bruma como seu *fundamentum*. O topo reluzia com a aurora, encantada aurora boreal. Na verdade, essa torre deve ter sido construída com o uso da poderosa arte mágica, incompreensível para o ser humano.

– O elfo Avallac'h notou o quanto estávamos admirados e disse: "Eis Tor Zirael, a Torre da Andorinha. Eis o Portal Universal e o Portal do Tempo. Que seus olhos, homem, regozijem com esta visão, pois nem todos e nem sempre são abençoados com ela."

– Contudo, perguntado se haveria possibilidade de aproximar-se dela e olhar para a torre de perto ou tocá-la com *propria manu*, Avallac'h riu. "Tor Zirael para vocês é um sonho, e não se toca num sonho. E assim deve ser", acrescentou, "pois a Torre serve apenas aos Versados e poucos Escolhidos, para quem o Portal do Tempo é uma passagem de esperança e renascimento. E para os profanos esse portal é um pesadelo." Mal proferiu essas palavras, novamente a névoa cobriu tudo, negando essa visão encantada aos nossos olhos...

•

– A terra Cem Lagos – explicou Vysogota – hoje em dia chama-se Mil Trachta. É uma região lacustre muito extensa cortada pelo rio Yelena, localizada no norte de Metinna, perto da fronteira com Nazair e Mag Turga. Buyvid Backhuysen escreveu que iam até o lago vindos do Norte, de Assengard... Hoje Assengard já não existe mais, restaram apenas as ruínas. A cidade mais próxima é Neunreuth. Buyvid contou seiscentas léguas de distância desde Assengard. Havia vários tipos de léguas, mas podemos usar a contagem mais popular, segundo a qual seiscentas léguas dariam por volta de cinquenta milhas ao sul de Assengard, que fica a uma distância de aproximadamente trezentas e cinquenta milhas de Pereplut, onde estamos. Em outras palavras, você, Ciri, está a cerca de trezentas milhas da Torre da Andorinha. Montando sua Kelpie, isso levará mais ou menos duas semanas de viagem. Claro, na primavera. Não agora, porque daqui a um ou dois dias pode começar o frio.

– Desde então – murmurou Ciri e franziu o nariz, imersa em pensamentos – ficaram apenas ruínas de Assengard, sobre o qual andei lendo. E vi com meus próprios olhos a cidade élfica de Shaerrawedd em Kaedwen, estive lá. Os humanos tiraram e roubaram tudo, deixaram apenas pedras nuas. Aposto que de sua Torre da Andorinha também restaram apenas pedras, essas maiores, pois as menores provavelmente foram roubadas. Se havia mesmo um portal lá...

– Tor Zirael era mágica, visível só para alguns. E os teleportais nunca eram visíveis.

– Verdade – confirmou e ficou pensativa. – Esse em Thanedd não era visível. Surgiu de repente numa parede nua... Apareceu bem na hora certa, pois esse feiticeiro que me perseguia já estava muito próximo... Eu já o ouvia... E foi então que o portal surgiu, como por um comando.

– Tenho certeza de que, se você encontrasse Tor Zirael – falou Vysogota baixinho –, o teleportal de lá também apareceria, até por entre as ruínas e as pedras nuas. Tenho certeza de que você conseguiria achar e ativá-lo. E ele, tenho certeza, obedeceria a suas ordens. Pois eu acho, Ciri, que você é uma escolhida.

•

– Seus cabelos, Triss, são como as chamas à luz das velas. E seus olhos são como lápis-lazúli. Seus lábios são como corais...

– Pare, Crach. Você está embriagado? Me dê um pouco de vinho, por favor. E conte.

– O quê?

– Não finja! Sobre Yennefer e como decidiu navegar até o Abismo de Sedna.

•

– Me conte, Yennefer, como andam as coisas?

– Primeiro responda: quem são as duas mulheres com quem eu sempre cruzo quando vou a seu encontro? E que sempre me honram com olhares com os quais normalmente se dedica a merda de gato no tapete? Quem são elas?

– Você quer saber qual é o estado formal e legislativo ou o estado real?

– O segundo.

– São minhas esposas.

– Entendo. Portanto, explique-lhes, quando tiver oportunidade, que o que passou, passou.

– Já expliquei. Mas você sabe como são as mulheres. Não importa. Conte, Yennefer. O que me interessa é o progresso de seu trabalho.

– Infelizmente – a feiticeira mordeu os lábios – o progresso é quase nulo. E o tempo corre.

– Corre – o duque acenou com a cabeça. – E continua trazendo novas revelações. Recebi notícias do continente, devem interessar a você. São notícias da tropa de Vissegerd. Espero que você saiba quem é Vissegerd.

– O general de Cintra?

– Marechal. Comanda o exército composto de imigrantes e voluntários cintrenses que faz parte da tropa temeriana. Há um número suficiente de voluntários vindos das ilhas que servem lá para que eu tenha notícias de primeira mão.

– E quais são?

– Você chegou aqui, a Skellige, em dezenove de agosto, dois dias após a lua cheia. No mesmo dia, ou seja, dezenove, durante o combate nas proximidades do rio Ina, o corpo de Vissegerd prendeu um grupo de fugitivos entre os quais estava Geralt e seu conhecido, aquele trovador...

– Jaskier?

– Exatamente. Vissegerd acusou os dois de traição, prendeu-os e planejava mandar enforcar, mas os dois prisioneiros fugiram e chamaram os nilfgaardianos com quem estariam tramando um complô.

– Bobagem.

– Também acho. Mas fico pensando que o bruxo, ao contrário do que você pensa, talvez esteja bolando algum plano inteligente. Talvez queira salvar Ciri e por isso está tentando ganhar a graça de Nilfgaard...

– Ciri não está em Nilfgaard. E Geralt não tem nenhum plano. O planejamento não é o forte dele. Mas deixemos esse assunto. O importante é que estamos já em vinte e seis de agosto e eu ainda continuo com pouquíssimas informações. Muito poucas para fazer qualquer coisa... Só se...

Ficou em silêncio. Olhava pela janela, brincando com a estrela de obsidiana presa a uma gargantilha de veludo.

– Só se o quê? – Crach an Craite não aguentou.

– Em vez de debochar de Geralt, tentar seu método.

– Não entendo.

– Pode-se tentar o sacrifício, duque. A capacidade de se sacrificar traria lucros e consequências positivas... Até sob a forma de bênção da deusa, que valoriza e gosta de pessoas que se sacrificam e sofrem pela causa.

– Ainda não entendo – franziu o cenho. – Mas não estou gostando do que você diz, Yennefer.

– Eu sei. Também não estou gostando, mas eu já cheguei longe demais... O tigre já pode ter ouvido o berro do bezerro...

•

– Era isso o que eu temia – sussurrou Triss. – Era isso o que eu temia.

– O que significa que entendi bem naquela hora – as mandíbulas de Crach an Craite estalaram. – Yennefer sabia que alguém escutaria as conversas que ela mantinha através dessa máquina infernal. Ou que algum dos participantes da conversa cometeria uma traição pérfida...

– Ou as duas possibilidades ao mesmo tempo.

– Sabia – Crach rangeu os dentes. – Mas continuava se ocupando com seus assuntos. Então seria uma isca? Fingia saber mais do que realmente sabia para provocar o inimigo? E foi até o Abismo de Sedna...

– Lançando um desafio. Provocando. Arriscou demais, Crach.

– Eu sei. Não queria submeter nenhum de nós ao perigo... Além dos voluntários. Por isso pediu dois dracares...

•

– Os dois dracares que você me pediu, *Alkyone* e *Tamara*, estão a sua disposição. E uma equipe, claro. Guthlaf, o filho de Sven, comandará *Alkyone*. Ele quis ter essa honra, gostou de você, Yennefer. Asa Thjazi, um capitão que tem minha confiança absoluta, comandará *Tamara*. Pois é, quase esqueci. Meu filho, Hjalmar Caratorta será um dos integrantes da tripulação.

– Seu filho? Quantos anos tem?

– Dezenove.

– Você começou cedo, então.

– Olha lá, quem tem telhado de vidro não atira pedras no do vizinho. Hjalmar pediu para incorporá-lo na tripulação por motivos pessoais. Não pude negar.

– Por motivos pessoais?

– Você não conhece mesmo essa história?

– Não, conte-me.

Crach an Craite entornou o corno e sorriu ao pensar em suas lembranças.

– As crianças de Ard Skellig adoram andar de patins no gelo e mal conseguem esperar até o inverno começar. São as primeiras a sair, logo depois que o frio congela o lago, e pisam numa camada tão fina que não aguentaria o peso de um adulto. E, claro, a melhor brincadeira são as corridas. Pegar velocidade e correr com tudo, de uma ponta do lago à outra. E os meninos organizam competições chamadas de "salto de salmão": saltar de patins por cima de rochas que ficam na beira e que aparecem por cima da camada do gelo, como dentes de tubarão. Do mesmo jeito que um salmão quando salta contra a correnteza. A criança escolhe uma fileira suficientemente longa dessas rochas, pega velocidade... Ah! Eu também brincava assim quando era pirralho...

Crach an Craite ficou pensativo e sorriu.

– Claro – retomou a história –, quem ganhava essas competições se gabava disso, por conseguir saltar por cima da fileira mais longa de rochas. Ora, houve uma época em que essa honra com frequência cabia a seu humilde servo e atual interlocutor. E na época que mais nos interessa, meu filho, Hjalmar, é que era o campeão. Saltava por cima de pedras que nenhum dos meninos se atrevia a saltar. E andava com o nariz empinado, desafiando todos. Seu desafio foi aceito por Ciri, a filha de Pavetta de Cintra. Não era nem ilhoa, embora assim se considerasse, por passar mais tempo aqui do que em Cintra.

– Mesmo depois do acidente de Pavetta? Pensei que Calanthe lhe tivesse proibido de vir aqui.

– Você sabia disso? – olhou para ela com ar de suspeita. – Pois é, você sabe muito, Yennefer. Muito mesmo. A ira e as proibições de Calanthe não duraram mais que seis meses, depois Ciri voltou a passar os verões e invernos aqui... Andava de patins que nem uma endiabrada, mas saltar de "salmão" competindo com os meninos? E desafiar Hjalmar? Isso já era demais!

– E saltou – a feiticeira concluiu.

– Saltou. Essa pequena endiabrada de Cintra saltou. Uma verdadeira Leoazinha do sangue da Leoa. E Hjalmar, para não passar vergonha, teve que se arriscar a saltar por cima de uma fileira ainda mais longa de pedras. Arriscou. Quebrou a perna, quebrou o braço, quebrou quatro costelas e machucou o rosto. Ficará com uma cicatriz para sempre. Hjalmar Caratorta! E sua famosa noiva! Ha! Ha!

– Noiva?

– Você também não sabe? Você sabe tanto, mas não conhece essa história? Ela vinha visitá-lo quando estava de cama, recuperando-se do famoso salto. Lia para ele, contava histórias, segurava sua mão... E quando alguém entrava na câmara, os dois coravam feito duas papoulas. Hjalmar me comunicou então que estavam noivos. Fiquei louco de raiva. "Você vai noivar, pirralho, mas com um chicote!" Foi o que eu disse. Mas fiquei com um pouco de medo, pois suspeitava que a Leoazinha tinha sangue quente e que, no caso dela, tudo era feito às pressas, pois gostava de arriscar, para não dizer que não tinha muito juízo... Felizmente, Hjalmar estava todo envolto em bandagens e com talas, então não conseguiram fazer nenhuma asneira...

– Quantos anos eles tinham na época?

– Ele tinha quinze e ela quase doze.

– Então você exagerou um pouco com os anseios.

– Talvez um pouco. Mas Calanthe, a quem eu tive que contar tudo, não considerou o assunto tão banal assim. Sei que tinha planos matrimoniais para Ciri, acho que se tratava do jovem Tancredo Thyssen de Kovir, ou talvez Radowid da Redânia, não tenho certeza. Mas os boatos poderiam ter posto em xeque o projeto de casamento, até boatos sobre beijos inocentes ou carícias semi-inocentes. Calanthe mandou Ciri voltar para Cintra sem demora. A menina brigava, chorava aos prantos, lamentava, mas não adiantou nada. Não havia como discutir com a Leoa de Cintra. Depois, Hjalmar ficou deitado com o rosto virado para a parede por dois dias seguidos e não falava com ninguém. E quando se recuperou, queria roubar um esquife e navegar sozinho até Cintra. Apanhou com um cinto e recobrou o juízo. E depois...

Crach an Craite calou-se, ficou pensativo.

– Depois chegou o verão, e o outono, e todas as forças de Nilfgaard atacaram Cintra a partir da frente sul, pelas Escadas de Marnadal. E Hjalmar achou outra oportunidade para virar homem. Lutou com valentia contra os Negros em Marnadal, nas redondezas de Cintra, depois em Sodden. Em seguida, quando os dracares navegavam até o litoral nilfgaardiano com a espada na mão, Hjalmar vingava a noiva oculta, naquela época considerada morta. Eu não acreditava na morte de Ciri, pois não haviam ocorrido os fenômenos de que lhe falei... E agora, quando Hjalmar soube da possível expedição de socorro, alistou-se como voluntário.

– Obrigada por contar essa história, Crach. Relaxei enquanto ouvia. Esqueci minhas... angústias.

– Quando você parte, Yennefer?

– Nos próximos dias. Talvez até amanhã. Tenho apenas uma, a última telecomunicação para fazer.

•

Os olhos de Crach an Craite eram como os olhos de um açor, penetravam até o fundo, atravessavam.

– Triss Merigold, você não sabe, por acaso, com quem Yennefer conversou pela última vez antes de desmontar a máquina infernal? Na noite do dia vinte e sete para vinte e oito de agosto? Com quem? E sobre o quê?

Triss cerrou os olhos.

•

O raio de luz refratado pelo brilhante avivou com o brilho a superfície do espelho. Yennefer estendeu as duas mãos, proferiu o encanto. O reflexo ofuscante transformou-se em nebulosidade, e uma imagem começou a surgir de dentro da névoa. Era a imagem de uma câmara de paredes revestidas de tapeçarias de cores vibrantes.

Movimento na janela. E uma voz inquieta.

– Quem? Quem é?

– Sou eu, Triss.

– Yennefer? É você? Pelos deuses! De onde... Onde você está?

– Não importa onde eu estou. Não bloqueie, pois a imagem está oscilante. E tire o candelabro, pois está ofuscando.

– Já tiro, claro.

Embora fosse tarde, Triss não estava nua, nem de roupa social. Usava um vestido elegante, como sempre, abotoado até o pescoço.

– Podemos falar à vontade?

– Claro.

– Você está sozinha?

– Estou.

– Está mentindo.

– Yennefer...

– Não me enganará, pirralha. Conheço essa sua carinha, já tive muitas oportunidades de observá-la. Era a cara que você fazia quando começou o caso com Geralt nas minhas costas. Naquela época você usava essa mesma mascarazinha de puta ingênua que vejo agora. E agora ela tem o mesmo significado que naquela época.

Triss ficou rubra. E junto dela apareceu Filippa Eilhart, que usava um gibão masculino azul-marinho com um bordado de prata.

– Parabéns – disse. – Esperta como sempre, sagaz como sempre. Como sempre, difícil de entender. Fico feliz de vê-la com saúde, Yennefer, e contente de que esse tal teletransporte de Montecalvo não tenha terminado de forma trágica.

– Suponhamos que você realmente está feliz por causa disso – Yennefer contorceu os lábios. – Embora seja uma suposição um tanto arriscada. Mas deixemos esse assunto. Quem é que me traiu?

– Será que isso importa? – Filippa deu de ombros. – Já faz quatro dias que você entra em contato com sujeitos que têm a traição e a torpeza no sangue. E com sujeitos que você mesma instigou à traição. Um deles a traiu. É assim que as coisas funcionam. Não me diga que ficou surpresa.

– Claro que não fiquei – bufou Yennefer. – A melhor prova disso é que estou fazendo contato com vocês, pois não precisava.

– Não precisava mesmo. Isso significa que você tem algum interesse.

– Parabéns. Esperta como sempre, sagaz como sempre. Entrei em contato com vocês para garantir que o segredo de sua loja está seguro comigo. Não trairei vocês.

Filippa olhava para ela com os olhos semicerrados.

– Se contou com a possibilidade de ganhar tempo, sossego e segurança com essa declaração, você se superestimou – falou por fim. – Não vamos fingir, Yennefer. Você fez uma escolha quando fugiu de Montecalvo, declarou de que lado da barricada ia ficar. Quem não está com a loja está contra a loja. Agora você está tentando anteceder-nos na procura de Ciri, e seus motivos são contrários aos nossos. Você está agindo contra nós. Não quer que usemos Ciri em nossos planos políticos. Saiba então que faremos de tudo para que você não consiga usar a garota para seus fins sentimentais.

– Então declaramos guerra?

– Rivalidade – Filippa lançou um sorriso cheio de veneno. – Apenas rivalidade, Yennefer.

– Rivalidade justa e honrosa?

– Você deve estar brincando.

– Claro. No entanto, queria que uma coisa ficasse clara e precisa, levando em conta, aliás, algum lucro para mim mesma.

– Diga.

– Nos próximos dias, talvez até amanhã, acontecerá algo cujas consequências não posso prever. Pode ser que nossa rivalidade e competitividade de repente parem de ter sentido, por uma simples razão: faltará a rival.

Filippa Eilhart semicerrou os olhos pintados com sombra azul.

– Entendo.

– Façam então que eu recupere minha reputação e limpem meu nome após a morte. Para que não seja considerada traidora e cúmplice de Vilgefortz. Peço à loja que faça isso. Peço-lhe pessoalmente.

Filippa permaneceu calada por um instante.

– Rejeito seu pedido – disse enfim. – Sinto muito, mas a recuperação de sua reputação não é de interesse da loja. Se você morrer, morrerá como traidora. Será traidora e assassina para Ciri, pois será mais fácil manipular a garota.

– Antes que você faça algo que possa pôr sua vida em risco – Triss desembuchou de repente –, deixe-nos...

– Um testamento?

– Algo que nos permita... continuar... seguir seu rastro. Achar Ciri. Pois aqui se trata sobretudo do bem dela! E de sua vida! Yennefer, Dijkstra achou... certos vestígios. Se foi Vilgefortz que capturou Ciri, a menina corre o risco de uma morte terrível.

– Cale-se, Triss – rosnou Filippa Eilhart bruscamente. – Aqui ninguém barganhará, nem haverá negociações.

– Eu lhes deixarei pistas – falou Yennefer devagar. – Deixarei informações que consegui obter e revelarei o que planejei.

Deixarei um rastro que poderão seguir, mas nada de graça. Não querem que eu recupere minha reputação diante do mundo, então queimem no inferno, vocês e o mundo. Mas permitam que eu recupere minha reputação diante de um bruxo.

– Não – respondeu Filippa quase imediatamente. – Isso também não é do interesse da loja. Para seu bruxo você também permanecerá como traidora e bruxa torpe. Não é de interesse da loja que ele arrume confusão procurando vingança. E se ele a desprezar, não vai querer se vingar. De qualquer forma, parece que ele já está morto. Ou morrerá qualquer dia desses.

– Informações – sussurrou Yennefer – pela sua vida. Salve-o, Filippa.

– Não, Yennefer.

– Isso não faz parte dos interesses da loja – uma chama roxa fulgurou nos olhos da feiticeira. – Você ouviu, Triss? Essa é a loja à qual você pertence. Eis sua verdadeira cara, seus verdadeiros interesses. E o que você acha disso? Você foi mentora da garota, quase, como você própria falava, uma irmã mais velha. E Geralt...

– Yennefer, não brinque com as emoções de Triss – Filippa revidou o fulgor nos olhos. – Nós acharemos e socorreremos a garota sem sua ajuda. E se você tiver sucesso, então desde já veementemente agradeço, pois nos poupará muito esforço e fadiga. Você arrancará a menina das mãos de Vilgefortz e nós a arrancaremos das suas. E Geralt? Quem é Geralt?

– Você ouviu, Triss?

– Perdoe-me – sussurrou Triss Merigold. – Perdoe-me, Yennefer.

– Nunca, Triss. Nunca a perdoarei.

•

Triss olhava para o chão. Os olhos de Crach an Craite eram como os de um açor.

– No dia seguinte após essa última comunicação misteriosa – falou o duque das Ilhas de Skellige devagar –, essa comunicação sobre a qual você, Triss Merigold, não sabe nada, Yennefer partiu de Skellige, navegando em direção ao Abismo de Sedna. Quando perguntei por que ia exatamente para lá, me encarou e respondeu que planejava investigar as diferenças entre catástrofes naturais e não naturais. Partiu com dois dracares, *Tamara* e *Alkyone*, com tripulação composta apenas de voluntários. Isso aconteceu no dia vinte e oito de agosto, há duas semanas. Depois disso nunca mais a vi.

– Quando você soube...

– Cinco dias depois – interrompeu de forma um tanto grosseira. – Três dias depois da lua nova de setembro.

•

O capitão Asa Thjazi, sentado diante do duque, estava inquieto. Passava a língua nos lábios, remexia-se todo, contorcia os dedos de tal forma que eles até estalavam.

O rubro sol, que finalmente apareceu por entre as nuvens que cobriam o céu, abaixava-se lentamente sobre Spikeroog.

– Diga, Asa – ordenou Crach an Craite.

Asa Thjazi tossiu com força.

– Navegávamos com rapidez – começou a contar –, o vento era favorável, estávamos a uma velocidade de doze nós. Por isso já na noite de vinte e nove de agosto avistamos a luz do farol de Peixe de Mar. Desviamos um pouco para o oeste para não deparar com nenhum nilfgaardiano... E um dia antes da lua nova de setembro, de madrugada, chegamos à região do Abismo de Sedna. Foi então que a feiticeira pediu para falar comigo e com Guthlaf...

•

– Preciso de voluntários – disse Yennefer. – Só voluntários. O suficiente para navegar em um dracar. Não sei quantas pessoas é preciso para isso, não tenho conhecimento sobre essas coisas. Mas peço que não fique em *Alkyone* nem um homem a mais do que o estritamente necessário. E repito, só voluntários. O que planejo fazer... é muito arriscado. Mais do que uma batalha naval.

– Entendo – o velho senescal acenou com a cabeça, num gesto afirmativo. – E eu próprio me alisto primeiro. Senhora, eu, Guthlaf, filho de Sven, peço para ter essa honra.

Yennefer cravou seus olhos nele por um longo momento.

– Tudo bem – disse. – Será uma honra para mim.

•

– Eu também me alistei – falou Asa Thjazi. – Mas Guthlaf não deixou. Alguém, disse, tem que comandar *Tamara*. Por fim, quinze se alistaram. Entre eles, duque, estava Hjalmar.

Crach an Craite ergueu as sobrancelhas.

•

– Quantos são necessários? – repetiu a feiticeira. – Quantos são indispensáveis? Peço que você faça a conta precisa.

O senescal ficou calado por um tempo, fazia os cálculos.

– Conseguiremos com oito pessoas – falou finalmente. – Se não demorar muito… Mas estes aqui são todos voluntários, então não têm obrigação…

– Designe oito dentre esses quinze – interrompeu de forma brusca. – Indique você mesmo. E ordene que os escolhidos passem para *Alkyone*. Os restantes ficarão em *Tamara*. E eu designarei um que ficará: Hjalmar!

– Não, senhora! Não pode fazer isso comigo! Eu me alistei e permanecerei ao seu lado! Quero estar…

– Cale-se! Você ficará em *Tamara*! É uma ordem! Se você falar algo mais, mandarei amarrá-lo ao mastro!

•

– Conte, Asa.

– A feiticeira, Guthlaf e esses oito voluntários embarcaram em *Alkyone* e navegaram até o abismo. Nós, conforme a ordem, ficamos afastados, mas não tão longe deles. Porém o tempo, até então impressionantemente favorável, começou a fechar. Sim, era isso mesmo, duque, era uma coisa do diabo, pois com certeza era uma força do mal… Que me passem por baixo da quilha se estiver mentindo…

– Continue contando.

– Ali, onde nós estávamos, isto é, a bordo de *Tamara*, o mar estava sossegado. Apesar do vento e do céu coberto de nuvens, o dia tinha se transformado em noite. Mas lá, onde *Alkyone* estava, ali era o inferno. Um verdadeiro inferno...

•

A vela de *Alkyone* repentinamente bateu de forma tão violenta que ouviram o choque, apesar da distância que separava os dois dracares. O céu enegreceu, as nuvens formaram uma camada espessa. O mar que rodeava *Tamara* estava tranquilo, enquanto em volta de *Alkyone* a água estava revolta, agitada, com ondas estrondosas. Alguém gritou, de súbito. Em seguida ouviu-se outro grito, e depois de um momento todos estavam gritando.

Abaixo do cone formado por nuvens negras, *Alkyone* dançava sobre as ondas como uma rolha: girava, redemoinhava e saltava, submergindo nas ondas ora com a proa, ora com a popa. Às vezes o dracar sumia quase por completo do alcance de meus olhos. Às vezes aparecia só a vela listrada.

– É um feitiço! – alguém gritou de trás de Asa. – É magia diabólica!

O redemoinho girava *Alkyone* cada vez mais rápido. Os escudos foram arrancados com a força centrífuga dos bordos do dracar, zuniam no ar feito discos, e os remos estraçalhados voaram para todos os lados.

– Rize a vela! – gritou Asa Thjazi. – Aos remos! Vamos até lá! Vamos ajudar!

Já era tarde.

O céu sob *Alkyone* ficou negro, de repente a escuridão explodiu com zigue-zagues de relâmpagos que envolveram o dracar feito tentáculos de uma medusa. As nuvens giravam produzindo formas fantásticas e um terrível redemoinho. O dracar girava com uma velocidade impressionante. O mastro estalou feito um fósforo, a vela arrancada voou sobre as ondas enfurecidas como um enorme albatroz.

– Reme, com fé!

No entanto, ouviram o clamor dos que estavam em *Alkyone* por entre seus próprios gritos e o barulho ensurdecedor das forças da natureza. Era tão horripilante que ficaram todos arrepiados. Mesmo eles, lobos do mar, berkserkers sanguinários, navegadores que já haviam ouvido e visto quase tudo.

Alkyone continuava girando quando começou a erguer-se sobre as ondas. E erguia-se cada vez mais. Viram a água escorrer, a quilha coberta de moluscos e algas. Viram um vulto negro, uma silhueta que caía por entre as ondas. E outra. E mais uma.

– Eles estão saltando! – berrou Asa Thjazi. – Remem todos, não parem! Usem toda a força! Vamos ajudar!

Alkyone já subira uns bons cem côvados acima da superfície do mar, que estava revolto, enfurecido. Ainda girava no ar, com o leme rodando sem direção. Envolto por uma fogosa teia de relâmpagos, era sugado por uma força invisível para dentro das nuvens.

Subitamente uma explosão estourou, rasgando os ouvidos. *Tamara*, embora estivesse sendo projetada para a frente pela força de quinze pares de remos, de repente foi lançada para o alto e para trás, como se algo tivesse se chocado contra ela. O convés desabou sob os pés de Thjazi. Ele caiu, batendo a têmpora contra o bordo.

Não conseguia levantar-se sozinho. Foi ajudado por alguém. Estava desorientado, girava e sacudia a cabeça, cambaleava, balbuciava coisas sem sentido. Ouvia os gritos da tripulação como se estivesse longe. Aproximou-se do bordo cambaleando como um bêbado e encravou os dedos na borda.

O vento acalmou-se, as ondas sossegaram, mas o céu continuava negro por causa das nuvens que dançavam em redemoinho.

Não havia nem um vestígio de *Alkyone*.

•

– Duque, não ficou nem um vestígio. Apenas pedacinhos do aparelho, alguns panos... Mais nada.

Asa Thjazi interrompeu a história, olhando para o sol, que desaparecia atrás dos cumes arborizados de Spikeroog. Crach an Craite, pensativo, não o apressava.

– Não se sabe – Asa Thjazi voltou a contar, enfim – quantos conseguiram saltar para dentro do mar antes que *Alkyone* fosse sugado para dentro daquela nuvem diabólica. E não importa quantos, porque ninguém tinha chance de sobreviver. E nós, embora não poupássemos nem o tempo, nem as forças, conseguimos retirar só dois cadáveres. Dois cadáveres que boiavam na água. Só dois.

– A feiticeira – perguntou o duque com a voz alterada – não estava entre eles?

– Não.

Crach an Craite ficou calado por um longo momento. O sol escondeu-se completamente atrás de Spikeroog.

– Pereceu o velho Guthlaf, o filho de Sven – falou Asa Thjazi novamente. – Os caranguejos no fundo de Sedna devem tê-lo comido todo. A feiticeira também sumiu... Duque, as pessoas estão começando a falar... que ela é culpada por tudo e que foi castigada pelo mal que causou...

– Ofensas ridículas!

– Morreu no Abismo de Sedna – murmurou Asa. – No mesmo lugar que Pavetta e Duny... Que coincidência...

– Não foi coincidência – disse Crach an Craite com convicção. – Nem daquela vez, nem agora, com certeza não foi por acaso.

CAPÍTULO DÉCIMO

É justo que o infeliz sofra. Sua dor e humilhação decorrem das leis da natureza, e para que os fins da natureza se realizem é preciso que exista tanto o sofredor como os indivíduos que lhe causam problemas, os quais, entretanto, desfrutam de seu próprio êxito. É exatamente essa a verdade que deveria extinguir qualquer remorso na alma de um tirano ou um malfeitor. Que não se contenha e se entregue a todos os atos que possam nascer em sua imaginação, pois é a voz da natureza que lhe sugere tal atuação.

Se as inspirações secretas da natureza nos guiam ao mal, então obviamente é porque a existência do mal na natureza é imprescindível.

Donatien Alphonse François de Sade

O estampido e o estrondo das portas da cela – primeiro abertas, e logo em seguida fechadas – acordou a mais jovem das irmãs Scarra. A mais velha estava sentada à mesa, ocupada em raspar os restos de trigo-sarraceno grudados no fundo da vasilha de estanho.

– Como foi lá no tribunal, Kenna?

Joanna Selborne, chamada de Kenna, sentou-se no beliche sem dizer nada, apoiou os cotovelos nos joelhos e a testa nas mãos.

A jovem Scarra bocejou, arrotou e soltou um peido alto. Kohut, encolhido no beliche do lado oposto da cela, balbuciou algo em voz baixa e virou a cabeça. Estava zangado com Kenna, com as irmãs e com todo mundo.

Nas prisões comuns ainda se separavam os presos tradicionalmente de acordo com o sexo. Nas prisões militares o costume era outro. Foi o imperador Fergus var Emreis que lançara um decreto confirmando a igualdade de direitos dos sexos no Exército Imperial. Ordenou a emancipação, e que os direitos fossem iguais sob todos os aspectos e em toda a frente militar, sem nenhum tipo de exceção ou privilégio especial a qualquer um dos sexos.

A partir daquele momento os detentos nas prisões militares ou fortalezas ficavam juntos nas celas.

– E aí? – repetiu a mais velha das Scarras. – Vão soltar você?

– Pode crer – disse Kenna com amargura, ainda com a cabeça apoiada nas mãos. – Terei sorte se não me enforcarem. Droga! Confessei toda a verdade, não escondi nada. Bom, quase nada. E esses filhos da mãe, quando começaram a me interrogar, primeiro fizeram me passar por idiota perante todos, e depois concluíram que eu não sou uma pessoa confiável, mas sim uma criminosa, e finalmente me acusaram de ter participado de um complô cujo objetivo era organizar um golpe.

– Golpe – a mais velha das Scarras acenou com a cabeça, como se tivesse entendido perfeitamente do que se tratava. – Táááá, se for um golpe... Então lascou-se, Kenna.

– Como se eu não soubesse disso.

A jovem Scarra espreguiçou-se, outra vez abriu a boca num largo e alto bocejo, e como uma pantera saltou do segundo andar do beliche e chutou com um pontapé enérgico o banco de Kohut, que barrava seu caminho. Em seguida, cuspiu no chão ao lado do banco. Kohut rosnou, mas não se atreveu a fazer nada além.

Kohut estava terrivelmente zangado com Kenna. E tinha medo das irmãs.

Quando puseram Kenna em sua cela três dias antes, logo se descobriu que Kohut tinha outra visão sobre a emancipação das mulheres e a igualdade de direitos. No meio da noite jogou o cobertor na parte superior do corpo de Kenna com o intuito de se aproveitar da parte inferior. Provavelmente conseguiria fazer o que planejava se não fosse o fato de Kenna ser psiônica. A moça penetrou seu cérebro de tal maneira que Kohut uivou feito lobisomem e dançou dando pulos pela cela como se tivesse sido picado por uma tarântula. Kenna, movida por pura maldade, forçou-o por telepatia a se pôr de quatro e bater a cabeça ritmadamente contra a porta da cela revestida de chapa. Quando os guardas abriram a porta, alarmados pelo terrível estrondo, Kohut deu uma cabeçada em um deles e, em consequência, foi punido com cinco cacetadas e o mesmo tanto de chutes. Resumindo, Kohut não desfrutou do prazer planejado naquela noite. E ficou furioso com Kenna.

Nem se atreveu a pensar em revidar, pois no dia seguinte as irmãs Scarra foram colocadas na mesma cela. O sexo feminino dominava, e logo se descobriu que as convicções das irmãs sobre a igualdade dos sexos eram próximas às de Kohut, só que completamente invertidas quanto aos papéis atribuídos aos seus representantes. A jovem Scarra encarava o homem com um olhar feroz e proferia comentários provocadores, e a mais velha gargalhava esfregando as mãos em contentamento. O efeito era tal que Kohut dormia no banco que planejava usar quando fosse necessário defender sua honra. Porém suas chances e perspectivas eram quase nulas, pois ambas as Scarra serviam em tropas de linha e eram veteranas de várias batalhas, portanto não ficariam com medo de um banco. Se quisessem violá-lo, conseguiriam, mesmo se ele estivesse armado com um machado. Contudo, Kenna estava certa, ou quase certa, de que as irmãs estavam apenas brincando.

As irmãs Scarra estavam na cadeia por ter agredido um oficial. Kohut, que era mestre de provisões, estava envolvido numa investigação ligada a um grande e famoso caso de roubo de arcos militares que estava alcançando círculos cada vez mais altos.

– Lascou-se, Kenna – repetiu a Scarra mais velha. – Você se meteu numa bela cabala. Ou melhor, você foi metida nela. Diabos, não sei como você não se tocou, na hora, que era um jogo político.

– É.

Scarra olhou para ela sem saber como entender essa afirmação monossilábica. Kenna desviou o olhar.

"É óbvio", pensou, "que não vou falar o que não revelei aos juízes, isto é, sabia em que jogo me meti, ou como e quando me dei conta de tudo."

– Você mordeu a isca – a jovem Scarra, a menos esperta, afirmou sabiamente. Kenna tinha certeza de que ela não fazia ideia do que se tratava.

– E como terminou o caso daquela princesa cintrense? – a Scarra mais velha não desistia. – Vocês finalmente a pegaram, não é?

– Pegamos, se for o termo certo. Que dia é hoje?

– Vinte e dois de setembro. Amanhã é o Equinócio.

– Hummm! Que estranha coincidência. Então amanhã fará exatamente um ano daqueles acontecimentos... Já um ano...

Kenna espreguiçou-se no beliche, apoiando a nuca em suas mãos entrelaçadas. As irmãs estavam caladas. Esperavam que aquilo fosse apenas uma introdução à história.

"Nada disso, irmãs", Kenna pensou, olhando para os desenhos obscenos e frases ainda mais obscenas riscados nas tábuas do andar superior do beliche. "Não ouvirão nenhuma história. Não é nem pelo fato de o canalha Kohut feder a um cagueta de merda ou delator premiado. Simplesmente não quero falar sobre isso. Não quero relembrar.

Não quero relembrar o que aconteceu há um ano, depois que Bonhart fugiu de nós em Claremont.

"Chegamos lá com dois dias de atraso", lembrou-se. "O rastro já tinha esfriado. Ninguém sabia aonde o caçador de recompensas havia ido. Ninguém, salvo o comerciante Houvenaghel. Mas Houvenaghel não queria falar com Skellen, nem permitiu que entrasse em sua casa. Deixou um recado com os criados dizendo que não tinha tempo e que não concederia audiência. Coruja ficou amuado e zangado, mas o que podia fazer? Tratava-se de Ebbing, que não pertencia a sua jurisdição. E não havia como tratar com Houvenaghel de outro – nosso – modo, pois ele mantinha lá em Claremont sua tropa particular, e não se podia simplesmente provocar uma guerra...

"Boreas Mun andava farejando, Dacre Silifant e Ola Harsheim tentaram recorrer à corrupção, Til Echrade à magia élfica, eu tentara detectar e ouvir os pensamentos, mas o efeito não era satisfatório. Soubemos que Bonhart partira da cidade pelo portão sul. E que antes de partir..."

Em Claremont havia um pequeno templo, construído de madeira de lárice... junto do portão sul e da praça do mercado. Antes de partir de Claremont, Bonhart surrou Falka com um chicote em frente desse templo, na presença de todos, inclusive dos sacerdotes. Vozeirava, declarando que provaria quem era seu senhor e mestre, e que a treinava com um chicote porque estava com vontade, e que, se quisesse, poderia treiná-la até a morte, pois ninguém a defenderia, ninguém iria em seu socorro – nem os humanos, nem sequer os deuses.

A jovem Scarra olhava pela janela, pendurada na grade. A Scarra mais velha comia os restos do trigo-sarraceno da tigela. Kohut pegou o banco, deitou-se, e enfiou-se debaixo do cobertor.

Ressoou o sino da guarita, os sentinelas trocaram cumprimentos em seus postos na muralha.

Kenna virou o rosto para a parede.

"Alguns dias depois nos encontramos", pensou. "Eu e Bonhart. Cara a cara. Encarava seus olhos de peixe, desumanos, pensando apenas em uma coisa – como ele a espancara. E por um momento adentrei seus pensamentos... E foi como se tivesse metido a cabeça num túmulo revirado...

Foi no dia do Equinócio.

E no dia anterior, em vinte e dois de setembro, percebi entre nós a presença de um invisível."

•

Stefan Skellen, o legista imperial, ouvia sem interromper. Mas Kenna viu sua feição mudar.

– Repita, Selborne – disse devagar. – Repita, pois não consigo acreditar no que acabei de ouvir.

– Cuidado, senhor legista – murmurou. – Finja que está com raiva... Como se eu estivesse aqui a pedido, e o senhor estivesse negando... Isto é, para manter as aparências. Eu não estou enganada, tenho certeza. Faz dois dias que um invisível está no meio de nós. Um espião invisível.

Era preciso admitir que Coruja era inteligente, percebia tudo num instante.

– Não, Selborne, nego – disse em voz alta, embora evitasse exagerar tanto no tom da voz, como na expressão facial. – Todos têm que se submeter à disciplina. Não há exceções. Não permito!

– Pelo menos ouça, senhor legista – Kenna não tinha o talento de Coruja, portanto não conseguiu parecer natural, embora a artificialidade e a aflição da pedinte fossem toleráveis. – Pelo menos ouça...

– Diga, Selborne, mas seja breve e concreta!

– Faz dois dias que nos espiona – murmurou, fingindo apresentar suas razões com humildade. – Desde Claremont. Deve estar nos seguindo sorrateiramente. Aproxima-se nos acampamentos, invisível, anda no meio das pessoas, escuta.

– Anda escutando, droga de espião! – Skellen não precisava fingir nem a severidade, nem a raiva, pois sua voz até vibrava com fúria. – Como você conseguiu detectar?

– Anteontem, quando o senhor dava ordens ao senhor Silifant diante da taberna, o gato que dormia em cima da mesa rosnou e recolheu as orelhas. Achei aquilo suspeito, pois ninguém estava daquele lado... E depois percebi algo, como se fosse um pensamento e uma vontade alheios. Quando em volta há apenas pensamentos afáveis, comuns, para mim um pensamento alheio desse tipo, senhor legista, é como se alguém estivesse gritando alto... Fiquei ainda mais atenta, agucei os sentidos e percebi.

– Você consegue sentir sempre?

– Não. Nem sempre. Ele tem alguma proteção mágica. Sinto apenas quando está muito perto, e nem sempre. Por isso é preciso recorrer ao fingimento, pois não se sabe se não está por perto em determinado momento.

– O mais importante é não espantar – falou Coruja devagar. – O mais importante é não espantar... Eu o quero vivo, Selborne. O que você propõe?

– Vamos usar o método da empada.

– Empada?

– Fale mais baixo, senhor legista.

– Mas... Certo, não importa. Tudo bem. Fique à vontade para agir como quiser.

– Amanhã façam com que paremos em alguma vila para pernoitar. Eu tratarei do resto. E agora, para manter as aparências, me repreenda fervorosamente e eu me retirarei.

– Fico sem jeito repreendendo-a – sorriu de leve e piscou os olhos, assumindo imediatamente a cara soberba de um severo comandante. – Pois estou satisfeito com seu trabalho, senhora Selborne.

Disse "senhora". Senhora Selborne. Dirigiu-se a ela como se fosse oficial.

Piscou mais uma vez.

– Não! – disse e acenou com a mão, entrando em seu papel com maestria. – Nego o pedido! Retire-se!

– Sim, senhor legista.

•

No dia seguinte, ao cair da tarde, Skellen ordenou uma parada na vila localizada às margens do rio Lete. A vila era rica e protegida por uma paliçada. Entrava-se por um portão elegante feito de frescas vigas de pinheiros novos. A vila chamava-se Unicorne e o nome derivava de uma pequena capela de pedra em que havia um boneco de palha em forma de unicórnio.

"Eu me lembro", Kenna recordou-se, "que soltamos uma gargalhada quando vimos esse ídolo de palha, e o alcaide explicou com uma cara séria que o sagrado unicórnio que protegia a vila antigamente era de ouro, depois de prata, de cobre, havia algumas versões feitas de ossos e algumas de madeira nobre. Mas todas foram furtadas ou roubadas. Havia pessoas que vinham de longe para furtá-lo ou roubá-lo. A paz estabeleceu-se só a partir do momento em que o unicórnio foi feito de palha.

Montamos um acampamento na vila. Skellen, conforme fora combinado, ocupou o salão público.

Após menos de uma hora transformamos o invisível espião numa empada. De um modo clássico e simples."

•

– Aproxime-se – ordenou Coruja em voz alta. – Aproxime-se e dê uma olhada neste documento... Já! Todos já estão aqui? Não vou explicar duas vezes.

Ola Harsheim, que acabara de beber de uma caneca um pouco de nata misturada com leite coalhado, lambeu os lábios, limpou o bigode de nata, guardou o recipiente, olhou em volta e contou. Dacre Silifant, Bert Brigden, Neratin Ceka, Til Echrade, Joanna Selborne...

– Falta Dufficey.

– Chamem-no.

– Kriel! Duffi Kriel! Venha até o comandante para receber as instruções e ordens importantes! Ande, já!

Dufficey Kriel entrou na sala arfando.

– Todos estão aqui, senhor legista – declarou Ola Harsheim.

– Deixem a janela aberta. Está fedendo tanto a alho que dá vontade de vomitar. Abram a porta também para o ar circular.

Brigden e Kriel seguiram as ordens e abriram a janela e a porta. Kenna constatou, mais uma vez, que Coruja era um ator muito convincente.

– Aproximem-se, senhores. Recebi este documento, confidencial e importantíssimo, do imperador. Prestem atenção, por favor...

– Agora! – vociferou Kenna, enviando um forte impulso cujo efeito sobre os sentidos assemelhava-se ao do relâmpago.

Ola Harsheim e Dacre Silifant pegaram as canecas e derramaram a nata simultaneamente na direção apontada por Kenna. Til Echrade jogou impetuosamente uma boa medida de farinha que mantinha escondida sob a mesa. No chão da sala materializou-se uma silhueta de farinha e nata, inicialmente disforme. Mas Bert Brigden estava atento. Avaliou, sem erro, onde estava a cabeça da empada e bateu contra ela, com toda a força, uma frigideira de ferro fundido.

Em seguida, todos caíram por cima do espião empanado de nata e farinha, tiraram de sua cabeça o gorro da invisibilidade, agarraram suas mãos e pernas. Viraram a mesa com o tampo para baixo e prenderam os membros do cativo às pernas da mesa. Tiraram seus sapatos e meiões e enfiaram um deles na garganta escancarada, pronta para soltar um grito.

Para terminar a obra, Dufficey Kriel deu um pontapé violento nas costelas do cativo e os outros viram, contentes, seus olhos saltarem das órbitas.

– Bem feito – avaliou Coruja, que não se moveu durante o acontecimento incrivelmente breve. Mantinha a mesma posição, com os braços cruzados no peito.

– Ótimo trabalho. Parabéns. Sobretudo para a senhora Selborne.

"Droga", Kenna pensou. "Se continuar assim, terei chances de realmente virar oficial."

– Senhor Brigden – disse Stefan Skellen com frieza. Estava em pé, erguendo-se sobre o cativo sentado, com os pés presos à mesa. – Coloque, por favor, o ferro no fogo. Senhor Echrade, por favor certifique-se de que nas proximidades do salão público não há crianças.

Inclinou-se, mirou o cativo nos olhos.

– Você não aparecia havia muito tempo, Rience – disse. – Já estava preocupado, pensando se tinha acontecido alguma desgraça.

•

O sino da guarita dobrou. Era o sinal de troca de guarda. As irmãs Scarra roncavam melodiosamente. Kohut estalava a língua, sonhava e segurava o banco.

Kenna lembrou que esse tal de Rience se fingia de valentão, de corajoso. O feiticeiro Rience transformado numa empada e amarrado às pernas da mesa com os pés descalços para cima. Fingia-se de valentão, mas não conseguiu enganar ninguém, especialmente a mim. Coruja avisara que se tratava de um feiticeiro, portanto emaranhava seus pensamentos para que não pudesse fazer uso da magia ou procurar ajuda mágica. Aproveitei a ocasião também para lê-lo. Bloqueava o acesso, mas quando cheirou a fumaça que subia do carvão na fogueira, em que se aquecia o ferro, sua proteção e seus bloqueios mágicos furaram que nem cueca velha e eu pude fazer a leitura à vontade. Seus pensamentos eram como os de qualquer pessoa na mesma situação, pessoas que em breve seriam torturadas. Eram pensamentos errantes, trêmulos, cheios de medo e desespero. Pensamentos frios, viscosos, molhados e fétidos. Como as vísceras de um cadáver.

Mesmo assim, quando retiraram a mordaça, o feiticeiro Rience tentava se fingir de valente.

•

– Tudo bem, Skellen! Vocês me pegaram. Venceram! Parabéns. Curvo-me diante da técnica, da competência e do profissionalismo. São homens muito bem treinados, de dar inveja. E agora, por favor, me livrem desta posição incômoda.

Coruja pegou uma cadeira, sentou-se nela com as pernas escancaradas e apoiou as mãos entrelaçadas e o queixo no encosto. Encaravam o cativo ao chão. E estava calado.

– Ordene que me soltem, Skellen – repetiu Rience. – E depois mande que os subordinados se retirem daqui. O que tenho para dizer deve ser dirigido só a seus ouvidos.

– Senhor Brigden – perguntou Coruja, sem virar a cabeça. – Qual é a cor do ferro?

– Só um instantinho, senhor legista.

– Senhora Selborne?

– É um pouco difícil ler agora – Kenna deu de ombros. – Está assustado demais, o medo sufoca todos os outros pensamentos. E há um monte de pensamentos, pode crer. Entre eles, alguns que está tentando esconder atrás de biombos mágicos. Mas não é nada difícil para mim, posso...

– Não vai ser necessário. Tentaremos da maneira clássica, com ferro em brasa.

– Diabos! – urrou o espião. – Skellen! Você não pretende...

Coruja inclinou-se, a expressão em seu rosto alterou-se levemente.

– Primeiro: senhor Skellen – falou devagar. – Segundo: sim, com certeza pretendo mandar que assem as solas de seus pés, Rience. E farei isso com uma enorme satisfação, pois tratarei o assunto como justiça secular. Aposto que você não está entendendo.

Rience permanecia calado, então Skellen continuou:

– Pois veja, Rience. Eu havia aconselhado a Vattier de Rideaux que assassem seus calcanhares já há sete anos, quando você tentava bajular o serviço secreto imperial feito um cachorro, implorando clemência e o privilégio de ser um traidor e agente duplo. Eu repeti o mesmo conselho há quatro anos, quando você lambia o saco de Emhyr, intermediando nos contatos com Vilgefortz, quando na ocasião da caça à cintrense você foi promovido da posição de simples e pequeno traidor a quase cidadão de primeira categoria. Fiz uma aposta com Vattier de que você, assado, confessaria a quem servia... Não, não foi assim. Que você entregaria todos a quem servia. E todos a quem traía. E eu disse então: "Você verá e se espantará, Vattier, em quantos pontos as duas listas convergem." Infelizmente, Vattier de Rideaux não me escutou. E agora deve estar arrependido. Mas não faz mal. Vou assá-lo só um pouquinho e quando conseguir as informações das quais preciso, o entregarei à disposição de Vattier. E ele o esfolará, aos poucos, pedacinho por pedacinho.

Coruja tirou um lenço e um frasco de perfume do bolso. Respingou o perfume em abundância no lenço e levou até o nariz. O perfume cheirava a almíscar e era agradável, mas mesmo assim Kenna ficou enjoada.

– O ferro, senhor Brigden.

– Eu estou seguindo vocês conforme ordem de Vilgefortz! – berrou Rience. – É por causa da garota! Ao seguir a unidade de vocês esperava chegar antes a esse caçador de recompensas. Eu ia tentar barganhar o valor da garota! Barganhar com ele, não com vocês! Pois vocês querem matá-la e Vilgefortz precisa dela viva! O que mais vocês querem saber? Falarei tudo! Tudo!

– Peraí, peraí! – gritou Coruja. – Devagar! Vou ficar com dor de cabeça por causa desse barulho e do excesso de informações. Os senhores imaginam o que acontecerá quando o assarmos? Soltará uma enxurrada de informações!

Kriel e Silifant gargalharam, mas nem Kenna, nem Neratin Ceka se juntaram à alegria. Tampouco Bert Brigden, que acabara de tirar a vara de ferro da brasa e a fitava com um olhar crítico. O ferro estava em brasa tão quente que parecia transparente, como se não fosse ferro, mas um tubo de vidro cheio de fogo líquido.

Rience viu o ferro e ganiu.

– Eu sei como achar o caçador e a garota! – gritou. – Eu sei! Eu vou falar!

– Claro.

Kenna ainda tentava ler seus pensamentos e até franziu o cenho quando recebeu a onda de uma raiva desesperada e impotente. Algo mais estourou no cérebro de Rience, mais um bloqueio. "Apavorado", Kenna pensou, "confessará algo que pretendia manter em segredo até o fim como trunfo, um ás com o qual poderia trunfar outros ases na última rodada decisiva pela oferta mais alta. E agora, por causa do simples medo nojento diante da dor, usará esse ás como carta mais fraca."

De repente, algo estourou em sua cabeça. Sentiu um calor em suas têmporas e logo em seguida um frio.

E já sabia, conhecia o pensamento secreto de Rience.

"Deuses", pensou. "Em que cabala eu me meti..."

– Vou falar! – o feiticeiro urrou, ficou rubro e encravou os olhos esbugalhados no rosto do legista. – Eu falarei algo realmente importante, Skellen! Vattier de Rideaux...

Repentinamente, Kenna ouviu outro pensamento alheio. Viu Neratin Ceka aproximar-se da porta com um punhal na mão.

Ressoou o estrondo de botas batendo contra o chão, e Boreas Mun adentrou o salão público com ímpeto.

– Senhor legista! Rápido, senhor legista! Vieram... Não vai acreditar quem chegou!

Com um gesto Skellen reteve Brigden, que se curvava com o ferro na mão em direção aos calcanhares do espião.

– Você deveria jogar na loteria, Rience – disse, olhando pela janela. – Nunca em minha vida encontrarei alguém igualmente sortudo.

Via-se uma multidão pela janela. No meio dela, um casal a cavalo. Kenna já sabia quem era. Sabia quem era o magro gigante de olhos baços de peixe sobre o robusto alazão.

E quem era a garota de cabelos cinzentos montada na formosa égua negra, com as mãos amarradas e uma gargalheira no pescoço. E com um hematoma na bochecha inchada.

•

Vysogota voltou para casa de péssimo humor, abatido, calado, até zangado por causa da conversa com o camponês que viera de canoa para pegar as peles. "Talvez seja a última vez antes da primavera", disse o camponês. "O tempo está piorando de um dia para o outro, a garoa e o vento são tão fortes que é um perigo navegar nas águas. De manhã, os poços congelam, é só esperar pelas nevascas e, depois delas, pelo frio. E é só observar para ver o rio e o lago ficarem parados. Estará na hora, então, de guardar a canoa na choupana e tirar o trenó. Mas em Pereplut não há nem como andar de trenó, pois está cheio de turfeiras..."

O camponês tinha razão. À tarde o tempo fechou, flocos brancos começaram a cair do céu. O violento vento oriental esmagava a vegetação seca, fazia ondas brancas dançarem pela superfície da água. Um frio penetrante e severo tomou conta de tudo.

"Depois de amanhã", Vysogota pensou, "é a festa Saovine. De acordo com o calendário élfico, daqui a três dias começará o ano novo. De acordo com o calendário dos humanos, era preciso esperar mais dois meses."

Kelpie, a égua negra de Ciri, batia os cascos e relinchava no estábulo.

Quando entrou na casa, Ciri remexia os baús. Ele lhe dera permissão para fazer isso, até a incentivara. Primeiro, era mais uma atividade nova além de montar Kelpie e revirar os livros. Segundo, nos baús havia muitas coisas que pertenciam a sua filha, e Ciri precisava de roupa mais quente – umas mudas de roupas, pois nos longos e úmidos dias de frio a roupa lavada demorava a secar.

Ciri escolhia, provava, selecionava, guardava de volta. Vysogota sentou-se à mesa. Comeu duas batatas cozidas e uma asa de galinha. Permanecia calado.

– Bom trabalho. – Mostrou-lhe os objetos que ele não via fazia anos e até esquecera que tinha. – Também pertenciam a sua filha? Gostava de andar a cavalo?

– Adorava. Mal conseguia esperar o inverno chegar.

– Posso ficar com isto?

– Pegue o que você quiser – deu de ombros. – Eu não faço nenhum proveito disso. Se forem de algum uso para você, e se o sapato calçar bem... Mas será que você está fazendo as malas, Ciri? Está se preparando para partir?

Fixou o olhar numa pilha de roupa.

– Sim, Vysogota – disse após um momento de silêncio. – Foi o que decidi. Pois veja... Não tenho tempo a perder.

– Seus sonhos.

– Sim – admitiu após um instante. – Vi coisas desagradáveis em meus sonhos. Não tenho certeza se já aconteceram ou se os sonhos mostram apenas o futuro. Não sei se conseguirei prevenir... Mas preciso ir. Pois veja, num certo momento fiquei ressentida com meus próximos que não vieram me ajudar e que me deixaram à mercê do destino... E agora parece que são eles que precisam de minha ajuda. Preciso ir.

– O inverno está chegando.

– É exatamente por isso que preciso ir. Se eu permanecer, vou ficar presa aqui até a primavera... Vou ficar presa pela inércia e a incerteza, assombrada por pesadelos. Preciso ir agora, tentar achar essa Torre da Andorinha. Esse teleportal. Você mesmo contou que eram quinze dias de caminho até o lago. Chegaria lá antes da lua cheia de novembro...

– Você não pode sair do esconderijo agora – falou com dificuldade. – Agora não. Vão pegá-la. Ciri... Seus perseguidores... estão muito próximos. Você não pode ir agora...

Jogou a blusa no chão e levantou-se num salto, como se tivesse sido empurrada por uma mola.

– Você soube algo – afirmou com veemência. – Do camponês que comprou as peles. Fale.

– Ciri...

– Fale, por favor!

Falou. E depois se arrependeu.

•

– Parece que foram mandados pelo diabo, senhor eremita – murmurou o camponês, interrompendo por um instante a contagem das peles. – Parece que foi o próprio diabo. Perambulam pelas florestas à procura de uma garota desde o Equinócio. Ameaçavam, gritavam, intimidavam, mas logo seguiam adiante, até então não conseguiram provocar maiores danos. Mas agora tiveram outra ideia: montaram em algumas vilas e povoações um tipo de... *vazias*, ou algo assim. Só o diabo sabe que tipo de *vazias* são. Não ficam nem cheias, nem desocupadas, nelas simplesmente ficam três ou quatro patifes que só trazem desgraça. Parece que vão ficar assim de tocaia durante todo o inverno para ver se a garota que perseguem por acaso não sai do esconderijo e aparece na vila. É nessa hora que essa *vazia* deve pegá-la.

– Estão em sua vila também?

O camponês ficou soturno e rangeu os dentes.

– Em minha vila não. Tivemos sorte. Mas em Dun Dâre, a meio dia de distância de nós, há quatro deles. Estão aquartelados na taberna que fica no confim da vila. Canalhas, senhor eremita, canalhas infernais, cafajestes. Já estavam assediando as meninas quando os homens da vila foram defendê-las. Aí, os espancaram, sem piedade. Até a morte...

– Mataram?

– Dois. O alcaide e mais um. Existe algum castigo para esse tipo de patifes? E a lei? Não há nem castigo, nem lei! Um tal de construtor de carruagens que chegou a nossa vila fugido de Dun Dâre com sua esposa e filha dizia que antigamente havia bruxos no mundo... E eles é que botavam ordem em qualquer tipo de canalhice. Era preciso chamar um bruxo a Dun Dâre para que acabasse com esses patifes...

– Os bruxos matavam monstros, não gente.

– São canalhas, senhor eremita, não são gente. São canalhas infernais. Era preciso um bruxo para acabar com eles, só um bruxo conseguiria... Mas está na hora de eu ir, senhor eremita... Pois vem o frio! Está na hora de guardar a canoa e tirar o trenó... E é preciso arrumar um bruxo para acabar com esses canalhas de Dun Dâre...

•

– Certo – repetiu Ciri com os dentes cerrados. – Certíssimo. É preciso arrumar um bruxo... Ou uma bruxa. São quatro? Em Dun Dâre? E onde fica esse tal de Dun Dâre? Rio acima? Chegaria lá pelas ilhotas?

– Pelos deuses, Ciri – Vysogota assustou-se. – Você não está falando sério...

– Não chame os deuses se você não acredita neles. Pois eu sei que não acredita.

– Deixemos em paz minha mundividência! Ciri, que ideias diabólicas surgem em sua cabeça! Como você pode...

– Agora você, Vysogota, deixe minha mundividência em paz. Eu sei o que devo fazer! Sou bruxa!

– Você é jovem e desequilibrada! – estourou. – Você é uma criança que passou por experiências traumáticas, uma criança magoada, neurótica e prestes a ter um colapso nervoso. E ferve em você o desejo de vingança! Foi ofuscada pelo desejo de desforra! Será que não entende?

– Entendo melhor do que você! – gritou. – Pois você não tem a mínima ideia do que significa ter sido magoado! Não tem a mínima ideia sobre o que é vingança, pois ninguém nunca lhe causou um mal verdadeiro!

Bateu a porta, e um vento frio penetrou por um momento pela sala do casebre. Ciri saiu correndo. Após um instante, ouviram-se um relincho e estrondo de cascos.

Exaltado, bateu o prato contra o tampo da mesa. "Pode ir", pensou zangado, "que se livre de toda a raiva." Não estava preocupado com ela, pois andava pelos pântanos com frequência, de dia e de noite, conhecia as trilhas, os diques, as ilhotas e as florestas. E mesmo que ela se perdesse, bastava apenas soltar as rédeas, a negra Kelpie conhecia o caminho de volta para casa, para o estábulo que dividia com a cabra.

Após algum tempo, quando já estava escuro, saiu e pendurou a lanterna no poste. Ficou junto da cerca viva, atento ao som da batida de cascos ou do chapinhar da água. Entretanto, o vento e o rumor dos caniços abafavam qualquer barulho, a lanterna no poste balançava raivosamente e por fim se apagou.

Foi então que o ouviu. À distância. Não vinha da direção em que Ciri havia ido. Vinha da direção oposta, dos pântanos.

Um urro selvagem, desumano, prolongado e lamentoso. Um ganido.

Um momento de silêncio.

E mais uma vez. Beann'shie.

A assombração élfica. O presságio da morte.

Vysogota tremeu de frio e de medo. Voltou logo para o casebre, balbuciando e entoando uma canção baixinho para abafar o som, para não ouvi-lo, pois não era algo que se podia ouvir.

Antes que conseguisse reacender a lanterna, Kelpie surgiu por entre a escuridão.

– Entre no casebre – disse Ciri, com mansidão e delicadeza. – E não saia. Que noite horrível!

•

Discutiram de novo no jantar.

– Parece que você sabe muito sobre os problemas do bem e do mal!

– Pois eu sei mesmo! E meu conhecimento não vem dos livros acadêmicos!

– Claro que não. Você sabe tudo por experiência própria. Pela prática, já que ganhou muita experiência nesses dezesseis longos anos de sua vida.

– Ganhei bastante experiência, o suficiente!

– Parabéns, minha sábia amiga.

– Você debocha sem nem sequer ter a mínima ideia de quanto mal vocês causaram ao mundo. Vocês, cientistas obsoletos, teóricos, com seus livros, com uma experiência centenária de ler os tratados morais com tanta meticulosidade, sujeitos que nem tiveram tempo de olhar pela janela para ver o mundo lá fora. Vocês, filósofos, que sustentam de forma artificial filosofias artificiais para receber sua remuneração nas universidades. E já que ninguém lhes pagaria pela verdade desagradável sobre o mundo, inventaram a ética e a moral, ciências agradáveis e otimistas. Só que mentirosas e enganosas!

– Não há nada mais enganoso do que um julgamento impensado, pirralha! Ou uma sentença apressada e insensata!

– Vocês não acharam o remédio para o mal! E eu, uma bruxa pirralha, achei, sim! Um remédio infalível!

Não respondeu, mas a expressão em seu rosto deve tê-lo desmascarado, pois Ciri levantou-se com ímpeto da mesa.

– Você acha que estou falando besteiras? Que estou jogando palavras ao vento?

– Acho que você está irritada – disse com calma. – E acho que a vingança que está planejando é causada por essa irritação. E por isso aconselho que se acalme.

– Estou calma. E a vingança? Responda-me: por que não? Por que deveria renunciar à vingança? Em nome de quê? De uma razão suprema? E não seria a razão suprema a maldade ser castigada? Para sua filosofia e sua ética, a vingança é uma ação desagradável, repreensível, que não segue os preceitos da ética. Enfim, é ilegal. E eu pergunto: onde está o castigo pelo mal praticado? Quem é que deve determiná-lo, declará-lo e administrá-lo? Quem? Os deuses nos quais você não acredita? O grande demiurgo-criador com o qual você decidiu substituí-los? Ou talvez a lei? Talvez a justiça nilfgaardiana, os tribunais imperiais, os prefeitos? Seu velho ingênuo!

– Então, olho por olho, dente por dente? Sangue por sangue? E por este sangue, outro sangue ainda? Um mar de sangue? Você quer afogar o mundo em sangue, garota magoada e ingênua? É assim que você quer combater o mal, bruxa?

– Isso mesmo. Exatamente assim! Pois eu sei com o que o Mal se amedronta. E não é com sua ética, Vysogota, nem com os sermões ou tratados sobre a vida digna. O Mal tem medo da dor, da deficiência, do sofrimento e da morte! O Mal magoado uiva de dor que nem um cão! Esfrega-se no chão e geme vendo o sangue jorrar das veias e artérias, vendo os ossos que saltam dos cotocos, as vísceras rastejando para fora da barriga, sentindo que junto com o frio vem a morte. Só então é que o Mal fica com os cabelos arrepiados e grita: "Tenha piedade! Arrependo-me dos pecados! Serei bom e digno, juro! Mas me socorram, estanquem o sangue, não deixem que sucumba de forma tão miserável!"

– Sim, eremita. É assim que se combate o Mal! Se o Mal quer prejudicá-lo ou magoá-lo, anteceda-o, de preferência quando o Mal menos o espera. E, se você não conseguir anteceder o Mal, se ele conseguir magoá-lo primeiro, então tire desforra! Pegue-o, de preferência quando já tiver se esquecido de tudo, quando se sentir seguro. Tire desforra em dupla ou até tripla medida. Olho por olho? Não! Dois olhos por um olho! Dente por dente? Não! Todos os dentes por um! Vingue-se do Mal! Faça que uive de dor, que suas órbitas oculares estourem de tanto uivar. E aí então, ao olhar para o chão, poderá dizer com certeza e convicção: o que jaz aqui já não magoará ninguém, não constituirá perigo a ninguém. Pois como se pode ameaçar alguém sem possuir olhos? Ou as duas mãos? Como se pode magoar alguém se suas tripas rastejam pelo chão e a areia sorve seu sangue?

– E você – falou devagar o eremita – está com a espada ensanguentada na mão, olhando para a areia ensopada de sangue. E você tem a pouca-vergonha de pensar que dessa maneira é que se resolveu esse eterno dilema, cumpriu-se o sonho dos filósofos. Você acha que a natureza do Mal foi alterada?

– Acho que sim – disse com orgulho. – Pois aquilo que jaz no chão e jorra com sangue já não é o Mal. Talvez ainda não seja o Bem, mas certamente não é o Mal!

– Dizem – falou devagar Vysogota – que a natureza não suporta o vácuo. Aquilo que jaz no chão, que jorra com sangue, que foi derrubado por sua espada, já não é o Mal. O que é, então? Você já havia pensado nisso antes?

– Não. Sou bruxa. Quando me instruíam, prometi a mim mesma que combateria o Mal. Sempre. E sem pensar, já que quando você começa a pensar – balbuciou – o ato de matar deixa de ter sentido. A vingança deixa de ter sentido. E isso não se pode permitir.

Balançou a cabeça, e com um gesto o impediu de recorrer a qualquer argumentação.

– Está na hora de eu terminar a contar minha história, Vysogota. Segui contando por mais de trinta noites, desde o Equinócio até o Saovine. E ainda não contei tudo. Antes que eu parta, você precisa saber o que aconteceu no dia do Equinócio na vila que se chamava Unicorne.

•

Gemeu quando a retirava da sela. Sentia dor no quadril, onde ele a espancara no dia anterior.

Puxou com força a corrente presa à gargalheira e arrastou-a em direção a um edifício claro.

À porta do edifício havia alguns homens armados e uma mulher alta.

– Bonhart – falou um dos homens, um moreno esbelto de rosto magro que segurava um azorrague com ponta de latão. – É preciso admitir que você sabe causar surpresa.

– Meus cumprimentos, Skellen.

O homem chamado Skellen a encarou durante um bom tempo. Estremeceu diante desse olhar.

– E então? – dirigiu-se novamente a Bonhart. – Você prestará esclarecimentos logo ou aos poucos?

– Não gosto de prestar esclarecimentos do lado de fora, pois as moscas entram na boca na hora de falar. Podemos entrar na sala?

– Faça o favor.

Bonhart puxou a corrente presa à gargalheira.

Na sala havia mais um homem à espera, pálido e com os cabelos arrepiados. Parecia ser cozinheiro, pois estava ocupado limpando a roupa dos restos de farinha e nata. Seus olhos brilharam quando viu Ciri. Aproximou-se.

Não era cozinheiro.

Reconheceu-o logo. Não esquecera aqueles olhos repugnantes e a cicatriz no rosto. Era o sujeito que a perseguira em Thanedd junto com os Esquilos. Conseguiu fugir dele saltando pela janela. Mas ele ordenou que os elfos saltassem atrás dela. Como foi que aquele elfo o chamou? Rens?

– Veja só! – disse com sarcasmo, cutucando-a no peito vigorosamente com o dedo, causando dor. – Senhorita Ciri! Não nos vemos desde Thanedd. Ando a sua procura há muito, muito tempo. E finalmente a achei!

– Não sei, senhor, quem é – disse Bonhart com frieza. – Mas aquilo que declara supostamente ter achado pertence a mim, portanto mantenha suas mãos longe dela, se preza seus dedinhos.

– Chamo-me Rience – os olhos do feiticeiro brilharam asquerosamente. – Lembre-se disso, por favor, senhor caçador de recompensas. E logo saberá quem eu sou. E logo vai descobrir a quem essa garota pertencerá. Mas não antecipemos os acontecimentos. Por enquanto, quero apenas cumprimentá-la e fazer uma promessa. Suponho que não tenha nada contra isso.

– Tem todo o direito de supor.

Rience aproximou-se de Ciri e mirou em seus olhos.

– Uma vez, sua tutora, a bruxa Yennefer – falou devagar e em tom de deboche –, me prejudicou. E quando caiu em minhas mãos, eu, Rience, ensinei-lhe o que era dor. Com estas mãos e com estes dedos. E lhe fiz uma promessa de que quando a pegasse, princesa, também iria ensinar-lhe o que é a dor. Com estas mãos e estes dedos...

– Está arriscando – falou Bonhart em voz baixa. – Está arriscando muito, senhor Rience, ou seja qual for seu nome, irritando minha garota e ameaçando-a. Ela é vingativa, sabe guardar rancor. Repito, mantenha suas mãos, seus dedos e qualquer outra parte de seu corpo longe dela.

– Chega – interrompeu Skellen, sem tirar o olhar curioso de Ciri. – Pare, Bonhart. Você, Rience, também se contenha. Eu lhe concedi clemência, mas posso mudar de ideia e ordenar que o amarrem de novo às pernas da mesa. Sentem-se, os dois. Conversemos como gente culta. Nós três, olhos nos olhos. Pois acho que há um assunto a ser abordado. O objeto de nossa conversa permanecerá, entretanto, sob custódia. Senhor Silifant!

– Vigie-a bem – Bonhart entregou a ponta da corrente a Silifant. – Não tire os olhos dela.

•

Kenna ficou um pouco afastada. Obviamente, queria dar uma olhada na garota, que ultimamente provocara tanto alvoroço, mas sentia uma estranha aversão a se enfiar por entre a multidão que cercava Harsheim e Silifant e que levava a misteriosa cativa até o poste no pátio.

Todos se amontoavam, esbarravam, observavam. Até tentavam apalpar, empurrar ou puxar. A garota andava de forma rígida, mancava levemente, mas mantinha a cabeça erguida. "Bateu nela", Kenna pensou. "Mas não conseguiu abatê-la."

– Pois é, é essa tal de Falka...

– Essa garota é quase uma criança!

– Garota, pft! Assassina!

– Essa besta teria matado seis homens na arena em Claremont...

– E quantos antes... Diaba...

– Loba!

– E a égua, olhem para a égua. Um cavalo de sangue maravilhoso... E olhe para a espada na aba da sela de Bonhart... Ah, uma maravilha!

– Deixem-na! – rosnou Dacre Silifant. – Não toquem em nada! Tirem as mãos do que não lhes pertence. Não ousem mexer com a garota, não toquem nela, não a perturbem, nem insultem! Mostrem um pouco de compaixão. Não se sabe se não precisaremos castigá-la antes da madrugada. Que pelo menos até então tenha um pouco de paz.

– Se a garota for levada à morte – Cipriano Fripp Júnior lançou um largo sorriso –, então talvez seja o caso de adocicar as últimas horas de sua vida para que possa curti-la um pouco? Levá-la para o feno e fornicar um pouco?

– Pois é! – Kabernik Turent soltou uma gargalhada. – Por que não? Perguntemos a Coruja se podemos...

– Eu lhes digo que não podem! – cortou Dacre. – Vocês só têm uma coisa na cabeça, seus filhos da puta safados! Eu já disse para deixar a garota em paz. Andres, Stigward, fiquem aqui junto dela. Não tirem os olhos dela, não se afastem nem um pouco. E podem açoitar quem se aproximar!

– Merda! – disse Fripp. – Já que não pode, então que se dane. Venham até o paiol, pessoal, onde os camponeses estão assando um carneiro e um porco para um banquete. Pois hoje temos celebração, é o Equinócio. Enquanto os senhores conversam, nós podemos festejar.

– Venham! Dede, tire algum garrafão do baú. Vamos beber! Podemos, senhor Silifant? Senhor Harsheim? Hoje é dia de festa. Além disso, não precisaremos sair para lugar nenhum à noite.

– Que maravilha! – Silifant franziu o cenho. – Festanças e bebedeiras é só o que vocês têm na cabeça! E quem é que vai ficar aqui para ajudar a vigiar a garota e estar à disposição do senhor Stefan?

– Eu ficarei – disse Neratin Ceka.

– E eu – declarou Kenna.

Dacre Silifant encarou-os com atenção. Finalmente acenou com a mão, num gesto de benevolência. Fripp e a companhia agradeceram emitindo um berro desarmônico.

– Mas tenham cuidado ali, nessa festança! – avisou Ola Harsheim. – Não assediem as moças para os camponeses não furarem o saco de algum de vocês com um forcado!

– Cacete! Você vai com a gente, Chloe? E você, Kenna? Não vai mudar de ideia?

– Não. Vou ficar aqui.

•

Deixaram-me junto do poste, presa na corrente, com as mãos amarradas. Dois me vigiavam. E dois outros que estavam por perto – uma mulher alta e até bonita, e um homem um tanto estranho que tinha aparência e gestos afeminados não me largavam de vista, me observavam.

O gato sentado no meio da sala, entediado, abriu a boca num largo bocejo, pois o rato maltratado já não era interessante. Vysogota permanecia calado.

Bonhart, Rience e esse tal de Skellen-Coruja ainda estavam reunidos no salão público. Não sabia o que estavam conversando. Poderia esperar o pior, mas já estava desesperançada. Mais uma arena me esperaria ou simplesmente iam me matar? "Que se dane", pensei, "que isto finalmente acabe."

Vysogota não falou nada.

•

Bonhart suspirou.

– Não me olhe assim, com raiva, Skellen – repetiu. – Queria simplesmente lucrar com o negócio. Até você acha que está na hora de eu me aposentar, ficar sentado na varanda olhando os pombos. Você havia me oferecido cem florins pela Rata, queria recebê-la morta. Isso me deixou curioso sobre o verdadeiro valor dessa moça. E então cheguei à conclusão de que se eu a matasse ou a entregasse certamente valeria menos do que se eu ficasse com ela. É uma regra antiga da economia e do comércio. Uma mercadoria como ela sempre ganha valor. Pode-se barganhar...

Coruja franziu o nariz, como se algo nas proximidades cheirasse mal.

– Você, Bonhart, é tão sincero que chega a doer. Mas passe ao assunto, às explicações. Você foge com a moça por todo Ebbing e, de repente, aparece e se explica por meio das leis da economia. Explique o que aconteceu.

– Não há nada a ser explicado – Rience lançou um sorriso asqueroso. – O senhor Bonhart finalmente se deu conta de quem realmente é a moça e quanto vale.

Skellen não lhe concedeu nem um olhar. Olhava para Bonhart, fitando seus olhos de peixe, sem expressão.

– E você solta essa moça valiosa – disse devagar –, essa conquista preciosa, que deve garantir sua aposentadoria, para a arena em Claremont e manda lutar até a morte. Você arrisca sua vida, embora a moça viva valesse tanto. Como é que é, Bonhart? Pois há alguma coisa errada aqui.

– Se ela tivesse morrido nessa arena – Bonhart não desviou o olhar –, comprovaria que não valia nada.

– Entendo – Coruja franziu as sobrancelhas levemente. – Mas em vez de levar a moça a outra arena, você a trouxe até mim. Por quê, se me permite perguntar?

– Repito – Rience franziu o cenho. – Ele se deu conta de quem ela era.

– O senhor é esperto, senhor Rience – Bonhart espreguiçou-se de tal maneira que suas articulações estalaram. – Adivinhou. É verdade que havia mais um segredo relacionado com a bruxa treinada em Kaer Morhen. Em Geso, durante o assalto a um nobre, a moça soltou a língua, afirmando ser muito importante e possuir títulos. Disse também que a baronesa seria para ela uma merda e um lixo e que deveria lhe prestar reverência. Pois então cheguei à conclusão de que essa tal de Falka devia ser no mínimo uma condessa. Interessante. Primeiro: bruxa. É com frequência que se encontra uma bruxa? Segundo: esteve no bando dos Ratos. Terceiro: o próprio legista imperial em sua importante pessoa a persegue desde Korath até Ebbing e manda matá-la. Além disso tudo... seria uma nobre de alta linhagem. Ah, pensei, será preciso finalmente perguntar à moça quem ela é de verdade.

Ficou em silêncio por um momento.

– Inicialmente – limpou o nariz com a manga –, não queria falar. Embora eu pedisse. Pedi com a mão, com a perna e com o chicote. Não queria aleijá-la. Mas, por sorte, apareceu um cirurgião-barbeiro com as ferramentas para tirar os dentes. Amarrei-a a uma cadeira...

Skellen engoliu em seco. Rience sorriu. Bonhart olhou para a manga.

– Ela me contou tudo, antes que... Quando viu as ferramentas, o fórceps e os pelicanos, começou a falar logo. E descobri que era...

– A princesa de Cintra – falou Rience, olhando para Coruja. – A herdeira do trono. A candidata a esposa do imperador Emhyr.

– Foi uma informação que o senhor Skellen não fez questão de me dar – o caçador de recompensas torceu a boca. – Mandou simplesmente trucidá-la, como ressaltou várias vezes. Matar logo e sem piedade! Como é possível, senhor Skellen? Matar uma rainha? A futura consorte de seu imperador, que, se acreditar nos boatos, o imperador em breve esposará para em seguida anunciar a grande anistia?

Ao discursar, Bonhart fitava Skellen, mas o legista imperial não desviou o olhar.

– Ora – retomou o caçador –, está aí: uma cabala. Foi por isso que desisti, embora com pena, de meus planos diante da bruxa-princesa. Trouxe essa cabala toda aqui, ao senhor Skellen. Para conversar, entrar num acordo... Pois essa cabala é demais para apenas um Bonhart resolver...

– Chegou a uma conclusão muito boa – falou algo de dentro da roupa de Rience. – Uma conclusão muito boa, senhor Bonhart. Estão em posse de algo que é um pouco demais para os dois. Mas, para sua sorte, tem ainda a mim.

– O que é isso? – Skellen saltou da cadeira. – O que diabos é isso?

– É meu mestre, o feiticeiro Vilgefortz. – Rience tirou um pequeno estojo de prata de dentro da camisa. – Para ser mais preciso, é a voz de meu mestre vinda deste aparelho mágico chamado xenovox.

– Meus cumprimentos, senhores – falou o estojo. – É pena que possa apenas ouvi-los, já que compromissos urgentes não me permitem fazer uma teleprojeção ou teletransporte.

– Diabos, só faltava isso – rosnou Coruja. – Mas poderia ter previsto, já que Rience é estúpido demais para agir sozinho e em seu próprio nome. Poderia ter adivinhado que esse tempo todo você se escondia na escuridão, Vilgefortz, feito uma velha e gorda aranha que espreita na escuridão esperando a teia vibrar.

– Que comparação ilustrativa.

Skellen bufou.

– Não tente nos iludir, Vilgefortz. Você usa Rience e seu estojo não por causa do acúmulo de compromissos, mas por causa do medo do exército de feiticeiros, seus antigos companheiros do Capítulo que escaneiam o mundo todo à procura da magia com seu algoritmo. Se você tentasse o teletransporte, eles o rastreariam num instante.

– Que sabedoria impressionante!

– Não fomos apresentados – Bonhart fez uma reverência com gestos teatrais diante do estojo de prata. – Mas foi por sua ordem e com sua procuração, senhor feiticeiro, que o senhor Rience promete torturas à garota? Não estou enganado? Juro que a cada instante que passa ela está se tornando cada vez mais importante. De repente, parece que todos precisam dela.

– Não nos fomos apresentados – falou Vilgefortz de dentro do estojo. – Mas eu o conheço, senhor Leo Bonhart. O senhor ficaria surpreso como o conheço. E, realmente, a garota é muito importante, pois é a Leoazinha de Cintra, o Sangue Antigo. De acordo com a profecia de Itlina, no futuro seus descendentes governarão o mundo.

– Por que precisa tanto dela?

– Eu preciso só da placenta. Quando tirar sua placenta, poderão ficar com o resto. O que é isso que estou ouvindo aí? Algum tipo de reclamação? Suspiros e sons de repugnância? Quem foi que soltou? Foi Bonhart, que todos os dias maltrata a menina física e psiquicamente usando recursos cada vez mais refinados? Ou Stefan Skellen, que quer matar a moça a mando de traidores e conjurados? Hein?

•

"Eu os escutava, lembrou-se Kenna, deitada no beliche, com as mãos enfiadas debaixo da nuca. Fiquei atrás da quina interceptando. E me arrepiei toda. Literalmente. E de repente percebi o tamanho da cabala em que estava metida."

•

– É isso mesmo – uma voz ressoou de dentro do xenovox –, você traiu seu imperador, Skellen. Sem pestanejar, na primeira oportunidade.

Coruja bufou com desdém.

– Saindo da boca de um arquitraidor como você, Vilgefortz, acusação de traição é algo bem sério. Eu me sentiria honrado, se não soasse como uma piada barata e sem graça.

– Eu não estou acusando-o de traição, Skellen. Eu estou debochando de sua ingenuidade e incompetência no ato de trair. Pois em nome de quem você está traindo seu governante? De Ardal aep Dahy e de Wett, principezinhos com orgulho doentio ferido, ressentidos pelo fato de suas filhas terem sido rejeitadas pelo imperador, que planeja esposar a cintrense. Eles contavam com a possibilidade de uma nova dinastia nascer a partir de sua linhagem. Uma dinastia que se tornaria a mais importante no império, e que logo seria mais poderosa do que o próprio trono! Com um movimento Emhyr acabou com essa esperança, e foi então que eles decidiram melhorar o curso da história. Ainda não estão prontos para organizar uma rebelião armada. Existe, no entanto, a possibilidade de matar a moça que Emhyr sobrepôs a suas filhas. É óbvio não querem manchar suas próprias mãozinhas aristocráticas, portanto acharam um facínora mercenário, Stefan Skellen, que sofre de excesso de ambição. Como é que foi, Skellen? Você, por acaso, não quer nos contar?

– Para quê? – gritou Coruja. – E para quem? Você, como sempre, sabe de tudo, grande mago! Rience, como sempre, não sabe de nada, e vamos mantê-lo assim. Quanto a Bonhart, ele não tem nada a ver com isso...

– Você, como já havia provado, não tem grande coisa de que se lisonjear. Os príncipes o compraram com promessas, mas você é inteligente demais para não perceber que seus interesses não divergem dos deles. Hoje precisam que você atue como uma ferramenta para matar a cintrense, mas amanhã se livrarão de você, pois é apenas um oportunista de linhagem pobre. Prometeram-lhe, no novo império, o cargo de Vattier de Rideaux? Nem você próprio acredita nisso, Skellen? Precisam mais de Vattier, já que apesar dos golpes o serviço secreto sempre será o mesmo. Eles querem apenas matar através de suas mãos e precisam de Vattier para tomar conta do serviço de segurança. Além disso, Vattier é vice-conde e você é um nada.

– Pois é – respondeu Coruja. – Sou inteligente demais para não notar essas coisas. Por isso agora deveria trair Ardal aep Dahy e me juntar a você, Vilgefortz? É isso o que espera? Eu não sou uma bandeira hasteada numa torre! Se apoio a revolução, é por convicção e pelas ideias. É preciso acabar com a tirania do autogoverno, introduzir a monarquia constitucional e em seguida a democracia...

– O quê?

– O governo popular. Regime político em que governará o povo, o conjunto dos cidadãos de todas as classes sociais, por meio de representantes mais dignos e mais honestos designados em eleições justas...

Rience caiu na gargalhada. Bonhart soltou uma gargalhada selvagem. O feiticeiro Vilgefortz riu cordialmente do xenovox, embora seu riso fosse um pouco grasnante. Todos os três continuaram rindo e gargalhando por muito tempo, derramando lágrimas enormes como ervilhas.

– Tudo bem – Bonhart interrompeu a diversão. – Não estamos aqui para nos distrair com uma peça de teatro, mas para fazer negócios. A garota, por enquanto, não pertence ao conjunto dos cidadãos honestos de todas as classes sociais, mas a mim. Posso vendê-la. O que o senhor feiticeiro pode me oferecer?

– Você está interessado em governar o mundo?

– Não.

– Então – falou Vilgefortz lentamente – deixarei que você presencie o que vou fazer com a garota. Você poderá olhar. Sei que você aprecia esse tipo de voyeurismo mais do que qualquer outro tipo de prazer.

Uma chama branca flamejou nos olhos de Bonhart. Mas estava calmo.

– Poderia ser mais claro?

– Vou ser mais claro: estou disposto a pagar sua cotação multiplicada por vinte. Serão dois mil florins. Leve em consideração, Bonhart, que se trata de um saco de dinheiro que você não conseguirá levantar sozinho, precisará de uma mula de carga. Será o suficiente para sustentá-lo durante sua aposentadoria, manter uma varanda, um pombal, até a vodca e as putas, se você tiver juízo.

– De acordo, senhor mago – o caçador soltou uma risada aparentemente despreocupada. – Fiquei comovido com a vodca e as putas, senhor. Vamos fazer negócio. Também estaria interessado em sua proposta de voyeurismo. Preferia, contudo, vê-la se acabar na arena, mas com prazer darei uma olhada em seu trabalho de faca. Faça um desconto.

– Combinado.

– Foi rápido o negócio – avaliou Coruja. – De verdade, Vilgefortz. Você conseguiu entrar bem rápido numa sociedade com Bonhart. No entanto, essa sociedade é e será apenas *societas leonina*. Vocês, por acaso, não se esqueceram de algo? O salão público onde estão sentados e a cintrense que é sua mercadoria estão cercados por duas dúzias de homens armados. Meus homens.

– Caro legista Skellen – a voz de Vilgefortz ressoou de dentro do estojo. – Ofende-me achando que pretendo prejudicá-lo com a troca. Pelo contrário. Pretendo ser extremamente generoso. Não posso garantir essa tal de, como você denominou, democracia. Mas eu garantirei ajuda material, apoio logístico e acesso às informações que lhe permitirão deixar de ser uma ferramenta e um serviçal nas mãos dos conjurados e se tornar um companheiro. Um companheiro cuja pessoa e palavra será respeitada pelo príncipe Joaquim de Wett, duque Ardal aep Dahy, conde Broinne, conde D'Arvy e os restantes conjurados de sangue azul. E qual é o problema de ser uma *societas leonina*? Obviamente, se a conquista é Cirilla, então eu é que ficarei com a maior parte dela, e merecidamente, pelo que me parece. Ficou ressentido? Você também lucrará bastante com o negócio. Se me entregar a cintrense, terá o posto de Vattier de Rideaux garantido. E sendo o chefe do serviço secreto Stefan Skellen, poderá realizar diversas utopias, até a democracia e as eleições justas. Então, veja só, por uma garota magrela de quinze anos ofereço-lhe a oportunidade de cumprir os sonhos e as ambições de sua vida. Você consegue ver isso?

– Não – Coruja sacudiu a cabeça num gesto de negação. – Consigo só ouvir.

– Rience.

– À disposição, mestre.

– Providencie ao senhor Skellen uma amostra de nossas informações. Diga o que você conseguiu com Vattier.

– Nesta unidade há um espião – disse Rience.

– O quê?

– Isso mesmo que você ouviu. Vattier de Rideaux tem um espião aqui. Sabe de tudo o que você faz, por que e para quem. Vattier meteu um agente seu entre vocês.

•

Aproximou-se dela silenciosamente. Quase não o ouviu.

– Kenna.

– Neratin.

– Você leu minha mente, ali, no salão público. Você conhece meus pensamentos, portanto sabe quem eu sou.

– Ouça bem, Neratin...

– Não. Ouça-me você, Joanna Selborne. Stefan Skellen está traindo o país e o imperador. Está tramando um complô. Todos os que se juntarem a ele terminarão no cadafalso. Serão esquartejados pelos cavalos na praça do Milênio.

– Eu não sei de nada, Neratin. Apenas cumpro as ordens... O que você quer de mim? Eu sirvo ao legista... E a quem você serve?

– Ao império. Ao senhor de Rideaux.

– O que você quer de mim?

– Que você tenha juízo.

– Afaste-se. Não o trairei, não direi nada... Mas afaste-se, por favor. Eu não posso, Neratin. Sou uma simples mulher. É complicado demais para mim...

•

"Não sei o que fazer. Skellen dizia: 'senhora Selborne'. Dirigia-se a mim como se fosse oficial. A quem eu sirvo? A ele? Ao imperador? Ao império?

E como posso saber essas coisas?"

Kenna afastou-se da quina da casa e com um movimento rápido e um resmungo ameaçador dispersou os filhos dos camponeses que olhavam com curiosidade para Falka, sentada ao pé do poste.

"Em que cabala me meti! Senti o cheiro do cadafalso no ar. E o cheiro de merda na praça do Milênio.

Não sei como isto terminará", Kenna pensou. "Mas preciso entrar em sua mente. Na mente dessa Falka. Para captar seus pensamentos, por um instante. Saber o que ela sabe.

Entender."

•

– Aproximou-se – disse Ciri, acariciando o gato. – Era alta, bem cuidada, muito diferente do resto daquela cambada... Até bonita, do seu jeito. E despertava respeito. Esses dois que me vigiavam, ordinários obscenos, pararam de xingar quando ela se aproximou.

Vysogota permaneceu calado.

– E ela debruçou-se, olhou em meus olhos – continuou Ciri. – Logo senti algo... estranho... Como se algo estalasse na parte de trás da cabeça. Doeu. Senti um zumbido nos ouvidos e meus olhos ficaram ofuscados por um clarão... Algo me penetrou, asquerosa e viscosamente... Eu já conhecia. Yennefer havia me mostrado no templo... Mas não queria permitir que essa mulher fizesse... Por isso simplesmente afastei aquilo e arranquei-o de dentro de mim com toda a força possível. E a mulher alta curvou-se, balançou, como se tivesse sido atingida por um soco, e deu dois passos para trás... E sangue jorrou de seu nariz, de ambas as narinas.

Vysogota estava calado.

– E eu entendi o que havia acontecido – Ciri ergueu a cabeça. – Repentinamente, senti a Força dentro de mim. Eu a havia perdido, no deserto de Korath, tinha renunciado à Força e depois não conseguia extraí-la, usá-la mais. E ela, essa mulher, me deu a Força, até enfiou a arma em minha mão. Ganhei uma chance.

•

Kenna cambaleou e sentou-se na areia, balançando e apalpando o chão como se estivesse embriagada. O sangue jorrava de suas narinas e cobria os lábios e o queixo.

– O que você tem… – Andres Vierny levantou-se às pressas, mas, de repente, segurou sua cabeça com ambas as mãos, abriu a boca e soltou um berro. Com os olhos bem abertos encarava Stigward, mas dos olhos e dos ouvidos do pirata também já jorrava sangue e seus olhos estavam embaçados. Andres caiu de joelhos olhando para Neratin Ceka, que estava ao lado e presenciava a cena com calma.

– Nera… tin… Ajude-me…

Ceka não se moveu. Observava a garota, que olhou em sua direção. Neratin perdeu o equilíbrio.

– Não precisa – avisou rapidamente. – Estou do seu lado. Quero ajudá-la. Deixe eu cortar as cordas… Aqui está a faca para você cortar a gargalheira. Vou trazer os cavalos.

– Ceka… – Andres Vierny conseguiu soltar da garganta presa. – Traid…

A moça o atingiu com o olhar e ele caiu em cima de Stigward, que estava prostrado no chão e não se mexia. Encolheu-se em posição fetal. Kenna ainda não conseguia se levantar. O sangue pingava em abundância sobre o peito e a barriga.

– Alarme! – gritou, de repente, Chloe Stitz, que saiu de trás das casas e deixou cair uma costela de carneiro. – Alaaaarme! Silifant! Skellen! A garota está fugindo!

Ciri já estava na sela. E segurava a espada na mão.

– Yaaaaaa, Kelpie!

– Alaaaaaaarme!

Kenna arranhava a areia. Não conseguia se levantar. Não conseguia mexer as pernas, que pareciam feitas de madeira. "É psiônica", pensou. "Encontrei uma superpsiônica. A garota é umas dez vezes mais forte do que eu… Pelo menos não me matou… Mas como eu ainda estou consciente?"

Uma multidão vinha dos casebres, às pressas, com Ola Harsheim, Bert Brigden e Til Echrade na vanguarda. Os vigias que estavam junto do portão da vila – Dacre Silifant e Boreas Mun – também vinham correndo para o pátio. Ciri voltou, soltou um berro e galopou em direção ao rio. Mas homens armados corriam dali também.

Skellen e Bonhart saíram correndo do salão. Bonhart segurava uma espada na mão. Neratin Ceka gritou e passou por cima dos dois com o cavalo, derrubando-os. Depois saltou diretamente da sela por cima de Bonhart e derrubou-o no chão. Rience apareceu na soleira da porta e ficou olhando abobado.

– Peguem-na! – Skellen berrou, levantando-se do chão. – Viva ou morta!

– Viva! – uivou Rience. – Vivaaaaa!

Kenna viu que Ciri foi encurralada para a paliçada à margem do rio, deu uma volta com a égua negra e correu até o portão da vila. Viu Kabernik Turent saltar até ela na tentativa de arrastá-la da sela, viu a espada reluzir e um fio carmim jorrar do pescoço de Turent. Dede Vargas e Fripp Júnior também viram. Decidiram não cortar seu caminho, fugiram por entre os casebres.

Bonhart levantou-se às pressas, empurrou e afastou Neratin Ceka com um golpe da empunhadura da espada e abriu seu peito com um corte transversal. E logo correu atrás de Ciri. Dilacerado e ensanguentado, Neratin ainda conseguiu agarrar as pernas de Bonhart. Soltou-o só depois de ser espetado e pregado à areia com a ponta da espada. Mas esses poucos segundos de demora foram suficientes.

Ciri empinou a égua e conseguiu fugir de Silifant e Mun. Skellen cortou seu caminho do lado esquerdo, sorrateiro como um lobo, fazendo um gesto com a mão. Kenna viu algo reluzir no ar. Viu a garota sacudir-se e balançar na sela, e sangue jorrar de seu rosto feito chafariz. Inclinou-se tanto para trás que por um momento chegou a apoiar-se na garupa da égua, mas não caiu. Endireitou-se e manteve-se na sela, recostada no pescoço do cavalo. A égua negra dispersou os homens armados e galopou até o portão da vila. Atrás dela corriam Mun, Silifant e Chloe Stitz munida de uma besta.

– Não conseguirá pular! Vamos pegá-la – gritou Mun em triunfo. – Nenhum cavalo consegue pular sete pés de altura!

– Não atire, Chloe!

Chloe Stitz não ouviu em meio à algazarra geral. Parou e encostou a besta em sua bochecha. Todos sabiam que Chloe sempre acertava.

– Cadáver! – gritou. – Cadáver!

Kenna viu um homem baixo – cujo nome não conhecia – correr até ela, levantar a besta e atirar contra Chloe, acertando-a nas costas. A seta atravessou-a numa explosão de sangue. Chloe caiu sem soltar nem um gemido.

A égua negra galopou até o portão da vila e puxou levemente a cabeça para trás. E saltou. Levantou voo e até subiu em cima do portão. Recolheu graciosamente as patas dianteiras e passou por cima, parecia uma negra fita de seda. As patas traseiras recolhidas sequer tocaram o batente superior do portão.

– Deuses! – gritou Dacre Silifant. – Deuses, que cavalo é esse! Vale seu peso em ouro!

– A égua será de quem a pegar! – vociferou Skellen. – Aos cavalos! Aos cavalos! Atrás dela!

A perseguição continuou, atravessando o portão, agora aberto, e levantando poeira. Bonhart e Boreas Mun galopavam na vanguarda, à frente de todos.

Kenna levantou-se com dificuldade. Cambaleou imediatamente e sentou-se na areia. Sentia dor nas pernas, que estavam dormentes.

Kabernik Turent não se mexia, estava prostrado numa poça vermelha com as mãos e pernas escarranchadas. Andres Vierny tentava levantar Stigward, que ainda estava inconsciente.

Chloe Stitz, encolhida na areia, parecia pequena que nem uma criança.

Ola Harsheim e Bert Brigden arrastaram o homem baixo que matara Chloe e puseram-no diante de Skellen. Coruja estava ofegante e tremia de raiva. Tirou da bandoleira, estendida em diagonal sobre o peito, uma estrela de aço igual à que usara pouco antes para machucar o rosto de Ciri.

– Que os diabos o carreguem, Skellen – falou o homem baixo. Kenna lembrou-se de seu sobrenome: Mekesser. Jediah Mekesser. Era gemmeriano. Conheceu-o em Rocayne.

Coruja se encurvou, lançou a mão impetuosamente e a estrela de seis dentes zuniu no ar. Encravou-se profundamente no rosto de Mekesser, entre o olho e o nariz. O atingido sequer gritou. Começou a tremer, foi tomado por espasmos e agarrado por Harsheim e Brigden. Tremeu por muito tempo. Abriu a boca, deixando os dentes à mostra de maneira tão horripilante que todos desviaram o olhar. Todos, menos Coruja.

– Arranque meu órion de sua cara, Ola – falou Skellen quando o cadáver caiu inerte nos braços que o seguravam. – E enterrem esse lixo no esterco, junto desse outro lixo, esse hermafrodita, para que não fique nem um rastro desses dois traidores nojentos.

O vento sibilou e as nuvens cobriram o céu. De súbito, um ar soturno tomou conta de tudo.

•

Os guardas chamavam nos muros da cidadela. As irmãs Scarra roncavam em dueto. Kohut urinava alto na privada.

Kenna cobriu-se com a manta até o queixo. Estava entregue às lembranças.

Não conseguiram pegar a garota. Ela desapareceu. Simplesmente sumiu. Foi incrível: Boreas Mun perdeu o rastro da égua negra depois de umas três milhas. De repente, sem aviso, uma escuridão cobriu tudo e a força do vento inclinou as árvores quase até o chão. Caiu um aguaceiro, houve até trovoadas, relâmpagos riscaram o céu.

Bonhart não desistiu. Voltaram a Unicorne. Gritavam uns com os outros, todos: Bonhart, Coruja, Rience e essa quarta voz, misteriosa, desumana e grasnante. Em seguida mandaram toda a hansa montar os cavalos, salvo aqueles que, como eu, não tinham condições de ir. Chamaram os camponeses com tochas, foram procurar nas florestas. Voltaram de madrugada.

E voltaram sem nada além de terror em seus olhos.

Os rumores, Kenna lembrou-se, só começaram alguns dias depois. A princípio todos sentiam muito medo de Coruja e de Bonhart, que estavam tão furiosos que era melhor passar por eles despercebido. Até Bert Brigden, que era oficial, levou um golpe com o cabo de um azorrague por ter falado algo sem pensar.

E depois começaram a falar sobre o que havia acontecido durante a perseguição. Sobre o pequeno unicórnio de palha de uma capelinha que subitamente cresceu até o tamanho de um dragão e espantou os cavalos de tal maneira que os cavaleiros caíram e por um milagre não quebraram os pescoços. Sobre a cavalgada de espectros de olhos flamejantes que galopavam pelos céus sobre carcaças de cavalos, comandados por um terrível rei-esqueleto que ordenava a seus criados espectros que apagassem com suas capas esfarrapadas os rastros dos cascos da égua negra. Sobre o coro macabro dos noitibós que gritavam: "Liii-cooor de sangue, liii-cooor de sangue!" Sobre o ganir terrível da horrenda beann'shie, o presságio da morte...

Vento, chuva, nuvens, arbustos e árvores de formas fantásticas, além do medo, que tem olhos grandes. Boreas Mun, que esteve lá, comentava. Ora, eis toda a explicação. E os noitibós? Os noitibós são assim mesmo, acrescentava, sempre gritam.

E os rastros, as marcas dos cascos, que subitamente desapareceram como se o cavalo tivesse levantado voo?

O rosto de Boreas Mun, profissional que sabe rastrear até um peixe na água, ficava imóvel quando lhe faziam essa pergunta. O vento, dizia, o vento espalhava areia e folhagem e assim cobria os rastros. Não havia outra explicação.

Alguns até acreditaram, lembrou-se Kenna. Alguns até acreditaram que todos esses fenômenos eram naturais ou que se tratava de alucinações. E riam.

Mas pararam de rir. Depois de Dun Dâre. Depois de Dun Dâre ninguém mais riu.

•

Quando a viu, afastou-se involuntariamente, inspirando o ar.

Misturou a gordura de ganso com os restos do carvão do fogareiro. Com essa tinta gordurosa pintou as pálpebras e as órbitas dos olhos, alongando a pintura até as orelhas e as têmporas.

Parecia o demônio.

– A partir da quarta ilhota, vá em direção da floresta alta, pela mesma margem – repetiu a orientação. – Depois, ao longo do rio, até três árvores secas, e a partir delas pela floresta de salgueiros rumo ao oeste. Quando aparecerem os pinheiros, vá pela borda da floresta e conte as veredas. Vire na nona e depois não vire mais em nenhum lugar. Em seguida, chegará à povoação Dun Dâre, onde, no norte da vila, haverá um lugarejo. Algumas casas. E depois delas, na encruzilhada, uma taberna.

– Eu vou lembrar. Conseguirei chegar lá, não se preocupe.

– Fique atenta nas curvas do rio. Tenha cuidado nos lugares onde o caniço é mais escasso. Nos lugares onde cresce a erva sanguinária. E se chegar à floresta de pinheiros à noite, pare e espere até o dia raiar. Não atravesse os pântanos à noite, sob nenhuma condição. Já é quase lua nova, além disso o céu está nublado...

– Eu sei.

– Quanto à Terra dos Lagos... Dirija-se para o Norte, pelos montes. Evite as estradas principais, estão cheias de tropas. Quando chegar ao rio, um grande rio que se chama Sylte, já terá ultrapassado a metade do caminho.

– Eu sei. Tenho o mapa que você me desenhou.

– Ah, sim. É verdade.

Pela enésima vez Ciri verificava o arreio e os sacos, automaticamente. Não sabia o que dizer. Estava adiando para falar algo.

– Foi um prazer hospedá-la aqui – antecipou. – De verdade. Passe bem, bruxinha.

– Passe bem, eremita. Obrigada por tudo.

Já estava na sela, pronta para apressar Kelpie, quando ele se aproximou e segurou sua mão.

– Fique, Ciri. Espere o inverno passar...

– Chegarei ao lago antes do frio. E depois, se for do jeito que você falou, nada importará. Voltarei pelo teleportal para Thanedd, para a escola em Aretusa, para a senhora Rita...Vysogota... Já se passou muito tempo...

– A Torre da Andorinha é uma lenda. Lembre-se, é só uma lenda.

– Eu também sou apenas uma lenda – disse com amargura. – Desde o nascimento. Zirael, a Andorinha, a criança surpresa.

A escolhida. A criança do destino. A criança do Sangue Antigo. Vou lá, Vysogota. Passe bem.

– Passe bem, Ciri.

•

A taberna localizada na encruzilhada depois do lugarejo estava vazia. Cipriano Fripp Júnior e seus três companheiros proibiram os locais de entrar lá e mandavam embora os que estavam de passagem. No entanto, eles próprios comiam e bebiam lá o dia todo, sentados no local esfumaçado e sombrio, que fedia como fedem as tabernas no inverno, quando não se abrem nem as janelas, nem as portas – odor de suor, gato, ratos, meiões, madeira de pinheiro, peido, gordura, queimado e roupa úmida.

– Que merda de vida! – repetiu o gemmeriano Yuz Jannowitz pela centésima vez, acenando com a mão para as empregadas trazerem vodca. – Que se dane esse Coruja, já que nos mandou ficar neste buraco fodido! Eu preferia andar com a patrulha pelas florestas!

– Você é burro – respondeu Dede Vargas. – Lá fora está um frio do cacete! Eu prefiro ficar no calor. E junto de uma moça!

Deu um tapa nas nádegas de uma das empregadas. A moça esganiçou, embora de forma não muito convincente, e com nítida indiferença. Na verdade, era um pouco tola. O trabalho na taberna lhe ensinara apenas uma coisa: que quando dão um tapa ou beliscão, convém esganiçar.

Cipriano Fripp e sua companhia assediaram as duas empregadas já no segundo dia após a chegada. O dono da taberna ficou com medo de protestar e as moças eram tolas demais para pensar em protestos. A vida lhes ensinara que, quando uma moça protesta, batem nela. Por isso era mais razoável esperar até que se entediassem.

– Digo-vos que essa tal de Falka se acabou em algum lugar nas florestas – o entediado Rispat La Pointe retomou mais um tema-padrão das tediosas conversas noturnas. – Eu vi Skellen cortar seu rosto com o órion e o sangue jorrar feito chafariz! Digo-vos que ela não poderia sair viva!

– Coruja não conseguiu matá-la – afirmou Yuz Jannowitz. – Mal conseguiu acertá-la com o órion. É verdade que dilacerou seu rosto, eu vi. Mas isso a impediu de ultrapassar o portão da vila? Caiu do cavalo? Nada disso! E nós, depois, medimos a altura do portão: tinha exatamente sete pés e duas polegadas. E aí? Ela conseguiu pular! E pular bem! A gente não conseguiria enfiar uma lâmina entre a sela e sua bunda.

– Sangue jorrou a cântaros – protestou Rispat La Pointe. – Foi cavalgando, digo-vos, cavalgando e depois caiu e acabou-se em alguma cova, os lobos e os pássaros comeram os restos, as martas terminaram a obra e as formigas limparam os vestígios. Acabou-se, *deireadh*! Por isso, digo-vos, estamos aqui de graça, sentados, gastando o dinheiro em bebida. Nosso próprio dinheiro, porque ainda nem recebemos o soldo!

– É impossível que não haja nenhum vestígio, nem sequer um sinal do cadáver – falou Dede Vargas com convicção. – Sempre fica algo: a cabeça, o quadril, um osso mais grosso. Rience, esse feiticeiro, finalmente achará os restos de Falka. Assim se encerrará o assunto.

– E pode ser que nos botem para ralar, e então nos lembraremos com prazer desta preguiça e deste chiqueiro imundo – Cipriano Fripp Júnior lançou um olhar entediado para as paredes da taberna, cujos pregos e manchas já conhecia de cor. – E essa aguardente de merda. E essas duas aí que fedem a cebola e que, quando você fornica com elas, ficam deitadas que nem bezerros olhando para o teto e limpando os restos de comida dos dentes.

– Tudo é melhor que este tédio – sentenciou Yuz Jannowitz. – Dá vontade de chorar! Façamos algo! Qualquer coisa! Vamos queimar a vila, que tal?

A porta crepitou. O som foi tão incomum que os quatro levantaram-se num instante.

– Saia daqui! – berrou Dede Vargas. – Saia daqui, vagabundo! Mendigo! Fedorento! Saia daqui para fora!

– Deixe estar – o entediado Fripp acenou com a mão. – Você não está vendo que ele traz gaitas? É apenas um mendigo andarilho, talvez um velho soldado que ganha o pão tocando e cantando nas tabernas. Está frio e chove lá fora. Deixe-o ficar...

– Mas que fique longe de nós – Yuz Jannowitz apontou para o andarilho o lugar onde tinha que se sentar. – Senão seremos infestados por pulgas. Vejo daqui o tamanho delas. Alguém poderia pensar que não são pulgas, mas tartarugas.

– Traga-lhe, patrão, alguma comida quente – Fripp Júnior acenou, de forma autoritária, com a cabeça. – E aguardente para nós!

O andarilho tirou da cabeça um grande gorro de pele e espalhou, majestosamente, o fedor em sua volta.

– Agradeço, excelentíssimos senhores – falou. – Pois hoje é a noite de Saovine, noite de festejos. Numa ocasião assim não se deve deixar ninguém tomar chuva ou passar frio. Numa ocasião assim deve-se compartilhar...

– Verdade – Rispat La Pointe bateu a palma da mão contra a testa. – Ora, hoje é a noite de Saovine! É o fim de outubro!

– É a noite da magia – o andarilho sorveu a aguada sopa que lhe trouxeram. – É a noite das assombrações e dos fantasmas!

– Pois é! – disse Yuz Jannowitz. – Prestem atenção que lá vem uma história da carochinha!

– Que conte, então – bocejou Dede Vargas. – Qualquer coisa é melhor que este tédio!

– Saovine – repetiu Cipriano Fripp Júnior, soturno. – Já se passaram cinco semanas desde os acontecimentos em Unicorne. E duas semanas desde que estamos plantados aqui. Duas semanas! Saovine!

– A noite dos assombros – o andarilho lambeu a colher, tirou algo de dentro da tigela e comeu. – É a noite dos feitiços e dos fantasmas!

– Não falei? – Yuz Jannowitz abriu a boca num largo sorriso, deixando seus dentes à mostra. – O andarilho vai contar uma história!

O andarilho endireitou-se, coçou-se e soluçou.

– A noite de Saovine – começou com ênfase –, a última noite antes da lua nova de novembro, para os elfos é a última noite do ano velho. Quando o novo dia raiar, já é ano novo para os elfos. Existe, portanto, o costume élfico de na noite de Saovine acender todos os fogos na casa e nas cercanias com uma única tocha e guardar o resto dela até maio para acender também o fogo de Belleteyn.

Dessa maneira, dizem, garante-se a prosperidade. Assim fazem os elfos e alguns humanos para proteger-se dos espíritos malignos...

– Espíritos! – bufou Yuz. – Ouçam só o que esse tolo diz!

– É a noite de Saovine! – falou o andarilho com uma voz comovida. – Numa noite como esta os espíritos vagam pelo mundo! Os espíritos dos mortos batem às janelas, gemendo, pedindo para entrar. É preciso dar-lhes mel e trigo-sarraceno, e respingar tudo com vodca...

– Eu prefiro respingar vodca em minha própria garganta – Rispat La Pointe soltou uma gargalhada. – E esses seus espíritos, seu velho, podem me chupar aqui, ó.

– Ei, senhor, não zombe dos espíritos, eles são vingativos, podem ouvir! Hoje é a noite de Saovine, a noite das assombrações e da feitiçaria! Prestem atenção, estão ouvindo algo bater e sussurrar? São os mortos vindos do além, querem entrar nas casas para aquecer-se ao fogo e comer à vontade. Ali, nos campos abertos e nas florestas cheias de árvores nuas, dança o vento e o frio. Os espíritos, coitados, estão com frio, vão para as casas atraídos pelo fogo e calor. Não se esqueçam de deixar comida numa vasilha na soleira da porta ou em algum lugar do quintal, pois se os espíritos não acharem nada ali, após a meia-noite entrarão na casa para procurar...

– Credo! – sussurrou em voz alta uma das empregadas e logo soltou um grito, pois Fripp deu um beliscão em sua bunda.

– O papo não está nada mau! – disse. – Mas ainda falta muito para ser bom mesmo! Patrão, encha a caneca do velho com cerveja quente, pode ser que o papo esquente também! Uma história de assombração só é boa, rapazes, quando se consegue pegar as garotas sem que elas se deem conta!

Os homens caíram na gargalhada, e as duas moças soltaram um grito. Estavam testando a atenção delas. O andarilho tomava a cerveja quente, sorvendo alto e arrotando.

– Só não fique embriagado e não durma aqui! – avisou Dede Vargas em tom ameaçador. – Não está aqui para beber de graça! Conte histórias, cante, toque a gaita! Queremos alegria!

O andarilho abriu a boca, na qual o único dente alvejava feito um farol na escuridão.

– Senhores, pois hoje é Saovine! Que música, que sons? Não se pode! A música de Saovine é esse vento lá fora! É o uivo dos lobisomens e vampiros, os gemidos e as lamúrias das mamunas, o ranger dos dentes dos ghouls! Beann'shie uiva e grita, e quem ouvir sua lamentação está destinado a uma morte próxima. Todos os espíritos malignos deixam seus esconderijos, as bruxas partem para seu último sabá antes do inverno. Saovine é a noite dos demônios, dos assombros e das alucinações! Não saiam para a mata, pois o espírito da floresta os estraçalhará! Não passem pelo cemitério, pois o cadáver os pegará! É melhor nem sair de casa e para maior segurança enfiar uma faca nova de ferro na soleira da porta. Só assim o mal não se atreverá a atravessá-la. Quanto às mulheres, precisam manter-se atentas e guardar as crianças, pois na noite de Saovine uma fada ou as carpideiras podem roubá-las e deixar um trasgo asqueroso em troca. E as grávidas, é melhor que não saiam de casa, pois a nocnitsa, a bruxa da noite, pode enfeitiçar o feto no ventre! No lugar da criança nascerá uma estrige com dentes de ferro...

– Credo!

– Com dentes de ferro. Primeiro morderá o peito materno. Depois, morderá suas mãos. Morderá o rosto... Nossa, me deu fome...

– Pegue este osso, ainda resta nele alguma carne. Os velhos não deveriam comer mais que isso, pois podem ficar cheios demais e bater as botas, ha, ha! Moça, traga mais cerveja para ele. Ei, velho, conte-nos mais sobre os fantasmas!

– Saovine, meus senhores, é a última noite em que os demônios podem folgar um pouco. Depois o frio tira suas forças, eles descem até o abismo, debaixo da terra, de onde não saem durante todo o inverno. Por isso, de Saovine a fevereiro, até a festa Imbaelk, é a melhor época para visitar os lugares assombrados, à procura de tesouros. Por exemplo, se alguém cavar num túmulo de um wicht na época do calor, o wicht com certeza acordará, levantará com raiva e comerá o caçador de tesouros. E na época entre Saovine e Imbaelk pode cavar o quanto quiser, pois o wicht estará hibernando, feito um urso.

– Ora, papo furado, sapo velho!

– É verdade, juro, meus senhores. A mágica noite de Saovine é horripilante, mas é a melhor época para adivinhações e profecias. Nessa noite vale a pena consultar a cabala, fazer adivinhas a partir de ossos, mãos, galo branco, cebola, queijo, vísceras de coelho, de um morcego podre...

– Fiquem quietos!!

– A noite de Saovine, a noite dos assombros e dos demônios... É melhor ficar em casa, com toda a família, em volta do fogareiro...

– Com toda a família – repetiu Cipriano Fripp e, de repente, deixou os ferinos dentes à mostra num largo sorriso lançado em direção aos camaradas. – Com toda a família, percebem? Com aquela que, há uma semana, se esconde de nós entre o mato!

– Ah, a filha do ferreiro! – disse Yuz Jannowitz. – A gatinha de cabelos dourados! Você é esperto, Fripp. Hoje podemos pegá-la em casa! E aí, rapazes? Vamos passar pela casa do ferreiro?

– Só se for neste exato momento – Dede Vargas espreguiçou-se com força. – Digo-vos, vejo-a diante de mim, essa filha do ferreiro, andando pela vila, seu peitinho saltitando, a bundinha rebolando... Era para tê-la agarrado naquela hora, sem demora, mas por causa de Dacre Silifant, burocrata de merda... Mas agora Silifant não está aqui e a filha do ferreiro está em casa! À nossa espera!

– Nesta vila já dilaceramos o alcaide com uma piqueta. – Rispat franziu o cenho. – Estraçalhamos o safado que foi ajudá-lo. Precisamos de mais cadáveres? O ferreiro e seus filhos são uns fortões. Não conseguiremos pegá-los só com ameaças. Será preciso...

– Mutilar – encerrou Fripp com calma. – Mutilar só um pouquinho, mais nada. Matem a cerveja e aprontem-se para ir à vila. Vamos organizar nosso próprio Saovine! Vestiremos os casacos de pele de carneiro às avessas, entraremos na vila berrando e uivando, os filhos da mãe pensarão que somos demônios ou wichts!

– Traremos a filha do ferreiro para cá, para o albergue, ou vamos nos divertir à moda gemmeriana, na frente da família?

– Uma coisa não exclui a outra – Fripp Júnior olhou para a noite pela membrana da janela. – Porra, que vendaval se levantou agora! Os choupos estão se inclinando até o chão!

– Ei – falou o andarilho entre goladas de cerveja. – Não é o vento, senhores, não é o vendaval! São as bruxas que vão voando com as pernas escarranchadas nas vassouras, e algumas vão em cima de morteiros e almofarizes, apagando os rastros atrás de si com as vassouras. Não se sabe quando uma delas vai cruzar seu caminho na floresta ou chegar por trás despercebida, não se sabe quando vai assaltá-lo! Seus dentes são assim ó!

– Vá assustar as crianças com as bruxas, velho!

– Não fale, senhor, na hora ruim! Pois vou lhe dizer ainda que as bruxas mais perigosas são as condessas e duquesas, do estamento das bruxas, pois elas não andam de vassouras, nem de almofarizes nem morteiros, não! Elas galopam em seus gatos negros!

Risos ecoaram pelo recinto.

– É verdade! Pois na noite de Saovine, nessa única noite do ano, os gatos das bruxas transformam-se em éguas, negras como breu. E pobre de quem na noite negra como mortalha ouvir as batidas de cascos e vir uma bruxa montando uma égua negra. Quem cruzar com uma bruxa assim não fugirá da morte. Ela o rodará como o vento roda a folhagem e levará para o além!

– Terminará a história quando voltarmos! Mas pense numa história boa, maldito andarilho, prepare a gaita! Quando voltarmos, faremos uma festa! Vamos dançar e rodar a filha do ferreiro... O que você tem, Rispat?

Rispat La Point, que saíra à varanda da frente para aliviar a bexiga, voltou correndo e seu rosto estava pálido como a neve. Gesticulava vigorosamente apontando para a porta. Não deu tempo de proferir nem uma palavra. Tampouco foi preciso. Do pátio ressoou o relincho de um cavalo.

– Uma égua negra – disse Fripp com a cara quase colada às membranas da janela. – A mesma égua negra. É ela.

– A bruxa?

– Falka, seu burro.

– É seu vulto! – Rispat deu um inspiro profundo. – É um demônio! É impossível ela ter sobrevivido! Morreu e voltou como uma assombração! Na noite de Saovine...

– Chegará na noite negra como mortalha – balbuciou o andarilho, apertando a caneca vazia à barriga. – E quem cruzar com ela não fugirá da morte...

– Armas, peguem as armas – falou Fripp com fervor. – Rápido! Fiquem dos dois lados da porta! Não estão entendendo? Temos sorte! Falka não sabe que estamos aqui. Veio para se aquecer, pois o frio e a fome a tiraram do esconderijo! E caiu diretamente em nossas mãos! Coruja e Rience nos cobrirão de ouro! Peguem as armas...

A porta rangeu.

O andarilho debruçou-se sobre o tampo da mesa, semicerrou os olhos. Enxergava mal. Tinha olhos arruinados pelo tempo, por conjuntivite crônica e glaucoma. Além disso, o interior da taberna era escuro e esfumaçado, portanto o andarilho mal enxergava o vulto esbelto que entrou na sala pelo saguão, vestido de gibão de peles de ratos-almiscarados, com capuz e um cachecol que cobria seu rosto. Contudo, o andarilho ouvia bem. Ouviu um grito baixo de uma das empregadas, a batida dos tamancos da outra, os palavrões do taberneiro proferidos em voz baixa. Ouviu o ranger das espadas nas bainhas. E a voz baixa, feroz, de Cipriano Fripp.

– Finalmente a pegamos, Falka! Você não nos esperava aqui, não é?

– Esperava, sim – ouviu o andarilho. E tremeu ao ouvir essa voz.

Viu o movimento executado pelo esbelto vulto. E ouviu um suspiro de terror, o grito abafado de uma das moças. Não conseguia ver que a moça chamada Falka tirara o capuz e o cachecol. Não conseguia ver o rosto terrivelmente mutilado. E os olhos pintados com tinta de carvão e gordura, olhos que pareciam de demônio.

– Não sou Falka – disse a menina.

O andarilho viu mais um movimento rápido, turvo. Viu algo flamejar na luz das lamparinas.

– Sou Ciri de Kaer Morhen. Sou bruxa. Vim aqui para matar.

O andarilho, que vira muitas brigas de taberna em sua vida, tinha um método para evitar ferimentos: enfiou-se debaixo da mesa, encolheu-se e agarrou-se com força às pernas da mesa. Dessa posição, obviamente, não poderia ver nada. Nem queria ver. Agarrava a mesa que se deslocava pela sala junto com outros móveis, por entre batidas, estalos, estouros, estrondo de botas pesadas, palavrões, gritos, gemidos e zunido de aço.

A empregada berrava terrivelmente, sem parar.

Alguém caiu em cima de uma mesa, deslocando o móvel com o andarilho agarrado a ela, e desabou ao seu lado, no chão. O andarilho berrou, pois sentiu sangue quente respingar. Dede Vargas, aquele que queria expulsá-lo logo no início – o andarilho reconheceu-o pelos botões de latão no gibão –, esganiçava de um jeito horrível, sacudia-se, jorrava sangue, agitava os braços, batendo em tudo à sua volta. Um dos golpes descontrolados atingiu o andarilho diretamente no olho e ele deixou de ver de vez. A empregada que só berrava engasgou-se, calou-se, inspirou um pouco de ar e recomeçou os berros, num tom mais alto.

Alguém desabou no chão com estrondo, e mais sangue jorrou sobre as tábuas de pinheiro recém-lavadas. O andarilho não reconheceu que a pessoa que morria agora era Rispat La Pointe, atingido pela espada de Ciri no pescoço. Não viu Ciri executar uma pirueta diante dos olhos de Fripp e Jannowitz, passar por seu bloqueio feito vulto ou fumaça. Jannowitz esquivou-se e saltou por trás dela num movimento brusco, suave, felino. Era um esgrimista experiente. Apoiando-se firmemente no pé direito, deu um golpe com uma longa, estendida prima, apontando para o rosto da menina, diretamente em sua horrenda cicatriz. Tinha que acertar.

Não acertou.

Não deu tempo de proteger-se. Cortou-o ao acaso, de perto, com as duas mãos, no peito e na barriga. E logo em seguida saltou para trás, girou, esquivando-se do golpe de Fripp. Cortou Jannowitz, que estava curvado, bem no pescoço. Jannowitz bateu a testa contra a mesa. Fripp saltou por cima da mesa e do cadáver, e lançou a espada num golpe poderoso. Ciri se defendeu, executou uma pirueta e cortou-o, no flanco, sobre o quadril. Fripp cambaleou, desabou por cima da mesa e, quando estava tentando se equilibrar, involuntariamente estendeu o braço diante dele. Quando apoiou a mão sobre o tampo, Ciri a cortou num golpe rápido.

Fripp levantou o cotoco do qual jorrava sangue, olhou para ele estarrecido e logo em seguida para a mão que ainda estava em cima da mesa. E de súbito desabou – sentou-se no chão com tudo, como se tivesse escorregado em sabão. Sentado, berrou e depois soltou um uivo selvagem, alto, prolongado.

O andarilho ensaguentado, encolhido debaixo da mesa, ouviu ressoar e estender-se por um instante um dueto demoníaco: a moça com um berro monótono e o uivo espasmódico de Fripp.

A moça foi a primeira a calar-se, terminando o grito com um grasnar desumano, soluçante. Fripp simplesmente silenciou.

– Mãe... – disse de repente, com bastante clareza e conscientemente. – Mamãe... Como assim... Como... o que... aconteceu comigo? O que... aconteceu comigo?

– Está morrendo – falou a moça mutilada.

O andarilho ficou arrepiado, e o restante do cabelo que ainda tinha ficou todo eriçado. Para parar o ranger dos dentes, apertou-os na manga do roupão.

Cipriano Fripp Júnior soltou a voz, emitindo um som de quem estava engolindo algo com dificuldade. Depois, não emitiu mais nenhum barulho. Nenhum.

Um silêncio profundo envolveu o local.

– O que você fez... – gemeu baixinho o taberneiro. – O que você fez, moça...

– Sou bruxa. Mato monstros.

– Vão nos enforcar... Queimarão a vila e a taberna!

– Eu mato monstros – repetiu, e em sua voz ressoou algo que parecia de surpresa. Ou hesitação. Incerteza.

O taberneiro gemeu, lamentou. E caiu em prantos.

O andarilho saiu de baixo da mesa lentamente, afastando-se do cadáver de Dede Vargas e de seu rosto asqueroso dilacerado.

– Você cavalga numa égua negra... – balbuciou. – Numa noite negra que nem a mortalha... Apaga seus rastros...

A menina virou-se, olhou para ele. Já conseguira cobrir o rosto com o cachecol por cima do qual apareciam seus demoníacos olhos pintados com negros círculos.

– Quem cruzar consigo – balbuciou o andarilho – não fugirá da morte... Pois você própria é a morte.

A moça o fitava com um olhar prolongado e um tanto indiferente.

– Você tem razão – disse por fim.

•

Em algum lugar no meio dos pântanos, longe, mas muito mais próximo do que antes, mais uma vez ressoou o ganir lamuriante de beann'shie.

Vysogota estava prostrado no chão, caíra ao se levantar da cama. Concluiu, apavorado, que não conseguia se erguer. Seu coração se debatia, subia até a garganta, sufocava.

Já sabia qual era a morte anunciada pelo grito da assombração élfica. "A vida era bela", pensou. "Apesar de tudo".

– Deuses... – suspirou. – Não acredito em vocês... Mas se por acaso existirem...

De súbito uma terrível dor explodiu em seu peito, atrás do esterno. Em algum lugar no meio dos pântanos, longe, mas muito mais próximo do que antes, beann'shie ganiu ferozmente pela terceira vez.

– Se existem, protejam a bruxa em seu caminho!

CAPÍTULO DÉCIMO PRIMEIRO

– Tenho olhos grandes para vê-la bem! – gritou o lobo de ferro. – Tenho patas grandes para agarrá-la e abraçá-la! Tudo o que eu tenho é grande, tudo mesmo. Você logo verá. Por que me olha assim, está me estranhando, menina? Por que você não responde?

A bruxa sorriu.

– Tenho uma surpresa para você.

Flourens Delannoy
Surpresa, de *Contos e lendas*

As noviças estavam diante da arquissacerdotisa, imóveis, eretas como cordas, tensas, levemente pálidas. Estavam prontas para enfrentar o caminho, preparadas nos mínimos detalhes. Usavam uniforme masculino de cor cinza, um casaco de pele de carneiro que não prejudicava os movimentos e confortáveis sapatos élficos. Seus cabelos tinham um corte prático e fácil de manter limpo e em ordem nos acampamentos e durante as marchas, para que eles não atrapalhassem durante o trabalho. Levavam pequenas trouxas que continham apenas a alimentação para a viagem e o equipamento necessário. O resto seria providenciado pelo exército. O exército no qual se alistaram.

O rosto de ambas as meninas parecia calmo. Mas era apenas aparência. Triss Merigold viu que as mãos e os lábios das duas tremiam de leve.

O vento sacudiu os ramos nus das árvores no parque do templo e carregou as folhas secas para o pátio. O céu estava azul-escuro. A nevasca estava por vir. Dava para sentir.

Nenneke interrompeu o silêncio.

– Já designaram um posto para vocês?

– Para mim ainda não – balbuciou Eurneid. – Por enquanto permanecerei hibernada no acampamento nas cercanias de Wyzim. O comissário do alistamento disse que na primavera chegarão lá as unidades dos mercenários do Norte... Vou ser enfermeira numa delas.

– E quanto a mim – Iola Segunda sorriu palidamente –, já me designaram um posto na cirurgia castrense, sob o comando do senhor Milo Vanderbeck.

– Espero que não me causem vergonha – Nenneke fitou as duas com um olhar ameaçador. – Espero que não tragam desonra a mim, nem ao templo, muito menos ao nome da Grande Melitele.

– Com certeza não, mãe.

– E se cuidem.

– Sim, mãe.

– Vocês ficarão exaustas ajudando os feridos, terão muitas noites sem sono. Ficarão com medo e cheias de dúvidas ao ver dor e morte. E nessas horas é fácil procurar alívio em narcóticos ou substâncias estimulantes. Tenham cuidado com isso.

– Sabemos, mãe.

– A guerra, o medo, a morte e o sangue – a arquissacerdotisa encarou as duas – também são uma consequência da frouxidão de costumes, e para alguns constituem um forte afrodisíaco. Ainda são pirralhas, portanto não sabem ainda, e não têm como saber, que efeito eles terão sobre vocês. Por favor, tenham cuidado com isso também. E, se acontecer algo, tomem substâncias anticonceptivas. Mesmo assim, se alguma de vocês tiver problemas, mantenha-se longe de curandeiros suspeitos e benzedeiras locais! Procurem um templo, e de preferência uma feiticeira.

– Sabemos, mãe.

– É tudo. Agora vocês podem se aproximar para receber a bênção.

Colocou as mãos na cabeça delas, abraçou-as, beijou-as, uma por uma. Eurneid fungava. Iola Segunda simplesmente caiu aos prantos. E Nenneke, embora seus olhos estivessem mais lacrimosos que de costume, riu.

– Sem fazer cena, hein – disse com raiva e severidade para manter as aparências. – Vão a uma guerra comum. Os que vão, voltam. Peguem suas coisas e sigam o caminho. Passem bem.

– Passe bem, mãe.

Andavam com passos firmes até o portão do templo, sem olhar para trás. A arquissacerdotisa Nenneke, a feiticeira Triss Merigold e o escriba Jarre seguiam-nas com o olhar.

Jarre pigarreava insistentemente para chamar a atenção das duas.

– O que foi? – Nenneke lançou-lhe um olhar de soslaio.

– Você permitiu! – o rapaz estourou com amargura. – Você deixou que elas, moças, se alistassem! E eu? Por que eu não posso? Por que tenho que continuar virando os pergaminhos empoeirados aqui, atrás desses muros? Não sou aleijado, nem covarde! É uma vergonha ficar no templo quando até meninas...

– Essas moças – interrompeu a arquissacerdotisa – durante toda a juventude aprenderam a tratar, curar e cuidar dos doentes e feridos. Vão à guerra não movidas por patriotismo ou desejo de aventuras, mas porque haverá ali muitos feridos e doentes. Muito trabalho, dia e noite! Eurneid e Iola, Myrrha, Katje, Prune, Debora e outras meninas são a nossa contribuição para esta guerra. O templo, que faz parte da sociedade, paga as dívidas à sociedade. Contribui para o exército e para a guerra com suas especialistas experientes. Você entende, Jarre? Especialistas! Não é qualquer bucha de canhão!

– Todos se alistam! Só os covardes ficam em casa!

– Está falando besteiras, Jarre – falou Triss com frieza. – Você não entendeu nada.

– Eu quero ir para a guerra... – a voz do rapaz ficou triste. – Eu quero socorrer... Ciri...

– Olhe só – debochou Nenneke. – Um cavaleiro errante quer ir em socorro da dama de seu coração. Num cavalo branco...

Calou-se diante do olhar da feiticeira.

– Já chega desse assunto, Jarre – repreendeu o rapaz com o olhar. – Eu já disse que não permito! Volte a seus livros! Estude. Seu futuro está nos estudos. Venha, Triss. Não podemos perder tempo.

•

Na tela estendida diante do altar havia um pente de ossos, um anel barato, um livro numa moldura desgastada e uma fita azul-celeste desbotada. Iola Primeira, sacerdotisa que possuía o dom das profecias, estava ajoelhada e debruçada sobre os objetos.

– Não se apresse, Iola – avisou Nenneke, que estava ao lado. – Concentre-se, devagar. Não queremos uma profecia inteligente, tampouco um enigma de mil respostas. Queremos uma imagem. Uma imagem clara. Use a aura desses objetos que pertenciam a Ciri. Ciri tocava neles. Use a aura. Devagar. Não tenha pressa.

Lá fora um vendaval e uma nevasca cobriam tudo ao redor. O telhado e o pátio do templo rapidamente cobriram-se de neve.

Era dezenove de novembro. Lua cheia.

– Estou pronta, mãe – falou Iola Primeira com sua voz melodiosa.

– Comece.

– Um instantinho. – Triss levantou-se do banco num pulo e tirou dos ombros o casaco de chinchilas. – Um momento, Nenneke. Quero entrar em transe junto com ela.

– Não é seguro.

– Eu sei, mas quero ver com meus próprios olhos. Eu devo isso a ela. Ciri... amo essa menina como se fosse minha irmã mais nova. Ela salvou minha vida em Kaedwen, arriscando a sua própria...

De repente, a voz da feiticeira ficou presa.

– Exatamente como Jarre – a arquissacerdotisa sacudiu a cabeça. – Você quer correr para ajudar, à toa, a qualquer custo, sem saber onde e para quê. Mas Jarre é um rapaz ingênuo, e você, pelo que parece, é uma feiticeira adulta e madura. Deveria saber que entrar em transe não ajudará Ciri em nada. E poderá prejudicar a si mesma.

– Eu quero entrar em transe junto com Iola – repetiu Triss, e mordeu os lábios. – Permita, Nenneke. De qualquer forma, qual seria o risco? Um ataque de epilepsia? Mesmo que isso aconteça, você conseguirá me ajudar.

– Você se arrisca – falou Nenneke devagar – a ver algo que não deveria.

"Um monte", Triss pensou apavorada. "O Monte Sodden, em que morri uma vez. Em que fui enterrada e onde meu nome foi gravado num obelisco de sepultura. O monte e o túmulo que um dia chamarão por mim.

"Eu sei. Isso já me foi pressagiado."

– Eu já tomei a decisão – disse com frieza e soberba antes de levantar-se e com as duas mãos jogar seu lindo cabelo para trás. – Comecemos.

Nenneke ajoelhou-se e apoiou a testa sobre as mãos justapostas.

– Comecemos – disse em voz baixa. – Prepare-se, Iola. Ajoelhe-se junto de mim, Triss. Segure a mão de Iola.

Era noite. Lá fora ouviam-se gemidos produzidos pelo vendaval. Nevava.

No Sul, atrás os Montes Amell, em Metinna, numa terra chamada Cem Lagos, num lugar distante da cidade de Ellander e do templo de Melitele por quinhentas milhas de voo de gralha, um pesadelo despertou o velho pescador Gosta, de madrugada. Acordado, Gosta não conseguia, por mais que tentasse, lembrar do sonho, mas uma estranha ansiedade não o deixava cair no sono.

•

Qualquer pescador que conhece seu ofício sabe que a perca tem que ser pescada no primeiro gelo.

Nesse ano, o inverno, embora tivesse chegado surpreendentemente cedo, zombava de todos, e era caprichoso como uma moça bonita e bem-sucedida nos jogos amorosos com os rapazes. No início de novembro, logo após Saovine, a primeira geada e a nevasca causaram uma surpresa perniciosa, como um salteador que emerge do nada de uma emboscada. Ninguém esperava a neve ou o frio, já que ainda havia muito trabalho a ser feito. Por volta de meados de novembro formou-se uma finíssima camada de gelo que já parecia sustentar o peso de uma pessoa, e então o caprichoso inverno retirou-se repentinamente – voltou o outono, caiu uma chuvarada, e a camada de gelo foi diluída pela chuva, e estraçalhada, empurrada para as margens e desmanchada pelo vento cálido que soprava do Sul. Que diabos!, os camponeses estranhavam. Será que chegará o inverno?

Passaram-se três dias e o inverno voltou. Dessa vez sem neve nem nevascas, mas fazia um frio de rachar. Numa única noite os beirais dos telhados foram tomados por agudos dentes de estalactites de gelo e faltou pouco para os patos serem tomados de surpresa e congelarem nos pântanos.

E os lagos de Mil Trachta suspiraram e gelaram.

Gosta esperou mais um dia, só para ter certeza, e tirou do sótão uma caixa portátil com alça, na qual guardava seus acessórios de pesca. Encheu bem as botas com palha, vestiu o casaco de pele de carneiro, pegou um cinzel, um saco e dirigiu-se ao lago.

Era notório: a perca tinha que ser pescada no primeiro gelo.

O gelo era forte. Cedia e estalava um pouco sob os pés, mas era firme. Gosta chegou ao baixio, abriu um buraco no gelo com o cinzel, sentou-se em cima da caixa, soltou a linha feita de crina de cavalo presa a uma curta vara de lárice, amarrou um peixe de estanho no anzol e mergulhou-o na água. A primeira perca, de meio côvado, mordeu a isca antes que a corda caísse e se esticasse.

Não se passou nem uma hora e, ao redor do buraco no gelo, se amontoavam mais de cinquenta peixes verdes listrados com barbatanas vermelho-sangue. Gosta pescara mais percas do que precisava, mas a euforia o impedia de parar. Ora, podia distribuir os peixes entre os vizinhos.

Ouviu um relincho prolongado.

Levantou a cabeça, que estava voltada para o buraco no gelo. Na beira do rio havia um lindo cavalo negro que expelia vapor pelas narinas. O cavaleiro vestia um casaco de pele de ratos-almiscarados e tinha o rosto coberto com um cachecol.

Gosta engoliu em seco. Era tarde para fugir. No fundo da alma esperava que o cavaleiro não se atrevesse a pisar com o cavalo no gelo fino.

Continuou a mexer a vara mecanicamente e mais uma perca puxou a linha. O pescador sacou-a, retirou do anzol, jogou por cima do gelo. Com o canto do olho viu o cavaleiro descer do cavalo, amarrar as rédeas a um arbusto e ir em sua direção, pisando com cuidado na escorregadia película de gelo. A perca se remexia no gelo, esticava a barbatana espinhenta, mexia as brânquias. Gosta levantou-se e curvou-se para pegar o cinzel, que podia servir de arma se fosse necessário.

– Não tenha medo.

Era uma garota. Agora, quando tirou o cachecol da cabeça, foi possível ver seu rosto, deformado por uma horrenda cicatriz. Carregava nas costas uma espada, ele viu a empunhadura de belíssimo acabamento que apareceu por trás do ombro.

– Não lhe causarei nenhum mal – disse baixinho. – Quero apenas perguntar pelo caminho.

"Até parece", Gosta pensou. "Pode crer. Agora, no inverno. No frio. Quem é que anda ou viaja agora? Só os bandidos. Ou alguém fugindo."

– Esta terra é Mil Trachta?

– É... – balbuciou sem tirar os olhos do buraco no gelo, da água negra. – Mil Trachta. Mas nós o chamamos de Cem Lagos.

– E o lago Tarn Mira? Você conhece?

– Todos conhecem – olhou para a moça, assustado. – Embora nós aqui o chamemos de Senfundo. É um lago encantado. Um fundo sem fim... As náiades vivem lá, afogam os humanos. E demônios vivem nas ruínas antigas, encantadas.

Viu os olhos verdes dela brilharem.

– Há ruínas lá? Talvez uma torre?

– Nada de torres – não aguentou e bufou. – Só um monte de pedras, pedra em cima de pedra, com o mato crescendo por cima. Uma pilha de ruínas...

A perca parou de saltar, mexia apenas as barbatanas por entre seus coloridos companheiros listrados. A garota observava, pensativa.

– A morte no gelo – disse – tem algo de encantador.

– Hein?

– Qual é a distância até esse lago com ruínas? Por onde devo ir?

Respondeu. Mostrou. Até desenhou o caminho no gelo, fazendo um mapa com a ponta afiada do cinzel. Ciri acenava com a cabeça, decorando. Na beira do lago a égua batia os cascos contra o solo congelado, bufava, soltava vapor pelas narinas.

•

Viu a garota afastar-se ao longo da margem esquerda do lago, galopar pelo espinhaço do precipício, entre bétulas e amieiros secos, por uma linda e maravilhosa floresta confeitada com geada. A égua negra corria veloz e com leveza, com uma graça indescritível. Quase não se ouvia a batida dos cascos no chão congelado. A neve cor de prata caía delicadamente dos galhos remexidos. Era como se um cavalo incomum, maravilhoso, cavalo espectro atravessasse a floresta confeitada e petrificada pela geada.

Ou será que era mesmo um espectro?

Um demônio sobre um cavalo demoníaco. Um demônio encarnado em uma garota de enormes olhos verdes e rosto deformado?

Quem, salvo o demônio, viaja no inverno e pergunta como chegar às ruínas encantadas?

Gosta retirou com rapidez sua instalação de pescador. Foi para casa, andando pela floresta. O caminho era mais longo, mas o juízo e o instinto o alertaram a não ir pela estrada e não chamar a atenção. A garota, apesar de todas as aparências, não era um espectro, era um ser humano – era o que lhe dizia a razão. A égua negra não era um espectro, apenas um cavalo. E aqueles que atravessam os ermos sozinhos a cavalo, ainda mais no inverno, em geral estão sendo perseguidos.

Uma hora depois uma perseguição de catorze cavalos galopou pela estrada.

•

Rience chacoalhou o estojo de prata mais uma vez, xingou e o bateu com raiva contra o cepilho da sela, mas o xenovox não emitia nenhum som. Como se estivesse encantado.

– Uma merda! – comentou Bonhart friamente. – Quebrou, uma bugiganga da feira.

– Ou será que Vilgefortz está demonstrando o apreço que tem por nós? – Stefan Skellen acrescentou.

Rience ergueu a cabeça e fitou os dois com um olhar malicioso.

– Graças a esta bugiganga da feira – afirmou com ironia – estamos seguindo o rastro e não o perderemos. Graças ao senhor Vilgefortz sabemos para onde a garota vai. Sabemos aonde vamos e o que precisamos fazer. Acho que isso já é muito em comparação com o que vocês conseguiram no mês passado.

– Não fale tanto. Ei, Boreas? O que os rastros apontam?

Boreas Mun endireitou-se e tossiu.

– Esteve aqui há uma hora. Quando pode, tenta correr, mas é um terreno difícil. Mesmo cavalgando naquela égua excepcional, está a apenas cinco ou seis milhas à nossa frente.

– Então ela está se enfiando por entre esses lagos – resmungou Skellen. – Vilgefortz tinha razão e eu não acreditava no que ele dizia...

– Eu também não – admitiu Bonhart. – Mas só até ontem, quando os camponeses confirmaram que à margem do rio Tarn Mira realmente havia uma construção mágica.

Os cavalos relinchavam, soltavam vapor pelas narinas. Coruja lançou um olhar pelo ombro esquerdo, para Joanna Selborne. Não estava gostando da expressão facial da telepata nos últimos dias. "Estou ficando nervoso", pensou. "Esta perseguição nos cansou física e psiquicamente. Está na hora de acabar com isso. Está na hora mesmo."

Sentiu calafrios nas costas. Lembrou-se do sonho que teve na noite anterior.

– Chega! – acordou. – Chega de meditação. Aos cavalos!

•

Boreas Mun pendia da sela, procurava rastros. Não era fácil. A terra estava completamente congelada, dura, e a neve, poeirenta, soprada com rapidez pelo vento, mantinha-se apenas nas fendas e gretas. Era lá que Boreas procurava as marcas das ferraduras da égua negra. Precisava prestar muita atenção para não perder o rastro, especialmente agora, quando a voz vinda do estojo mágico silenciou, parou de dar conselhos e orientações.

Estava esgotado. E aflito. Perseguiam a garota fazia três semanas, desde Saovine, desde o massacre em Dun Dâre. Quase três semanas cavalgando, perseguindo-a sem parar. E ninguém afrouxava, nem a égua negra, nem a garota que a montava, ninguém diminuía o passo.

Boreas Mun procurava os rastros.

Não conseguia parar de pensar no sonho que tivera na noite anterior. Sonhou que estava se afogando. As águas negras fechavam sobre sua cabeça e ele caía até o fundo, a água gelada penetrava em sua garganta e seus pulmões. Embora estivesse muito frio, acordou suado, molhado, quente.

"Já chega", pensou, suspenso na sela, procurando os rastros. "Está mais do que na hora de acabar com isso."

•

– Mestre? Está me ouvindo? Mestre?

O xenovox silenciou como se tivesse sido encantado.

Rience chacoalhou os ombros e assoprou nas mãos geladas. O frio penetrava em sua nuca e suas costas. A região lombar e o dorso doíam, e cada movimento mais intenso do cavalo o lembrava disso. Não tinha nem força para xingar.

Quase três semanas cavalgando, numa perseguição ininterrupta. Num frio de rachar, e nos últimos dias em temperaturas insuportáveis.

E Vilgefortz silenciara.

"Nós também permanecíamos calados e olhávamos um para o outro com ar desconfiado."

Rience esfregou as mãos e colocou as luvas.

"Skellen olha para mim com um olhar estranho", pensou. "Será que está tramando algo? Naquele dia o acordo que fez com Vilgefortz pareceu rápido e fácil demais... E essa unidade, esses bandidos, são fiéis a ele, cumprem suas ordens. Quando pegarmos a garota, estará disposto a matá-la ou sequestrá-la para entregá-la a esses seus conjurados e implantar suas ideias malucas sobre a democracia e o governo cívico.

Ou será que Skellen já desistiu de participar do complô? Sendo um conformista e oportunista nato talvez já esteja pensando em entregar a garota ao imperador Emhyr?

Coruja e todo esse seu bando... Essa Kenna Selborne... Olham para mim de um jeito estranho.

E Bonhart? Bonhart é um sádico imprevisível. Quando fala de Ciri, sua voz treme de raiva. Se depender de sua vontade, estará disposto a surrar ou sequestrar a garota rendida para que ela lute nas arenas. Ele não levará o acordo a sério. Especialmente agora, quando Vilgefortz..."

Tirou o xenovox de dentro da camisa.

– Mestre? Está me ouvindo? Sou eu, Rience...

O aparelho silenciara. Rience não estava com vontade nem de xingar.

"Vilgefortz silenciara. Skellen e Rience fizeram um pacto com ele. E daqui a um ou dois dias, quando conseguirmos apanhar a garota, pode ser que o pacto já tenha sido dissolvido. E então pode ser que eu leve uma facada na garganta. Ou que seja levado para Nilfgaard amarrado com cordas, como prova e testemunho da lealdade de Coruja...

Droga!

Vilgefortz silenciara. Não nos dá conselhos. Não aponta o caminho. Não esclarece as dúvidas com sua voz calma e racional, que chega às profundezas da alma. Permanece em silêncio.

O xenovox está avariado. Será que é por causa do frio? Ou talvez...

Talvez Skellen tenha razão? Talvez Vilgefortz esteja ocupado com outra coisa e na verdade não se preocupe conosco ou com nosso destino?

Diabos, não pensei que fosse assim. Se tivesse suspeitado que seria assim, não teria me empolgado tanto com esta tarefa... Mataria o bruxo, cumpriria a tarefa de Schirrú... Droga! Eu estou passando frio e Schirrú deve estar se aquecendo em algum lugar quentinho...

E, para piorar as coisas, fui eu mesmo que insisti em ser encarregado de pegar Ciri, e Schirrú de apanhar o bruxo. Fui eu mesmo que pedi...

Foi no ínicio de setembro que Yennefer caiu em nossas mãos."

•

O mundo, que um segundo antes parecia uma negritude irreal, macia, pegajosa e lamacenta, de súbito ganhou contornos e superfícies duros. Clareou e virou real.

Yennefer abriu os olhos, o corpo sacudia com calafrios convulsivos. Estava deitada sobre pedras, entre cadáveres e tábuas cobertas de piche, presa sob os destroços do equipamento do dracar

Alkyone. Via pernas em volta. Pernas com botas pesadas. Uma dessas botas acabara de chutá-la, numa tentativa de acordá-la.

– Levante-se, bruxa!

Mais um chute, e uma dor que chegava até a raiz dos fios de cabelo. Viu um rosto debruçado sobre ela.

– Levante-se, eu disse! Em pé! Você me reconhece?

Piscou os olhos. Reconheceu. Era o sujeito que ela queimara uma vez quando fugia dela por um teleportal. Rience.

– Vamos nos vingar – anunciou. – Vamos nos vingar por tudo, puta. Vou lhe ensinar o que é dor. Com estes dedos e estas mãos, vou lhe ensinar o que é dor.

Ficou tensa, apertou e soltou as mãos, pronta para jogar um feitiço. E imediatamente encolheu-se, engasgou, tossiu e começou a tremer. Rience soltou uma gargalhada.

– Não vai dar certo, não é? – ouviu. – Você não tem nem um pouquinho de força! Não chega nem aos pés de Vilgefortz no ofício de feitiçaria. Ele sugou tudo de você, sorveu até a última gota, como o soro de um queijo. Você não conseguirá nem...

Não terminou. Yennefer sacou o punhal da bainha presa do lado de dentro da coxa, saltou feito gato e cortou o ar. Não acertou. O gume passou ligeiramente pelo alvo, rasgou o tecido da calça. Rience saltou para trás e caiu.

Foi atingida imediatamente por uma chuvarada de golpes e chutes. Uivou quando uma bota pesada esmagou sua mão, obrigando-a a soltar o punhal. Mais um chute, executado por outra bota, atingiu-a no ventre. A feiticeira encolheu-se, tossindo. Levantaram-na do chão, puxando seus braços para trás. Viu um punho que se aproximava dela e, de repente, o mundo brilhou intensamente e sentiu a dor explodir em seu rosto. A dor desceu sucessivamente para a barriga e a virilha, transformou os joelhos numa gelatina mole. Ficou suspensa nos braços que a seguravam. Alguém puxou seu cabelo para trás, levantando sua cabeça. Levou mais um soco na órbita ocular, e outra vez tudo desapareceu e dissipou-se num brilho ofuscante.

Não desmaiou. Sentia os golpes. Batiam com força, com crueldade, como se bate num homem, com golpes que devem não apenas doer, mas abater, tirar toda a energia e resistência da vítima. Batiam nela, trêmula, agarrada firmemente por muitas mãos.

Queria desmaiar, mas não conseguia. Sentia tudo.

– Chega – ouviu subitamente, de longe, atrás da cortina de dor. – Você enlouqueceu, Rience? Vocês querem matá-la? Eu preciso dela viva.

– Eu lhe prometi, mestre – resmungou um vulto trêmulo diante dela, que aos poucos ganhava a fisionomia e as feições de Rience. – Eu lhe prometi que iria me vingar... Com estas mãos...

– Não me interessa o que você prometeu a ela. Repito, preciso dela viva e com a capacidade de articular.

– Não é fácil tirar a vida – riu o sujeito que segurava seu cabelo – de um gato e de uma bruxa.

– Não tente dar uma de sábio, Schirrú. Já disse, chega de bater nela. Levantem-na. Como você está, Yennefer?

A feiticeira cuspiu sangue e levantou a cara inchada. A princípio não o reconheceu. Usava algo que parecia uma máscara que cobria todo o lado esquerdo de sua cabeça. Mesmo assim, sabia quem era.

– Vá para o inferno, Vilgefortz – balbuciou, e com cuidado tocou com a língua nos dentes da frente e nos lábios machucados.

– Como você avalia meu encanto? Você gostou do jeito que a levantei do mar junto com esse barquinho? Gostou do voo? Com que encantos você se protegeu para sobreviver à queda?

– Vá para o inferno.

– Tirem essa estrela de seu pescoço. E levem-na ao laboratório. Não podemos perder tempo.

Foi arrastada, puxada, em alguns trechos carregada. A destroçada *Alkyone* estava largada numa planície cheia de pedras junto de outras carcaças de barcos com as costelas eriçadas, parecendo monstros marinhos. "Crach estava certo", pensou. "O desaparecimento misterioso dos barcos no Abismo de Sedna não foi causado por catástrofes naturais. Deuses... Pavetta e Duny..."

À distância, despontavam no céu nublado cumes de montanhas que dominavam a planície.

Depois havia muros, portões, claustros, lajes, escadas. Tudo muito estranho, desproporcionalmente grande... Havia ainda poucos indícios que a ajudassem a se dar conta de onde estava, que lugar era aquele aonde o feitiço a levara. Seu rosto inchava, dificultando ainda mais a observação. O único sentido que providenciava informações era o olfato – sentiu momentaneamente o formol, o éter, o álcool e a magia. Eram odores de laboratório.

Foi colocada brutalmente numa cadeira de aço. Seus pulsos e tornozelos foram presos com algemas frias e apertadas. Antes que as mandíbulas de aço do torno apertassem suas têmporas e imobilizassem sua cabeça, conseguiu lançar um olhar pela espaçosa sala intensamente iluminada. Viu mais uma cadeira, uma estranha construção de aço num pedestal de pedra.

– Pois é – ouviu a voz de Vilgefortz, que estava atrás dela. – Esta cadeira é para sua Ciri. Espera há muito tempo e está muito ansiosa. Assim como eu.

Ouvia-o de perto, sentia até sua respiração. Enfiava agulhas no couro cabeludo, prendia algo nas suas orelhas. Em seguida, pôs-se diante dela e tirou a máscara. Yennefer soltou um som involuntário de repulsa.

– Isto aqui é a obra de sua Ciri – disse apontando para seu rosto. Antes um exemplo de beleza clássica, agora estava massacrado de tal forma que se tornara repugnante, atravessado por fivelas de ouro e prendedores que seguravam um cristal multifacetado na órbita ocular esquerda.

– Tentei segurá-la quando entrava no teleportal da Torre da Gaivota – explicou o feiticeiro calmamente. – Quis salvar sua vida, estava certo de que o teleportal iria matá-la. Ingênuo! Passou ligeiramente, com uma força tão grande que o teleportal estourou, explodiu direto em meu rosto. Perdi um olho e a bochecha esquerda, bastante pele na cara, no pescoço e no peito. É muito triste, muito dolorido, e torna a vida bem complicada. Além de ser desagradável, não acha? Você deveria ter me visto quando comecei a regenerá-lo de forma mágica.

– Se eu acreditasse nessas coisas – retomou, enfiando um tubo de cobre envergado –, pensaria que se tratava da vingança *post-mortem* de Lydia van Bredevoort. Estou conseguindo regenerar meu rosto, embora seja um processo lento, demorado e difícil. Há dificuldades, especialmente com a regeneração da cavidade ocular...

O cristal que uso na órbita cumpre excepcionalmente seu papel, a visão é tridimensional. Mesmo assim, é um corpo estranho, e a falta de um olho natural às vezes me deixa furioso. Nessas horas, tomado por uma raiva irracional, juro a mim mesmo que, quando pegar Ciri, logo em seguida mandarei Rience tirar um de seus enormes olhos verdes. Com os dedos. Com estes dedos, como ele costuma dizer. Você não fala nada, Yennefer? E sabe que estou com vontade de tirar seu olho também? Ou os dois olhos?

Enfiava grossas agulhas nas veias do dorso da mão. Às vezes não acertava e furava as mãos até os ossos. Yennefer cerrava os dentes.

– Você me atrapalhou. Fez que eu me desligasse de meu trabalho. Submeteu-me ao perigo, enfiando-se com esse barco no Abismo de Sedna, sob meu Aspirador... O eco provocado por nosso curto duelo foi forte e espalhou-se por uma grande distância, pode ter chegado a ouvidos curiosos e não autorizados. Mas não consegui me segurar. Só de pensar que poderia ter você aqui e ligá-la a meu escaneador, foi tentador demais para mim.

– Pois você não acha – enfiou mais uma agulha – que caí em sua provocação, não é? Que engoli a isca? Não, Yennefer. Se acha isso, você confunde o céu com o reflexo das estrelas na superfície de uma lagoa. Você me rastreava e eu a rastreava. Ao sair para o abismo, você simplesmente facilitou minha tarefa. Pois veja que eu mesmo não consigo escanear Ciri, apesar deste aparelho admirável. A menina nasceu com fortes mecanismos de defesa, uma poderosa aura antimágica. Afinal, trata-se do Sangue Antigo... Mesmo assim, meus superescaneadores deveriam detectá-la. Mas não a detectam.

Yennefer já estava toda envolta numa rede de fios de prata e cobre, coberta com um andaime de tubos de prata e de porcelana. Nos suportes alocados junto da cadeira oscilavam recipientes de vidro com líquidos transparentes.

– Por isso pensei – Vilgefortz enfiou outro tubo em seu nariz, dessa vez de vidro – que a única maneira de escanear Ciri é por meio da sonda empática. Mas para isso eu precisava de alguém que tivesse um contato emocional suficientemente forte e construísse uma matriz empática, digamos, através de um neologismo, um tipo de algoritmo de sentimentos e simpatia mútuos. Pensei no bruxo, mas o bruxo desapareceu; além disso, os bruxos são médiuns fracos. Eu ia mandar sequestrar Triss Merigold, nossa Décima Quarta do Monte. Pensei em sequestrar Nenneke de Ellander... Mas quando soube que você, Yennefer de Vengerberg, estava prestes a cair em minhas mãos... Realmente, não poderia contar com algo mais propício... Ligada a esta aparelhagem, você escaneará Ciri para mim. Contudo, a operação precisa de sua cooperação... Como você mesma sabe, existem métodos para forçar alguém a cooperar.

– Claro – retomou, limpando as mãos –, você merece alguns esclarecimentos. Por exemplo: como e de onde soube sobre o Sangue Antigo? Sobre a herança de Lara Dorren? O que realmente é esse gene? E como Ciri tem a posse dele? Quem é que o passou a ela? Como vou tirá-lo dela e com que fim vou usá-lo? Como funciona o Aspirador de Sedna, quem foi sugado por ele, o que fiz com essas pessoas e por quê? São muitas perguntas, não são? Que pena que não temos tempo suficiente para que eu possa contar-lhe tudo, esclarecer tudo. Tenho certeza de que você ficaria surpresa com alguns dos fatos, Yennefer... Mas, como já disse, não temos tempo. Os elixires estão começando a funcionar, então está na hora de você começar a se concentrar.

A feiticeira cerrou os dentes, sufocada por um gemido profundo, cortante, visceral.

– Eu sei – Vilgefortz acenou com a cabeça, aproximando um grande megascópio profissional: uma tela e uma enorme bola de cristal posta sobre um tripé, envolta com uma teia de fios de prata. – Eu sei, tudo isso é muito triste. E muito doloroso. Quanto mais rápido você proceder ao escaneamento, mais rápido terminaremos. Vamos lá, Yennefer. Quero ver Ciri aqui, nesta tela. Onde está, com quem está, o que faz, o que come, com quem e onde dorme.

Yennefer soltou um grito horrendo, selvagem, desesperado.

– Dói – Vilgefortz adivinhou, fitando-a com o olho vivo e com o cristal morto. – Com certeza dói. Escaneie, Yennefer. Não resista. Não se finja de heroína. Você sabe que não dá para aguentar essa dor, e as consequências de sua resistência podem ser trágicas, terá um derrame, ficará paraplégica ou pode ser que até vire um vegetal. Escaneie!

Cerrou as mandíbulas com tanta força que os dentes estalaram.

– Vamos lá, Yennefer – falou o feiticeiro com delicadeza. – Faça isto pelo menos por mera curiosidade! Com certeza você tem curiosidade de saber como está sua pupila. Ou se está correndo algum risco. Talvez esteja precisando de ajuda? Você sabe bem que há muitas pessoas que desejam mal a Ciri e querem sua desgraça. Escaneie. Quando souber onde a garota está, eu a trarei para cá. Aqui estará segura... Aqui ninguém vai achá-la. Ninguém.

Sua voz era quente e melodiosa.

– Escaneie, Yennefer. Escaneie. Por favor. Eu lhe dou minha palavra: tirarei de Ciri aquilo que preciso e depois soltarei vocês duas. Juro.

Yennefer cerrou os dentes com mais força. Um fio de sangue correu em seu queixo. Vilgefortz levantou-se bruscamente e acenou com a mão.

– Rience!

Yennefer sentiu um aparelho apertar sua mão e seus dedos.

– Às vezes – disse Vilgefortz, debruçando-se sobre ela –, onde a magia, os elixires e as drogas não fazem efeito sobre os resistentes, a velha, boa, comum e clássica dor dá resultado. Não me force a fazer isso. Escaneie.

– Vá para o inferno, Vilgefoooortz!

– Aperte os parafusos, Rience. Devagar.

•

Vilgefortz olhou para o corpo inerte arrastado em direção às escadas que levavam ao subsolo. Depois levantou os olhos e procurou Rience e Schirrú.

– Sempre existe o risco de vocês caírem nas mãos de meus inimigos e de serem interrogados – disse. – Queria acreditar que nessas circunstâncias vocês demonstrariam força do corpo e espírito como ela. Sim, queria acreditar nisso. Mas não acredito.

Rience e Schirrú ficaram calados. Vilgefortz ligou de novo o megascópio e projetou a imagem gerada pelo enorme cristal.

– É só isso o que ela escaneou – disse, apontando. – Eu queria Cirilla, ela me entregou o bruxo. Interessante. Não deixou que chegasse à matriz empática da garota, mas não conseguiu resistir em relação a Geralt. Não suspeitava que nutrisse qualquer tipo de sentimento por ele... Mas, por enquanto, vamos nos contentar com o que temos. O bruxo, Cahir aep Ceallach, o trovador Jaskier e uma mulher? Hummm... Quem é que se responsabilizará pela tarefa da solução final do bruxo?

•

Schirrú se apresentara como voluntário, lembrou-se Rience, e levantou-se nos estribos para aliviar, pelo menos um pouco, as nádegas doloridas de tanto ficar na sela. Schirrú responsabilizara-se por matar o bruxo. Conhecia as redondezas em que Yennefer escaneara Geralt e sua companhia, tinha conhecidos ou até parentes lá. Eu fui mandado por Vilgefortz para negociar com Vattier de Rideaux, e depois para seguir Skellen e Bonhart...

E eu, burro, naquela época estava feliz, achando que recebera uma tarefa muito mais fácil e agradável, e que a cumpriria rápida e facilmente e de forma agradável...

•

– Se os camponeses não mentiram – Stefan Skellen levantou-se nos estribos –, então esse lago deve estar atrás desse monte, no vale.

– O rastro leva a esse lugar – confirmou Boreas Mun.

– Então por que estamos parados? – Rience esfregou a orelha congelada. – Finquem as esporas e vamos!

– Calma – Bonhart segurou-o. – É melhor nos separarmos. Cerquemos o vale. Não sabemos qual foi a margem do lago que ela escolheu para se deslocar. Se optarmos pela direção errada, pode ser que o lago nos separe dela.

– Verdade – concordou Boreas.

– Os lagos estão congelados.

– O gelo pode ser frágil demais para os cavalos. Bonhart tem razão, precisamos nos separar.

Skellen deu as ordens num instante. O grupo liderado por Bonhart, Rience e Ola Harsheim, que contava no total com sete cavalos, galopou pela margem direita, desaparecendo rapidamente na floresta negra.

– Tudo bem – ordenou Coruja. – Vamos, Silifant...

Logo se deu conta de que algo estava errado.

Virou o cavalo, açoitou-o com o azorrague e esbarrou em Joanna Selborne. Kenna recuou seu corcel e seu rosto estava imóvel feito pedra.

– Isso não vai dar certo, senhor legista – disse em voz rouca. – Nem tente. Não seguiremos com vocês. Nós recuaremos. Estamos fartos.

– Nós? – vociferou Dacre Silifant. – Quem, nós? O que é isso, uma rebelião?

Skellen inclinou-se na sela e cuspiu no chão congelado. Andres Vierny e Til Echrade, o elfo de cabelo claro, posicionaram-se atrás dela.

– Senhora Selborne – falou Coruja com ironia, lentamente. – Não importa se a senhora vai jogar no lixo uma carreira brilhante e se desfazer de sua chance. O problema é que a senhora será entregue ao carrasco. Junto com esses burros que a apoiaram.

– O que se enforca não se afoga – respondeu Kenna filosoficamente. – E não nos ameace com o carrasco, senhor legista, pois não sabemos quem está mais próximo do cadafalso, nós ou o senhor.

– É isso o que você acha? – os olhos de Coruja brilharam. – Você se certificou disso depois de escutar astuciosamente os pensamentos de alguém? Eu achava que você era mais inteligente. Mas vejo que é burra, mulher. Quem está comigo sempre ganha, quem está contra mim sempre perde! Lembre-se disso. Mesmo que você me considere derrotado, eu ainda conseguirei mandá-la para o cadafalso. Vocês todos estão ouvindo? Mandarei arrancar carne viva de seus ossos com ferro em brasa!

– Só se morre uma vez, senhor legista – disse Til Echrade em tom suave. – Vocês escolheram seu caminho, nós escolhemos o nosso. Os dois caminhos são arriscados e incertos. E não se sabe o que o destino nos reservou.

– Não somos cachorros – Kenna ergueu a cabeça com orgulho – para o senhor nos soltar atrás dessa garota, senhor Skellen. E não deixaremos que acabem conosco como se fôssemos cachorros, como aconteceu com Neratin Ceka. Chega de papo. Recuemos! Boreas! Venha conosco.

– Não – o rastreador acenou com a cabeça num gesto de negativa e limpou a testa com o gorro de pele. – Passem bem, desejo-lhes sorte, mas eu fico. Estou a serviço. Jurei.

– A quem? – Kenna franziu as sobrancelhas. – Ao imperador ou a Coruja? Ou ao feiticeiro cuja voz ressoa de dentro do estojo?

– Sou soldado. Cumprindo serviço.

– Esperem – gritou Dufficey Kriel, aparecendo de trás de Dacre Silifant. Eu vou com vocês. Também estou farto! Ontem à noite sonhei com minha própria morte. Não quero morrer em nome desse caso suspeito e maldito!

– Traidores! – gritou Dacre, e enrubesceu feito uma cereja. Parecia que ia jorrar sangue negro de seu rosto. – Traidores! Cães malditos!

– Cale a boca – Coruja ainda olhava para Kenna e seus olhos eram tão nojentos quanto os do pássaro do qual derivava seu apelido. – Você ouviu bem: eles escolheram o caminho. Não vale a pena gritar ou gastar saliva. Mas prometo que um dia ainda nos encontraremos.

– Talvez no mesmo cadafalso – falou Kenna sem ironia. – Já que você, Skellen, não será enforcado com os príncipes. Será enforcado conosco, com a ralé. Mas tem razão, não vale a pena gastar saliva. Vamos. Passe bem, Boreas. Passe bem, senhor Silifant.

Dacre cuspiu por cima das orelhas do cavalo.

•

– E não tenho mais nada para acrescentar – Joanna Selborne ergueu a cabeça com orgulho e tirou a mecha negra de sua testa – além do que já falei aqui, Meritíssimo Tribunal.

O presidente do tribunal olhava para ela com soberba. Seu rosto estava enigmático. Tinha olhos cinzentos, cheios de bondade.

"Não tenho nada a perder", Kenna pensou. "Vou tentar. Quem não arrisca não petisca. Não vou apodrecer na cidadela e esperar a morte chegar. Coruja não jogava palavras ao vento, estava prestes a se vingar até *post-mortem*...

Vou arriscar, talvez não notem. Quem não arrisca..."

Pôs a mão sobre o nariz como se estivesse esfregando-o. Mirou nos olhos cinzentos do presidente do tribunal.

– Guardas! – disse o presidente do tribunal. – Por favor, levem a testemunha Joanna Selborne de volta para...

Deteve-se, tossiu. Subitamente, o suor cobriu sua testa.

– ... para a chancelaria – encerrou, fungando com força. – Para preencher os documentos apropriados. E soltem-na. O tribunal já não precisará da testemunha Selborne.

Kenna limpou sorrateiramente a gota de sangue que caíra de seu nariz. Lançou um sorriso cheio de graça e agradeceu com uma mesura delicada.

•

– Desertaram? – repetiu Bonhart, incrédulo. – Mais homens desertaram? E simplesmente partiram? Skellen? Você permitiu?

– Se eles nos entregarem... – começou Rience, mas Coruja o interrompeu.

– Não vão nos entregar, pois não vão arriscar perder a própria cabeça! E, além disso, o que eu poderia ter feito para impedir? Kriel juntou-se a eles, só Dacre e Mun é que ficaram comigo, e eles estavam em quatro...

– Quatro – falou Bonhart de forma agourenta – não são muitos. Deixe só a gente alcançar a garota que eu os seguirei. E alimentarei as gralhas com seus cadáveres. Em nome de certos princípios.

– Mas precisamos alcançar a garota primeiro – interrompeu Coruja, apressando o lobuno com o azorrague. – Boreas! Preste atenção aos rastros!

Uma camada espessa de névoa cobria o vale, mas sabiam que lá embaixo ficava um lago, porque em Mil Trachta havia um lago em cada vale. Esse, no entanto, ao qual conduziam as pegadas da égua negra, era certamente aquele que procuravam, que Vilgefortz mandou que procurassem. Aquele que havia descrito com detalhes e cujo nome lhes revelou.

Tarn Mira.

O lago era estreito. Não mais longo que a distância de um tiro de arco. Em forma de meia-lua, levemente curvado entre encostas altas e íngremes cobertas de abetos negros, polvilhados maravilhosamente com neve branca. As encostas estavam envoltas num silêncio absoluto. Até as gralhas, cujo grasnar agourento os acompanhava no caminho havia alguns dias, silenciaram.

– Este é o lado sul – afirmou Bonhart. – Se o feiticeiro não vacilou e não se enganou, a torre mágica fica no lado norte. Boreas, preste atenção às pegadas! Se perdermos, o lago nos separará dela!

– Está bem nítido! – gritou Boreas Mun lá de baixo. – E fresco! Leva até o lago!

– Vamos, rápido – Skellen dominou o lobuno, que estava relutante por causa da encosta íngreme. – Para baixo!

Desceram pela encosta, com cuidado, segurando os cavalos, que bufavam. Passaram pelos arbustos negros, secos e congelados que bloqueavam o acesso à margem.

O alazão de Bonhart adentrou no gelo. Pisava com cuidado e quebrava com um estalo as caniças secas que se eriçavam por sobre a superfície brilhosa de gelo, que rebentou com um estrondo sob os cascos do cavalo, produzindo compridas fendas estreladas.

– Para trás! – Bonhart puxou as rédeas e recuou o corcel ofegante para a margem. – Desçam dos cavalos! A superfície de gelo é fina.

– Mas só perto da margem, por entre os arbustos – avaliou Dacre Silifant, batendo no gelo com o salto da bota. – Mas mesmo assim até aqui tem por volta de uma polegada e meia. Sustentará os cavalos tranquilamente, não há o que temer...

As palavras abafaram um palavrão e o relincho dos cavalos. O lobuno de Skellen escorregou, caiu sentado escarranchado. Skellen fincou as esporas, soltou mais um palavrão, mas dessa vez o xingamento foi acompanhado pelo estalo do gelo que rebentava. O lobuno bateu os cascos de frente, e os de trás, presos, ficaram enganchados, quebrando o gelo e agitando a água escura que jorrava sob ele. Coruja desceu da sela num salto, puxou as rédeas, mas escorregou e caiu prostrado. Por um milagre, evitou cair debaixo das ferraduras de seu próprio cavalo. Os dois gemmerianos, Ola

Harsheim e Bert Brigden, que também haviam descido dos corcéis, ajudaram-no a levantar-se e arrastaram o lobuno, que relinchava, à margem do lago.

– Desçam dos cavalos, rapazes – repetiu Bonhart com os olhos fixos na névoa que cobria o lago. – Não podemos arriscar. Vamos alcançá-la andando. Ela também desceu do cavalo, também vai andando.

– É verdade – confirmou Boreas Mun, apontando para o lago. – Dá para ver.

Só junto da margem, abaixo dos galhos suspensos, é que a superfície de gelo era lisa e semitransparente como o vidro escuro de uma garrafa. Viam-se, por baixo dela, plantas e algas marrons. Mais adiante, no centro, o gelo estava coberto de uma finíssima película de neve molhada e sobre ela, onde a neblina permitia enxergar, apareciam pegadas.

– Vamos alcançá-la! – gritou Rience em euforia, amarrando as rédeas num galho cortado. – Não é tão esperta como parece! Foi andando pelo gelo! Foi pelo gelo, pelo meio do lago. Se tivesse escolhido uma das margens, ou a floresta, não seria fácil pegá-la!

– Pelo meio do lago... – repetiu Bonhart. Parecia pensativo. – Pois é mais fácil e rápido chegar a essa torre pelo meio do lago. Essa torre sobre a qual Vilgefortz falou. Ela sabe disso. Mun, qual é a distância que nos separa dela?

Boreas Mun, que já estava sobre o lago, ajoelhou-se sobre a pegada, curvou-se, examinou.

– Meia hora – avaliou. – Não mais do que isso. O rastro ainda exala calor, mais não está disforme, dá para ver todos os pregos da sola do sapato.

– O lago – murmurou Bonhart, tentando atravessar a neblina com a vista, mas em vão – estende-se ao norte por mais de cinco milhas. Foi o que Vilgefortz falou. Se a menina está meia hora à nossa frente, então está a uma distância de mais ou menos uma milha.

– No gelo escorregadio? – Mun acenou com a cabeça num gesto de incredulidade. – Nem isso. No máximo seis ou sete léguas.

– Melhor ainda! Vamos!

– Vamos – repetiu Coruja. – Para o gelo e rápido!

Andavam ofegantes. A proximidade da presa os excitava, enchia de euforia, feito um narcótico.

– Não vai fugir de nós!

– É só não perder o rastro...

– Tomara que não nos engane nesta neblina branca e espessa que nem leite... Droga, não dá para enxergar nada a uma distância maior que vinte passos.

– Andem mais rápido – rosnou Rience. – Depressa! Vamos seguir os rastros, já que ainda há neve no gelo...

– Os rastros estão frescos – Boreas Mun balbuciou de repente, parou e curvou-se. – Fresquinhos... Dá para ver todos os pregos na sola... Está bem perto... Bem perto mesmo! Por que não a vemos?

– E por que não a ouvimos? – refletiu Ola Harsheim. – Os passos que damos no gelo fazem muito barulho, as pisadas na neve emitem um ruído! Por que não a ouvimos, então?

– Porque vocês não calam as bocas – cortou Rience bruscamente. – Vamos mais rápido!

Boreas Mun tirou o gorro e limpou com ele a testa suada.

– Ela está ali, por entre a neblina – disse em voz baixa. – Em algum lugar ali na neblina... Mas não sabemos onde. Não sabemos de onde ela vai atacar... Como lá... Em Dun Dâre... Na noite de Saovine...

Começou a desembainhar a espada com a mão trêmula. Coruja saltou até ele, segurou seus braços e os sacudiu com força.

– Cale a boca, seu burro – rosnou.

Mas era tarde demais. Os outros também ficaram apavorados. Também tiraram as espadas e involuntariamente posicionaram-se de tal maneira que cada um tinha um companheiro atrás de si.

– Ela não é um demônio! – rosnou Rience em voz alta. – Nem feiticeira! E nós estamos em dez! Em Dun Dâre havia apenas quatro e todos estavam bêbados!

– Afastem-se – falou Bonhart repentinamente – para a esquerda e a direita, formem uma linha. E sigam andando alinhados! Mas de um jeito que não percam os outros de vista.

– Você também? – Rience franziu o cenho. – Você também ficou impressionado, Bonhart? Eu achava que você era menos supersticioso.

O caçador de recompensas o mirou com um olhar mais gélido que o próprio gelo.

– Afastem-se e mantenham o alinhamento – repetiu, ignorando o feiticeiro. – Mantenham as distâncias. Eu vou voltar para pegar o cavalo.

– O quê?

Novamente Bonhart não fez questão de responder a Rience.

Rience soltou um palavrão, mas Coruja pôs a mão em seu ombro.

– Deixe-o ir – rosnou. – Nós não podemos perder tempo! Todos alinhados! Bert e Stigward, para a esquerda! Ola, para a direita...

– Para quê, Skellen?

– O gelo pode desabar com mais facilidade se estivermos amontoados – resmungou Boreas Mun. – Além disso, se seguirmos alinhados, a possibilidade de a garota escapar pelos lados será menor.

– Pelos lados? – bufou Rience. – Como? Dá para ver que as pegadas seguem diante de nós. Ela segue retíssimo. Se tentasse virar para os lados, os rastros indicariam!

– Chega de papo – interrompeu Coruja, olhando para trás, por entre a neblina na qual desapareceu Bonhart. – Adiante!

Seguiram andando.

– Está esquentando – arfou Boreas Mun. – A camada superior do gelo está começando a derreter, vai se encher de água...

– A neblina está ficando mais espessa...

– Ainda dá para ver os rastros – afirmou Dacre Silifant. – Mas parece que ela está andando mais devagar. Está perdendo forças.

– Como nós – Rience arrancou o gorro da cabeça e abanou-se com ele.

– Silêncio – Silifant parou, de repente. – Vocês ouviram? O que foi aquilo?

– Eu não ouvi nada.

– Eu ouvi, sim... Como se fosse um ranger... Um trincar no gelo... Mas não veio de lá – Boreas Mun apontou para a neblina onde os rastros desapareciam. – Como se fosse da esquerda, de lado...

– Também ouvi – confirmou Coruja, olhando em volta com inquietação. – Mas agora silenciou. Droga, não estou gostando disso. Não estou gostando disso!

– As pegadas! – repetiu Rience enfatizando, entediado. – Ainda vemos as pegadas! Vocês estão cegos? Ela segue reto! Se virasse, até por pouquinho, pouquíssimo, conseguiríamos notar! Vamos mais rápido! Daqui a um instante a pegaremos! Garanto que daqui a um momento veremos...

Não terminou a frase. Boreas Mun suspirou e bufou. Coruja xingou.

As pegadas desapareceram a dez passos diante deles, justo no limite onde começava a neblina espessa. Nada de rastro.

– Droga!

– O que houve?

– Ela voou ou o quê?

– Não – Boreas Mun acenou com a cabeça num gesto de negação. – Não voou. Pior.

Rience soltou um sórdido palavrão apontando para as marcas de corte na superfície do gelo.

– Patins – rosnou, involuntariamente fechando os punhos. – Ela calçou patins... Agora vai voar pelo gelo como o vento... Não vamos conseguir apanhá-la! Onde, diabos, está Bonhart? Não conseguiremos alcançar a menina sem os cavalos!

Boreas Mun pigarreou em voz alta, bufou. Skellen desabotoou o casaco devagar, deixando à mostra a bandoleira com uma fileira de órions que se estendia transversalmente em seu peito.

– Não precisaremos persegui-la – disse com frieza. – Ela é que vai nos alcançar. Temo que não precisemos esperar muito.

– Você está louco?

– Bonhart previu isso. Por isso voltou para pegar o cavalo. Sabia que a garota estava nos levando a uma emboscada. Cuidado! Prestem atenção ao ranger de patins no gelo!

Dacre Silifant empalideceu. Foi possível notar, apesar de suas bochechas coradas por causa do frio.

– Gente! – gritou. – Cuidado! Fiquem atentos! E mantenham-se juntos! Juntos! Não se percam na neblina!

– Cale-se! – berrou Coruja. – Silêncio! Silêncio absoluto, senão não conseguiremos...

Ouviram. Um grito curto ressoou na neblina, da ponta esquerda. E um ranger agudo e áspero dos patins, que os deixou arrepiados.

– Bert! – berrou Coruja. – Bert! O que houve aí?

Ouviram um grito incompreensível e logo em seguida Bert Brigden emergiu da neblina. Corria com todas as forças. Escorregou quando já estava perto, caiu esfregando a barriga no gelo.

– Ela pegou... Stigward – explicou ofegante e levantou-se com dificuldade. – Cortou... voando... Com tanta rapidez... Que mal consegui exergá-la... Bruxa...

Coruja soltou um palavrão. Silifant e Mun davam voltas, os dois com a espada nas mãos, esbugalhando os olhos para tentar enxergar na neblina.

Um ranger. Outro. Mais um. Rápido. Ritmado. E nítido. Cada vez mais nítido...

– De onde vem esse som? – Boreas Mun berrou, girando, lançando no ar a ponta da espada que segurava com as duas mãos. – De onde vem esse som?

– Silêncio! – gritou Coruja, com o órion na mão erguida. – Parece que foi da direita! Sim! Da direita! Vem da direita! Cuidado!

O gemmeriano posicionado na ala direita xingou, virou e correu sem rumo para dentro da neblina, chapinhando na camada de gelo derretida. Não correu para longe, nem conseguiu se afastar muito, quando ouviram o ranger áspero dos patins e perceberam um vulto agitado, embaçado. E o reluzir de uma espada. O gemmeriano gemeu. Viram-no cair, o sangue jorrar vigorosamente no gelo. O ferido foi tomado por convulsões, encolhia-se, gritava, uivava. Depois silenciou e ficou imóvel.

Mas, enquanto gritava, abafou o ranger dos patins que se aproximavam. Não esperavam que a garota voltasse tão rápido.

Meteu-se com ímpeto por entre eles, bem no meio. Ao passar, cortou Ola Harsheim na parte inferior do corpo, abaixo do joelho, fazendo que se dobrasse feito um canivete. Girou, executando uma pirueta, e cobriu Boreas Mun com um granizo de partículas de gelo miúdas e lancinantes. Skellen saltou para trás, escorregou, agarrou a manga de Rience. Desabaram os dois. Os patins rangeram junto deles, as partículas frias de gelo mordiscaram seus semblantes. Um dos gemmerianos berrava, e seu grito transformou-se num som selvagem. Coruja sabia o que acontecera. Já ouvira muita gente com a garganta cortada.

Ola Harsheim gritava, esfregando-se no gelo.

Um ranger. Outro. Mais um.

Silêncio.

– Senhor Stefan – balbuciou Dacre Silifant. – Senhor Stefan... Só o senhor pode nos salvar... Socorro... Não deixe que morramos...

– Me deixou manco, filha da puta! – berrava Ola Harsheim. – Ajudem-me, porra! Ajudem-me a me levantaaaar!

– Bonhart! – Skellen soltou um grito na neblina. – Bonhaaart! Socorro! Onde você está, seu filho da puta? Bonhaaaart!

– Ela está nos cercando – disse Boreas Mun ofegante, enquanto girava e ficava à escuta. – Ela dá voltas na neblina... Não sabemos por onde ela atacará... É a morte! Essa garota é a morte! Morreremos aqui! Ela nos chacinará como em Dun Dâre na noite de Saovine...

– Fiquem juntos – gemeu Skellen. – Juntem-se, pois ela caça os homens soltos... Quando vocês a virem chegando, não entrem em pânico... Joguem espadas, sacos, cintos a seus pés... Qualquer coisa para...

Não terminou. Dessa vez nem ouviram o ranger dos patins. Dacre Silifant e Rience sobreviveram, pois caíram, estendidos no gelo. Boreas Mun conseguiu saltar para trás, escorregou, desabou, derrubou Bert Brigden. Quando Ciri passava ao lado, Skellen lançou a mão e jogou um órion. Acertou, mas a pessoa errada. Ola Harsheim, que acabara de se levantar, desabou sobre o gelo ensaguentado, tomado por convulsões. Seus olhos bem abertos pareciam focar-se na estrela de aço presa na base do nariz.

O último dos gemmerianos jogou a espada e foi dominado por soluços entrecortados. Skellen saltou até ele e executou um poderoso golpe, acertando-o na cara.

– Não se entregue! – berrou. – Não se entregue, homem! É apenas uma garota! Apenas uma garota!

– Como em Dun Dâre, na noite de Saovine – disse Boreas Mun em voz baixa. – Não conseguiremos sair deste gelo, deste lago. Ouçam, ouçam bem! Vocês ouvirão a morte se aproximar.

Skellen levantou a espada do gemmeriano e tentou enfiá-la na mão de Boreas, que continuava a soluçar, mas sem efeito. O gemmeriano, que tremia tomado por espasmos, olhava para ele com um olhar torpe. Coruja soltou a espada e saltou até Rience.

– Faça alguma coisa, mago! – berrou, sacudindo-o pelos ombros.

O pavor lhe dava mais força, e embora Rience fosse mais alto, mais pesado e mais forte, sacudia-se nas mãos de Coruja feito uma boneca de pano.

– Faça algo! Chame esse seu todo – poderoso Vilgefortz! Ou faça magia, você próprio! Faça magia, feitiços, invoque os espíritos, conjure os demônios! Faça algo, qualquer coisa, seu babaca, seu frangalho de merda! Faça algo antes que essa demônia mate a todos!

O eco de seu grito rolou pelas encostas arborizadas. Antes que sumisse, ouviu-se um ranger de patins. O gemmeriano, que ainda soluçava, caiu de joelhos e cobriu o rosto com as duas mãos. Bert Brigden gemeu, jogou a espada no chão e desatou a correr. Escorregou, caiu, e por algum tempo fugiu de quatro, feito cachorro.

– Rience!

O feiticeiro soltou um palavrão, ergueu a mão. Sua mão e voz tremiam ao proferir o encanto. Mas conseguiu, embora não totalmente.

O fino relâmpago flamejante que se soltou de seus dedos cortou o gelo e fez que a superfície estourasse, mas não horizontalmente, do jeito que se esperava, para barrar o caminho de Ciri, que se aproximava. O gelo rachou verticalmente, abrindo-se num poderoso estalo. A água negra jorrou, produzindo um estrondo. A fenda, que aumentava rapidamente, foi se aproximando de Dacre Silifant, que olhava espantado.

– Para os lados! – vociferou Skellen. – Fujaaaam!

Era tarde. A fenda chegou até Dacre Silifant, por entre suas pernas, e abriu com violência. O gelo quebrou feito vidro, partiu-se em grandes pedaços. Dacre perdeu o equilíbrio, a água abafou seu berro. Boreas Mun caiu para dentro do buraco, o gemmeriano de joelhos também desapareceu afogado na água, e o cadáver de Ola Harsheim sumiu. Rience mergulhou no negro abismo em seguida e logo depois Skellen, que no último momento conseguiu segurar-se na beira do gelo. E a garota correu desenfreadamente, voou sobre a fenda, pousou de um jeito que o gelo derretido chapinhou para todos os lados, e foi atrás de Brigden, que fugia. Pouco tempo depois, um grito horripilante chegou aos ouvidos de Coruja, que pendia na beira da superfície de gelo.

Ela o alcançou.

– Senhor... – gemeu Boreas Mun, que não se sabe como conseguiu sair da água e subir no gelo. – Me dê sua mão, senhor legista...

Skellen empalideceu e começou a tremer terrivelmente após sair da água. Silifant tentava sair, mas a beira do gelo desabou sob ele. Mergulhou de novo, desaparecendo na água. Mas logo em seguida emergiu, engasgando e cuspindo, e num esforço sobre-humano conseguiu subir em cima do gelo. Arrastou-se e caiu. Estava esgotado. Junto dele crescia uma poça d'água.

Boreas gemeu e fechou os olhos. Skellen tremia.

– Socorro... Mun... Socorro...

Rience pendia na beirada do gelo, imerso até as axilas. Seus cabelos molhados e lisos estavam colados à cabeça. Seus dentes rangiam feito castanholas, emitindo um som que lembrava a abertura demoníaca de uma infernal *danse macabre*.

Os patins trincaram. Boreas não se mexeu. Esperava. Skellen tremia.

Vinha devagar. O sangue pingava de sua espada, fazia um rastro gotejante no gelo. Boreas engoliu em seco. Embora ensopado com a água gélida, de repente sentiu um enorme calor.

Mas a garota não olhava para ele. Olhava para Rience, que tentava, em vão, subir em cima do gelo.

– Ajude-me... – Rience conseguiu combater o ranger dos dentes. – Socorro...

Ciri freou, girando nos patins com uma graça de bailarina. Estava com as pernas levemente escarranchadas, segurava a espada com as duas mãos, bem baixo, horizontalmente, na altura das coxas.

– Socorro... – ganiu Rience, encravando os dedos dormentes no gelo. – Socorra-me... E eu lhe direi... Onde está Yennefer... Juro...

A moça tirou lentamente o cachecol que cobria seu rosto. E sorriu. Boreas Mun viu a horrenda cicatriz e abafou, com dificuldade, um grito de susto.

– Rience – disse Ciri, ainda sorridente. – Você ia me ensinar o que é a dor. Lembra? Com essas mãos e com esses dedos. Esses aí, que você usa para segurar o gelo?

Rience respondeu, mas Boreas não entendeu o que disse, pois os dentes do feiticeiro rangiam e batiam tanto que não permitiam nenhuma articulação. Ciri virou-se nos patins e ergueu a mão com a espada. Boreas apertou os dentes, certo de que ela golpearia Rience, mas a garota só pegava impulso para seguir patinando. Para grande espanto do rastreador, partiu às pressas, lançando os braços com força para ganhar velocidade. Desapareceu na neblina. O som ritmado dos patins silenciou após um momento.

– Mun... tirrrreee... me... daquiiii... – Rience falou com a boca trêmula e o queixo enganchado na beira do gelo.

Jogou os dois braços sobre o gelo, tentou encravar as unhas, mas todas já haviam caído. Esticou os dedos numa tentativa de enganchar as mãos e os pulsos no gelo. Boreas Mun olhava para ele e tinha certeza, uma certeza assustadora...

Ouviram os patins no último instante. A moça vinha com uma velocidade incrível, era quase impossível de captar com o olhar. Vinha pelo canto, juntinho da beira.

Rience soltou um grito. Engasgou com a água espessa. E desapareceu.

Havia sangue no gelo, no rastro perfeito traçado pelos patins. E havia dedos. Oito dedos.

Boreas Mun vomitou sobre o gelo.

•

Bonhart galopava pela borda da escarpa que se erguia sobre o lago, corria feito louco, sem atentar para o cavalo que podia quebrar as patas nas gretas cobertas de neve. Os galhos de abetos cobertos de geada arranhavam seu rosto, açoitavam seus braços, enchiam seu colarinho de neve pulverizada.

Não via o lago, pois todo o vale, feito um caldeirão fervente de bruxas, estava encoberto de neblina.

Mas Bonhart sabia que a garota estava lá.

Pressentia.

•

Sob o gelo, em águas bem profundas, um cardume de percas listradas seguia com um olhar curioso um estojo de prata que caíra do bolso de um cadáver que flutuava na água e agora afundava, emitindo um brilho fantástico. Antes que o estojo pousasse no fundo do lago, levantando uma nuvem de lodo, as percas mais atrevidas tentavam cutucar o objeto com o bico, mas repentinamente dissiparam-se, apavoradas.

O estojo emitia vibrações estranhas e alarmantes.

– Rience? Você está me ouvindo? O que houve com vocês? Por que não atendem há dois dias? Faça um relatório! E a garota? Não podem permitir que entre na torre! Está ouvindo? Não podem permitir que entre na Torre da Andorinha... Rience! Responda, diabos! Rience!

Naturalmente, Rience não podia responder.

•

A escarpa chegou ao fim, a margem se tornou plana. "Cheguei ao fim do lago", Bonhart pensou. "Aqui acaba o lago. Cerquei a garota. Onde ela está? E onde está essa maldita torre?"

Subitamente, a cortina formada pela neblina rebentou, levantou-se. E foi então que a viu. Estava justo diante dele, montada em sua égua negra. "A bruxa", pensou, "comunica-se com esse animal. Mandou-o até o fim do lago e ordenou que esperasse.

Mas nem isso vai ajudá-la.

Preciso matá-la. Que Vilgefortz se dane. Eu preciso matá-la. Primeiro, vou fazer que ela me implore para poupar sua vida. E depois vou matá-la."

Berrou, fincou as esporas no cavalo e lançou-se num galope desenfreado.

De repente, deu-se conta de que havia perdido, que ela o havia enganado.

Menos de uma milha o separava dela, mas de uma camada de gelo finíssimo. Estava do outro lado do lago. A meia-lua agora estava na direção contrária – a menina, que cavalgava pela borda interna da meia-lua, estava muito mais perto da extremidade do lago.

Bonhart soltou um palavrão, puxou as rédeas e direcionou o cavalo para o gelo.

•

– Vá, Kelpie!

A terra congelada salpicava sob os cascos da égua negra.

Ciri recostou-se no pescoço do cavalo. Ficou apavorada quando viu que Bonhart a perseguia. Tinha medo desse homem. Só de pensar que precisaria confrontá-lo numa luta sentia um punho invisível apertando seu estômago.

Não, não podia lutar contra ele. Ainda não.

A torre. Só a torre é que podia salvá-la. E o portal. Da mesma forma que em Thanedd, quando o feiticeiro Vilgefortz estava por perto, estendendo a mão para pegá-la...

A única salvação é a Torre da Andorinha.

A neblina dissipou-se.

Ciri puxava as rédeas e repentinamente sentiu um horrível calor envolver todo o seu corpo. Não conseguia acreditar no que via, no que estava diante dela.

•

Bonhart também viu e gritou em triunfo.

Nos confins do lago não havia torre. Não havia nem ruínas de uma torre. Simplesmente não havia nada. Apenas um montículo que mal se via, era quase imperceptível: uma pilha de pedras cobertas por mato seco e congelado.

– Eis sua torre! – berrou. – Eis sua torre mágica! Eis sua salvação! Uma pilha de pedras!

Parecia que ela não ouvia nem via. Chegou mais perto do montículo junto com a égua, sobre as pedras empilhadas. Ergueu ambas as mãos para o alto como se estivesse maldizendo os céus por aquilo que encontrava.

– Eu falei – berrou Bonhart, fincando as esporas em seu alazão – que você é minha! E que faria com você aquilo que quisesse! E que ninguém me atrapalharia! Nem os humanos, nem os deuses, nem o diabo, nem os demônios! Nem as torres encantadas! Você é minha, bruxa!

As ferraduras do alazão ressoavam no gelo.

Subitamente, a neblina ficou mais espessa, agitou-se sob a rajada do vento, que começou a soprar vindo não se sabe de onde. O alazão relinchou e dançou, mostrou os dentes no freio. Bonhart inclinou-se para trás na sela, puxou as rédeas com toda a força, pois o cavalo se agitava, sacudia a cabeça, batia os cascos e escorregava no gelo.

Diante dele – entre ele e a beira do lago onde estava Ciri – dançava um unicórnio branco como a neve, empinado, posicionado como nos escudos das armas.

– Esse tipo de truque não funciona comigo! – berrou o caçador, domando o cavalo. – Não adianta me assustar com feitiços! Vou pegá-la, Ciri! Desta vez vou matá-la, bruxa! Você é minha!

A neblina ficou ainda mais espessa, agitou-se, tomando formas estranhas. As silhuetas tornavam-se cada vez mais nítidas. Eram cavaleiros, horrendas silhuetas de cavaleiros demoníacos.

Bonhart arregalou os olhos.

Esqueletos de cavaleiros montados em carcaças de cavalos. Usavam armaduras e cotas de malhas enferrujadas, capas esfarrapadas, elmos amassados e corroídos, adornados com chifres de búfalos e restos de penachos de avestruzes e pavões. Os olhos dos demônios emitiam um brilho pálido sob os elmos. Os estandartes rasgados farfalhavam ao vento.

Na vanguarda da cavalgada demoníaca galopava um cavaleiro armado com uma coroa no elmo e um peitoral que batia contra a couraça enferrujada.

"*Saia daqui*", retumbou na cabeça de Bonhart. "*Saia daqui, ser mortal. Ela não é sua. É nossa. Saia daqui!*"

Não se podia negar que Bonhart era corajoso. Não se assustou com os espectros. Dominou o pavor, não se descontrolou.

Mas seu cavalo era menos resistente.

O garanhão alazão empinou-se, dançou nas patas traseiras feito bailarino, soltou um relincho selvagem, deu um coice e saltou. O gelo rebentou num estouro horripilante sob o impacto das ferraduras, os pedaços de gelo levantaram-se verticalmente, a água jorrou. O cavalo soltou um guincho, bateu contra o gelo com as patas dianteiras, esmagou-o. Bonhart arrancou os pés dos estribos, saltou. Mas era tarde.

A água fechou-se sobre sua cabeça. Ouviu um estrondo e um zumbido. Seus pulmões estavam prestes a arrebentar.

Teve sorte. Seus pés, que se remexiam na água, depararam com algo, provavelmente com o cavalo que estava afogando. Conseguiu se apoiar no cavalo, tomou impulso e emergiu com ímpeto, cuspindo e arfando. Agarrou-se à beira da abertura no gelo. Sem entrar em pânico, tirou a faca, enfiou-a no gelo, e apoiando-se nela conseguiu sair. Ficou deitado, ofegante, a água escorrendo numa enxurrada.

O lago, o gelo, as encostas nevadas, a floresta de abetos polvilhada de branco. De repente, tudo foi envolto por uma claridade artificial, mórbida.

Bonhart conseguiu erguer-se e ficar de joelhos, embora com grande dificuldade.

No horizonte, o céu azul-escuro fulgurou com uma coroa de claridade que ofuscava, uma cúpula reluzente da qual emergiram, repentinamente, espirais e pilares flamejantes. Estouraram colunas e redemoinhos de luz que dançavam. Na abóbada celeste pendiam faixas e tapeçarias luminosas, agitadas, que mudavam de forma com rapidez.

Bonhart gemeu. Parecia que um garrote estava preso na garganta.

No lugar onde alguns minutos antes havia um montículo e uma pilha de pedras, agora erguia-se uma torre.

Era majestosa, pontuda e fina, negra, lisa, brilhosa, como se tivesse sido esculpida em um pedaço único de basalto. Chamas fulguravam nas poucas janelas, e nas ameias dentudas do cume flamejava a aurora boreal.

Viu a garota virada para ele, montada no cavalo. Viu seus olhos reluzentes e a bochecha mutilada pela horrenda cicatriz. Viu a menina apressar a égua negra, entrar na escuridão, sob o arco de pedra do portal.

Viu-a desaparecer.

A aurora boreal explodiu, lançando ofuscantes redemoinhos de fogo.

Quando Bonhart voltou a enxergar, a torre não estava mais lá. Havia um montículo nevado, uma pilha de pedras, mato seco e preto.

Ajoelhado sobre o gelo, numa poça formada pela água que escorria de seu corpo, o caçador de recompensas soltou um grito selvagem, horripilante. Ajoelhado, erguendo as mãos para o céu, gritava, uivava, amaldiçoava e xingava as pessoas, os deuses e os demônios.

O eco dos gritos seguia pelas encostas cobertas de abetos, carregado pela camada de gelo petrificado na superfície do lago Tarn Mira.

•

O interior da torre logo lhe lembrou Kaer Morhen: o mesmo longo corredor atrás da arcada, o mesmo abismo interminável ladeado por colunas e esculturas. Era incompreensível como esse abismo cabia dentro do obelisco fino da torre. Contudo, sabia que não valia a pena analisar – já que se tratava de uma torre que apareceu no meio do nada, num lugar onde não estava antes. Nessa torre poderia haver de tudo e não havia por que se surpreender.

Virou-se e olhou para trás. Não acreditava que Bonhart se atreveria a entrar atrás dela, nem que tivesse tido tempo. Mas preferiu certificar-se.

A arcada pela qual entrara fulgurava com um brilho muito forte.

Quando Kelpie bateu os cascos na laje, algo rangeu sob as ferraduras. Eram ossos, caveiras, tíbias, fêmures, costelas, bacias. Passava por um gigantesco ossuário. "Kaer Morhen", pensou, recordando. "Os mortos deveriam ser enterrados... Tanto tempo se passou... Naquela época ainda acreditava em algo assim... Na majestade da morte, no respeito para com os mortos... E a morte é nada mais do que a morte. E o morto é apenas um cadáver frio. Não importa onde jaz, onde seus ossos se transformam em pó."

Entrou na escuridão, sob as arcadas, por entre as colunas e esculturas. A escuridão ondeou feito fumaça. Suspiros e murmúrios insistentes, encantamentos sussurrados encheram seus ouvidos. Subitamente, uma claridade reluziu diante dela e abriu-se uma porta gigantesca. Portas abriam-se uma atrás da outra, uma infinidade de portas pesadas que se abriam em silêncio.

Kelpie andava tinindo as ferraduras na laje.

Repentinamente, a geometria das paredes, arcadas e colunas foi interrompida de uma forma tão abrupta que Ciri sentiu tontura. Tinha a impressão de que estava dentro de uma forma geométrica multifacetada, um gigantesco octaedro.

As portas continuavam a abrir-se, mas já não apontavam para um único caminho. Apontavam para uma infinidade de caminhos e possibilidades.

E Ciri começou a ver.

Uma mulher de cabelos negros que segura a mão de uma menina de cabelos cinzentos. A menina tem medo, teme a escuridão, os sussurros que aumentam na negridão, fica apavorada com o som agudo das ferraduras. A mulher de cabelos negros com uma estrela de brilhantes no pescoço também tem medo. Mas não deixa transparecer. Continua andando junto com a menina. Rumo a seu destino.

Kelpie continua caminhando. Outra porta.

Iola Segunda e Eurneid vestidas de casacos de pele de carneiro, com trouxas, andam pela estrada nevada e congelada. O céu está azul-escuro.

Outra porta.

Iola Primeira está ajoelhada diante do altar. A mãe Nenneke está junto dela. Ambas estão olhando, e uma expressão de espanto surge em seus semblantes franzidos. O que estão vendo? O passado ou o futuro? A verdade ou a irrealidade?

Mãos sobre as duas – Nenneke e Iola. Mãos de uma mulher de olhos dourados, estendidas numa bênção. No colar da mulher há um brilhante que reluz como a estrela-d'alva. No ombro da mulher, um gato. E um falcão sobre sua cabeça.

Outra porta.

Triss Merigold segura seu lindo cabelo castanho, sacudido e emaranhado pelas rajadas de vento. Não há como fugir do vento, nada protege do vento.

Não aqui, não no topo de um monte.

Uma longa fileira infinita de vultos entra no monte. Figuras. Vão devagar. Alguns viram o rosto em sua direção. Conhece-as. Vesemir. Eskel. Lambert. Coën. Yarpen Zigrin e Paulie Dahlberg. Fábio Sachs… Jarre… Tissaia de Vries.

Mistle…

Geralt?

Outra porta.

Yennefer, acorrentada, presa às paredes úmidas de uma masmorra. Suas mãos são uma massa de sangue coagulado. Seus negros cabelos estão desgrenhados, emaranhados… Os lábios, cortados e inchados… Mas em seus olhos cor de violeta ainda ferve o desejo persistente de luta e resistência.

– Mãezinha! Não se entregue! Aguente! Vou socorrê-la!

Outra porta. Ciri vira a cabeça. Com tristeza. E vergonha.

Geralt e uma mulher de olhos verdes e cabelo negro, curto. Ambos estão nus, entregues ao prazer mútuo.

Ciri contém a adrenalina que aperta sua garganta, apressa Kelpie. Os cascos retumbam. Sussurros ressoam na escuridão.

Outra porta.

Bem-vinda, Ciri.

– Vysogota?

Sabia que você ia conseguir, garota corajosa. Minha valente Andorinha. Você conseguiu se safar bem, sem danos?

– Venci-os. Sobre o gelo. Surpreendi-os. Com os patins de sua filha…

Eu estou falando de danos psíquicos.

– Venci o desejo de vingança… Não matei todos… Não matei Coruja… Embora tenha sido ele quem me mutilou. Eu me controlei.

Sabia que venceria, Zirael. E que conseguiria entrar na torre. Eu li sobre isso, pois isso já estava escrito… Tudo já estava escrito… Você sabe o que os estudos ensinam? A habilidade de usar as fontes.

– Como é possível que estejamos conversando… Vysogota, você…

Sim, Ciri. Morri. Mas não importa! O que importa é o que eu descobri… Já sei o que aconteceu com os dias perdidos, o que aconteceu no deserto de Korath, como você conseguiu desaparecer na perseguição…

– Assim como consegui entrar aqui, nesta torre?

O Sangue Antigo que corre em suas veias dá-lhe o poder sobre o tempo. E sobre o espaço. Sobre as dimensões e as esferas. Ciri, você é agora a Senhora dos Mundos. Você tem uma força poderosa em suas mãos. Não deixe que ninguém a tire de você nem que assassinos ou canalhas a usem para seus próprios fins...

– Não vou deixar.

Adeus, Ciri. Adeus, Andorinha.

– Adeus, Corvo Velho.

Outra porta. Claridade, uma claridade ofuscante.

E um perfume intenso de flores.

•

O lago estava encoberto por uma neblina leve como penugem, rapidamente dissipada pelo vento. A superfície da água estava lisa como um espelho. Flores alvejavam nos verdes tapetes das folhas lisas de ninfeia.

As margens estavam cheias de verdor e flores.

Fazia calor.

Era primavera.

Ciri não estranhava nada. Como podia estranhar? Pois agora tudo era possível. Lá era novembro, havia gelo, neve, torrão, uma pilha de pedras num montículo em que se eriçava mato seco. E aqui a fina torre de basalto com ameias dentudas no cume refletia-se na água verde salpicada com os alvos nenúfares. Aqui era maio, pois a rosa-canina e o azereiro brotavam em maio.

Alguém nas cercanias tocava a flauta de Pã ou um pífaro. Ressoava uma música alegre, vivaz.

Na beira do lago havia dois cavalos brancos como a neve, eles bebiam com as patas dianteiras imersas na água. Kelpie bufou e bateu os cascos contra a rocha. Nesse instante os cavalos ergueram as cabeças e relincharam, e das narinas escorria água. Ciri suspirou em voz alta.

Não eram cavalos. Eram unicórnios.

Ciri não estranhou. Suspirava de admiração, e não de surpresa.

A melodia era cada vez mais nítida, vinha do azereiro repleto de flores brancas. Kelpie dirigiu-se para lá sozinha, sem necessidade de ser guiada. Ciri engoliu a saliva. Os dois unicórnios, imóveis como estátuas, olhavam para ela, refletidos na superfície lisa da água, que parecia um espelho.

Um elfo de cabelos claros, enormes olhos amendoados e rosto triangular estava sentado numa pedra redonda atrás do azereiro. Tocava, dedilhando os tubos da flauta de Pã. Embora visse Ciri e Kelpie, embora estivesse olhando para elas, não parava de tocar.

As flores brancas exalavam um perfume intenso. Ciri nunca vira um azereiro de odor tão intenso. "Não é nada estranho", pensou com absoluta lucidez, pois no mundo em que vivia até agora o odor dos azereiros simplesmente era diferente.

Naquele mundo tudo era diferente.

O elfo encerrou a melodia com um trilo alto e prolongado. Afastou a flauta da boca e levantou-se.

– Por que demorou tanto? – perguntou sorrindo. – O que a deteve?

GRÁFICA PAYM
Tel. [11] 4392-3344
paym@graficapaym.com.br

0 100 200 300
Milhas
Rakverelin
Aedd Gynvael
KOVIR
Rio Tango
Lan Exeter
POVISS
Pont Vanis
Tret
Novigrad
Oxenf
Roggeveen
Thanedd
BLEOBHERIS
Cidaris
CIDARIS
Bremervoord
Gors Velen
Wyzim
Dorian
Kerack
KERACK
SKELLIGE
BROKILON
Maribor
Hamm
HAMM
Kaer Trolde
VERDEN
BRUGGE
Brugge
Mayena
Nastrog
BAIXO SODDEN
Rozrog
Sodrog
Rio Jaruga
Dillingen
ALTO SODDEN
Cintra
CINTRA
ERLENWALD
Peixe de Mar
Attre
Klamat
NILFGAARD